ANABELLE STEHL
Worlds Apart

ANABELLE STEHL

worlds
apart

ROMAN

LYX

LYX in der Bastei Lübbe AG
Dieser Titel ist auch als E-Book und Hörbuch erschienen.

Die Bastei Lübbe AG verfolgt eine nachhaltige Buchproduktion.
Wir verwenden Papiere aus nachhaltiger Forstwirtschaft und verzichten
darauf, Bücher einzeln in Folie zu verpacken. Wir stellen unsere Bücher
in Deutschland und Europa (EU) her und arbeiten mit den Druckereien
kontinuierlich an einer positiven Ökobilanz.

Originalausgabe
Copyright © 2022 by Bastei Lübbe AG, Köln
© 2022 Anabelle Stehl
Dieses Werk wurde vermittelt
durch die Langenbuch & Weiß Literaturagentur.

Textredaktion: Klaudia Szabo
Covergestaltung: ZERO Werbeagentur GmbH
Coverabbildung: © shutterstock.com
(thidaphon taoha / Tama2u / GoodStudio)
Silhouette London: © gettyimages (gio_banfi)
Satz: Greiner & Reichel, Köln
Gesetzt aus der Adobe Caslon
Druck und Verarbeitung: GGP Media GmbH, Pößneck

Printed in Germany
ISBN 978-3-7363-1686-7

3 5 7 6 4 2

Sie finden uns im Internet unter: lyx-verlag.de
Bitte beachten Sie auch: luebbe.de und lesejury.de

Liebe Leser:innen,

bitte beachtet, dass *Worlds Apart* Elemente enthält, die triggern können. Diese sind: *Verlust eines Familienmitglieds, chronische Krankheit.*

Wir wünschen uns für euch alle das bestmögliche Leseerlebnis.

Eure Anabelle und euer LYX-Verlag

Für Chris.
Der London so sehr liebt wie Kaycee
und seinen Weg geht, so wie Leo.

Playlist

Better Days – Dermot Kennedy
Light That Fire – Oh The Larceny
The City – Ed Sheeran
What's Inside – Jessie Mueller
Young Lady, You're Scaring Me – Ron Gallo
Addicted To You – Picture This
Melatonin – Birds of Bellwoods
Woman Like Me – Little Mix, Nicki Minaj
From the Dust – Joey Kidney, Shaun Redlake
What Baking Can Do – Jessie Mueller
Hell Of A Girl – SAYGRACE
Overthinking (Demo) – Orla Gartland
Just Do It – Rockstrong
Climb – ADONA
exile – Taylor Swift, Bon Iver
hope is a dangerous thing for a woman like me to have –
Lana Del Rey
Breaking Out – The Protomen
Lady Like – Ingrid Andress
Close to the Top – Måneskin

Prolog

Kaycee

Kaycee,

mein kleines, besonderes Mädchen. Ich weiß, du hasst es, wenn ich dich klein nenne, aber du wirst für mich immer mein Baby bleiben.

Es tut mir so unendlich leid, dass ich dich verlassen muss.

Es tut mir leid, dass ich nicht sehen kann, wie du erwachsen wirst, deine Träume erfüllst, deine eigene Konditorei mit Ada eröffnest. Es tut mir leid, dass ich deine Hochzeit verpassen werde – solltest du heiraten, gerade bist du kein allzu großer Fan davon. Es tut mir leid, dass du mich nicht länger als Ausrede nutzen kannst, um doch Downton Abbey *zu gucken. Es tut mir leid, dass ich dich, Ada, Clara und deinen Dad allein lasse. Doch auf der anderen Seite bin ich unendlich dankbar. Dankbar für die Zeit, die wir gemeinsam hatten, für die Ausflüge, die gemeinsamen Stunden beim Backen, dankbar, dass ich deine so unfassbar ansteckende Leidenschaft aus nächster Nähe erleben durfte. Dankbar für die Zeit, die mir seit der Diagnose geblieben ist. Wir haben das Beste daraus gemacht.*

Es wird leichte und schwere Tage geben. Bitte lass all diese Tage zu. Weine, schreie, lache – erlaube dir, alles zu empfinden. Fühl dich nicht schlecht, wenn du einen Tag lang nicht aus dem Bett kommst. Fühle dich genauso wenig schlecht, wenn du wieder anfängst, über Witze zu lachen, Dinge zu unternehmen, einen

Tag lang nicht mehr an mich und diese Krankheit zu denken.
Ganz im Gegenteil: Zähle diese Tage. Sorge dafür, dass sie mehr
werden. Denn nur das wünsche ich dir: dass die guten Tage im-
mer überwiegen.
Ich muss dir keine klugen Ratschläge mit auf den Weg geben.
Denn wenn ich eines weiß, dann das: Du trägst alles, was du
brauchst, um diese Welt zu meistern, bereits in dir.
Lass nicht zu, dass irgendjemand dir etwas anderes erzählt,
dich kleinhält oder dir einredet, dass du etwas nicht kannst oder
nicht verdient hast. Du hast alles verdient. Ich bin unendlich
stolz auf dich, und ich werde es immer sein.
Geh deinen Weg. Ich feuere dich von da oben an.

With all my love
Mum

Mit zitterndem Atem legte ich den Brief zur Seite. Obwohl ich
ihn immer sorgsam faltete und in dem Umschlag aufbewahr-
te, auf den meine Mum meinen Namen geschrieben hatte, war
er mittlerweile abgegriffen und das Papier am Rand, wo meine angespannten Finger es hielten, ausgedünnt. Hinter meinen
Augen brannten ungeweinte Tränen, und ich blinzelte gegen
sie an. Wenn ich jetzt nachgab, würde ich mich verlieren. Denn
heute war einer der Tage, an denen ich sie so sehr vermisste,
dass der Schmerz sich beinahe physisch in meine Brust grub.
Mit dem Zeigefinger fuhr ich die filigrane Schrift auf der Innenseite meines Oberarms nach. *With all my love.* Ich hatte es
mir letztes Jahr stechen lassen. Seitdem trug ich die Handschrift meiner Mum und ihre Liebe unter meiner Haut.

Vier Jahre waren vergangen, seit ich den Brief zum ersten
Mal gelesen hatte. Ich nahm ihn zur Hand, wenn ich Mut
brauchte, mich meiner Mum nah fühlen wollte oder, so wie

heute, nicht weiterwusste. Normalerweise halfen ihre Worte. Heute jedoch fraßen sie mich auf, stülpten mein Inneres nach außen, zerrissen mich.

Du trägst alles, was du brauchst, um diese Welt zu meistern, bereits in dir.

Der Druck in meiner Brust wurde so groß, dass ich das Gefühl hatte, gleich zu platzen. Ich hatte ihr geglaubt, war der felsenfesten Überzeugung gewesen, dass diese Worte stimmten. Doch ich hatte die Rechnung ohne das Leben gemacht. Und dieses nahm und nahm und nahm, sodass ich mich nicht länger fühlte, als trüge ich irgendetwas in mir, das mir dabei helfen würde, es zu bestehen. Da war nichts mehr außer diesem unsäglichen Druck, der mir das Atmen schwer machte. Ich schlug mir mit der Faust auf den Brustkorb, als könnte ich so das Gefühl vertreiben, meine Lunge wieder zum Atmen bewegen, doch es nützte nichts. So wie alles andere nichts nützte. Nichts, was ich tat, machte einen Unterschied. Meine Mum würde mich nicht anfeuern, sie wäre enttäuscht. Denn ich ging meinen Weg nicht. Niemand musste mich kleinhalten. Ich war klein.

Ein Schluchzen entwich meiner Kehle, und ich hielt mir im nächsten Moment die Hand vor den Mund. Doch es war, als hätte dieser eine Laut einen Staudamm zum Bersten gebracht, denn plötzlich konnte ich all das nicht mehr in mir behalten: den Schmerz, die Tränen, die Wut. Alles brach sich Bahn, und mein Körper krümmte sich unter den Schluchzern, schüttelte all die Gefühle, die ich so lange zurückgehalten hatte, aus mir hinaus. Ich weinte wie seit Ewigkeiten nicht mehr. Ich weinte für meine Mum, ich weinte für mich. Ich weinte, weil ich mich gefangen fühlte und nicht mehr weiterwusste. Weil die Verantwortung so schwer auf meinen Schultern wog, dass ich nicht mehr aufrecht gehen konnte. Weil ich den Weg, den meine

Mum gesehen hatte, schon längst verlassen hatte. Schlimmer noch: Ich ging auf gar keinem Weg mehr, ich stand still. Und ich weinte, weil meine Mum mit Sicherheit nicht stolz auf mich wäre, wenn nicht einmal ich es sein konnte.

I. KAPITEL

Kaycee

Mein Handywecker riss mich unsanft aus dem Schlaf, und ich brauchte einen Moment, um mich zu orientieren. Nicht weil mir die vier Wände meines Kinderzimmers nicht vertraut waren, sondern weil ich mit Jeans und dem T-Shirt des Vortags im Bett lag. Die Bügel meines BHs drückten unbequem unter meiner Brust, und ich stand mit einem Stöhnen auf und ließ meinen Nacken kreisen, der ein Knacken von sich gab. Mein Zimmer mochte immer noch aussehen wie damals mit fünfzehn, ich hingegen fühlte mich gerade wesentlich älter, als ich es mit meinen zwanzig Jahren sollte.

Ich zog ein paar frische Sachen aus der Kommode neben dem Fenster und ging dann ins Bad, bevor eine meiner Schwestern die Dusche blockieren konnte. Beim Blick in den Spiegel sog ich die Luft ein.

»Oh shit.«

Meine Augen waren geschwollen und gerötet, und ich hatte es nicht nur nicht geschafft, mich umzuziehen, ich hatte auch vergessen, mich abzuschminken, sodass Spuren meiner Wimperntusche nun meine Wangen zierten. Ich sah schrecklich aus. Schlimmer als Samara Morgan in *The Ring*. Ich ließ das Wasser am Waschbecken laufen und wartete gar nicht, bis es warm wurde, sondern befeuchtete sofort mein Gesicht und rieb mit den Händen das restliche Make-up weg. Sehr viel besser war das Ergebnis zwar nicht, aber immerhin sah ich nicht mehr aus, als wäre ich einem meiner liebsten Horrorfilme entsprungen.

Die Dusche schaffte es, mich einigermaßen wach werden zu lassen, und als ich mich angezogen hatte, fühlte ich mich fast wieder menschlich.

»Reiß dich zusammen«, sagte ich meinem Spiegelbild und zwang es, mir entgegenzulächeln. Dank der nach wie vor geröteten Augen glückte das Ganze zwar nicht wirklich, aber sollten mich mein Dad, Ada oder Clara darauf ansprechen, würde mir schon eine Ausrede einfallen. Eine besonders emotionale Folge von *Bake That Cake!* oder so – wäre nicht das erste Mal, dass ich meine Lieblingsshow schon vor der Arbeit schaute.

Ich verließ das Bad und klopfte dann leise an die Tür gegenüber.

»Noch fünf Minuten!«, tönte es mir verschlafen entgegen. Trotzdem öffnete ich sie und trat ans Bett meiner kleinen Schwester. Sie zog sich die Decke über den Kopf, als hätte das warme Flurlicht, das durch den Spalt ins Zimmer fiel, sie verbrannt. »Nur noch fünf!«, sagte sie mit quengelndem Ton.

»Kannst du knicken. Ich bin gestern deinetwegen schon beinahe zu spät gekommen.« Ich setzte mich auf die Bettkante und zog die Decke hinunter – oder versuchte es zumindest, denn sie klammerte sich an den Saum und zog sie ihrerseits nach oben. Ich rollte mit den Augen, musste aber grinsen, weil sie mich so sehr an mich in dem Alter erinnerte. Ich hatte die Schule zwar nicht gehasst, aber das Einzige, was mich motiviert hatte, so früh aufzustehen, war Fiona gewesen.

Ich sollte sie anrufen.

Mein schlechtes Gewissen lenkte mich für einen Augenblick ab, sodass ich vergaß, die Decke festzuhalten. Clara nutzte die Chance und zog sie sich mit einem triumphierenden

»Ha!« noch weiter über den Kopf, während sie sich näher an die Wandseite rollte.

Meine beste Freundin Fiona hatte mir etliche Nachrichten geschickt, dass ich sie in London besuchen sollte. Sie bewohnte ein Apartment in Paddington, in der Nähe des Hyde Parks, und wusste ganz genau, wie dringend ich eine Auszeit brauchte. Leider brauchte meine Familie mich hier genauso dringend, und so hatte ich ihre Angebote in letzter Zeit stets ausgeschlagen. Allerdings entschuldigte das nicht meine knappen Antworten. Ich vermisste sie, war jedoch die meisten Tage so müde und ausgebrannt, dass mir selbst die Energie für Textnachrichten, geschweige denn Telefonate, fehlte.

»Komm schon«, sagte ich mit einem Flehen in der Stimme, auch wenn ich Claras Unlust nachvollziehen konnte. Ich hätte mich auch am liebsten wieder im Bett verkrochen.

»Was krieg ich, wenn ich aufstehe?«

»Keinen Tritt in den Hintern«, erwiderte ich trocken.

Mit einem theatralischen Seufzen warf Clara die Decke von sich, und ihr blonder Haarschopf kam verstrubbelt darunter zum Vorschein. »Hast du es mal mit positiver Erziehung probiert?«

Nun musste ich widerwillig lachen. »Positive Erziehung? Wo hast du das denn wieder aufgeschnappt?«

»Ms Shuster, die neue Lehrerin«, sagte Clara und richtete sich endlich im Bett auf, nicht jedoch, ohne herzhaft zu gähnen.

»Hand vor den Mund.«

»Ne, ›Hand vor den Mund und du kriegst 'nen Cupcake‹, das wäre positive Erziehung.«

»Ziemlich sicher, dass man das Bestechung nennt«, gab ich zurück und zwickte sie in die Seite. »Und jetzt raus aus den Federn und ab ins Bad. Dann kann dir Ms Shuster weitere Dinge beibringen, die du mit deinen elf Jahren noch gar nicht wissen solltest.«

Ich warf Clara einen letzten mahnenden Blick zu und machte mich auf den Weg nach unten in die Küche. Zu meiner Überraschung saß Ada bereits am Tisch und hatte leise Musik laufen. Und der Geschirrspüler rumorte, was bedeutete, dass sie die Berge an Geschirr auf der Spüle eingeräumt hatte, für die ich gestern Abend zu müde gewesen war. Ich hätte sie am liebsten umarmt.

»Hey«, begrüßte meine ältere Schwester mich mit einem Lächeln.

»Hi«, sagte ich und ließ mich ihr gegenüber auf den Stuhl fallen, dessen Holz leicht knarzte. »Du bist früh auf. Was machst du da?« Mit einem Nicken deutete ich auf ihren Laptop.

Sie klappte das Display nach unten. »Nichts.«

Ich zog die Augenbrauen in die Höhe. Zum einen kannte ich Ada gut genug, um zu wissen, dass ihr beinahe schuldbewusster Blick das genaue Gegenteil von »nichts« bedeutete, zum anderen schlief sie für gewöhnlich viel länger. Aufgrund ihrer Krankheit war sie ohnehin dauermüde, und da sie sich ihre Arbeitszeit relativ flexibel einteilen konnte, fing sie meist später an.

»Magst du einen Kaffee?«

»Lenk nicht ab.« Unter dem Tisch stieß ich mit meinem Fuß gegen ihren. »Warum bist du schon wach? Willst du heute früher mit der Arbeit anfangen?«

Ada biss sich auf die Unterlippe, und in ihrem Blick lag Unsicherheit. Dann jedoch klappte sie ihren Laptop mit einem Seufzen wieder auf und drehte ihn zu mir herum. Stirnrunzelnd überflog ich die Seite. »Was ist das?«

»Das sind verschiedene geförderte Weiterbildungen«, sagte

sie zögerlich. »Ich bin in einem der Narkolepsie-Foren darauf gestoßen ...«

Ich überflog die Website und scrollte mit den Fingern auf dem Touchpad nach unten. Dort waren unterschiedliche Ausschreibungen von Angeboten im Grafikdesign bis hin zur Programmierung.

»Man kann sich dort mit Schwerbehindertenausweis bewerben, und jetzt, da ich den endlich habe, dachte ich ...« Sie hob die Schultern und seufzte erneut.

Ich hasste, dass meine erste Reaktion der Stich war, den ich in der Brust fühlte. Ich hasste, dass ich nicht die aufrichtige Freude empfand, die Ada von mir, ihrer Schwester, verdient hatte. Ich hasste es, dass mein erster Gedanke nicht der war, dass Ada endlich vorankam, sondern der, dass ich weiterhin feststeckte.

»Das ist großartig«, sagte ich mit einem Lächeln. Denn das war es. Es war großartig. Ich wünschte mir nichts sehnlicher, als dass Ada glücklich war – und seit ihrer Diagnose hatte es mehr unglückliche als glückliche Tage gegeben. Ihr Job als Texterin erlaubte ihr zwar, ab und an von zu Hause aus zu arbeiten, und er war, was die Arbeitszeiten anging, ziemlich flexibel, doch ich wusste, dass Ada ihn hasste. Sie war viel zu leidenschaftlich, um Texte für irgendwelche Produkte und Firmen zu schreiben, hinter denen sie gar nicht stand.

»Was davon gefällt dir denn am besten?«

Ada fuhr sich durch die kurzen braunen Haare, als hätte sie sich immer noch nicht daran gewöhnt, dass sie ihre lange Mähne vor wenigen Wochen abgeschnitten hatte.

»Du findest es nicht doof?«

»Nein!«, sagte ich und meinte es genauso. Was für eine Schwester war ich bitte, wenn Ada sich nicht getraut hatte, mit mir darüber zu reden? »Natürlich ist es nicht doof!«

»Ich würde mich natürlich nur auf Stellen bewerben, die entweder von zu Hause aus gehen oder in der Nähe sind, sodass ich keine langen Wege habe. Aber seit ich das Forum entdeckt habe …« Sie hob die Schultern. »Ich hab endlich wieder Motivation, verstehst du? Es tut mir nur unendlich leid, dass es nicht das ist, was wir uns ausgemalt haben. Wenn ich die Dinge ändern könnte, uns das Café kaufen könnte, ich würd es sofort tun.«

Ihr Blick suchte meinen und spiegelte die Traurigkeit wider, die ich gestern empfunden hatte. Die ich immer fühlte, wenn ich an unseren geplatzten Traum dachte: die Eröffnung unseres eigenen Cafés – natürlich mit Konditorei. So konnten die Rezepte unserer Mum und damit ein Stück von ihr – ein Stück der Familie, die wir einmal gewesen waren – weiterleben. Ich klammerte mich nach wie vor viel zu sehr an diesen Gedanken und lebte mehr in der Vergangenheit und meinen Träumen als in der Realität. Weil diese absoluter Mist war, um ehrlich zu sein. Aber vielleicht musste ich den Tatsachen ins Auge sehen, so wie Ada es tat, und mich damit arrangieren.

»Na, dann zeig mir mal deine Favoriten«, sagte ich und schob meinen Stuhl um die Tischkante herum, um Ada über die Schulter schauen zu können. »Ist doch super, dass wenigstens eine von uns einen neuen Traum gefunden hat.«

Ein Lächeln, das seltsam verschmitzt wirkte, trat auf Adas Gesicht. »Vielleicht ja nicht nur eine …«

Bevor ich nachhaken konnte, was sie damit meinte, hatte sie auch schon die erste Seite geöffnet und erzählte mir mehr über die Fortbildungen. Ihre Begeisterung schaffte es, meine negativen Gedanken langsam zu verdrängen. Sie hatte nichts als das Beste verdient, und wenn ich ihr dabei helfen konnte, würde ich das tun. Mein Traum mochte geplatzt sein, doch ich konnte ihr helfen, einen neuen zu finden.

»Nimm deine Jacke bitte noch von der Rückbank«, rief ich, als Clara die Tür öffnete und sich aus dem Kindersitz hievte. Sie schnappte sich die Regenjacke vom Rücksitz meines kleinen, in die Jahre gekommenen Corsas und winkte mir zu.

Sie hatte gerade das Tor zur Schule erreicht, als sie sich noch einmal umdrehte und zurück zum Auto lief. Ich zog die Handbremse wieder an und blickte ihr erwartungsvoll entgegen.

»Mir ist grad was eingefallen«, meinte sie, nachdem sie die Beifahrertür geöffnet hatte. »Mr Haffner will Dad sprechen.«

»Was? Wann und wieso?«

In Gedanken betete ich, dass wir nicht wieder einen Elternabend verpasst hatten wie im letzten Jahr.

»Heute um … warte.« Sie ging in die Knie und kramte ihr Hausaufgabenheft hervor. »Um fünf.«

»Heute?« Ich biss mir auf die Innenseite meiner Wange, um nicht laut zu werden. »Und seit wann weißt du das?«

»Seit Freitag?«, erwiderte Clara kleinlaut. »Ich hab's am Wochenende vergessen, tut mir leid! Es ist auch nichts Schlimmes, ich glaub, es geht nur darum, dass ich meine Hausaufgaben in Englisch vergessen hab.«

»Wie oft?«

Als Clara meinen Gesichtsausdruck sah, duckte sie sich ein Stückchen mehr. »Dreimal? Vielleicht vier?«

Ich schluckte meine Wut hinunter, was jedoch dazu führte, dass nur die Schuldgefühle blieben. Ich konnte Clara nicht einmal böse sein. Als ich elf Jahre alt gewesen war, hatte ich unsere Mum gehabt, die mit mir über die Hausaufgaben schaute. Ich hätte meiner Schwester helfen, sie daran erinnern und die Texte Kontrolle lesen sollen.

»Okay. Ich klär das mit Dad«, sagte ich bloß, meine Stimme klang jedoch gepresst.

Clara nickte, packte ihr Heft wieder ein, schloss den Rucksack und winkte mir zaghaft zum Abschied. »Danke, Kaycee. Hab dich lieb, ciao!« Sie schlug die Tür hinter sich zu und rannte auf den Schulhof.

»Ich dich auch«, gab ich murmelnd zurück, obwohl sie es längst nicht mehr hören konnte.

Ich warf einen Blick auf die Uhr. Viel Zeit blieb mir nicht mehr, bevor ich auf der Arbeit sein musste, vor allem, nachdem ich mich letzte Woche erst verspätet hatte, als Ada eine Schlafattacke gehabt hatte und in ihrem Zimmer gestürzt war. Ich hatte sie nicht allein lassen wollen, nicht bevor ich nicht sicher war, dass sie sich nicht verletzt hatte, und war fast zwei Stunden zu spät bei meiner Schicht erschienen. Norbert, der Filialleiter, war nicht gerade erfreut über die Verspätung gewesen.

Ich wählte die Nummer meines Dads in der Hoffnung, dass er wach war, schaltete auf Lautsprecher und legte den ersten Gang ein. Er nahm erst ab, als ich die Straße der Primary School verlassen hatte.

»Ja?« Seine Stimme war rau, also hatte ich ihn vermutlich geweckt. Kein Wunder, er hatte gestern eine Nachtschicht gehabt und sicher schon geschlafen.

»Hey, sorry, dass ich störe, aber Clara hat heute um fünf einen Lehrertermin, den sie verschwitzt hat. Kannst du hin?«

»Heute?« Mein Dad klang erschöpft. »Das geht nicht, ich kann so kurzfristig nicht freimachen, ich hab die Nachmittagsschicht.«

Ich auch nicht.

Ich schluckte die Worte hinunter und atmete einmal tief durch, bevor ich antwortete. Ada konnte ich nicht darum bitten. Dass sie langsam wieder Dinge im Haushalt übernahm, war großartig, aber sie den Bus oder das Auto nehmen zu lassen, wäre zu viel. Zumal es ihr häufig noch schwerfiel, langen Gesprächen zu folgen. »Ich red mal mit Norbert und frage, ob ich die Stunden nachholen kann«, bot ich also an. »Ich schreib dir dann, ob es klappt.«

»Danke, Kaycee, das wäre super.«

»Kein Thema«, sagte ich und bemühte mich nicht einmal, die Müdigkeit aus meiner Stimme herauszufiltern. Doch anscheinend war das auch gar nicht nötig, denn kurz darauf hatte mein Dad bereits aufgelegt.

Danke, Kaycee.

Der Satz drehte sich in meinem Kopf, bis er zu einem undurchdringbaren Strudel anwuchs. Ich hörte ihn in Dads Stimme, in Adas Stimme, in Claras, sogar in Fionas. In der Stimme unserer Nachbarin, die einen Kuchen für ihren Geburtstag benötigte. In der Stimme meiner Kollegin, wenn ich eine ihrer Schichten übernahm, weil ich das Geld wirklich gebrauchen konnte.

Danke, Kaycee.

Natürlich war er nett gemeint, und natürlich freute ich mich, meiner Familie und meinen Freunden helfen zu können, doch mittlerweile traf er mich wie ein Peitschenhieb. Weil er so häufig kam. Weil er immer selbstverständlicher wurde. Und weil ich mir, wann immer ich ihn hörte, sicher sein konnte, dass ich gerade wieder einmal zurückgesteckt und klein beigegeben hatte.

Ich stellte den Wagen auf dem Parkplatz der Filiale ab und kontrollierte mein Äußeres im Rückspiegel. Immerhin waren meine Augen kaum noch gerötet. Eigentlich könnte ich die Strecke nach East Croydon bequem laufen, doch seit Dad seinen Zweitjob angenommen hatte, um die Familienkasse aufzubessern, und nun eine Schicht nach der anderen schob, war ich es, die Clara jeden Morgen zur Schule bringen musste, und da war es leichter zu fahren. Wege mit Kindern dauerten mindestens doppelt so lang wie ohne sie. Davon abgesehen fühlte ich mich mit dem Auto sicherer – sollte Ada Hilfe benötigen, könnte ich schneller bei ihr sein.

Ich ließ die Schultern einmal kreisen und setzte ein Lächeln auf. Besser, ich versprühte da drinnen vor den Kunden und Kundinnen gute Laune, dann hatte ich bei Norbert eher Chancen, eine Stunde früher gehen zu dürfen.

»Hey«, begrüßte mich Valentin. Er war Austauschstudent aus Frankreich und verdiente sich hier etwas dazu. Ich mochte ihn, und er war ein paarmal für mich eingesprungen, wenn ich nicht konnte – auch schon, ohne es im Dienstplan zu vermerken, was mich vor Norberts Kommentaren schützte.

»Hi«, grüßte ich zurück und winkte im Vorbeigehen, während ich mich auf den Weg zur Mitarbeiterkabine machte, wo mein auberginefarbenes Shirt und mein Namensschild auf mich warteten. Ich zog mich um, band die rosafarbenen Haare, die sich leider mit der Farbe des Shirts bissen, zu einem hohen Pferdeschwanz zusammen und verstaute meine Sachen im Schließfach. Ich wollte es gerade schließen, als mein Smartphone in der Handtasche vibrierte. Eilig zog ich es hervor und checkte die eingegangene Nachricht – an der Kasse waren leider keine Handys erlaubt.

Fiona, 8.28 am:
Hey, Cupcake. Alles okay?
Lass mal hören, wie es dir geht. Und magst du am
Wochenende vorbeikommen? Können einen Filmabend
machen. Falls es zeitlich eng ist, kann ich auch bei dir
vorbeischauen 🖤

Es war die dritte Nachricht, die Fiona mir geschrieben hatte. Gestern Abend hatte ich keine Kraft mehr gehabt zu antworten – und noch weniger, darüber zu reden, wie es mir ging. Eine

Auszeit in der Stadt klang verlockend, allerdings hatte ich am Samstag eine Schicht, und ich glaubte kaum, dass ich schon wieder tauschen konnte.

Kaycee, 8.29 am:
Hey. Geht so, wenn ich ehrlich bin.
Muss jetzt arbeiten und melde mich nachher, ja?
Treffen wäre toll, aber eher nächste Woche.
Dienstplan wieder mal ...

Ich drückte auf Senden und packte, als ich sah, dass die Uhr auf halb neun umsprang, mein Handy zurück in die Tasche, schloss das Schließfach und verließ den Mitarbeiterbereich. Während ich zur Kasse eilte, befestigte ich das magnetische Namensschild an meinem Shirt.

Ich nahm an der Kasse neben Valentin Platz, registrierte mich im System, und kaum dass das Schild über mir mit der großen Zwei darauf leuchtete, wechselte auch schon eine von Valentins Kundinnen an meine Kasse.

»Guten Morgen, wie geht es Ihnen?«, begrüßte ich die blonde Frau und begann, ihre Ware zu scannen. Einen Vorteil hatte die Arbeit hier: Ich war konzentriert, kam auf andere Gedanken und konnte sie nicht, so wie gestern Abend, kreisen lassen. Außerdem waren die Gespräche mit Valentin, wann immer keine Kundschaft da war, eine nette Abwechslung. Ihn von seinem Studium oder der WG erzählen zu hören war stets eine kleine Ausflucht aus meinem eigenen Alltag. Generell war der Job okay – er war nur nicht, was ich mir für mich erhofft hatte.

Knappe vier Stunden später stand ich auf, streckte mich, bis mein Rücken sich nicht länger verkrampft anfühlte, und meldete mich zur Mittagspause ab. Mary Ann übernahm meine

Kasse, und ich scannte die Regale mit Blicken, anstatt direkt zum Mitarbeiterraum zu gehen und mir etwas in der Mikrowelle zu erwärmen. Eben hatte ich Norbert bei den Hygieneprodukten herumhuschen sehen, doch es war zu viel los gewesen, um zu ihm zu gehen. Davon abgesehen, dass er sicher nicht in Begeisterungssprünge ausgebrochen wäre, wenn ich ihn während meiner Schicht belagert hätte.

Ich fand ihn schließlich bei den Cerealien, wo er sich gerade von einem Teenager verabschiedete, dem er offensichtlich weitergeholfen hatte.

»Hi, Norbert«, sagte ich und trat langsam an ihn heran.

»Hallo«, antwortete er, und in seine Miene legte sich Skepsis, als ahnte er bereits, warum ich ihn ansprach.

Verdammt.

Verübeln konnte ich es ihm nicht. Letzte Woche war ich wegen Adas Anfall zwei Stunden zu spät erschienen, die Woche davor hatte ich zwei Schichten tauschen müssen, weil Clara krank gewesen war, und im Frühjahr hatte ich spontan eine gesamte Wochenendschicht absagen müssen – hier hatte ich ihm nicht einmal einen Grund geliefert, da »meine beste Freundin ist in einen YouTube-Skandal verwickelt und braucht mich« zwar der Wahrheit entsprochen hätte, jedoch nicht gerade die glaubwürdigste Ausrede war.

»Ich weiß, ich hab gesagt, ich ändere die nächsten Wochen erst mal nichts im Dienstplan, weil wir meinetwegen die letzten schon schieben mussten ...«

Norbert zog die Augenbrauen nach oben, was genügte, um mein Herz zum Rasen zu bringen. Ich hasste es, so unzuverlässig zu wirken, insbesondere da ich es nur tat, weil ich meiner Familie gegenüber zuverlässig war.

»Aber?«, fragte Norbert und brachte mich zum Weitersprechen.

»Meine kleine Schwester hat heute einen wichtigen Termin an der Schule, zu dem ich muss. Ich müsste um halb fünf hier los.«

»Und das weißt du erst seit heute Morgen?«

Offensichtlich hatte Norbert keine Kinder, denn ich war froh, wenn ich überhaupt noch etwas aus Claras Schulalltag erfuhr. Er seufzte.

»Kaycee, du hast dich heute extra für die lange Schicht eingetragen, um deine Stunden nachzuholen. Du arbeitest hier gerade einmal ein paar Monate und hast schon mehr Ausfälle und Schiebungen als Mary Ann, die bereits seit Jahren bei uns ist.«

»Ich weiß«, erwiderte ich kleinlaut. »Ich hol das nach, versprochen.«

»Das sagst du seit Wochen. Weißt du eigentlich, wie viele Minusstunden du angesammelt hast? Und wer soll so kurzfristig für dich einspringen?«

»Vielleicht kann Mary Ann …« Ich wusste, dass das eine schlechte Idee war, noch bevor Norbert den Kopf schüttelte.

»Nein. Und das sage ich für sie, weil Mary Ann nicht Nein sagen kann. Sie hat sich schon vor zwei Wochen bei mir über dich beschwert.«

Ich schluckte. Hatte sie wirklich?

Norbert stieß einen Schwall Luft aus und trat zur Seite, als ein Kunde das Regal hinter ihm inspizierte.

»Komm bitte mal mit«, sagte Norbert. Seine Stimme klang resigniert, und mein Hals wurde trocken.

Nein, nein, nein.

Diesen Tonfall kannte ich. Nicht von Norbert, aber von Lilly, der Inhaberin des Plattenladens, in dem ich davor gearbeitet hatte. Ich wusste genau, wohin dieses Gespräch sich entwickelte. Dennoch widersprach ich nicht, sondern folgte Norbert in den Mitarbeiterbereich, aus dem uns Valentin mit gepackter Unitasche entgegentrat.

»Au revoir, bis morgen!« Er winkte fröhlich, und ich erwiderte die Geste mit einem matten Lächeln. Im Gegensatz zu ihm glaubte ich nicht daran, dass wir uns morgen sehen würden.

Ich nahm Norbert gegenüber Platz, der die Hände in der Mitte des Tischs verschränkte.

»Ich bin gefeuert, oder?«, fragte ich, bevor er etwas sagen konnte. Er schien beinahe erleichtert, dass ich diese Worte aussprach, denn seine Schultern entspannten sich. Norbert war kein schlechter Kerl. Vermutlich war er froh, mich nicht vor den Kopf stoßen zu müssen.

»Du bist noch in der Probezeit, Kaycee. Und wenn du ehrlich zu dir bist, siehst du doch selbst, dass es so nicht funktioniert, oder? Wir brauchen jemanden, auf den wir uns verlassen können, und gefühlt kommst und gehst du, wie es dir beliebt. Ich weiß, dass bei dir viel los ist, aber ich muss auch auf den Laden und die anderen hier achten. Mary Ann ist nicht die Einzige, die sich ungerecht behandelt fühlt. Sie alle reichen frühzeitig ihre Zeiten ein und verlassen sich darauf, dass der Dienstplan funktioniert. Sie haben auch Kinder, Termine und Verpflichtungen.«

Ich nickte bloß. Ich hatte nicht einmal die Kraft, wütend oder traurig zu sein. Norbert hatte natürlich recht. So wie Lilly aus dem Plattenladen Anfang des Jahres recht gehabt hatte. Ich war nicht gerade die Mitarbeiterin des Monats.

»Okay«, sagte ich und erschrak selbst darüber, wie leer meine Stimme klang. »Also bin ich in zwei Wochen hier raus?«

»Ich glaube, es ist besser, wenn wir heute als deinen letzten Arbeitstag betrachten. Ungeachtet der Kündigungszeit. Deinen Lohn für die zwei Wochen erhältst du natürlich noch.«

Norbert betrachtete mich mit nachdenklichem Blick. »Es tut mir leid, Kaycee. Ich weiß, du hast es nicht leicht.«

»Alles gut«, sagte ich und setzte ein Lächeln auf, das sich falscher nicht anfühlen könnte. Doch wenn ich eines gerade nicht wollte, dann war es Mitleid oder – noch schlimmer – über zu Hause reden zu müssen. Ich räusperte mich.

»Ich erlasse dir die Minusstunden, die verrechne ich dir nicht mit dem noch ausstehenden Lohn.«

Ich sollte dankbar sein. Das war nichts, was Norbert tun müsste, und vermutlich entgegenkommender, als ich es verdient hatte. Doch ich war zu leer, um irgendetwas zu fühlen. Als das Schweigen zwischen uns unangenehm wurde, nickte ich Norbert ein letztes Mal zu, stand langsam auf, nahm meine Tasche aus dem Schließfach und ging, ohne mich umzuziehen oder von Mary Ann zu verabschieden, aus dem Laden. Draußen angekommen setzte ich mich in meinen Wagen und ließ den Kopf auf das Lenkrad sinken. Einige zitternde Atemzüge lang saß ich bloß so da. Die Stirn an den Lenker gepresst, die Arme kraftlos nach unten hängend.

Dann holte ich mein Handy aus der Tasche und öffnete den Chat mit meinem Dad.

Kaycee, 12.55 pm:
Kann zu dem Termin mit Claras Lehrer.

Dad, 12.56 pm:
Danke, Kaycee.

2. KAPITEL

Leo

»Leo! Amy! Einmal hierher! Etwas näher beieinander bitte! Ja, so ist es perfekt!«

»Leo!«

»Amy, dreh dich einmal.«

Zahlreiche Stimmen brüllten uns Worte um die Ohren, und Amy und ich versuchten, den Bitten nachzukommen, jedoch war es schwer zuzuordnen, welcher Fotograf nun was von uns verlangte. Die gerufenen Anweisungen wurden von dem Gekreische der Fans immer wieder unterbrochen, und obwohl ich mich langsam daran gewöhnt haben sollte, wusste ich nicht, ab wann es in Ordnung war, das Posieren aufzugeben und mich den Menschen zuzuwenden, die die Serie überhaupt erst so populär hatten werden lassen.

»Dann mal auf ins Getümmel«, meinte meine Co-Darstellerin Amy mit einem Grinsen, posierte für ein paar weitere Fotos und ging dann zu den Gruppen von Fans zu unserer Rechten. Die begeisterten Rufe schwollen noch weiter an, und ich setzte mich ebenfalls in Bewegung. Es war unendlich warm in meinem Anzug, und ich hätte das Jackett am liebsten ausgezogen, wusste jedoch nicht, ob man auf den Fotos sehen würde, wie verschwitzt ich war.

»Hey, na?«, begrüßte ich die Gruppe vor uns, die überwiegend aus Frauen bestand. Einige gingen mit Sicherheit noch zur Schule, andere jedoch waren in etwa so alt wie meine Mum. Vermutlich war es das, was *The London League*, die Serie, in der ich seit fast drei Jahren mitspielte, so erfolgreich machte: Sie sprach alle Altersklassen gleichermaßen an. Die Fans hatten alles von Postern bis hin zu ausgedruckten Collagen dabei und streckten sie uns über die Absperrung entgegen.

»Seid ihr auch in echt zusammen?«, fragte eine brünette Frau Mitte zwanzig, als ich mich für ein Selfie mit ihr über die Absperrung lehnte. »Ihr seid so süß!«

»Sagen wir mal so: Wir sind auch fernab der Kamera ein Herz und eine Seele«, beantwortete Amy die Frage. Sie machte diese ganze PR-Sache sehr viel besser als ich. Ich persönlich hielt nichts von den fadenscheinigen Antworten, zu denen uns das Management aufgefordert hatte. Wir waren kein Paar und würden niemals eines werden, auch wenn wir auf dem Bildschirm gemeinsam romantische Szenen zum Besten gaben. Sie spielte Rose, die Freundin meines Seriencharakters Jordan. Aber das war nun mal unser Job. Wir waren gute Freunde und Kollegen, warum also konnten wir das nicht klar kommunizieren? Es nervte ohnehin, dass so viele Zuschauer und Zuschauerinnen unsere Rollen mit unserer echten Persönlichkeit vermischten. So wie bei mir alle davon ausgingen, dass ich der begnadetste Koch Londons war, nur weil mein Serien-Ich ein Restaurant führte. Dass alles fernab von Kartoffeln und Spaghetti Bolognese mich überforderte, interessierte keinen. Dennoch lächelte ich die junge Frau an und nickte.

»Da hat Amy recht.«

Die Frau schien mit der Antwort zufrieden zu sein, denn sie warf Amy ein wissendes Grinsen zu und ließ dann zwei andere Mädchen vor, die mir Poster aus irgendeiner Zeitschrift entgegenstreckten.

Wir signierten, machten Fotos, beantworteten Fragen und lächelten so breit, dass zumindest meine Mundwinkel zu zittern begannen. Ich hatte völlig das Zeitgefühl verloren, und der Ansturm war seit meinem letzten Auftritt auf einem roten Teppich ins Unüberschaubare gewachsen. Während wir heute den Auftakt der zweiten Staffel feierten, drehten Amy und ich bereits an der dritten, und der Erfolg der Show schien mit jeder einzelnen Folge zu wachsen.

Irgendwann berührte mich jemand leicht an der Schulter. »Kommt ihr? Drinnen könnt ihr einen Schluck trinken, euren Lieben Hallo sagen, es warten noch ein paar Interviews auf euch, und dann geht es auch schon los.« Isabella, die Regisseurin der Show, lächelte den Fans entschuldigend zu. »Tut mir leid, ich muss euch die beiden jetzt entführen, sonst kommen sie zu spät zu ihrer eigenen Staffelpremiere. Ihr verfolgt das Ganze doch sicher über den Livestream mit, oder?«

Anstelle einer Antwort jubelte die Menge Isabella zu, die ins Klatschen einfiel und uns dann sanft ein Stück nach hinten zog.

»Puh«, stieß Amy aus, und ich konnte ihr nur bekräftigend zunicken.

»Ich hab nicht mit so vielen Menschen gerechnet«, meinte ich mit einem letzten Blick über die Schulter. Wie viele von ihnen hatten stundenlang gewartet und nun doch kein Foto oder Autogramm erhalten?

Isabella grinste uns an. »Der Hammer, oder?«

»Ja«, erwiderte ich immer noch mit ungläubigem Kopfschütteln. Die meiste Zeit war ich so sehr in meinem eigenen Mikrokosmos gefangen, eilte von meiner kleinen Wohnung zum Set und wieder zurück, dass ich gar nicht mitbekam, wie die Fangemeinde immer weiter und weiter wuchs. Mittlerweile war die Serie sogar in mehrere Sprachen übersetzt worden, also würde der Hype in der nächsten Zeit wohl auch nicht ab-brechen, ganz im Gegenteil.

Ich folgte Isabella und Amy in Richtung des festlich de-korierten Eingangs. Dass wir die Premiere im Gillian Lynne Theatre in der Nähe des Covent Garden abhielten, sprach schon für sich. Zum Serienauftakt im letzten Jahr hatten wir uns alle in einem Kino versammelt, und der Aufmarsch an Menschen hatte auch nicht für gesperrte Straßen gesorgt. Lä-chelnd trat ich vom roten Teppich in das Theater, in dem ich als Jugendlicher einmal eine Musicalaufführung von *School of Rock* mit meiner Mutter gesehen hatte. Diese empfing mich nun mit einem strahlenden Lächeln, kaum dass ich das Ge-bäude betreten hatte.

»Leonard!« Sie überbrückte die Distanz zwischen uns und zog mich in ihre Arme.

»Hey, Mum!«

»Hallo, Mrs Campbell«, begrüßte Isabella meine Mutter, und ich konnte das Lächeln aus ihrer Stimme heraushören. Kein Wunder, jeder am Set liebte meine Mum, seit sie damals mit Kuchen und Säften für alle vorbeigeschaut hatte. Manch-mal hatte ich das Gefühl, sie wünschte sich, ich wäre wieder sechzehn, damit sie mich zu den Castings und Drehs begleiten konnte. Sie liebte diese Welt.

»Ms Carter, wie schön, Sie mal wiederzusehen, es ist zu lan-ge her!«

Isabella und meine Mum umarmten einander und tausch-ten ein paar Worte aus, dann erst schien meine Mum Amy zu bemerken, denn ihr Lächeln wurde noch breiter, und sie zog meine Kollegin in ihre Arme.

»Amy, du siehst großartig aus, das Kleid steht dir ganz aus-gezeichnet. Wie schön, dass ihr den Rotton aufeinander abge-stimmt habt.« Ihr Blick glitt von Amys dunkelrotem Kleid zu meiner farblich passenden Krawatte, bevor er auf mir ruhen blieb. In den Augen meiner Mum lag ein Funkeln, und ich hätte am liebsten mit meinen gerollt. Es war völlig egal, wie häufig ich ihr beteuerte, dass zwischen Amy und mir nichts lief, sie fragte dennoch jedes Mal nach – nur weil sie mich glücklich sehen wollte, laut ihren eigenen Worten. Entweder das oder ich war ein besserer Schauspieler, als ich dachte. Immerhin schienen die Fans sich kaum vorstellen zu können, dass es nicht auch außerhalb des Sets zwischen uns funkte. Dabei war dieser Funke, der in Serien und Filmen immer so hoch angepriesen wurde, etwas, was ich im realen Leben noch suchte.

»Sie sehen toll aus, Mrs Campbell«, gab Amy zurück und ließ ihren Blick mit einem Lächeln über den eleganten schwarzen Hosenanzug meiner Mum gleiten.

»Bitte sag Julia, das haben wir doch schon durch. Magst du mit an unseren Tisch?«

Amy drehte ihren Kopf von rechts nach links und scannte den Raum – mit Sicherheit nach ihren Eltern. Allerdings hatte Amy im Gegensatz zu mir nicht das Glück, dass ihre Eltern ihre Entscheidung, der Schauspielerei nachzugehen, guthießen. Allem Anschein nach waren sie auch nicht hier, denn nach einigen Sekunden richtete sie den Blick wieder auf meine Mum und nickte. »Das wäre toll, danke«, sagte sie mit einem Lächeln, das ihre Augen jedoch nicht erreichte.

Während meine Mum uns durch die Menge dirigierte, zog ich Amy an meine Seite und legte ihr einen Arm um die Schulter.

»Hey. Ihr Verlust, okay?«

Der Ausdruck in ihren Augen wirkte traurig, als sie zu mir aufsah, und ich merkte einmal mehr, was für ein Glück ich mit der Unterstützung meiner Familie hatte.

»Du hast es so weit gebracht, diesen Erfolg kann dir niemand nehmen oder ihn dir kleinreden. Wenn deine Eltern das nicht sehen, ist es ihr Pech.«

»Danke, Leo«, sagte sie leise. Dann wandelte sich ihre Mimik vollkommen, und die Traurigkeit war aus ihrem Gesicht verschwunden, als wir an einem Stehtisch zum Halt kamen. Mein Dad und mein kleiner Bruder Ed standen nebeneinander und strahlten uns an. Dad hielt ein Glas Sekt in der Hand, Ed eines mit Orangensaft, auch wenn er mit Sicherheit versucht hatte, sich für den besonderen Anlass einen Sekt herauszuhandeln.

»Hey, ihr beiden!« Ich umarmte erst Dad und zog dann Ed an meine Brust, der sich wehrte, dabei jedoch ein so breites Grinsen im Gesicht trug, dass klar war, dass das Ganze nur gespielt war.

»Ich hab dich auch vermisst«, sagte ich und knuffte ihn in den Oberarm.

Amy beobachtete die Szene mit einem Schmunzeln und wurde dann von meiner Mum in ein Gespräch verwickelt, während mein Dad mir auf die Schulter klopfte.

»Das sind eine Menge Menschen, die für euch da sind.«

»Kann man wohl so sagen«, entgegnete ich.

»Aufgeregt?«

Ich horchte in mich hinein. War ich das? Tatsächlich war die Aufregung wesentlich geringer als letztes Jahr bei der Premiere. Klar, mit Sicherheit lag das auch daran, dass ich mehr Erfahrung mitbrachte und mich mittlerweile einigermaßen an den Medienrummel gewöhnt hatte. Doch sollte ich nicht trotzdem ein Kribbeln spüren? Einen Nervenkitzel? Immerhin sah auch ich die Folge heute zum ersten Mal in ihrer vollen Länge. Während Jordan, der junge Koch, den ich spielte, in der ersten Staffel zwar relativ wenig Screentime erhalten hatte, war er doch schnell zum Publikumsliebling geworden. Somit hatten Amy und ich in Staffel zwei wesentlich tragendere Rollen erhalten.

Etwas, wovon wohl jeder Schauspieler träumte. Etwas, wofür ich dankbar sein sollte. Doch in mir, da war nichts. Dennoch nickte ich langsam, als mein Dad mich nach wie vor fragend ansah.

»Ja, total. Das wird bestimmt großartig heute.«

3. KAPITEL

Kaycee

Mit einem Seufzen parkte ich den alten Corsa in unserer Einfahrt. Ich war völlig gerädert. Nachdem Norbert mich rausgeworfen hatte, war ich ziellos durch Croydon gewandert, um die Zeit bis zu dem Termin mit Claras Lehrer totzuschlagen. Heimzugehen war keine Option gewesen, da mich meine Schwester dort abgefangen hätte und ich ihr hätte beichten müssen, was passiert war. Dazu war ich noch nicht bereit.

Clara neben mir hatte, so wie bereits die gesamte Fahrt über, die Arme vor der Brust verschränkt und schmollte. Warum auch immer, schließlich hatte ich die Ermahnungen ihres Lehrers abbekommen, nicht sie. Etwas, was ich eigentlich mit dem Schulabschluss hinter mir gelassen hatte, zumindest war ich davon bis heute ausgegangen.

»Du sagst es Dad, oder?«, fragte Clara, den Blick weiter stur geradeaus gerichtet.

»Was genau?«, erwiderte ich mit zusammengebissenen Zähnen. »Die vergessenen Hausaufgaben, den Eintrag ins Klassenbuch, die gefälschte Unterschrift oder den Streich mit dem nassen Schwamm?«

Ernsthaft, wie konnte dieses Kind mit seinen hellblonden Haaren wie ein Engel aussehen und es dann so faustdick hinter den Ohren haben? Und wie hatte ich keinen blassen Schimmer haben können? Das belastete mich, wenn ich ehrlich war, am meisten: dass ich gedacht hatte, bei Clara wäre alles okay. Dabei war es das ganz offensichtlich nicht, und ich hatte rein gar nichts davon mitbekommen. Adas Krankheit und der Kampf um die Beantragung des Schwerbehindertenausweises hatten so viel meiner Energie und Zeit in Anspruch genommen, dass Clara dadurch unter meinen Radar gerutscht war. Dad war so in seiner Trauer versunken, dass auch er kein Auge dafür gehabt hatte – als er aus dieser hervorgekommen war, hatte er alles dafür getan, den finanziellen Verlust abzufangen, den die Situation zwangsläufig mit sich gebracht hatte.

Ich fuhr mir über das Gesicht und massierte meine Schläfen, als könnte ich so ein wenig der Müdigkeit vertreiben, die seit Tagen auf mir lastete und mein Gesicht fahl, meine Augen stumpf erscheinen ließ. Ich benötigte keinen Blick in den Rückspiegel, um zu wissen, dass das Unterfangen zwecklos war.

»Tut mir leid«, sagte ich schließlich, und endlich drehte Clara den Kopf zu mir. In ihren Augen lag Verblüffung, und ich fühlte mich gleich noch ein bisschen schlechter. Es war nicht ihre Schuld. Sie war gerade einmal elf Jahre alt.

»Wieso tut es dir denn jetzt leid?«

»Der Ton gerade war unnötig. Aber ja, ich sag es Dad.«

Nun wandte meine kleine Schwester sich ganz zu mir um. »Aber ich versprech, das kommt nicht mehr vor. Er muss es doch gar nicht wissen. Du bist auf dem neusten Stand, ich mach ab jetzt alle Hausaufgaben, nutz den Schwamm nur noch zum Tafelwischen – Kaycee, bitte!«

Clara sah mich aus großen blauen Augen an. Sie war die Einzige in der Familie, die die Augen unserer Mum geerbt hatte. Ada und ich hatten die hellbraunen Augen unseres Dads.

Ich schluckte. Es würde mit Sicherheit sowieso nur einen Streit zwischen Clara und Dad provozieren, wenn ich es ihm erzählte. Den wiederum würde ich schlichten müssen, und heute Abend lief endlich die zweite Staffel von *The London League* an, die ich auf keinen Fall verpassen wollte. Die Serie war mein einziger Lichtblick an beschissenen Tagen wie diesem.

»Du spielst deinen Lehrkräften nie wieder Streiche«, sagte ich und hob einen Finger. »Du machst deine Hausaufgaben ab jetzt direkt, wenn du aus der Schule kommst. Auch heute! Du holst die verpassten dieses Wochenende nach und zeigst sie am Montag nach dem Unterricht vor.« Ich hob einen zweiten und schließlich einen dritten Finger. »Und du fälschst nie, nie wieder eine Unterschrift, okay?«

Clara nickte, dann fiel sie mir um den Hals, so schnell, dass der Gurt sie ein Stückchen zurückzog.

»Danke, Kaycee, du bist die Beste!«

»Und du eine absolute Nervensäge. Ich hab dich lieb.«

»Ich dich auch«, nuschelte sie in meine Halsbeuge, und für einen kurzen, wunderbaren Moment, war alles okay. Ich versuchte, dieses Gefühl und die Wärme irgendwo tief in mir zu speichern. Spätestens wenn ich Dad meinen Rauswurf beichtete, konnte ich sie gebrauchen.

»Okay, genug Liebe«, sagte ich und löste mich aus Claras Umklammerung. »Ich hab richtig Hunger, und ich will pünktlich zu *London League* fertig mit dem Kochen sein.«

»Jaja«, gab Clara zurück, befreite sich von dem Gurt und sprang nach draußen. Kurz darauf fiel die Beifahrertür mal wieder viel zu heftig hinter ihr zu.

Ich schnallte mich ebenfalls ab, nahm meine Tasche vom Rücksitz und folgte meiner kleinen Schwester nach drinnen. Der Geruch von Bolognese empfing uns, und als ich den Kopf zur Küchentür hineinsteckte, stand Ada, einen Kochlöffel in der Hand, am Herd.

»Oh mein Gott, ich liebe dich.«

Mit einem Grinsen drehte sie sich um. »Mich oder die Soße?«

»Beides!« Ich umarmte sie kurz von hinten und holte mir dann eine Cola aus dem Kühlschrank.

»Ich dachte mir, du hattest heute bestimmt genug Stress mit dem Termin und allem, und da ich mehr als genug Zeit hatte …« Sie hob die Schultern. »Ist gleich fertig. Außerdem hab ich Snacks für später geholt.«

Ohne dass ich es wollte, schossen mir nun die Tränen in die Augen, die ich nach der Kündigung heute Mittag im Zaum gehalten hatte. Ich wandte den Kopf zur Seite, doch Ada hatte es dennoch bemerkt.

»Alles okay?« Sie ließ den Holzlöffel in die blubbernde Soße gleiten und trat zu mir. Ihr Arm berührte sanft meine Schulter, sodass ich ihr den Kopf zuwandte, nicht jedoch, ohne vorher die Tränen weggeblinzelt zu haben. Ich wollte ihr nicht von dem ganzen Desaster berichten – noch nicht.

»Ja, alles in Ordnung«, erwiderte ich. »Ich freu mich nur echt, dass du kochst, das ist total lieb.«

»Himmel, du brauchst dringend Urlaub«, gab Ada mit einem schiefen Lächeln zurück, und ich konnte nicht sagen, ob sie mir meine Worte abkaufte oder nicht.

»Du kochst!«, rief Clara mit Begeisterung, als sie zu uns in die Küche kam.

»Exakt. Und du deckst den Tisch. Für vier, Dad müsste auch bald kommen.«

Ausnahmsweise gab Clara keine Widerworte, sondern nahm mit einem Nicken vier Teller aus dem Hängeschrank und trug sie nach nebenan in den Wohn- und Essbereich. Mit erhobenen Augenbrauen sah Ada mich an.

»Wie schlimm war die Standpauke des Lehrers, wenn sie das einfach so macht?«

»Nicht so schlimm wie ihre Angst davor, dass ich Dad erzähle, was er zu sagen hatte.«

Mit einem Seufzen holte ich Besteck aus der Schublade, um Clara zu helfen. Ich tat das Richtige. Natürlich wäre es schön gewesen, die Auseinandersetzungen mit Claras Schulkram an Dad abzutreten. Diese eine Sache nicht länger in meinem ohnehin zu vollen Kopf haben zu müssen. Aber nun, da ich sowieso schon im Bilde war, war es so mit Sicherheit einfacher. Außerdem war unser Vater nach der Arbeit oft völlig ausgelaugt, und wenn ich eines heute nicht gebrauchen konnte, dann war das ein Streit, aus dem Clara weinend und Dad noch erschöpfter herausgehen würde. Denn diese Szenarien gab es leider viel zu häufig, und meist blieb das Schlichten an mir hängen.

»Superlecker!«

Clara grinste breit, kaum dass sie den ersten Bissen gegessen hatte, und machte sich nicht einmal die Mühe, vor dem Sprechen fertig zu kauen. Ich ersparte mir meine Ermahnung und schob mir stattdessen lieber ebenfalls eine Gabel Bolognese in den Mund. Beinahe hätte ich laut aufgeseufzt. Essen, gleich ein gemütlicher Abend vor dem Fernseher und vielleicht ein Telefonat mit meiner besten Freundin Fiona – dann würde ich das Job-Problem schon irgendwie gelöst bekommen.

»Das ist wirklich gut«, sagte Dad mit einem Lächeln in Adas Richtung. »Danke dir fürs Kochen.«

Ada erwiderte das Lächeln, und die fast normale familiäre Stimmung sorgte dafür, dass sich auch meine Mundwinkel ein wenig hoben.

»Wie war denn der Termin an der Schule?«

Ich hatte gehofft, dass er vergessen würde zu fragen. Ich hasste es zu lügen, jedoch hatte ich das in den letzten vier Jahren immer häufiger tun müssen. Es waren White Lies – kleine Ausflüchte und Halbwahrheiten, damit sich Dad und Ada nicht noch mehr sorgten, als sie es ohnehin taten. Clara fing meinen Blick auf, und in ihren Augen lag ein flehender Ausdruck. Ich schluckte.

»Gut.« Meine Stimme klang normal, nicht einmal im Ansatz, als hätte ich Mühe, die Worte auszusprechen – und das hasste ich mehr als alles andere. Wie alltäglich dieses Schauspiel geworden war. »Wir haben alles klären können, waren nur Kleinigkeiten.« Ich winkte ab. »Nicht der Rede wert.«

Der dankbare Ausdruck im Gesicht meiner Schwester schaffte es nur bedingt, mein schlechtes Gewissen zu mildern. Für einen kurzen Augenblick ruhte der Blick meines Vaters auf mir, als versuche er herauszufinden, ob ich die Wahrheit sagte. »Wieso wollte er dich dann sehen?«

»Einfach so.«

Dad legte das Besteck zur Seite und fuhr sich über den kurzen Bart. »Wenn es Probleme gibt, musst du mir das sagen, Kaycee. Ich bin Claras Dad.«

Ich biss mir auf die Innenseite meiner Wangen, damit das grimmige Lächeln sich nicht Bahn brechen konnte. Er war Claras Dad, ja. Trotzdem blieb ein Großteil der elterlichen Pflichten an mir hängen.

»Ich hab den Job bei Sainsbury's verloren.« Die Worte waren raus, bevor ich weiter nachdenken konnte. Zum einen, um von Clara und dem Thema abzulenken, zum anderen, weil ich es früher oder später ohnehin beichten musste.

Ich drehte eine Portion Spaghetti auf meine Gabel, ignorierte, wie schwer mir die Pasta, die eben noch so gut geschmeckt hatte, nun im Magen lag, und versuchte, Dads Blick auszuweichen.

»Wie bitte?«

Ich brauchte sein Gesicht gar nicht zu betrachten, die Fassungslosigkeit in seiner Stimme war völlig ausreichend.

»Bitte sag mir, dass das ein schlechter Scherz ist.«

»Dad«, zischte Ada.

»Was? Das ist der wievielte Job innerhalb eines Jahres? Kaycee, dir muss doch klar sein, wie das auf deinem Lebenslauf aussieht.«

Ich hielt die Gabel mit den aufgerollten Spaghetti in meiner Hand, führte sie jedoch nicht zu meinem Mund. Ganz so, als hoffte ich, dass das Gewitter vorüberzog, wenn ich mich nur nicht bewegte.

»Wie konnte das denn passieren?«

Es lag mir auf der Zunge, ihm die ganze Wahrheit entgegenzuschleudern. Dass ich gefeuert worden war, weil ich den Termin an Claras Schule hatte wahrnehmen müssen. Dass ich den letzten Job verloren hatte, weil mich Adas Schlafattacke aufgehalten hatte und ich wieder mal zu spät gekommen war. Dass ich all diese Jobs nicht hatte halten können, weil ich Dinge für unsere Familie tat, die eigentlich seine Aufgaben waren. Doch ich biss die Zähne zusammen und schuf den Worten somit ein undurchdringbares Gefängnis. Denn ich konnte ihm die Wahrheit nicht sagen. Als ich aufblickte und in Dads abgearbeitetes Gesicht blickte, verpuffte die Wut – wie so oft.

Mein Blick wanderte von seinen müden braunen Augen, die einst so hell geglänzt hatten, zu den Falten um den Mund bis hin zu dem Bartschatten, der ebenfalls eine Neuerung seit Mums Tod war, denn früher hatte er sich jeden Morgen penibel rasiert. Ich konnte ihm nicht böse sein, denn sein Blick spiegelte das Leid, das auch ich empfand. Und trotz der Fassungslosigkeit lagen auch Sorge und Liebe darin. Dahinter eine Wärme, die mich an meine Kindheit erinnerte und an all die Dinge, die mein Dad für mich getan hatte und immer noch tat. Also legte ich die Gabel zur Seite und atmete tief durch.

»Ich finde etwas Neues.«

Dads Blick wurde weicher, er legte seine Hand auf meine und drückte sie kurz. »Ich mach mir nur Sorgen.«

»Musst du nicht, ich regel das. So wie immer.«

»Kaycee war sowieso überqualifiziert für den Job«, warf Ada ein, und ich hätte am liebsten aufgelacht. Denn wirklich rosig sah mein Abschluss nicht aus. »Du bist viel zu talentiert dafür. Du solltest backen.«

»Ja!« Clara war Feuer und Flamme, wie immer, wenn Ada das Thema anschnitt. »So wie du es geplant hast!«

»So einfach ist das nicht«, warf ich mit müdem Lächeln ein. »Weißt du, wie viel so ein eigenes Café kostet?«

»Dann mach es so wie die anderen bei *Bake That Cake!*.« Claras Augen funkelten. »Bewirb dich!«

Ich lachte auf und schaufelte mir kopfschüttelnd die restliche Soße auf den Löffel.

»Wieso eigentlich nicht?«, fragte Ada zu meiner Überraschung. »Was spricht dagegen?«

»Ähm, alles?«

»Aber dann könnten wir dich hier anfeuern«, rief Clara begeistert. »Mach das! Du würdest gewinnen!«

Erneut entwich mir ein Lachen. »Würde ich nicht. Ich kann backen, und es mag für Sonntage und die gelegentliche Hochzeitsfeier reichen, aber ihr habt doch selbst gesehen, was für Torten sie dort auffahren. Was sie machen, ist Kunst!«

»Das könntest du genauso gut«, sagte Ada bestimmt. »Was du für Laurens Hochzeit gebacken hast, hätte man locker in einer Konditorei verkaufen können – für ein paar Hundert Pfund.«

»Ja, weil es eine Hochzeitstorte war. Die kosten immer ein halbes Vermögen. Aber für die Show bräuchte ich Talent.«

»Zum Backen braucht man kein Talent, das ist ein Handwerk.«

»Danke, dass du an mich glaubst, aber nein danke«, erwiderte ich mit Nachdruck. »Das ist nichts für mich.«

»Aber dann hättest du auch Zeit zum Backen!« Clara lehnte sich so weit über die Tischkante, dass ihre hellen Haare beinahe auf ihrem leeren Teller landeten. »Bitte, Kaycee.«

»Eben, du hast ewig nicht gebacken.«

»Stimmt doch gar nicht. Letzte Woche hab ich für Dads Kollegen gebacken.«

»Ja, aber ich meinte so für dich. Neue Kreationen. Das ist es doch, was du sonst so liebst.«

»Hatte halt keine Zeit«, gab ich zurück und versuchte, den Schmerz in meiner Brust zu ignorieren. Ada hatte recht. Normalerweise liebte ich es, Stunden in der Küche zu verbringen und neue Rezepte aus alten zu schaffen. Dass ich wenig Zeit hatte, stimmte zwar, war jedoch nicht der einzige Grund. Denn wofür sollte ich mir die Mühe noch machen? Es führte doch ohnehin zu nichts. Zu üben und mich kreativ auszutoben brachte mich nicht weiter. Und im Gegensatz zu früher machte es auch keinen Spaß mehr, sondern war nur eine mit Zuckerguss verzierte Erinnerung an mein Scheitern.

»Bitte, Kaycee!«

Clara zog meinen Namen bettelnd in die Länge. Es war derselbe Tonfall, den sie auch nutzte, wenn sie länger aufbleiben oder etwas Süßes wollte.

»Ich würde sowieso nicht gewinnen. Ich guck die Show seit Jahren, ich kenne die Ansprüche.«

»Aber …«, setzte Ada an, doch mein Dad kam ihr zuvor.

»Ich finde, Kaycees Einstellung ist mehr als vernünftig. Sie sollte sich einen anständigen, sicheren Job suchen, nicht bei dem Zirkus einer Realityshow mitmachen, bei der sie mit hoher Wahrscheinlichkeit nicht gewinnt. Das wäre leichtsinnig.«

»Genau«, sagte ich leise. Es kostete alles, was ich noch an Energie übrighatte, meine Mimik unter Kontrolle zu behalten. Dass Dad mich nicht ermutigte, an der Show teilzunehmen, tat weh. Dabei war dieser Gedanken albern. Genau dasselbe hatte ich doch auch gesagt. Es war absolut kindisch, von seinen Worten verletzt zu sein – dennoch bohrte ich meine Fingernägel so fest ins Holz des Stuhls, dass es wehtat. Ich hatte meinen Traum längst aufgegeben. Dass Dad es auch getan hatte, schmerzte mehr, als ich mir eingestehen wollte.

4. KAPITEL

Kaycee

»Ich bin so aufgeregt!«

»Weil du gleich wieder Leo Campbell anhimmeln kannst?«

»Auch«, gab Ada zu, »aber vor allem, weil die Pause seit Staffel eins viel zu lang war. Und komm schon, als ob du Leo weniger anschmachtest.«

Damit mochte meine Schwester zwar recht haben, denn Leo war mit seinen dunkelbraunen Haaren und Augen und der tiefen Stimme genau mein Typ – aber das würde ich ihr ganz sicher nicht auf die Nase binden. Immerhin hatte die Aussicht auf *The London League* und einen entspannten Abend meine Laune ein wenig gebessert. Ich hatte es mir gerade unter der Decke gemütlich gemacht, als die Tür zum Wohnzimmer geöffnet wurde. In Erwartung, Clara zurück in ihr Bett schicken zu müssen, drehte ich mich mit strengem Blick um. Doch es war Dad, der den Raum betrat, und er brachte den himmlischen Geruch von frischem Popcorn mit sich.

»Ich störe euch nicht lang, aber ich dachte, für euren Serienabend könntet ihr noch etwas Verpflegung gebrauchen.« Er stellte den Eimer Popcorn, den er aus dem Kino geholt haben musste, vor uns auf dem Couchtisch ab.

»Oh mein Gott, du bist der Beste.«

»Danke«, sagte ich und musste lächeln, als Dad erst mir und dann Ada einen Kuss auf den Kopf drückte.

»Macht's euch gemütlich. Ich hab euch lieb.«

»Wir dich auch«, riefen meine Schwester und ich unisono, und ich versuchte, die Gedanken an das Gespräch beim Abendessen zu verdrängen. Dad meinte es nur gut mit mir. Er sorgte sich bloß. Vor allem aber hatte er recht. Ich musste aufhören, meinen Wunschträumen hinterherzujagen.

Ada schnappte sich eine Handvoll Popcorn und hielt mir den Eimer dann entgegen. Bevor ich mich bedienen konnte, klingelte jedoch mein Handy.

»Hey, Ton aus. Du kennst die Regeln.«

»Ja, sorry! Bin sofort zurück. Ist bestimmt Fiona, wir wollten heute Abend noch telefonieren, vielleicht hat sie die Premiere vergessen.«

Ich schnappte mir mein Smartphone, ging in den Flur und registrierte verwundert, dass es eine unbekannte Nummer war.

»Kaycee Williams hier«, sagte ich mit fragendem Unterton.

»Kaycee, wie schön, dass ich dich so schnell erreiche! Entschuldige bitte den späten Anruf, aber ich hatte einige auf der Liste.«

Die Stimme am anderen Ende war energiegeladen, und ich hörte das Lächeln aus ihr heraus. Sie schien mich zu kennen. In meinem Hirn begann es zu arbeiten, doch ich konnte die Stimme beim besten Willen nicht zuordnen.

»Ich bin Martha und arbeite für Channel Y.«

Channel Y? Das war der Sender, den Ada und ich im Wohnzimmer gerade laufen hatten. Der Sender, auf dem *The London League* lief. *The London League* und …

»Ich rufe wegen deiner Bewerbung an.«

»Meiner Bewerbung?«

»Genau! Du bist dabei!«

Ich war dabei? Wobei? Ich sah erneut aufs Display meines Handys, als könnte es mir irgendwelche Antworten liefern.

»Kaycee?«, erklang die Stimme, als ich es mir wieder ans Ohr hielt.

»Ähm, ja. Ich bin noch dran.«

»Normalerweise höre ich spätestens ab diesem Moment Jubelschreie durchs Telefon«, sagte Martha mit einem Lachen. »Du kannst es gar nicht fassen, was? Nun, deine Geschichte und dein Portfolio haben uns wirklich beeindruckt. Hättest du in dieser oder der nächsten Woche gleich Zeit für das Auswahlbacken?«

Meine Geschichte? Mein Portfolio?

Eine böse Vorahnung beschlich mich.

»Auswahlbacken?«, sprach ich das nach, was ich von all dem am allerwenigsten verstand.

»Ja, wir laden fünfundzwanzig Leute zum ersten Kennenlernen ein, in die Show kommen jedoch nur zehn. Aber mach dir keine Sorgen! Du musst dich auf das Casting nicht vorbereiten, nur backen. Wir erwarten keine Schauspielerin, sondern einen echten Menschen, also sei einfach du selbst. Wir machen bei all unseren Realityshows eine Art Screen Testing vorab, um zu sehen, ob die Teilnehmenden passen, weißt du? Also gib dich, wie du bist. Es ist natürlich keine kleine Herausforderung, aber ich bin mir sicher, dass du ihr gewachsen bist.« Martha stieß ein glockenhelles Lachen aus, und selbst wenn ihre Worte und das Geräusch nicht auswendig gelernt geklungen hätten, hätten sie nicht zu meiner Entspannung beigetragen. Denn so langsam begann es mir zu dämmern.

»Für welche Show arbeiten Sie?«, fragte ich. In meinem Hals kratzte es, so trocken war er mittlerweile.

»Na, für *Bake That Cake!*, Mädchen, bei wie vielen Sendern hast du dich denn beworben?«

Wieder lachte Martha. Und wieder war mir nicht nach Lachen zumute. Das konnte nicht sein.

49

»Ich bin bei *Bake That Cake!* dabei?« Meine Stimme zitterte leicht. Ich konnte nicht einmal sagen, weshalb, denn in mir wüteten alle möglichen Emotionen: Unglaube. Schock. Fassungslosigkeit. Wut. Und ein kleiner Hauch von Freude und Aufregung, den ich geflissentlich ignorierte. Denn zur Freude hatte ich keinen Anlass.

»Beim Auswahlbacken. Zehn von fünfundzwanzig kommen weiter«, betonte Martha noch einmal, als wäre ich schwer von Begriff. »Entschuldige, ich dachte, das wäre dir klar, als ich den Sender genannt habe. Kein Wunder, dass es keine Jubelschreie gab. Also? Hast du Fragen?«

»Ich … ähm …« Ob ich Fragen hatte? Nun hätte ich am liebsten doch laut aufgelacht. Ich hatte etliche. Allerdings nicht an Martha, sondern an die Person, der ich das hier zu verdanken hatte.

»Kann ich Sie später zurückrufen? Ich … ich hab einen Termin und …« Ja, was und? Stille breitete sich zwischen uns aus, und Martha räusperte sich.

»Natürlich.« Sie klang nicht länger, als würde sie lächeln. Vielmehr war in ihrer Stimme Verunsicherung zu hören. »Du bist aber dabei, richtig? Wir bräuchten deine Zu- oder Absage bis zum 5. August. Idealerweise natürlich diese Woche, damit wir im Notfall einen unserer Nachrücker informieren können.«

Vermutlich hatten sie noch nie jemanden am Hörer gehabt, der abgesagt hatte. Warum auch? Alle anderen waren mit Sicherheit völlig aus dem Häuschen gewesen. Allerdings hatten alle anderen sich höchstwahrscheinlich auch selbst beworben.

»Ich meld mich später«, gab ich zurück und drückte den roten Button auf dem Display. Ich presste das Handy an meine Brust, meine Gedanken wirbelten durcheinander. *Bake That Cake!* wollte mich. Sie hatten mich zum Casting eingeladen.

Die Show, die ich seit Jahren begeistert verfolgte, wollte mich vor ihren Kameras. Mein Herz zog sich sehnsüchtig zusammen, als ich den Gedanken zuließ: ich beim Backen vor der Jury, die ich Hunderte Male am Bildschirm meines Laptops betrachtet hatte.

Dann jedoch schlug die Aufregung um, und Enge machte sich in meiner Brust breit. Was war mit Ada? Mit Dad? Clara? Zumal ich ohnehin keine Chance hatte. Ich mochte zum Casting eingeladen worden sein, doch ich würde mich niemals gegen die anderen durchsetzen können. Wie auch? Ich backte für Geburtstage und Hochzeiten. Bei *Bake That Cake!* stellten regelmäßig namhafte Konditoren ihr Können unter Beweis.

Sie sollte sich einen anständigen, sicheren Job suchen, nicht bei dem Zirkus einer Realityshow mitmachen, bei der sie mit hoher Wahrscheinlichkeit nicht gewinnt. Das wäre leichtsinnig.

Ich schluckte. Dad hatte recht. Ich hatte keine Chance. Erst recht nicht auf das Preisgeld. Am Ende stand ich genauso da wie jetzt: vor einem zerplatzten Traum – nur dass ich noch mehr Zeit verschwendet und eine noch größere Lücke im Lebenslauf hätte.

»So eine gute Folge!«, nuschelte Ada, die Zahnbürste im Mund. »Ich fass es nicht, dass der Vaterschaftstest negativ war! Und dass Jordan jetzt wirklich den Laden übernimmt! Was natürlich gut für uns ist, weil Leo Campbell dann mit Sicherheit mehr Screentime hat. Das bedeutet mehr Zeit zum Schmachten.«

Sie spuckte die überflüssige Zahnpasta ins Waschbecken, spülte mit Wasser nach und wandte sich dann zu mir um. »Sie schaffen es echt immer wieder, zu überraschen.«

Ich flocht meine pinken Haare in einen lockeren Zopf, damit sie gleich beim Schlafen nicht störten, und nickte. Innerlich war ich immer noch wie gelähmt. Den Auftakt der zweiten Staffel hatte ich kaum mitbekommen. Meine Gedanken kreisten unentwegt um den Anruf. Ich hatte Ada konfrontieren wollen, mich dann jedoch entschieden, ihr nichts zu sagen. Denn wenn ich ihr davon erzählte, würde sie versuchen, mich zur Zusage zu überreden. Also hatte ich einfach behauptet, dass es Fiona gewesen war, die angerufen hatte.

»War echt gut«, antwortete ich lahm. Ada plapperte weiter begeistert über die Folge, während ich schweigend meine Feuchtigkeitscreme auftrug.

»Ich geh schon mal ins Bett«, unterbrach ich den Redeschwall meiner Schwester. »Ich wollte noch mit Fiona telefonieren.«

»Habt ihr das nicht gerade eben?«

»Ja, ich meinte, ich wollte sie zurückrufen«, log ich.

»Ist alles okay?«

»Klar, was sollte sein?«

»Du wirkst so abwesend. Eben bei der Serie schon.«

»Bin einfach nur erschlagen vom Tag. Lief ja nicht gerade gut.«

»Das wird«, sagte Ada bestimmt und drückte mich an sich. »Ich wette, in ein paar Tagen sieht die Welt anders aus.«

Warum? Weil Channel Y mich in ein paar Tagen schon angerufen hat?

Ich musste aufhören, daran zu denken. Die Sendung war keine Option für mich.

»Sag Fiona liebe Grüße, ja?«

»Mach ich«, erwiderte ich mit einem Lächeln, das Adas Zuversicht hoffentlich spiegelte. »Gute Nacht.«

»Nacht.«

Kaum dass ich die Badezimmertür hinter mir geschlossen hatte, wanderten meine Mundwinkel nach unten, als hätte ich zwei unsichtbare Fäden durchtrennt, die mein Lächeln aufrechterhalten hatten. In meinem Zimmer warf ich mich auf mein Bett, kuschelte mich in die weiche Decke und wählte die Nummer meiner besten Freundin. Nach nur zwei Freizeichen nahm sie ab.

»Hey, Cupcake!«

Fiona zu hören genügte, um mir direkt die Tränen in die Augen zu treiben.

»Hey«, sagte ich und räusperte mich, als ich bemerkte, wie dünn meine Stimme klang. Fiona war es ebenfalls nicht entgangen.

»Was ist passiert?«

In ihrem Tonfall lagen so viel Wärme und Mitgefühl, dass ich nicht anders konnte, als laut aufzuschluchzen. »Ich bin arbeitslos. Mal wieder.«

»Fuck. Haben sie dich rausgeworfen?«

Mein Ja verlor sich in einem weiteren Schluchzen, doch Fiona war es Antwort genug, denn es dauerte keine Sekunde, bis sie eine Schimpftirade auf meinen ehemaligen Arbeitgeber losließ, die mich widerwillig zum Schmunzeln brachte.

»Norbert trifft keine Schuld, er ist eigentlich echt okay.«

»Aber auf irgendjemanden muss ich wütend sein können. Hey, du kennst doch unseren Spruch: Nichts ist für immer …«

»… außer wir«, beendete ich unser Motto mit traurigem Lächeln. »Aber das ist nicht alles …«

»Was denn noch?«

»Ich hab eine Zusage von *Bake That Cake!*.«

Einige Atemzüge lang herrschte Schweigen am anderen Ende, dann stieß Fiona einen kleinen Schrei aus.

»Du hast dich beworben? Wieso hast du das nicht erzählt? Herzlichen Glückwunsch! Oh mein Gott, du wohnst bei mir, das ist dir hoffentlich klar, oder?«

»Ich nehme nicht teil.«

»Was?«

»Ich kann hier nicht weg.«

»Aber warum dann die Bewerbung?«

»Das war ich nicht. Das war Ada.«

»Das ist doch das Beste, was passieren konnte. Du hast eine Chance, dass dein Traum noch wahr wird.«

»Als ob nicht eh klar ist, dass der nichts mehr wird.«

Die Worte rollten bitter über meine Zunge, und mein Magen verknotete sich so, dass es wehtat. Mit der freien Hand drückte ich auf meinen Bauch, dabei wusste ich, dass es bloß Phantomschmerzen waren. Sie füllten das Loch in mir, das mein geplatzter Traum hinterlassen hatte.

»Ist es das?«, fragte Fiona.

»Ada kann sich nicht selbstständig machen. Sie kann nicht an einem Ofen stehen, wenn ihr eine Schlafattacke oder ein Krampf droht. Mal ganz davon abgesehen, dass sie die Küche in Brand stecken könnte, könnte sie sich verletzen. Wir haben mit genug Ärzten darüber geredet und …«

»Wenn Ada sogar deine Bewerbungsunterlagen eingeschickt hat, wäre sie doch offensichtlich nicht böse, wenn du die Sache allein verfolgst.«

»Die Chancen, dass ich die Show gewinne, sind viel zu gering.«

»Eins zu zehn.«

»Eins zu fünfundzwanzig, sie machen noch eine Art Vorab-Casting. Da wollen sie erst einmal sehen, ob ich das Zeug dazu habe. Wenn ich das habe, dann ja: eins zu zehn. Immer noch eine neunzigprozentige Chance, dass ich alles in den Sand setze. Mal wieder. Ich werde nicht teilnehmen. Dad, Ada und Clara brauchen mich. Manchmal sind Träume eben genau das: Träume. Nicht dafür bestimmt, Realität zu werden.«

So dumm es auch war, rannen mir die Tränen über die Wangen, weil ich mein Schicksal mit jedem ausgesprochenen Wort besiegelte. Das hier war mein Leben. Nach Mums Tod hatte ich mir immer und immer wieder eingeredet, dass es leichter werden würde. Dass sie recht hatte und ich wirklich alles in mir trug, was ich brauchte, um mein Leben in Angriff zu nehmen. Doch was brachten mir die Dinge in mir, wenn alles um mich herum gegen mich ankämpfte?

5. KAPITEL

Leo

Der Geruch des Morgens umfing mich, als ich durch das verschlafene Islington lief. Der Duft frischer Backwaren vermischte sich mit dem der noch kühlen Luft, die doch einen warmen Tag versprach. Ich liebte es, vor allen anderen wach zu sein und die Stadt für mich zu haben. Nicht wirklich natürlich, denn London schlief nie. Doch um kurz nach sechs konnte ich ungestört durch die Straßen wandern, wurde nicht für Selfies angehalten, und abgesehen von einigen Gesprächen und dem leisen Rauschen der vorbeifahrenden Busse war es völlig ruhig.

Ich verließ die Liverpool Road und steuerte auf das kleine Restaurant in der Nähe des Gibson Square Gardens zu, das mittlerweile mein zweites Zuhause geworden war. Für viele Szenen hatten wir ein Filmset, Jordans Arbeitsstätte war jedoch ein reales Restaurant, das seit dem Erfolg der Show ordentlich Aufschwung erhalten hatte.

»Hey, Leo!«, begrüßte mich Isabella. Sie lehnte mit Charlie, einem der Autoren und dem eigentlichen Strippenzieher der Show, an der schwarzen Außenfassade des Lokals und trank einen Kaffee.

»Wie kann man so früh morgens schon so fit aussehen?« Charlie prostete mir mit seiner Kaffeetasse zu und sah, zugegeben, alles andere als fit aus. Das lag jedoch meistens daran, dass er die Texte für die Folgesendungen bis spät in die Nacht hinein verfasste. Theoretisch müsste er für den Dreh nicht einmal anwesend sein, dennoch verpasste er so gut wie keine Aufnahme.

»Vorfreude auf den Drehtag«, gab ich mit einem Schmunzeln zurück, das Isabella zum Lachen brachte.

»Klar. Wer liebt sie nicht, die Vierzehn-Stunden-Schichten. Solange du gleich besser schauspielerst als bei diesem Satz …«

»Ich hol mir einfach einen von denen«, sagte ich und deutete auf ihre Kaffeetasse, »und dann wird das schon. Außerdem war der Staffelauftakt so ein Erfolg, das motiviert zusätzlich.«

Denn nicht nur die Fans auf dem roten Teppich hatten wir begeistern können, die ersten Kommentare und Posts zu der ersten Folge der zweiten Staffel waren großartig gewesen. Ich hatte immer noch nicht recht verarbeitet, wie viele Menschen letzte Woche zur Premiere da gewesen waren. Ausnahmsweise hatte ich auch gar nichts an meiner Leistung auszusetzen gehabt. Normalerweise vermied ich es, mir die fertig geschnittenen Folgen anzusehen, da mir immer etwas auffiel, das ich hätte besser machen können.

Ich schob mich an den beiden vorbei durch die Doppeltür und betrat das Innere des Lokals, wo Ton- und Lichttechniker bereits fleißig zugange waren. Das war der Nachteil daran, real existierende Orte zu nutzen: der Umbau und die damit verbundene Tatsache, dass wir lange Drehtage hatten, um den Aufwand geringer zu halten. Allerdings lohnte sich all das, denn vor allem für die Londoner war das eines der Dinge, die die Serie so besonders machten: dass sie die Orte besuchen konnten und wir dort sogar ab und an Fan-Events veranstalteten.

Ich begrüßte alle im Vorbeigehen und lief einmal quer durchs Restaurant, bis ich den verwinkelten Raum erreicht hatte, der gerade zur Maske umgebaut wurde.

»Hey, Leo!« Yennifer, die dabei war, ihr Make-up auf dem langen Marmortisch auszubreiten, unterbrach ihre Arbeit und drückte mich kurz an sich. Ich stellte meine Tasche auf der Sitzbank ab und lächelte ihr zu.

»Wie geht's?«, fragte ich. »Magst du 'nen Kaffee?«

»Oh Gott, ja. Die Kleine hat mich die halbe Nacht wachgehalten, Kaffee wäre ein Traum. Oh, und falls du Amy siehst, sammle sie bitte ein, ja? Isabella hat entschieden, dass wir ihr neues Tattoo nicht in die Story einbauen, also darf ich das jetzt überschminken.« Sie verdrehte die Augen. »Passt angeblich nicht zu ihrem Charakter. Solltest du noch irgendwelche Veränderungen an deiner Frisur oder deinem Körper planen, setz sie am besten jetzt um. Wenn das so weitergeht, habt ihr bald eine Zusatzklausel zum Vertrag.«

»Okay, Kaffee, Amy, keine neuen Tattoos in nächster Zeit, ist notiert«, gab ich schmunzelnd zurück und machte mich auf den Weg zur Kaffeemaschine. Ich liebte den Trubel am Set und dass die meisten von uns mittlerweile eine kleine Familie geworden waren. Gerade Amy war manchmal wie die große Schwester, die ich nie gehabt hatte.

Ich stoppte am Tresen des Lokals, an dem bereits Lisanne und Pádraig saßen – ebenfalls mit Kaffee in der Hand. Lisanne war schon von Staffel eins an dabei und spielte meine Kollegin in dem Restaurant, das ich als Jordan mittlerweile leitete. Pádraig war mein neuer Co-Darsteller, dessen Job es war, mir in der Serie das Leben zur Hölle zu machen. Damit spielte er so ziemlich das genaue Gegenteil seines eigentlichen Charakters. Ich kannte ihn zwar noch nicht lange, da er erst vor zwei Wochen, zum Beginn der Dreharbeiten für die dritte Staffel hinzugekommen war, hatte ihn jedoch auf Anhieb gemocht. Er hatte Georges Platz eingenommen, nachdem dieser – niemand wusste warum – vom Set geflogen war.

»Hi, ihr beiden«, grüßte ich sie und machte mich an der Maschine zu schaffen.

»Hey, na?« In meinem Rücken raschelte etwas, und als ich mich umdrehte, legte Pádraig eine Zeitschrift zur Seite. »Hast du das hier gesehen?«

Mit erhobenen Augenbrauen nickte ich ihm zu, damit er weitersprach. Statt einer Antwort stellte er das Magazin aufrecht hin. Ich trat einen Schritt näher, als Lisanne schon das Reden übernahm.

»George macht jetzt Werbung für Neato Weetos.« Ihre Mundwinkel zuckten leicht. »Leider stehen auch da nur Spekulationen, warum er rausgeflogen ist, aber was muss er bitte verbockt haben, wenn er jetzt im Dinokostüm für Kinder-Cerealien wirbt. Guck dir das doch mal an. Er sieht aus, als hätte er mit seiner Karriere abgeschlossen.«

Ohne auf ihre Worte einzugehen, überflog ich den Artikel. Das war tatsächlich George im Kostüm. Er lachte zwar, aber besonders glücklich sah er nicht aus. Stirnrunzelnd blickte ich von den Fotos zum Text, der jedoch ziemlich inhaltsleer war und sich in erster Linie über seinen Fall vom Schauspielhimmel, wie sie es betitelten, amüsierte. Anscheinend hatte er einen Werbedeal für Print und TV mit dem Hersteller abgeschlossen.

Ich reichte Pádraig die Zeitschrift zurück und machte mir eine mentale Notiz, mich nachher bei George zu melden. Das hatte ich nach seinem Rauswurf bereits getan, und wir hatten uns zwei, drei Mal auf ein Bier getroffen, jedoch hatte er nie wirklich darüber reden wollen, was passiert war. Es ging mich auch nichts an, und vermutlich war es besser, die Gerüchteküche nicht weiter zu befeuern, aber das hier … Mein Blick streifte erneut die Bilder. Er war viel zu talentiert – und mittlerweile eigentlich auch zu bekannt –, um sich auf solche Werbedeals einzulassen.

»Seltsam, oder?«, fragte Pádraig. Ich stellte die zweite Tasse unter die Maschine und nickte.

»Ja, sieht ihm nicht ähnlich. Aber wer weiß, vielleicht war das Angebot einfach gut.« Ich hob die Schultern. Wirklich vorstellen konnte ich mir nicht, dass George nur wegen des Geldes einen solchen Job annehmen würde. Er war ein Publikumsliebling gewesen und hatte seine Rolle mit Bravour gespielt.

»Ich frag mich, ob da privat etwas vorgefallen ist«, mutmaßte Pádraig. »Der plötzliche Abgang war schon seltsam genug, aber dass er keine neuen Rollen bekommen haben soll seitdem … Irgendetwas muss passiert sein.«

»Wenn wirklich etwas vorgefallen wäre, würde er doch bereits von Talkshow zu Talkshow ziehen und den Moment noch einmal richtig ausnutzen«, meinte Lisanne. »Erst recht wenn das die Alternative zu dieser Dinowerbung wäre. Hätte es ihm nicht mal verübelt.«

»Da ist er nicht der Typ für. Ich finde es auch merkwürdig«, meinte ich, woraufhin Lisanne mit den Schultern zuckte.

»Ist eigentlich egal, oder? Rauskriegen werden wir es eh nicht, es sei denn, er packt irgendwann doch noch aus – sollte denn überhaupt etwas im Busch sein.«

»So oder so ist es ein Grund mehr, sich hier reinzuhängen.« Im Gegensatz zu Lisanne sah Pádraig nicht belustigt aus, vielmehr besorgt.

»Hey, mach dir keinen Kopf.« Lisanne klopfte ihm beruhigend auf die Schulter. »Du machst das super, besser als George, wenn du mich fragst.«

Als ich Pádraigs zweifelnden Blick auf mir spürte, nickte ich ihm mit einem Lächeln zu. Es stimmte, er machte einen großartigen Job, und ich war bereits mehr als einmal neidisch auf seine Rolle gewesen, weil er sich in ihr komplett fallen lassen,

Mimik und Ausdruck auf die Spitze treiben konnte, während Jordan, den ich spielte, der typische Publikumsliebling war: ruhig, ausgeglichen, stets gutaussehend und zuvorkommend, verletzlich. Ich war dankbar für die Rolle, war ich wirklich, aber manchmal vermisste ich die Ausreißer und die Improvisation, die kleinere Rollen oder das Theater mir früher erlaubt hatten.

»Ich geh mal wieder zu Yenn«, sagte ich, nachdem ich Hafermilch in meinen Kaffee gegeben hatte – Kuhmilch war am Set tabu, da sie der Stimme schadete und diese heute noch genug belastet werden würde. »Falls ihr Amy seht, schickt ihr sie auch zu ihr?«

»Na klar«, meinte Lisanne und winkte mir mit einem Lächeln zu. »Ich sollte mich mal umziehen, damit es pünktlich losgehen kann. Bis später, Jungs.«

Ich nahm die beiden Tassen und nickte Pádraig noch einmal zu, der jedoch schon wieder die Seiten der Zeitschrift betrachtete. Er kannte George nicht einmal, offensichtlich nahm es ihn dennoch mit, wie schnell so eine Glückssträhne enden konnte. Kein Wunder, nach Georges Rauswurf hatten wir alle mehr als die vollen einhundert Prozent gegeben. Erst recht, als *London League* ein solcher Publikumsliebling wurde und die Einschaltquote durch die Decke schoss. Das hier war unsere Chance. Es war all den Stress und all die Einschränkungen wert.

Aber was, wenn die Glückssträhne endet?

Wäre dann ich derjenige, über den Lisanne mit anderen Kollegen und Kolleginnen lachte?

»Du bist ein Schatz, danke.« Mit einem Seufzen nahm Yennifer einen Schluck des Kaffees.

»Da kam übrigens was für dich an«, sagte Amy, die sich mittlerweile eingefunden hatte und schon mit zurückgesteckten Haaren auf einem Stuhl bereit saß. Ich umarmte sie zur

Begrüßung und griff nach der dünnen Mappe vor ihr. Es war der Text für die Folge, die wir nach dieser drehen würden. Ich öffnete den Ordner und überflog meinen Sprechtext. Ich hatte wieder zwei längere Szenen und damit erneut wesentlich mehr Screentime pro Folge als in den vorhergehenden Staffeln. Das war ein gutes Zeichen. George hatte vor seinem Rauswurf immer weniger Dialoge und Szenen erhalten. Die Anspannung, die sich, ohne dass ich es bemerkt hatte, in meinen Muskeln breitgemacht hatte, löste sich ein wenig.

»Du bist die Liebe meines Lebens, Rose«, las ich mit übertrieben theatralischer Stimme vor und wandte mich meiner Co-Darstellerin zu. »Ich kann ohne dich nicht sein. Seit mein Blick das erste Mal auf dir ruhte, bist du alles, woran ich denke. Der Grund, warum ich atme. Ich hätte nie gedacht, dass ich so empfinden kann, doch du hast mich eines Besseren belehrt.« Ich sah ihr tief in die Augen und griff mir an die Brust, was sie zum Lachen brachte. »Du hast Wunden geheilt, von denen ich nicht wusste, dass ich sie habe. Ich kann es kaum erwarten, mich jeden Tag, den ich neben dir aufwache, mehr in dich zu verlieben.« Ich legte den Text wieder hinter mir auf der Tischplatte ab und imitierte ein Würgegeräusch. »Bilde ich mir das ein, oder werden unsere Dialoge immer schnulziger und platter?«

»Nope, das bildest du dir nicht ein. Aber die Leute fahren halt drauf ab.«

»Kann ich nicht mal eine wirklich wichtige Existenzkrise haben, das Restaurant mit einem Küchenmesser verteidigen oder irgendwas Durchgeknalltes tun? Es sind gefühlt immer dieselben Texte. Endlich haben wir uns, alle atmen erleichtert auf und freuen sich, doch dann kommt der jungen Liebe was in die Quere. Eifersucht, ein ungeklärtes Drama aus der Vergangenheit, ein blöder Streit. Alle fiebern mit und verzweifeln.

Aber natürlich nicht lang, denn wir entschuldigen uns, übertreffen uns an Kitsch, und alle Instagram-Fanseiten explodieren und …«

»Reg dich ab, Romeo.« Amy stupste mir lachend gegen die Schulter. »Du echauffierst dich jedes Mal aufs Neue.«

Tat ich. Aber aus Gründen. Ich wollte schauspielern, meine Grenzen überschreiten, mich neu erfinden. Stattdessen tat ich immer mehr … was auch immer das da war. Doch ich wusste, dass diese Gespräche nirgends hinführten. Die Serie funktionierte. Sehr gut sogar.

»Außerdem meinte ich gar nicht unser Skript«, fuhr Amy fort, »sondern den da. Das kam für dich an.«

Ich folgte ihrem Blick zu dem Weidenkorb, der auf dem Tisch neben diversen Glätteisen lag. Ein Strauß Blumen stand daneben, und an dem Griff des Korbs war mit einem roten Band eine Karte befestigt. »Oh«, machte ich und löste sie von dem Band.

Wir wünschen dir ganz viel Spaß am Set. Danke für die wundervolle Premiere und dass wir dabei sein durften. Wir sind sehr, sehr stolz auf dich.
Wir haben dich lieb
Mum, Dad, Ed

Mein Mund formte ein Lächeln, wenngleich sich etwas in meiner Brust beinahe wehmütig zusammenzog. Es war ein Privileg, dass meine Familie so sehr hinter mir stand, aber manchmal sorgte ich mich auch, dass ich all dem nicht gerecht wurde. Es war nicht so, dass sie unerreichbare Ansprüche an mich hatten, aber sie hatten so viel aufgegeben, um mir diesen Traum zu ermöglichen. Wieder tauchte der Anblick von George in seinem Dinokostüm vor meinem inneren Auge auf. Ich durfte sie nicht enttäuschen. Mein Blick glitt zu dem Korb, in dem sich neben zwei Flaschen Sekt zum Anstoßen auch alle möglichen Lebensmittel befanden, die ich mochte: Cadbury Giant Buttons, Skittles und Jelly Beans.

»Von deinen Eltern?«, fragte Amy, und auch sie lächelte, wobei in ihren Augen eine gewisse Traurigkeit lag. Das tat sie immer, wenn ich von meiner Familie sprach. Kein Wunder, denn ihre war den gesamten Abend der Premiere über nicht aufgetaucht.

Ich nickte und setzte mich so auf den Tisch, dass sie den Korb nicht länger sehen musste. »Dann können wir nach dem Dreh anstoßen.«

»Gern, wobei es echt stressig wird. Vermutlich bin ich nach dem Drehtag in einem komatösen Zustand.« Sie schwieg einen Moment. »Ich versteh einfach nicht, wieso meine Eltern nicht zumindest eine Nachricht geschrieben haben, um abzusagen.«

Ich trat einen Schritt näher an sie heran und stieß mit dem Fuß gegen ihren. »Hey, Kopf hoch. Ihr Verlust. Wir hatten einen mordsmäßigen Abend. Außerdem haben meine Eltern dich gefühlt schon adoptiert.«

Sie lächelte schief. »Ja, deine Eltern sind super. Wer weiß, vielleicht zeigen der Erfolg der zweiten Staffel und die größere Rolle, die ich jetzt habe, meinen Eltern ja doch, dass ich mein Leben nicht komplett gegen die Wand gefahren habe.«

»Spätestens wenn wir uns den ersten BAFTA holen, ändern sie ihre Meinung, wetten? Selbst mein Dad hat mir zur Nominierung gratuliert, und der ist fast verzweifelt, als ich ihm damals eröffnet habe, dass ich Stylistin werden will.« Yennifer hob die Schultern. »Es ist dein Leben. Deine Eltern müssen deine Entscheidungen nicht gutheißen, aber klarkommen müssen sie dennoch mit ihnen. Was leider nicht für deine Arbeitgeber hier gilt, also streck deinen Arm aus.«

Yenn zwinkerte Amy zu und rückte mit Make-up und Concealer zu ihr heran, um das neue Tattoo zu verbergen. Ich schlürfte meinen Kaffee, beobachtete die beiden und beteiligte mich, so gut es ging, am Gespräch. In Gedanken war ich jedoch weiterhin bei der Karte meiner Eltern.

Wir sind sehr, sehr stolz auf dich.

Dieser Satz hatte mir stets so viel Energie gegeben, war wie ein Richtungsweiser gewesen, der mir gezeigt hatte, dass ich den richtigen Weg eingeschlagen hatte. Doch mit jeder Stufe der Karriereleiter, die ich erklommen hatte, hatte er auch mehr Druck ausgeübt. Mit jedem meiner Erfolge hatte ich das Gefühl, meinen Eltern etwas genommen zu haben – als ich meine ersten kleineren Gastauftritte gehabt hatte, hatte meine Mum ihren Job in der Kanzlei in Liverpool aufgegeben und war mit mir nach London gezogen, damit ich meinen Traum weiterverfolgen konnte. Damals, mit gerade einmal fünfzehn Jahren, hatte ich das Ganze gar nicht genug wertzuschätzen gewusst. Auch nicht, dass sie und mein Dad nur meinetwegen drei Jahre lang eine Fernbeziehung geführt hatten, bis er mit Ed nachgekommen war. Meine Familie hatte so viel aufgegeben, nur damit ich glücklich war. Aber war ich glücklich genug?

Ich schluckte die aufkommenden Zweifel mit dem restlichen Kaffee runter. Diese Gedanken führten zu nichts. Ich verdrängte sie, wann immer ich das Improvisationstheater und meine alte Truppe vermisste. Wann immer ich mich einsam fühlte. Natürlich war ich glücklich, ich lebte den Traum und hatte noch dazu – im Gegensatz zu Amy – die volle Unterstützung meiner Familie. Was wollte ich mehr?

6. KAPITEL

Kaycee

Puderzucker, Butter, Mehl, Eier, Zitronen – wie automatisch griffen meine Hände nach den Zutaten und platzierten sie nacheinander auf der Küchentheke. Ich hätte dieses Rezept mit verbundenen Augen backen können, denn es war unseres gewesen. Mums, Adas und meines. Wir hatten es an verregneten Sonntagen gebacken, für warme Tage mit Picknick im Park oder für bevorstehende Kindergeburtstage. Aber auch an schlechten Tagen. Seit Mums Tod überwiegend an schlechten Tagen, da ich mich ihr so näher fühlte. Die Zubereitung war simpel, deshalb hatten Ada und ich ohne Probleme mithelfen können, aber es würde dennoch – oder gerade deswegen – stets mein liebstes Rezept bleiben. Der Lemon Drizzle Cake schmeckte nicht bloß nach Zitronen und Zuckerguss, er schmeckte nach Zuhause, dem Ziehenlassen von Gedanken und nach dem Gefühl, wenn einem das Herz leichter wurde.

Ich knipste das kleine Licht über dem Herd an, da es zu so früher Stunde noch recht dunkel draußen war. Trotz der Uhrzeit war ich bereits seit zwei Stunden wach und hatte eine Stellenanzeige nach der anderen durchstöbert – erfolglos. Denn entweder fehlten mir Qualifikationen oder aber ich starb schon einen inneren Tod der Langeweile bei der bloßen Beschreibung der Aufgaben.

Oder kommt es dir nur so öde vor, weil du jetzt eine Alternative hast? Weil du weißt, dass du Teil von Bake That Cake! *sein könntest?*

Ich verdrängte den Gedanken und wog mit routinierten Griffen Butter und Zucker ab. Meine Schultern waren immer noch verspannt, und die Haut um meine Augen juckte vom Salz der Tränen, die ich letzte Nacht wieder einmal geweint hatte. So ging es nun seit meinem Rauswurf und Marthas Anruf Anfang der Woche: Ich überstand den Tag irgendwie, vergrub mich abends in meinem Bett und weinte.

Doch als ich Zucker und Butter mit dem Rührbesen vermischte, all meine Konzentration und Kraft in die monotonen Bewegungen legte, ließ die Anspannung langsam nach. Der süße Geruch des entstehenden Teigs kroch mir in die Nase und schaffte es beinahe, mir ein Lächeln ins Gesicht zu zaubern. Es roch nach Kindheit. Damals, bevor meine Welt all diese Risse bekommen hatte.

»Hey.«

Ich zuckte so sehr zusammen, dass ich das Ei fallen ließ, das ich gerade an der Theke hatte aufschlagen wollen.

»Shit!«

»Sorry, ich wollte dich nicht erschrecken.« Ada eilte zu mir und wischte die Eimasse vom Boden auf, während ich mir die Hände wusch.

»Ist ja nichts passiert.«

»Lemon Cake?«, fragte Ada, als sie zurück zur Theke kam. Ich nickte.

»Also ein Scheißtag, nehme ich an. Dachte ich mir. Du warst die letzten Tage unglaublich still. Eigentlich schon seitdem wir den Serienauftakt geguckt haben.«

»Ja, sorry. Hab einfach viel um die Ohren grad.«

»Magst du reden?«

Während ich die Eier zur restlichen Masse hinzufügte, trat Ada neben mich und begann, die Zitrone zu raspeln. Der frische, sommerliche Geruch mischte sich mit dem süßen des Teigs und erinnerte mich so sehr an früher, dass sich tief in meiner Brust etwas schmerzhaft zusammenzog.

»Nicht wirklich.«

»Aber vielleicht kann ich dir helfen.«

»Glaube nicht. Bei was auch. Ich such mir einen neuen Job, und wie du letztens selbst meintest: Bald sieht die Welt schon wieder anders aus.«

»Sicher, dass es nur das ist?«

»Ja. Wieso?«

Ada legte die Zitrone zur Seite und stützte sich mit den Handflächen auf der Theke ab.

»Ich hab dich gehört. Als du mit Fiona telefoniert hast …«

Ich verharrte mitten in der Bewegung, den Quirl in der Hand. Wie viel hatte sie mitbekommen?

»Ich dachte, du brauchst vielleicht einfach Zeit, um alles zu verdauen, aber das ist jetzt drei Tage her.«

»Was genau hast du gehört?«, fragte ich, um sicherzugehen.

»*Bake That Cake!* hat dich angerufen.«

Ich legte die Backutensilien zur Seite und nickte. Was sollte ich auch groß dazu sagen?

»Ja, und?«, fragte meine Schwester.

»Was und?«

»Was haben sie gesagt?«

»Das tut nichts zur Sache.«

»Jetzt sei nicht so! Was haben sie gesagt? Das ist so aufregend!«

»Warum hast du das getan?« Ich hielt den Schneebesen schmerzhaft fest umklammert. Ich hatte mehrmals überlegt, Ada auf alles anzusprechen. Aber warum? Es war sinnlos, also hatte ich es lieber verdrängt, beiseitegelegt, so wie ich meinen Traum beiseitegelegt hatte.

»Was meinst du?«

»Du hast eine Bewerbung für mich bei *Bake That Cake!* eingereicht, obwohl ich mehrmals gesagt hab, dass ich nicht teilnehmen will.«

Ein trotziger Ausdruck legte sich auf ihr Gesicht. »Ja, hab ich. Sei mir meinetwegen böse, aber es war das Richtige. Du hättest dich selbst nie beworben, obwohl Fiona und ich dir schon ewig damit in den Ohren liegen und du das Talent dafür hast. Gut, dann hat es jetzt halt nicht geklappt – das tut mir leid –, aber ich bereu nicht, dass ich es für dich versucht hab, und ich fände es toll, wenn du es weiterverfolgst. Die Show, das Backen, irgendwas. Ich will, dass du glücklich bist, Kaycee.«

»Es hat geklappt«, sagte ich leise.

»Es … was?« Adas Augen weiteten sich. »Warte, was?«

»Es hat geklappt. Ich wäre beim Auswahlbacken dabei, als eine von fünfundzwanzig Teilnehmern und Teilnehmerinnen. Also, ich …«

Weiter kam ich nicht, denn meine Worte wurden von Adas aufgeregtem Kreischen unterbrochen. Sie klatschte in die Hände, sprang auf mich zu und warf die Arme um mich. Trotz meiner Wut zog sich mein Herz automatisch vor Sorge zusammen, da auch positive Emotionen und Aufregung zu Kataplexien führen konnten – plötzlichen Schlafattacken, bei denen Ada ohne Vorwarnung von jetzt auf gleich zusammenklappte. Einmal hatte sie sich eine Platzwunde zugezogen, und ich hatte sie in der Notaufnahme abholen müssen. Adas Arme um mich waren jedoch voller Kraft.

»Oh mein Gott! Das ist der Hammer! Herzlichen Glückwunsch!« Sie hielt mich eine Armlänge von sich entfernt und sah mich kopfschüttelnd an. »Ich fass es nicht. Also doch, ich fass es natürlich, ich wusste, du hast das Zeug dafür. Aber wie heftig ist das bitte? Du wirst im Fernsehen zu sehen sein! Und du hast die Chance auf das Preisgeld. Das Casting schaffst du locker – und selbst wenn du am Ende nicht das Preisgeld gewinnst, wirst du was verdienen. Wenn du es richtig anstellst, könntest du sogar ein Backbuch rausbringen, so wie die eine letztes Jahr. Die hat ja auch nicht gewonnen und geht trotzdem grad richtig durch die Decke online. Das ist *die* Chance, Kaycee. Wir …«

Mein Kopfschütteln ließ meine Schwester verstummen.

»Ich hab gesagt, ich *wäre* eine von fünfundzwanzig«, sagte ich.

»Was meinst du damit?«

»Ich hab nicht zugesagt.«

»Aber … Wieso? Du liebst Backen, du liebst die Show, du …«

»Ich weiß. Aber ich liebe auch Dad. Und Clara. Und dich.« Ich sah meiner Schwester in die hellbraunen Augen, die meinen so sehr glichen. »Ich lass euch nicht allein. Dad ist so schon überfordert, und in seinen Tiefphasen schafft er es nicht, das allein zu stemmen.«

»Weil er es nie lernen musste. Dann muss er das jetzt. Ich lasse nicht zu, dass du deine Träume weiter hintenanstellst, nur weil du dich um uns sorgst. Glaubst du, ich weiß nicht, wieso du den Job verloren hast? Oder den davor? Uns zuliebe. Aber wir lieben dich auch, Kaycee. Ich liebe dich. Es würde mich unendlich glücklich machen, wenn du diesen Traum lebst. Nicht nur für dich, auch für uns.«

Ada nahm meine Hände in ihre und drückte sie.

»Dad hat mehr als deutlich gemacht, was er von der Idee hält«, warf ich ein.

»Ja, weil er das Beste für dich will und ihm die Sache zu ungewiss ist. Ich wette, das ändert sich, wenn er hört, dass Channel Y dich so gut wie genommen hat.«

»Was er nicht hören wird. Ich wollte mich nie bewerben, und ich werde nicht teilnehmen, sondern hierbleiben. Wo ich hingehöre.«

»Das stimmt aber nicht. Du gehörst da raus. In die Welt, die dein Talent sehen sollte. Du hast seit Mums Tod nur zurückgesteckt, und du solltest nicht so viel Verantwortung übernehmen müssen.«

»Ich bin erwachsen, Ada. Du musst meine Kämpfe nicht ausfechten. Mal ganz davon abgesehen, dass ich diese Verantwortung freiwillig übernommen habe.«

»Freiwillig?« Ada sah mich mit erhobenen Brauen an. »Keiner von uns wurde freiwillig so schnell erwachsen, als Mum gestorben ist. Nach ihrem Tod konnten wir uns die Arbeit wenigstens aufteilen. Aber aktuell bleibt wirklich alles an dir hängen. Dabei bin ich die ältere Schwester. Das sollte nicht sein. Das tut mir wirklich leid.«

»Dir hat nichts leidzutun. Du bist genauso wenig freiwillig krank geworden wie Mum.«

»Das nicht. Aber ich hab meine Krankheit mittlerweile ganz gut im Griff. Ich kann wieder mehr Verantwortung übernehmen, wirklich. Du kannst mich nicht ewig mit Samthandschuhen anfassen.«

Ich sah Ada mit Nachdruck an. »Es ist wirklich okay. Ich reiß mich zusammen, such mir einen neuen Job und regle das.«

»Wenn du dich immer zusammenreißt, *zer*reißt du dich irgendwann. Ich will, dass du glücklich bist. Bist du das?«

»Ich bin nicht unglücklich.«

Zumindest war ich die meiste Zeit nicht unglücklich. Was war schon Glück? Gab es überhaupt Menschen, die wirklich immer glücklich waren? Ich bezweifelte es stark.

Mit einem Schulterzucken drehte ich mich um, um die Backform zu fetten. Ada schien mich jedoch nicht so einfach davonkommen lassen zu wollen. Aus dem Augenwinkel sah ich, wie sie sich neben mich schob, den Blick nach wie vor auf mich gerichtet.

»Kaycee, das kann so doch auf Dauer nicht weitergehen. Das ist deine Chance. Es wäre verrückt, sie wegzuwerfen!«

»Gibst du mir bitte den Teig?«

»Nein.«

Als ich nach der Schüssel greifen wollte, versperrte Ada mir den Weg.

»Dein Ernst? Kann ich bitte den Kuchen weiterbacken?«

»Nicht solange du nicht anständig mit mir redest.«

»Worüber denn? Ich hab dazu nichts mehr zu sagen.«

Ich griff an Ada vorbei nach der Schüssel und schüttete den Teig langsam in die Auflaufform. Dann strich ich die Oberfläche mit einem Schaber glatt und versuchte, Adas Kopfschütteln nicht an mich ranzulassen. Was schwierig war, da meine Schwester die Stimme nun so sehr erhob, dass ich sie nicht ausblenden konnte.

»Wovor hast du solche Angst? Warum sperrst du dich dermaßen? Ich erkenn dich gar nicht wieder!«

Ich umklammerte den Griff des Teigschabers so fest, dass das Weiß unter meinen Nägeln zum Vorschein kam. Wenn ich heute eines nicht gebrauchen konnte, dann war es das.

»Können wir vielleicht nicht jetzt streiten?«, brachte ich gepresst hervor. »Nicht beim Backen von Mums Rezept?«

»Warum? Denkst du, Mum wäre auf deiner Seite und würde fröhlich dabei zusehen, wie du dein Talent und dein Leben vergeudest?«

Adas Worte trafen mich wie eine Ohrfeige. Schlimmer noch, denn sie trafen nicht nur auf Haut, sondern direkt in mein Inneres. Rüttelten all die Sorgen, Ängste und Selbstzweifel auf, die dort verborgen lagen. Ohne ein weiteres Wort warf ich den Schaber in die Spüle, sodass Teigreste auf die Theke spritzten, und verließ fluchtartig die Küche.

»Kaycee, warte. So war das nicht gemeint.«

Doch, war es. Und du hast recht.

VICTORIA WILLIAMS' LEMON DRIZZLE CAKE

Zutaten

Für den Teig:
225 g weiche Butter
225 g Puderzucker
4 Eier
225 g Mehl
2 Teelöffel Backpulver
Schale einer geriebenen Zitrone

Für den Zuckerguss:
Saft aus 1½ Zitronen
85 g Puderzucker

- Ofen auf 180 °C vorheizen.
- Butter und Puderzucker zu einer cremigen Masse schlagen, Eier einzeln hinzufügen.
- Mischung aus Mehl und Backpulver hinzugeben, dann die geriebene Zitronenschale unterheben.
- Backform (ca. 8 x 21 cm) mit Backpapier auslegen, Teig hineingeben und mit einem Löffel glatt streichen.

- Für 45–50 Minuten backen.
- Während der Kuchen abkühlt, Zuckerguss aus Zitronensaft und Puderzucker mixen.
- Kuchen mehrmals mit Gabel anstechen, anschließend mit Zuckerguss übergießen.
- Form komplett auskühlen lassen, dann den Kuchen mit dem Backpapier herausnehmen.

7. KAPITEL

Leo

»Leo!«

»Oh mein Gott, er ist da!«

»Er sieht so gut aus!«

»Leo, kannst du mir das unterschreiben?«

»Können wir ein Foto machen?«

Die Rufe erinnerten an die Premiere letzte Woche. Nur dass sie diesmal ausschließlich von Fans stammten. Vor dem kleinen Restaurant, in dem wir heute wieder drehten, hatte sich eine Menschentraube gebildet.

Na großartig.

Gewöhnlich wurde die Straße, in der sich der Drehort befand, abgesperrt. Nicht nur wegen der Fans, sondern weil das ganze Equipment herumgetragen wurde und wir auch vom Gehweg aus beleuchten mussten, um im Inneren des Raums Lichtverhältnisse zu schaffen, die zur Tageszeit der gefilmten Szene passten. Allem Anschein nach war ich jedoch hier eingetroffen, bevor der Ort geräumt worden war.

Obwohl in der Seitenstraße kaum Verkehr herrschte, blieb ich an der roten Ampel stehen, um mir noch ein paar Sekunden zu verschaffen, bevor ich mein Gesicht in die Handykameras halten musste. Stattdessen warf ich einen Blick auf mein eigenes Handy. Es war kurz vor sieben Uhr morgens. Erneut klickte ich die Nachricht meiner Managerin an.

Polya, 6.20 pm:
Hey, Leo. Ich hab tolle Neuigkeiten! Ich weiß, du könntest
Montag endlich mal ausschlafen, aber kannst du um sieben
zum Set kommen? Ich bring auch Frühstück und Kaffee von
Prufrock *mit!* 🖤

Normalerweise hätte ich erst um neun da sein müssen und
wäre direkt in die Maske gewandert. Mich mit Frühstück aus
meinem Lieblingscafé zu bestechen hatte funktioniert. Außerdem war ich wirklich neugierig, was für Nachrichten Polya
hatte. Ich hatte mich Channel Y für die Laufzeit der ersten
vier Staffeln exklusiv verpflichtet. Das hieß, dass ich in diesem Zeitraum keine anderen Schauspieljobs annehmen durfte – einerseits eine große Einschränkung, wenn man bedachte,
dass ich nun endlich auf den Radaren der Produktionsfirmen
war, andererseits hatte ich genau diesen Erfolg auch Channel
Y zu verdanken und war zuversichtlich, dass er nicht abbrechen
würde. Nicht so wie es gerade lief. Vielleicht hatte Polya ja bereits ein Angebot für danach, auch wenn es noch beinahe zwei
Jahre hin waren.

In meinem Magen kribbelte es aufgeregt. Was, wenn sie
wirklich eine komplett neue Rolle für mich hatte? Jordan war
mir nach den zwei Jahren in Fleisch und Blut übergegangen.
Ich vermisste die Abwechslung, das Überschreiten von Grenzen und das Gefühl, wenn ich meine innersten Emotionen
nach außen trug und sie Zuschauern entgegenwarf, so wie es
früher auf der Bühne der Fall gewesen war.

»Leo!«

Der erneute Ruf ließ mich aufblicken. Die Ampel war mittlerweile auf Grün gesprungen, und die Gruppe junger Frauen
winkte mir zu. Mit einem Lächeln auf dem Gesicht überquerte
ich die Straße und schritt auf das Restaurant zu.

»Hey, na?«

Meine bloße Floskel brachte ein brünettes Mädchen dazu, in einer Höhe zu kreischen, die in Anbetracht der Tatsache, dass ich noch keinen Kaffee gehabt hatte, definitiv zu extrem war. Gleichzeitig kam ich mir für den Gedanken gemein vor. Ich freute mich über die Unterstützung – ich verstand nur nicht, wie man meinetwegen so einen Terz machen konnte. Ich war nicht einmal der beste Schauspieler am Set.

»Können wir ein Foto machen?«

Eine dunkelblonde Frau mit niedlichem Lächeln hielt fragend ihr Handy in die Höhe. Auf mein Nicken hin hoben sich ihre Mundwinkel noch ein bisschen weiter. Ich machte Selfies, unterschrieb Poster von mir aus irgendwelchen Magazinen, Handyhüllen und Autogrammkarten.

»Die Folge letzte Woche war so gut! Wie cool, dass du das Restaurant vermacht bekommen hast. Glückwunsch!«

»Danke«, sagte ich mit einem Lachen. Je länger ich die Rolle spielte, desto mehr schienen Jordan und ich zu einer einzigen Person zu verschwimmen. Seine Erfolge wurden meine – im Umkehrschluss bedeutete das jedoch auch, dass meine Fehltritte auf ihn und die Serie abfärben würden. Ob George wegen eines solchen Fehltritts rausgeflogen war? Denkbar war es. Auf meinen Anruf vorgestern hatte er nicht reagiert, auf meine Nachrichten bislang genauso wenig.

Ich setzte ein noch strahlenderes Lächeln auf. Sein Schicksal war keines, das ich teilen wollte, also war es wohl besser, mich um ein positives Image zu bemühen, das vielleicht sogar meiner Karriere helfen konnte.

»Das heißt dann wohl, dass ihr mich ein bisschen länger ertragen müsst«, sagte ich mit schiefem Lächeln.

»Stimmt es, dass du auch in echt mit Rose, mit Amy, mein ich, zusammen bist?« Die blonde Frau sah mich mit schiefgelegtem Kopf an. Na toll. Wo war Amy, wenn man sie brauchte? Sie hatte diese Art von Fragen auf dem roten Teppich sehr viel diplomatischer beantwortet, als ich es konnte.

»Wir … verstehen uns sehr gut. Den Rest überlasse ich eurer Fantasie«, gab ich zurück und räusperte mich. Als Antwort erhielt ich ein wissendes Grinsen. Vermutlich war es egal, was ich sagte. Amy und mir wurden ganze Ship-Seiten gewidmet.

»Leo?«

Ich drehte mich um und hätte beinahe erleichtert aufgeatmet, als ich Polya entdeckte, die den Kopf aus der Restauranttür steckte und mir mit einem Kaffeebecher zuwinkte. »Ich will ihn euch wirklich ungern klauen, aber dieser Kaffee hat eine komplett überfüllte Central Line überlebt. Es wäre eine Schande, wenn er jetzt kalt wird.«

»Ich komme schon«, rief ich Polya zu und wandte mich noch einmal der Gruppe vor mir zu. »Tut mir echt leid, aber ich hab eigentlich einen Termin. Es hat mich total gefreut, euch kennenzulernen!«

»Danke, dass du dir Zeit genommen hast!«

»Wann bist du denn wieder hier?«

»Ja, vielleicht können wir dann auch kommen«, sagte ein Mädchen und deutete auf sich und ihre Freundin. »Wir könnten auch Kaffee bringen.«

»Ähm. Ich weiß meinen Plan grad nicht auswendig«, log ich. »Wir wechseln ja Drehorte und so, und ich bin nicht bei allen Szenen dabei …«

Oh Gott, warum erhielt man im Schauspielunterricht keine Briefings für diesen Teil der Arbeit?

»Also dann …« Unbeholfen winkte ich in die Gruppe und war mir des Handys des einen Mädchens nur zu bewusst. Vermutlich drehte sie gerade eine Instagram-Story. Hoffentlich war sie nicht live. Ich musste mir wirklich ein paar Tipps von

Amy abholen, sie hatte das Ganze so viel besser drauf als ich.

»Bis dann, passt auf euch auf!«

»Bye!«

»Vielleicht sehen wir uns hier ja noch mal!«

»Wir lieben dich!«

Mit einem Lächeln, das sich viel zu verkrampft anfühlte, öffnete ich die Tür.

Wir lieben dich? Sie kannten mich doch nicht einmal. Sie kannten mein Äußeres und die Rolle, die ich spielte. Sie liebten ein Bild von mir, nicht mich.

»Ganz schön was los da draußen, was? Kein Wunder, der Auftakt die Tage war der Hammer!«

Mit einem Strahlen strich Polya sich eine weißblonde Strähne aus dem Gesicht, während ich den ersten Schluck Kaffee trank und mir ein Seufzen verkneifen musste. Selbst lauwarm schmeckte er noch himmlisch.

»Danke. Fürs Kompliment, aber vor allem hierfür«, sagte ich und hob den Becher.

»Kein Thema, sehr gern sogar. Du bist ja auch extra früher gekommen, aber es lohnt sich.«

Sie wackelte zweimal mit den Augenbrauen und griff dann in ihre braune Ledertasche, aus der sie einen Ordner hervorholte. Sie legte ihn auf den Tisch, platzierte ihre Hände darauf und sah mich mit einem Strahlen in den Augen an. »Bereit?«

Wie von selbst hoben sich meine Mundwinkel. Polyas Begeisterung war jedes Mal aufs Neue ansteckend, und ich war froh, dass sie mich vertrat. Sie war kurz vor mir nach London gekommen – aus Bulgarien statt wie ich aus dem Westen Englands –, und ich war der erste Schauspieler, den sie in ihrer Agentur unter Vertrag genommen hatte. Manchmal hatte ich das Gefühl, dass mir dadurch eine Sonderbehandlung zuteilwurde, da sie mittlerweile weit erfolgreichere Künstler und Künstlerinnen vertrat, aber ich würde mich nicht beschweren. Außerdem verstanden wir uns einfach gut, und ich hatte von Anfang an das Gefühl gehabt, dass ich ihr vertrauen konnte und sie mich ernst nahm – etwas, das auch meine Mum sehr beruhigt hatte, die damals Schwierigkeiten gehabt hatte, mich in »fremde Hände« abzugeben.

»Definitiv bereit«, sagte ich und beugte mich über den Tisch, neugierig, was Polya mit mir zu besprechen hatte.

Bitte lass es ein neues Angebot sein.

»Ich hab ja schon gesagt, ich hab tolle Neuigkeiten: Du hast eine Anfrage erhalten.« Mein Herz schlug einen Takt schneller. »Channel Y will dich für eine weitere Show haben!«

Polya lächelte mich abwartend an, und ich bemühte mich, das Lächeln zu erwidern. Allerdings konnte ich die Enttäuschung, die sich in meiner Brust breitmachte, nicht leugnen.

»Das ist … gut«, sagte ich lahm.

Polya zog die Augenbrauen zusammen und musterte mich. »Du klingst nicht gerade begeistert?«

Bei jedem anderen hätte ich nun das getan, was ich am besten konnte: geschauspielert. Bei meiner Managerin jedoch hatte ich nicht den Eindruck, eine Fassade aufrechterhalten zu müssen, also hob ich langsam die Schultern.

»Ich hatte einfach auf etwas anderes gehofft.«

»Hey, ich hab doch noch gar nicht erklärt, worum es geht. Es *ist* anders.«

»Klar, sorry!«, beeilte ich mich zu sagen. »Ich meinte etwas außerhalb des Senders. Keine Ahnung, ein Film oder so?«

In dem Moment, in dem ich die Worte aussprach, kam ich mir bereits unglaublich bescheuert vor. Ich hatte Channel Y meinen Durchbruch zu verdanken und war gerade einmal seit zwei Jahren richtig im Business. Eine Filmrolle zu erhalten kam einem Sechser im Lotto gleich.

»Sorry, das klingt total undankbar. Ich weiß, dass so was nicht vom Himmel fällt.«

»Hey, nein, entschuldige dich nicht. Es ist doch was Gutes, dass du Ziele hast und deine Karriere vorantreiben willst. Entschuldige dich nie für Ambitionen!« Polya legte ihre Hand kurz auf meine. »Aber Anfragen von großen Studios zu erhalten ist superselten. Klar, es wäre großartig! Aber schau mal: Wenn dein Vertrag bei Channel Y ausgelaufen ist, hält dich nichts auf, zu Castings zu gehen. Bis dahin ist es wirklich eine tolle Chance, dein Portfolio zu erweitern. Die meisten hier am Set haben diese eine Rolle und werden vermutlich erst wenn alles abgedreht und der Vertrag beendet ist eine neue erhalten.«

Polyas Worte sorgten dafür, dass ich mich gleich noch ein Stück undankbarer fühlte. Sie hatte natürlich recht. Ich verstand mich selbst nicht einmal. Als ich nach dem Casting für Jordans Rolle in *London League* die Zusage erhalten hatte, war ich völlig aus dem Häuschen gewesen – wochenlang. Ich hatte den Sprung von der Theaterbühne auf die Leinwand geschafft. Etwas, wovon meine ehemaligen Kollegen und Kolleginnen bis heute träumten. Doch mit jedem neuen Drehtag hatte ich das Gefühl, mehr von meiner Kreativität zu verlieren. Improvisation war, im Gegensatz zum Theater, am Set nicht gern gesehen, und die Dialoge, die ich zu sprechen hatte … Ich dachte an die Szene mit Amy zurück, die ich am letzten Drehtag gefilmt hatte. Sie würde mit Sicherheit enorm gut bei den Fans ankommen, aber letzten Endes waren es leere, schnulzige Phrasen. Mir fehlte die Abwechslung.

Doch all das sagte ich nicht, denn Polya hatte recht. Ich war da, wo ich all die Jahre zuvor hatte sein wollen – oder zumindest auf dem besten Weg dorthin. Andere würden sich einen Arm und ein Bein ausreißen für meine Rolle. Also schluckte ich meine Gedanken hinunter und setzte ein Lächeln auf.

»Du hast recht. Dann zeig mal her, um was geht es denn?«

»Um was ganz Neues. Und glaub mir, da kannst du spontan sein und improvisieren, was du ja so liebst. Du musst eigentlich sogar.«

Polya drehte den Ordner zu mir um und klappte ihn auf, sodass ich das Angebot lesen konnte.

»*Bake That Cake!* – wirklich?« Stirnrunzelnd überflog ich die ersten Zeilen des Papiers. »Ist das nicht diese Talentshow?«

»Yep!«

»Ich soll backen?« Irritiert blickte ich auf. »Du weißt, dass ich die Rolle hier nur spiele, ja? Ich habe keine Ahnung vom Kochen und Backen.«

Polya machte eine wegwerfende Handbewegung. »Ist doch egal. Da siehst du mal, was für ein guter Schauspieler du bist. Die Leute kaufen dir das schon ab. Außerdem: Nein, du sollst nicht backen, sieh mal hier.« Mit einem dunkelrot lackierten Fingernagel tippte sie auf einen Absatz etwas tiefer. »Sie wollen dich als Jurymitglied.«

»Aber wieso?«

»Weil sie neue Zielgruppen erschließen wollen. Hast du die Sendung mal gesehen?«

Ich schüttelte den Kopf. »Kenne nur die Werbung. Haben sie da nicht sonst vier Jurymitglieder? Irgendwelche älteren Leute?«

Polyas Mundwinkel zuckten. »Ja, diese älteren Leute sind Starköche und -konditoren.«

»Und ich soll als fünftes Mitglied neben ihnen sitzen? Das wird eine absolute Blamage.«

»Ne, wird's nicht. Giselle und Peter sind nicht länger dabei. Claudette und Orlando bleiben. Die beiden freien Plätze will Channel Y mit jüngeren Leuten füllen. Du wärst einer davon – du bist ein absoluter Publikumsliebling und würdest ihnen garantiert neue Zuschauer und Zuschauerinnen einbringen. Sie erhoffen sich echt viel davon, deshalb ist deine Gage auch nicht zu verachten.« Mit einem breiten Grinsen blätterte sie eine Seite weiter, und meine Augen weiteten sich, als mein Blick auf den Betrag fiel.

»Dein Ernst? Dafür, dass ich nicht mal schauspielern, sondern dasitzen und Zeug essen muss?«

»Ja, ein Träumchen, oder?«

»Ich weiß nicht … ich käme mir wie ein Hochstapler vor. Wird die vierte Person auch jemand vom Set?«

»Ne, aber auch kein Starkoch. Sie wollen die vierte Stelle durchwechseln und mit unterschiedlichen Influencern und Influencerinnen besetzen. Gluten Free Mary haben sie angefragt, die ist in Schottland ziemlich bekannt, Kyle Balaune, Talkshow-Host, nicht ganz sicher, was der da soll, vielleicht backt er gern in der Freizeit. Oh, und Aliza Malik, der folg ich sogar auf Instagram, sie ist aus Amerika und dort, aber auch international bekannt.« Sie sah mich mit aufmunterndem Lächeln an. »Siehst du, ist also bunt gemischt.« Ihr Lächeln wuchs zu einem Grinsen an. »Ist sicher auch 'ne gute Übung, damit du auf dem nächsten roten Teppich nicht mehr so angespannt bist, wenn dir die Kameras näher kommen.«

»Und du hältst das für eine gute Idee? Ich weiß nicht …«

»Was gibt dir Bedenken?«

»Mein Portfolio?«

»Warum sollte das ein Nachteil sein? Zeigt doch nur, dass du facettenreich bist. Klar, du schauspielerst in der Show nicht wirklich, aber du kannst mal du selbst sein, deinen eigenen Humor einbringen – das vermisst du doch so. Ich glaube, das kann nur von Vorteil sein, weil alle mal eine andere Seite von dir sehen.«

Ich ließ mir Polyas Worte durch den Kopf gehen. Vielleicht hatte sie recht. Wenn ich das Angebot nicht annahm, würde ich zwei weitere Jahre nur Jordan spielen. Ich glaubte zwar nicht wirklich daran, dass ich bei irgendeinem Casting mit meinem Jury-Auftritt bei *Bake That Cake!* glänzen konnte, aber zumindest hatte ich mehr als nur eine Rolle vorzuweisen und zeigte, dass ich abwechslungsreich war. Ich dachte wieder an George im Dinokostüm. So wollte ich nicht enden, das würde ich zu verhindern wissen.

»Okay«, sagte ich. Das Hochgefühl, das mich bei der Zusage zu *The London League* durchflutet hatte, blieb jedoch aus. Als ich Polyas Lächeln erwiderte, spürte ich nicht einmal einen Hauch davon.

8. KAPITEL

Kaycee

»Deine sympathische Telefonstimme überzeugt durch deine Persönlichkeit. Kunden zu begeistern ist genau dein Ding«, las ich leise vor und klickte mit einem Augenrollen weiter. Garantiert nicht. Zumal ich ungern von zu Hause aus arbeiten wollte. Wo auch? Am Schreibtisch in meinem Kinderzimmer, während Clara unten mit ihren Freundinnen spielte? Wohl kaum. »Aushilfe Warenverräumung …« Ich stieß ein tiefes Seufzen aus, während ich die Stellenanzeige las. Nichts, worauf ich Lust hatte, aber mit meinem Abschluss und den bisherigen Arbeitszeugnissen hatte ich keine große Wahl. Immerhin klang Warenverräumung so, als beinhalte es weniger Kundenkontakt als mein letzter Job.

Ich öffnete Word, um mich an das neue Bewerbungsschreiben zu setzen und irgendjemandem aus der Personalabteilung vorzulügen, wieso der Job mein Traumjob war. Meine Finger schwebten über der Tastatur, mein Blick war starr auf den blinkenden Cursor gerichtet.

Eins, zwei, drei, vier …

Ich kam bis 87, dann schüttelte ich, wie aus einer Trance erwacht, den Kopf und sah aus dem Fenster. Regen prasselte gegen die Scheibe, und die einzelnen Tropfen veranstalteten ein Wettrennen gen Boden. Wenn sie nur wüssten, dass sie dieses Rennen verlieren würden, denn dort am Boden war bereits ich.

Ein »Wird's bald?«, gefolgt von grummelnden Lauten ließ meinen Blick von den Tropfen zu der Barista und dem offensichtlich unzufriedenen Kunden wandern, der mit verschränkten Armen vor ihr stand.

War es mir das wirklich wert, diese Chance nicht wahrzunehmen, damit in ein paar Wochen ich an ihrer Stelle stand und wichtigtuerischen Businesstypen ihren Kaffeebecher reichte?

Mein Blick fuhr zum unteren rechten Rand meines Bildschirms, wo das Datum angezeigt wurde: Es war der fünfte August. Der Tag, den Martha mir als Deadline genannt hatte. Ich schlug meinen Laptop zu. Mein Herz trommelte im Takt der viel zu laut aufgedrehten Musik des Cafés, und meine Schritte führten mich noch schneller zurück nach Hause.

Als ich die Tür hinter mir ins Schloss warf, streckte Ada irritiert ihren Kopf in den Flur und sah mich mit erhobenen Brauen an. »Alles klar?«

Ich schluckte. Gerade erschien mir alles glasklar. Vielleicht würde ich diesen Augenblick morgen bereuen. Doch jetzt, in diesem Moment, gab es nur eine Sache, die ich tun wollte.

»Wenn ich das Angebot annehme, wenn ich wirklich bei der Show mitmache ...«

Adas Augen weiteten sich, und sie schob sich in den Flur, die Hände auf die Brust gepresst.

»Was ist mit Clara?«

»Sie wäre aus dem Häuschen, das weißt du genau.«

»Ja, aber wer kümmert sich um sie? Wer kontrolliert, dass sie ihre Hausaufgaben macht, rechtzeitig in die Schule kommt, die Termine mit ...«

»Dad. So wie es sein sollte. Ich hab natürlich auch ein Auge darauf. Aber wenn ich die Weiterbildung beginne, wird er das stemmen müssen. Und das ist okay. Es war nie dein Job, die Mutterrolle zu übernehmen.«

Ich schluckte.

»Es ist okay, dich endlich einmal wieder an erste Stelle zu stellen. Wirklich. Du kannst zusagen. Wir haben hier alles unter Kontrolle, und wenn du magst, geb ich dir tägliche Status-Updates.«

Das Bild, das Ada mir malte, war zu schön, um wahr zu sein. Es war hell, warm und bunt. Es sprach von Chancen und sich erfüllenden Träumen. Es radierte das Grau und Schwarz der letzten Jahre weg und ersetzte es mit pastellfarbenen Tönen.

»Und was, wenn ich beim Casting rausfliege? Wetten, da sind richtig gute Leute dabei. Was, wenn ich nach London fahre und direkt wieder das Ticket für den Zug zurück buchen kann?«

»Dann ist das so, aber du hättest es wenigstens versucht. Mal ganz davon abgesehen, dass das nicht passieren wird. Du wirst weiterkommen.«

»Okay«, sagte ich leise, und kaum dass ich das Wort ausgesprochen hatte, fuhr eine freudige Aufregung durch meinen gesamten Körper.

»Okay?« Ada, die nach wie vor die Hände an ihre Brust gepresst hielt, als würde sie ein Stoßgebet gen Himmel senden, sah mich beinahe ängstlich an. »Du machst es?«

Langsam nickte ich. *Was zur Hölle tue ich hier?*

Ich hatte keine Ahnung, wie ich es Dad erklären sollte. Keine Ahnung, ob ich es bereuen würde. Doch ich wurde das Bild in meinem Kopf nicht mehr los. Das Bild, das mir wieder Lust machte, in die Zukunft zu blicken.

»Ich rufe Martha an.« Ich sah meiner Schwester fest in die Augen, und bei der aufrichtigen Freude, die ich in ihrem Blick entdeckte, wurde mein Herz schwer vor Dankbarkeit. »Ich mach's. Ich versuch mein Glück bei der Show.«

9. KAPITEL

Leo

Das schnaubende Lachen, das ich ausstieß, malte eine Kerbe in meinen Bierschaum.

»What the fuck.«

Ich sehe dich als das, was du bist. Ich liebe dich für das, was du bist. Mit allen Ecken und Kanten. Aber wir können nicht zusammen sein …

Ich rollte mit den Augen. Natürlich nicht. Denn wir brauchten alle drei Folgen ein Drama, bei dem die Leute mitfiebern konnten. Konnten Jordan und Rose sich nicht einfach mal kriegen und an ihrer Beziehung arbeiten? Wieso konnten sie nicht gemeinsam wachsen? Kommunizieren? An Hindernissen stärker werden, einander unterstützen? Dann wäre auch mehr Platz für persönliche Charakterentwicklung. Ich wusste natürlich, dass Serien wie *The London League* davon lebten, dass es Herzschmerz gab, ein Auf und Ab, und es funktionierte ja auch. Es war nur unfassbar frustrierend, in dieser Rolle zu stecken und immer abwegigere Gründe durchzuspielen, warum die beiden sich nicht kriegen konnten: Krankheit der Eltern, finanzielle Schwierigkeiten, Arbeit – wir hatten langsam alles durch.

Ich fuhr mir übers Gesicht, als könnte ich so das genervte Stirnrunzeln glätten, als mein Handy auf dem Tresen des Pubs vibrierte. Es war früh und noch recht wenig los, nur deshalb hörte ich es überhaupt.

Polya, 2.52 pm:
Bin so gespannt auf morgen! Schreib mir danach gern,
wie das Testbacken war und wie die Teilnehmer und
Teilnehmerinnen so drauf sind. Hoffe, dein Drehtag
war gut. Die letzte Folge ist ja richtig durch die Decke
gegangen. 👍

Ich sperrte mein Handy wieder und warf es auf das Skript, das
ich gerade noch durchgegangen war und das selbst drei Bier
später noch zu wünschen übrig ließ. Jap, die letzte ausgestrahl-
te Folge war mehr als erfolgreich gewesen, was wiederum bewies, dass Charlie genau wusste, was die Leute sehen wollten.
Was, wenn das bei den Dialogen auch zutraf? Vielleicht war
ich einfach zu anspruchsvoll. Oder aber ich war doch nicht für
den Job geeignet, auf den ich mich mein gesamtes Leben vorbereitet hatte. Bei dem bloßen Gedanken legten sich zentner-
schwere Steine auf meine Brust.

Es war bestimmt nur eine Phase. Das hier war meine Beru-
fung. Das hatten meine Eltern, Polya, mein Theaterlehrer, meine Kollegen und Kolleginnen und nicht zuletzt ich mir immer
wieder gesagt. Ich musste bestimmt nur mal auf andere Gedanken kommen. Vielleicht war *Bake That Cake!* ja doch das
Richtige.

»Einen Whiskey Sour bitte.« Ein schwarzhaariger Mann in
schickem Anzug, der ungefähr in meinem Alter sein musste,
ließ sich auf den Barhocker neben mir fallen und nickte mir
kurz zu. Er fuhr sich mit beiden Händen übers Gesicht, so wie
ich es eben getan hatte, was mich zum Lachen brachte. Ich erntete einen irritierten Blick.

Abwehrend hob ich die Hände.

»Ich hab gerade nur ganz genauso dagesessen. Harter
Tag?«

»Kann mal wohl so sagen«, murmelte der Mann und drehte sich leicht in meine Richtung. »Und bei dir? Warte ...« Er zog grübelnd die Brauen zusammen, und ich wusste genau, was gleich folgen würde. »Kenn ich dich nicht irgendwoher?«

Zu allem Überfluss schoss sein Blick zu dem Skript, das vor mir auf der Theke lag und auf dem in goldenen Lettern *The London League* stand. Der Blick des Mannes klärte sich. »Ah, genau. Leo, richtig? Eine Kollegin von mir steht total auf dich, hat sogar eine TikTok-Fanpage über dich.«

Ah ja. Was sagte man bitte dazu? Danke? Richte deiner Kollegin liebe Grüße aus? Freut mich, dass sie, womöglich Jahrzehnte älter, auf mich abfährt?

Ich wandte mich wieder meinem Bier zu und trank einen Schluck. Ich hätte den Kerl nicht ansprechen sollen. Am besten trank ich mein Bier aus, ging heim und riss mich zusammen.

Nur dass daheim niemand ist ...

Ich war dankbar, in London zu leben, dankbar, dass meine Mum damals mit mir hergezogen war, doch die meiste Zeit war es einfach nur einsam. Als ich kurz vor meinem sechzehnten Geburtstag hergezogen war, hatte ich alles hinter mir gelassen: mein Zuhause in Ormskirk, meine alte Schule in Liverpool, meine besten Freunde, selbst meinen Dad und Ed. In den ersten Wochen und Monaten war alles viel zu aufregend gewesen, um Einsamkeit zu verspüren. Ich hatte eine neue Schule besucht, hatte mein erstes Set von innen gesehen, war von Casting zu Casting getigert, und in dem kleinen Apartment, das Mum und ich bewohnten, hatte sie mir bei den Hausaufgaben geholfen. Ich hatte keine Zeit gehabt, mich allein zu fühlen. Leider hatte ich dadurch auch keine Zeit gehabt, Anschluss zu finden. Nur am Theater hatte ich diesen gehabt – bis selbst dafür die Zeit gefehlt hatte.

»Hey, sorry, das sollte nicht blöd rüberkommen. Heut ist echt nicht mein Tag.« Ich zuckte zusammen. Ich hatte beinahe vergessen, dass der Typ neben mir noch da war. Er nahm den Whiskey Sour vom Barkeeper entgegen, stellte ihn vor sich ab und streckte dann seine rechte Hand aus. »Noch mal von vorn: Hi, ich bin Matthew, ich hatte einen absoluten Scheißtag und habe gerade dafür gesorgt, dass der einzige andere Typ in dieser Bar, der ähnlich angepisst aussieht wie ich, noch ein bisschen schlechter drauf ist als eh schon.«

Wider Erwarten musste ich lachen. Ich schüttelte seine Hand und prostete ihm dann zu. »Leo, aber das weißt du ja schon.«

»Ist sicher nervig, wenn du jemand Neuen triffst und die Person gleich 'nen Wissensvorsprung hat, oder?«

Ich hob die Schultern. »Nicht so nervig, wie wenn Personen gleich davon ausgehen, dass sie dich kennen, nur weil sie ein paar Artikel gelesen und deine Rolle im TV gesehen haben.«

»Oh, deshalb schlechte Laune? Schlechtes Date gehabt?«

»Was? Nein.« Das war ein weiterer wunder Punkt. Ich hatte bisher eine einzige Beziehung gehabt, und die war so kurz wie katastrophal gewesen. Kopfschüttelnd sah ich diesen Matthew an. »Sorry, aber an deinen Social Skills musst du echt arbeiten.«

Ich biss mir auf die Zunge – zu spät allerdings, denn die Worte hatten meinen Mund bereits verlassen. Na toll, wenn ich Pech hatte, durfte ich darüber morgen in irgendeinem Magazin lesen. Ich sah die Schlagzeile schon vor mir: *Leo Campbell pöbelt fremden Mann in Pub an – Alkoholproblem oder bloßes Arschlochverhalten?*

Zu meiner Überraschung brach Matthew jedoch in lautes Gelächter aus.

»Shit, ja. Und genau deshalb bin ich so verdammt ungeeignet für den Posten.« Er leerte seinen Whiskey in einem Zug, stellte das Glas zu laut ab und bestellte einen weiteren beim Barkeeper. »Ich wurde heute befördert.«

»Glückwunsch«, sagte ich, es klang jedoch mehr wie eine Frage. Denn Matthew sah nicht gerade aus, als ob ihm nach Feiern zumute war. Vielmehr so, als ob er seine Sorgen in Alkohol zu ertränken versuchte.

»Es ist eine absolute Katastrophe. Ich soll den Laden schmeißen. Ich.« Matthew sah mich an, als ob ich ein Urteil darüber fällen könnte, ob er dazu in der Lage war. »Nicht seinen Sohn, mich hat er zum Nachfolger ernannt. Seh ich aus wie ein Chef? Der Boss einer Literaturagentur?«

»Na ja, der Anzug passt schon mal. Könntest den Bart noch etwas trimmen und …« Ich deutete auf einen Fleck am Kragen seines Hemds. »… den da entfernen.«

»Ja, das ist Guinness …«

Ich hob die Brauen. »Nicht dass es mich was angeht, aber wie viel hattest du denn schon zu trinken?«

»Scheißtag, sag ich doch«, murmelte Matthew in dem Moment, in dem ihm der Barkeeper den neuen Drink in die Hand drückte.

»Bist du nicht auch ein bisschen jung, um Chef zu sein?«

»Mein Reden«, stimmte Matthew mir zu. Dann hob er sein Glas, bis ich mit ihm anstieß, und trank einen großen Schluck. »Ich kann doch mit siebenundzwanzig keine renommierte Literaturagentur leiten. Andererseits … hat deine Rolle nicht auch grad 'nen Laden übernommen? Wie alt ist dieser Jordan?«

»Dreiundzwanzig, wie ich. Du schaust *London League*?«

»Ne, aber ich musste mir für meine Kollegin TikTok holen und ihr folgen.«

Ich nickte. Hoffentlich bekamen Polya und das Management von den Fan-Accounts dort keinen Wind, sonst würde ich wohl bald auch einen TikTok-Kanal betreiben müssen.

Dabei war ich mit Instagram schon überfordert, und Twitter verstand ich bis heute nicht.

»Du hast also einen schlechten Tag, weil du eine Beförderung bekommen hast, von der andere Leute träumen würden«, fasste ich zusammen. »Schon mal drüber nachgedacht, sie auszuschlagen?«

»So einfach ist das nicht«, antwortete Matthew mit einem Seufzen. »Aber egal. Wieso hat der berühmte und allseits beliebte Leo Campbell denn einen miesen Tag?«

»Ich hab ein Angebot für eine Show bekommen und zugesagt und keine Ahnung …« Ich trank einen weiteren Schluck des dunklen Biers. »Fühlt sich nicht nach mir an, aber wenn ich nicht annehme, fühlt es sich auch kacke an. So als würde ich feststecken und nicht vorankommen.«

Matthews Mundwinkel hoben sich, als er mit dem Finger auf mich zeigte. »Also machst du dich über mich lustig, hast aber eigentlich die gleichen Luxusprobleme. Du bist mir sympathisch.«

Keine Ahnung, ob Matthew die letzten Worte ernst oder ironisch meinte, mit einem hatte er allerdings recht: Es waren Luxusprobleme, die sich meine ehemaligen Theaterkollegen oder George mit Sicherheit wünschten.

»Hast ja recht«, murmelte ich zur Antwort und trank mein Glas bis zur Hälfte aus.

»Ist die andere Show denn so schlimm?«

»Sagt dir *Bake That Cake!* was?«

»Diese Backsendung?«

»Jap. Ich werd in der Jury sitzen. Morgen ist das Casting, und nächste Woche geht es schon los.«

»Kannst du backen?«

»Kein Stück, aber ich brauch auch nur mein Gesicht herhalten.«

»Und du hättest lieber richtigen Sprechtext, nehm ich an?«

Ich zuckte mit den Schultern. »Eigentlich ja, aber nicht, wenn er ausfällt wie dieser.«

Ich schnappte mir die Mappe, klappte sie willkürlich irgendwo in der Mitte auf und legte sie zwischen uns.

»Rose, du bist wie der erste Sonnenstrahl nach einem langen Winter. Du erwärmst mein Herz bis ins Innerste, wann immer ich dich sehe.«

»Uff«, sagte Matthew und beugte sich über das Skript. »Aber zusammen sind wir ein Gewitter«, las er mit hoher Stimme Amys Part. »Und wenn wir zu lang im Sturm bleiben, wird einer von uns verletzt. Wir dürfen uns nicht lieben.« Matthews Blick huschte über die nächsten Zeilen, und er prustete los. »Oh Gott. Weißt du was, der nächste Drink geht auf mich. Was magst du?«

»Vermutlich steige ich auch besser auf was Härteres um«, sagte ich und verdrängte den Gedanken an den Start von *Bake That Cake!* und den viel zu frühen Wecker morgen.

»Also zwei Whiskey Sour, alles klar.« Matthew bestellte, klappte mein Skript zu und drehte sich vollends zu mir um. »Du kannst übrigens auch Matt sagen. Ich glaub, nachdem wir uns gerade unsere Liebe gestanden haben, sind wir so weit.«

»Siehst du Matt, du hast mein Herz so erwärmt, dass du direkt meinen Spitznamen verwenden durftest.«

Matt lachte und nahm die zwei Whiskey entgegen, die der Barkeeper uns bereits auf den Tresen stellte. »Na, dann: auf unsere Luxusprobleme und dass wir immerhin nicht allein damit sind. Ist doch auch was.«

»Cheers«, sagte ich und trank einen Schluck. »Gar nicht so schlecht.«

»Ja, das macht sie so gefährlich.«

»Was würdest du denn machen, wenn du nicht den Chef spielen müsstest?«

Matt zuckte mit den Schultern. »Einfach weiterarbeiten? Keine Ahnung, das ist es ja. Ist nicht so, als ob mir der Posten irgendeinen großen Plan durchkreuzt. Vielleicht hab ich auch einfach nur Schiss. Denn eigentlich ist es mein Traumjob. Ich bin in der Literaturagentur, seit ich das Studium beendet hab, und wollte nie woanders hin.«

»Hm.«

»Und du? Was würdest du tun?«

»Vermutlich Theater spielen und darauf hoffen, irgendwann eine große Rolle zu landen«, sagte ich und nippte an dem Drink. Entweder lockerte der Alkohol, den Matt schon wieder nachbestellte, meine Zunge, oder aber ich war einsamer, als ich dachte, und genoss es zu sehr, mal Gesellschaft zu haben, mit der mich nichts Berufliches verband. Auf jeden Fall erzählte ich Matthew mehr, als ich sonst selbst in meinen eigenen Gedanken zuließ.

»Ich leb meinen Traum, und ich bin stinksauer auf mich, weil ich's nicht genieße.«

10. KAPITEL

Kaycee

»Ich bin stolz auf dich. Und deine Mum wäre das auch.«

Die Worte meines Dads trafen mich völlig unvorbereitet. Genauso sehr wie seine kräftige Umarmung, die mich ins Taumeln brachte. Er hatte darauf bestanden, Ada und mich zum Gleis zu begleiten, und dafür sogar seine Schicht verschoben. Clara hatte sich bereits vor der Schule tränenreich von mir verabschiedet, wobei sie in erster Linie deshalb geweint hatte, weil ich sie heute nicht mit zum Casting nahm. Seit ich die Bombe hatte platzen lassen, dass ich an *Bake That Cake!* teilnehmen würde, hatte sie sich in den Kopf gesetzt, Schauspielerin zu werden.

»Wir alle sind stolz auf dich«, sagte Ada und legte die Arme um mich und Dad, sodass wir ein paar Sekunden lang in einer Gruppenumarmung am Gleis standen. Unter halb gesenkten Lidern sah ich, wie ein älterer Herr uns amüsiert beobachtete, doch das war mir egal. Ich hatte die Abreise nach London extra bis zum Tag des Testbackens hinausgezögert. Noch nie war ich so lang von meiner Familie getrennt gewesen wie jetzt, sollte ich heute wirklich weiterkommen. Bei dem Gedanken daran drückte ich Dad und Ada noch fester und genoss die Wärme und Geborgenheit, die die beiden mir gaben. Als sie sich von mir lösten, straffte ich die Schultern.

»Danke. Ich hoffe, ich bereu es nicht.«

»Wirst du nicht«, sagte mein Dad und überraschte mich damit wieder. Es hatte mich schon überrascht, dass er entgegen meinen Erwartungen gar keine Einwände gehabt hatte – nicht dass diese mich aufgehalten hätten. Ich liebte meine Familie und würde mein Glück für sie immer hintanstellen, doch wenn ich mir einmal etwas in den Kopf gesetzt hatte, dann zog ich das durch. Und seit ich Martha zugesagt hatte, ließ mich der Gedanke nicht mehr los.

Ich wollte nicht einfach an *Bake That Cake!* teilnehmen. Ich wollte gewinnen.

»Ich weiß, was du für uns geopfert hast. Und es tut mir leid, dass ich dich nicht mehr ermutigt habe, deine Träume zu verfolgen.« Er legte mir eine Hand auf die Schulter und sah mir fest in die Augen. »Wir haben daheim alles im Griff, okay?«

Ich nickte und spürte den Kloß in meinem Hals. »Danke, Dad.«

»Ich liebe dich«, sagte Ada und presste ihre Stirn kurz an meine. Der Abschied von ihr fiel mir am schwersten, dabei wusste ich, dass ich mir keine Sorgen machen brauchte. Sie war stark, hatte hervorragende neurologische Betreuung und konnte davon abgesehen mittlerweile viel besser mit ihrer Krankheit leben als noch vor einem Jahr.

»Ich wünschte, wir könnten das gemeinsam machen.«

»Ich weiß. Aber hey, wenn du gewinnst und eine Konditorei eröffnest, spricht nichts dagegen, dass ich aushelfe! Dann haben wir es trotzdem geschafft.«

Die bloße Vorstellung erfüllte mich mit Wärme – und Hoffnung, wie ich sie seit Ewigkeiten nicht gespürt hatte. War mein Traum etwa doch noch nicht gestorben?

»Ich streng mich an«, versprach ich und drückte ihre Hand, als in der Ferne das Rattern des Zugs zu hören war.

»Weiß ich. Grüß Fiona von mir.«

»Und von mir«, sagte mein Dad. »Sie kann sich auch gern mal wieder blicken lassen, hab sie ewig nicht gesehen.«

»Richte ich ihr aus!«

Der Zug kam vor uns zum Halten, und ich winkte Dad und Ada noch einmal. Es war albern, dass ich Wehmut verspürte, immerhin war ich nur etwas über eine Stunde von ihnen entfernt. Doch als ich einstieg und sich die Türen mit einem Piepen hinter mir schlossen, fühlte es sich an, als würde ein Abschnitt enden und ein neuer beginnen. Und obwohl ich diese Entscheidung übereilt getroffen hatte, sie nicht einmal meine, sondern Adas Idee gewesen war, wusste ich, dass ich bereit war.

Dieses Mal war es ein anderes Gefühl, durch London zu laufen. Es war kein Aufenthalt für kurze Zeit, kein bloßer Besuch bei Fiona – ich würde dieses Leben wirklich führen können. Sofern ich heute weiterkam zumindest.

Das Studio von Channel Y lag in Westminster, sodass ich keinen allzu weiten Weg von der Victoria Station hatte. Was gut war, da ich meinen riesigen Koffer sowie einen Rucksack mit mir herumschleppte. Vermutlich hätte ich den Umweg über Fionas Wohnung in Paddington noch geschafft, aber es wäre knapp geworden, und ich wollte unter keinen Umständen zu spät kommen. Zumal ich ohnehin nervös genug wegen des Testbackens war. Und das lag nicht nur am Wettbewerb selbst. Martha hatte am Telefon zwar gesagt, dass wir nicht schauspielern mussten, aber aufgeregt war ich dennoch. Ich stand normalerweise hinter der Kamera, nicht vor ihr. Ich machte nicht einmal Instagram-Storys – abgesehen von Fotos meines Gebackenen. All mein Wissen über soziale Kanäle stammte von Fiona, und ich bewunderte sie jedes Mal dafür, wie sie ohne Übung und ohne sich zu verhaspeln so frei in ihr Handy sprechen konnte. Ab heute würde ich das wohl auch lernen müssen.

Ich passierte die Westminster Cathedral und kam etwa zehn Minuten später an einem edel wirkenden Gebäude zum Stehen. Ich brauchte nicht einmal das lilafarben leuchtende Schild mit der Aufschrift »Channel Y« zu sehen, um zu wissen, dass ich richtig war. Es war zwar ebenfalls aus rötlichem Stein, so wie die Häuser drumherum, doch die Wände waren vom Erdgeschoss bis in die oberen Stockwerke mit Glasfronten durchsetzt, durch die man einen Blick auf die schicke Einrichtung erhaschen konnte.

Ich sah an mir hinab. Meine Haare waren von ausgewaschenem Rosa, da ich sie lange nicht gefärbt hatte, und mit meinem komplett schwarzen Outfit schien ich nicht wirklich zum bunten Innenleben des Senders zu passen. Außerdem hatte es Ada nicht geschafft, mich zu einem schlichten schwarzen Shirt zu überreden, und so prangte ein Logo von *The Shining* auf meiner Brust. Letzten Endes hatte sich meine Schwester damit zufriedenstellen lassen, dass immerhin kein Blut zu sehen war.

Mein Blick schoss erneut zu dem leuchtenden Logo. Es war egal, was ich trug. Ich würde mich nicht einschüchtern lassen. Klar, ich war aufgeregt und ein bisschen ängstlich, aber das war ich schon oft gewesen, und bisher hatte ich alles irgendwie gemeistert. Ich würde heute weiterkommen. Durch die Arbeit im Einzelhandel wusste ich mit stressigen Situationen und Menschen umzugehen. Und wenn ich eines konnte, dann backen. Also straffte ich die Schultern und hievte meinen viel zu schweren Koffer die zwei Stufen zum Eingang hoch. Die Glastüren glitten geräuschlos auf, und ich trat ein.

»Hallo, kann ich Ihnen helfen?«

Die Frau an der Rezeption zu meiner Rechten lächelte mich freundlich an, und ich ging auf sie zu.

»Hi. Ich bin Kaycee Williams und für das Casting zu *Bake That Cake!* hier.« Noch bevor ich den Satz beendet hatte, schoss ein aufgeregtes Kribbeln durch meinen ganzen Körper. Es fühlte sich unwirklich an. Doch es war real.

»Ah, Kaycee, hier habe ich dich«, sagte die Frau mit Blick auf eine Liste. »Kannst du das kurz ausfüllen? Dann erhältst du eine Besucher-ID.«

»Klar«, sagte ich, ergriff den Kugelschreiber, den die Frau mir reichte, und trug die Infos zu meiner Person in die freien Felder ein. Die Dame nahm mir den Zettel ab und hielt mir eine weiße, mit Plastik umhüllte Karte entgegen, die ich am Saum meiner Jeans befestigte.

»Das Studio ist im zweiten Stock. Wenn du aus dem Fahrstuhl raus bist, musst du nur nach rechts abbiegen und bis zum Ende des Gangs gehen, du kannst den Raum nicht verfehlen. Mit der Karte betätigst du den Aufzug und kannst die Türen öffnen. Lass sie am besten an deiner Hose befestigt, sonst sperrt man sich regelmäßig aus. Den ganzen Rest erklären sie dir oben.« Sie warf einen Blick auf mein Gepäck. »Magst du das in der Garderobe abstellen? Ich kann den Raum abschließen.«

»Das wäre super, danke«, sagte ich. Wir verstauten meinen Koffer und den Rucksack, sodass ich nur noch die kleine Umhängetasche trug. Ich lächelte der Rezeptionistin noch einmal zu und lief zu den Aufzügen. Mittlerweile war mir schlecht vor Aufregung, und ich bereute es ein wenig, heute Morgen so viel gegessen zu haben. Mum und Dad hatten schon zu Schulzeiten dafür gesorgt, dass wir nicht ohne Frühstück das Haus verließen, und diese Tradition hatte sich bei uns allen gehalten – jedoch hatte ich damals auch keine Aufnahme für meine absolute Lieblingsserie gehabt und war nicht Gefahr gelaufen, mein Essen vor laufender Kamera wieder hinauszubefördern.

Als der Fahrstuhl mich in den zweiten Stock entließ, zitterten sogar meine Beine, sobald ich nicht in Bewegung war. Was war nur los mit mir?

Ich bog in den nach rechts abzweigenden Gang ab, an dessen Ende eine große lilafarbene Doppeltür zu sehen war – das war dann wohl besagter Raum. Anstatt darauf zuzusteuern, griff ich nach meinem Handy.

Kaycee, 9.45 am:
Ich sterbe. Wirklich. Mein Herz rast, ich schwitze, meine Beine zittern, und mir ist schlecht. Weißt du noch, wie ich damals bei deinem Beauty-Launch gelacht hab, weil du so nervös warst? Ich nehme alles zurück!

Fiona, 9.45 am:
Du schaffst das! Wenn du sie auf dem Papier überzeugt hast, wirst du sie heute umhauen! Ich glaub an dich! 🖤

Fiona, 9.46 am:
Oh, aber bitte kotz erst, wenn sie nicht mehr filmen. 😄

Kaycee, 9.46 am:
Danke für den Tipp. 💩

Kopfschüttelnd, aber mit einem Lächeln auf dem Gesicht, packte ich mein Smartphone zurück in die Tasche. Nach einem tiefen Atemzug, der mich jedoch so gar nicht beruhigte, wagte ich es endlich, mich auf die große Doppeltür zuzubewegen, hinter der mein neuer Lebensabschnitt beginnen sollte. Ich hatte die Hand gerade um die silberne Klinke gelegt und diese nach unten gedrückt, als jemand sie von der anderen Seite öffnete und ich mit einem Ruck nach vorn gezogen wurde.

»Shit«, fluchte ich, als ich ins Stolpern kam und hart gegen etwas prallte.

»Autsch.« Okay, anscheinend war ich nicht gegen etwas, sondern gegen jemanden geprallt. »Alles okay bei dir?« Die Stimme war weich wie Samt und kam mir seltsam bekannt vor.

Ich trat einen Schritt zurück und massierte meine Schulter, die leicht schmerzte. Ich starrte auf eine breite Brust, deren Muskeln durch das enganliegende dunkelblaue Shirt noch betont wurden. Kein Wunder hatte es mich beinahe umgehauen.

»Ja. Vielleicht sollten sie hier besser Glastüren einsetzen, hat bei der Außenfassade doch auch geklappt. Dann würde man sich wenigstens sehen.«

Ich lachte nervös, und mein Gegenüber fiel ein. Dabei wehte mir ein so starker Alkoholgeruch entgegen, dass es mir die Sprache verschlug. Hatte der Typ getrunken? Jetzt erst wanderte mein Blick zu seinem Gesicht. Mir stockte der Atem – allerdings nicht wegen der Fahne, sondern wegen der braunen Augen, die mich musterten. Ich kannte diese Augen. Ich kannte das ganze dazugehörige Gesicht. Vor mir stand niemand Geringeres als Leo Campbell. Mein Herz schlug mit einem Mal so schnell, als wäre ich einen Marathon gelaufen, nein, gesprintet. Nicht einmal weil dort der berühmte Schauspieler stand, den ich jede Woche im Fernsehen bewunderte, sondern weil er in echt noch besser aussah, noch mehr Charisma ausstrahlte.

Langsam ließ ich die Hand von meiner Schulter sinken. Der Schmerz war plötzlich vergessen. Ich versuchte, einen Blick durch den offenen Türspalt zu erhaschen. War ich vielleicht doch in die falsche Richtung abgebogen? Hatte die Dame an der Rezeption links statt rechts gesagt und ich wäre beinahe ins Set für *The London League* geplatzt?

»Sorry, aber ich wollte zu dem Casting von *Bake That Cake!*. Bin ich hier falsch?«

»Nope, das ist hier. Geht in etwa einer halben Stunde los.«

Ein weiterer Schwall seiner Fahne vertrieb meine Faszination innerhalb einer einzigen Sekunde. Ich presste die Lippen zusammen, um nicht das Gesicht zu verziehen, mein Herzklopfen hatte sich so schnell erledigt, wie es gekommen war. Äußerlich stand Leo seiner Fernseh-Persona in nichts nach, aber dieser Geruch … Wäre mir nicht ohnehin schon schlecht gewesen, spätestens jetzt wäre es der Fall. Vielleicht stimmte es ja, was all die Klatschmagazine sagten, und diese Stars hatten wirklich alle ihre Laster.

»Du bist eine der Teilnehmerinnen, nehm ich an?«

»Yep. Kaycee«, sagte ich und machte einen kleinen Schritt zurück, wobei ich mit dem Rücken gegen die noch geschlossene zweite Tür stieß. Nur wenige Zentimeter von Leo Campbell entfernt zu sein, klang für die meisten sicherlich wie ein Traum, doch für meine Nase war Abstand gerade definitiv die bessere Alternative. Hatte der Kerl in einem Bierfass geschlafen?

»Freut mich, ich bin Leo.« Leider schien ihm mein verkrampfter Gesichtsausdruck nicht zu entgehen. »Nervös?«

»Ja auch, aber …«, begann ich und biss mir dann auf die Zunge. Wieso hatte ich es nicht bei dem Ja belassen und war gegangen?

»Aber?«, fragte Leo natürlich gleich nach.

»Aber du riechst schlimmer als ein Pub nach St. Patrick's Day. Deshalb das Gesicht.«

Und wieso hatte ich jetzt nicht einfach meine große Klappe gehalten?

Leider lachte Leo diesmal nicht. »Fuck, immer noch?«, murmelte er mehr zu sich selbst und hielt sich die Hand vor den Mund. Er hauchte diese kurz an und verzog nun ebenfalls das Gesicht.

»Oh Mann, sorry. Ich, äh …« Er zeigte an mir vorbei. »… geh mal die Büros nach Kaugummi durchsuchen. Bis gleich.«

Kurz spielte ich mit dem Gedanken, ihm die Zahnpasta aus meinem Koffer anzubieten, doch da war er bereits mit einem weiteren gemurmelten Fluch an mir vorbei in den Gang gelaufen. Irritiert sah ich ihm nach.

Was war das denn bitte gewesen? Und was meinte er mit »bis gleich«?

Würde er beim Testbacken anwesend sein? Wofür? Würde er etwa Schauspieltipps geben? Uns zeigen, wie wir uns natürlich vor der Kamera verhielten? Oder hatte er gerade einfach Pause und sah zur Unterhaltung zu, wie sich ein paar blutige Anfänger am Set anstellten?

Es konnte mir egal sein, ich war schließlich nicht für ihn da, sondern für die Show. Und das Preisgeld. Entschlossen ging ich erneut zur Tür und betrat, diesmal ohne Zusammenstöße, den Raum. Darin herrschte reges Treiben. Menschen liefen durcheinander, andere bauten Lampen und Blenden auf, ein Corgi eilte hinter einem grauhaarigen Mann her, und im Hintergrund spielte irgendein Song von Ed Sheeran, dessen Titel mir gerade nicht einfiel. Ich war kaum eingetreten, als mein Blick jedoch von all dem abgelenkt wurde. Denn an der rechten Wand des Raums, vor den gewaltigen Glasfenstern, erstreckte sich eine riesige Küche. Nein, mehrere Küchen sogar, denn während die eine in Mintgrün gehalten war, erstrahlten Kühlschrank und Küchengeräte der nächsten in Pastellgelb, darauf folgte ein ganz in Weiß gehaltenes Set-up. Hier würde also das Wettbacken stattfinden. Seltsamerweise legte sich meine Nervosität bei dem Anblick, obwohl ich genau das Gegenteil erwartet hätte. Denn als ich die High-Tech-Küche mitsamt ihrer Kücheninsel und all den Utensilien erblickte, wäre ich am liebsten darauf zugesteuert und hätte direkt losgelegt. Allerdings kam genau in diesem Moment eine dunkelblonde Frau mit breitem Lächeln auf mich zu.

»Kaycee! Wie schön, dass du hergefunden hast.« Sie schüttelte meine Hand, legte ihre kurz darauf an meinen Rücken und schob mich sanft an Lampen und Kameras vorbei. »Ich bin Jane, freut mich sehr, dich kennenzulernen. Ich bin eine der Koordinatorinnen hier am Set, was bedeutet, dass ich für dich und die anderen Teilnehmer und Teilnehmerinnen zuständig bin. Ich begleite euch heute beim Casting. Ihr seid fünfundzwanzig, und wie du sicher schon gesehen hast, haben wir fünf Küchen aufgebaut. Wir teilen euch also in fünf Gruppen ein – die Zeit, in der die anderen gefilmt werden und backen müssen, kannst du nutzen und ein paar Kontakte knüpfen. Wir haben natürlich auch ein Catering.« Jane warf mir einen Blick zu, und ich nickte, um zu zeigen, dass ich so weit mitkam. »Solltest du im Laufe des Tages irgendwelche Fragen haben oder es dir an etwas fehlen, wende dich einfach an mich. Ich zeige dir gleich noch alle, die du am Set kennen musst, vor, aber erst einmal das Wichtigste …« Sie machte vor einer Gruppe von Leuten Halt, und Adrenalin schoss durch meinen Körper – denn ich kannte zwei davon. »Darf ich dir zuerst einmal Orlando und Claudette vorstellen? Als Fan der Show kennst du sie sicher bereits, sie sitzen natürlich auch dieses Jahr wieder in der Jury.«

Und wie ich sie kannte. Orlando war einer der berühmtesten Fernsehköche, und Claudette gehörte eine französische Pâtisserie in London. Seit ich die erste Folge der Show gesehen hatte, wollte ich dort einmal essen – aber davon abgesehen, dass es unmöglich war, einen Platz zu erhalten, und dass selbst die Schlange für den Außenverkauf viel zu lang war, war es auch unfassbar teuer. Die beiden nun vor mir stehen zu sehen, nachdem ich ihren Werdegang jahrelang auf dem Bildschirm mitverfolgt hatte, war surreal.

»Freut mich«, sagte Claudette mit warmem Lächeln, und auch Orlando schüttelte mir zur Begrüßung die Hand.

»Und mich erst! Es ist mir eine Ehre, dass ich dabei sein darf. Ich habe schon so viel von Ihnen lernen können.«

Konnte dieser Tag noch besser werden? Ich musste mich bei Ada bedanken. Kaum zu fassen, dass ich anfangs böse auf sie gewesen war. Sie hatte recht: Das hier war meine Welt. Dabei hatte ich noch nicht einmal mit dem Backen begonnen. Aber allein dass ich die Chance hatte, Teil der Show zu werden …

»Und hier sind schon deine ersten Mitstreitenden – oder besser gesagt Mitbackenden.« Jane deutete auf die anderen Personen, die ich bislang kaum wahrgenommen hatte. Sie winkten mir zu und stellten sich vor, wobei mein Kopf schon nach den ersten paar Namen zu schwirren begann: Hugh, Steven, Jessica – ich hatte jetzt schon Probleme, die Namen wieder ihren Besitzern zuzuordnen. Nur eine der Frauen, Laurine, erkannte ich, da sie einen YouTube-Kanal zum Thema Backen hatte, den ich verfolgte.

»Ich bin Francis, hallo.« Die kleine Frau zu meiner Linken reichte mir die Hand und war mir durch die Lachfältchen um ihre Augen direkt sympathisch. Sie würde ich mir mit Sicherheit merken können.

»Layla, hi«, sagte eine zierliche Frau mit schwarzen Haaren.

»Henry«, stellte sich der Mann rechts von mir vor. Er nickte mir bloß zu und wirkte etwas reservierter, vor allem aber sehr viel weniger nervös, als ich mich nun doch fühlte.

»Und ich bin Amanda«, meinte die Frau neben ihm mit einem Lächeln und beendete somit die Vorstellungsrunde.

»Ich bin Kaycee, ich freu mich riesig, euch kennenzulernen«, erwiderte ich und kriegte das Strahlen gar nicht mehr aus meinem Gesicht. Für Henry war meine überschwängliche Begrüßung offensichtlich etwas zu viel – oder aber, das war einfach sein Gesicht –, doch die anderen erwiderten mein Lächeln alle.

»Ich lasse euch mal allein, der Rest kommt mit Sicherheit auch gleich. Macht euch bekannt und nehmt euch gern etwas zu trinken – Essen gibt es in etwa zwei Stunden, da habt ihr dann auch noch einmal Zeit, euch besser kennenzulernen. Meine Kollegin Stefanie und ich holen euch dann ab.« Jane verabschiedete sich mit einem Winken und war verschwunden.

Claudette und Orlando unterhielten sich mit etwas Abstand zu uns, jedoch so leise, dass es offensichtlich war, dass das Gespräch nicht für unsere Ohren gedacht war. In unserer Gruppe hatte sich Schweigen ausgebreitet. Bislang war ich mit Abstand die jüngste Teilnehmerin. Ich hoffte wirklich, dass noch jemand in meinem Alter dabei war. Die anderen hatten mit Sicherheit viel mehr Erfahrung, vielleicht leiteten sie sogar schon eigene Cafés oder hatten eine Ausbildung zum Konditormeister absolviert.

»Wo backt ihr normalerweise?«, fragte nun auch Henry. Einerseits war ich froh, dass er das Gespräch in Gang setzte, andererseits breitete sich ein flaues Gefühl in meinem Magen aus. Hoffentlich war ich nicht die Einzige ohne große berufliche Erfahrung.

»Ich hab vor Kurzem die Bäckerei meines Großvaters übernommen«, meinte der Mann, der sich eben als Hugh vorgestellt hatte.

»Ich arbeite im *Cloud Eight* als Konditorin.«

»Oh, das hat doch Anfang des Jahres einen Stern erhalten, richtig?« Henry nickte Amanda anerkennend zu. »Nicht schlecht.«

Einen Stern? Ich schluckte. Das war ja noch beeindruckender als die eigene Bäckerei. Sie waren also definitiv erfahrener als ich. Unauffällig wischte ich mir die Hände an der dunklen Jeans ab. Sie waren vor Nervosität feucht geworden.

Mist. Aber sie haben dich ausgewählt, also muss sie etwas an dir beeindruckt haben.

Zumindest redete ich mir das ein. Wer wusste schon, welcher Praktikant die Einsendungen gesichtet hatte. Vielleicht war meine durch ein bloßes Versehen ausgewählt worden. Oder aber sie brauchten mich, um die anderen noch ein Stück professioneller wirken zu lassen.

»Ja, aber wir verwenden sogar das Fondant und Kokosmehl deiner Marke«, gab Amanda zurück.

»Ach, das wusste ich gar nicht!«

Henry und Amanda plauderten über ihre jeweilige Arbeit, während ich versuchte, nicht zu genau hinzuhören. Henry hatte eine eigene Marke? Die ganze positive Aufregung wich einer immer größer werdenden Sorge, doch bloß durch ein Missverständnis hier gelandet zu sein.

»Ganz schön beeindruckend, was?«, fragte mich Francis.

»Das kannst du laut sagen. Hast du auch schon einen Stern?«

Sie lachte ein helles, fröhliches Lachen. »Nein, keine Sorge. Ich bin Hausfrau, meine Kinder sind gerade mein Vollzeitjob, aber ich verdien mir etwas dazu, indem ich Torten für Hochzeiten oder Geburtstage backe. Es macht mir einfach Spaß.«

Mir fiel ein Stein vom Herzen, und ich hätte Francis am liebsten umarmt. »Oh, Gott sei Dank«, stieß ich aus. »Ich backe auch einfach aus Leidenschaft. Also, nicht dass die anderen das nicht tun«, fügte ich schnell hinzu. »Aber es ist nicht mein Job, meine ich.«

»Mach dir keine Sorgen. Sie haben doch jede Staffel eine Mischung aus unterschiedlichen Leuten dabei, wir werden sicher nicht die Einzigen sein, die keine Karriere damit hingelegt haben. Noch nicht zumindest.« Sie zwinkerte mir verschwörerisch zu.

Wir unterhielten uns eine Weile über unsere liebsten Rezepte, unsere Familien und wie wir hier gelandet waren, während sich unsere Gruppe vergrößerte. Eine ältere Frau, ein Mann im Anzug – und ein Kerl namens Brian, der nicht nur in meinem Alter war, sondern auch eine blaue Haarsträhne und ein goldenes Piercing trug, das sich von den braunen Lippen abhob. Dank Francis und Brian legte sich meine Nervosität ein wenig, und ich fühlte mich nicht mehr ganz so fehl am Platz.

Einige Minuten später, als nach und nach alle eingetroffen waren, klatschte Jane in die Hände. »So, meine Lieben. Wie ich euch bereits erklärt habe, teilen wir euch in fünf Gruppen à fünf Personen auf. Jeder von euch wird also einer Gruppe und einer Küche zugeteilt. Wir haben Zutaten für euch eingekauft und Rezepte der letzten Staffeln vorn verteilt, von denen ihr euch eines aussuchen und nachbacken könnt. Welches ihr wählt, ist völlig euch selbst überlassen, ihr habt zehn verschiedene Anleitungen zur Auswahl. Haltet euch aber bitte an die Vorgaben, da wir das Ganze zeitlich recht eng getaktet haben und quasi ein fliegender Wechsel herrscht.

Ihr müsst uns, beziehungsweise unsere Kameraleute, gar nicht groß beachten. Backt einfach, wie ihr es von zu Hause oder von der Arbeit auch gewöhnt seid. Ihr könnt dabei natürlich gern erklären, was ihr gerade tut, wir stellen euch aber auch ein paar Fragen, um euch ein wenig besser kennenzulernen. Nichts Wildes, wir wollen einfach schauen, wie ihr euch vor der Kamera verhaltet und wer von euch am besten zu uns passt. Wenn alle durch sind, berät die Jury sich, und gegen fünf Uhr nachmittags ist dann der große Moment gekommen, und ihr erfahrt, ob ihr weiter seid! Habt ihr Fragen?«

Jane sah in die Runde, und wir alle schüttelten nacheinander den Kopf. Meiner war wie leergefegt vor Nervosität. Fragen hatten dort definitiv keinen Platz, und ich war froh, wenn ich gleich vor der Kamera überhaupt einen Ton rausbrachte. Hoffentlich war ich nicht in einer der letzten Gruppen. Besser, ich sah gar nicht erst, wie Henry, Amanda oder auch Laurine backten, das würde mich nur weiter verunsichern.

»Ich hab eine«, sagte Brian schließlich.

»Schieß los«, erwiderte Jane mit einem Lächeln.

»Sorry, falls das zu direkt ist. Aber ich hab eben nur Orlando und Claudette gesehen. Stimmen die Gerüchte, dass Giselle und Peter raus sind?«

»Die Gerüchteküche brodelt immer, was? Aber da ihr im Vorfeld ohnehin alle einen NDA unterschrieben habt, bei dem ihr versichert habt, nichts Show-Relevantes nach außen zu tragen, kann ich euch die Überraschung vorwegnehmen, bevor sie übermorgen offiziell live geht.« Jane sah verschwörerisch in die Runde, und Francis neben mir lehnte sich nach vorn, als hätte sie Angst, die nächsten Worte zu verpassen. »Giselle und Peter sind tatsächlich nicht mehr dabei, dafür haben wir wundervollen Ersatz, der eine neue Dynamik in die Show bringen soll. Ein Platz soll mit wechselnder Prominenz aus unterschiedlichen Social-Media-Kanälen besetzt werden.«

Das abfällig schnalzende Geräusch stammte, wenn mich nicht alles täuschte, von Henry. Vermutlich hielt er nichts von Backblogs und alldem – immerhin erlangte man so keinen Stern. Im nächsten Moment rügte ich mich selbst für den Gedanken. Ich kannte Henry gar nicht und hatte kein Recht, ihn zu verurteilen. Aus mir sprach nur die Verunsicherung, weil er bereits so viel vorzuweisen hatte.

»... ist Leo Campbell.«

»Was?«, fragte ich eine Spur zu laut. Über meinen Gedanken hatte ich Jane nicht weiter zugehört, doch dieser eine Name hatte mich völlig aus meinen Überlegungen gerissen. Zum Glück schien Jane nicht überrascht über meinen Ausbruch.

»Ja, das wird einige begeistern, glaub ich.« Sie lächelte. »Leo ist aktuell ja mehr als angesagt, deshalb ist er ein riesiger Gewinn für die Show. Er ist auch heute fürs Testbacken dabei, um – gemeinsam mit Orlando und Claudette – ein wenig mit euch zu plaudern.« Sie blickte suchend durch den Raum. »Auch wenn ich gerade nicht weiß, wo er ist.«

Kaugummis holen, um seine Fahne zu maskieren.

Den Gedanken sprach ich jedoch nicht laut aus. Zum einen ging es mich nichts an, zum anderen wollte ich nicht schon vor dem Start der Sendung negativ auffallen. Eigentlich wollte ich gar nicht auffallen – wenn überhaupt, dann mit meinen Backkünsten. Trotzdem konnte ich es kaum erwarten, Fiona und Ada davon zu erzählen, dass Leo Campbell Teil der Jury war. Sie würden ausrasten. Und wenn ich ehrlich zu mir selbst war, dann schlug auch mein Herz bei der bloßen Vorstellung ein wenig schneller. Es war definitiv ein Grund mehr, weiterkommen zu wollen.

Allerdings hatte ich keine Zeit, länger darüber nachzudenken, denn bei Janes nächsten Worten spannten sich meine Muskeln an, und all meine Aufmerksamkeit kehrte wieder zu ihr und in diesen Raum zurück.

»Gut, wenn das alles war. Als Erste auf meiner Liste stehen Henry, Brian, Steven, Anna und Kaycee. Folgt mir bitte.«

II. KAPITEL

Leo

Immerhin hatte ich mich übergeben, bevor ich mir Audreys letzten Kaugummi in den Mund gesteckt hatte. Das wäre wirklich Verschwendung gewesen. Zum ungefähr hundertsten Mal spülte ich meinen Mund mit Wasser aus. Zu allem Überfluss hatte Orlando vor fünf Minuten die Toilette betreten und mich gurgelnd am Waschbecken vorgefunden. Wenige Zentimeter mehr und seine Augenbrauen hätten die viel zu grellen Deckenlampen gestreichelt. Ich hatte ohnehin nicht den Eindruck gehabt, dass er sonderlich begeistert war, mich in der Jury zu wissen, aber mit dieser Aktion hatte ich es mir wohl endgültig mit meinem Mitjuror verscherzt. Und das, bevor die Show überhaupt begonnen hatte.

Polya wird hellauf begeistert sein. Reiß dich zusammen.

Leider interessierten meinen Magen diese Worte gar nicht, denn er krampfte sich zusammen, anstatt sich zusammenzureißen. Glücklicherweise war er nun aber vollkommen leer, sodass ich zwar Schmerzen hatte, mir aber immerhin nicht länger übel war. Ich steckte mir Audreys Minzkaugummi in den Mund und wusch mein Gesicht mit eiskaltem Wasser, bevor ich es mit den rauen Papiertüchern notdürftig trocknete. Ich trat etwas näher an den Spiegel, um das Rot, das meine braunen Augen umrahmte, zu begutachten. Wirklich fit sah ich nicht aus, aber das musste reichen. Es war ja nicht mein Casting, ich war lediglich zur Unterstützung da. Auch wenn ich nicht glaubte, dass ich in meinem Zustand das Beste aus den Teilnehmern und Teilnehmerinnen rausholen würde.

Mein Spiegelbild nickte mir eher missmutig denn motiviert zu, dann verließ ich das WC und machte mich auf den Weg zurück ans Probeset. Ich hatte die Doppeltürhälfte gerade geöffnet, als mein Handy an meinem Bein vibrierte.

Unbekannte Nummer, 10.06 am:
Normalerweise betteln mich immer alle an, zum Frühstück zu bleiben ... 😄
Viel Erfolg bei deinem Testbacken heute. Ich hoffe, deinem Kopf geht's besser als meinem. Sorry, falls ich dich bei den Tequilas hätte aufhalten sollen. Und falls du mal wieder quatschen magst: Meld dich, hat mich gefreut.
Matt

Verwundert zog ich die Brauen zusammen. Ich konnte mich weder an den Tequila noch daran erinnern, dass ich Matt meine Nummer gegeben hatte. Irgendwann zwischen Pub drei und vier begannen die Erinnerungslücken. Kopfschüttelnd speicherte ich Matthews Nummer in meinem Handy ein. So genervt wir zu Beginn des Abends gewesen sein mochten, so ausgelassen wurde er gegen Ende. Und rebellierender Magen hin oder her, ein Positives hatte der gestrige Abend gehabt: Ich hatte so etwas wie einen Freund gefunden. Okay, Freund war vermutlich nicht das richtige Wort, aber zumindest einen Leidensgenossen. Ich nahm, was ich kriegen konnte.

»Leo!«

Jane kam, wie immer professionell lächelnd, auf mich zu. Ich steckte das Handy weg und erwiderte das Lächeln. Hoffentlich merkte sie nicht, wie hinüber ich war.

»Ich hab mich schon gefragt, wo du steckst. Das Casting hat gerade begonnen, die Ersten sind schon dran.« Sie schob ihre Hand an meinen Rücken und bewegte mich langsam von der Tür in den Raum hinein.

»Tom hat einen Fragenkatalog vorbereitet, falls du ebenfalls ein bisschen interviewen magst. Insgesamt wäre es toll, wenn du die Zeit nutzt, die Teilnehmenden ein wenig kennenzulernen. Quatsch mit ihnen, nimm ihnen vielleicht ein wenig der Nervosität.«

»Mach ich. Entschuldige bitte die Verspätung«, sagte ich und war im selben Moment erleichtert, dass mein Atem nun immerhin frisch nach Minze duftete. Peinlich berührt dachte ich an den Moment vorhin zurück, als ich in eine der Teilnehmerinnen hineingelaufen war – Kaycee, wenn ich mich recht erinnerte. Hoffentlich gab es auch für das Casting NDAs, ich hatte keine Lust, morgen mit einer Schlagzeile über meinen Alkoholkonsum aufzuwachen.

»Ach, gar kein Problem. Wir sind alle total aufgeregt, dass du bei der Sendung dabei bist!«

Alle bis auf Orlando zumindest.

Den Gedanken behielt ich jedoch für mich und nickte Jane mit einem breiten Lächeln zu. »Ich freue mich auch sehr, es ist eine ganz andere Erfahrung als *London League*.«

Als Jane zum Stehen kam und ihre Hand von meinem Rücken löste, verrutschte mein Lächeln kurz, denn ich blickte in ein Paar haselnussbrauner Augen, deren Besitzerin mich mit erhobenen Brauen musterte.

»Fündig geworden?«

»Ähm. Ja, danke«, erwiderte ich.

»Oh, ihr habt euch schon kennengelernt? Das ist prima, dann muss ich euch ja nicht groß bekanntmachen. Unterhaltet euch einfach ganz natürlich, Kaycee backt den Kuchen, den sie gewählt hat, Tom gibt Bescheid, wenn er irgendetwas von euch braucht oder ihr euch anders hinstellen müsst. Viel Spaß, ihr beiden. Ich seh mal nach Henry!«

Jane hatte die Worte kaum ausgesprochen, als sie auch schon ans nebenan liegende Set verschwand. Tom stand hinter der Kamera und beachtete mich nicht weiter. Kaycee sah nach wie vor zu mir und ich … ich stand peinlich berührt in der Gegend herum. Was war heute nur los mit mir? Ich hätte es gern auf den Kater geschoben, aber Kaycees eindringlicher Blick irritierte mich mehr, als mir lieb war.

»Also …«, begann Kaycee, bevor das Schweigen noch unangenehmer werden konnte. »Du bist ab nächster Woche Juror?«

»Ja«, erwiderte ich.

»Okay, und?«, fragte sie belustigt, und Tom warf mir einen irritierten Blick zu. Gott, ich war echt neben der Spur. Normalerweise war ich besser im Small Talk. »Freust du dich? Backst du gern? Was ist dein liebstes Rezept? Ich hab übrigens beschlossen, den White Chocolate Cake von Ruby aus der vorletzten Staffel nachzubacken«, erzählte sie, was ich sie mit Sicherheit hätte fragen sollen, und hielt das Rezept in die Kamera.

»Ich freu mich total. Es ist mal eine ganz andere Erfahrung«, sagte ich und merkte im selben Moment, wie auswendig gelernt der Satz klang. Kein Wunder, ich wiederholte einfach nur, was Polya mir erzählt hatte, als wir uns wegen des Angebots getroffen hatten. »Was das Backen angeht …« Ich zögerte und beobachtete Kaycee dabei, wie sie ein paar Utensilien zusammensuchte. Die Küche war perfekt ausgestattet, dabei würde die Show selbst gar nicht hier gedreht werden. Sie platzierte Mehl, Milch, weiße Schokolade, Butter, Zucker, einige Schüsseln und eine Packung Eier auf dem Tisch. Tom richtete die

Kamera auf Kaycees Hände, während sie die Butter abwog und in einen Topf gab, den sie auf die Herdplatte stellte.

»Ich bin nicht der beste Bäcker, wenn ich ehrlich bin.«

»Oh okay. Aber es macht dir Spaß?«

»Ich denke schon?«

»War das eine Frage?« Kaycee legte die Eierschalen zur Seite und sah mich mit zuckenden Mundwinkeln an, während sie Zucker zu der Eimasse gab. »Du hast aber schon einmal gebacken, oder?«

»Zählen Plätzchen?«

Sie stieß ein Lachen aus, und ich merkte, wie mein Gesicht warm wurde. Doch nicht vor Scham, vielmehr, weil das Geräusch meinen ganzen Körper von innen erwärmte.

»Ich denke, das kann man gelten lassen. Du bist also hochqualifiziert für den Job als Juror.«

Obwohl sie meine Zweifel an der ganzen Sache perfekt auf den Punkt brachte, sorgte der neckende Unterton in ihrer Stimme seltsamerweise dafür, dass ich mich entspannte. Ich stützte die Ellbogen auf der Theke ab und beobachtete sie dabei, wie sie Mehl abwog.

»Ich bin eine Niete in der Küche.«

»Find ich aber ganz gut. Dank dir fühl ich mich hier nicht so fehl am Platz. Alle anderen sind wesentlich besser als ich.«

»Weißt du doch noch gar nicht.«

»Ganz objektiv gesehen. Sie haben Restaurants und all so was.« Kaycee nickte zu den Küchentheken hinter ihr. »Das hier ist wesentlich besser ausgestattet als meine Wohnung.«

»In dem Fall: Gern geschehen. Verrat es aber besser trotzdem niemandem hier. Sonst schmeißen sie mich noch raus.«

»Ich werde schweigen wie ein Grab«, versprach Kaycee mit ernster Stimme. »Darüber und über … ein gewisses kritisches Konsumverhalten deinerseits.«

»Danke.«

Erst dank ihres Seitenhiebs fiel mir wieder ein, dass wir nicht allein waren. Ich warf Tom einen skeptischen Blick zu, doch er wirkte hochkonzentriert und zufrieden. Anscheinend war ihm egal, worüber wir redeten, solange Kaycee etwas tat und sagte.

»Was ist das auf deinem Shirt?«, stellte ich also die erste Frage, die mir einfiel.

Kaycee blickte nach unten, als müsste sie selbst noch einmal nachsehen, was sie eigentlich trug.

»Du kennst *The Shining* nicht?« Eine pinke Strähne fiel ihr ins Gesicht, als sie den Kopf ruckartig hob und mich ungläubig betrachtete. Sie versuchte, sie sich mit dem Handrücken hinters Ohr zu schieben. Drei gescheiterte Versuche und eine mehlverschmierte Wange später gab sie auf.

»Leo, kannst du kurz?«

Ich blickte Tom fragend an und verstand erst, worauf er hinauswollte, als er in Richtung Kaycee nickte, die gerade dabei war, die geschmolzene Butter zu den restlichen Zutaten zu geben. Die Haarsträhne hing ihr weiterhin ins Gesicht und verdeckte ihr linkes Auge.

»Ähm, klar«, sagte ich und umrundete die Kücheninsel. Ich kam vor Kaycee zum Stehen, und als sie zu mir aufsah, stockte mir der Atem, so warm und intensiv war ihr Blick.

»Darf ich?«

Kaycee nickte. Vorsichtig strich ich ihr die Strähne hinters Ohr. Es war schwer, nicht in ihren hellbraunen Augen zu versinken. Jetzt wäre der richtige Moment gewesen, direkt einen Schritt zurückzutreten. Doch ich nutzte ihn nicht. Minuten, die vermutlich nur Millisekunden waren, stand ich einfach vor ihr, die Hand wieder neben meinem Körper, und sah sie an, war wie gefangen von ihrem Blick. Erst als sie leise »Danke« sagte, drehte ich mich mit einem Räuspern um und kehrte zurück an meinen Platz vor dem Tresen.

Mein Herz klopfte viel zu schnell.

Was war das denn gerade?

Ich sah zu Kaycee, die den Blick jedoch wieder auf ihre Hände gerichtet hatte und sich den Zutaten in der Schüssel widmete. Eine Weile schwiegen wir beide, dann räusperte ich mich erneut, bevor Tom mir Anweisungen geben oder unser Gespräch unterbrechen konnte. Denn entgegen meiner anfänglichen Unlust hatte mich nun die Neugier gepackt. Gut, vielleicht nicht an der Show, aber zumindest an der Frau vor mir, die so anders war als die Teilnehmerinnen der vorigen Staffeln, die ich mir auf Polyas Anraten hin zu Gemüte geführt hatte.

»Sollte ich?«, fragte ich. »Den Film kennen, meine ich.«

»Auf jeden Fall«, erwiderte Kaycee wie aus der Pistole geschossen. »Du bist Schauspieler!«

»Und deshalb sollte ich ihn kennen?«

»Ja, oder ist deine Liebe zum Film genauso echt wie die zum Backen?«

»Haha. Du liebst Backen und hast sicher auch noch nicht jeden Kuchen auf dem Planeten probiert.«

»Nein, aber Schoko-, Zitronen- und Marmorkuchen.«

»Okay?«

»Das sind die Klassiker!«

»*The Shining* ist der Zitronenkuchen der Filmbranche?«

»Okay, vielleicht nicht ganz, wenn man an Filme wie *Titanic* und *Herr der Ringe* denkt. Aber zumindest der Blaubeermuffin.«

Bei ihrem ernsten Blick konnte ich nicht anders, als zu lachen. Ich merkte, wie das Leben langsam wieder in mich kehrte. Die Kopfschmerzen und die schlaflose Nacht waren beinahe vergessen.

»Du bist seltsam genug, um hier auch bei der großen Konkurrenz bestens klarzukommen, Kaycee.«

»War das ein Kompliment?«

»Wenn du nachfragen musst, offensichtlich kein gutes.«

»Bis der Kuchen in den Ofen muss, sind es locker noch zehn Minuten. Du hast also Zeit, dich darin zu üben.«

Kaycees Augen funkelten spöttisch, doch in mir stieß die Vorstellung daran überraschenderweise auf Gefallen.

»Challenge accepted.«

Einige Stunden und ein leeres Buffet später stand ich zwischen Claudette und Orlando vor den fünfundzwanzig Teilnehmenden. Wie automatisch wanderte mein Blick immer wieder zu Kaycee, die neben einem sympathisch wirkenden Kerl namens Brian in der ersten Reihe stand. Sie sah ebenso angespannt aus wie ihre Mitstreitenden, doch mir entging nicht, wie auch ihr Blick ständig zu mir schoss. Vielleicht wartete sie jedoch auch nur darauf, dass ich endlich die erlösenden Worte äußerte und sie eine Runde weiterschickte.

»Ich denke, es ist an der Zeit, euch nicht länger auf die Folter zu spannen«, begann Orlando und sah mit einem breiten Lächeln in die Runde. »Ganz nach dem Motto ›Die Letzten werden die Ersten sein‹ bitte ich unsere letzte Truppe, bestehend aus Francis, Amanda, Jules, Karamo und Maria, nach vorn.«

Als die fünf aus der Menge zu uns traten, sah ich, wie Kaycee Francis kurz aufmunternd zulächelte und ihren Arm drückte. Die beiden hatten sich am Buffet länger unterhalten und schienen sich gut zu verstehen.

»Francis, Amanda …« Orlando machte eine so quälend lange Pause, dass sogar ich den Atem anhielt, dabei wusste ich längst, wer weiterkam und wer nicht. »Ich freue mich sehr, euch in der diesjährigen Staffel von *Bake That Cake!* begrüßen zu dürfen. Ihr seid dabei!«

Francis stieß einen Freudenschrei aus und wurde kurz darauf von Brian und Kaycee in die Arme geschlossen. Amanda strahlte ebenfalls, wirkte aber deutlich gefasster. Die anderen drei hingegen waren sichtlich geknickt, Maria, einer Frau in ihren Zwanzigern, standen die Tränen in den Augen. Wenn Kaycee nicht bereits der Grund gewesen wäre, dass ich meine Meinung zu meiner Teilnahme an *Bake That Cake!* änderte, dieser Anblick wäre es gewesen. Sowohl Francis' Freude als auch Marias Enttäuschung – denn beides zeigte, wie viel die Show allen hier bedeutete, und ich wusste, wie es sich anfühlte, für einen Traum zu kämpfen.

Mit Anspannung in jedem Muskel, die ich in Kaycee gespiegelt sah, wartete ich darauf, dass wir endlich zur letzten Gruppe kamen. Dafür, dass ich so wenig von all dem gehalten hatte, fieberte ich nun doch ziemlich mit. Als Claudette mir zunickte, war es so weit.

»Brian, Kaycee, Anna, Steven und Henry«, verkündete ich die Namen der letzten fünf Teilnehmenden, die angespannt inmitten der anderen standen. Sie traten ein Stück zu uns, wobei Kaycees Blick aus den hellbraunen Augen schon wieder meinen fand. Entgegen meinen Erwartungen las ich keine Angst oder Sorge darin, vielmehr Ungeduld und Neugier.

»Henry«, richtete ich mich an den Mann mit dem siegessicheren Lächeln auf dem Gesicht. Leider lag er damit richtig, aber das musste mich ja nicht davon abhalten, ihn zumindest kurz zappeln zu lassen. »Wie du sicher weißt, haben wir nur noch drei weitere Plätze zu vergeben. Die Entscheidung ist uns wirklich nicht leichtgefallen, am liebsten würden wir natürlich alle in der neuen Staffel begrüßen. Aber nur die besten zehn von allen Einsendungen schaffen es in die erste Runde.«

Er nickte zaghaft, und sein Lächeln geriet ins Wanken – ein wenig nur, aber doch genug, dass ich es sah, und Tom durch seine Kamera mit Sicherheit auch, denn diese hatte er genau auf Henrys Gesicht gerichtet. »Und du gehörst zu diesen zehn, herzlichen Glückwunsch.«

Triumphierend merkte ich, dass er nun nicht länger so überheblich wie beim Testbacken, sondern erleichtert wirkte. Claudette neben mir lachte leise. »Wer hätte gedacht, dass du so schnell in deiner Aufgabe aufblühst?«

»Brian«, sagte ich und sein Kopf schnellte von Claudette zu mir. »Auch dich würden wir gern wiedersehen. Deine Erdbeersahnetorte hat sogar uns Londonern Hoffnung auf einen Sommer gemacht.« Mehr brauchte ich gar nicht zu sagen, da Kaycee und Brian sich schon in den Armen lagen und er kurz darauf zu Francis lief, die ihn ebenfalls umarmte.

»Anna, Steven, Kaycee …« Als der letzte Name über meine Zunge rollte, stolperte mein Herz so sehr, dass ich schlucken musste. Glücklicherweise wirkte es so, als wollte ich künstliche Spannung erzeugen. »Wir haben nur einen weiteren Platz zu vergeben. Nur zehn von euch können Teil der Show werden und sich weiter an die Spitze backen.« Ich ließ meinen Blick über die drei vor mir wandern, die mich alle mit so viel Hoffnung in den Augen ansahen, dass ich mich fragte, wie Orlando und Claudette es aushielten, Jahr für Jahr so viele Leute nach Hause zu schicken. »Anna«, begann ich und als die junge brünette Frau mit bebendem Kinn nickte, war mir klar, dass sie schon ahnte, was ich nun sagen würde. »Du hast eine tolle Ausstrahlung, gute Laune am Set verbreitet und großartig gebacken – aber leider waren wir uns einig, dass du noch nicht so weit bist. Wir würden uns riesig freuen, dich in ein, zwei Jahren noch einmal zu sehen.«

Anna fuhr sich mit den Fingern unter den Augen entlang

und nickte dann mit einem feinen Lächeln. »Das würde mich auch freuen. Ich danke euch.« Dann trat sie zurück zu den anderen, wo sie von Jessica getröstet wurde.

»Steven, Kaycee.« Steven knetete die Finger, und Kaycee hatte ihre Hände an die Brust gedrückt, beinahe so, als würde sie beten. »Ihr beide habt euch für den White Chocolate Cake entschieden. Ich glaube, wir können alle guten Gewissens sagen, dass beide Kuchen mit dem Original aus der vorletzten Staffel mithalten können.« Neben mir nickten Orlando und Claudette bestätigend. »Aber wie eben schon erwähnt, kann es leider nur eine weitere Person in die erste Runde und somit in die neue Staffel von *Bake That Cake!* schaffen.« Ich hielt inne. In dem Raum war es so leise, dass man eine Stecknadel hätte fallen hören können. Selbst das Kamerateam schien die Luft anzuhalten. »Kaycee.« Ein, zwei Sekunden lang hielt mein Blick ihren gefangen. »Du bist weiter«, schloss ich dann, und sie schien kurz in sich zusammenzusacken, bevor sie mit dem größten Lächeln, das ich je gesehen hatte, in meine Richtung blickte. Dann wurde sie von Brian umgerissen, der vor ihr auf und ab sprang.

»Na, das scheint dir ja doch ganz schön Spaß zu machen«, sagte Claudette mit einem Lachen und klopfte mir auf die Schulter. Ich schmunzelte und nickte. Sie hatte recht. Es machte mir sehr viel mehr Spaß als gedacht. Jedoch nicht, wie sie glaubte, weil ich die Kandidaten und Kandidatinnen zappeln lassen konnte. Der eigentliche Grund für meine gute Laune, das vor Adrenalin schneller klopfende Herz – der war wenige Meter vor mir nun ebenfalls dabei, vor Freude auf und ab zu springen.

12. KAPITEL

Kaycee

»Und?!«

Ich hatte kaum geklingelt, als Fionas Tür aufflog und meine beste Freundin mir noch im Türrahmen in die Arme fiel. Mit der freien Hand umklammerte ich das Geländer, um nicht mit meinem Koffer die drei Stufen zum Bordstein hinunterzupurzeln.

»Bist du weiter? Du bist weiter, richtig?«

Fiona löste die Umarmung, hielt mich aber an den Schultern fest und sah mir abwartend in die Augen. Ihre hellblauen waren vor Aufregung geweitet, und als ich grinsend nickte, umarmte sie mich gleich noch einmal.

»Ich wusste es! Weiß Ada schon Bescheid?«

Ich nickte noch einmal, wobei Fionas hellblonde Haare mich an der Wange kitzelten. Endlich machte sie einen Schritt zur Seite, damit ich eintreten konnte.

»Lass mich dein Gepäck nehmen, du hast schon genug geschleppt«, sagte sie, und ohne eine Antwort abzuwarten, schnappte sie sich den großen dunkelblauen Koffer. Ihre Aufregung und das breite Lächeln brachten mich zum Lachen.

»Ich hab dich vermisst.«

»Ich dich auch«, gab sie zurück. »Deshalb richten wir dich jetzt schnell häuslich ein, und dann mach ich uns Kaffee und du erzählst. Oh, hast du Hunger?«

»Nein, wir hatten super viel Essen am Set«, erwiderte ich und unterdrückte dann ein Grinsen. »Klingt seltsam, oder?«

»Klingt in erster Linie total cool! Du musst mir unbedingt erzählen, wie die anderen sind. Und was genau du machen musstest.«

Ich folgte Fiona, die meine Hilfe beim Koffertragen ablehnte, nach oben und zog irritiert die Brauen zusammen, als sie nicht in ihr Schlafzimmer abbog, sondern die Tür gegenüber der Treppe öffnete.

»Schlaf ich nicht bei dir?«

»Nope«, erwiderte Fiona mit breitem Grinsen. »Du schläfst bei dir.«

Sie stieß die Tür mit der Hüfte auf, setzte den Koffer ab und deutete mit weit ausgebreiteten Armen durch die offene Zimmertür. »Tada!«

»Nicht dein Ernst.« Perplex trat ich in den Raum, der bis vor Kurzem einen Schreibtisch mit PC sowie die Ecke beinhaltet hatte, in der Fiona die meisten ihrer Videos drehte. »Du hast dein Arbeitszimmer geräumt?«

»Jap! Schließlich kommst du ins Finale und wohnst eine Weile hier«, erwiderte sie bestimmt, als handelte es sich dabei um eine Tatsache. »Und du sollst dich wie zu Hause fühlen. Das ist kein Sleepover, wir haben jetzt ’ne WG!«

Einen Moment lang stand ich einfach nur da und blickte stumm in das Zimmer. Fiona hatte ein schmales Gästebett geholt, auf dem etliche Kissen und eine gemütlich aussehende Bettdecke lagen. Über dem Bett hingen drei noch leere Regalbretter, und daneben, direkt an dem Fenster, das den Raum erhellte, befand sich ein kleiner Schreibtisch inklusive Lampe, Topfpflanze und weißem Schreibtischstuhl. Mein Blick wanderte von der Lichterkette an der Wand bis hin zu der Kommode, die direkt neben mir stand.

»Du hast das nicht ernsthaft alles gekauft«, sagte ich fassungslos und richtete den Blick wieder auf die Einrichtung. Ich war schon unendlich dankbar, dass ich die nächsten Wochen bei Fiona unterkommen durfte, aber das hier … »Fiona, das ist viel zu viel.«

»Ist es nicht. Wir wollten schon vor Jahren aus Croydon wegziehen und uns gemeinsam eine Wohnung suchen. Das ist genauso sehr Geschenk für mich wie für dich. Außerdem arbeitest du quasi seit vier Jahren unbezahlt als meine Instagram-Fotografin.« Ich hörte Fionas Schritte auf dem hellen Holzboden, dann schob sich ihr Gesicht in mein Blickfeld und verdeckte die Sicht auf den Raum. Meinen Raum.

»Ich weiß, du hasst so was, aber lass mich dir wenigstens einmal was schenken. Bitte. Und sei eher dankbar, ich hätte dir fast noch einen Fernseher gekauft, damit ich mir deine seltsamen Horrorfilme nicht wieder mit reinziehen muss.«

Der Blick aus ihren blauen Augen war ernst auf mich gerichtet, und ich kannte Fiona gut und lange genug, um zu wissen, dass Widerstand zu diesem Zeitpunkt ohnehin zwecklos wäre. Also nickte ich bloß, legte die Arme um sie und zog sie fest an mich.

»Ich hab dich lieb.«

»Und ich bin so stolz auf dich«, flüsterte Fiona zurück.

»Karamell-Sirup?«, fragte Fiona eine halbe Stunde später über das Summen ihrer Kaffeemaschine hinweg. Ich nickte und lehnte mich gegen den mintfarbenen Kühlschrank.

»Danke.«

»Kein Ding. Du kriegst deinen Kaffee aber nur, wenn du endlich mehr vom Casting erzählst.«

»Hab ich doch grad beim Auspacken schon. Was willst du denn noch alles hören?«, fragte ich lachend.

»Na ja … alles eben.« Fiona hielt mir die Kaffeetasse entgegen, und als ich danach greifen wollte, zog sie die Hand blitzschnell zurück. »Wie sind die anderen neun, die weiter sind?«

»Ich hatte nicht mit allen richtigen Kontakt, weil wir ja in unterschiedliche Teams eingeteilt wurden. Francis und Brian sind aber total nett. Ein paar andere wie Henry oder Amanda sind eher einschüchternd. Die können so viel mehr als ich.«

»Aber du hast es geschafft! Du kannst so stolz sein!«

»Ja, wobei ich glaube, dass es heute gar nicht so sehr auf das Gebackene ankam. Die Rezepte waren ziemlich basic, und wir mussten nicht groß kreativ werden. Sie haben vielmehr geguckt, ob wir den Mund vor der Kamera aufkriegen und so was.«

»Hast du ja offensichtlich! Was sonst noch?«

»Ich glaub, ich hab mich vor Leo blamiert?«

»Welcher Leo?«

»Campbell«, nuschelte ich undeutlich, doch Fiona hatte mich natürlich trotzdem verstanden.

»*Der* Leo Campbell?«, wiederholte sie schrill und verschüttete beinahe ein wenig Kaffee vor Aufregung. Bevor ein Missgeschick passieren konnte, nahm ich ihr die Tasse ab und trank nickend einen Schluck.

»Was hat er denn am Set gemacht? Haben sie im Studio gedreht?«

»Er sitzt in der Jury.«

»Nicht dein Ernst!«

»Leider doch.«

»Wieso denn leider? Du liebst ihn doch! Also … seine Rolle. Die Sendung – du weißt schon. Wieso hast du dich denn blamiert?«

»Ich hab ihm gesagt, dass er Mundgeruch hat.«

»Du hast *was*?« Fiona ließ sich gegen die Theke vor der Kaffeemaschine sinken und sah mich mit geweiteten Augen an.

»Er hatte eine Fahne!«

»Von Alkohol?«

»Ja, wovon denn sonst?«

»So früh am Morgen?« Fiona verzog das Gesicht. »Aber gut, vielleicht war er einfach feiern. Er arbeitet sicher an den Wochenenden, da wäre eine Party unter der Woche nicht ungewöhnlich.« Ihr angewiderter Gesichtsausdruck wich einem breiten Grinsen. »Und du hast Leo Campbell, dem aufsteigenden Serienstar, also gesagt, dass er stinkt.«

»Ich hab nicht gesagt, dass er stinkt, ich hab nur ...« Ich schüttelte den Kopf. Ich hatte ihm sehr wohl gesagt, dass er stank. Direkt in sein viel zu attraktives Gesicht. Mist. »Ist ja auch egal. Es war auf jeden Fall peinlich genug und dann ...« Ich merkte, wie meine Wangen warm wurden, als ich an den Moment beim Casting dachte. Leos Finger an meiner Wange, der Blick seiner dunkelbraunen Augen. Das nervöse Flattern in meinem Magen war wieder da, und nun wusste ich mit Gewissheit, dass es nicht an der Aufregung lag, gefilmt zu werden, sondern an Leo.

»Und dann?«

Ich seufzte. »Keine Ahnung, war ein seltsamer Tag. Irgendwie hatten wir danach so einen Moment. Leo ist echt okay – umso peinlicher ist das erste Zusammentreffen dann im Rückblick. Da wusste ich aber auch nicht, dass er bei *Bake That Cake!* dabei ist.«

»Was meinst du, ihr hattet einen Moment?«

»Die Juroren sollten beim Backen mit uns interagieren und Leo war bei meiner Aufnahme dabei. Mir ist wie bei einer Romcom eine Strähne ins Gesicht gerutscht, meine Hände waren aber voller Mehl und Teig, und ich konnte sie nicht wegmachen und ...«

»… er hat sie dir aus dem Gesicht gestrichen?«

»Ja.«

»Oh. Mein. Gott. Das ist ja fast, als würdest du selbst bei *London League* mitspielen.« Fionas Stimme war ungewohnt hoch, und sie klammerte sich förmlich an ihre Kaffeetasse. »Ich fass es nicht. Ich wünschte, ich wär dabei gewesen. Und du weißt, was das heißt.«

»Was denn?«

»Du wirst ihn jetzt jede Folge wiedersehen.«

Jap. Und genau das machte mir Angst. Denn entgegen unserer ersten seltsamen Begegnung war die zweite tatsächlich filmreif gewesen. Jedoch mit einem gewaltigen Unterschied: Sie war real gewesen.

»Na ja, aber davon abgesehen bin ich nach dem Weiterkommen jetzt nervöser als vorher.«

»Wieso das? Waren dir die Kameras unangenehm?«

»Ne, gar nicht. Dabei hätte ich echt gedacht, dass das komisch wird. Aber ich hab sie recht schnell vergessen.«

»Kein Wunder, Leo stand ja auch neben dir.«

Ich rollte mit den Augen, wenngleich ich nicht leugnen konnte, dass Fiona recht hatte. Das Gespräch mit Leo hatte mich tatsächlich so sehr abgelenkt, dass ich mir gar keine Gedanken mehr darüber gemacht hatte, wie ich gerade aussah, oder wie das, was ich tat, vor laufender Kamera wirkte.

»Ich meinte eher wegen der Konkurrenz. Sie sind alle so viel besser als ich. Ich weiß, bei der Show geht es auch viel um Kreativität und Umsetzung, aber wir haben nicht so viel Zeit zur Vorbereitung, und ich hab echt Angst, dass ich das aus dem Stegreif gar nicht hinkrieg.«

»Dann übst du eben noch weiter! Und wenn nicht: Fake it till you make it. Selbstbewusstsein ist alles, wenn du eine gute Show ablieferst, geht das insgeheim bestimmt auch in die

Bewertung ein. Sie wollen dem Publikum ja was bieten. Was nicht heißen soll, dass du das nötig hast. Du machst das!«

»In sechs Tagen geht es los. Ich glaub nicht, dass ich da jetzt noch viel reiße. Dazwischen wird auch kaum Zeit zum Üben sein, wir drehen zweimal die Woche, und in dieser Staffel wird es gleich zwei Folgen wöchentlich geben: mittwochs und samstags. Dazwischen ist kaum Luft.«

»Schade, das Zimmer war nämlich nicht alles, was ich vorbereitet hab.«

Fiona stellte die Tasse zur Seite und sprang aufgeregt zu mir. Sie griff hinter mich an die Wandregale und zog beide mit festlichem Gesichtsausdruck auf.

»Du bist verrückt.«

»Nach Kuchen, ja. Aber ich glaube, das Wort, das du suchst, heißt unterstützend. Oder wundervoll. Die beste Freundin aller Zeiten nehm ich auch.«

»Nein, ziemlich sicher, dass ich verrückt sagen wollte«, gab ich lachend zurück und zog ein paar der Utensilien aus dem Schrank. »Oh Gott, ich will am liebsten direkt loslegen.«

»Dann tu's. Ich bin deine Souschefin.«

»Wie klingt Caramel Apple Crumble Cheesecake?«

»Wie drei Desserts in einem, also perfekt. Was kann ich tun?«

»Äpfel schneiden.«

Fiona öffnete die Schublade neben der Spüle, nahm ein kleines, scharfes Messer heraus und schnappte sich zwei Äpfel aus der Obstschale neben der Kaffeemaschine. »Gut. Ich schneide, und du erzählst mir mehr von Leo. Über was habt ihr geredet? Sieht er so gut aus wie im Fernsehen? Hast du Ada das auch schon erzählt? Sie ist sicher ausgerastet! Hast du seinen Lieblingskuchen rausgefunden? Dann kannst du ihn ganz besonders beeindrucken.« Sie wackelte mit den Augenbrauen.

»Nicht dass er nicht ohnehin beeindruckt ist von dir. Immerhin kamt ihr euch ziemlich nah.«

Bei dem bloßen Gedanken daran kehrte die Hitze in meine Wangen zurück, und ich ahnte, dass mein Gesicht gleich ähnlich pink werden würde wie meine Haare. Doch was viel schlimmer war: Diese Hitze breitete sich nicht nur auf meinem Gesicht, sondern auch in meiner Brust und meinem Bauch aus. Denn wenn ich ganz ehrlich zu mir war, konnte ich mir Schlimmeres vorstellen, als Leo Campbell nah zu sein.

KAYCEES CARAMEL APPLE CRUMBLE CHEESECAKE

Zutaten

Für den Teig:
170 g Butterkekse, gebröselt
75 g Butter
30 g brauner Zucker

Für die Füllung:
450 g Frischkäse
55 g brauner Zucker
50 g weißer Zucker
2 Esslöffel Maisstärke
1 Teelöffel Zimt
¼ Teelöffel Ingwer
1 Teelöffel Vanilleextrakt
2 grüne Äpfel, geschält und dünn geschnitten

Für das Topping:
25 g Haferflocken
30 g Mehl
55 g brauner Zucker
1 Teelöffel Zimt
2 Esslöffel Butter, geschmolzen
Karamellsauce

- Backofen auf 180 °C vorheizen.
- Für den Boden Butterkeksbrösel, Butter und braunen Zucker mixen.
- Boden einer gefetteten Springform (ø 20 cm) mit Teig auskleiden.
- 5 Minuten backen.
- Alle Zutaten für die Füllung, bis auf die Äpfel, in einer Schüssel mixen.
- Alle Topping-Zutaten, bis auf die Karamellsauce, in einer weiteren Schüssel verrühren.
- Füllung in die Springform geben und gleichmäßig auf dem Keksboden verstreichen. Apfelschnitten darauf platzieren.
- Das Topping gleichmäßig auf der Apfelschicht verteilen.
- 30 Minuten backen.
- Mit Karamellsauce verzieren.
- Das Rezept funktioniert auch als Crumble in einer Glasschale. Mit Vanilleeis toppen.

Für eine tierproduktfreie Variante den Frischkäse durch eine vegane Alternative ersetzen. Statt der Butter kann Margarine verwendet werden, und die Butterkekse lassen sich gut mit veganen Biskuits ersetzen. Achtung: Die meisten Karamellsaucen enthalten Butter – hier auf vegane Alternativen zurückgreifen.

13. KAPITEL

Leo

Ich war nervös.

Nachdem wir gestern bis in die Nacht hinein gedreht hatten, hätte ich eigentlich todmüde sein müssen, doch in dem Moment, in dem ich das Set für die Premierenfolge von *Bake That Cake!* betreten hatte, war ich hellwach gewesen. Dabei war der Grund für meine Nervosität noch gar nicht hier – zumindest hatte ich bislang keinen pinken Haarschopf ausmachen können. Denn so ungern ich es mir eingestand: Kaycee hatte irgendeinen Nerv in mir getroffen. Und der sorgte dafür, dass ich heute Morgen wesentlich besser aus dem Bett gekommen war als erwartet. Beinahe freute ich mich sogar auf die Aufnahme. Doch während ich ein paar bekannte Gesichter vom Casting entdeckte, war von Kaycee bislang keine Spur zu sehen. Allerdings hatten wir auch noch Zeit.

Ich ließ meinen Blick noch einmal wandern. Blenden, Lichter und Kameras wurden gerade so ausgerichtet, dass die auf dem Rasen platzierten Stühle, die mit Sicherheit für die Teilnehmenden gedacht waren, perfekt ausgeleuchtet waren.

Jede Folge würde in einem anderen Setting aufgenommen werden. Bei den vorigen Staffeln waren die Folgen stets in Küchen rund um London gedreht worden, doch Channel Y hatte nicht nur in der Jury frischen Wind gewollt, sondern das gesamte Konzept geändert. Somit hatte mich der Fahrer heute

Morgen in Finsbury abgesetzt, und nun stand ich inmitten des Finsbury Circus Garden, umgeben von Blumenarrangements, mit weißen Tischdecken dekorierten Tafeln – und neugierigen Zuschauern, die am Weg entlang des Parks stehenblieben, sich an die Zäune lehnten und ungeniert beim Aufbau zusahen.

Claudette und Orlando saßen bereits an dem Tisch, der in dem kleinen Pavillon am Rande des Parks gelegen war. Dort würden wir, laut dem Briefing, das ich von Polya erhalten hatte, die Teilnehmer und Teilnehmerinnen in Empfang nehmen und ihnen ihre erste Aufgabe zuteilen.

»Es sieht wundervoll aus, nicht wahr?« Jane kam mit zufriedenem Lächeln neben mir zum Stehen. Sie trug die dunkelblonden Haare in einem hohen Pferdeschwanz und ließ ihren Blick anerkennend über die Szenerie schweifen.

»Es ist wirklich schön geworden. Zum Glück spielt das Wetter mit.«

»Ja, das war unsere größte Sorge. Aber zur Not hätten wir die Fläche schon irgendwie überdacht.«

»Ich bin sowieso gespannt, wie es sich hier draußen backt«, meinte ich mit Blick auf die Umstehenden, die in den letzten Minuten noch mehr geworden waren.

»Ach, das wird schon. Ein paar Leaks gibt es immer, das hält die Gerüchteküche am Brodeln. Du hast alle Infos? Was Claudette sagt, was Orlando, was du …?«

Ich nickte. Hatte ich anfangs noch gedacht, dass ich mich hier rein auf Improvisation verlassen konnte, wusste ich nun, dass es auch eine Art Skript gab. Zwar musste ich Texte nicht Wort für Wort auswendig lernen, aber es gab ein Konzept und Inhalte, an die wir uns zu halten hatten. Ich hoffte, dass sie wirklich nicht zu viel Wert auf die Übernahme der genauen Wortwahl legten, denn ich war bis gestern damit beschäftigt gewesen, den Text für *London League* einzuüben, über den Matthew und ich uns im Pub lustig gemacht hatten. Erst nach dem Dreh hatte ich es geschafft, mir das heutige Skript zu Gemüte zu führen.

»Meinen Einspieler drehen wir erst heute Nachmittag, und ansonsten wird das Verteilen der Themen und all das schon nicht allzu schwer.«

»Ihr seid ja auch Profis«, erwiderte Jane mit einem Lächeln. »Wenn die Jury gleich vollständig ist, könnt ihr euch schon mal verkabeln lassen. Oh …« Jane hielt inne und winkte jemandem hinter mir. »Und damit wäre die Jury komplett.«

»Hey!« Eine Frau mit schwarzem Pixie-Cut gesellte sich zu uns und reichte erst Jane, dann mir die Hand. »Ich bin Mary, freut mich.«

»Du hast den Blog über glutenfreies Backen, richtig?«, fragte ich und war froh, dass Polya mir bereits einiges über die teilnehmenden Influencer und Influencerinnen erzählt hatte.

»Richtig. Freut mich total, dich kennenzulernen! Ich liebe deine Show!«

»Oh, danke.«

»Ich bin superaufgeregt, dabei zu sein. Schon etwas einschüchternd alles, oder?«

»Ja, ist auf jeden Fall eine neue Erfahrung. Aber ich glaub, ich hab mehr Grund, nervös zu sein, als du. Immerhin hast du Ahnung vom Backen.«

Mary winkte ab. »Ich denke, hier bringt Kameraerfahrung mehr. Die hatte ich erst einmal, als ein Fernsehteam bei mir daheim war, weil …«

Marys Worte verschwammen zu einem Rauschen, denn während sie erzählte, erspähte ich einen pinken Haarschopf. Kaycee wurde durch die Absperrung in den Park gelassen. Jane neben mir setzte sich in Bewegung, um sie in Empfang zu

nehmen, und ich trat geistesabwesend zur Seite, um sie durch-
zulassen.

Kaycee trug zerfranste Jeansshorts, ein schwarzes, locker sit-
zendes Bandshirt, das sie vorn geknotet hatte, und ebenfalls
schwarze Boots. Die Haare hatte sie zur Hälfte hochgesteckt,
und gerade hielt sie sich die flache Hand an die Stirn, um ihre
Augen vor der Sonne zu schützen. Ein Lächeln breitete sich
auf ihrem Gesicht aus, als sie Jane entdeckte und sich von ihr
zu den anderen führen ließ. Brian umarmte sie, was sie sichtlich
freute, und auch Francis trat sofort zu Kaycee.

Irgendwie erleichterte es mich, dass sie direkt Anschluss gefunden hatte. Es war zwar auch mein erstes Mal bei einer solchen Show, doch ich konnte mir vorstellen, dass der Konkurrenzkampf nicht gerade einfach war, und Kaycees Sorge beim
Testbacken aufgrund des Erfahrungsvorsprungs der anderen
war mir deutlich in Erinnerung geblieben. Es war seltsam: Ich
wusste kaum etwas über sie und wollte doch so sehr, dass sie
sich gut schlug.

»Leo?«

Ich konnte gerade noch verhindern, dass ich zusammen-
zuckte, als Mary mich leicht am Oberarm berührte. Was hatte
sie gesagt? Irgendetwas musste sie gefragt haben, denn sie sah
mich abwartend an.

»Entschuldige bitte, ich war völlig in Gedanken.«

»Ich hab's gemerkt«, entgegnete sie, wirkte jedoch zum
Glück nicht böse, sondern eher belustigt. »Schön zu sehen, dass
du allem Anschein nach auch nervös bist. Ich wollte wissen, ob
du irgendwelche Last-Minute-Tipps hast.«

»Oh. Das klingt jetzt lahm, aber sei einfach du selbst. Orlando und Claudette wirken etwas einschüchternd mit all ihrer
Professionalität, zumindest auf mich, aber der Sender hat dich
aufgrund deiner Persönlichkeit angefragt.«

»Wohl eher wegen meiner Reichweite.«

»Okay, das auch, aber die hast du ja dank deiner Persönlichkeit.«

Sie nickte langsam. »Ja, stimmt wohl. Danke dir.« Sie wandte den Kopf zu dem kleinen Pavillon. »Sollen wir mal? Es geht bestimmt gleich los.«

»Ja, gern«, sagte ich und warf einen letzten Blick zu Kaycee, die von einem der Techniker gerade das Mikrofon angesteckt bekam. Mühsam riss ich mich los und folgte Mary zu unseren Plätzen. Was zur Hölle stimmte nicht mit mir? Ich musste dringend daran arbeiten, meine Gedanken beisammenzuhalten.

Wie sich herausstellte, war das schwerer als erwartet. Selbst wenn ich nicht beim Casting gewesen wäre, wäre mir Kaycee spätestens jetzt ins Auge gefallen. Klar, mit der offensichtlich aufgefrischten Haarfarbe stach sie aus der Menge heraus, aber das war es nicht. Die Art, wie sie alles um sich herum mit sichtbarer Begeisterung aufsaugte, wie sie an Neals Lippen hing, während er ein paar letzte Infos zur ersten Sendung lieferte – es war schwer, den Blick von ihr zu lösen. Ohne etwas zu tun, zog sie meine Aufmerksamkeit auf sich wie ein Magnet. Es irritierte mich mehr, als mir lieb war.

»Alle bereit?«, fragte Neal mit einem breiten Lächeln.

Die zehn Teilnehmer und Teilnehmerinnen standen vor dem Pavillon, in dem wir vier saßen – Orlando und Claudette in der Mitte. Ich blickte nacheinander in die Gesichter der Teilnehmenden, von denen eines aufgeregter wirkte als das andere. Selbst Henry, vor dem Kaycee solchen Respekt hatte, hatte nun nervös die Hände vor dem Oberkörper verschränkt. Doch alle nickten.

Der Regieassistent ließ die Klappe vor der Kamera fallen, und ein »Action!« später von Xavier, dem Regisseur, setzten sich Claudette, Orlando und ich wie automatisch aufrechter hin. Es war lustig, wie mir diese kleine Regung innerhalb der letzten Jahre ins Blut übergegangen war.

»Herzlich willkommen zur siebten Staffel *Bake That Cake!*. Ich freue mich, Sie zu neuen Folgen willkommen zu heißen, in denen von spannend bis zuckersüß mit Sicherheit alles dabei ist! Noch frischer als unser Gebackenes ist in diesem Jahr das Format, das wir uns für Sie ausgedacht haben. Es erwartet Sie nicht nur eine neue Jury, sondern …«

Ich lauschte Neals Anmoderation. Er ging vollkommen in seiner Rolle auf und schaffte es sogar, in mir so etwas wie Vorfreude zu wecken. Man merkte ihm an, wie sehr er für seinen Job brannte, und das übertrug sich schlagartig auf mich und alle anderen – und würde es mit Sicherheit auch auf das Publikum, wenn die Folge nächste Woche auf Channel Y ausgestrahlt wurde. Die Schnelllebigkeit der Show war ungewohnt, gemessen daran, dass wir *London League* so weit im Voraus produzierten.

»Unsere vierte Teilnehmerin ist Kaycee Williams …«

Ich spitzte die Ohren und setzte mich gleich noch ein Stück aufrechter hin, um Kaycee besser sehen zu können.

»Unsere erste gebürtige Londonerin in der Show – wenn auch aus Greater London. Kaycee wurde quasi hergezwungen, denn angemeldet hat sie ihre Schwester, damit Kaycee sich durch den Sieg vielleicht ihren größten Traum erfüllen kann: eine eigene Konditorei. Und dann hat es auch noch geklappt! Klingt nach einem modernen Märchen, nicht wahr? Dabei ist Kaycee laut ihrer Schwester großer Fan von Horror-Streifen. Wir sind gespannt, welchem Genre ihre Teilnahme am nächsten kommt. Kommen wir nun zu unserer Nummer fünf. Brian Holland verdient seine Brötchen aktuell als Uber Driver in London, doch auch er hat einen großen Traum …«

Neal stellte einen nach dem anderen vor und schaffte es, zu jedem einen Fakt zu erzählen, der automatisch im Gedächtnis blieb und dafür sorgte, dass die Zuschauenden mit Sicherheit mit ihnen sympathisieren würden. Da waren Francis, Hausfrau und Mutter, Teilnehmende wie Amanda, die sich bereits einen Namen in der Szene gemacht hatte, aber auch noch Unbekannte wie Jessica, deren langes braunes Haar fast bis zum Boden reichte, oder Laurine mit ihrem bekannten YouTube-Kanal. Offiziell würden zwar wir entscheiden, wer weiterkam und wer nicht, doch ich war lang genug im Business, um zu wissen, dass die Showrunner die Stimmung und Meinungen der Leute mit in Betracht ziehen würden. In erster Linie wollten sie eine gute Show abliefern und die Einschaltquoten des Vorjahres übertreffen – wer das Preisgeld letzten Endes am meisten verdient hatte, war zweitrangig. Zwar hatte uns das keiner so offen gesagt, aber ich war mir sicher, dass Können und Talent allein nicht reichten. Bei den Entscheidungen in den nächsten sechs Wochen würde sich das wohl zeigen.

»Und damit beenden wir unsere kleine Vorstellungsrunde! Ich freue mich sehr, euch alle diese Staffel besser kennenlernen zu können und euren persönlichen Weg zu begleiten. Doch genug meiner Worte, ich gebe ab an unsere wundervolle Jury, die euch mehr zur heutigen Aufgabe verraten wird.«

»Vielen Dank, Neal«, sagte Orlando und wandte sich dann an uns. »Wir haben uns für heute einen ganz besonderen Schauplatz ausgesucht. Der Finsbury Circus Garden ist nicht nur bekannt für Londons einzigen Japanischen Pagodenbaum, er wurde einst auch für Treasure Hunts genutzt – also Schatzsuchen. Das ist daher auch unser heutiges Motto: Treasure. Doch dieses Jahr wird nicht bloß ein Thema vorgegeben, nein, nein. Nicht nur Jury und Schauplätze sorgen für frischen Wind, auch das Konzept haben wir überarbeitet, damit Sie zu

Hause, sehr geehrte Damen und Herren, unser diesjähriges Motto *Bigger, better, bolder* förmlich auf der Zunge schmecken können.«

»Richtig«, übernahm Claudette das Wort. »Denn in dieser Staffel wird es in jeder Folge eine weitere Besonderheit geben, die unsere Teilnehmer und Teilnehmerinnen beim Backen in Betracht ziehen müssen. Natürlich dürfen unsere Backenden sich dabei frei entfalten, wie immer, doch wir haben uns für jede einzelne Folge etwas überlegt und sind gespannt auf die Umsetzung.«

»Da wir heute alle aufgeregt genug sind, haben wir uns etwas Einfaches für den Anfang ausgedacht. Mary und Leo hier …« Orlando deutete auf die schottische Bloggerin und mich. »… haben jeweils einen Zettel für euch, auf denen Zutaten vermerkt sind. Bei Mary könnt ihr Zutat Nummer 1 ziehen – diese wird Bestandteil eures Bodens. Bei Leo erfahrt ihr, welche Zutat ihr in eurer Füllung verwenden müsst.«

Orlando sah zu mir. Mein Einsatz.

»Wenn ihr eure Zutaten gezogen habt, bleiben euch dreißig Minuten zum Brainstormen eurer Rezepte. Dafür steht euch ein Tablet zur Verfügung, das auf eurer jeweiligen Baking Station liegt. Außerdem befindet sich dort ein Whiteboard, das ihr nutzen könnt. Gibt es noch etwas zu sagen?«

Mary übernahm mit breitem Lächeln. Ihre Wangen hatten sich rosa verfärbt, und es war offensichtlich, dass sie sich riesig auf die heutige Folge freute. »Eigentlich nur eins, Leo. Seid ihr bereit? Bake …«

»That. Cake!«, vervollständigten alle anderen mehr oder weniger simultan. Selbst die Regieassistenz brüllte den Slogan der Show mit.

»Und jetzt viel Erfolg und vor allem Spaß!«, rief Mary und winkte mit der Schale, in der sich die Zettel für die ersten

Zutaten befanden. Es dauerte bloße Sekunden, bis sich eine Schlange vor unserem Tisch gebildet hatte und die Teilnehmenden nach und nach ihre Zettel aus den beiden Schalen zogen, bevor sie zurück zu ihren Arbeitsstationen gingen. Ich schenkte jedem ein Lächeln, konnte jedoch nicht verhindern, dass mein Blick immer wieder zu dem pinken Haarschopf glitt. Und dann war es plötzlich Kaycee, die vor mir stand.

»Hi«, sagte ich. Ich klang seltsam atemlos, so als hätte ich einen Lauf absolviert, anstatt die letzten Minuten einfach nur hier rumzusitzen.

»Hey«, erwiderte Kaycee. Ich hielt ihr die Schale, die die Form eines Cupcakes hatte, entgegen, und Kaycee zog einen Zettel daraus. Noch bevor sie auf das gefaltete Papier sehen konnte, trafen sich unsere Blicke und hielten einander gefangen. Hellbraun traf auf Dunkelbraun, und wären wir in einem Film, wären unsere sich berührenden Fingerspitzen der Anlass für diesen Blick gewesen. Doch Kaycees Finger streiften meine nicht, als sie den Zettel zog. Sie war mir nicht einmal besonders nah, ganz im Gegenteil: Ein ganzer Tisch trennte uns. Und dennoch schien die Zeit stillzustehen, dennoch fanden sich unsere Blicke, dennoch schlug mein Herz schneller, als es das unter diesen Umständen hätte tun sollen.

Kaycee öffnete kurz den Mund, als wollte sie noch etwas sagen. Bevor jedoch ein Wort über ihre Lippen kommen konnte, presste sie diese zu einem Lächeln aufeinander, nickte mir zu und stieg die drei Stufen hinunter auf den Rasen. Zurück blieben ich, die Cupcakeschale in meinen Händen und die Frage, was zur Hölle diese Frau mit mir machte.

14. KAPITEL

Kaycee

Es sah mir gar nicht ähnlich.

Dass mich ein Lächeln so aus der Ruhe brachte. Dass ein einziges Hi genügte, um mir die Röte in die Wangen zu treiben. Zwar hatte ich keinen Spiegel, aber ich wusste genau, dass ich sie dort finden würde. Immerhin würde ich es auf die Kameras schieben können, die uns umgaben. Und auf die Londoner, die neugierig über die Zäune lugten. Wirklich Mühe hatte sich der Sender nicht gegeben, uns vor den neugierigen Blicken abzuschirmen. Wahrscheinlich kam es ihnen gelegen, dass die zahlreichen Passanten und Anwohner uns zusahen – es machte sich sicher gut auf dem Bildschirm.

Was mich jedoch weit mehr irritierte als die Kameras, war Henrys siegessicheres Lächeln. Wir waren noch nicht einmal zu unseren Stationen gegangen, sondern standen vor dem Pavillon, während die Letzten gerade ihre Zettel abholten, doch er sah bereits aus, als hätte er einen Freifahrtschein in die nächste Runde. Wie hatte Fiona gesagt? Fake it till you make it? Keine Ahnung, ob ich das hinkriegen würde, aber er hatte es offensichtlich perfektioniert. Oder aber er war sich tatsächlich schon des Sieges gewiss.

»Bloody hell, möchte der Kerl Zahnpastawerbung machen oder backen?«

Halb belustigt, halb schockiert warf ich Brian neben mir

einen Blick zu. Dass die Kameramänner aufzeichnen konnten, was er sagte, schien ihn nicht sonderlich zu stören.

»Ist doch wahr«, murmelte er mir zu, als er meinen Blick bemerkte. Ich sah zurück zu Henry und nickte mit einem Grinsen.

»Hast ja recht. Wobei du schon zugeben musst, dass er sich hervorragend auf einer Zahnpastatube machen würde, das Grinsen ist ihm förmlich ins Gesicht zementiert.«

»Jap. Ich wette, sie behalten ihn drin.« Er nickte zu der kleinen brünetten Frau, zu der ich mir in meiner Nervosität nichts von Neals Anmoderation gemerkt hatte. »Layla da drüben fliegt sicher recht früh. Scott ist echt lustig, der hat ganz gute Chancen, denke ich. Francis macht es bis zur Mitte, Laurine bestimmt noch länger, weil ihre Follower dann zuschauen …«

»Was?«, fragte ich leise, da Brian die letzten Worte nur noch geflüstert hatte.

»Henry und Amanda sind Profis, die bilden einen guten Kontrast zu Leuten wie uns. Ergo: Er bleibt länger drin. Kontraste sind gut, sie bieten Konfliktpotenzial. Francis bleibt locker bis zur Mitte, weil sich mit ihr die meisten identifizieren können, sie ist die klassische Zielgruppe«, meinte er in verschwörerischem Ton. »Layla hingegen hat schon beim Casting nicht so viel erzählt. Ich war vor ihr dran und hab ihren Anfang mitbekommen. Sie hat keine richtige Story, anhand der sie sie inszenieren können.«

Mit großen Augen sah ich ihn an, und er ahmte meinen überraschten Blick nach. »Was? Hast du die Staffeln davor etwa nicht gesehen?«

»Doch klar, aber … das klingt so abgebrüht.«

»Baiser, es *ist* abgebrüht. Es ist eine Realityshow. Sie wollen eine Show, also sollten wir sie ihnen geben.«

»Baiser? Ich weiß nicht, was mich mehr belastet: dass es wirklich so sehr Show sein soll, dass du das alles schon durchblickst, oder dass du mich gerade ernsthaft Baiser genannt hast.«

»Du erinnerst mich eben an eines, mit deinen rosa Haaren und der zuckersüßen, unschuldigen Art.«

Ich hob eine Augenbraue. »Süß und unschuldig sind jetzt nicht gerade die Wörter, mit denen ich häufig in Verbindung gebracht werde. Was für Zutaten hast du eigentlich? Dürfen wir das verraten?«

»Klar, wieso nicht. In meinen Boden muss Zimt, in meine Füllung gemahlene Haselnüsse. Klingt ein bisschen zu weihnachtlich für August, aber ich hab schon Ideen. Und du?«

Ich faltete meine beiden Zettel ein weiteres Mal auseinander. »Himbeeren in der Füllung und Digestives im Boden.«

»Cool, Keksboden geht immer.«

»Ja, allerdings bin ich noch recht ideenlos, was das Thema angeht.«

»Nie Treasure Hunts auf irgendwelchen Geburtstagen gehabt?«

»Doch, aber Schatzkarten oder irgendwelche Kisten sind zu einfach, oder?«

»Hey, ich wollte eine Kiste …«

»Und damit haben alle ihre Zutaten erhalten!« Neals Stimme schallte durch den Park und holte uns wieder ins Hier und Jetzt zurück, noch bevor Brian seinen Satz beenden konnte. »Nun beginnt der eigentlich aufregende Teil. Konzeption, Komposition, das Backen und nicht zuletzt das Probieren eurer Meisterwerke. Fünf Stunden habt ihr, die Uhr seht ihr hier …« Neal deutete mit ausladender Bewegung auf die eben aufgebaute, in Pastelltönen gehaltene Uhr zu unserer Rechten. »Anders als früher im Unterricht könnt ihr natürlich beobachten, wie eure Mitstreiter und Mitstreiterinnen die Aufgabe lösen, und euch unterhalten ... aber vergesst nicht, dass all das von eurer kostbaren Zeit abgeht. Fünf Stunden mögen nach einer Menge klingen, doch in Wahrheit verfliegen die Minuten wie gestreuter Puderzucker.«

Neal strahlte in die Menge und dann in die Kamera, die näher an sein Gesicht heranfuhr. »Und damit starten wir unsere siebte Staffel, und mir bleibt nichts weiter zu tun, als mit euch gemeinsam das Startsignal zu geben.« Sein Blick wanderte wieder zu uns, als müsste er uns an unser Stichwort erinnern. Zum einen hatte Jane es uns bereits eingetrichtert, zum anderen waren wir alle Fans der Show und hätten unseren Einsatz selbst im Schlaf nicht verpasst.

Wie zum Schlachtruf erhob Neal den Arm. »Viel Spaß und ...«

Er machte eine Pause. »Bake ...«

»That! Cake!«, vollendeten wir seinen Satz. Noch während ich die Worte rief, beschleunigte sich mein Herzschlag. Selbst in Henrys Gesicht war nun aufrichtige Spannung zu sehen, und kaum dass die Worte verklungen waren, liefen wir zu unseren Plätzen. Ich fühlte mich ein wenig wie damals in meiner Kindheit, als die Suche nach Ostereiern und Süßigkeiten eröffnet wurde. Ähnlich aufgeregt und mindestens genauso nervös, zu langsam zu sein und hinter den anderen zurückzuliegen.

Jeder hatte seine eigene Station, und sie alle waren in unterschiedlichen Farben gehalten. Mir war die in hellem Blau zugeteilt. Brian gehörte die weiße Station direkt neben mir, und Francis nahm ihre Position an der orangefarbenen Station zu meiner Rechten ein. Irgendwie beruhigte es mich, die beiden neben mir zu wissen. Was mich ganz und gar nicht beruhigte, war Amanda mir gegenüber, die direkt auf dem Whiteboard zu skizzieren begann. Sie stand mit dem Rücken zu mir und verdeckte ihre Notizen, sodass ich nicht sehen konnte, was sie plante, aber sie war Meisterkonditorin und würde mit Sicherheit etwas kreieren, was uns andere bei Weitem in den Schatten stellte. An ihr Können würde ich auf keinen Fall rankommen, also musste ich auf einer anderen Ebene punkten …

Denk nach, Kaycee, denk nach …

Ich war kreativ, und wenn Brian recht hatte und die Leute eine Geschichte wollten … Nach Inspiration suchend sah ich mich in dem kleinen Park um. *Schatz …*

Henry räumte bereits erste Zutaten aus den Regalen, vermutlich, um sich einen Überblick zu verschaffen.

Hatte ich irgendwelche Erinnerungen an Schätze aus der Kindheit? Treasure Hunts, die Brian eben angesprochen hatte?

Ich warf einen Blick nach links zu meinem Mitstreiter. Brian kritzelte etwas auf einen kleinen Block und war bereits völlig vertieft in die Aufgabe. Mist.

Komm schon, Kaycee. Die Uhr tickt.

Ich merkte, wie ich nervöser wurde, da alle um mich herum bereits an ihrer Aufgabe arbeiteten. Das hier war stressiger als jede Schulaufgabe früher. Doch bevor mich die Panik übermannen konnte, streifte mein Blick etwas, das eine Erinnerung in mir wachrief. An meine Mum und meinen Dad. Mit einem Lächeln im Gesicht wandte ich mich zu meinem Whiteboard um und löste die Kappe des Stifts. Denn plötzlich wusste ich, was ich backen wollte.

Die Zeit reichte gerade so. Als ein lauter Gong ertönte, der das Ende der fünf Stunden markierte, setzte ich die letzte Fondant-Verzierung auf den Kuchen und blickte auf. Ich war vollkommen in meiner eigenen Welt versunken und brauchte einen Moment, um zu realisieren, wo ich überhaupt war. Mit den ersten Griffen nach Zutaten und Utensilien war meine

Aufregung wie weggeblasen gewesen, und ich war völlig in der Aufgabe aufgegangen. Blinzelnd sah ich mich nach den anderen Teilnehmenden um. Amanda war allem Anschein nach längst fertig, sie saß auf der Bank hinter ihrem Tisch und wirkte entspannt. Brians Shirt war voller Mehl, was mich dazu brachte, auch an mir hinabzublicken. Wie sich herausstellte, sah ich nicht besser aus, und dass ich Schwarz trug, stellte sich zum ersten Mal als mein Nachteil heraus, denn man sah sowohl die weißen Mehlkleckse als auch das essbare Gold, das ich zum Dekor verwendet hatte. Ich wusch meine Hände an der Spüle, trocknete sie und strich mir, so gut es ging, die verirrten Strähnen glatt. Mit zufriedenem Lächeln betrachtete ich mein Endresultat. Ich hatte keine Ahnung, ob es mit den anderen mithalten konnte – weder geschmacklich noch von der Gestaltung her. Aber ich war stolz. Ich hatte etwas geschaffen, das einen emotionalen Wert für mich hatte, und war im Backen versunken wie seit Jahren nicht mehr. Mit jeder Schicht, aus der ich meinen Kuchen zusammengesetzt hatte, waren Erinnerungen hochgekommen, doch ich hatte sie nicht wie sonst weggestoßen, sondern willkommen geheißen.

Neal sprach seinen Text, der wie immer vor Begeisterung sprühte, und kündigte das Ende der ersten Folge an – denn nun durfte die Jury, während wir über unser Gebackenes sprachen, probieren. Ich rollte die Schultern und drehte meinen Kopf nach links und rechts, bis mein Nacken knackte. Hoffentlich hatte ich mich gleich genug unter Kontrolle, um noch in eine Kamera zu reden. Die letzten fünf Stunden hatte ich schweigend verbracht. Ich hatte keine Ahnung, wann ich zum letzten Mal so lange am Stück die Klappe gehalten hatte – vom Schlafen mal abgesehen –, aber es fühlte sich gut an. Ich fühlte mich ruhig und entspannt, obwohl meine Muskeln mir das Gegenteil signalisierten.

Claudette, Orlando, Mary und Leo traten zu uns auf den Rasen. Sie hatten in den letzten Stunden schon ein paar Runden gedreht, doch ich war so vertieft gewesen, dass mich selbst Leos Präsenz nicht irritiert hatte. Eine tiefe Welle der Dankbarkeit durchflutete mich. Am liebsten hätte ich Ada hergebeamt, sie an mich gedrückt und nicht mehr losgelassen. Ohne sie wäre ich nicht hier. Ohne sie hätte ich diese Chance nie ergriffen. Ohne sie hätte ich nicht gemerkt, wie sehr es mir fehlte, mich so voll und ganz in meiner Leidenschaft zu verlieren …

»Das ist köstlich!«, rief Claudette begeistert, kaum dass sie Brians Kuchen, in der Form einer Schatztruhe, gekostet hatte. Ich konnte gar nicht anders, als zu lächeln. Ich kannte Brian zwar kaum, aber er war mir auf Anhieb sympathisch gewesen, und ich hoffte, dass wir beide eine Runde weiterkamen. »Hach, es schmeckt, wie sich ein warmer Herbstspaziergang anfühlt. Der Zimt hat etwas Weihnachtliches, aber durch die frische Füllung meint man, noch eine Brise herbstlicher Waldluft um die Nase wehen zu spüren.« Claudette seufzte verzückt. »Ganz toll, wirklich.«

Leos irritierter Blick bei Claudettes Beschreibung ließ mich beinahe auflachen. Anscheinend war er kein Freund blumiger Worte, dabei müssten diese ihm dank seiner Rolle als Jordan doch bereits in Fleisch und Blut übergegangen sein. Brian musste offensichtlich eine Glanzleistung hingelegt haben, denn alle vier waren restlos begeistert von seinem Kuchen. In der Schatztruhe, die er aus festem Biskuitteig gemacht hatte, befanden sich mehrere kleine Küchlein, die die Form verschiedener Kinderspielzeuge hatten. Hier hatte er die gemahlenen Nüsse verwendet.

»Die Kindheit als Schatz sozusagen«, merkte Orlando an. »Sehr gut umgesetzt.« Mit begeistertem Nicken zog die Truppe weiter – zu mir. Mein Herzschlag beschleunigte sich, und ich schluckte nervös. Meine Interpretation des Themas war im Gegensatz zu Brians Truhe nicht auf den ersten Blick ersichtlich.

»Nun zu Kaycee«, sagte Neal mit einem Strahlen. Obwohl ich natürlich wusste, dass er als Moderator eine Rolle spielte, sorgte seine Art dafür, dass ich mich direkt wohlfühlte. »Auf Social Media wirst du gerade als der Underdog gehandelt – aber genau aus diesem Grund auch von zahlreichen Leuten als geheime Favoritin gesehen.«

Ich zog die Brauen zusammen. Wurde ich das? Ich hatte die letzten Tage mit Fiona und mit Backen verbracht und war gar nicht auf die Idee gekommen, die Kommentare zur Show zu lesen. »Deine Zutaten waren Digestives für den Boden und Himbeeren für die Füllung. Magst du uns etwas zu deinem Meisterwerk erzählen?«

Ich nickte und war mir Leos Blick auf mir nur zu bewusst. Während er sich bei Brian eben im Hintergrund gehalten hatte, hatte er sich während Neals Anmoderation in die erste Reihe geschoben und stand nun direkt vor mir am Tisch. Unsere Blicke trafen sich, und so peinlich der Gedanke sein mochte: In diesem Moment wünschte ich mir nichts sehnlicher, als dass er noch einmal die Hand ausstreckte und mich berührte.

»Gern«, sagte ich und räusperte mich, als die Bilder vom Casting vor meinem inneren Auge aufblitzten. Ich durfte mich von ihm nicht aus der Ruhe bringen lassen. »Der Boden hier besteht aus den Digestives, gemischt mit Butter und braunem Zucker – ein klassischer Biskuitboden. Das Gras und die Blumen hier …« Ich deutete auf die Tulpen, die überall aus dem Biskuitboden ragten. »… sind aus Fondant. Die Erde und die Bank sind Schoko-Himbeerkuchen. Wenn ihr ihn gleich anschneidet, seht ihr, dass er abwechselnd aus Zartbitter- und Himbeercremeschichten besteht. Die Sitzfläche hier habe ich mit einer Kunststoffplatte stabilisiert, dadurch lässt sich der Kuchen gleichzeitig besser schneiden.«

»Warum eine Bank?« In Leos Augen lag ein fragender Ausdruck. Mein Blick folgte seinem.

»Sie hat eine persönliche Bedeutung für mich. Ich hab überlegt, was mein wertvollster Schatz ist. Es ist nichts Greifbares, für mich sind es Erinnerungen. Diese Bank gibt es wirklich, sie hilft mir, mich zu erinnern.« Ich lächelte leicht, als ich wieder zu Leo aufsah. Er nickte aufmunternd, eine stumme Aufforderung weiterzusprechen. Und obwohl ich es sonst vermied, über das Thema zu reden, schafften die Aufrichtigkeit und Wärme in seinem Blick, dass sich meine Zunge löste. »Mein Dad hat diese Bank gekauft, kurz nachdem meine Mum gestorben ist. Die Plakette hier …« Ich zeigte auf die Fondant-Plakette, die ich mit einer Platte essbaren Golds überzogen hatte. »Er hat unsere Namen in sie eingravieren lassen. Nicht bloß ihren, sondern auch den meiner Schwestern, meinen und seinen eigenen. Damit wir einen Ort haben, an dem wir alle beisammen sein können. Ich bin kein Friedhofsmensch, aber bei der Bank bin ich häufiger.« Ich hob die Schultern und ließ sie mit einem Lächeln wieder sinken. Claudette sah mitleidig, beinahe bestürzt aus, doch es tat nicht weh, diese Geschichte zu erzählen. Im Gegenteil, gerade im Moment machte sie mich glücklich. Vielleicht, weil ich merkte, dass ich meiner Mum nicht nur auf dieser Bank nah sein konnte, sondern es auch gerade beim Backen gewesen war. Ohne nachzudenken, sprach ich genau diese Gedanken aus. »Irgendwie hat das Backen einen ähnlichen Effekt auf mich wie diese Bank. Ich hab mit ihr immer gebacken.«

Leo verzog den Mund zu einem Lächeln. Ich war erleichtert, dass er lächelte und nicht so betroffen schaute wie Claudette. »Eine Familientradition also.«

»Sozusagen.«

»Das ist so schön«, sagte Mary und schenkte mir ebenfalls ein Lächeln. »Sie wäre bestimmt mächtig stolz auf dich.«

Ich räusperte mich und war mir der anderen Anwesenden und der Kameras um mich herum plötzlich viel zu bewusst. Hatte ich zu viel gesagt? Ich wollte keinen Mitleidsbonus. Hatte ich nie gewollt. Dass Brian mir unterhalb der Theke ein Daumen hoch gab, half auch nicht gerade, mich besser zu fühlen.

Sie wollen eine Show, also sollten wir sie ihnen geben.

Erneut schoss mein Blick zu Leos Augen, die der Glasur meines Kuchens Konkurrenz machten, so dunkel waren sie. Ich hatte ihnen keine Show geben wollen, hatte ich wirklich nicht. Doch Leos ehrliches Interesse, seine tiefe Stimme … Bei seiner Frage hatte ich völlig ausgeblendet, dass die anderen auch noch anwesend waren. Irgendetwas hatte dieser Mann an sich, das dafür sorgte, dass ich mich öffnete. Nicht dass ich sonst auf den Mund gefallen war, ganz und gar nicht, aber mit der Zeit hatte ich gelernt, wann ich meiner Klappe wenn schon keinen Riegel, dann doch zumindest einen Filter vorschob. Bei Leo hingegen war dieser Filter von unserer ersten Begegnung an Fehlanzeige gewesen.

Ich riss mich von Leos Gesicht los und lächelte Mary zu. »Apropos mächtig«, versuchte ich mich an einer Überleitung, »sollen wir den Kuchen mal anschneiden?«

»Nichts lieber als das«, sagte Orlando und griff mit feierlicher Miene nach dem breiten Messer. Er schnitt vier kleine Stücke zum Probieren aus der Sitzfläche der Bank und vier weitere aus dem Teil des Kuchens, der den Biskuitboden beinhaltete.

Mit verkrampften Fingern umschloss ich die Platte der Theke und beobachtete, wie sich die anderen eine Gabel des Kuchens in den Mund schoben. Hatte Claudettes Miene sich gerade verzogen? Hatte Mary etwa ein Geräusch von sich gegeben?

Ich wollte weitermachen. Und das nicht nur während der Show, sondern darüber hinaus. Ich wollte die Konditorei, die ich in den letzten Jahren als albernen Kindheitstraum abgetan hatte – ich wollte sie immer noch.

»Das ist so gut!« Auf Marys Gesicht breitete sich ein anerkennendes Lächeln aus, und als auch Claudette angetan nickte und die Konsistenz lobte, fiel mir ein Stein vom Herzen.

»Wirklich ganz ausgezeichnet. Die Schokocreme ist nicht zu schwer, und die Himbeerschicht sorgt für die nötige Frische. Ich bin eigentlich gar kein Fan von Schokotorten im Sommer, das ist mir immer zu viel, aber die hier … Chapeau.«

Es brauchte einiges an Selbstbeherrschung, mein Lächeln im Zaum zu halten, als auch Leo begeistert nickte. Zwar hatte ich nicht wirklich Sorge gehabt, ihn zu überzeugen, da er von allen vier am wenigsten Ahnung vom Backen hatte und ihm bisher alles zu schmecken schien, trotzdem ließ mich der Ausdruck auf seinem Gesicht nicht kalt. Generell ließ mich nichts an diesem Mann kalt, und ich wüsste nur zu gern, wieso.

»Das wird alle vor dem Fernseher jetzt schockieren, aber ohne Jordans Skript aus *The London League* ist mein Wissen über Essen gleich null.« Die anderen lachten, und auch ich musste schmunzeln. Wie oft Jordan und er wohl in einen Topf geworfen wurden? »Ich kann also weder was zur Konsistenz noch zum Zusammenspiel irgendwelcher Zutaten sagen. Aber es erinnert mich an früher. Wenn meine Eltern beide arbeiten mussten, waren wir nach der Schule oft bei meinen Großeltern. Meine Grandma hat zum Dessert immer Muffins für uns gebacken – dein Kuchen erinnert mich daran.«

Eine Geschichte für eine Geschichte. So fühlte es sich an, als Leo von seiner Grandma erzählte. Keine Ahnung, ob er es absichtlich tat, aber er nahm mir damit die Angst, eben zu viel preisgegeben zu haben. Vorhin hatte ich das Gefühl gehabt, mit Leo allein zu sein – jetzt wäre ich es am liebsten. Ich wollte mehr über ihn wissen.

Ich glaubte nicht an Liebe auf den ersten Blick. Es mochte Attraktivität auf den ersten Blick geben, aber auch das traf nicht auf Leo und das, was er mit mir machte, zu. Nicht weil er nicht attraktiv wäre – das war er definitiv –, sondern weil ich ihn bereits etliche Male im Fernsehen gesehen hatte, ohne dass er diese Wirkung auf mich gehabt hätte. Vielmehr interessierte mich, was er zu sagen hatte.

»Ebenfalls weiter ist«, begann Leo und ließ einen unendlich langen Blick über die Runde schweifen. Brian neben mir war bereits in der nächsten Runde und drückte meine Hand. Mit aufgeregt klopfendem Herzen drückte ich zurück. »Kaycee.«

Erleichterung und Freude durchfluteten mich mit solcher Wucht, dass ich einen Moment lang gar nicht wusste, wie ich reagieren sollte. Ich war wirklich eine Runde weiter. Brian neben mir machte einen kleinen Sprung und drückte mich dann kurz an sich. »Wir haben's geschafft.«

»Ja«, erwiderte ich immer noch völlig perplex.

»Herzlichen Glückwunsch, Kaycee«, fuhr Leo fort und schenkte mir ein Lächeln, das so aufrichtig wie schön war. »Du hast die Jury auf allen Ebenen überzeugt. Die Zutaten hast du harmonisch in das Rezept integriert, und der Kuchen war ein absoluter Traum. Aber am meisten hat uns alle die Umsetzung des heutigen Mottos beeindruckt, da du deiner Kreation so viel von dir selbst mitgegeben hast.«

»Herzlichen Glückwunsch, das war ganz große Klasse«, sagte nun auch Claudette, und ein breites Grinsen legte sich auf mein Gesicht, das ich nicht mehr dort wegbekam. Ich hatte es wirklich geschafft. Ich war eine Runde weiter. Orlando, Mary, Claudette und Leo verlasen weitere Namen, die mit Brian und mir in der zweiten Runde der Show waren, doch ich bekam all das nur mit halbem Ohr mit, so laut rasten die Gedanken in meinem Kopf. Ich musste Ada anrufen. Ihr von allem berichten, ja, aber mich auch bei ihr dafür bedanken, dass sie meine Bewerbung eingesandt hatte. Ich wollte Dad und Clara von dem Tag erzählen, und ich konnte es kaum erwarten, Fiona heute Abend eine Zusammenfassung zu geben.

»Layla und Hugh«, sagte Orlando, und der plötzliche Druck an meiner Hand ließ mich aufhorchen. »Nur einer von euch beiden kann es in die nächste Runde schaffen.«

Ich blickte an Brian vorbei zu den beiden. Es war so surreal, die Worte, die ich sonst immer im Fernsehen hörte, nun live mitzuerleben. Ebenso wie die angespannten Gesichter.

»Ihr habt euer Bestes gegeben, und es war ein knappes Rennen. Letzten Endes haben wir uns aber dafür entschieden, Hugh noch eine weitere Chance zu geben, weshalb wir uns heute leider von Layla verabschieden müssen. Hugh, deine Torte …«

»Siehst du, Baiser …«, sagte Brian und zog somit meine Aufmerksamkeit auf sich. Er warf mir einen wissenden Blick zu. »Keine Story, kein Weiterkommen.«

Ich schluckte. Er hatte recht behalten. Und so gern ich es mir auch einreden wollte, war ich mir nicht sicher, ob Laylas Rauswurf ein Zufall war oder damit zu tun hatte, dass sie zu blass für die Showrunner gewesen war. So ungern ich den Gedanken zuließ: War es vielleicht doch gut gewesen, ihnen mit der Story meiner Mum genau das zu geben, was sie wollten?

15. KAPITEL

Leo

»Polya, bitte. Du kannst mir nicht allen Ernstes sagen, dass du das gut findest.«

»Es geht nicht darum, wie ich das finde.«

»Nein, und anscheinend geht es ja auch nicht um meine Meinung.«

»Willst du die Wahrheit hören?«

Ich schwieg, weil ich wusste, dass Polya sie mir gleich ohnehin um die Ohren hauen würde. Das mochte ich an ihr, auch wenn ich an Tagen wie heute gern jemanden an meiner Seite gewusst hätte, der meinen Unmut teilte.

»Es geht letzten Endes tatsächlich nicht um deine Meinung. Du spielst eine Rolle, Leo.«

»Ja, aber sie ruinieren diese Rolle.«

»Das zu beurteilen, ist nicht dein Job, sondern der der Autoren. Und allem Anschein nach kommt Jordan beim Publikum besser an denn je.«

»Na ja, sie sehen auch gerade die zweite Staffel und ahnen noch nicht, wie sehr wir ihn in der dritten Staffel in den Sand setzen. Außerdem zieht das Argument nicht, sie haben ja gar keinen Vergleich. Man könnte so viel mit ihm machen, vielleicht käme er dann noch besser an. Wenn er einen Charakter außerhalb dieser Liebesbeziehung hätte, beispielsweise.«

»Ich verstehe, dass du frustriert bist, tu ich wirklich«, sagte

Polya in besänftigendem Ton. »Aber du spielst eben eine Rolle. Das war beim Theater doch auch nicht anders.«

»Beim Theater kannte ich das Skript, bevor ich die Rolle angenommen hab. Hier kannte ich den Anfang, ja, aber die Entwicklung ist echt uncool. Keine Ahnung, ob ich dann unterschrieben hätte.«

Der letzte Satz war eine glatte Lüge. Natürlich hätte ich den Vertrag unterschrieben, immerhin war das die Chance, auf die ich jahrelang gewartet hatte. Es wäre dumm gewesen, sie nicht zu ergreifen. Doch sooft ich mir das in den letzten Wochen auch gesagt hatte, heute waren meine Nerven zum Zerreißen gespannt, und dieses alberne Skript, das sie mir eben gereicht hatten, war der Tropfen, der das Fass zum Überlaufen gebracht hatte.

Ich hörte Polya durch die Leitung seufzen. »Es tut mir echt leid, Leo. Aber ich glaube, da musst du einfach durch. Das klingt jetzt hart, aber das ist das Leid all jener, die ihr Hobby zum Beruf machen. Sie lernen die unangenehmen Seiten und die Kompromisse kennen, die sie vorher ignorieren konnten.«

Ich schluckte meine Antwort hinunter, weil ich tief in meinem Inneren ahnte, dass sie recht hatte. War ich naiv gewesen, etwas anderes zu glauben?

»Wenn du magst, berufe ich ein Meeting mit Channel Y ein und rede mal über die aktuelle Richtung, in die sich die Rolle für dich entwickelt. Ich kann nicht versprechen, dass es was bringt, aber schaden wird es nicht. Wie klingt das?«

»Danke«, sagte ich und merkte selbst, wie geschlagen ich klang, weshalb ich schnell ein paar heiterer klingende Worte hinterherschob. »Das ist lieb von dir.«

»Dann mach ich gleich mal einen Termin aus. Und wieso suchst du dir nicht privat wieder ein Hobby? Du warst ewig nicht im Theater.«

Ja, wann auch? Mal ganz davon abgesehen, dass ich zu niemandem aus meiner alten Truppe Kontakt hatte, da die Stimmung am Ende mehr als problematisch gewesen war. Angeblich waren sie genervt gewesen, weil ich Proben verpasste, doch ich hatte ein Gespräch zweier Menschen miterlebt, die ich für Freunde gehalten hatte. In diesem ging es nicht um meine Fehlstunden, sondern darum, dass ich ihrer Meinung nach meine Rolle in *The London League* nicht verdient hatte. Und das, obwohl wir uns stets alle gegenseitig angefeuert hatten, obwohl sie sich augenscheinlich für mich gefreut hatten. Ich hatte die Stunde durchgezogen, ohne einen der beiden darauf anzusprechen, doch die Theatergruppe war nicht länger ein Raum gewesen, in dem ich mich fallenlassen konnte, und ich hatte noch in der nächsten Woche meinen Austritt verkündet.

Das jedoch war nichts, was ich Polya, meinen Eltern oder dem Theaterleiter jemals erzählt hatte. Offiziell war ich aus der Gruppe ausgetreten, um mich mehr auf meine Rolle zu konzentrieren. Und das tat ich seitdem.

»Aber mal zu anderen Themen«, warf Polya ein, nachdem ich einige Sekunden bloß geschwiegen hatte. »Wie war die Backshow gestern?«

»Besser als gedacht«, erwiderte ich und konnte nicht verhindern, dass sich Kaycees Lächeln direkt wieder vor mein inneres Auge schob. Die Art, wie sie von innen heraus gestrahlt hatte, als sie von der Erinnerung an ihre Mum erzählte. Schon als ich ihre Station beim Backen besucht hatte, hatte sie förmlich geleuchtet. Nicht etwa weil sie gelächelt hatte, sondern von innen heraus. Als wäre sie vollkommen in dieser Aufgabe aufgegangen. Ich war mir sicher, dass man, wenn man Hingabe im Oxford Dictionary nachschlug, ein Bild von Kaycee beim Backen dort fand. Es war seltsam faszinierend und hatte beinahe etwas Meditatives, ihr dabei zuzusehen.

»Das ist immerhin was! Freut mich wirklich. Wann kommt die erste Folge? Morgen dreht ihr wieder, richtig?«

»Jap. Wir drehen morgen die zweite Runde, Premiere ist aber erst die Woche drauf.«

»Ich bin schon gespannt. Wie sehr rasten deine Eltern gerade aus?«

Jetzt hatte es Polya doch noch geschafft, mich zum Lachen zu bringen und meine Stimmung zu heben. »Sehr. Meine Mum ist total aus dem Häuschen. Mein Dad auch, aber er eher, weil ich einen zweiten Job gelandet habe.«

»Na also! Hat das Ganze sein Gutes, sag ich ja.«

Ich konnte meine Agentin durchs Telefon lächeln hören und versuchte mich ebenfalls an einem Lächeln, von dem ich mir allerdings ziemlich sicher war, dass es missglückte.

»Ich geh mal wieder rein«, sagte ich mit Blick auf die kleine Hütte an der Themse. Wir drehten heute eine Partyszene, und ich hatte alle Takes bis auf einen bereits durch und würde bald heimgehen können. Endlich.

»Mach das. Grüß Amy lieb von mir.«

»Wird erledigt. Bye.«

»Bye-bye«, rief Polya, und kurz darauf hatte sie aufgelegt. Seufzend steckte ich mein Handy in die Hosentasche und ging zurück zu der kleinen Kabine, die uns heute als Drehort diente.

»Ah, gut, dass du da bist!« Kaum dass die Tür hinter mir ins Schloss gefallen war, winkte Charlie mir schon zu. »Du bist gleich wieder dran.«

Mit einem Nicken ging ich zu ihm und Amy. »Sorry, war kurz draußen telefonieren.«

»Kein Ding. Yenn? Puderst du Leo noch mal schnell?«

Yennifer eilte herbei, und zwei Minuten später saß ich frisch gepudert in einer der Nischen neben der Bar. Amy drapierte sich neben mir – wobei *auf* mir das passendere Wort gewesen wäre. Denn natürlich hatten wir wieder eine unserer romantischen Szenen. Was auch sonst.

»Alles okay?«, raunte sie mir zu, während letzte Änderungen am Licht vorgenommen wurden. »Du wirkst so abwesend.«

»Einfach nicht mein Tag«, antwortete ich ihr leise. »Hast du das neue Skript gesehen?«

»Ja, wieso?«

»Kommt es dir nicht langsam ein bisschen einseitig vor?«

Amy hob die Schultern. »Ich find's gar nicht schlecht, ehrlich gesagt. Klar, die Dialoge sind etwas überspitzt, aber es ist halt 'ne Soap. So schlimm?«

»Ich denke einfach, wir hatten in Staffel eins noch mehr … Gehalt. Weißt du, was ich meine?«

»Ja, aber das ist normal. Sie testen in den ersten Folgen eben, was gut läuft und was nicht.« Sie drehte sich zu mir um. »Und wir sind ein Publikumsliebling! Ist doch mega!«

Ihre Augen versprühten ehrliche Freude, sodass ich direkt ein schlechtes Gewissen bekam. Wieso konnte ich mich nicht freuen, so wie es Amy tat? Oder Polya? Oder meine Eltern?

»Du bist einfach zu sehr Künstler«, sagte Amy mit sanftem Lächeln.

War es das? Klar, mir fehlte es, mich selbst mehr einbringen zu können, aber ich hatte so viel getan, um den Sprung von der Bühne vor die Kamera zu schaffen.

Langsam schüttelte ich den Kopf. »Ne, als ob keiner der Schauspieler, die du auf dem roten Teppich triffst, künstlerisch veranlagt wäre. Als ob *du* keine Künstlerin wärst.«

»Ich bin künstlerische Realistin. Du bist Idealist.« Sie klopfte mir auf die Schulter. »Und in deiner idealen Welt könnten Schauspieler und Schauspielerinnen sich austoben und ihre Rolle mitgestalten. Mit etwas Glück kannst du das irgendwann, wenn du Leo DiCaprio und nicht Leo Campbell heißt.«

Ich rollte mit den Augen, und Amy streckte mir die Zunge raus, bevor sie mir wieder den Rücken zuwandte.

»Alle auf Position«, rief Isabella im nächsten Moment. Das Licht färbte sich pink, die Statisten nahmen wieder ihre Plätze ein, und Musik schallte aus den Boxen, während die Kamera an Amy und mich heranzoomte.

Zärtlich strich ich über ihren Oberarm. Eigentlich hatten Rose und Jordan in der letzten Folge beschlossen, getrennte Wege zu gehen – etwas, das ich für Jordans Restaurantkarriere gutgeheißen hätte –, doch jetzt saßen wir schon wieder hier und konnten dafür sorgen, dass das Publikum mitlitt, weil die beiden sich natürlich eigentlich doch wollten und nicht ohneeinander konnten. So ein Schmarrn. Womöglich lag es daran, dass ich nie verliebt gewesen war, aber so verhielt sich niemand im echten Leben, oder? Wenn es Gründe gab, die dafür sprachen, dass man allein besser dran war, sollte man die Beziehung vielleicht einfach nicht erzwingen. Es gab Milliarden von Menschen auf diesem Planeten. Allein in London wohnten knapp neun Millionen. Wieso sich an die eine Person klammern, mit der es augenscheinlich so viel schwieriger war?

»Und Action!«

Mit den Fingern fuhr ich weiter Muster über Amys Arm. »Ich kann nicht ohne dich.«

»Aber du musst.« Amy lehnte sich nach hinten und entzog sich meinen – oder besser gesagt Jordans – Berührungen. »Du weißt, dass das mit uns nichts werden kann. Und …«

Amy sah zur Seite, öffnete und schloss den Mund, als ob ihr die Worte im Hals stecken blieben.

»Was?« Ich legte meine Hand an ihre Wange und drehte ihren Kopf zu mir. »Was, Rose?«

»Ich habe jemand anderen kennengelernt.« Sie schaute betrübt. »Es ist besser so.«

»Das meinst du nicht ernst. Nicht nach der Nacht, das …«
Ich schüttelte den Kopf.

»Cut!«

Überrascht sah ich zu Charlie, denn eigentlich war unser Text noch nicht fertig. Er und Isabella sichteten die Szene und besprachen etwas, was über das Geplauder der Statisten nicht zu verstehen war. Dann kam Charlie zu uns.

»Das war super, aber wir hatten gerade einen Einfall. Die Leute fiebern so mit, wir finden, es darf noch etwas mehr eskalieren. Da Jordan in der Szene ja ohnehin angetrunken ist, dachten wir, er kann ruhig etwas aggressiver werden.«

»Aggressiver?«

»Genau, wir würden euch einmal umsetzen, damit Amy in der Ecke ist und du am Gang. Kannst du sie etwas mehr an die Wand drängen? So vielleicht?« Charlie machte die Bewegung vor, stützte die Arme mit einem kräftigen Stoß an der Wand neben sich ab. »Du kannst ruhig etwas lauter werden. Amy zuckt dann zusammen, und schon hat die Szene eine ganz andere Dynamik. Fühl dich gern etwas ein und improvisier ein wenig mit dem Text, das liegt dir ja eh!«

Charlie nickte uns begeistert zu, für ihn war das Thema damit wohl erledigt. Ich schluckte und merkte, wie mein Herzschlag sich unangenehm beschleunigte. Eben hatte ich mich noch über das kitschige Skript beschwert, jetzt hingegen wünschte ich es mir beinahe zurück. Es war nichts Neues, dass spontane Änderungen vorgenommen wurden. In der Regel hatte Charlie recht, und ich liebte es sogar, zu improvisieren und spontaner sein zu können. Doch das hier?

»Leo?«, fragte Charlie, als ich mich nicht rührte.

»Hältst du das denn für eine gute Idee?«

Seine Augenbrauen schossen in die Höhe, und jetzt stand ich doch auf und hob beschwichtigend die Hände.

»Ich mein ja nur«, sagte ich, Amys warnenden Blick ignorierend. »Klar wirkt das dramatischer, aber so eine Szene passt doch gar nicht zu Jordans Charakter.«

Isabella gesellte sich zu Charlie. »Gibt es ein Problem?«

»Leo hat ein Problem mit unserer Idee.«

Auch Isabellas Augenbrauen wanderten nach oben. »Und das wäre?«

»Ich finde einfach nicht, dass die Entwicklung für Jordan Sinn ergibt. Er ist doch gar kein aggressiver Typ. Und er liebt Amy. Selbst wenn sie sich für diesen anderen Kerl entscheidet, würde er niemals auf sie losgehen.«

»Er geht doch gar nicht auf sie los«, sagte Isabella mit Nachdruck.

»Er presst sie gegen eine Wand und schreit sie an. Derselbe Typ, der in der letzten Staffel einen Hund gerettet und das Restaurant übernommen hat, bei dessen Eröffnung er Rose endlich seine Liebe gestanden hat? Der Typ, der in dieser Staffel bisher nichts tut außer Süßholz raspeln? Ich verstehe, dass ich beim Text kein Mitspracherecht hab, aber das hier?«

Zwei der Statistinnen flüsterten miteinander. Erst dadurch wurde mir bewusst, dass wir nicht allein waren, sondern Publikum hatten. Publikum, das sonst nicht einmal am Set anwesend war – klar, sie alle hatten einen NDA unterschrieben, aber das bedeutete nicht, dass nicht doch jemand das Gesagte nach draußen trug. Als eine der Statistinnen leise kicherte, zog Isabella die Mundwinkel nach unten.

»Leo.« Amy war mittlerweile aufgestanden und sah mich eindringlich an. Ihre Stimme war, im Gegensatz zu meiner eben, ein Flüstern. »Bitte.«

»Findest du das denn gut? Ist doch auch für Rose superschwach, wenn sie sich so behandeln lässt.«

»Es ist eine Rolle.« Ihre Stimme klang gepresst. »Jetzt reiß dich zusammen. Wir reden nachher darüber.«

Amy klang wie Polya. Polya in passiv-aggressiv. Und ich wusste, dass ich, genau wie eben bei Polya, klein beigeben sollte. Doch ich tat es nicht. Stattdessen wandte ich mich mit einem Kopfschütteln zu Charlie und Isabella.

»Aber überlegt doch mal, was für ein Bild ihr damit an das Publikum vermittelt. Jordan und Rose werden von etlichen Teenies angehimmelt. Es ist einfach nur dumm, die Szene so zu …«

»Okay, Leo«, unterbrach mich Charlie. »Wenn du so ein Problem mit der Szene hast, dann beachten wir das natürlich.«

Überrascht drehte ich mich um. »Echt?«

»Klar. Pack bitte deinen Kram zusammen, wir streichen die Szene. Wir sehen dich dann morgen.«

»Was?«

»Aber …« Amy sah von mir zu Charlie. »So ein Quatsch, wir machen die Szene natürlich. Richtig, Leo?« Wenn Blicke töten könnten, hätte Amys mich in diesem Moment umgeworfen.

»Richtig«, sagte ich schnell. Charlies Miene war ausdruckslos, sein Blick hart. So hatte ich ihn noch nie erlebt.

»Tut mir leid, Amy«, sagte er. »Räumt ihr die Kulisse bitte, damit wir weiterarbeiten können?«

»Das ist nicht fair, Amy kann doch nichts dafür.«

»Richtig, es ist nicht fair. Genauso wenig ist es fair, dass du den Betrieb aufhältst. Jede Minute am Set kostet Geld, alle anderen sind bereit zu drehen – abgesehen von dir. Überleg dir in Zukunft vielleicht vorher, was du mit deinem Egotrip riskierst«, erwiderte Charlie trocken. Als Amy und ich uns nicht von der Stelle rührten, hob er erneut die Brauen und machte eine Geste, als wolle er eine lästige Fliege verjagen. Ich sah zu Isabella, doch auch ihre Miene war ernst, beinahe grimmig.

Amy war die Erste, die sich in Bewegung setzte, während ich wie vom Donner gerührt dastand. Er warf uns wirklich raus?

Polya bringt mich um.

Ich hätte auf sie hören sollen, hätte …

Etwas Hartes traf mich an der Schulter. Amy. »Danke«, zischte sie im Vorbeigehen.

Ich warf Isabella und Charlie einen letzten, bittenden Blick zu, doch sie hatten sich bereits über das Skript gebeugt und kritzelten darin herum – vermutlich, um die Szenen last minute neu anzuordnen.

Shit.

Da ich bei den beiden ohnehin auf verlorenem Posten kämpfte, wandte ich mich um und rannte Amy nach.

»Warte!«

Amy hatte mich ganz sicher gehört, wenn sogar Lisanne und Pádraig, die auf zwei Stühlen am Rand saßen und einen Kaffee tranken, die Köpfe zu mir umdrehten. Amy jedoch ging schnurstracks weiter auf die improvisierte Umkleidekabine zu, in der Yennifer uns vorhin geschminkt hatte.

»Amy!«, rief ich und folgte ihr in die Garderobe.

»Was?« Sie drehte sich so schnell zu mir um, dass die blonden Haare um ihren Kopf wirbelten.

»Es tut mir leid, ich hab nicht darüber nachgedacht, dass …«

»Offensichtlich hast du nicht gedacht!« Sie machte einen Schritt auf mich zu, und obwohl sie einen guten Kopf kleiner war als ich, wich ich zurück und hob beschwichtigend die Hände.

»Hätte ich gewusst, dass sie die Szene streichen, hätte ich nichts gesagt. Ich wollte dich da nicht mit reinziehen. Ich hätte nie gedacht, dass Charlie …«

»Jetzt schieb es nicht auf Charlie! Er ist der Autor, und du hast gerade – vor allen, wohlgemerkt – sein Skript in Frage gestellt. Wie sieht das denn aus?«

»Du hast recht. Aber die Änderungen am Skript gerade waren doch wirklich beschissen. Und der Text …«

»Der Text, der Text.« Amy hob die Hände. »Es ist kein Shakespeare, meine Güte. Wenn du das willst, geh zum Globe, nicht ins Soap-Abendprogramm. Leo, was ist los mit dir?« Kopfschüttelnd sah sie mich an. »Wir haben so gut harmoniert. Das hier ist unsere Chance! Vorletztes Jahr warst du doch auch noch Feuer und Flamme, den Job gelandet zu haben.«

Ich schluckte. Sie hatte recht. Mit Jordans Rolle war mein Traum in Erfüllung gegangen. Ich hatte Jahre darauf hingearbeitet, war von Casting zu Casting gelaufen. Als ich vor zwei Jahren die Zusage erhalten hatte, war ich völlig aus dem Häuschen gewesen. Ich hatte noch bei meinen Eltern gewohnt. Ein eigenes Apartment wäre vor der Rolle unbezahlbar gewesen, da ich mich mit kleineren Gastauftritten und dem Theater über Wasser gehalten hatte. Als der Anruf kam, hatten meine Eltern und mein kleiner Bruder alles live mitgehört. In der Sekunde, in der ich aufgelegt hatte, waren wir vier schreiend auf und ab gesprungen. Wir hatten so lange darauf gewartet, so viel aufgegeben – jeder von uns. *Sie* hatten so viel aufgegeben für mich.

Seufzend ließ ich mich auf den Stuhl fallen, auf dem Yennifer uns vorhin noch zurechtgemacht hatte, und vergrub mein Gesicht in den Händen.

»Es tut mir leid, Amy.«

Schweigen breitete sich zwischen uns aus, dann sah ich durch meine Finger, wie sie vor mir in die Hocke ging. Sie legte ihre Hand auf mein Knie und drückte kurz.

»Was ist denn los?«, fragte sie noch einmal, diesmal mit ruhigerer Stimme.

»Ich weiß es nicht.« Ich hob den Kopf.

»Du wusstest doch, worauf du dich einlässt. Das hier wird wohl kaum die erste Soap sein, die du siehst. Und Charlie hat recht: Das Publikum liebt dieses On und Off. Es geht um Unterhaltung. Außerdem vermitteln wir auch positive Botschaften.«

»Was daran war bitte gerade positiv?«

»Okay, das vielleicht nicht. Aber denk mal an deine liebste Show oder deinen Lieblingsfilm. Ich wette, da sind auch Sachen drin, die problematisch sind. Wir sind Schauspieler. Wir sind nur ein kleiner Teil dieser ganzen Produktion.«

»Du klingst wie Isabella.«

Mit einem Schnauben stand Amy auf und rieb sich übers Gesicht – etwas, das uns nach der Maske eigentlich verboten war, aber da wir nun ohnehin keine Szene mehr hatten, machte es wohl keinen Unterschied. »Weißt du, Leo … Wenn du dich mit dem Sender anlegen und wie George enden willst, dann nur zu. Tu dir keinen Zwang an. Aber zieh mich nicht mit da rein. Ich will diese Rolle nach wie vor, ich schmeiß die Chance nicht einfach weg. Ich liebe das Arbeiten mit dir, aber in erster Linie liebe ich das Arbeiten. Ich hab keine Lust, wieder wöchentlich bei Castings anzustehen, von einem Werbedeal zum nächsten zu tingeln, aber gleichzeitig darauf zu achten, dass mein Gesicht nicht verbraucht ist.« Bei den letzten Worten ahmte sie mit den Fingern Anführungszeichen in der Luft nach. »Wir leben ein Privileg. Wenn du das so leichtfertig wegwerfen willst, zieh wenigstens keinen von uns mit dir runter.«

Amy schnappte sich ihre Sachen aus der Garderobe und verließ mit einem letzten Blick auf mich den Raum. Sie wirkte nicht einmal wütend, mehr so, als hätte sie keine Energie, mit mir zu diskutieren. Ich konnte es ihr nicht verübeln, ich verstand mich ja selbst nicht.

Wenn du dich mit dem Sender anlegen und wie George enden willst …

War es George wirklich so ergangen? Hatte er sich mit Channel Y angelegt und deshalb nun Schwierigkeiten, etwas Neues zu finden? Würde der Sender mich wirklich rausschmeißen, nur weil ich Dinge hinterfragte? Ich konnte es mir kaum vorstellen. Andererseits … Sie hatten gerade eine komplette Szene gestrichen und das Skript umgeschrieben, nur weil ich Kritik geäußert hatte. Und wenn ich an Charlies Ausdruck zurückdachte, fiel es mir plötzlich gar nicht mehr so schwer, mir vorzustellen, wie er Georges Vertrag auflöste. Ich mochte den Durchbruch geschafft haben, doch bislang war ich in erster Linie Spielfigur des Senders. Ich stand und fiel mit der Show.

»Fuck«, stieß ich leise aus und kramte mein Handy aus dem Rucksack hervor, den ich neben dem großen Standspiegel deponiert hatte.

George hatte nach wie vor nicht auf meine Nachrichten geantwortet, aber ich musste ihn sprechen. Musste wissen, was der Grund für seinen Rauswurf gewesen war, musste …

»Leo.«

George hatte den Anruf angenommen, kaum dass das Freizeichen ertönt war, und unterbrach meine Gedanken. Er klang nicht gerade erfreut, mich zu hören, aber das war mir in diesem Moment egal.

»Können wir reden?«

»Das tut man üblicherweise am Telefon.«

»Ich meine richtig. Bitte.«

Ein Seufzen drang in mein Ohr. Das war immerhin kein Nein.

»Ich weiß nicht …«

»Hast du denn einfach so mit uns abgeschlossen?« Mir war

klar, dass die Frage fies war – aber ich musste ihn sprechen, notfalls mit schlechtem Gewissen.

»Natürlich nicht. Aber ich hab dir nichts zu erzählen.«

»Da wäre ich mir nicht so sicher.«

Am anderen Ende der Leitung herrschte Schweigen, und ich hatte schon Sorge, zu drängend gewesen zu sein, als Georges Stimme wieder erklang.

»Was meinst du?«

»Wir wissen beide, dass du zu gut bist, um Werbung für Neato Weetos zu machen. Außerdem hatte ich gerade Stress mit Charlie und …

»Was meinst du mit Stress?«

»Würd ich dir ja wirklich gern erzählen. Vielleicht bei einem Kaffee?«

»Schön zu sehen, dass du noch genauso verbissen bist wie in der letzten Staffel.«

»Bitte.«

»Na gut«, sagte George. »Freitag hab ich noch keine Termine, passt dir das?«

»Klar«, sagte ich sofort, ohne überhaupt in meinen Kalender zu sehen. »Such dir ein Café aus, geht auf mich.«

George lachte leise, es klang jedoch alles andere als fröhlich, sondern vielmehr zynisch. »Keine Sorge, ich brauch keine Almosen. Noch nicht zumindest, je nachdem, wie sehr meine Karriere zerstört ist.«

»Wieso …«

»Freitag, Leo. Ich meld mich.«

»Okay«, erwiderte ich, doch er hatte bereits aufgelegt. Ich hätte auf Polya hören sollen. Ich hätte auf Amy hören sollen. Denn ich mochte zwar noch keine Antworten haben, doch Georges Stimme, der frustrierte Ton und die Tatsache, dass er davon ausging, keine Karriere mehr zu haben, schienen meine Befürchtungen zu bestätigen. Und wenn das stimmte, dann hätte ich mich zusammenreißen sollen – so schwer es mir manchmal auch fiel.

Ich starrte auf mein Handy, dessen Display sich gerade verdunkelte, und entsperrte es erneut. Ich brauchte Ablenkung, dringend. Also öffnete ich den Chat mit Matt.

Leo, 4.39 pm:
Hey, wie geht's? Sorry, dass ich mich jetzt erst melde. Hast du Lust, was zu machen?

Matt war ähnlich schnell wie George, denn seine Antwort traf nur wenige Sekunden später ein.

Matt, 4.39 pm:
Heute klappt's leider nicht, muss eine Präsentation für morgen vorbereiten. Aber wenn die geschafft ist, wollte ich mit zwei Freunden feiern. Magst du mit? 😊

Ich musste nicht lange überlegen, um meine Antwort zu tippen. Zwar war morgen der Dreh der zweiten Runde *Bake That Cake!*, aber ich brauchte dringend etwas Ablenkung. Denn wenn ich ehrlich zu mir war, fühlte sich die Rolle bei *The London League* immer mehr wie ein Käfig an, dessen Wände mit jedem Drehtag näher auf mich zu rückten. Und nach dem Anruf hatte ich Gewissheit, dass ich mit niemandem am Set darüber reden konnte. Ich hatte immer schauspielern wollen. Doch ich hatte nie gedacht, dass ich auch in meinem echten Leben eine Rolle würde spielen müssen.

16. KAPITEL

Kaycee

Brian hielt mir die Tür auf, und ich betrat die Kunstgalerie, in der wir uns heute einfinden sollten.

»Ich wette, das ist ein Hinweis.«

»Die Location?«, fragte ich, und er nickte.

»Garantiert. War beim letzten Mal doch auch so. In diesem Park gab es damals doch Schatzsuchen. Bestimmt müssen wir heute etwas besonders Künstlerisches machen.«

Ich zog eine Grimasse, woraufhin Brian lachte.

»Guck nicht so, dein Kuchen war letztes Mal schon eine halbe Skulptur.«

»Das war Anfängerglück. Wirklich«, betonte ich, als ich seinen ungläubigen Gesichtsausdruck sah. »So was passiert mir garantiert nicht noch einmal.«

»Abwarten, Baiser.«

Mittlerweile hatte ich mich an den Spitznamen gewöhnt. Brian und ich hatten Nummern getauscht und gestern immer wieder gerätselt, was die heutige Challenge sein könnte. Er war wirklich in Ordnung, und es tat gut, zumindest einen Freund am Set zu haben. Vor Henry und Amanda hatte ich nach wie vor zu großen Respekt. Jessica, Hugh und Scott schienen eine eigene kleine Gruppe gebildet zu haben, zumindest hingen sie ständig zu dritt rum. Laurine war manchmal bei ihnen, aber insgesamt zu sehr damit beschäftigt, alles für ihre Follower festzuhalten. Andererseits war ich auch nicht hier, um Freundschaften zu schließen, sondern um das Preisgeld zu gewinnen.

»Kaycee, Brian, hey!« Francis winkte uns zu. Sie stand mit Amanda bei einer Statue, die vermutlich Kunst sein sollte, mir mit ihren wirren Formen jedoch gar nichts sagte.

»Hi«, begrüßten Brian und ich die beiden.

»Jane meinte, wir sollen hier warten, die Küchen bekommen wir wohl gleich erst zu sehen.« Francis war die Vorfreude anzusehen, und sie steckte mich förmlich damit an. Für sie schien das Ganze in erster Linie ein Spiel zu sein. Ich beneidete sie darum. In der ersten Runde hatte ich zwar auch mehr Spaß gehabt als in den letzten Wochen zusammen, je mehr ich mit Fiona jedoch über einen möglichen Sieg und die Konditorei gesprochen hatte – so unwahrscheinlich dieses Szenario auch sein mochte –, desto mehr wollte ich es. Ich wollte gewinnen. Auch gegen Amanda und Henry. Ich wollte die Konditorei eröffnen. Wollte Adas und meinen Traum wahr machen. Vor allem aber wollte ich nicht zurück. Ich war erst zwei Wochen in London, dennoch war ich mir dessen absolut sicher.

Ich würde *Bake That Cake!* gewinnen, die Konditorei eröffnen, Ada einstellen und in London wohnen bleiben. Ich würde das Leben bekommen, das ich mir damals mit Ada und meiner Mum erträumt hatte.

»Hey.« Eine dunkle Stimme riss mich aus meinen Gedanken, und im nächsten Moment stand Leo bei uns. Seine bloße Anwesenheit genügte, damit ich mir plötzlich jeder noch so kleinen Bewegung bewusst war. Ich zwang mich, meinen Kopf nicht zu schnell von Francis, die eben gesprochen hatte, zu ihm zu drehen. Was zur Hölle war nur los mit mir?

»Dürft ihr noch nicht rein?«

Amanda schüttelte den Kopf. »Nein, aber die anderen Juroren sind schon drin.« Sie deutete auf die Tür hinter ihr.

»Ah, danke dir. Bin ein bisschen spät dran.« Verlegen rieb er sich durch das dunkle, wellige Haar. Dann fand sein Blick meinen. Für einen Moment wirkte es, als wollte er etwas sagen. Er verharrte in der Bewegung, die Hand an seinem Kopf, den Mund leicht geöffnet, und sah mich an. Dann jedoch lächelte er uns allen kurz zu und ging durch das Foyer der Galerie zu der Tür, auf die Amanda soeben gezeigt hatte.

Ich schüttelte mich, als ob mir plötzlich kalt wäre, dabei war das genaue Gegenteil der Fall, denn wie immer hatte Leo meine Wangen warm werden lassen. Gott, ich benahm mich, als wäre ich dreizehn und zum ersten Mal verknallt. Fiona hatte vermutet, dass ich bloß starstruck war, wie vor den Kopf gestoßen, weil der Schauspieler, den wir sonst im Fernsehen bewunderten, plötzlich in greifbarer Nähe war. Doch das war es nicht, ganz sicher nicht. Zum einen hätte ich ihm bei unserem ersten Aufeinandertreffen dann nicht gesagt, dass er Mundgeruch hatte, zum anderen hatte ich Ron Gallo, einen meiner liebsten Musiker, einmal zufällig getroffen, und da war ich definitiv starstruck gewesen. Obwohl ich sonst nie nervös war, hatte ich kaum einen Ton herausbekommen. Doch so war es bei Leo nicht. Vielmehr schien er die Worte mit beinahe magnetischer Wirkung aus mir herauszuziehen.

»Ich frage mich echt, was er hier tut«, sagte Amanda, als die Tür hinter Leo ins Schloss gefallen war.

»Seine Fangirls zum Zuschauen bringen natürlich.« Henry war mittlerweile eingetroffen und schob sich zwischen Brian und Amanda. »Ich glaube, Claudette und Orlando sind auch nicht gerade begeistert, dass sie sich diese ganzen Internetmenschen auf die Jurorenbank holen.«

Internetmenschen? Hatte Henry nicht selbst etliche Kanäle für seine eigene Marke? Das zumindest hatte meine Recherche nach dem Testbacken ergeben.

»Schon, aber überleg mal: mehr Zuschauer, mehr Sponsoren, mehr potenzielle Kunden und Partner für dich.« Amanda zuckte mit den Schultern. »Ich kann den Sender schon verstehen.«

»Und alle schwärmen für ihn!«, sagte Francis. »Er ist aber auch ein toller Schauspieler. Schaust du *The London League*?«

»Ja«, sagte ich und hätte im nächsten Moment beinahe dankbar aufgeseufzt, da Jane die Tür zum Foyer öffnete und uns hereinwinkte. Dass Fiona mich alle paar Stunden nach Leo ausfragte – wackelnde Augenbrauen inklusive –, genügte mir nämlich.

Ich bin hier, um zu gewinnen, nicht, um mich zu verlieben.

Kaum dass ich die Worte gedacht hatte, biss ich mir auf die Zunge, so fest, dass es wehtat. Und das sollte es. Denn vielleicht vertrieb der Schmerz die Gedanken, in denen das Wort *verlieben* eigentlich nicht hätte auftauchen sollen. Erst recht nicht in Bezug auf einen Mann, den ich so gut wie gar nicht kannte. Ich würde keine Gefühle entwickeln, ich würde das Preisgeld holen und meine Träume erfüllen.

Seit bestimmt fünf Minuten stand ich nur da und sah vor mich auf die nach wie vor leere Theke. Gegenüber von mir siebte Laurine bereits die trockenen Zutaten für ihren Teig. Ich hingegen starrte auf die weiße Oberfläche der langen Kücheninsel und versuchte, Schulwissen in meinem Kopf abzurufen, und wünschte, ich hätte im Kunstunterricht besser aufgepasst.

Brian hatte recht behalten, die heutige Aufgabe hatte tatsächlich etwas mit Kunst zu tun. *Adapted Art* hatte Neal die Challenge bei der Anmoderation getauft. Jedem von uns war eine Kunstrichtung zugeteilt worden, und wir sollten dieser mit unserem Gebackenen Ausdruck verleihen. Dabei durften wir Kunstwerke, die hier ausgestellt wurden, neu interpretieren und uns in der Galerie umsehen.

Das Problem dabei? Wir durften weder unsere Handys verwenden noch halfen uns die Beschreibungstexte der Bilder, da diese vorsorglich abgeklebt worden waren. Ich war also aufgeschmissen. Dass keiner der anderen durch die Galerie streifte, sondern alle direkt mit ihren Skizzen und Notizen losgelegt hatten, trug auch nicht gerade zu meiner inneren Ruhe bei.

Wieso hatte ich nicht Expressionismus ziehen können? Das sagte mir etwas, und ich hätte mit klaren Formen arbeiten können. Oder Pop Art. Irgendwas, worunter ich eine Vorstellung hatte. Aber nein, mir wurde natürlich der Zettel mit Kubismus zuteil. Ich hätte keinen Vertreter dieses Stils nennen können, noch war ich mir überhaupt sicher, jemals davon gehört zu haben.

»Mist«, murmelte ich nicht zum ersten Mal leise vor mich hin. Ich sah auf und ließ meinen Blick einmal über die anderen schweifen, die alle in ihre Arbeit vertieft waren. Es hatte keinen Sinn. Ich musste mich in der Galerie umsehen. Die Show mochte hart sein und uns viel abverlangen, aber sie war fair. Klar, sie hatten das diesjährige Konzept geändert, aber ich konnte mir nicht vorstellen, dass sie zulassen würden, dass jemandem aufgrund einer Wissenslücke ein Nachteil entstünde. Bei *Bake That Cake!* ging es nicht um Wissen, Äußerlichkeiten oder dergleichen. Hier zählten Können und Durchhaltevermögen.

Also ignorierte ich, dass sich die Kameras in dem Moment, in dem ich mich in Bewegung setzte, auf mich richteten, und trat von der Kücheninsel weg, an der die anderen fleißig zugange waren. Leo, der gerade bei Brian gestanden hatte, sah auf, und wie schon im Eingangsbereich eben brachte sein Blick mich kurz aus der Fassung. Er hatte den Kopf leicht schief gelegt, als überlegte er, was zum Teufel ich gerade tat. Tja, gute Frage. Ich wandte den Blick ab und ging weiter.

Ich würde mich einfach umsehen. Irgendwo hier musste ein Hinweis versteckt sein, der mir weiterhalf. Sie hatten die Location sicher nicht willkürlich gewählt und die ganze Galerie für Besuch gesperrt. Da ich bereits wusste, dass mir im Raum selbst nichts weiterhalf, lief ich nach links, weg von der Tür, durch die ich eben gekommen war. Als ich an der Uhr vorbeiging, wäre ich am liebsten gerannt, weil mich jede verstreichende Sekunde meinem Scheitern näher brachte. Ich zwang mich jedoch, langsam zu laufen, da ich die Blicke der anderen so schon auf mir spürte. Selbst als ich den Raum verlassen hatte und mich der Treppe in den ersten Stock näherte, konnte ich nicht schneller gehen – denn als ich mich umdrehte, sah ich, dass mir einer der Kameramänner gefolgt war.

Natürlich. Warum sollten sie dem Publikum auch nicht zeigen, wie ich an einer einfachen Challenge verzweifelte?

»Warum haben wir keinen verdammten Telefonjoker«, murmelte ich leise genug, damit das über der Kamera verschraubte Mikrofon es nicht aufnehmen konnte. Schnell lief ich die Stufen nach oben – vielleicht verschaffte mir das wenigstens etwas Zeit allein, denn der Kameramann würde sein Equipment hochtragen müssen.

In dem Raum hingen impressionistische Malereien, diese erkannte ich sofort durch die sichtbaren Pinselstriche auf der Leinwand. Nicht mein Raum also. Ob ich nach dem Ausschlussverfahren vorgehen konnte? Im nächsten Raum erwarteten mich Portraitzeichnungen, wie ich sie vielleicht in einem alten Herrenhaus zu sehen bekäme. War das Kubismus? Ich war versucht, heimlich eine der Abdeckungen an den Bildern zu lösen, hörte in dem Moment jedoch das Rollen des Kamerastativs. Offensichtlich war ich nicht mehr allein.

Ich trat von dem Gemälde zurück und ging in den nächsten Raum. Hier standen überwiegend Statuen, aber an den Wänden waren Bilder von Personen und Gegenständen, die auf seltsame Art und Weise unordentlich aussahen, so als hätte man ein Bild genommen und es etwas anders als zuvor wieder zusammengesetzt. Erst bei genauerem Hinsehen erkannte ich, dass all das einem gewissen Prinzip folgte, teilweise aus geometrischen Formen bestand. Manche der Gemälde erinnerten mich an Picasso – der immerhin sagte mir etwas.

»Schwierigkeiten mit der Aufgabe? Oder auf der Suche nach Inspiration?«

Ich zuckte zusammen. Ich war so vertieft in die Ausstellungsstücke vor mir gewesen, dass ich gar nicht mitbekommen hatte, wie der Kameramann sich genähert hatte.

»Ersteres«, sagte ich ehrlicherweise. »Die Aufgabe ist toll, aber ich kenne mich mit Kunst leider nicht so gut aus, dass ich alle Stilrichtungen kennen würde.«

»Dabei ist die Schule bei dir noch weniger lang her als bei den anderen«, neckte mich der Mann.

»Mag sein, aber nicht jeder von uns hat die gleiche Ausbildung genossen.« Ich hob die Schultern. Während Fiona, mit der ich seit der Grundschule befreundet war, auf solche Sprüche immer empfindlich reagierte, sah ich keinen Grund dafür, mich zu schämen. Natürlich fragte ich mich manchmal, wie mein Leben verlaufen wäre, wäre ich länger an der Schule geblieben, hätte studiert oder einfach nur eine bessere Einrichtung besucht – aber das Leben war nun einmal nicht fair und unser Bildungssystem erst recht nicht. Wieso sollte ich mich für etwas aufziehen lassen, für das ich rein gar nichts konnte?

»Wir werden alle in Familien und Situationen hineingeboren, die wir uns nicht aussuchen können, die uns aber für das gesamte Leben prägen.«

»Wärst du lieber von woanders aus gestartet?«

»Für kein Geld und keinen Abschluss der Welt.«

Mir war klar, welches Privileg ich mit meiner Familie hatte. Sicher, es war finanziell oft nicht einfach, aber an Fionas Verhältnis zu ihrer Mum – das seit wenigen Monaten gar nicht mehr existierte – sah ich, wie gut ich es mit meinen Eltern und Geschwistern getroffen hatte.

»Dabei hast du es ja nicht leicht gehabt. In der letzten Folge hast du erzählt, dass deine Mutter verstorben ist.«

In meiner Magengrube bildete sich ein kalter Knoten.

Sie wollen eine Show ... Ganz offensichtlich hatte Brian recht gehabt. Und ich war so dumm gewesen, sie ihnen unfreiwillig zu geben. Aber ich wollte nicht als Opfer inszeniert werden. Wollte nicht das Mitleid der Leute oder der anderen am Set. Ich wollte mit meiner Leistung überzeugen und mit nichts als dieser. Also lächelte ich dem Kameramann verkrampft zu, nickte kurz und ging weiter zum nächsten Gemälde. Leider verstand dieser meinen subtilen Hinweis, dass ich nicht darüber reden mochte, jedoch nicht, oder aber er ignorierte ihn geflissentlich.

»Deinem Bewerbungsschreiben – oder besser gesagt dem deiner Schwester – haben wir außerdem entnommen, dass du dadurch viele Träume aufgeben musstest ...«

Ich biss die Zähne so fest zusammen, dass es knirschte. Wie viel hatte Ada ihnen erzählt? Ich wusste, dass sie von dem Traum unserer gemeinsamen Konditorei berichtet hatte. Aber wie detailliert? Wusste der Sender von ihrer Krankheit? Von Clara? Ich musste sie dringend anrufen und auch Clara Bescheid sagen, dass sie auf ihrem Instagram-Account, für den sie ohnehin viel zu jung war, keine Informationen breittrat.

Ich sah, wie der Kameramann den Mund öffnete, vermutlich, um eine weitere unpassende Frage zu stellen, und winkte ihm mit dem kleinen Papierzettel in meiner Hand zu.

»Ich muss leider weiter, denn die Uhr tickt, und ich hab immer noch keinen blassen Schimmer davon, wie ich einen kubistischen Kuchen backen soll.«

Zu meiner Erleichterung schloss der Mann den Mund und nickte. Ich wandte mich von ihm ab und machte mich auf den Weg in den nächsten Raum, wurde jedoch das ungute Gefühl nicht los, dass sich das Thema damit noch nicht erledigt hatte.

»Hugh, es war uns eine Ehre, dass du dabei warst, ich bin sicher, unsere Wege kreuzen sich früher oder später noch einmal. Spätestens, wenn wir uns Leckereien in deiner Bäckerei abholen! An alle anderen: Herzlichen Glückwunsch und bis zur nächsten Folge, wenn es wieder heißt: Bake That Cake!«

Neals Abmoderation zog an mir vorbei, während sich mein Herzschlag langsam wieder beruhigte. Ich war nassgeschwitzt. Zum einen, weil ich mich mit dem Backen wirklich hatte beeilen müssen, zum anderen, weil ich mir bis zuletzt nicht sicher gewesen war, ob ich den richtigen Stil getroffen hatte. Bis die vier vor mir standen, um von meiner Torte zu probieren, hatte ich keine Ahnung gehabt, ob ich die Aufgabe überhaupt richtig gelöst hatte. Letzten Endes hatte mir tatsächlich das Ausschlussverfahren geholfen. Und eine gehörige Portion Glück, da ich mir bei zwei Räumen unsicher gewesen war und mich aufs Geratewohl für den mit den wie ein schlecht zusammengesetztes Puzzle wirkenden Bildern entschieden hatte. Allem Anschein nach war das die richtige Entscheidung gewesen.

»Glückwunsch, Kaycee!« Kaum dass der Regisseur »Aus«, gerufen hatte, kam Francis auf mich zugelaufen und drückte mich an sich. »Als du zwischendurch weggegangen bist, hab ich mir echt schon Sorgen gemacht.« Mit anerkennendem Nicken begutachtete sie mein Werk. Ich hatte spontan beschlossen, den Kuchen ähnlich verwirrend zusammenzusetzen wie die Bilder. Der Boden war somit oben, Elemente des Toppings dienten als Füllung – und dennoch ergab es am Ende eine fertige Torte, die zu meinem Glück nicht auseinandergefallen war. »Aber wie ich sehe, war das umsonst, du hast dir wohl nur Inspiration geholt. Herzlichen Glückwunsch!«

»Danke. Dir auch! Ich bin froh, dass du weitergekommen bist.« War ich wirklich. Francis war einfach ein herzensguter Mensch, und sie brachte eine Wärme ans Set, die mir fehlen würde. Sie strich mir noch einmal über die Schulter, dann ging sie weiter zu Brian und umarmte auch ihn. Bevor ich mich ihr anschließen konnte, kam Henry auf mich zu.

»Gar nicht schlecht. Letztes Mal dachte ich noch, das wäre nur Anfängerglück«, begrüßte er mich mit Blick auf meine Kreation.

»Danke?«

»Nichts für ungut, du hast offensichtlich Talent. Ich meine nur … du könntest meine Tochter sein. Und wirklich viel hast du in der Branche ja auch nicht gerissen. Wie die Zuschauer vorab schon meinten: Du bist der Underdog. Selbst wenn du in der nächsten Runde rausfliegst: Du kannst stolz sein, es so weit geschafft zu haben.« Er lachte und klopfte mir zweimal auf die Schulter, bevor er an mir vorbei in Richtung Ausgang ging. Ich blieb perplex vor meinem Kuchen stehen. Vorhin hatte ich zu Brian zwar selbst noch etwas von Anfängerglück gesagt, doch es war etwas anderes, ob es aus meinem Mund kam oder aus Henrys.

Ich betrachtete meine Torte und merkte, wie meine Lippen sich zu einem Lächeln verzogen. Henrys Berührung, sein beinahe väterliches Klopfen, klang auf meiner Schulter nach. Sollte er doch lachen. Schon zu Schulzeiten hatte Spott nur eine einzige Wirkung gehabt: dass ich mich mehr ins Zeug legte und kämpfte.

»Das war wirklich ausgezeichnet, Kaycee!« Orlando wink-te mir im Vorbeigehen noch einmal zu. Ich erwiderte die Geste.

»Danke«, rief ich und meinte es diesmal völlig ernst. Viel-leicht war es auch das – vielleicht belächelte mich Henry gar nicht. Vielleicht nahm er mich langsam als ernstzunehmende Konkurrenz wahr. Denn wenn ich selbst Orlando auf meiner Seite hatte, konnte ich mich gar nicht so doof anstellen – bis-herige berufliche Erfolge und Lebenslauf hin oder her.

»War es wirklich.«

Leo. Seine dunkle, warme Stimme vertrieb alle anderen Ge-danken in meinem Kopf. Ich drehte mich um und musste auf-blicken, so nah war er mir, wie er an der Kücheninsel lehnte.

»Ich hätte nicht einmal gewusst, wer oder was Kubismus ist.«

Sein Kommentar nahm mir die Befangenheit und ließ mich auflachen. »Ich weiß es bis jetzt nicht wirklich, wenn ich ehr-lich bin.«

»Hast aber anscheinend alles richtig gemacht.«

»Zum Glück. Wenn ich so darüber nachdenke, ist bisher sehr viel auf Glück zurückzuführen.«

»Ach was, ohne Können wärst du nicht hier.«

Da war ich mir mittlerweile nicht mehr ganz sicher. Leo schien meinen Stimmungsumschwung zu spüren, denn er sah mich mit fragender Miene an. »Willst du etwa sagen, du kannst nichts? Wenn hier jemand ohne kulinarisches Wissen ist, bin ich das.«

»Ne, ich weiß, dass ich was kann. Aber das wussten sie ja nicht, als sie mich genommen haben. Nicht wirklich zumin-dest, ich hab beim Casting einfach eines der vorgegebenen Re-zepte gebacken. Das hätten wohl die meisten hinbekommen. Also spielt da auf jeden Fall Glück mit rein. So wie in die Challenge heute. Und …« Ich verkniff mir meine weiteren Worte, denn ich wollte es nicht als Glück bezeichnen, dass die Leute am Set in dem Tod meiner Mum eine Geschichte sahen. Aber offensichtlich erhofften sie sich, dort weiter graben zu können.

»Okay, dann nenn das Glück. Aber das gehört zum Leben dazu. Es gibt mit Sicherheit etliche Schauspieler da draußen, die viel besser sind als ich. Die sogar besser für Jordan geeignet sind als ich …« Für einen kurzen Augenblick huschte ein Schatten über sein Gesicht, und er presste die Lippen fester aufeinander. Der Ausdruck war ebenso schnell verschwunden, wie er gekommen war, aber er war definitiv da gewesen. Und wie immer konnte ich meine Klappe nicht halten.

»Was?«

»Hm?«, machte Leo.

»Was los ist, meine ich. Du hast grad nicht begeistert ausgesehen, als du von deiner Rolle gesprochen hast.«

»Ach so …« Leo musterte mich einen Augenblick, so intensiv, dass sich die Härchen in meinem Nacken aufstellten, weil ich mich plötzlich entblößt fühlte, als könnte er mir die Gedanken von den Augen ablesen. Ich hatte keine Ahnung, was er in meinem Blick suchte und ob er es fand, doch nach einer Weile zuckte er mit den Schultern. »Ist ein bisschen kompliziert, aber irgendwie glaube ich mittlerweile, dass es ein Fehler war, mich für Jordan zu casten.«

Perplex sah ich ihn an. War das sein Ernst?

»Aber … du bist der Publikumsliebling. Hat der Sender das gesagt?«

Leo schüttelte den Kopf. »Ne, hat er nicht, das ist …« Er zögerte und schüttelte dann den Kopf. »Ist auch egal, ich bin nur hergekommen, um dir zu gratulieren, nicht, um dich mit meinen Problemen vollzuheulen.«

»Tust du nicht. Außerdem hab ich das Anfang der Woche doch auch gemacht … vor laufender Kamera, falls du dich erinnerst.«

Er grinste schief. »Du hast mich nicht vollgeheult, du hast mir deinen Kuchen erklärt. Ich erzähl dir hier grad Dinge vom Set und verstoße bestimmt gegen irgendeine Verschwiegenheitsklausel. Ich glaub, das ist ein Unterschied.«

Ich musste ebenfalls lächeln, und während sich der Raum leerte, standen wir uns einfach stumm gegenüber. Immer noch zu nah. Keiner von uns machte Anstalten, sich wegzubewegen, dabei musste er doch sicher weiter, oder? Ich konnte mir kaum vorstellen, dass er nun, mit zwei Rollen im Sender, nichts Besseres zu tun hatte, als nach Drehschluss mit mir vor einem angegessenen Kuchen rumzustehen.

»Ein Freund und ich gehen heute Abend was trinken. Magst du vielleicht mit? Die erste Drehwoche feiern, auf deinen Einzug in die dritte Runde anstoßen …« Er verlagerte sein Gewicht, sodass er nicht länger an der Theke lehnte, und wirkte beinahe … unsicher? Aber wieso sollte Leo Campbell unsicher sein? Und was viel wichtiger war: Wieso sollte er mich zu Drinks einladen? »Er ist eigentlich mehr ein Bekannter, wir haben uns letztens zufällig in einem Pub kennengelernt. Wir gehen auch nicht so lang, ist ja erst Donnerstag, aber …« Er hob die Schultern und wirkte plötzlich so nervös, dass ich mir ein Lächeln nicht verkneifen konnte. Mein Mund hatte schon beinahe die Zusage geformt, das Ja war drauf und dran, mir über die Zunge zu rollen – doch dann schüttelte ich zögernd den Kopf. Leos Lächeln verrutschte für den Bruchteil einer Sekunde, dann fing er sich jedoch wieder.

»War auch eine doofe Idee, tut mir leid.«

»Was, nein, war es nicht!« Ich verschränkte die Arme vor der Brust, als könnte ich so etwas Distanz zwischen mich und diesen Mann bringen, mit dem ich mich entgegen jeder Logik schon viel zu verbunden fühlte.

»Das ist es nicht, es ist nur … Ich glaube, es ist keine gute Idee, wenn wir was trinken gehen.«

Ich wollte mitgehen. Wollte ich wirklich. Ich wollte mehr von ihm erfahren, wollte ergründen, woher diese Faszination rührte, die ich ihm gegenüber schon seit dem Testbacken vor zwei Wochen empfand. Doch es war besser so. Denn ich war mir ziemlich sicher, dass diese Einladung keine freundschaftliche war, sonst hätte er mit Sicherheit nicht gewartet, bis Brian und die anderen den Raum verlassen hatten. Und ich konnte mir nicht erlauben, dass ich Gefühle für den Mann entwickelte, der mit darüber entscheiden durfte, ob mein langersehnter Traum Realität wurde oder nicht. Das hier war größer als ein paar flüchtige Gefühle. Wichtiger als ein Flirt. Das war meine Zukunft.

17. KAPITEL

Kaycee

»Oh mein Gott!«

Fionas Stimme klang so schrill zu mir nach oben, dass sie sogar den Lärm des Föhns übertönte. Mit klopfendem Herzen entriegelte ich die Badezimmertür, raste die Treppe nach unten und schlitterte auf meinen rutschigen Socken um die Ecke ins Wohnzimmer.

»Was ist passiert?«, fragte ich atemlos.

Anstelle einer Antwort deutete Fiona auf den Fernseher. »Schau mal!«

Ich folgte ihrer ausgestreckten Hand und blieb im nächsten Moment wie vom Donner gerührt stehen. Denn dort auf dem großen Flachbildschirm war ich.

»Das sind Aufnahmen aus der ersten Runde! Und aus dem Casting!«

»Ja, dachte ich mir, das sieht nach dem Park aus, von dem du erzählt hast. Oh mein Gott, du siehst so gut aus! Und so professionell!«

»Ich bin voller Mehl.«

»Das muss so!«, erwiderte Fiona bestimmt. Gebannt beobachteten wir den Werbeclip, der auf den Start der siebten Staffel nächste Woche aufmerksam machte. Sie hatten uns wirklich alle gut eingefangen und die einzelnen Momentaufnahmen so zusammengeschnitten, dass trotz der Kürze des

Werbeclips der Charakter jeder einzelnen Person eingefangen wurde. Laurine hatte, vermutlich durch die Erfahrung auf You-Tube, eine tolle Ausstrahlung und spielte förmlich mit der Kamera. Francis' sympathisches Lächeln sorgte dafür, dass sich auch meine Mundwinkel direkt hoben. Als sie alle Teilnehmer und Teilnehmerinnen am Ende noch einmal kurz einblendeten und die Szene von dem Testbacken zeigten, bei der Leo und ich uns gegenüberstanden, schoss Hitze ohne Vorwarnung in meine Wangen. *Sie haben doch nicht ...* Doch noch bevor ich den Satz zu Ende denken konnte, war bereits Amanda zu sehen, und ich atmete erleichtert aus. Dass sie teilten, wie Leo mir scheinbar liebevoll die Haare aus dem Gesicht strich, hätte gerade noch gefehlt. Es war gut, dass ich ihm für heute Abend abgesagt hatte. Eben beim Duschen hatte mich eine Mischung aus schlechtem Gewissen und Reue geplagt, aber es war definitiv die richtige Entscheidung gewesen, daran bestand kein Zweifel.

»Nicht schlecht«, sagte ich, als sie zum Abschluss Jingle und Logo der Show einblendeten, dabei hatte ich von der restlichen Werbung kaum noch etwas mitbekommen.

»Das ist die Untertreibung des Jahres! Das da bist du! Im Fernsehen! Kaycee, das ist der Hammer!« Sie hielt mir ihren Arm unter die Nase. »Hier, ich hab Gänsehaut.«

Mit einem Lachen rieb ich ihr über den Unterarm, der tatsächlich von einer Gänsehaut überzogen war. »Du bist süß.«

»Und du viel zu cool. Wie kannst du nur so gelassen bleiben?«

»Es ist einfach zu surreal. Ich glaub, ich brauch ein bisschen, bis ich das realisiert hab. Normalerweise sitze ich vor dem Bildschirm und bin nicht ... na ja, *auf* dem Bildschirm.« Ich sah zum Fernseher, auf dem mittlerweile Werbung für ein Spülmittel lief.

»Du musst mir unbedingt noch von heute erzählen. Hattest du wieder einen …« Fiona machte eine Pause und wackelte mit den Augenbrauen. »… Moment mit Leo?«

Ich stieß ihr in die Seite, woraufhin sie lachend einen Schritt zur Seite machte.

»Es war kein Moment, wir haben uns vorhin einfach unterhalten.«

»Aha!«

»Erzähl ich dir. Darf ich mich erst fertig föhnen?«

»Gestattet.« Fiona gab mir einen Klaps auf den Po und lief an mir vorbei, um sich kurz darauf auf die Couch fallen zu lassen und im Fernsehprogramm rumzuzappen. Ich ging nach oben, doch noch bevor ich den Föhn erreicht hatte, klingelte mein Handy. Ich machte auf dem Absatz kehrt und lief in mein Zimmer, wo es gerade an der Steckdose lud. Der Name meiner Schwester leuchtete mir in weißen Buchstaben entgegen.

»Ada! Ich wollte mich später bei dir melden. Wie geht es dir?«

»Du warst im Fernsehen!« Ada klang noch aufgeregter als Fiona soeben.

»Das war so cool!« Claras quietschende Stimme im Hintergrund brachte mich zum Lachen.

»Ja, Fiona hat es mir gerade gezeigt.«

»Wir sind so stolz auf dich! Und heute bist du schon wieder weitergekommen! Hast du kurz Zeit? Du musst unbedingt berichten. Warte, ich stell dich laut, sonst hängt Clara mir gleich auf dem Rücken.« Es raschelte kurz im Hintergrund. »So, startklar!«

Mit breitem Lächeln ließ ich mich auf das gemachte Bett fallen und mir berichten, wie es daheim lief – erstaunlich gut, laut meinen Schwestern, was mich erleichterte. Dann erzählte ich ihnen vom heutigen Tag, der Challenge und dem WG-

Leben mit Fiona. Nur das Gespräch mit Leo ließ ich aus. Als ich Ada von dem Moment beim Casting erzählt hatte, war sie völlig aus dem Häuschen gewesen, und ich wollte diese Glut nicht weiter schüren. Denn ich hatte die böse Ahnung, dass ich mich an dem Feuer, das ich damit entfachte, verbrennen würde.

»Weißt du, was wir jetzt machen?«, fragte Fiona, kaum dass ich zurück ins Wohnzimmer getreten war. Meine Haare waren mittlerweile getrocknet, und ich steckte bereits in meinem Pyjama, dabei war es gerade einmal sieben Uhr abends. Ich ließ mich neben Fiona aufs Sofa fallen und unterdrückte ein Gähnen.

»Hm?«

»Wir gehen feiern!«

»Wir was?« Irritiert sah ich an mir hinab. »So?«

»Natürlich nicht so. Wir machen uns fertig. Und wir glühen vor, wie früher! Sonst sind wir zu früh auf allen Partys. Oh, und wir backen natürlich! Wir können auch mit Kuchen vorglühen, ich könnte Rotweinkuchen oder so machen.«

Ich rutschte näher zu Fiona und hielt ihr den Handrücken an die Stirn.

»Huh, war mir sicher, dass du Fieber hast.«

»Wieso? Wir sind jung, und das ist London.«

»Ja, aber wir gehen nie feiern.«

»Irgendwann ist immer ein erstes Mal.«

»Okay«, sagte ich und sah meine beste Freundin mit erhobenen Brauen an. »Wo gehen wir denn hin?«

»Das … google ich.«

Ich stieß ein prustendes Lachen aus. »Du hast keinen blassen Schimmer, war so klar.«

»Ich habe *noch* keinen blassen Schimmer. Arbeitsteilung: Du suchst einen Club oder so raus und ich ein Rezept für Rotweinkuchen.«

»Du willst jetzt nicht echt noch backen?«

»Klar, wieso nicht? Allein die Vorschau eben hat mir richtig Lust gemacht! Außerdem hab ich dir so viel Backzeug gekauft und vom meisten gar keine Ahnung, wie ich es überhaupt benutze.«

»Okay«, meinte ich schulterzuckend und nahm meinen Laptop vom Wohnzimmertisch. »Dann such ich mal nach einem Club. Magst du Demian einladen?«

»Nö, das wird ein Mädelsabend.«

»Demian ist dein Freund, er kann ruhig mit. Leo wollte heute auch mit mir feiern gehen.« Die Worte waren mir kaum über die Lippen gekommen, als ich sie schon bereute, denn Fiona warf ihr Handy zur Seite und drehte sich im Schneidersitz zu mir um.

»Wie bitte?«, fragte sie mit geweiteten Augen. »Und da willst du mir erzählen, ihr hattet heute keinen Moment?«

»Hatten wir auch nicht. Wir haben uns nur unterhalten und das kam eben auf.«

»Wie kam es denn auf? Während der Sendung?«

»Nein, natürlich nicht. Nach der Sendung. Er hat mir kurz zum Weiterkommen gratuliert, wir haben uns unterhalten, und dann hat er eben gefragt.«

»Einfach so?« Fiona hob die Brauen, als ich nickte. »Und das soll kein Moment gewesen sein? Kaycee, der Kerl steht auf dich! Ich hab ein Gefühl für so was!«

»Du? Darf ich dich daran erinnern, wie lang du gebraucht hast, bis du gecheckt hast, dass Demian dich mag?«

»Darf ich dich daran erinnern, dass er mich bei jeder sich bietenden Gelegenheit online fertig gemacht hat und du ihn nicht einmal mochtest?«

»Touché«, murmelte ich. Denn Fiona und ihr Freund waren sich anfangs nicht gerade freundlich begegnet. Dennoch hatten sich die beiden am Ende gefunden.

»Das hat also nichts mit meinem Radar zu tun. Und das schlägt gerade gewaltig aus. Aber was hast du geantwortet?«

»Was soll ich schon geantwortet haben? Nein natürlich.«

Fiona fiel die Kinnlade herunter. »Nein?«, wiederholte sie laut. »Hast du sie noch alle? Du hast Leo Campbell einen Korb gegeben?«

»Ich hab ihm keinen Korb gegeben, ich hab nur gesagt, dass das keine gute Idee ist.«

»Kaycee, das ist so ziemlich die Definition von *einen Korb geben*. Hast du seine Nummer?«

»Was? Nein, natürlich nicht.«

»Hm. Sonst hätten wir ihm schreiben können, dass du dich umentschieden hast, und hingehen können.«

»Auf keinen Fall.«

»Aber ich dachte, du magst ihn.«

»Tu ich ja auch.«

»Und du findest, er sieht gut aus.«

»Fiona, jeder findet, dass er gut aussieht.«

»Eben. Aber?«

»Aber ich würde mich damit selbst sabotieren. Stell dir vor, jemand fotografiert uns oder kriegt irgendwie Wind davon, dass wir uns privat getroffen haben.«

»Hm, meinst du echt, der Sender hätte damit ein Problem?«

»Ich kann mir kaum vorstellen, dass sie cool damit wären. Und selbst wenn doch, überleg mal, wie es bei Brian, Francis und den anderen ankommt. Oder bei den Fans der Show. Es wäre egal, wie gut ich bin und wie sehr ich mich ins Zeug lege: Wann immer ich weiterkäme, würden es alle darauf schieben, dass ich was mit einem der Juroren am Laufen habe.«

Fiona nickte langsam. »Okay, verstehe.« Sie stieß ein tiefes Seufzen aus. »Schade, ich hätte euch geshipt.«

»Ja, war mir klar.«

»Aber nur weil es jetzt nicht geht, heißt das ja nicht, dass ihr euch nach der Show nicht treffen könnt, oder so …«

Ich winkte ab. »Ich glaube nicht, dass sein Interesse so groß ist, dass er nach der Sendung überhaupt noch an mich denkt. Und das ist voll okay!«, schob ich schnell hinterher. »Vielleicht interpretier ich das eh vollkommen falsch, und er wollte nur nett sein.«

Ich glaubte meinen Worten ja selbst nicht einmal. Klar, ich kannte ihn nicht gut genug, um einschätzen zu können, ob das einfach seine Art war, aber irgendwas in mir sagte mir, dass dem nicht so war. Dass er auch etwas zwischen uns spürte, das da nicht sein sollte.

Fiona musterte mich, hielt sich glücklicherweise aber zurück und hakte nicht weiter nach. Wir kannten uns mittlerweile lange genug, um zu wissen, wann wir besser nachgaben. Wobei sie dabei wesentlich mehr Feingefühl besaß als ich, wenn ich ehrlich war.

»Aber feiern gehen wir trotzdem«, sagte sie bestimmt und richtete sich auf. »Also schau, dass du schnell wieder aus deinem Pyjama rauskommst, ich such schon mal die ganzen Zutaten zusammen.«

Mit einem Grinsen erhob ich mich ebenfalls. »Dir ist klar, dass wir die Rentnerversion von Feiern leben? Andere mixen Tequila, wir Mehl und Butter.«

»Und Rotwein!«, erwiderte Fiona lachend. »Nenn mich nicht Rentnerin, wart ab, bis du mich auf der Tanzfläche siehst.«

»Ah ja? Hast du seit der Hochzeit von Demians Schwester denn noch einmal getanzt?«

»Klappe! Zieh dich an und such uns einen Club raus.« Fiona lief an mir vorbei in Richtung Flur, jedoch nicht, ohne mir noch einmal durch die ungemachten Haare zu wuscheln. Lächelnd widmete ich mich wieder dem Laptop auf meinem Schoß. Ich könnte mich hieran gewöhnen: London, das WG-Leben mit Fiona, der Contest und die Freiheit, die all diese Dinge mit sich brachten. So spontan sein zu können, ohne Erwartungen an mich oder Verpflichtungen, die ich einzuhalten hatte, war eine völlig neue Erfahrung. Ich konnte alles tun und lassen, was ich wollte.

Fast alles ...

Denn auch wenn ich vor Fiona gerade so gleichgültig getan hatte, ging mir Leo doch nicht aus dem Kopf.

FIONAS ROTWEINKUCHEN

Zutaten

250 g weiche Butter
200 g Zucker
1 Pck. Vanillezucker
4 Eier (Gr. M)
250 g Mehl (Type 405)
1 Pck. Backpulver
1 Prise Salz
1 Prise Zimt
5 Teelöffel Kakaopulver
125 ml Rotwein
100 g Zartbitter-Schokoraspel
Etwas Butter für die Form
Etwas Puderzucker zum Bestreuen

- Ofen auf 180 °C Ober-/Unterhitze (Umluft: 160 °C) vorheizen und Kranzform (Ø 26 cm) einfetten.
- Butter mit Zucker und Vanillezucker cremig rühren. Eier nach und nach unterrühren.

- Mehl mit Backpulver, Salz, Zimt und Kakaopulver vermischen und zum Teig geben.
- Rotwein zugeben und alles gut miteinander verrühren.
- Zuletzt die Schokoraspeln unterrühren.
- Teig in die gefettete Form füllen und im vorgeheizten Ofen ca. 50 Minuten backen.
- Kuchen ca. 15 Minuten auskühlen lassen, dann aus der Form stürzen und vollständig abkühlen lassen.
- Nach Belieben mit Puderzucker bestreuen.

18. KAPITEL

Leo

Ich öffnete Google Maps und schob mich durch die Menschenmassen am Covent Garden. Abends war es hier immer brechend voll – so wie eigentlich überall in und rund um Soho. Für gewöhnlich bekam ich den Trubel nur nach langen Drehtagen mit, nicht weil ich privat unterwegs war. Dafür hatte in den letzten Jahren schlicht und ergreifend die Zeit gefehlt. Okay, und mir hatte es, wenn ich ehrlich war, auch an Leuten gemangelt, mit denen ich hätte feiern gehen können. Umso mehr freute ich mich auf den heutigen Abend.

Anscheinend war heute eine Art Straßenfest an den Seven Dials. Je näher ich der Straßenkreuzung kam, desto lauter schallte mir Musik entgegen, und als ich in die Mercer Street abbog, sah ich die ersten Buden. Matt wollte mich an der Statue in der Mitte des Platzes treffen, also lief ich die belebte Straße entlang. Beim Anblick der feiernden Menschen und der bunt geschmückten Stände legte sich wie von selbst ein Lächeln auf mein Gesicht. Alle waren so ins Tanzen oder in Gespräche vertieft, dass niemand auf mich achtete oder mich erkannte. Zwar würde ich nicht ewig bleiben können, da morgen bereits der nächste Drehtag anstand und ich dort definitiv nicht verkatert auftauchen könnte – erst recht nicht nach meinem Streit mit Charlie –, aber ich konnte es kaum erwarten, mal einen Feierabend draußen zu verbringen, anstatt allein in der Wohnung.

»Leo, hey!«

Ich stellte mich auf die Zehenspitzen, um besser sehen zu können, und erspähte einen winkenden Arm inmitten der Menschenmenge. Ich bahnte mir einen Weg durch den Tumult auf dem Platz und atmete erleichtert auf, als ich es endlich zu Matthew geschafft hatte.

»Hi! Schön, dich zu sehen. Und schön, dass du hergefunden hast. Hätte nicht gedacht, dass es jetzt schon so voll ist.« Matt umarmte mich und klopfte mir auf die Schulter. Er sah wesentlich besser aus als bei unserem letzten Treffen. Er grinste breit und wirkte auch sonst viel erholter. Gut, da waren immer noch Ringe unter seinen Augen, aber insgesamt schien er mehr in sich zu ruhen als noch vor zwei Wochen im Pub. »Das hier ist Sam, einer meiner ältesten Freunde. Und Yong-Jae ist ein Kollege von mir.« Er zeigte auf die beiden Männer, die neben ihm standen und die mir im Getümmel bis eben gar nicht aufgefallen waren.

»Mitarbeiter. Du bist jetzt mein Boss, gewöhn dich endlich dran«, warf Yong-Jae ein.

»Niemals.«

»Hi!«, begrüßte mich Sam. »Ich liebe deine Show. Wollte Matt erst nicht glauben, dass du ernsthaft mitkommst.«

»Freut mich!« Ich reichte ihm und Yong-Jae die Hand. »Also bist du jetzt echt CEO? Glückwunsch.«

»Ja, danke«, erwiderte Matt gedehnt. »Aber heute reden wir nicht über die Arbeit. Meintest du nicht auch, du hast 'ne miese Woche?«

»Ziemlich«, antwortete ich und dachte seltsamerweise nicht zuerst an den Streit mit Charlie und Amy, sondern an heute Mittag, als Kaycee mich am Set stehengelassen hatte.

Sei nicht so albern.

Es war natürlich völlig verständlich, dass sie nicht mit uns feiern gehen wollte. Immerhin kannte sie mich nur von der

Show, nicht privat. Aber das bedeutete leider auch, dass ich mir die Momente zwischen uns wohl nur eingebildet hatte. Was kein Wunder war, ich war nie gut darin gewesen zu erkennen, wann jemand mit mir flirtete und wann nicht. Was das anbelangte, war ich ein hoffnungsloser Fall. Vielleicht war das auch der Grund, warum mir dieses Süßholzraspeln, das ich für *London League* ständig abziehen musste, so gar nicht lag. Ich konnte mir nicht vorstellen, einen dieser Sätze privat zu äußern, ohne in schallendes Gelächter auszubrechen.

»Na dann, bereit? Im Neal's Yard legt wohl jemand auf, da wollten wir starten, und wenn's zu kalt wird, können wir in einen der Clubs.«

»Klingt nach einem Plan«, erwiderte ich und folgte der Truppe. Meine Gedanken wanderten zwar schon wieder zu Kaycee und unweigerlich auch zum Drehtag morgen und der Sorge, dass Amy nach wie vor wütend auf mich war, aber dennoch mischte sich ein Gefühl von Freiheit unter diese Gedanken. Wenigstens für diesen einen Abend wollte ich nicht an Channel Y denken, nicht an die Enge in meiner Brust, wann immer ich über die nächsten Monate nachgrübelte.

Ich brauchte gar keine Drinks, die Musik, die Stimmung und die Menge an Menschen, die einfach nur diesen Septemberabend genossen, genügten, um mich in Feierlaune zu versetzen.

Wie hatte ich so lange in London leben können, ohne auszukosten, was diese Stadt bot? All das war völlig an mir vorbeigezogen. Seit ich mit meiner Mum im Alter von fünfzehn Jahren hergezogen war, war ich so auf die Castings und meine Rollen fokussiert, dass der einzige Trubel Londons, den ich mitbekommen hatte, der war, der mich erwartete, wenn ich aus der Tube ausstieg.

Es war mittlerweile dunkel geworden, und bunte Lichter erhellten den Neal's Yard. Die ersten Buden schlossen, und auch die Menschenmenge löste sich immer weiter auf, als einzelne Gruppen sich von dem Platz weg in die engen Seitenstraßen bewegten. Eine Hand wurde auf meine Schulter gelegt, und kurz darauf erklang Matts Stimme.

»Club?«, fragte er über die Musik hinweg. »Wird langsam ein bisschen kalt.«

»Meine Schuld«, meinte Yong-Jae, als er zu uns trat, und deutete auf sein dünnes Hemd. »Ich hätte was Wärmeres anziehen sollen.«

»Ist nicht weit, du Frostbeule«, sagte Matt mit einem Lachen, und Sam und Yong-Jae gingen voraus, während Matt und ich ihnen folgten.

»Dir geht's besser als letztes Mal«, stellte ich fest.

»Ja, ist auch nicht so schwer. Letztes Mal war ich quasi noch im Schock. Aber die Agentur hat es besser aufgenommen als gedacht, dass ich den CEO spielen soll.«

»CEO sein soll«, rief Yong-Jae zu uns. »Du spielst ihn nicht nur.«

Matthew rollte die Augen, musste aber grinsen. Anscheinend führten sie diese Diskussion nicht zum ersten Mal.

»Das freut mich für dich. Also kein Whiskey Sour mehr nötig?«

»Danke und nein. Ich glaub, die Phase hab ich überwunden. Aber du nicht, wie es aussieht?«

Ich biss mir auf die Lippe, unsicher, ob ich Matt von allem erzählen sollte. Obwohl er nur vier Jahre älter war als ich, wirkte er so erwachsen. Im Nachhinein betrachtet, wirkte mein Problem alles andere als das. Wenn er einen Betrieb leiten konnte, ohne sich zu beschweren, wieso schaffte ich es dann nicht, einfach die Zähne zusammenzubeißen und diese doofen Texte vorzusprechen?

»Leo?« Mittlerweile befanden wir uns in einer mit leuchtenden Girlanden geschmückten Straße, und Sam und Yong-Jae vor uns steuerten zielgenau auf eine lange Schlange vor einem schmalen, unscheinbaren Haus zu.

»Mein Problem ist wirklich banal«, sagte ich und winkte ab. »Und nichts für eine Party.«

»Probleme sind Probleme. Außerdem brauchen meine Füße eh eine Pause, ich bin seit vier auf den Beinen.«

Yong-Jae spazierte selbstbewusst an der langen Schlange vorbei und hielt dem Türsteher sein Handydisplay entgegen, der daraufhin nickte und zur Seite trat. Mit einer winkenden Handbewegung drehte Sam sich zu uns um, und wir legten einen Zahn zu, um mit den beiden ins Innere des Clubs zu kommen. Ich glaubte, meinen Namen von zwei oder drei Leuten in der Schlange zu hören, drehte mich aber nicht noch einmal um. Heute wollte ich nicht performen müssen.

»Vorschlag«, meinte Matt, kaum dass wir den dunkelgrün beleuchteten Eingang betreten hatten, »ich hol uns was zu trinken, und du erzählst. Und bevor du ablehnst: Du bist meine Ausrede, nicht tanzen zu müssen. Das lässt Sam normalerweise nämlich nicht durchgehen.«

Langsam nickte ich. Es mochte ein albernes Problem sein, andererseits brauchte ich wirklich dringend einen Freund zum Reden. Also folgte ich den dreien nach drinnen, wo Sam tatsächlich direkt auf die Tanzfläche zusteuerte, während Yong-Jae, Matt und ich in Richtung Bar gingen. Bevor ich mich anstellen konnte, hatten Matt und Yong-Jae jedoch an einem Tisch platzgenommen, dessen Stühle aussahen, als wären sie aus dem Buckingham Palace gestohlen worden.

»Wir können hier bestellen. Vorteil, mit diesem Kerl befreundet zu sein.«

Matt klopfte auf das Polster des freien Stuhls neben sich. Ich folgte der stummen Aufforderung, setzte mich und sah mich beeindruckt in dem Laden um. »Es sieht total cool aus hier drin.«

»Ja, ehemaliger Gentlemen's Club, jetzt ist er aber zum Glück für alle geöffnet«, erklärte Yong-Jae.

»Und du warst auf der Gästeliste?«

»Sozusagen, mein Vater ist Anteilhaber, er hat hier früher mal Künstler gemanagt und all so was. Er wohnt mittlerweile nicht mehr in London, hat mir aber seine Membership-Karte vermacht. Was ziemlich praktisch ist, denn wir haben nicht nur freien Eintritt, sondern auch ein Budget für Drinks. Also? Was wollt ihr?« Er schob mir die Getränkekarte über den Tisch hinweg zu. Er selbst und Matt schienen keine zu brauchen.

»Schätze, ich nehm den Whiskey Sour«, wählte ich eines der Getränke, die ich kannte und von denen ich mit Sicherheit sagen konnte, dass ich sie mochte.

»Wow, ich bin stolz auf dich.« Matt grinste mich an, und Yong-Jae lachte.

»Hat er endlich jemanden davon überzeugt? Ich krieg das Zeug einfach nicht runter.«

»Ja, wir hatten einen zu feuchtfröhlichen Abend zusammen und seitdem …« Ich hob die Schultern.

»Jap, davon hab ich gehört. Ich ignoriere aber so gut wie möglich, dass mein Boss seine Beförderung als Anlass zum Frusttrinken gesehen hat.«

»Es war mehr ein Überforderungstrinken«, murmelte Matt.

»Ah ja. Bei dir auch?« Yong-Jae sah mich fragend an, und ich schüttelte den Kopf.

»Nope, Frusttrinken, definitiv.«

»Und was bereitet dir so viel Frust, dass du deinen Abend freiwillig mit dem hier verbringst?« Yong-Jae warf Matt einen abschätzenden Blick zu und fing sich dafür einen Knuff in den

Oberarm ein. Matts Beförderung schien der Freundschaft der beiden keinen Abbruch getan zu haben, also war diese Befürchtung seinerseits wohl nicht eingetreten. Ob meine Sorgen genauso unbegründet waren?

Bevor ich antworten konnte, gesellte sich ein Kellner mit dunkelgrünem Samtjackett zu uns. Sein seriöser Look wirkte durch die Tattoos und Piercings etwas nahbarer. Wie das Lokal vermittelte er eine Mischung aus klassischem Schick und modernen Impulsen, denn während unsere Sitzecke edel und auf Hochglanz poliert war, herrschte auf der Tanzfläche rund um Sam buntes, reges Treiben.

»Was darf ich Ihnen denn bringen?«

»Wir nehmen zwei Whiskey Sour und …«

»Und einen Tom Collins«, beendete Yong-Jae Matthews Satz und hielt dem Kellner kurz sein Handy hin, so wie er es bereits am Eingang getan hatte. Dieser nickte und verabschiedete sich mit einem Lächeln.

»Huh, dachte, ein Laden wie dieser hätte mindestens in Holz gestanzte Mitgliedskarten.«

»Mittlerweile hat der Laden eine App. Aber lenk nicht ab, wir haben grad über deine Probleme geredet.«

»Du willst dir echt die Beschwerden anderer Menschen anhören?«

»Klar. Mit etwas Mitleid zu den Drinks gehen die Worte doch gleich viel besser von der Zunge.«

»Wie war denn der Text, den wir eingeübt haben?«, fiel Matt dazwischen. »Und wie ist der nächste vor allem?«

»Ich hab's überlebt, aber der nächste … Ich bin gestern vom Set geflogen.«

Matt hob eine Augenbraue. »Wieso das?«

Keine Ahnung, wieso ich diesen beiden eigentlich fremden Männern vertraute, aber seltsamerweise flossen die Worte nur so aus meinem Mund, und ich erzählte ihnen vom Tag am Set und dem Streit mit Charlie.

»Ja, und jetzt muss ich morgen wieder hin und hab noch mehr das Gefühl, gefangen zu sein. Denn jetzt kann ich nicht mal mehr meinen Unmut äußern, ohne Angst zu haben rauszufliegen, Amy zu schaden und irgendwann dämliche Lieder in einem Dinokostüm zu singen«, beendete ich meine Erzählung. Ich nahm einen großen Schluck des Whiskey Sour, der mittlerweile eingetroffen war.

Matthew beäugte das Getränk kritisch. »Keine Ahnung, was sie dir gegeben haben, aber was hat es mit dem Dino auf sich?«

»Längere Geschichte«, murmelte ich und drehte das Glas in meinen Händen, sodass die Eiswürfel an die Ränder stießen. Die Geräusche gingen jedoch in der aus den Boxen dröhnenden Musik unter.

»Manchmal hab ich das Gefühl, dass ich Jordan bin.«

»Hast du nicht gerade gesagt, du hasst alles, was er sagt?«, fragte Yong-Jae.

»Ja, schon. Aber ich bin genauso farblos.«

Matt zog die Brauen zusammen. »Was meinst du?«

»Anfangs war Jordan dieser supercoole Typ mit Träumen, die er verfolgt hat. Er hat das Kochen geliebt und versucht, sein Hobby zum Beruf zu machen. Er hatte eine echt tolle Clique und war so ein richtiger Nerd, hat *Warhammer* mit ihnen gespielt und all so was. All das hat er verloren.«

»Ich dachte, in Staffel zwei hat er jetzt dieses Restaurant.« Matthew klang verwundert, als wüsste er nicht, worauf ich hinauswollte.

»Ja, genau«, bestätigte ich. »Er hat sein Ziel erreicht, die ganze Arbeit hat sich ausgezahlt. Aber hat er in der zweiten Staffel einmal eine Szene mit seinen Freunden bekommen? Nein. Warhammer? Fehlanzeige. Hat man ihn mal außerhalb seines

Jobs kochen sehen? Nope. Er hat superviele seiner Facetten verloren.«

»Was war denn dein Warhammer?«, fragte Yong-Jae.

»Improv«, erwiderte ich, ohne zu zögern.

»Ne, Improvisationstheater wäre ja dein privates Kochen gewesen. Was dein Hobby war, meine ich.«

Ich dachte nach. Was war mein Hobby? Hatte ich eines gehabt? Schon in der Grundschule hatte ich im Theaterkurs mitgemacht, mich von der Wolke zum Ritter hochgearbeitet – ein gewaltiger Sprung im Leben eines Achtjährigen. Aber ansonsten?

»Ich hab Brettspiele geliebt und mit der Theatergruppe häufig Spieleabende gemacht, ganz gern Fantasy gelesen, aber sonst ...« Ich zuckte mit den Schultern. »Ich wollte immer nur schauspielern. In andere Rollen schlüpfen. Ich glaub, das war es auch, was mich an Spielen und Büchern so gereizt hat.«

»Also nervt es dich, dass du jetzt nur noch eine Rolle spielen kannst? Aber dann mach doch Theater nebenbei.«

»Ich hab mir ein paar Gruppen angeschaut, aber die meisten lassen sich nicht mit meinem unregelmäßigen Dienstplan kombinieren, und bei einer Truppe, die ich besucht habe, meinte die Leiterin direkt, dass sie Künstler aufnehmen möchten, keine TV-Darsteller.«

»Uff.«

»Yep.«

»Und *Bake That Cake!* hilft auch nicht gerade, oder? Klang zumindest nicht nach schauspielern, was du da erzählt hast.«

»Nope, und zu allem Überfluss ist da jetzt auch noch dieses Mädchen, das ich echt mag.«

»Das ist doch gut«, meinte Yong-Jae.

»Oh Gott, du bist echt Jordan«, sagte Matt im selben Moment mit einem Grinsen. »Jetzt jagst du auch noch einer Frau nach. Hast du ähnlich kitschig gesprochen wie Jordan mit Rose? Hatte das echt Erfolg?«

»Sie hat mir einen Korb gegeben.«

»Okay, autsch.«

Yong-Jae klopfte mir auf die Schulter.

»Aber weißt du, was gegen Frust im Beruf und in der Liebe hilft? Also abgesehen von neuen Hobbys, die dich glücklich machen?«

Mit erhobenen Augenbrauen beobachtete ich Matt, der seinen Drink leerte und sich erhob.

»Tanzen.«

Yong-Jae tat es Matt gleich. »Ja, wir sollten Sam nicht zu lang warten lassen, das dürfen wir uns sonst morgen wieder anhören.«

»Kommst du mit?«

»Klar«, sagte ich, stand auf und lachte, als Sam uns euphorisch auf die Tanzfläche winkte. Gerade spielte elektronische Musik, die ich mir privat niemals anhören würde. Der DJ mixte sie jedoch so gut, dass selbst ich ihr etwas abgewinnen konnte.

»Endlich!«, begrüßte Sam uns mit breitem Grinsen. Doch noch bevor ich mich mit den anderen in den Takt einfinden konnte, streifte mein Blick etwas, das mich in der Bewegung innehalten ließ: einen pinken Farbklecks inmitten des schummrig beleuchteten Grüns und Brauns. Kaycee.

19. KAPITEL

Kaycee

»Ich glaube, du hattest recht. Wir sind doch reif für die Rente. Ich vertrag echt gar nichts mehr.«

Mit einem Kichern, das Fiona gar nicht ähnlich sah, stützte sie sich an mir ab. Leider brachte mich das ebenso ins Schwanken, dabei hatte ich nicht viel getrunken. Ich konnte es kaum auf den Rotweinkuchen schieben, viel eher lag es wirklich an den lediglich zwei Gläsern Weißwein, die wir hatten.

»Ich trink nichts mehr im Club, auf keinen Fall.« Fiona schüttelte vehement den Kopf. »Das ist ja peinlich. Wir müssen öfter ausgehen.« Sie ließ von mir ab und spazierte schnurstracks auf die Schlange vor dem Club zu. Oder besser gesagt irgendeinem Club, denn der, den ich rausgesucht hatte, lag einen Block weiter.

»Falsche Richtung, Süße«, rief ich und eilte ihr hinterher, doch Fiona hatte sich bereits eingereiht.

»Bis hierhin und nicht weiter«, meinte sie bestimmt und verschränkte die Arme vor der Brust. »Meine Füße machen das nicht mehr mit.«

»Ich hab dir gesagt, du sollst auch flache Schuhe anziehen«, sagte ich mit Blick auf meine ausgelatschten Boots.

»Jetzt hab ich einmal die Gelegenheit – ganz sicher nicht. Lieber lauf ich barfuß heim. Komm schon, der Laden hier muss gut sein, schau dir die Schlange an.«

Der Typ vor Fiona drehte sich um und betrachtete sie mit einem abschätzenden Blick von oben bis unten.

»Du kennst das Bionic Green nicht? Und erhoffst dir Chancen, trotzdem reinzukommen?« Er lachte auf. »Viel Glück, Kleines.«

»Kleines?«

Oh no. Ich schob mich neben Fiona und legte ihr eine Hand auf den Rücken. Im Gegensatz zu eben geriet sie nicht ins Torkeln, die Unterhaltung mit dem Kerl schien sie schlagartig ausgenüchtert zu haben.

»Was, Problem damit?«

»Dass du mich Kleines nennst? Oh, lass mich kurz nachdenken.« Sie legte sich spielerisch einen Finger an die Lippe, dann lächelte sie zuckersüß. »Ja, ja, hab ich.«

»Komm, stell dich nicht so an. Ich kenn so Tussis wie dich, ihr kommt, wenn, eh nur rein, weil sie Frauenmangel haben und ihr ganz passabel ausseht.«

Ich kannte sie gut genug, um zu wissen, dass es gleich einen Toten geben würde. Zeit, Fiona zum richtigen Club zu bugsieren. Doch entgegen meiner Erwartungen legte sie sich nicht weiter mit dem Mann an, sondern zuckte bloß mit den Schultern.

»Weißt du was? Würd ich zwar nicht machen, wäre ich nüchtern, aber ...« Sie drehte sich zu mir um und nahm meine Hand. »Komm mit, Kaycee.«

Dann zog sie mich ohne ein weiteres Wort an der Schlange vorbei nach vorn zum Türsteher. Der Typ sah uns perplex hinterher, und ich grinste, weil ich genau wusste, was jetzt folgte.

»Hi! Ich bin Fiona Harris. Ich steh leider nicht auf der Gästeliste, wir haben ziemlich spontan beschlossen, heute auszugehen, weil wir meine beste Freundin hier ...« Sie deutete auf mich. »… feiern wollen. Kannst du vielleicht kurz euren Manager anrufen und meinen Namen erwähnen?«

»Muss ich nicht, ich weiß, wer du bist. Warst du nicht gerade mit diesem Astro-Typen bei *Wake up, Britain*?«

»Ja, genau.«

Fiona wurde häufig erkannt, nutzte diesen Status in der Regel aber nicht. Seit sie mit Demian zusammen war und die beiden gemeinsame Auftritte hatten, um ein paar der Missverständnisse, die dank Demian entstanden waren, aus dem Weg zu räumen, war es jedoch völlig unmöglich, mit ihr das Haus zu verlassen, ohne dass sie erkannt wurde. Dem hatten wir es wohl auch zu verdanken, dass der Türsteher nun nickte.

»Rein mit dir.« Der breitschultrige Mann trat zur Seite. Doch anstatt den Club einfach zu betreten, drehte Fiona sich noch einmal um und winkte dem Kerl aus der Schlange mit einem Lächeln zu. Er sah nun gar nicht mehr überheblich aus, sondern vielmehr fassungslos. Mit einem letzten Zwinkern betrat Fiona den dämmrigen Eingang.

»Gott, war das unangenehm. Aber für sein Gesicht war's das fast wert, oder?«

»Von außen betrachtet war's gar nicht so unangenehm. Ich bin stolz auf dich, dass du dir nicht mehr so viel gefallen lässt.«

»Für irgendwas musste das ganze Drama dieses Jahr ja gut sein. Oh Mann, Demian rastet aus, wenn ich ihm sage, dass er jetzt der Astro-Typ ist.« Fiona grinste breit und schien kein großes Mitleid für ihn zu empfinden. »Lass uns die Jacken wegbringen, was trinken und dann die Tanzfläche stürmen.«

Ich verzog das Gesicht. Ich war nie groß im Tanzen gewesen. Fiona und ich hatten in der Kindheit zwar in derselben Gruppe getanzt, ihr hatte das Ganze jedoch schon damals mehr gelegen als mir. Das Rumgewackle in Clubs machte mir außerdem noch weniger Spaß.

»Ach, komm. Wir bleiben auch am Rand.«

»Hörst du die Musik?«, fragte ich. Denn was da zu uns drang, als wir die Garderoben erreicht hatten, war nicht gerade meins. Wie sollte man sich dazu überhaupt bewegen?

»Wenn es ganz schlimm wird, setzen wir uns halt wieder. Wir halten doch eh nicht lang durch.«

Da hatte Fiona wiederum recht. Ich zahlte die Garderobe und hakte mich dann bei meiner besten Freundin ein. »Na dann, lass uns mal das Londoner Nachtleben erkunden.«

Der recht schmale Gang führte uns in einen großen Raum, der von dunklen Holzsäulen durchbrochen und dessen Decke mit Stuck verziert war. Es sah mehr nach einem Zimmer aus Jane-Austen-Verfilmungen aus als nach einem Club. Ich musste aber gestehen, dass mir die Mischung aus alt und modern gefiel.

»Drink? Geht auf mich, zur Feier des Tages!«

»Warum nicht? Gin Tonic?«

»Kommt sofort! Setz dich ruhig«, sagte Fiona mit Blick auf die gemütlich wirkenden Sitzecken, dann steuerte sie auf die Bar zu. Ich hatte mich gerade auf einen dunkelgrünen Sessel mit Holzlehne fallen lassen, als mein Blick auf ein bekanntes Gesicht fiel und mein Körper sich wie auf Kommando anspannte.

Ich hätte nicht sagen können, wer von uns beiden sich zuerst in Bewegung gesetzt hatte, aber plötzlich stand Leo vor mir und ich vor ihm.

»Hi.« Seine Stimme war über die laute Musik kaum zu hören, reichte aber dennoch aus, um mir einen wohligen Schauer vom Nacken über den Rücken zu jagen. »Verfolgst du mich?«

»Pf, wohl kaum!«, sagte ich und hätte mir im nächsten Moment am liebsten mit der flachen Hand gegen das Gesicht geschlagen. Die Worte kamen sehr viel abweisender rüber, als ich es beabsichtigt hatte. Gott sei Dank ließ Leo sich davon nicht beirren, sondern lächelte bloß schief.

»Dann ist es also Schicksal, dass wir uns hier begegnen?«

»Ich glaube nicht an Schicksal.«

»Ziemlich traurig, oder?«

»Gar nicht«, erwiderte ich. »Schicksal würde bedeuten, dass wir keinen Einfluss auf Dinge nehmen könnten und alles sowieso kommt, wie es eben kommt. Das finde ich viel trauriger.«

»Und was, wenn wir Dinge steuern können, manche Sachen in unserem Leben aber trotzdem einfach passieren, weil sie passieren sollen? Weißt du, wie viele Clubs es in London gibt?«

Er sah mich so durchdringend an, dass sich eine Gänsehaut über meinen gesamten Körper zog, dabei war es hier drin alles andere als kalt. Ich schluckte und versuchte, einen klaren Gedanken zu fassen, doch der Blick aus seinen dunkelbraunen Augen, die bei den Lichtverhältnissen fast schwarz wirkten, erschwerte das Ganze.

»Es gibt einige«, sprach Leo weiter und trat noch näher zu mir. »Auf jeden Fall genug, sodass es schon ein ziemlich krasser Zufall ist, dass ihr ausgerechnet diesen Club für heute Abend rausgesucht habt.«

»Ich hab eigentlich einen anderen rausgesucht«, protestierte ich. »Fiona, meine Freundin da hinten, hat sich einfach hier angestellt, weil sie nicht mehr weiterlaufen wollte.«

»Schicksal, sag ich ja«, sagte Leo mit einem so triumphierenden Ausdruck, dass ich lachen musste.

»Dann nenn es meinetwegen Schicksal, wenn du möchtest. Ich nenne es eine Aneinanderreihung von Zufällen.«

Er hob die Schultern, sah mich jedoch weiterhin mit diesem verschmitzten Lächeln an. Irgendetwas war anders an der Begegnung mit ihm. Losgelöster. Es mochte daran liegen, dass wir uns zum ersten Mal außerhalb des Sets sahen, aber ich mochte seine lockere Art. Er wirkte entspannter, nicht so kontrolliert und auf der Hut, wie es bei den Dreharbeiten den Eindruck gemacht hatte.

»Magst du tanzen?«

Oh Gott, bitte nicht.

Immerhin hatte ich die Worte diesmal nur gedacht, anstatt sie auszusprechen, und stieß ihn somit nicht vor den Kopf. Na, also. Gut gemacht, Kaycee.

»Ich, äh …« Gott, er sah wirklich gut aus heute, und so wenig Lust ich auch aufs Tanzen hatte, so wollte ich doch Zeit mit ihm verbringen. Aber was dann? Was, wenn ich diesen Abend mit ihm genoss, Spaß hatte, ihn besser kennenlernte … Es würde die Dinge nur komplizierter machen. »Ich bin mit meiner besten Freundin hier«, sagte ich also. »Sie holt uns gerade Getränke und wartet sicher schon auf mich.«

»Schade«, antwortete Leo und wirkte, als meinte er es auch so. Aber warum? Wie Fiona vorhin bereits angemerkt hatte: Jeder, wirklich jeder mochte Leo Campbell. Es konnte ihm also weder an Gelegenheiten noch an Auswahl mangeln. Warum also ich? Nicht dass ich mich nicht toll fand, ich war im Reinen mit mir – nun ja, zumindest abgesehen davon, dass ich mich die letzten Jahre scheinbar im Kreis bewegt hatte, aber auch das nahm ich endlich in Angriff. Dennoch: Wieso zog es ihn immer wieder zu mir?

Gerade wollte ich nichts dringlicher, als dieser Frage auf den Grund gehen. Aber ich musste stark bleiben. Also winkte ich Leo und wandte mich ab, um zu Fiona zurückzugehen. Diese stand mit weit aufgerissenen Augen und Drinks in der Hand vor dem Tisch, auf den sie eben gedeutet hatte. Ich atmete ein paarmal tief durch, um meinen Herzschlag zu beruhigen, bis ich zu ihr aufgeschlossen hatte. Die Musik war hier am Rand wesentlich leiser als auf der Tanzfläche, wo Leo noch stand.

Allerdings hatte man von dort freien Blick auf uns, dabei hätte ich am liebsten einen Leo-freien Sicherheitsbereich. Eine abgeschirmte Ecke, in der seine Anwesenheit und seine Blicke mich nicht aus der Ruhe bringen konnten. Fiona jedoch ließ gar nicht zu, dass ich ihn aus meinen Gedanken verbannte.

»Das war Leo!« Sie sah mich fassungslos an. »Was macht er hier? Ich dachte, er ist auf einer Party?«

»Anscheinend ist hier die Party.«

»Warte, wusstest du, wo er hingeht?«

»Was? Nein. Du hast doch hier angehalten.«

»Oh mein Gott!« Sie blickte an mir vorbei, vermutlich zu Leo. Ich unterdrückte den Drang, mich umzudrehen und zu schauen, ob er hersah. »Wie awkward wäre es, wenn ich nach einem Autogramm frage?«

»Sehr, wag es ja nicht.«

»Aber guck mal, die da hinten fragen auch grad nach Fotos!« Ich folgte ihrem Blick und tatsächlich: Mitten auf der Tanzfläche knipste Leo gerade ein Selfie mit zwei Frauen.

Kopfschüttelnd zog Fiona an ihrem Strohhalm und drückte mir mein Glas in die Hand. »Oh Mann. Was für ein Zufall.«

»Zufall, ganz genau«, bestätigte ich. »Leo war der Ansicht, es wäre Schicksal.«

»Das hat er gesagt? Darüber habt ihr gerade geredet?«

»Ja.«

Sie legte ihre Hand um meinen Arm und drückte zu. Fest.

»Au!«

»Er hat mit dir geflirtet, Kaycee!«

»Ja, kann sein, kannst du jetzt bitte meinen Arm loslassen? Blaue Flecken kommen beim Dreh nächste Woche bestimmt super rüber. Da kann der Sender mich darüber auch noch direkt ausfragen und meine Mitleidsstory weiterspinnen.«

»Was wollte er denn jetzt von dir?«

»Tanzen. Was?«, fragte ich, als sie den Kopf schüttelte.

»Ich fass es einfach nicht, dass du ihm schon wieder einen Korb gegeben hast. Du solltest nicht hier sein, sondern da.« Sie zeigte auf die Tanzfläche. Hoffentlich sah er nicht her, sonst wüsste er direkt, dass wir über ihn sprachen.

Natürlich sah er her. Und er grinste. So richtig. Seine Zähne reflektierten das Licht aus den bunten Scheinwerfern über dem DJ-Pult.

»Fiona!«, zischte ich und nahm ihr sicherheitshalber den Gin Tonic weg. »Offensichtlich hattest du genug.«

»Also bitte, jetzt stell dich nicht so an. Ihr könnt flirten. Ihr seid doch nicht am Set.«

Ich ließ mich demonstrativ in den Sessel fallen. Fiona leistete mir mit einem Augenrollen Gesellschaft und schnappte sich ihren Drink von der Tischplatte.

»Flirten gehört zum Feiern dazu.«

»Ich sabotier nicht meine Chancen bei der Show.«

»Tust du doch gar nicht. Leo steht offensichtlich eh auf dich. Wenn er wirklich so tickt, dass er davon sein Urteilsvermögen in der Show beeinflussen lässt, dann ist es sowieso schon zu spät, meinst du nicht auch?«

»Versuchst du gerade mich zu überreden?«

»Ja, wenn's nötig ist. Darf ich dich erinnern, wie du mir am Ende in den Ohren gelegen hast, Demian Gehör zu schenken?«

»Völlig andere Situation«, murmelte ich, konnte jedoch nicht verhindern, dass mein Blick schon wieder zu Leo wanderte – und schon wieder seinen traf.

Bloody hell.

Ich griff nach meinem Drink und trank zwei große Schlucke. Ich hätte Fiona zu dem Club ziehen sollen, in den wir ursprünglich hatten gehen wollen.

»Du lenkst ab«, sagte Fiona, wurde jedoch kurz darauf von einem »Oh mein Gott!« unterbrochen. Zwei etwa gleichaltrige Frauen kamen auf uns oder besser gesagt auf Fiona zu. Sie mussten gar nichts sagen, es war auch so offensichtlich, dass sie Fiona erkannt hatten. Diese hatte bereits ein Lächeln aufgesetzt, wie immer, wenn sie auf Zuschauerinnen traf.

»Hi!«, sagte die brünette Frau. »Ich hoffe, es ist okay, dass wir dich einfach ansprechen, du bist ja gerade in deiner Freizeit hier.«

»Klar, kein Problem«, erwiderte Fiona, und ich war froh, dass die Auseinandersetzung vor dem Club sie wieder hatte nüchtern werden lassen.

»Können wir vielleicht ein Foto mit dir machen? Wir gucken deine Videos schon seit Ewigkeiten.«

»Total gern.« Fiona wandte sich lächelnd zu mir um, was sie gar nicht gebraucht hätte, denn ich hatte die Hand bereits ausgestreckt, damit die Frau mir ihr Handy gab. In diesen Szenarien war ich mittlerweile Profi. Ich knipste einige Fotos, horizontal, vertikal, nah und weiter weg, dann gab ich der Frau ihr Handy zurück, und sie betrachtete strahlend die Ergebnisse.

»Die sind super! Vielen Dank euch! Auch, dass wir stören durften.«

»Nicht der Rede wert«, sagte Fiona und verabschiedete sich von den beiden, dann drehte sie sich wieder um und zückte ihr eigenes Smartphone, mit dem sie vor meinem Gesicht winkte.

»Das könnten wir übrigens auch noch tun! Wir haben, seit du in London bist, erst zwei Fotos gemacht! Ich prangere das an!«

»Na, dann los«, sagte ich mit einem Lachen und stellte mich so hinter Fiona, dass sie uns beide ins Bild bekam. Sie lehnte ihren Kopf an meinen und drückte auf den Auslöser.

»Perfekt«, beschloss sie. »Darf ich dich jetzt endlich taggen? Ich krieg eh ständig Fragen zu dir, dann kannst du alle zu deiner Haarfarbe mal selbst beantworten.«

»Du kriegst immer noch Fragen zur Haarfarbe?«

»Ständig«, sagte Fiona gedehnt und stöhnte. »Ob du sie erst bleichst oder blondierst, wie genau das Pink heißt und so weiter und so fort. Ich hab mittlerweile 'ne Standardantwort in der Notiz-App, die ich copy-paste.«

»Okay, dann erlöse ich dich von deinem Leid«, meinte ich mit einem Lachen.

»Endlich! Aber du solltest dir eh überlegen, ob du nicht langsam ein bisschen mehr posten willst. Also auch über dich, nicht nur, was du backst. Spätestens nächste Woche, wenn die erste Folge ausgestrahlt wird, werden die Leute deinen Account suchen.«

»Bitte zwing mich nicht, Selfies zu posten.«

»Quatsch, aber wenn du magst, können wir ein paar Fotos machen. Welche, die zu dir passen.« Sie sah mich mit beinahe flehendem Ausdruck in den Augen an, sodass ich gar nicht anders konnte, als zu nicken.

»Okay, abgemacht. Aber Fiona?«

»Hm?«

»Ich glaube nicht, dass Menschen so feiern. Indem sie im Club am Handy hängen und arbeiten.«

»Oh.« Ertappt packte Fiona das Smartphone weg, und ich konnte mir mein Grinsen nicht verkneifen. Sie war schon damals in der Schule ein Workaholic gewesen und hatte sich noch vor den Hausaufgaben vor die Kamera oder an den PC gesetzt, um die Videos voranzubringen. Sie fuhr mit dem Zeigefinger den Rand ihres leeren Gin-Glases nach, dann legte sich plötzlich ein feines Lächeln auf ihre Lippen. »Du hast natürlich recht. Wir sollten uns mehr wie Feiernde verhalten.«

»Oh no.«

»Oh yes.« Mit einem breiten Grinsen stand sie auf und zog mich an beiden Händen in die Höhe. »Du kannst Leo gern einen Korb geben, aber ich bin deine beste Freundin.«

»Das ist emotionale Erpressung.«

»Ich weiß. Hab ich von meiner Mum gelernt.«

Als Fiona meinen fassungslosen Gesichtsausdruck bemerkte, biss sie sich auf die Lippe. »Too soon?«

»Nein. Schön, dass die Therapie Wirkung zeigt, aber holy …« Ich lachte. »Ich glaub, daran muss ich mich noch gewöhnen.«

»Humor ist die beste Medizin oder so.«

»Ich bin stolz auf dich.«

Fiona drückte kurz meine Hand. »Und ich auf dich. Und auch das sollten wir feiern. Was eine perfekte Überleitung ist …«

Sie zog mich weiter in Richtung Tanzfläche, und ich ergab mich seufzend meinem Schicksal.

Fiona schien ihr Versprechen über ihren Gin Tonic vergessen zu haben, denn wir hielten uns nicht wie ausgemacht am Rand der Tanzfläche auf, sondern waren mitten im Geschehen. Ich konnte ihr jedoch nicht böse sein, da es guttat, sie so ausgelassen zu sehen, nach allem, was sie dieses Jahr durchgemacht hatte. Es tat gut, endlich wieder mit meiner besten Freundin vereint zu sein. Es tat gut, hier zu sein. Es tat gut, ausgehen zu können, ohne ein schlechtes Gewissen Ada gegenüber zu haben. Oder daran zu denken, wie viele Stunden Schlaf ich noch bekam, bevor ich Clara zur Schule fahren musste. Es tat gut, mein Leben zu leben. Für mich, nicht für andere.

Und so riss ich, als der DJ uns durchs Mikrofon ein »Put your hands up!« entgegenbrüllte, meine Arme nach oben, ohne nachzudenken. Und ich tanzte. Ich tanzte, obwohl ich es hasste, weil ich das Leben endlich wieder lieben lernte.

Der Gedanke, die Musik, die Ausgelassenheit und Fiona, die ebenfalls die Hände in die Luft warf – all das malte mir ein Lächeln aufs Gesicht, das bis tief in mich reichte und Winkel meiner Seele zum Leuchten brachte, die ich längst erloschen geglaubt hatte. Ich bewegte mich mit Fiona im Takt der Musik, schloss die Augen und ließ endlich los. Ließ die Verpflichtungen und die Erwartungen an mich ziehen und gab mich einfach allem hin. Vielleicht hatte meine Mum in ihrem Brief recht behalten und es gab sie doch, diese leichten Tage. Und ganz vielleicht würde ich es irgendwann schaffen, sie die schlechten Tage überwiegen zu lassen.

Als ich die Augen wieder öffnete, merkte ich, dass sie feucht geworden waren. Und dass mich jemand beobachtete. Leo. In seinen Augen lag ein undefinierbarer Ausdruck, der, wenn ich es hätte beschreiben müssen, eine Mischung aus Faszination und Sehnsucht war. Obwohl er mindestens fünf Meter entfernt von mir stand und zwischen uns die Menschen tanzten, war es, als wären wir plötzlich die einzigen Personen im Raum. Vielleicht lag es daran, dass die Musik die Sorgen und Zweifel aus mir hinausgespült hatte, daran, dass heute einer dieser guten Tage war – aber ich hielt seinem Blick stand. Ich bewegte mich im Rhythmus der Musik und war mir seines dunklen Blicks nur zu bewusst. Gleichzeitig wanderte meiner über sein Gesicht, seinen Körper und jede seiner Bewegungen. Und so tanzten wir beide, jeder für sich allein und doch gemeinsam.

20. KAPITEL

Leo

Ich hatte so etwas noch nie erlebt. Dass Blicke so viel aus-
lösen konnten, dass man sich trotz körperlicher Distanz so nah
fühlte, dass man meinte, die Bewegungen des anderen beinahe zu spüren. Bei dem bloßen Gedanken an gestern Abend
jagte etwas durch meinen Bauch, das sich verdächtig nach
Schmetterlingen anfühlte. Leider lenkten mich die Gedanken
auch so sehr ab, dass mich erst ein lautes Hupen darauf aufmerksam machte, dass die Ampel gerade auf Rot gesprungen
war.

»Shit«, stieß ich aus und sprang eilig einen Schritt nach hinten, zurück auf den Bordstein. Der Fahrer des Black Cabs sah
mich noch einmal kopfschüttelnd an, dann fuhr er davon. Als
ob ich eine weitere Erinnerung gebraucht hätte, dass die Gedanken an Kaycee gefährlich waren. Ich wusste auch so, dass
ich besser nichts mit einer Teilnehmerin der Show anfangen
sollte – nicht dass es das leichter machte, denn dass ich sie
wollte, war nach gestern Abend mehr als deutlich. Außerdem
sollte ich mich nicht auf Kaycee konzentrieren, sondern auf
das, was mir gleich bevorstand.

»Oh mein Gott!«

Wie von selbst formte mein Mund ein fröhliches Lächeln.
Ich kannte die Art Tonlage, und tatsächlich tippte mir im
nächsten Moment jemand auf die Schulter.

»Du bist Leo Campbell!«

Die Frau neben mir, die mich bislang nicht beachtet hatte, musterte mich nun auch neugierig.

»Hi!«, sagte ich und drehte mich zu dem blonden Mädchen um.

»Ich liebe deine Show! Wie krass, dass ich dich hier treffe! Ich soll was für meine Mum in der Apotheke abholen und war noch richtig genervt, dass ich raus muss. Ha! Jetzt wird sie neidisch sein, dass sie nicht selbst gegangen ist. Sie liebt die Serie auch total, wir gucken immer zusammen.«

Während das Mädchen die Worte in einem Tempo aussprach, das ein Maschinengewehr neidisch gemacht hätte, zog es sein Smartphone aus der Handtasche. »Können wir vielleicht ein Foto machen?«

»Klar«, sagte ich und posierte mit ihr für einige Fotos. Mit einem Strahlen im Gesicht drehte sie sich wieder zu mir um. Das Lächeln war so aufrichtig, dass es mich ansteckte und mir ein wenig der Nervosität vor dem bevorstehenden Termin nahm.

»Danke! Oh Gott, ich fasse es immer noch nicht. Kannst du vielleicht noch was für meine Mum unterschreiben?«

»Natürlich. Hast du einen Stift dabei?«

»Hm. Ich hab 'nen Kajal.«

»Okay«, meinte ich lachend. »Dann den. Auch eine Premiere.«

Ich hatte gerade den Einkaufszettel des Mädchens unterschrieben, als die Ampel auf Grün schaltete.

»Danke, danke, danke. *London League* hat mir wirklich durch eine schwere Zeit in der Schule geholfen. Ich kam morgens kaum raus, aber dass die Serie abends lief, hat mir einen Grund gegeben, den Tag doch durchzuziehen.«

»Supergern, wirklich«, sagte ich und meinte es genau so. Der

Stolz, den ich bei ihren Worten empfand, wärmte mich von innen.

Denn genau das war, was ich wollte: etwas bei den Menschen zu erreichen, sie zu bewegen und ihnen vielleicht sogar zu helfen. Okay, ganz so selbstlos war es nicht, ich schauspielerte in erster Linie, weil ich es musste. Weil es mir half, mich auszudrücken. Aber natürlich wollte ich in meinen Rollen auch inspirieren und als Vorbild dienen. Was, wenn ich dem Sender doch Unrecht getan hatte? Wenn ich zu sehr auf meiner Meinung bestanden hatte? Denn allem Anschein nach berührte ich das Publikum ja auch in meiner Rolle als Jordan.

»Ähm, ich wollte dich gar nicht länger aufhalten …« Das Mädchen nickte in Richtung der Ampel, die nach wie vor grün leuchtete.

»Oh«, murmelte ich. Ich hatte sie und mein eigentliches Vorhaben beinahe vergessen. »Danke. Auch an deine Mum, richte ihr das aus.«

»Das mach ich!« Das Mädchen lächelte und winkte mir noch einmal zu, bevor es die Straße entlanglief. Ich hingegen beeilte mich, es endlich auf die gegenüberliegende Seite zu schaffen. Wenige Meter weiter war das Café, das George für unser Treffen ausgesucht hatte.

Ich brauchte zwei Anläufe, um den richtigen Eingang zu finden, da er in einer Art Hinterhof lag und die schmale, dunkelgrüne Tür nicht gerade Café schrie.

Als ich eintrat, ertönte ein leises helles Klingeln, wohlige Wärme empfing mich und ließ meine vor Kälte klammen Finger kribbeln. Unter meinen Schuhen befand sich dunkelroter Teppichboden, auf dem an einigen Stellen Kuchenreste eingetreten waren. Dennoch wirkte der Laden gemütlich und sauber, wenn auch etwas klein und verwinkelt. Wobei Letzteres vielleicht gerade der Grund war, wieso George diesen Ort für ein Treffen gewählt hatte. Zuhörende konnten wir nicht gebrauchen.

»Hey«, begrüßte ich George, der mich wegen des Smartphones in seiner Hand nicht hatte hereinkommen sehen.

»Hi.«

Ich wartete darauf, dass er aufstand und ich ihn umarmen konnte, doch er machte keine Anstalten, sich zu erheben. Immerhin legte er jedoch das Handy zur Seite und deutete auf den freien Stuhl ihm gegenüber. Die Kellnerin kam an unseren Tisch, und ich bestellte einen Cappuccino.

»Wie geht es dir?«

»Och, großartig. Ich lebe das Leben, das ich mir immer erträumt habe.«

Der Zynismus in Georges Stimme jagte mir einen kalten Schauer über den Rücken. Er wirkte so verändert. Am Set hatte er stets für gute Laune gesorgt. Er war einer der Antagonisten in der Serie gewesen und hatte die Rolle grandios abgeliefert.

»Aber wir sind nicht hier für Small Talk«, fuhr er fort. »Warum hast du angerufen? Was meintest du damit, dass es Stress mit Charlie gab?«

Er versuchte seine Neugier bei den letzten Worten nicht einmal zu verbergen, sie stand ihm deutlich ins Gesicht geschrieben.

»An dem Tag, an dem ich dich angerufen habe, hatten wir eine Auseinandersetzung wegen einer Szene.«

»Huh. Und dann?«

»Wurde die Szene gestrichen.«

»Er hat auf dich gehört?«

»Nein. Er hat Amy und mich für den Tag vom Set geschmissen.«

George lachte leise, riss sich aber schnell wieder zusammen. »Entschuldige. Ich lach dich nicht aus. Ich hatte nur für einen ganz kurzen Moment die dumme Hoffnung, er hätte sich geändert. Das war naiv.«

»Geändert?«

»Ich an deiner Stelle wäre vorsichtig«, erwiderte George und trank einen Schluck seines Kaffees.

»Was meinst du damit? Also stimmt es, dass was zwischen euch vorgefallen ist?«

George richtete den Blick aus den eisblauen Augen auf mich und musterte mich eingehend. »Es bleibt unter uns? Kein Wort an irgendjemanden – auch nicht an Amy.«

Ich nickte. »Keine Sorge, Amy ist gerade sowieso genervt von mir.« Die Stimmung am Set heute Morgen war zwar besser gewesen, aber dennoch unterkühlt. Ich hatte mich noch einmal entschuldigt und versprochen, etwaige Bedenken beim nächsten Mal in einem persönlichen Gespräch zu klären, nicht vor versammelter Mannschaft.

»Ich hatte ein Angebot für eine weitere Serie. In der Hauptrolle. Vier Staffeln fix.«

»Das ist großartig.«

»Nein, das war großartig. Alles war so lange großartig, bis ich Charlie verärgert habe.«

Ich runzelte die Stirn. »Was ist denn passiert?«

»Jugendlicher Leichtsinn, schätze ich. Die Rolle war mir quasi sicher, deshalb wurde ich etwas mutiger, am Set Kritik zu äußern. Charlie ist kein schlechter Autor, aber er ist eine Schachfigur des Senders. Die Hälfte der zweiten Staffel war einfach bloßer Fan-Service, wenn du ehrlich zu dir bist.«

»Okay, und du hast das Skript kritisiert und bist deshalb gefeuert worden?«

Konnte das wirklich sein? Ich war vom Set geflogen, ja. Aber würde Charlie ernsthaft jemanden aus der Sendung schmeißen? Würde Isabella das überhaupt zulassen?

George schien mein kritischer Blick nicht zu entgehen, denn er lehnte sich nach vorn und seufzte.

»Na gut, vielleicht bin ich etwas ausfallender geworden. Ich hab gesagt, dass ich ihn und die Show nicht mehr nötig habe, eventuell ein paar nicht so nette Worte hinterhergeworfen und na ja, du kennst ja Charlies Ego.« Er rieb sich mit den Händen übers Gesicht. »Ich war mir so sicher, dass er sich nach ein, zwei Tagen abreagiert und mich anruft. Und dann lag meinem Agenten der Auflösungsvertrag vor, und Pádraig war plötzlich auf der Bildfläche. Wortwörtlich.«

»Und die neue Serie?«

»Das ist ja das Schlimmste: weg. Wir waren noch dabei, den Vertrag auszutüfteln, also hatte ich nicht unterschrieben. Aber wahrscheinlich hätte auch das nichts gebracht. Charlie ist beliebt in der Branche. Und er hat Einfluss.«

»Und das Produktionsteam hat gesagt, dass Charlie ihnen das ausgeredet hat?«

»Natürlich nicht. Der offizielle Grund lautete, dass sie last minute jemanden gefunden haben, der besser für die Rolle passt.«

Aber was, wenn das der Fall war? Dass George aus der Show geflogen war, war hart. Allerdings kannte ich die Einzelheiten des Streits nicht – genauso wenig wie Charlies Seite der Geschichte. Dass er jedoch dafür verantwortlich sein sollte, dass George auch seine neue Rolle nicht erhalten hatte … Charlie war temperamentvoll, aber war er dazu wirklich in der Lage? Ich wusste, dass er viel Einfluss hatte. Alle rissen sich um ihn, und Channel Y wollte ihn auf keinen Fall als Autor verlieren – aber sollte er so viel Macht haben?

»Ich weiß, wie das gerade klingt. Natürlich kann das rein theoretisch passieren, und der Vertrag war noch nicht fest unterschrieben. Aber die Sache war in trockenen Tüchern. Außerdem haben mein Agent und ich danach alles darangesetzt, dass ich zumindest eine Nebenrolle in der Serie erhalte – sollte ja schließlich kein Problem sein, wenn ich eigentlich gut genug für die Hauptrolle gewesen wäre, richtig?«

Ich nickte, auch wenn ich mir nicht sicher war, ob George wirklich eine Antwort darauf wollte. Denn er schien diese Story nicht zum ersten Mal zu erzählen.

»Hab ich aber nicht. Ich bin komplett raus. Und ich fliege durch alle Castings. Denkst du, ich trag dieses beschissene Dino-Kostüm freiwillig?« Er stieß ein frustriertes Schnauben aus. »Charlie hält irgendwie die Fäden in der Hand und manipuliert im Hintergrund.«

»Aber wenn du dir so sicher bist, dass Charlie hinter allem steckt und sabotiert … warum suchst du nicht das Gespräch mit jemandem?«

»Mit wem denn? Den Medien? Dem Sender?« George lachte auf. »Was soll das denn besser machen? Falls sie mir glauben, Betonung auf *falls*, hat Charlie nur noch mehr Grund, mich fertigzumachen. Er ist so gut vernetzt in der Branche. Ich stehe ganz am Anfang. Und habe noch dazu den größten Anfängerfehler gemacht, den ich hätte machen können.«

»Kritik zu äußern?«

»Kritik an einem der Großen zu äußern. An Altbewährtem. Als blutiger Anfänger, der noch Fuß fassen wollte.«

Er leerte den Rest seines Kaffees, als handelte es sich um einen Shot. So wie er dreinschaute, wäre dieser ihm auch lieber gewesen. Ich betrachtete sein müdes, geschlagenes Gesicht und ließ mir seine Worte durch den Kopf gehen. Was, wenn er recht hatte? Was, wenn mir das gleiche Schicksal blühte?

Sollte ich mich besser zusammenreißen? Dann war der Text eben schnulzig und Jordans Entwicklung für den Eimer. Ich würde es überleben. Es gab Schlimmeres. Schlimmer wäre beispielsweise, wenn mir das Gleiche widerfuhr wie George. Meine Familie hatte zu viel in der Vergangenheit geopfert, als dass ich meine Zukunft verbauen sollte.

21. KAPITEL

Kaycee

Ich war völlig unkonzentriert. So sehr, dass ich beinahe meinen Ausstieg am Piccadilly Circus verpasst hatte. Die heutige Aufnahme fand im *Maison Bertaux* statt, der ältesten Pâtisserie Londons. Fiona und ich waren uns ziemlich sicher, dass die Herausforderung französisches Gebäck beinhalten würde, da die letzten beiden Drehorte stets eine Rolle bei den Aufgaben gespielt hatten. Ich hatte also das Wochenende damit verbracht, alles Mögliche von Croissants bis Macarons zu backen – sehr zu Fionas und Demians Freude, die alles in Windeseile verputzt hatten. Genauso viel Zeit hatte ich mit Gedanken an Leo verbracht, die mich auch jetzt wieder völlig vereinnahmten.

Wir hatten nicht noch einmal gesprochen. Wir waren uns an dem Abend im Club nicht einmal nähergekommen. Ich hatte mich an meinen Vorsatz gehalten und Abstand zu ihm gewahrt, lediglich mit Fiona getanzt, und dennoch … die bloße Erinnerung an seinen Blick, der mich den gesamten Abend über immer wieder fand, brachte mein Herz zum Flattern. Ich dachte, es würde helfen, ihn abzuweisen, stattdessen hatte ich den Kopf jetzt voll mit etlichen Was-wäre-wenns. Was, wenn ich mit ihm getanzt hätte? Was, wenn ich ihn besser kennenlernte? Was, wenn ich diese völlig neuen Gefühle doch ergründete …?

»Fuck's sake«, murmelte ich und erntete einen pikierten Blick der älteren Dame, die gerade an mir vorbeilief und die

225

Boots-Filiale betrat. Ich sah ihr nach und ließ meinen Blick dann nach oben zu dem blauen, ovalen Logo wandern. Vor wenigen Monaten noch hatten wir dort den Launch von Fionas Make-up-Linie gefeiert. Es kam mir vor wie ein völlig anderes Leben. Es *war* ein völlig anderes Leben.

Ich sah auf Google Maps. Angeblich waren es nur noch sieben Minuten zu Fuß, viel Zeit blieb mir also nicht, dennoch wählte ich Adas Nummer. Nach nur zwei Freizeichen nahm sie ab.

»Kaycee! Wie schön, dass du anrufst! Heute ist Drehtag, oder?«

»Ja, bin gerade auf dem Weg zum Set.«

»Wie aufregend! Wo seid ihr denn heute? Oder darfst du das nicht sagen?«

»Vermutlich nicht, aber egal. Wir sind in einer alten französischen Bäckerei. Besser gesagt der ältesten Londons. Direkt in Soho.«

»Oh, là, là, très bien«, sagte Ada mit französischem Akzent, was mich zum Lachen brachte. »Ich bin sicher, du wirst sie umhauen. Ich kann es kaum erwarten, am Mittwoch die erste Folge zu sehen.«

»Ich bin so nervös, es wird bestimmt total seltsam, mich im Fernsehen zu sehen. Aber genug von mir, deshalb ruf ich gar nicht an. Wie war dein Wochenende?«

»Sehr gut«, erwiderte Ada, und ich konnte an ihrer Stimme hören, dass ganze Geschichten hinter diesen beiden Wörtern steckten.

»Okay«, sagte ich gedehnt, »warum war es denn gut?«

»Nicht so wichtig.«

»Adaline Williams. Du weißt, wie sehr ich es hasse, wenn ich dir alles aus der Nase ziehen muss.«

»Okay, okay. Ich hab ein Vorstellungsgespräch! Besser gesagt zwei! Ich hab das Wochenende genutzt, um mich darauf vorzubereiten.«

»Oh mein Gott!«

Ich blieb mitten auf der Straße stehen und erhielt dank meines lauten Ausrufs schon wieder irritierte Blicke – diesmal von den Menschen, die gerade Schlange vor dem Theater mit *Les-Misérables*-Werbung standen. Da es viel zu früh am Morgen für Vorstellungen war, versuchten sie mit Sicherheit ein Ticket für die Abendvorführungen zu ergattern.

»Meinst du für die Weiterbildungen?«, fragte ich, als Ada nicht von selbst weitersprach.

»Ja!«

»Und das erzählst du mir erst jetzt?«

»Ich wollte dich nicht stören!«

»Hast du sie noch alle? Du störst doch nicht! Das freut mich so sehr für dich.«

»Danke. Ich wollte dich nur nicht ablenken.«

Beinahe hätte ich aufgelacht. Da gab es ganz andere Dinge, die mich gerade ablenkten.

»Tust du nicht. Für welche Jobs sind die Gespräche denn?«

»Einmal für Grafikdesign, was richtig cool wäre, weil es was Kreativeres ist als das Texten jetzt. Das zweite ist einen Tag später, allerdings wäre das nicht mit einem festen Job verbunden, sondern eine Art Programmierkurs. Aber der würde komplett übernommen werden, und das Programm wird von Firmen gesponsert, also sind die Chancen wohl recht hoch, dass man danach dort einsteigen kann.«

»Ada, das klingt super!«

»Ja, oder? Es wäre so toll, mal wieder was anderes zu machen.«

»Ich bin so stolz auf dich. Wer weiß, vielleicht findest du ja was in London, und dann wohnen wir doch noch beide hier.«

»Ja, das wäre toll. Wenn du gewinnst, könnte unser Traum in Erfüllung gehen. Ein bisschen abgeändert zwar, aber es fühlt sich endlich nicht mehr unrealistisch an, nicht wahr? Wobei ich nicht glaube, dass Fiona dich jemals wieder aus eurer neuen WG entlässt.«

»Irgendwann muss sie, ich kann nicht ewig bei ihr wohnen und ihr auf die Nerven gehen.«

»Ich glaub, sie genießt das ziemlich. Ich hab in ihrer Instagram-Story gesehen, dass ihr feiern wart. Was ist da passiert?«

»Keine Ahnung«, sagte ich lachend. »Ich hatte anfangs echt keine Lust, aber am Ende war es gar nicht so schlecht.«

»Hast du getanzt?«, fragte meine Schwester mit hörbarer Ironie in der Stimme.

»Yep.«

»Warte, was? Wer bist du, und was hast du mit meiner kleinen Schwester gemacht? Hast du es wenigstens gehasst?«

»Erst ja, aber dann …« Die Erinnerung an das losgelöste Gefühl, vor allem aber daran, wie ich mit Leo getanzt hatte, ohne ihm überhaupt nah zu sein, kehrte zurück.

»Aber dann?«

Ich schluckte. »Leo war da.«

»Campbell?«

»Ja.«

»Und?«

»Er … ach nichts.«

»Habt ihr getanzt?«

»Nein. Ja. Also, nein, nicht wirklich, aber irgendwie schon?«

»Wie kann man denn nicht wirklich zusammen tanzen, aber irgendwie schon?«

Ich gab ihr eine kurze Zusammenfassung des Abends und bereute es im nächsten Moment, als ein hohes Quieken durchs Telefon drang.

»Reiß dich zusammen.«

»Auf keinen Fall! Oh mein Gott, meinst du, er steht auf dich? Das wäre ja der Hammer!«

»Wäre es nicht, außerdem hab ich ihm schon ziemlich klargemacht, dass es keine gute Idee ist, wenn wir ausgehen.«

»Was?« Ich zuckte zusammen, so laut war Ada geworden.

»Nichts«, sagte ich schnell, während ich von der Shaftesbury Avenue in die Greek Street abbog.

»Hat er dich gefragt? Kaycee?«

Rechts konnte ich bereits die blauen Markisen der Pâtisserie ausmachen. Ich erkannte Brians bunte Haarsträhnen. Vermutlich war er zum Rauchen draußen.

»Hat er dich nach einem Date gefragt?«

»Quatsch, kein Date.«

»Was denn dann genau? Jetzt lässt du dir aber alles aus der Nase ziehen. Was hat er gesagt?«

»Schade, ich muss leider auflegen. Bin da.«

»Kaycee, wag es ja nicht.«

»Hab dich lieb, Schwesterherz. Grüß Papa und Clara!«

»Kaycee Willia–«

Weiter kam sie nicht, denn ich hatte sie weggedrückt und schickte ihr in unserem Chat noch schnell ein Herz mit einem breit grinsenden Emoji. Wie ich sie kannte, würde sie sofort Fiona schreiben, um die Details zu erfahren. Wehmut legte sich wie ein Mantel um mein Herz. Ich vermisste meine Schwester. Wie gern ich sie hier gehabt hätte, um die Erfahrungen direkt mit ihr teilen zu können. Aber vielleicht könnte sie, wenn ich gewann, nach London kommen. Gut, mit ihrer Weiterbildung würde sie wohl kaum in der Konditorei helfen können, aber als Grafikdesignerin wäre sie in der Lage, meine Karten und Werbeflyer zu gestalten, und als Programmiererin würde ich sie einfach für die Website einspannen.

»Hi, Kaycee!« Ich packte das Handy weg und blickte in Brians strahlendes Gesicht. Er drückte mich an sich. »Ça va?«

»Bien? Oh Gott, mein Französisch ist grottig, bitte sag mir, dass wir das nicht brauchen.«

»Keine Sorge, Baiser. Baguettes und Eclairs sagen mehr als tausend Worte.« Er klatschte begeistert in die Hände. »Ich bin so aufgeregt. Ich kann es kaum glauben, dass wir hier backen dürfen.«

»Ist der Laden so berühmt? Mir hat er gar nichts gesagt.«

»Sie haben Lily Allens Hochzeitstorte gemacht. Und Alexander McQueen hat hier Geburtstag gefeiert. Alexander fucking McQueen. Einer meiner Partner studiert Design und lag mir die ganze Nacht in den Ohren, dass ich da stehen werde, wo er gestanden hat.«

»Okay«, sagt ich lachend. »Verstanden. Wir strengen uns heute ganz besonders an.«

»Jap! Sie haben den Laden den ganzen Tag für uns geblockt. Da muss jemand vom Sender echt Connections haben.«

Brian drückte seine Zigarette im Aschenbecher eines der Außentische aus und hakte sich dann bei mir ein. »Dann schauen wir doch mal, was uns heute erwartet.«

Was mich drinnen erwartete, war in allererster Linie der Grund für meine heutige Zerstreutheit. Die Tür hinter uns war kaum ins Schloss gefallen, da landete mein Blick auf Leo, der mit einem Mann im Gespräch war – das war dann wohl Raphaël von *On A Roll*. Er hatte einen YouTube-Kanal zum Thema Backen, den ich mir am Wochenende angeschaut hatte. Bei seiner Reichweite war es kein Wunder, dass sie ihn heute eingeladen hatten. Außerdem fanden sich auf seiner Seite etliche französische Rezepte, da er in Paris aufgewachsen war, bevor es ihn nach London zog. Er würde also bestens beurteilen können, ob wir dem französischen Original nah genug kamen – gesetzt den Fall, dass wir alle recht behalten sollten und wirklich französisches Gebäck auf dem Programm stand.

»Hallo, Kaycee! Hey, Brian!« Jane begrüßte uns mit einem warmen Lächeln. »Seid ihr bereit für die neue Woche?«

»Absolut«, sagte Brian und klatschte motiviert in die Hände. Ich nickte bloß. Zu mehr war ich nicht imstande, da Leo mich in diesem Moment auch wahrgenommen hatte. Unsere Blicke trafen sich, und ich schaute eilig wieder zu Jane.

Jesus fucking Christ! Benimm dich nicht wie ein hormongesteuerter Teenager!

Leider schien dieser Kerl mich genau dazu zu machen. Eine Tatsache, die mich an jedem Tag genervt hätte, an so einem wichtigen wie heute aber doppelt aus der Fassung brachte.

»Kaycee, können wir kurz reden?«

»Ähm, klar«, erwiderte ich, während mir die Hitze in den Kopf schoss. Ich konnte nichts dagegen tun, dass ich mich ertappt fühlte. Aber Jane konnte die Blicke zwischen Leo und mir wohl kaum bemerkt haben, oder? Und wenn schon: Es waren nur Blicke. Halb Großbritannien schwärmte für ihn, sie würde mir wohl kaum eine Standpauke deswegen halten.

»Prima, danke dir.« Ich folgte Jane und sah gerade noch, wie Brian mir einen verwunderten Blick zuwarf. In der kleinen Küche wenige Meter weiter, außer Hörweite der anderen, blieb sie stehen und wandte sich zu mir um.

»Ist alles okay?«, fragte ich.

»Ja, keine Sorge! Ich wollte dich nicht erschrecken. Ich hab nur gehört, dass dir die Fragen unseres Kameramanns bei der letzten Folge unangenehm waren.«

Mir fiel ein Stein vom Herzen. Sie wollte mit mir sprechen, um sich zu entschuldigen. Das war alles.

»Das ist gar kein Thema«, sagte ich schnell. »So schlimm war es nicht.«

Ich wollte nicht, dass der Typ Ärger bekam, wenn er einfach nur seinen Job machte – wenn auch etwas unsensibler, als ich es mir gewünscht hätte.

»Sehr gut, das erleichtert mich. Es wäre nämlich wirklich schön, wenn du die Zuschauerinnen und Zuschauer etwas mehr teilhaben lässt. Deine Geschichte ist so interessant, ich bin mir sicher, sie sind alle Feuer und Flamme, mehr von dir zu erfahren.«

Ich stutzte. »Was meinst du damit?«

»Nur dass es nicht verkehrt ist, etwas …« Sie hob die Schultern. »… nahbarer zu sein, wenn du verstehst, was ich meine. Gerade zu Beginn der Show, wenn ihr noch so viele seid, habt ihr alle so wenig Screentime, dass es nicht verkehrt ist, die Leute, ich sage mal, am Ball zu halten.«

»Und das tue ich, indem ich Fragen zu meiner toten Mutter beantworte?«, fragte ich trocken.

Jane lächelte wieder ihr zuckersüßes Lächeln. »Nein, du tust natürlich nur, womit du dich wohlfühlst. Das war nur ein gut gemeinter Ratschlag meinerseits und eine Erklärung für das Verhalten des Kameramanns, das dich offensichtlich irritiert hat. Was ich verstehe, ihr seid alle neu im Business. Aber Hank meinte es nur gut und versucht, das Beste aus euch rauszuholen.«

»Gibst du diesen Tipp allen Teilnehmenden?« Immerhin hatte sie mich extra zur Seite genommen, anstatt vor Brian mit mir zu sprechen.

»Ehrlicherweise nein. Was aber daran liegt, dass du bereits jetzt, vor Ausstrahlung der ersten Folge, eine Art geheimer Liebling bist. Bei den Ausschnitten, die wir auf Instagram geteilt haben, haben deine die meisten Leute begeistert – sie werden also mehr von dir wissen wollen. Außerdem hast du ja bereits vorgelegt und uns kleine Einblicke gewährt. Du kannst das gut für dich nutzen. Wie gesagt, ich möchte dir nur helfen, es ist natürlich voll und ganz deine Entscheidung.«

Janes Lächeln, obwohl es unverändert auf ihrem Gesicht lag, wirkte plötzlich nicht mehr ganz so freundlich auf mich. Dabei wusste ich, dass sie keine Schuld trug. Ich hatte schließlich selbst von meiner Mum erzählt, und Brian hatte mich schon zu Beginn der Sendung gewarnt, dass Channel Y genau das haben wollte: Drama. Also nickte ich, auch wenn mir meine Zustimmung wie ein Stein im Magen lag.

»Danke«, sagte ich und rang mir ein Lächeln ab, das ich nicht fühlte.

»Na, ich will dich nicht weiter aufhalten, und ich wollte Raphaël kurz sprechen.« Mit einem Nicken verabschiedete sie sich und rauschte an mir vorbei zu unserem vierten Juror, der neben Leo stand. Leo, der mich schon wieder ansah. Schlimmer noch: Er kam auf mich zu.

»Hey«, sagte er, als er mich erreicht hatte.

»Hi.«

»Ist alles okay bei dir?« Keine Ahnung, was für ein Bild ich gerade abgab, aber in seiner Stimme schwang aufrichtige Sorge mit. Zu gern hätte ich ihm von Janes Worten berichtet und nach seiner Meinung gefragt. Er war immerhin lang genug im Business, um die Sache besser einschätzen zu können. Aber welchen Zweck hatte das? Jane hatte mir durch die Blume zu verstehen gegeben, dass ich mein Privatleben für die Show nutzen sollte, und es lag an mir zu entscheiden, ob ich es tat. Wie viel war mir der Erfolg wert?

»Wirke ich denn nicht so?«, fragte ich stattdessen und hätte am liebsten losgelacht, da die Antwort auf der Hand lag. Innerlich war ich zum Zerbersten angespannt und hätte am liebsten noch einmal Ada angerufen, um mit ihr über Janes Worte zu sprechen.

»Nicht wirklich. Wenn ich ehrlich bin, könnte es nicht in krasserem Kontrast dazu stehen, wie ich dich das letzte Mal gesehen habe.«

Ich hatte mit vielem gerechnet, aber nicht damit, dass er herkam, um mich auf die Nacht im Club anzusprechen. Kurz überlegte ich, so zu tun, als ob ich nicht wüsste, was er meinte, aber wem machte ich etwas vor … Wir hatten gefühlte Ewigkeiten auf der Tanzfläche verbracht und einander angesehen.

»Tja, das war Freizeit, das hier ist Arbeit«, sagte ich betont locker.

»Dabei hast du bei den Challenges auch recht losgelöst gewirkt. Spaß und Arbeit müssen sich ja nicht ausschließen.«

Irrte ich mich, oder war da ein Funkeln in seinen Augen?

»Nein, aber manchmal ist es besser, sie voneinander zu trennen«, sagte ich bestimmt.

»Glaubst du denn, das geht immer so einfach?«

»Mit genug Willenskraft.«

»Aber was, wenn man gar nicht so sehr will?«

Er legte den Kopf schief und musterte mich aus dunklen Augen. Der Blick allein genügte, um ein Kribbeln von meinem Bauch ausgehend durch meinen ganzen Körper zu senden. Das und die Tatsache, dass ich mir ziemlich sicher war, dass wir nicht länger über meine Anspannung redeten, sondern über … uns. Obwohl es ein Uns eigentlich gar nicht gab. Es war die dritte Andeutung seinerseits. Erst die Einladung in den Club, dann die Aufforderung zum Tanzen und nun … was auch immer das hier war. Ich erwischte mich dabei, wie ein kleiner Teil in meinem Kopf den Gedanken zuließ. Den, Leo besser kennenzulernen. Ihm noch einmal so nah zu kommen wie beim Testbacken. Doch diesen Teil durfte ich nicht übernehmen lassen. Ich musste ihn in die hinterste Ecke meines Gehirns verbannen, ihn begraben unter all den Gedanken an die bevorstehende Challenge und das Preisgeld, das auf mich wartete.

»Dann muss man wohl Vernunft walten lassen«, erwiderte ich also.

Leo nickte und deutete an mir vorbei. Das Funkeln in seinen Augen erlosch. »Du hast vermutlich recht. Ich gehe mich mal verkabeln lassen, aber …« Er setzte sich in Bewegung und blieb auf meiner Höhe noch einmal stehen. So nah, dass ich sein Aftershave riechen konnte. Es war albern, doch ich schloss meine Augen, um den Geruch besser wahrnehmen zu können. »Aber«, fuhr Leo fort, »du musst schon zugeben, dass Vernunft wahnsinnig langweilig sein kann.«

Erst als er sich schon mindestens fünf Schritte entfernt hatte, ließ ich geräuschvoll die angehaltene Luft entweichen. Ich drehte mich um und ging zurück zu Brian und den anderen in den Raum nebenan, wo man ihnen bereits die Mikrofone anlegte. In was hatte ich mich da nur verrannt? Und wie würde ich den Drehtag überstehen, ohne dass Brian mich ausfragte? Denn dieser sah bereits erwartungsvoll zu mir herüber. Dabei reichte es, dass Fiona und Ada mich umbringen würden, wenn sie hiervon erfuhren. Erst recht, wenn ich ihnen von dem Gefühl berichtete, das sich seit dem Gespräch mit Leo und eigentlich seit dem Moment auf der Tanzfläche in meiner Brust breitmachte: Sehnsucht.

22. KAPITEL

Kaycee

Wir hatten recht behalten und mussten tatsächlich unser Können in Hinblick auf französisches Gebäck unter Beweis stellen.
Nicht gerechnet hatten wir jedoch damit, dass die Showrunner es nicht dabei belassen würden, sondern auch das Alter des
Lokals nicht außen vor ließen. Das *Maison Bertaux* existierte
seit 1871, und somit durften wir heute backen wie in 1871 – ohne
Handrührgerät oder modernen Backofen. Die Aufgabe schien
ausnahmsweise auch Profis wie Amanda zum Schwitzen zu
bringen, denn ich hörte sie neben mir fluchen. Man hatte mir
Merveilles zugeteilt – diese hatte ich mit Fiona am Wochenende natürlich nicht geübt. Doch als wären das unbekannte Rezept und die besonderen Umstände des Backens nicht
genug, stand der Kameramann des letzten Drehtags – Hank,
wenn ich Jane richtig verstanden hatte – wieder vor mir. Mitsamt Kamera und Mikrofon.

Bitte nicht.

Bislang hatte er mich nur schweigend beim Zusammen-
suchen der Zutaten gefilmt, doch so lange wie hier hatte er bei
keinem der anderen gehalten.

»Hast du nach den Aufregungen der letzten beiden Shows
etwas gemacht, um runterzukommen? Oder bestehen deine
Feierabende aus Vorbereitungen für die nächsten Folgen?«

Beinahe hätte ich erleichtert ausgeatmet, so dankbar war ich, dass er normale Fragen stellte und mich nicht weiter über meine Mum oder Ada ausquetschte.

»Wir waren feiern«, antwortete ich, während ich das abgewogene Mehl zu den restlichen Zutaten in die Schüssel gab.

»Mit ›wir‹ meinst du Fiona und dich, richtig?«

»Ja, es war ihre Idee.« Die Antwort hatte kaum meinen Mund verlassen, als ich mitten in der Bewegung innehielt und an der Kamera vorbei zu Hank schaute. »Was?«

Woher wusste er von Fiona?

»Fiona Harris. Sie ist den meisten ja sicher ein Begriff. Ihr wart gemeinsam in einem Club, richtig? Wie lange kennt ihr euch denn schon?«

Die Instagram-Story. Fuck.

Als Fiona das Selfie von uns gepostet hatte, hatte ich keinerlei Gedanken daran verschwendet, dass jemand vom Set es sehen konnte. Warum auch? Bisher hatte ich solche Dinge nie in Betracht ziehen müssen.

»Seid ihr sehr eng?«

Erst durch Hanks Nachfrage wurde mir bewusst, dass ich ihn nach wie vor anstarrte.

»Ähm …« Wie kam ich aus der Sache raus, ohne Fiona zu sehr reinzuziehen? Nicht dass es ihr etwas ausgemacht hätte, sie stand ohnehin in der Öffentlichkeit. Doch zum einen wollte ich nicht mein gesamtes Privatleben offenlegen, zum anderen widerstrebte mir der Gedanke, dass ich hier durch Vitamin B irgendwelche Vorteile erhielt, weil die Macher der Show sich durch Fiona Reichweite oder andere Vorteile erhofften.

»Kaycee?«

Andererseits hatten sie mit Sicherheit bereits alles herausgefunden. Zumindest die Eckdaten, sodass Lügen keinen Sinn hatte. Sobald die Show anlief, würden mich einige der Zuschauenden ohnehin erkennen, so oft wie ich in den vergangenen Jahren auf Fionas Kanal zu sehen gewesen war.

»Wir kennen uns seit Kindertagen«, sagte ich also die Wahrheit. »Aber ich muss mich jetzt aufs Backen konzentrieren, wenn das in Ordnung ist.«

Leider ließ sich Hank nicht so einfach abwimmeln. Zwar ließ er mich weiterarbeiten und stellte Amanda ein paar Fragen, jedoch dauerte es keine zehn Minuten, bis er zurück an meinem Tisch war. Ich biss mir von innen auf die Wange, um keinen flapsigen Kommentar abzugeben. Das wäre nicht nur kontraproduktiv, ich wusste auch, dass meine Gereiztheit nicht nur Hank geschuldet war, sondern der Tatsache, dass ich von den Anforderungen der heutigen Prüfung überfordert war. Der Teig für die Merveilles musste in den Kühlschrank. Was insofern ein Problem war, als es 1871 noch keine modernen Kühlschränke gegeben hatte und mir somit keiner zur Verfügung stand. Dass Leo bislang kein einziges Mal an meinem Tisch gewesen war, verwirrte mich zusätzlich. Dabei war ich doch diejenige gewesen, die den Abstand hatte wahren wollen.

»Wenn Fiona und du euch seit Kindertagen kennt, seid ihr dann in derselben Gegend großgeworden? Fiona hat in ihren Videos häufiger über ihr Viertel und finanzielle Probleme berichtet. Ist das etwas, das du ebenfalls erfahren hast?«

Es war schwer, die Klappe zu halten und noch schwerer, mich auf das Kneten des Teigs vor mir zu konzentrieren.

»Kaycee?«

Ich ließ die Hände auf den Tresen sinken. »Ja?«

Hank trat ein Stück zur Seite, sodass ich ihn neben der Kamera besser sehen konnte, und schaute mich ausnahmsweise direkt, nicht durch die Linse an. »Du bist Fan der Show. Also muss dir bewusst gewesen sein, dass wir im Laufe der Folgen auch mehr zu dir erzählen werden. Du brauchst keine Angst haben, wir sind keine Klatschpresse oder Ähnliches, wir wollen dich doch auch möglichst gut aussehen lassen. Fakt ist: Je weniger du sagst und uns lieferst, desto geringer deine Sendezeit, desto geringer das Interesse der Zuschauer.«

»Desto schlechter meine Chancen«, schlussfolgerte ich. Denn das brauchte er gar nicht laut aussprechen, die Message kam rüber. Ich hasste es, dass ich nicht einfach mit meinem Gebackenen überzeugen konnte. Aber besser, sie stellten Fragen zu Fiona als zu meiner Familie. Bei Fiona wusste ich wenigstens, was sie online freiwillig von sich preisgab und was nicht.

»Wir haben einander als Kinder schon oft besucht«, sagte ich so ausweichend wie möglich und lenkte das Gespräch dann auf ein Thema, mit dem ich mich wohlfühlte. »Sie unterstützt mein Hobby schon seit Jahren, so wie ich ihres. Vor der Show hat sie mir etliche Backutensilien geschenkt, damit ich üben kann.«

»Klingt nach einer tollen Freundschaft.«

»Ist es.«

»Tut bestimmt gut, sie im Rücken zu wissen. Ist das bei deiner Familie genauso?«

»Ja.« Ich hätte wissen müssen, dass er nicht lange brauchte, um auf sein eigentliches Wunschthema zurückzukommen.

»Wie kommt es, dass deine Schwester dich hier angemeldet hat? Hast du dir selbst das Ganze nicht zugetraut?«

»Ist es nicht normal, dass wir den Menschen, die wir lieben, oft mehr vertrauen als uns selbst? Sie hat mich immer in allem bestärkt, und ich hab im Gegenzug versucht, ihr ihre Zweifel zu nehmen.«

»Aber offensichtlich kannst du ja etwas, schließlich hast du schon mit der gebackenen Bank absolut überzeugen können.«

»Danke.«

Da mir keine Möglichkeit zum Kühlen des Teigs zur Verfügung stand, beschloss ich, ihn einfach jetzt schon dünn auszurollen, um die Quadrate für die Merveilles auszuschneiden.

»In dem Zuge hast du auch erzählt, dass du die Liebe zum Backen von deiner Mum geerbt hast.«

Mein Kiefer verkrampfte sich weiter. Ich wollte das nicht. Ich wollte ihnen diese Show nicht liefern.

»Glaubst du, du hast dich deshalb nicht selbst beworben? Bringt das Backen die schmerzliche Erinnerung an den Verlust deiner Mum wieder an die Oberfläche?«

Ich knallte den Teig so fest auf die Arbeitsplatte, dass die Gläser mit dem Mehl und Zucker klirrten. Aus dem Augenwinkel sah ich, wie Amanda links den Kopf zu mir wandte, aber es war mir egal. Es reichte. Ich hatte die Nase voll.

»Ist das euer Ernst?«, fragte ich, vermutlich eine Spur zu laut, denn nun hatte ich auch Claudettes und Leos Aufmerksamkeit. »Und wenn dem so wäre, hättest du Spaß daran, mich mit der Nase drauf zu stoßen?«

»Was? Nein, natürlich nicht.« Hank rieb sich verlegen über den Kopf. »Kaycee, ich versuch nur, dich zu interviewen und ein bisschen mehr deiner Persönlichkeit an die Oberfläche zu bringen.«

Ich lachte auf. »Meine tote Mum ist kein Teil meiner Persönlichkeit.«

Brian warf mir von gegenüber einen eindringlichen Blick zu und deutete mit der Hand an, dass ich am besten ruhig sein sollte. Er hatte recht. Aber ich hatte keine Lust, ruhig zu sein. »Krieg ich mitleidige Bonuspunkte, wenn ich euch von ihrem Krebs erzähle, hm? Ist es das, was ihr wollt? Dann hättet ihr das vielleicht in den Vertrag schreiben sollen, denn meines Wissens stand da nichts davon, dass wir unsere Vergangenheit und Privatsphäre verkaufen.«

»Gibt es ein Problem?« Leo war zu uns getreten, während

die meisten anderen beschämt den Kopf gesenkt hatten und weiter backten. Francis' Blick traf kurz meinen, und sie schenkte mir ein aufmunterndes Lächeln.

»Nein«, sagte Hank im selben Moment, in dem ich lautstark »Ja« sagte.

»Soll ich Jane holen?«, fragte Leo an mich gewandt, und nun verneinte auch ich. Denn wenn ich das Gespräch vorhin richtig interpretierte, wäre sie auf Hanks Seite. Würde mir etwas von Nahbarkeit erzählen und davon, dass ich durch ein paar Infos zu meiner Person zum Publikumsliebling werden könnte.

»Nicht nötig«, stimmte Hank mir zu. »Ich denke, wir sind hier fertig.« Er warf mir einen Blick zu, von Verlegenheit keine Spur mehr. Vielmehr blickte er mich nun ernst an, die Lippen zu einem dünnen Lächeln zusammengepresst. »Ich mach mal weiter«, sagte er, und kurz darauf war er an Henrys Tisch, der gerade mit Raphaël in ein Gespräch vertieft war. Ich schnaubte. Sollten sie Henry doch zum Publikumsliebling machen.

»Hey.« Leos Stimme war sanft und leise, als er sich über den Tisch zu mir beugte. »Tut mir leid, was da gerade passiert ist.«

Ich zuckte mit den Schultern. »Schon okay. Wenn es das ist, was es braucht, um hier weiterzukommen, komme ich halt nicht weiter.« Ich gab mich gleichgültig, doch in Wahrheit empfand ich das genaue Gegenteil. Das wütende Brodeln ebbte ab, und Unwohlsein machte sich in mir breit und legte sich bleischwer auf meinen Magen. Hatte ich es gerade vermasselt? Ich schloss die Augen.

Bitte nicht.

Das Gespräch mit meiner Schwester schoss mir wieder durch den Kopf.

Wenn du gewinnst, könnte unser Traum doch noch in Erfüllung gehen. Ein bisschen abgeändert zwar, aber es fühlt sich endlich nicht mehr unrealistisch an, nicht wahr?

Hatte ich das gerade gefährdet? Und wofür? Vielleicht stellte ich mich auch einfach an, und Jane und Hank versuchten wirklich nur, mehr aus meiner Screentime herauszuholen. Fiona ging so offen mit ihrer Vergangenheit um, dass es ihr sicher nichts ausmachte, wenn ich darüber sprach. Und meine Mum … Ich schluckte. Ich konnte nicht wissen, was sie dazu sagen würde. Aber ich wusste, dass sie mich unterstützt hätte. In allem. *Du hast alles verdient.* Das waren ihre Worte in dem Abschiedsbrief an mich gewesen. Wäre sie gerade enttäuscht von mir, dass ich nicht alles tat, um meinen Traum zu leben?

Etwas berührte mich sanft am linken Zeigefinger, und mein Atem stockte, als ich blinzelte und sah, dass es Leos Finger waren.

»Atme mal tief durch«, sagte er ruhig. »Und dann konzentrier dich aufs Backen und die Challenge. Du schaffst das. Und wenn du magst, rede ich mit Jane. Tut mir leid, dass sie dich so gelöchert haben.«

»Wieso?«

Er hob die Schultern. »Nicht aus bösem Willen, denke ich. Letzten Endes ist es leider Showbusiness, auch wenn sie es hier mit Zuckerguss glasieren.«

»Das meinte ich nicht. Ich meinte, wieso du mir helfen und mit Jane reden würdest?«

Denn es ergab keinen Sinn, dass er die gute Stimmung am Set und sein Arbeitsverhältnis meinetwegen gefährden würde. Sein Lächeln auf meine Frage hin sorgte trotz der angespannten Situation für ein warmes Flattern in meinem Bauch.

»Weil es dir gerade offensichtlich nicht gut geht. Und damit ist der Show letzten Endes auch nicht gedient.«

»Na ja, wenn ich nicht mitspiele, können sie mich jederzeit rauswerfen, die Show geht dann einfach weiter.«

Dass er nicht direkt antwortete, sorgte dafür, dass das Flattern in meinem Bauch wieder dem unguten Gefühl Platz machte. Denn Leo sagte nichts, um mir meine Sorgen zu nehmen. Zwar war ich froh, dass er keine leeren, aufmunternden Floskeln verwendete, doch auf meine Worte folgte die Realisierung, dass die Jury mich tatsächlich rausschmeißen konnte. Klar, mein Backen könnte Claudette, Orlando, Raphaël und Leo überzeugen. Aber was, wenn Jane und die anderen im Team mehr Mitspracherecht hatten, als mir bewusst war? Was, wenn meine Außenwirkung mehr zählte, als ich bislang geglaubt hatte?

Shit.

Ich sah zu Hank, der nach wie vor bei Henry stand und sich bestens zu unterhalten schien. Hatte ich mich gerade selbst ins Aus befördert?

»Ich hab's massig verkackt, oder?«

»Bei Hank? Vielleicht. Aber das ist erst die dritte Folge.«

»Ich will nicht rausfliegen«, sagte ich – im Flüsterton, da Orlando sich uns näherte.

»Dann back. Du kannst das, Kaycee.«

»Ach, Merveilles«, sagte Orlando mit einem Seufzen, als er uns erreicht hatte. »Was hab ich die geliebt! Meine Frau und ich haben im Urlaub mal so viel davon gegessen, dass wir regelrecht Bauchschmerzen hatten. Kein leichtes Rezept in Anbetracht der heutigen Aufgabe.«

»Ja, ich hab ein bisschen Sorge, dass sie nicht gelingen.«

Denn das Kühlschrankproblem hatte ich nach wie vor nicht gelöst. Ich blickte auf den ausgerollten Teig vor mir. Hoffentlich funktionierte es auch so.

»Was hast du dir überlegt?«, fragte Orlando. Eine Kamera rollte in mein Sichtfeld, und kurz spannte sich alles in mir an, dann sah ich jedoch die rothaarige Frau hinter dem Stativ. Sie stellte keine Fragen, sagte nichts, sondern filmte offensichtlich nur das Geschehen für die Show mit.

»Ohne Kühlschrank ist es natürlich nicht ganz einfach, und jetzt im September ist es draußen auch noch nicht kalt genug, um den Teig dort zu kühlen. Aber ich bin mir sicher, dass ich das schaffe.«

Orlando schenkte mir ein Lächeln, das mich beruhigte und für das ich ihn am liebsten umarmt hätte. »Ich freue mich schon aufs Probieren, Kaycee.«

Dankbar erwiderte ich sein Lächeln. »Ich geb mein Bestes.«

»Ich weiß«, sagte er und trat an den nächsten Tisch.

Immerhin einer. Seine Worte hauchten mir einen Funken Hoffnung ein. Vielleicht war doch noch nicht alles verloren.

Drei Stunden später war die Hoffnung erloschen. Meine Merveilles sahen nicht gerade aus wie die Vorlage, die ich im Internet gefunden hatte. Zu spät hatte ich gesehen, wie Amanda ihren Teig weggetragen hatte – offensichtlich in den Keller des Cafés, der einem Kühlraum wohl am nächsten kam. Eine Idee, die mir gar nicht erst gekommen war.

Claudettes »Hm«, das sie beim Probieren gemacht hatte, klang dieses Mal nicht entzückt, sondern eher nachdenklich, wenn nicht sogar enttäuscht. Das heute war nicht meine Bestleistung gewesen. Die Auseinandersetzung mit Hank hatte mich die restliche Zeit über unkonzentriert sein lassen, doch das war es nicht allein. Denn hinzu kam die Angst, dass ich dem Sender tatsächlich zu wenig von mir offenbarte. Was, wenn sie in der Show zeigten, wie laut ich geworden war? Das hier mochte mein erster Blick hinter die Kulissen sein, aber ich war nicht so naiv zu glauben, dass die Cutter nicht in der Lage wären, die einzelnen Szenen der Folge so zu schneiden, dass ich prompt unsympathisch wirkte. Ich hatte genug Reality-TV mit Fiona schauen müssen, um zu wissen, wie so etwas funktionierte. Nicht dass es mich groß juckte, was irgendwelche Fremden von mir dachten, aber wenn Jane und die Aufnahmeleiter mich draußen sehen wollten, dann war es ein Leichtes für sie, mich so zu inszenieren, dass mir keiner eine Träne nachweinte. Ich hatte ihnen definitiv genug Material gegeben.

Mist.

Schmerz fuhr durch meinen Handrücken, als ich die kurzen Fingernägel tiefer ins Fleisch drückte. Wir standen in zwei Reihe vor den vier Juroren, und ich hatte die Finger fest ineinander verschränkt, als würde ich beten. Dabei glaubte ich nicht einmal an einen Gott, schon seit Jahren nicht mehr. Brian und Francis waren bereits weitergekommen und einen Schritt nach vorn getreten. Ich stand weiterhin hinten und musste bangen.

»Henry, deine Cannelés sind wahre Kunst. Von der Karamellkruste werde ich heute Nacht noch träumen. Wir freuen uns, dich in der nächsten Runde wiedersehen zu dürfen.« Raphaël nickte Henry begeistert zu, der so gelassen wirkte, als wäre es für ihn bereits ein ungeschriebenes Gesetz, diese Show zu gewinnen.

»Amanda«, sagte Leo, und ich konnte bereits an dem Tonfall seiner Stimme hören, dass auch sie eine Runde weiter war. Damit waren es schon fünf, nur zwei würden es noch schaffen. Ich sah nach rechts, wo Jessica und Scott ähnlich angespannt neben mir standen. So düster der Gedanke auch war, hoffte ich, dass es einen von ihnen erwischte. Ich war noch nicht bereit zu gehen.

Wenn du gewinnst, könnte unser Traum doch noch in Erfüllung gehen.

Das war es, was ich wollte. Mehr als alles andere. Doch dann kam auch Jessica weiter, und es blieben nur noch Scott und ich.

»Kaycee.« Ich zuckte zusammen, als hätte Orlando meinen Namen geschrien, dabei hatte er ihn so ruhig gesagt wie alles andere auch. »Du hast dir mit deiner sehr privaten, wunderschönen Interpretation der ersten Aufgabe direkt einen Weg in unsere Herzen gebacken, ich denke, da spreche ich nicht nur für uns, sondern auch für die Zuschauer.«

Die es noch gar nicht gab. Denen ich heute nicht gegeben hatte, was sie offensichtlich wollten. Nichts fürs Herz, ganz im Gegenteil. Ich hatte sie ausgeschlossen.

Bitte, bitte, sag, dass ich weiter bin.

»Leider kann ich das von deiner Leistung heute nicht behaupten.«

Mein Herz rutschte mir in die Hose, und mein Blick schoss zu Leo, als könnte er ungeschehen machen, was jetzt zwangsläufig passierte.

»Die Merveilles waren gut, keine Frage. Die Orangennote war perfekt getroffen.«

Claudette nickte und stieg ein. »Absolut. Allerdings sind sie nicht so aufgegangen, wie wir es uns gewünscht hätten, und die Form erinnert ebenfalls nicht an klassische Merveilles, was für einen privaten Sonntagskaffee zu entschuldigen ist, jedoch suchen wir hier den talentiertesten Bäcker oder die talentierteste Bäckerin unter euch. Und da erwarten wir leider mehr.«

»Es hat heute den Anschein gemacht, als wärst du gar nicht richtig bei uns gewesen«, sagte Orlando.

In meiner Brust wurde es eng. Ich hatte es verbockt. So richtig. Ich hatte eine Chance bekommen und sie in den Sand gesetzt. Wieder einmal. Seltsamerweise wanderten meine Gedanken zu meinem alten Kinderzimmer. Ich wollte nicht weiter bei Dad wohnen, einen Job annehmen, für den ich nicht brannte, und dann den Abend entweder im Wohnzimmer vor dem TV oder in meinem kleinen Zimmer verbringen.

Ich wollte nicht zurück. Nicht jetzt, da ich es doch gerade erst rausgeschafft hatte. Kurz überlegte ich, mich zu rechtfertigen. Orlando und Claudette zu erklären, dass der Teig natürlich aus der Form geflossen war, da ich ihn nicht richtig hatte kühlen können – aber was für einen Unterschied machte es schon?

»Also sei beim nächsten Mal bitte voll und ganz anwesend«, sagte Orlando. Ich fokussierte meinen gedankenverlorenen Blick wieder und sah ihn ungläubig an.

»Ich bin weiter?«

Meine Stimme zitterte vor Anspannung, Aufregung, Angst – vor allen möglichen Gefühlen, die gerade durch meinen Körper rasten. Ich war so sehr auf mich konzentriert, dass ich nur am Rande wahrnahm, wie Scott aufschluchzte, weil mein Weiterkommen sein Ausscheiden bedeutete.

»Ja«, bestätigte Leo lächelnd. »Wir glauben an dich und dein Talent, Kaycee.«

»Und wir sind uns sicher, dass da noch mehr in dir ist, als du bisher preisgeben willst«, fügte Claudette hinzu. Sie sah mir fest in die Augen, doch das hätte es gar nicht gebraucht. Ich verstand die Zweideutigkeit in ihren Worten auch so. »Es wäre wundervoll, wenn du uns diese Seite beim nächsten Mal zeigst. Wir vergeben zweite Chancen, keine dritten.«

23. KAPITEL

Leo

»Alles verstanden?«, fragte Jane und sah lächelnd in die Runde.
Sofern man bei drei übrig gebliebenen Juroren von einer Runde sprechen konnte. Die Teilnehmenden waren heimgegangen
und auch die Tontechniker. Regieassistenten und Kameraleute hatten bereits Feierabend. Claudette, Orlando und ich hingegen waren für das Briefing der nächsten Episode noch geblieben.

»Ja, aber eine Frage hab ich«, sagte ich, als Jane die Mappe
zuklappte, aus der sie gerade die Infos und Eckdaten vorgelesen
hatte. »Wenn die nächste Aufgabe sich über zwei Tage zieht,
müsste ich das noch mit dem Sender klären. Ich dachte, wir
drehen nur am Donnerstag, am Freitag hab ich drei Szenen.«

»Das ist abgesprochen, mach dir keine Sorgen. Du müsstest
auch längst eine Mail haben, sie haben die Szenen auf Mittwoch vorgezogen.«

Mittwoch. Das war übermorgen.

»Ist das ein Problem?«, fragte Jane, als sie meinen sicher
nicht begeistert wirkenden Gesichtsausdruck sah. Ob es ein
Problem war, meinen Sprechtext innerhalb eines Tages auswendig zu lernen? Nein, absolut nicht. Insbesondere dann
nicht, wenn alle am Set bereits genervt von mir waren. Doch
statt meinen Unmut zu äußern, schüttelte ich bloß den Kopf,
woraufhin Jane ein zufriedenes »Großartig« von sich gab.

»Dann wünsche ich euch einen schönen und wohlverdienten Feierabend. Wir sehen uns alle am Donnerstag. Ich bin schon wahnsinnig gespannt, wie alles bei den Teilnehmern und Teilnehmerinnen ankommt.«

»Einen schönen Feierabend«, wünschte Claudette, nahm ihre Handtasche und verließ, nachdem sie Orlando umarmt hatte, den Raum. Orlando zog langsam seine Jacke an und sah dann zu Jane. »Dann wollen wir mal hoffen, dass Ms Williams den Wink mit dem Zaunpfahl verstanden hat, was? Wäre eine Schande, wenn sie nicht weiterkommt, sie hat wirklich Talent.«

Jeder hatte den Wink mit dem Zaunpfahl verstanden. Zumindest jeder, der heute anwesend gewesen war. Kaycee konnte einem leidtun. Ich wäre an ihrer Stelle mindestens ebenso laut geworden. Beim Gedanken an heute Vormittag flammte selbst in mir die Wut wieder auf. Gleichzeitig hoffte ein sehr egoistischer Teil in mir, dass sie diese ganze Farce mitmachte, denn die Arbeit hier würde wesentlich uninteressanter werden, wenn sie nicht mehr da war.

»Ja«, erwiderte Jane gedehnt. »Ich glaube auch, sie könnte ein richtiger Publikumsliebling werden, aber dafür muss sie etwas mehr aus sich herauskommen. Und ich bin mir nicht sicher, ob sie sich dessen bewusst ist. Aber vielleicht hat sie das vorhin ja daran erinnert, was für sie auf dem Spiel steht.« Jane lächelte ihr typisches Lächeln. »Wie auch immer: The show must go on.«

»Das wird sie mit Sicherheit. Na dann, wir sehen uns am Donnerstag.« Er knöpfte seinen Mantel zu und nickte mir dann ebenfalls zu. »Leo, eine gute Zeit bis dahin.«

»Dir auch.« Eine gute Zeit würde ich garantiert nicht haben, so schnell wie ich das Skript für die nächste Folge *London League* nun lernen durfte. »Mach's gut, Jane«, sagte ich und winkte ihr.

»Ciao. Bis Donnerstag. Oder bis morgen, falls wir uns im Sender kurz über den Weg laufen.« Sie sah auf das Chaos auf ihrem improvisierten Schreibtisch im Mitarbeiterraum des Cafés, in dem wir Stellung bezogen hatten. »Vielleicht sollte ich da auch jetzt direkt hin, bevor ich hier in der Arbeit versinke. Oh«, machte sie und sah wieder auf. »Wir dürfen uns unten in der Pâtisserie bedienen. Mist, das habe ich völlig vergessen zu sagen. Sie öffnen heute ohnehin nicht mehr und meinten, wir sollen uns ruhig eindecken.«

»Danke, das mach ich.« Ich verließ den Raum und ging zurück nach unten in die Bäckerei, auch wenn ich nicht glaubte, dass Backwaren das ungute Gefühl in meinem Bauch beseitigen würden, das ich nach dem Gespräch zwischen Jane und Orlando hatte. Ich ging nach unten ins Café, in dem noch immer der Geruch von frisch Gebackenem hing. Als ich die Theke erreicht hatte, hielt ich inne. Es sollte keiner mehr hier sein. Die Mitarbeiter der Pâtisserie würden erst abends kommen und alles in gewohnte Ordnung bringen, ansonsten war der Laden für heute dicht. Doch da waren eindeutig Geräusche. Ein Klirren drang aus der Küche. Vielleicht war einer der Mitarbeiter schon früher gekommen, um unser Chaos zu beseitigen und die Küche, die wir für die Challenge geräumt hatten, wieder auf Vordermann zu bringen. Nachsehen wollte ich dennoch, schließlich bestand leider immer die Chance, dass ein Fan der Sendung Wind vom Drehort bekommen hatte oder aber, dass eine der *London-League*-Zuschauerinnen gesehen hatte, wie ich das *Maison Bertaux* betreten hatte. Heute Morgen hatte mich zwar immerhin keine Gruppe von Fans erwartet, doch das hatte nichts zu heißen.

Als ich mich nach links zur Küche wandte und durch die halb geöffnete Tür spähte, sah ich jedoch keine Zuschauerin und auch keine Mitarbeiterin des Cafés, sondern Kaycee. Sie hatte die pinken Haare zu einem unordentlichen Dutt nach oben genommen und trug eine der Schürzen der Pâtisserie. Und sie backte. Gerade schlug sie so heftig mit einem Schneebesen auf den Teig in ihrer Schüssel ein, dass man es mit der Angst zu tun bekommen könnte. Ihr Blick war konzentriert auf ihre Arbeit gerichtet.

Neben ihr lagen etliche geschälte Äpfel, sie musste also bereits länger hier sein. Eine Weile beobachtete ich, wie sie, ohne eine Miene zu verziehen, den Teig weiter schlug, dann klopfte ich zaghaft an die Tür. Kaycee zuckte so sehr zusammen, dass der Teig ein gefährliches Platschen von sich gab. Glücklicherweise blieb jedoch alles in der Schüssel.

»Hast du mich erschreckt«, sprach sie das Offensichtliche aus.

»Entschuldige, keine Absicht.« Ich sah von ihr zu einem der Öfen an der anderen Seite des Raums, der gerade vorheizte. »Was machst du denn hier? Spontan einen Nebenjob erhalten?«

»Wohl kaum nach der heutigen Leistung.« Kaycee stellte die Schüssel vor sich ab und seufzte. »Ich backe immer, wenn es mir schlecht geht. Es beruhigt mich. Und heute hab ich es echt versaut. Auf ganzer Ebene.«

»Du bist weitergekommen.«

»Ja, aber das ist alles so abgefuckt.«

»Was ist abgefuckt?«, hakte ich nach, dabei wusste ich eigentlich ganz genau, was sie meinte. Das gesamte Business.

»Dass man mir indirekt droht, mich rauszuschmeißen, wenn ich ihnen nichts von meiner tragischen Familienstory erzähle. Und ich weiß, dass ich selbst schuld bin. Ich hätte dir das von meiner Mum in der ersten Runde nicht sagen dürfen, aber … keine Ahnung, es war beinahe so, als ob die Kameras nicht da gewesen wären, verstehst du? Als ob ich es dir erzählt hätte, nicht Hank oder Jane oder sonst wem. Das ergibt gar keinen Sinn, ich weiß.«

»Doch«, unterbrach ich sie und schluckte. Es ergab viel zu viel Sinn. Alles. Ihr Frust mit der Situation, den ich genauso jeden Tag am Set verspürte, aber auch das Gefühl, alles um mich herum auszublenden, wann immer sie in der Nähe war. »Ich hab dir immerhin von meinen Großeltern erzählt, das war genauso wenig für die Kameras bestimmt. Und ja, es sollte genügen, dass du Talent und Können beweist, aber leider funktioniert diese Branche so in den seltensten Fällen – und Realityshows erst recht nicht.«

»Ja … naiv von mir, ich weiß.«

»Nein, absolut nicht. Idealistisch vielleicht, aber daran ist nichts falsch.«

»Wie kommst du damit klar?«

Der Blick ihrer hellbraunen Augen fand meinen, und nun waren wir tatsächlich zum ersten Mal völlig allein. Auch wenn es sich in der Show und auf der Tanzfläche bereits so angefühlt hatte, waren wir hier in dieser Küche doch das erste Mal nur zu zweit. Ich sog tief die Luft ein, bevor ich die Worte aussprach, die ich mir selbst so selten eingestand.

»Gar nicht. Ich komme gar nicht damit klar.«

Kaycee sah mich mit geweiteten Augen an. »Wie meinst du das?«

Ich ließ mich gegen die Theke sinken. »Mit all dem Drumherum meine ich. Ich liebe das Schauspielern, und wenn ich ehrlich bin, ist es auch kein schlechtes Gefühl mich dann am Ende auf der Leinwand zu sehen. Aber das ganze Drumherum … die Show, die Tatsache, dass das Schauspielern nach Drehschluss nicht aufhört, sondern auf den roten Teppichen und sogar im Privaten noch weitergeht – darauf könnte ich gut verzichten. Und darauf, dass Können eben nicht ausreicht.

Auch bei mir nicht. Dem Sender wäre es vermutlich am liebsten, wenn ich wirklich etwas mit Amy, der Schauspielerin von Rose, anfangen würde, dabei sind wir wie Geschwister füreinander. Aber Publicity …« Ich schüttelte den Kopf, wie um meinen Redeschwall zu stoppen. Ich tat es schon wieder. Öffnete mich Kaycee ungefragt. Aber es tat gut. Und ich vertraute ihr. »Tut mir leid, ich wollte gar nicht so viel über mich reden.«

Kaycee lachte leise. »Ich hab gefragt. Du erinnerst dich? Und wie löst du das Problem?«

»Gar nicht? Ich glaub, ich muss eher mein Mindset ändern, als dass ich die Sache an sich ändern kann.«

»Hm.« Sie rührte langsam mit dem Schneebesen durch den Teig. »Also soll ich ihnen geben, was sie wollen?«

»Ich hab das auf mich bezogen, Kaycee. Du gibst ihnen, womit du dich wohlfühlst und nicht mehr. Bei mir ist es nur nicht so einfach, weil ich den Vertrag mit Channel Y habe und meine Karriere davon abhängt.«

»Meine auch.« Kaycee musterte mich ernst. »Es ist bei mir nicht weniger ernst.«

»Ist dir der Sieg so wichtig?« Beinahe hätte ich gefragt, ob es an ihrer Mum lag, daran, dass sie sich ihr durchs Backen nah fühlte. Aber wenn sie eines nicht gebrauchen konnte, dann waren es vermutlich weitere zu intime Fragen. Zu meiner Überraschung antwortete sie dennoch persönlicher, als ich erwartet hatte.

»Ja. Nicht nur für mich …« Sie griff nach dem Sieb und begann, Mehl in den Teig zu sieben. »Ich hab dir ja schon erzählt, dass mich das Backen an meine Mum erinnert, aber das ist es nicht. Nicht nur zumindest. Ich fühle mich dadurch nicht nur ihr nah, es verbindet mich auch mit meiner Schwester Ada.«

»Die dich hier angemeldet hat.«

Sie nickte.

»Hat sie selbst sich auch hier beworben?«

»Nein«, erwiderte Kaycee und griff nach einer kleinen Dose, die mit »Zimt« beschriftet war.

»Kann ich dir eigentlich bei was helfen?«

»Du kannst mir einen Teelöffel geben«, sagte sie und deutete auf eine Schublade neben mir. »Den hab ich vergessen.« Ich reichte ihr den Löffel, mit dem Kaycee Zimt zu der Mischung hinzugab und das Ganze dann weiter verrührte. Schweigen breitete sich aus, und ich befürchtete schon, dass das Gespräch damit beendet war, als sie wieder das Wort ergriff.

»Kann sie auch gar nicht.« Sie legte den Löffel zur Seite und begann, die Äpfel in kleine Würfel zu schneiden. Ich nahm mir ein Messer aus der Schublade und tat es ihr gleich. »Sie hat Narkolepsie.«

Ich hielt kurz inne und wandte den Kopf zu ihr. Sie schien die Fragezeichen in meinem Blick zu bemerken.

»Auch Schlafsucht genannt, obwohl ich den Begriff ziemlich doof finde. Sucht klingt so, als trüge sie eine Mitschuld daran. Wie wenn man süchtig nach Zigaretten ist. Aber da sucht man sich zu irgendeinem Zeitpunkt aus zu rauchen. Sie liebt es ja nicht, zu lang zu schlafen, und ist deshalb erkrankt.«

»Und das bedeutet?«, fragte ich vorsichtig. »Ist sie dadurch dauernd müde?«

»Auch, ja. Aber das Ganze geht mit Schlafattacken einher, bei der jegliche Muskeln erschlaffen. Einmal ist ihr das beim Backen passiert. Wir haben rumgeblödelt, gelacht, und im nächsten Moment ist sie plötzlich gefallen. Ich war nicht mehr rechtzeitig da, um sie aufzufangen, und sie hat sich den Kopf an der Küchentheke aufgeschlagen. Es war furchtbar, wirklich.«

»Shit.«

»Ja. Kannst du laut sagen. Damals hatte sie die Diagnose noch nicht, das kam dann kurz darauf.«

»Ist das heilbar?«

Kaycee schüttelte den Kopf. »Nein. Mittlerweile kriegt Ada Medikamente und hat es viel besser im Griff. Aber wir wollten zusammen ein Café mit Konditorei eröffnen, das ist so leider nicht möglich.«

»Weil ihr Angst habt, dass noch mal etwas Schlimmes passiert«, schlussfolgerte ich.

»Auch, ja. Aber auch, weil ein regelmäßiger Schlafrhythmus wichtig ist, um die Attacken im Zaum zu halten. Dafür ist diese Branche nicht gerade bekannt. Du kannst die Apfelstückchen hier reinmachen.« Kaycee nickte zu der Schüssel, und erst jetzt bemerkte ich, dass sie ihre geschnittenen Äpfel bereits in den Teig gegeben hatte.

»Das tut mir wirklich leid. Manchmal frage ich mich, ob das Leben einfacher ist für Menschen, die nicht zu groß träumen. Wenn du deine Träume nicht erreichst, frisst es dich innerlich auf. Wenn du sie erreichst und sie sich nicht als das entpuppen, was du dir erhofft hast, kann es dich genauso zerstören.«

»Klingt, als hättest du damit auch Erfahrung. Liegt es an dem ganzen Drumherum, das du eben angesprochen hast?«

Kaycee sah mich fragend an. Ihre Stimme war sanfter, als ich es von ihr gewohnt war. Vielleicht war das der Grund, warum ich schon wieder zu ehrlich antwortete.

»Nicht nur. Auch das Schauspielern selbst ist nicht das, was ich mir erhofft hab.«

Überrascht zog Kaycee die Brauen hoch. »Nicht? Aber es läuft doch so gut.«

»Ja, tut es. Und verrückterweise ist das Teil des Problems.«

Kaycee gab Walnüsse zum Teig dazu, rührte alles noch einmal um und teilte das Ganze dann auf mehrere Muffinförmchen auf. »Wie meinst du das?«, hakte sie nach, hatte den Blick dabei jedoch weiter auf ihre Arbeit gerichtet.

Es war seltsam beruhigend, ihr zuzusehen. Sie war so konzentriert und wirkte, obwohl sie offensichtlich aufgewühlt war, mit sich im Reinen. Ob es sich so anfühlte, etwas mit Leidenschaft zu tun? Wann hatte ich zuletzt so ausgesehen?

»Ich wollte immer dahin, wo ich jetzt gerade bin. Doch ich hab das Gefühl, je besser die Show läuft, desto mehr entfernt sie sich von dem, was ich liebe. Meine Agentin meint, es steckt noch zu viel Theater in mir und dass ich mich noch umgewöhne, aber ich bin mir nicht sicher. Ich dachte, es wird cool, jede Woche drehen zu können und immer andere Texte zu haben, aber hast du dir die Dialoge in letzter Zeit mal angehört? Warte, wie viel wurde bereits ausgestrahlt?«

Kaycee hob eine dunkle Augenbraue. »Du schaust sie gar nicht mehr?«

Ich schüttelte den Kopf. »Wenn ich ehrlich bin, war ich schon mit der Handlung der Premierenfolge von Staffel zwei nicht mehr happy.«

Kaycee stellte die Schüssel zur Seite, platzierte das Blech mit den Muffins im Ofen und stellte sich dann einen Timer am Handy. Anschließend rieb sie ihre Hände an einem Küchentuch sauber und drehte sich zu mir um. Ich war mir nicht sicher, ob ich mich im Laufe des Gesprächs zu ihr bewegt hatte, doch plötzlich fiel mir auf, wie nahe wir beieinanderstanden.

»Was müsstest du denn ändern, um wieder glücklich zu sein?«

»Das gesamte Skript?«

Kaycees Mundwinkel zuckten. »Okay«, sagte sie gedehnt. »Und einen Kompromiss gibt es nicht?«

»Nicht dass ich wüsste. Ich bin noch für zwei Staffeln an den Vertrag gebunden, und als ich das letzte Mal Kritik am Text geäußert habe, bin ich vom Set geflogen – mitsamt Amy, von daher ist das auch raus.«

Ich erzählte Kaycee von dem Streit bei der Probe und Charlies Reaktion. »Und das Schlimmste«, beendete ich meine Erzählung, »ich weiß mittlerweile, dass George aus der Sendung geflogen ist, weil er auch einen Konflikt mit Charlie hatte. Er ist der Meinung, dass es Charlie zu verdanken ist, dass er nur noch lahme Werbedeals erhält. Ich dachte erst, er spinnt Verschwörungsmythen, aber ich bin mir nicht mehr so sicher. Er hat sein Talent ja schon bewiesen. Auf jeden Fall habe ich Angst, dass mir dasselbe Schicksal widerfährt, wenn ich mich nicht zusammenreiße.«

»Okay, krass«, sagte Kaycee, als ich meinen Monolog beendete. Ihre Augen waren geweitet, und ich verfluchte mich innerlich dafür, so viel gesagt zu haben, weil ich mit Sicherheit gerade gegen mehr als eine Klausel meines zu langen Vertrags verstoßen hatte. Kaycee schien meine innere Unruhe zu bemerken, denn sie hob in spielerischer Abwehr die Hände. »Keine Sorge, von mir erfährt niemand was.«

»Danke. Und entschuldige das Geheule, ich weiß, wie es von außen klingt. Es ist wirklich Jammern auf hohem Niveau.«

»Wieso glaubst du das?« Kaycee sah mich mit schiefgelegtem Kopf an, als ob die Antwort nicht auf der Hand läge.

»Du kämpfst hier für etwas, was du dir dein Leben lang erträumt hast, und dir wurden alle möglichen Steine in den Weg gelegt. Und ich jammere rum, obwohl ich all das bekommen habe, was ich wollte.«

»Die Vorstellung, dass ich all das tue, nur um dann nach der ganzen Kämpferei festzustellen, dass es mir keinen Spaß und mich nicht glücklich macht, ist tausendmal schlimmer als das hier. Gerade hab ich das Gefühl, etwas tun zu können, um meine Situation zu verbessern. Wenn das bei dir nicht geht und du feststeckst, dann ist das kein Jammern auf hohem Niveau.« Zwischen ihren Brauen hatte sich eine feine Linie gebildet.

»Eigentlich ist es sogar noch schlimmer als meine Situation vor wenigen Wochen. Da habe ich auch festgesteckt, aber eben ohne etwas erreicht zu haben. Da hatte ich wenigstens noch die Illusion, dass alles besser werden kann. Alles getan zu haben und festzustellen, dass man nur in einem anderen Käfig steckt als zu Beginn ...« Sie hob die Schultern.

Ihre Worte nahmen mir etwas von der Schuld, die ich jedes Mal, wenn ich mich so fühlte, empfand. Wenn ich Polya gegenüber Bedenken äußerte oder mich nicht so dankbar zeigte, wie Amy es häufig tat.

»Tut mir leid«, sagte Kaycee leise und lächelte schief.

»Mir gerade gar nicht mehr«, erwiderte ich beinahe flüsternd. Und für diesen Moment stimmte es. Denn gerade wollte ich nirgends anders sein als hier. Bei Kaycee. Wie von selbst fand meine Hand den Weg an ihre Wange, wie schon einmal vor knapp drei Wochen. Nur dass wir diesmal unter uns waren und es sich echter anfühlte. Ich sah, wie Kaycee schluckte, wie ihr Blick von meinen Augen zu meinen Lippen und wieder zurück huschte. Bei dem Anblick schlug mein Herz einen Purzelbaum in meiner Brust. Ich wollte sie küssen. Ich wollte es so sehr. Aber diese Entscheidung lag nicht bei mir. Kaycee hatte ihre Sorgen wegen der Show mehr als einmal betont. Wenn sie das hier wollte, wenn sie mich wollte, dann musste es von ihr ausgehen. Einige Augenblicke standen wir regungslos da, dann, beinahe unmerklich, verlagerte sie ihr Gewicht und trat zu mir. Ihr Kopf näherte sich meinem, und ich konnte ihren warmen, blumigen Duft riechen, der sich mit dem des Gebackenen mischte. Drei Zentimeter noch, dann zwei, einer ...

Als Kaycees Lippen meine streiften, entwich mir ein Seufzen. Ich umschloss ihr Gesicht mit meinen Händen, um sie näher an mich zu ziehen, den Kuss zu vertiefen, mir endlich das zu nehmen, was ich wollte, seit ich sie das erste Mal beim Testbacken gesehen hatte. Ich presste meine Lippen fester auf ihren weichen Mund – als wir jäh vom Klingeln ihres Handys unterbrochen wurden.

»Fuck«, murmelte Kaycee und sprang zurück, die Hand auf ihren Lippen, wo ich sie soeben noch berührt hatte. Sie drehte sich um, stoppte den Timer ihres Handys und lief zum Backofen, den Blick von mir abgewandt. Sie nahm die Muffins aus dem Ofen und stellte sie auf die Arbeitsfläche. Als sie sich immer noch nicht zu mir umdrehte, sondern regungslos vor den fertigen Muffins stehen blieb, näherte ich mich ihr langsam. Mein Herz pochte viel zu schnell, aufgrund der Situation eben, ja, aber auch aus Angst, weil Kaycee plötzlich so angespannt wirkte.

»Hey«, murmelte ich. »Ist alles in Ordnung?«

Kaycee drehte sich langsam zu mir um, und in ihrem Blick lag nicht mehr die Wärme von eben. Ganz im Gegenteil, sie wirkte wie ausgewechselt.

»Ja. Ich muss hier noch Frosting draufmachen.«

»Was?« Irritiert sah ich sie an.

»Auf die Muffins. Ich wollte sie noch verzieren.«

»Kaycee, what the fuck? Wir haben uns gerade geküsst, und das ist deine Reaktion darauf? Den Muffins eine Sahnehaube zu verpassen?«

»Frischkäse. Frosting ist nicht aus Sahne.«

Ich schüttelte den Kopf. Hatte ihr das gerade gar nichts bedeutet?

»Ist das dein Ernst?«

Sie wandte den Blick ab und sah zur Seite.

»Kaycee.«

»Was?«, fragte sie, viel zu laut. »Was willst du von mir hören?«

»Eine Erklärung für dein Verhalten«, gab ich ebenso laut zurück, atmete dann jedoch tief durch und sprach leiser weiter. »Hab ich was falsch gemacht?«

»Nein.« Kaycee fuhr sich über die Stirn und sah plötzlich nicht mehr abwesend aus, vielmehr gequält. »Nein, hast du nicht. Ich … ach scheiße.« Sie fuhr zu mir herum. »Was, denkst du, passiert, wenn wir uns küssen und das hier zwischen uns zulassen?«

Leider hörten meine Ohren vor allem eines aus diesem Satz heraus: dass sie diese Spannung zwischen uns auch spürte. Mein Herz machte einen erleichterten Hüpfer, dann jedoch wurde ich mir ihrer Frage bewusst. Doch noch bevor ich antworten konnte, tat sie es.

»Ich muss die Show gewinnen, Leo.«

»Und mich zu küssen würde dich daran hindern?«

Sie zog die Brauen zusammen und lachte auf, anscheinend perplex, dass ich diese Frage überhaupt stellte. »Ich kann dem da …« Sie deutete zwischen sich und mir hin und her. »… nicht nachgeben. Diese Runde hat doch bewiesen, wie sehr sie hier auf eine Story aus sind. Für die Zuschauer gäbe es wohl keine bessere Unterhaltung, als wenn eine Teilnehmerin es mit dem Juror treibt. Der Sender könnte es schön ausschlachten, wenn das rauskommt. Aber glaubst du allen Ernstes, ich hätte noch irgendwelche Chancen auf den Sieg? Jede Runde, die ich weiter wäre, wäre komplett unauthentisch. Ganz egal, wie gut ich mich schlage. Alles würde gestagt wirken.«

Ich wollte den Kopf schütteln. Ihr sagen, dass ihre Sorge unbegründet war. Doch das war sie nicht. Ich dachte an die Presse, die jede noch so kleine Geste zwischen Amy und mir überinterpretierte, die zahlreichen Fans, die darauf ansprangen. Wieso sollte es bei einer Realityshow anders sein? Und es stimmte: Gewinnen würde Kaycee so nicht, da es dem Sender jegliche Glaubwürdigkeit nehmen würde.

»Wir können Freunde sein«, sagte Kaycee. »Aber nichts anderes. Es tut mir leid, aber ich hab endlich eine realistische Chance auf alles, was ich mir erträumt habe, das werde ich nicht riskieren.«

Kaycees Miene war hart, doch in ihren Augen lag etwas Weiches, beinahe Bedauerndes. Ich lächelte ihr zu, was sie traurig erwiderte, und nickte, denn was gab es auch sonst zu sagen? Ich verstand sie, hätte an ihrer Stelle wohl nicht anders reagiert. Vielleicht war es manchmal wirklich besser, Träume ziehen zu lassen, anstatt ihnen nachzujagen. Und so drehte ich mich um und verließ das *Maison Bertaux*.

APFEL-NUSS-MUFFINS

Zutaten
(für ca. 20 Muffins)

Für den Teig:
200 g Butter
250 g Zucker
4 Eier
1 Pck. Backpulver
300 g Mehl
2 Teelöffel Zimt
500 g Äpfel, geschält, entkernt
100 g Walnüsse, gehackt

Für das Frosting:
300 g Puderzucker
50 g weiche Butter
125 g Mascarpone
20 Walnusskernhälften und
etwas Zimt zur Deko

- Butter mit Zucker und Eiern schaumig rühren.
- Backpulver und Mehl vermischen, sieben und unterrühren.
- Zimt dazugeben und anschließend die klein geschnittenen Äpfel und Walnüsse unterheben.
- Teig in Muffinformen füllen und bei 180 °C Ober-/Unterhitze ca. 15–20 Minuten backen.
- Nach dem Auskühlen Muffins mit Frosting (einfach alle Zutaten vermischen) und Walnusshälften verzieren oder wahlweise mit Puderzucker bestäuben.

24. KAPITEL

Kaycee

»Ich bin *so* aufgeregt!« Fiona sprang mit so viel Wucht zurück auf die Couch, dass Ada neben ihr mit einem Quietschen versuchte, das Popcorn zu retten, zu spät allerdings, denn einzelne Stücke hatten sich bereits von der Schüssel aufs Sofa verteilt.

»Frag mich mal«, antwortete Ada, während sie die Popcorn-Krümel vom Sofabezug fischte. »Meine kleine Schwester auf dem großen Fernseher. Du hättest Dad heute Morgen erleben sollen!« Sie warf mir einen bedeutungsschwangeren Blick zu. »Er hat Kuchen bestellt und erlaubt sogar Clara, länger wach zu bleiben.«

Ich lachte, und mein Herz zog sich wehmütig zusammen, so sehr vermisste ich Clara und Dad auf einmal. Ein Gefühl, das mein Herz jedoch gewohnt sein müsste, so oft hatte es das in den letzten zwei Tagen getan. Dabei wusste ich, dass meine Entscheidung, mit Leo nur befreundet zu sein, die richtige gewesen war. Ich hatte Fiona an dem Abend von allem berichtet. Sie hatte mich bloß in die Arme gezogen und musste kurz darauf Ada angerufen haben, denn gestern war meine Schwester in London eingetroffen, und nun konnten wir die Premiere von *Bake That Cake!* zu dritt verfolgen.

»Ich hoffe, sie mögen die Folge …«, sagte ich.

»Na klar! Wie könnten sie sie nicht mögen, wenn du dabei bist?«

»Ich hab über Mum geredet«, platzte es aus mir heraus. Bis heute Morgen hatte ich mir immer nur Gedanken gemacht, wie es auf das Set und Publikum wirken könnte – ohne mir bewusst zu machen, dass auch meine Familie diesem angehörte.

»Spoiler!«, rief Ada, und ich sah prüfend zu ihr. Doch sie wirkte unverändert vorfreudig, weder wütend noch traurig. Mir fiel ein Stein vom Herzen.

»Also glaubst du, für Dad ist das okay? Ist es für dich okay?«

Sie stellte das Popcorn zur Seite und drehte sich im Schneidersitz zu mir um.

»Natürlich ist es das. Du kannst über Mum reden, wann immer du willst.«

Ich hob die Augenbrauen. Konnte ich das? Direkt nach ihrem Tod war sie ein Tabuthema gewesen. Zwar hatten Ada, Clara und ich viel über alles gesprochen, doch für Dad war jedes Wort in diese Richtung wie ein Messer gewesen, das seine Wunde weiter aufriss, bevor sie verheilen konnte. Also hatten wir es vermieden, über sie zu sprechen – etwas, das vermutlich nicht unter gesunde Trauerbewältigung fiel, aber keine von uns dreien wusste, wie wir es hätten besser machen sollen.

»Ich korrigiere: Du kannst jetzt über Mum reden, wann immer du willst. Dad geht es besser, wirklich. Du solltest ihn mal daheim mit Clara erleben, er kontrolliert sogar ihre Hausaufgaben. Und selbst wenn er damit ein Problem hat, dann ist es seines, nicht deins.«

Ich bin stolz auf dich. Und deine Mum wäre das auch.

Das waren die Worte, mit denen er mich am Bahnhof verabschiedet hatte. Langsam nickte ich. »Du hast recht.«

Das Vibrieren meines Handys auf Fionas Couchtisch riss mich aus meinen Gedanken. Ich entsperrte es und schmunzelte, als ich die Nachricht las.

Brian, 7.56 pm:
Baiser, ich bin so nervös! Bescheuert, oder? Schließlich weiß ich ja schon, dass wir weiter sind.

Kaycee, 7.56 pm:
Gar nicht bescheuert, ich bin selbst nervös. Aber eher, weil ich gespannt bin, wie sie es geschnitten haben.

Brian, 7.57 pm:
Oh yes! Bin so gespannt, ob sie auf Henrys Zahnpastalächeln zoomen. Ich will Memes!

Noch bevor ich ihm antworten konnte, vibrierte das Handy erneut in meiner Hand. Ich stieß ein prustendes Lachen aus, woraufhin sich sowohl Ada als auch Fiona über meine Schulter beugten und aufs Display starrten.

Brian, 7.57 pm:
Okay, ich hab natürlich schon vorgelegt. Denkst du, es fällt auf, wenn ich einen Fake-Fan-Account erstelle? Oder das unter falschem Namen im Subreddit poste? Oh Gott, ich habe zu viel Spaß.

»Was ist das?«, Ada beugte sich noch weiter herüber.

»Ist der aus der Show?«, fragte Fiona und zoomte mit zwei Fingern näher an Henrys Gesicht. »Sind seine Zähne echt so weiß?«

»Nein«, sagte ich und musterte lachend Henrys bearbeitetes Grinsen und die ins Bild eingearbeitete Colgate-Tube.

»*For Whole Mouth Health and Taste*. Oh, das ist ein Mix mit dem Spruch aus der Zahnpastawerbung, oder?«

»Ja, Henry ist … speziell. Brians Humor offensichtlich auch.

Ich bin gespannt, ob sie Henry auch so rüberbringen oder ob er wie Prince Charming wirken wird.«

»Auf jeden Fall musst du uns danach zu jeder Szene Background-Infos geben«, sagte Ada bestimmt.

»Wird gemacht! Ich erzähl euch doch sowieso alles.«

»Und wenn du über Leo reden magst …«, warf Fiona ein.

Sofort schüttelte ich den Kopf. »Mag ich nicht. Da gibt es nichts mehr zu sagen, ihr wisst alles, und damit hat sich die Sache erledigt.«

»Okay.« Fiona nickte, doch ich bekam den Blick, den sie und Ada sich zuwarfen, als ich wieder zum Fernseher sah, trotzdem mit. Gott sei Dank konnten die beiden jedoch keine weiteren Fragen stellen, da im nächsten Moment die Werbung endete und der Jingle von *Bake That Cake!* startete.

»Oh mein Gott!«, quietschte Ada, dabei war noch nicht einmal was zu sehen. Doch auch ich war ganz von allein an den Rand des Sofas gerutscht, sodass ich beinahe auf den Boden plumpste, so angespannt war ich. Das Intro der Show stellte die vier Juroren und Jurorinnen vor, und als Leos Einblender kam, der sogar schon Szenen aus der zweiten und dritten Folge beinhaltete, zog sich mein Herz zusammen. Meine Gedanken wanderten zurück zu dem Kuss. So kurz er auch gewesen war und so abrupt er unterbrochen wurde … er war gut gewesen. Sanft, warm und dennoch voller Verlangen. Meine Wangen wurden warm, als würde Leo sie wieder umfassen.

Im nächsten Moment jedoch verschwanden die Gedanken an ihn. Alle Gedanken verschwanden, denn plötzlich war ich auf der Leinwand zu sehen, während Neals Stimme im Voice-Over Dinge zur Staffel verkündete, die ich unter Fionas und Adas Kreischen jedoch nicht verstand.

»Das bist du!«, rief Ada das Offensichtliche aus, warf einen Arm um mich, und ich ließ mich lachend in ihre Umarmung ziehen. »Ich bin so unendlich stolz auf dich, Kaycee. Ganz egal, wie weit du kommst.«

Lächelnd vergrub ich mein Gesicht in ihren kurzen braunen Haaren.

Aber ich werde weit kommen. Das verspreche ich dir.

25. KAPITEL

Leo

Mit geschlossenen Augen wandte ich den Kopf gen Himmel und genoss die warmen Sonnenstrahlen. Es war der erste richtig sonnige Tag seit Langem, auch wenn in den Schaufenstern um uns herum bereits frühe Halloween-Deko stand, sodass ich mir nicht wirklich einreden konnte, dass wir noch Sommer hatten. Das Piepen der Ampel neben mir ließ mich meine Augen wieder aufschlagen, und ich folgte meiner Mum und Ed über die Straße.

»Sagt ihr mir jetzt endlich, wo wir hingehen?«

»Nö!« Ed streckte mir die Zunge raus. »Streng deine Gehirnzellen an, alter Mann.«

»Eduard!«, mahnte meine Mutter, musste jedoch lachen, was das Ganze zunichtemachte. »Aber nein, es ist eine Überraschung.«

»Die ich mir womit verdient habe?«

Sie schlug mir spielerisch auf den Arm. »Als ob du dir die verdienen müsstest.«

»Gestern nach der Backsendung hat sie gemeint, sie muss dich mal wieder verwöhnen. Also hast du es dir halt doch verdienen müssen, wie es aussieht.«

Meine Mum schnalzte mit der Zunge, und ich grinste sie mit erhobenen Augenbrauen an. »Siehst du, ich sag schon immer, er ist ’ne Nervensäge.«

»Aber du liebst mich.«

»Stimmt leider«, sagte ich und wuschelte meinem kleinen Bruder durch die Haare. Dafür, dass wir alle in derselben Stadt wohnten, sah ich meine Familie viel zu selten. Wir bogen in eine kleine Seitenstraße ein. Ich hatte absolut keine Ahnung, wo wir waren. Wir hatten uns am Regent's Park getroffen, und seitdem war ich meiner Mum blind gefolgt. Wenige Minuten und Kabbeleien mit meinem Bruder später, blieb sie vor einem grauen, mit Stuck verzierten Gebäude stehen.

»Ein Theater?«

»Ja«, erwiderte meine Mum mit einem Strahlen. »Was sagst du? Wir waren so lang nicht mehr, früher bist du eine Zeitlang fast jede Woche gegangen.« Sie drehte sich zu mir um, und ihr Lächeln wich langsam von ihrem Gesicht. »War das eine doofe Idee? Ich dachte, da du endlich mal einen Tag frei hast, könnten wir was wie früher unternehmen, aber vielleicht war das unklug. Thematisch zu nah dran an der Arbeit?«

Ich schüttelte den Kopf. Das war es nicht.

»Leo? Wir können auch direkt was essen gehen. Der Tisch ist erst für danach reserviert, aber ich bin mir sicher, das ist kein Problem.«

»Nein«, sagte ich leise. Aus dem Augenwinkel sah ich, wie meine Mum mich verwirrt musterte, doch ich hatte den Blick weiter nach oben auf das Theaterlogo mit den zwei Masken gerichtet. Improv. Das, was ich früher mehr als alles andere geliebt hatte. Es war keine doofe Idee, nicht zu nah dran an meinem Job, um mich entspannen zu können. Die Wahrheit war: Ich hatte Angst.

Ich hatte höllische Angst, dass es nicht mehr das für mich war, was es einst gewesen war. Und ich hatte noch größere Angst, dass es genau das war. Dass ich diesen Raum betreten, diese Menschen auf der Bühne sehen würde und es mir alles, was ich jetzt hatte, kaputtmachen würde. Weil die Sehnsucht mich schon jetzt manchmal zerriss, dabei hielt ich mich von all dem fern. Was, wenn die Darbietung heute mir vor Augen führen würde, dass das, was ich aufgegeben hatte, besser war als das, womit ich es ersetzt hatte? Was dann? Ich wäre weiterhin gefangen, nur mit dem Wissen, dass es da draußen etwas gab, was dafür sorgte, dass ich mich frei fühlte.

Doch all diese Gedanken waren egal, denn ich hatte die Entscheidung schon in dem Moment getroffen, in dem mein Blick auf das Theater gefallen war.

»Lass uns reingehen«, sagte ich und setzte mich, kaum dass die Worte meinen Mund verlassen hatten, in Bewegung.

»Ja?« In der Stimme meiner Mutter lag Erleichterung.

Mein Bruder schob sich mit einem neckischen »Drama Queen« an mir vorbei ins Innere, doch ich war zu gespannt, zu erwartungsvoll und ängstlich, um auf seine Worte einzugehen. Auf die Gefahr hin, dass die nächsten beiden Stunden die Gitter des Käfigs, der mich gefangen hielt, noch näher zusammenrücken ließen, folgte ich meinem Bruder wortlos nach drinnen.

»Hey, kann ich vielleicht ein Autogramm haben?«

Ich hatte gerade meine Jacke von der Garderobe geholt und drehte mich mit einstudiertem Lächeln um, als dieses beim Anblick des Mannes verrutschte. Es war einer der Schauspieler, die bis eben noch auf der Bühne gestanden hatten.

»Du willst von mir ein Autogramm? Eigentlich müsste ich dich fragen. Ihr wart der Hammer!«

»Oh, danke. Das bedeutet mir viel, gerade von dir. Aber du warst auch nicht schlecht«, erwiderte er grinsend. »Total cool, dass du so spontan mitgemacht hast! Mit der Zeit kriegt man ein ganz gutes Gefühl dafür, wer aus dem Publikum ein bisschen mitspielt, aber bei dir war ich mir nicht sicher. Ich hab dich natürlich gleich erkannt, aber hätte ja auch sein können, dass du einfach deine Ruhe haben willst. Deshalb: Danke, dass du mich nicht hast auflaufen lassen.«

Er reichte mir die Hand, und ich schlug lachend ein. »Kein Ding, Mann. Ich kenn die Sorge, ich hab selbst einige Jahre lang Improv gemacht.«

»Was? Echt? Das wusste ich gar nicht. Wow, und schau, wo du jetzt bist! Dann kann aus uns ja noch was werden.« Er lachte, und ich fiel halbherzig mit ein. Genauso hatte ich auch gedacht. Hatte immer nach dem Nächstgrößeren gesucht und größer mit besser gleichgesetzt.

»Wenn du wüsstest, wie oft ich es vermisse«, sagte ich geradewegs heraus.

»Wirklich? Na, wenn du mal wieder Lust hast, komm gern vorbei. Wenn du spontan im Publikum so ablieferst, würde sich sicher niemand beschweren, dich beim nächsten Mal auf der Bühne zu sehen. Würd mich freuen!«

»Ja, ich schau mal« erwiderte ich, wohl wissend, dass ich nicht schauen würde. Improvtheater hatte zwar den großen Vorteil, dass ich nicht noch mehr Zeit für das Auswendiglernen von Texten aufwenden musste, aber ich musste laut Vertrag jegliche sonstigen Auftritte, seien sie schauspielerisch oder PR-bezogen, mit dem Sender abklären. Und ich konnte mir schon vorstellen, wie dessen Antwort ausfiel. Von meinem Terminkalender mal abgesehen und von der Tatsache, dass es sicher nicht dazu führen würde, dass ich Charlies Texte mehr lieben würde, wenn ich endlich wieder richtig schauspielern könnte.

»Ich bin übrigens Ringo und ja, ich bin nach dem Beatles-Typen benannt. Meine Eltern haben sich für mich eher 'ne musikalische Ausbildung gewünscht, schätze ich.« Er hielt mir das Notizbuch entgegen, das eben noch als Requisite während der Aufführung gedient hatte. Ich unterschrieb mit einem Kugelschreiber, den ich mir von der Garderobe schnappte, und hielt Ringo dann mein Ticket hin. Er sah mich mit zusammengezogenen Brauen an.

»Jetzt du«, sagte ich. »Ich hab doch gesagt, ich müsste eigentlich dich nach einem Autogramm fragen.«

»Oh. Ich dachte, das wäre ein Scherz.« Er nahm den Stift, den ich ihm entgegenstreckte, und kritzelte seinen Namen darauf, den er anschließend skeptisch betrachtete. »Ich hab keine Unterschrift, ich hoffe, das reicht. Oh, warte.« Er beugte sich wieder zur Garderobe und schrieb noch etwas darauf. »So, jetzt hast du meine Nummer. Kein Stress, ich erwarte nicht, dass du dich meldest. Aber solltest du echt mal Lust haben, eine Runde mitzumachen, sag Bescheid. Wir treffen uns auch so immer mal abends hier, ohne Publikum.« Er drückte mir das Ticket in die Hand und winkte mir noch einmal, bevor er Ed und meiner Mum kurz zunickte. »Ihnen viel Spaß noch, war schön, Sie hierzuhaben.« Dann drehte er sich um und lief in Richtung Schausaal. Ich blieb zurück mit einem seltsamen Gefühl in der Magengegend und dem Ticket mit Ringos Nummer darauf.

Selbst nachdem der Kellner unser Essen geliefert hatte, fand meine Hand immer wieder ihren Weg zu dem Stück Papier in meiner Jackentasche. Es war, wie ich erwartet hatte: Durch den Besuch des Theaters hatte sich ein »Was wäre wenn?«, eine Sehnsucht in mein Herz geschlichen. Sie würde dort nicht mehr so schnell verschwinden, das war mir klar. Dabei wusste ich, dass ich diesen Gedanken ziehen lassen musste. Selbst wenn ich die eineinhalb Jahre abwartete, bis mein Vertrag auslief, und diesen nicht verlängerte – wollte ich wirklich zurück ans Theater? Es war wie Ringo gesagt hatte: Die meisten Schauspieler dort träumten von der Chance, die ich erhalten hatte. Was, wenn ich genau das auch wieder tun würde? Wenn

Channel Y vielleicht die falsche Entscheidung gewesen war, aber nach Ablauf des Vertrags neue Castings für mich bereitstanden?

»Hey, Mum?«

»Ja, Schatz?« Sie ließ die Stäbchen sinken, mit denen sie gerade eine kleine Frühlingsrolle gehalten hatte. Meine Mum hatte uns in ein gemütliches, kleines japanisches Restaurant geführt, und selbst so in Gedanken versunken, wie ich die letzten Minuten gewesen war, musste ich zugeben, dass das Sushi ausgezeichnet war.

»Wieso bist du eigentlich nicht wieder arbeiten gegangen?« Ich musterte ihr Gesicht genau, als ich diese Frage stellte, blinzelte kaum, um jede Regung mitzubekommen. War da Reue? Bedauern, dass sie den Job aufgegeben hatte, den sie so geliebt hatte? Mittlerweile wusste ich, dass sie gute Chancen gehabt hatte, die Kanzlei einmal zu übernehmen.

»Es hat sich nicht wirklich ergeben. Du weißt doch, wie beschäftigt wir damals waren. Die ersten zwei, drei Jahre waren wir fast nur on tour, Schule, Castings, Proben, Pendeln zwischen Liverpool und hier. Und damals war – gerade in meiner Branche – Home Office noch keine Möglichkeit.« Sie lächelte mich an.

Zu meinem Erstaunen entdeckte ich keine negativen Gefühle in ihrem Gesicht. Entweder hatte ich das Schauspielern von ihr geerbt, oder aber sie hatte sich damit abgefunden.

»Aber du hast es damals echt geliebt. Dafür studiert.«

»Ja, natürlich.«

»Wieso gehst du dann nicht zurück?«

Meine Mum schien sichtlich verwirrt über die Frage. »Wo kommt das denn auf einmal her?«

»Ich hab mich nur gefragt ...« Ich hob die Schultern. »Keine Ahnung. Ich hab das damals gar nicht richtig zu schätzen gewusst. Ihr habt so viel aufgegeben, du und Dad, und das nur für mich. War es das wert?«

Auf dem Gesicht meiner Mum breitete sich ein warmes Lächeln aus. »Natürlich war es das. Du lebst deinen Traum. Und selbst wenn du kein berühmter Schauspieler geworden wärst, wäre es das wert gewesen. Man sollte seine Träume verfolgen, und bei dir war es ja kein Schnellschuss, du liebst das Schauspielern seit deiner Kindheit. Ich hab das gern getan. Sonst hätte ich ein paar Jahre warten und dich dann allein losziehen lassen können.«

Ich trank einen Schluck meiner Ramune. »Okay, aber du hast meine Frage noch nicht beantwortet. Warum gehst du nicht zurück? Also nicht zwingend zurück nach Liverpool oder die Kanzlei in Ormskirk. Aber warum suchst du dir in London nichts?«

Meine Mum kniff die Augen zusammen und schien ernsthaft über die Frage nachzudenken. »Ich glaube, manchmal weiß man einfach, wenn etwas vorbei ist und man Dinge in der Vergangenheit lassen sollte. Aber wer weiß …« Ihr Blick fiel auf Ed, der sich, ziemlich unbeeindruckt von unserem Gespräch, ein Sushi Maki in den Mund schob. »Vielleicht ändert sich das Ganze ja noch einmal, wenn Ed aus dem Haus ist. Jetzt fühlt es sich richtig an.«

Ich nickte, auch wenn ich nicht ganz glücklich mit der Antwort meiner Mum war. Ich erinnerte mich noch gut daran, wie sie gewesen war, als sie in der Kanzlei gearbeitet hatte. Nach und nach schien sich die Begeisterung für ihre Arbeit auf mich und meine Ambitionen übertragen zu haben. Meine Mum war mein größter Fan und Cheerleader, was großartig war, aber es übte auch eine Menge Druck aus.

»Außerdem zeigt dein Erfolg doch, dass es die richtige Entscheidung war«, sagte meine Mum mit einem Strahlen. »Ich weiß, du warst skeptisch, was *Bake That Cake!* angeht, aber der Auftakt gestern war wirklich toll, und die Show gucken etliche Leute. Ich hab nicht viel Ahnung von dem Social-Media-Kram, aber ich kann mir vorstellen, dass das deine Bekanntheit und auch Beliebtheit wirklich noch steigert und wer weiß …« Meine Mum hätte es gar nicht aussprechen müssen, ich wusste auch so, was jetzt folgen würde. »Vielleicht steht ja bald schon die erste Filmanfrage im Raum.«

So viel zum Thema Druck.

Ich nickte bloß und schob mir ein Nigiri in den Mund, um nicht antworten zu müssen. Was hätte ich auch sagen sollen?

Hey, cool, dass du das alles aufgegeben hast und du auf 'ne Filmanfrage hoffst, aber eigentlich war alles umsonst, weil ich's mir anders überlegt habe und lieber ein unterbezahlter Kleinkünstler wäre. Tja, sorry.

Wohl kaum. Und was, wenn meine Mum recht hatte? Was, wenn manche Dinge einfach der Vergangenheit angehörten? Was, wenn ich nach Ablauf des Vertrags wirklich eine Filmrolle erhalten konnte und alles anders, besser wurde? Meine Familie hatte so oft zurückgesteckt, das würde ich mit meinen Luxusproblemen nicht zunichtemachen.

Ich schloss den Knopf meiner Jackentasche, in der das Ticket steckte, und lächelte meiner Mum zu. »Wer weiß, vielleicht klappt das mit der Filmrolle nach Channel Y ja wirklich.«

26. KAPITEL

Kaycee

»Ein Bus?« Irritiert starrte ich das schwarze Fahrzeug an, das gerade in die Straße des Senders bog und auf dessen Seite das Logo der Show prangte. Das erklärte dann wohl, weshalb wir uns alle hier trafen – und weshalb wir für eine Übernachtung hatten packen sollen.

»Heute backt ihr euer liebstes Fahrzeug!«, gab Brian in bester Neal-Imitation zum Besten und schien sich nicht an den Kameras zu stören, die mit uns hier draußen bereitstanden. »Aber wir haben eine Besonderheit für euch. Wer kennt es nicht: Man plant einen Roadtrip, und plötzlich geht einem der Sprit aus! Oh weh! Also nehmen wir euch heute die wichtigste Zutat zu eurem Kuchen und schauen, wie ihr damit wohl zurechtkommt!«

Francis, die halb auf ihrem Koffer saß, lachte los, und als Brian, genau wie Neal, erst eine dann die andere Augenbraue hob, verlor auch ich die Fassung. Henry warf uns einen abschätzigen Blick zu, so als wäre dieser Kindergarten, den wir in seinen Augen sicher veranstalteten, weit unter seinem Niveau. Dass es ihn so zu ärgern schien, dass Brian und ich noch dabei waren, befeuerte mich nur noch weiter.

Der Bus kam zum Stehen, die Türen öffneten sich, und heraus kamen Orlando, Claudette und Leo. Unsere Blicke trafen sich sofort, und ich sah schnell woandershin – zu schnell offensichtlich, denn Brian musterte mich irritiert. Kurz sah es aus, als ob er etwas sagen wollte, dann ergriff jedoch Orlando das Wort und rettete mich vor Fragen, auf die ich ohnehin keine Antwort hätte geben können.

»Ich freue mich sehr, euch sieben zur vierten Runde von *Bake That Cake!* begrüßen zu dürfen. Ihr wundert euch sicher, dass wir euch hierher zitiert haben und dass es einen ganzen Bus brauchte, um uns drei zu euch zu bringen. Wobei, das stimmt nicht ganz …«

»… denn natürlich haben wir auch heute wieder Unterstützung bei den schwierigen Entscheidungen, die wir euch nicht vorenthalten wollen. Begrüßt bitte die wundervolle, frisch aus den Staaten eingeflogene Aliza Malik.«

Mir fiel die Kinnlade herunter, und für einen Moment war sogar die unangenehme Stimmung zwischen Leo und mir vergessen, denn tatsächlich erschien im nächsten Moment Aliza in der Tür des Busses und nahm die zwei Stufen nach unten.

»Oh mein Gott«, flüsterte ich aufgeregt.

»Kennst du sie?«, wisperte Francis neben mir, und ich nickte heftig. Ich folgte Alizas Instagram-Kanal seit Ewigkeiten und hatte mich mehr als einmal an ihren Rezepten probiert. Ihr Account war einer der Gründe gewesen, wieso ich mich vor zwei Jahren selbst an einem versucht hatte. Ihr Koch- und Backbuch mit pakistanischen Leckereien stand in der Küche in Croydon – mit etlichen Post-its darin. Daher wusste ich auch, dass sich Aliza größtenteils vegan ernährte, aber hin und wieder eine Ausnahme machte, wie offenbar für uns.

»Hallo! Ich freue mich, dabei sein und euch besser kennenlernen zu dürfen«, sagte sie mit amerikanischem Akzent und winkte in die Runde. Sie war mir auf Anhieb sympathisch und wirkte nicht weniger freundlich als in ihren Online-Auftritten.

»Doch das ist nicht der einzige Grund, weshalb wir heute

mit dem Bus angereist sind.« Nun musste ich zu Leo schauen, da es nicht zu tun definitiv für Aufmerksamkeit gesorgt hätte. Kaum dass mein Blick auf ihm lag, wünschte ich, ich hätte es doch gelassen. Er sah unglaublich gut aus in der schwarzen, leicht zerrissenen Jeans, dem weißen Shirt und dem karierten Hemd darüber. Seine Stimme zu hören sorgte für Schmetterlinge in meinem Bauch und legte sich gleichzeitig wie eine enge, unsichtbare Schnur um meine Lunge. Ich verschränkte die Arme vor der Brust, als könnte ich seine Wirkung auf mich so von mir fernhalten. Das musste aufhören. Dringend.

»Denn mit diesem Bus werden wir euch heute mit nach Brighton nehmen, wo wir bis morgen Abend bleiben werden. Wie ein paar von euch vielleicht mitbekommen haben, findet dieses Wochenende ein Festival am Brighton Pier statt – auf dem ihr live backen werdet. Und zwar zwei Tage lang.«

»Was auch bedeutet, dass wir uns dieses Wochenende von zweien von euch verabschieden werden«, übernahm Claudette das Wort und schaute mit scheinbarem Bedauern in die Runde. Francis neben mir sog lautstark die Luft ein, und mir war klar, dass die meisten der Zuschauenden das genauso tun würden. Selbst meine Arme verkrampften sich und legten sich noch enger um meinen Oberkörper. Zwei Chancen rauszufliegen. Ich schluckte. Diese Runde musste besser laufen als die letzte. Ich durfte mich nicht ablenken lassen. Erst recht nicht von Leo. Ich musste gewinnen. Wenn ich dieses Wochenende überstand, hatte ich bereits die Hälfte der Show gemeistert.

»Na dann«, sagte Orlando und klatschte in die Hände. »Worauf wartet ihr? Rein mit euch, dann haben wir vielleicht noch etwas Zeit am Strand – das Meer soll ja Wunder wirken für die Inspiration.«

Vor allem würde der Ortswechsel mich vielleicht auf andere Gedanken bringen. Zumindest aber würde es am Strand genug Platz geben, um Leo auszuweichen. Denn ich durfte mich nicht noch einmal in eine Situation manövrieren, in der ich ihm so nah war wie vor wenigen Tagen in der Küche des Cafés.

»Wow, ist das schön hier!«

Brian lehnte sich über das Geländer des Brighton Piers und blickte aufs Meer hinaus, während Francis genüsslich in das Croissant biss, das sie sich auf dem Weg geholt hatte.

»Wir sind im Sommer häufiger hier«, sagte sie, nachdem sie fertig gekaut hatte. »Die Kinder lieben es. Das Karussellfahren am Pier, das Wasser – auch wenn es meistens zu kalt und stürmisch ist, um richtig zu schwimmen.«

»Ich war ewig nicht hier«, sagte ich und sah hinauf zu den Möwen, die ihre Kreise zogen – vielleicht in der Hoffnung, dass Francis ihnen etwas zuwarf. »Auf jeden Fall tut es richtig gut, mal wieder aus London rauszukommen. Auch das hab ich ewig nicht gemacht.«

»Keine Lust mehr auf die große Stadt?«

»Doch!«, sagte ich sofort, was Brian zum Lachen brachte. »Aber Abwechslung tut einfach mal gut.«

»Hast du dich von der letzten Folge denn erholt?«, fragte Brian, und ich sah wieder zu ihm. »Wegen der Fragen über deine Mum, meine ich.«

Ich schnaubte.

»Ich hab dir gesagt, sie wollen eine Show. Mir haben sie Fragen über meine Sexualität gestellt, dabei sollte man echt nicht meinen, dass das heute noch genug für die Einschaltquote tut, aber meinetwegen.«

»Dich stört das so gar nicht?«

Er zuckte mit den Schultern. »Baiser, ich verfolg die Sendung seit fünf Staffeln. Es überrascht mich zumindest so gar nicht.«

»Fragen sie dich denn auch zu etwas aus?« Ich wandte mich an Francis, die den Kopf schüttelte.

»Nicht wirklich, nein.« Sie legte den Kopf schief. »Na ja, sie lassen mich viel von den Kindern erzählen, also ja. Wenn ihr recht habt, bin ich wohl eher da, um die anderen Mütter, die die Show schauen, abzuholen. Aber ich weiß ja nicht … Sie haben das mit den Fragen zu deiner Mum sicher nicht böse gemeint.«

Sie schüttelte erneut den Kopf, als glaubte sie Brian nicht, dass die Showrunner so kalkuliert vorgingen.

»Na ja, auf jeden Fall hab ich mit Ada, meiner Schwester, geredet, und sie meinte, es wäre schon okay, wenn ich von meiner Mum erzähle.«

»Sag ich ja. Und schau dir mal die Kommentare auf Instagram oder YouTube an. Die Leute lieben dich, und die Geschichte mit der Bank und deinen Eltern hat sie total abgeholt.«

»Ja«, meinte ich gedehnt. Die Geschichte, die ich Leo erzählt hatte, hatte es in das Best-of geschafft, das Channel Y zu jeder Folge erstellte, und war etliche Male geteilt worden. Vielleicht musste ich Hank beim nächsten Mal wirklich mehr geben. Fiona hatte offensichtlich keine Probleme damit, wenn ich von meiner Freundschaft zu ihr sprach, und Dad und Ada störten sich nicht an Erzählungen zu Mum. Ganz im Gegenteil, Dad war sogar stolz gewesen. So unwohl ich mich damit fühlte, mit meiner persönlichen Geschichte Sympathiepunkte abzustauben – wenn das der Weg war, das Preisgeld zu gewinnen und Adas und meinen Traum zu erfüllen, sollte ich es dann nicht einfach tun?

»Ich mag den kämpferischen Ausdruck in deinen Augen«, sagte Brian, legte einen Arm über meine und einen über Francis' Schultern und drehte uns langsam vom Geländer weg, hin zu den Buden auf dem Pier. »Er kommt auch genau recht-zeitig, die anderen sind hier.«

Tatsächlich kamen Amanda und Henry gerade den Steg entlanggeschlendert, und auch wir gesellten uns zu der Truppe, die sich neben dem Souvenirstand gebildet hatte. Leise Musik erklang aus den Boxen, die überall am Pier befestigt waren. Ich konnte sie nicht zuordnen, tippte aber auf 6oer Jahre.

Vor dem Brighton Palace Pier standen die vier Juroren und Jurorinnen vor einem langen Tisch, auf dem in mehreren Scha-len kleine Zettel verteilt waren. Das Set-up erinnerte mich an die erste Folge im Park. Die Kameras und Lichter waren be-reits aufgebaut, und Jane winkte uns auf die freie Fläche zwi-schen den Buden und dem Eingang des Freizeitparks. Leo war in ein Gespräch mit Aliza vertieft und wirkte fast ein wenig *zu* abwesend. Ganz so, als vermeide er es, in meine Richtung zu schauen – aber vielleicht war das auch Einbildung. Und selbst wenn nicht: Genau das war es doch, was ich wollte.

Ich zwang mich, demonstrativ woandershin zu sehen, wäh-rend diverse Kameraleute und Regieassistenzen uns in Position rückten.

»Na, dann wollen wir mal hoffen, dass es heute besser bei dir läuft, was?« Henrys Lächeln war so herablassend wie unecht, doch ich erwiderte es strahlend.

»Das wird es, keine Sorge.« Allein schon, um Henrys Ge-sicht zu sehen, wenn ich weiter war und er nicht, lohnte es sich, die Show zu gewinnen. Henry setzte gerade an, etwas zu er-widern, als der Regieassistent zur Stille mahnte.

»Ton ab! Kamera ab!« Die Befehle, deren Reihenfolge selbst mir mittlerweile bekannt war, erklangen, und wir alle schwie-gen, bis der Regisseur ein lautes »Action« in die Menge rief. Dieses eine Wort genügte, um auf Neals Gesicht das übliche professionelle Lächeln erscheinen zu lassen.

»Herzlich willkommen zurück, liebe Zuschauerinnen und Zuschauer. Wir befinden uns gerade auf dem City-in-Colour-Festival am Brighton Pier. Idyllische Szenerie und ausgelassene Stimmung, doch für unsere sieben Kandidaten und Kandidatinnen wird es wieder anstrengend, denn sie müssen sich nicht nur heute Nachmittag, sondern auch morgen früh miteinander messen. Während es für Sie vorm Fernseher normal weitergeht, haben unsere Teilnehmenden, die wir so ins Herz geschlossen haben, also doppelt Grund zu bangen, denn in Brighton werden uns gleich zwei von ihnen verlassen. Und es gibt noch eine weitere Neuerung: Diesmal werden nicht nur die Jury und Sie, liebes Publikum, ein Auge auf das Geschehen haben. Alle Besuchenden des Festivals werden ebenfalls zusehen können – so ein bisschen Druck gehört schließlich in jede gute Küche, nicht wahr?«

»Mit Zetteln seid ihr ja bereits vertraut. Dieses Mal müsst ihr jedoch keine Zutaten ziehen. In der ersten Schale findet ihr eine Zahl, sie ist gleichbedeutend mit eurer Standnummer und zeigt euch, wo ihr euch für den Start des heutigen Contests einzufinden habt.« Claudette deutete auf die Schale vor sich.

»In der zweiten«, übernahm Aliza, »findet ihr eine Skizze einer Attraktivität auf dem Pier. Diese sollt ihr nachbacken.«

Ich hörte Francis überrascht raunen und wäre am liebsten mit eingestiegen. So, wie wir jetzt standen, war es unmöglich, einen Blick auf den Freizeitpark am Ende des Piers zu erhaschen, aber ich hatte einige der Attraktivitäten vorhin aus der Ferne sehen können. Sie würden doch nicht ernsthaft von uns verlangen, eine Achterbahn nachzubacken? Ich hatte schon mehr als genug Probleme gehabt, die Bank in der ersten Folge zu stabilisieren. Ich sah nach rechts und warf Brian einen Blick zu, der ähnlich verzweifelt schaute, wie ich mich fühlte. Als Hank mit der Kamera auf mich zukam, zog ich den Kopf zurück und achtete darauf, wieder in Reih und Glied zu stehen. Andererseits … wenn ich laut den anderen wirklich einer der Publikumslieblinge war, wieso sollte ich das nicht nutzen? Ich sah also wieder zur Kamera, die nach wie vor auf mich gerichtet war, und hob leicht die Hände, wie zum Zeichen, dass ich keine Ahnung hatte, was mich heute erwartete.

»Ihr habt eine halbe Stunde, euch eure Attraktion anzusehen, einen Plan zu erstellen und eine Einkaufsliste zu schreiben«, fuhr Leo fort.

»Eine halbe Stunde?«, wisperte Amanda zu meiner Rechten. »Das ist viel zu knapp.«

Ich nickte. War es wirklich. Aber wahrscheinlich war die Zeit genau deshalb zu kurz bemessen: Wir sollten es nicht einfach haben.

Sie wollen eine Show.

»Sehr knapp, das ist uns klar.« Leo hob beschwichtigend die Hände. »Aber während unsere fleißigen Helfer die Einkaufskörbe mit euren Wunschprodukten befüllen, habt ihr Zeit, euren Bauplan zu verfeinern.«

»Ja, um zu merken, was uns alles fehlt.« Amanda verschränkte die Arme vor der Brust und sah zum ersten Mal ganz und gar nicht begeistert aus – für gewöhnlich hatte sie sich vor der Kamera bestens unter Kontrolle.

»Das wird schon«, sagte Francis, die zwischen Amanda und Brian stand, beruhigend. »Außerdem brauchst du dir doch echt keine Gedanken zu machen, du hast etliche Auszeichnungen.«

»Ja, aber ich backe in angesehenen Konditoreien, nicht für Kindergeburtstage. Das überlasse ich lieber anderen. Den Untalentierteren von uns.«

Auch ohne den abwertenden Ton in Amandas Stimme wäre glasklar gewesen, wen sie mit ihrem Kommentar meinte. Francis schwieg und sah zu Boden. Ich konnte ihren Blick nicht sehen, doch die besorgte Falte zwischen ihren Brauen entging mir auch im Profil nicht.

»Weißt du, Amanda«, sagte ich, und ausnahmsweise war mir egal, ob die Kameras und Mikrofone es einfingen, »genau das ist es, was ich an dieser Show so liebe. Dass sie zeigt, dass Talent eben nichts mit beruflicher Ausbildung oder irgendwelchen Zertifikaten zu tun hat, sondern dass Hingabe und der Wille, sich immer weiter zu verbessern, reichen. Und dass eine Hausfrau oder jemand wie ich, die noch in ihrem alten Kinderzimmer wohnt, genauso gute Chancen haben können, wie jemand, der das Privileg hatte, an eine angesehene Kochschule zu gehen. Und wenn ich mir das Ganze so ansehe …« Ich ließ meinen Blick erst nach rechts zu Brian, Francis und Amanda schweifen und dann nach links zu Henry, Jessica und Laurine. »Dann seid ihr so langsam in der Unterzahl.«

Ich erwiderte den giftigen Blick, den Amanda mir zuwarf, mit einem zuckersüßen Lächeln, das nur noch breiter wurde, als Brian mir einen Daumen hoch zeigte und Francis mir dankbar zunickte. Dann trat ich, nachdem Orlando die heutige Challenge für eröffnet erklärte, als Erste nach vorn und ging zu der linken Schale, um meinen Zettel zu ziehen. Vielleicht lag es an meinen übermütigen Worten, aber plötzlich war ich voller Zuversicht. Ich würde weiterkommen. Vor allem aber würde ich nicht zulassen, dass mir jemand einredete, dass ich den Sieg aufgrund meiner Herkunft oder dergleichen weniger verdient hatte.

Die Worte meiner Mum kamen mir ins Gedächtnis: *Lass nicht zu, dass irgendjemand dich kleinhält oder dir einredet, dass du etwas nicht kannst oder nicht verdient hast.*

Es war beinahe so, als hätte sie ihren letzten Brief an mich in dem Wissen geschrieben, welcher Weg noch vor mir lag. Als ich zur zweiten Schale vor Aliza ging, griff ich mit all der Zuversicht, die meine Mum gehabt hatte, nach einem Zettel. Ich würde mich von niemandem kleinhalten lassen.

»Das ist famos!« Claudette klatschte begeistert in die Hände, als sie das gebackene Kettenkarussell drehte. Mir fiel ein Stein vom Herzen. Zuerst hatte ich mich gefreut, eines der Karussells gezogen zu haben und nicht etwa einen Free Fall Tower oder die Achterbahn, dann jedoch hatte es sich als schwerer als erwartet herausgestellt, die Konstruktion dazu zu bringen, sich zu drehen, ohne dass alles in sich zusammenfiel. Claudette drehte ein weiteres Mal, und ich hoffte inständig, dass kein Stück des Kuchens herausbrach. Die kleinen Sitze, die ich mit langen Fruchtgummischnüren und einer Menge Zuckerguss an der oberen Kuchenhälfte befestigt hatte, schaukelten ein letztes Mal und kamen dann zum Stehen. Es hielt. Erleichtert seufzte ich auf, was Orlando mit einem Lachen zur Kenntnis nahm.

»Da hatte wohl jemand weniger Vertrauen in ihre Konstruktion als unsere liebe Claudette. Nein, aber wirklich Kaycee, das ist grandios! Dann wollen wir mal schauen, ob es geschmacklich genauso wie optisch überzeugen kann. Aliza, meine Liebe, wärst du so gut?«

Orlando reichte Aliza das Kuchenmesser. Mein Blick glitt an ihr vorbei zu Leo, der sich im Hintergrund hielt. Dabei war er eben bei Laurine noch fröhlich am Plaudern gewesen. Diese Befangenheit zwischen uns war seltsam. Klar, ich war diejenige gewesen, die ihn weggestoßen hatte, aber ich hatte doch bloß meine Chancen in der Show nicht sabotieren wollen. Diese angespannte Stimmung zwischen uns jedoch lenkte mich genauso sehr ab, wie es Leos Blicke zuvor getan hatten. Zu gern hätte ich mit ihm geredet. Ihn gefragt, wie es am Set lief, ob es ihm wieder Freude bereitete.

»Ich entschuldige mich schon jetzt, wenn ich etwas zerstöre«, sagte Aliza und blickte kritisch von dem großen Messer zum Kuchen. »Ich versuch einfach mal, unten etwas herauszuschneiden.«

Sie verteilte die Kuchenstücke auf vier kleinen Tellern, doch bevor sie sie den anderen Juroren reichte, wandte sie sich noch einmal zu mir um.

»Das gibt zwar keine Extrapunkte, aber cooles Shirt!«

Ich sah an mir hinab. Das Shirt hatte ich vor einigen Monaten secondhand in London entdeckt. Es zeigte einen meiner liebsten koreanischen Horrorfilme.

»Du kennst *The Wailing*?«, fragte ich überrascht.

»Zwangsläufig durch meinen Freund. Er liebt so was.«

»Er hat einen guten Geschmack.«

»Was mich wieder zum eigentlichen Thema zurückbringt.« Aliza nahm ein Stück des Kuchens auf die Gabel, doch noch bevor sie ein Urteil fällen konnte, meldete sich Leo zu Wort.

»Du hast dich wirklich selbst übertroffen.«

Ein ganz normales Lob. Etwas, das er genauso auch zu Brian oder Amanda hätte sagen können. Und doch genügte es, um mein Herz etwas schneller schlagen zu lassen. Vermutlich hätte er mir meinen Einkaufszettel von vorhin vorlesen können, und seine Stimme hätte denselben Effekt auf mich gehabt. Ich sagte nichts, bedankte mich nicht einmal. Ich sah ihm bloß geradewegs in die Augen, schaffte es nicht, meinen Blick loszureißen, ganz so, als sei er der letzte Tropfen Wasser in einer endlos scheinenden Wüste. Unsere Blicke hielten sich eine Weile gefangen, dann nahm ich aus dem Augenwinkel eine Bewegung wahr. Kamera. Hank. Ich rang mir ein möglichst professionelles Lächeln ab, wünschte Leo einen guten Appetit und nahm dankend das Lob der Juroren entgegen, bevor sie zum nächsten Stand – Henrys – weiterzogen.

27. KAPITEL

Leo

»Brian, Francis, Henry, Jessica, Laurine und Kaycee: herzlichen Glückwunsch! Wir sind sehr gespannt, womit ihr uns schon morgen überraschen werdet. Amanda, vielen Dank für alles und ganz viel Erfolg bei deiner weiteren Reise!«

Ich versuchte, die Schmetterlinge in meinem Bauch zu unterdrücken. Ich versuchte es wirklich. Die Arme hielt ich fest vor der Brust verschränkt, als könnten sie den kleinen Viechern so den Weg durch meinen Körper untersagen. Denn sollten sie es hindurchschaffen, würden sie mir mit Sicherheit das breite Grinsen aufs Gesicht zeichnen, das ich jetzt hinter einem schmalen Lächeln versteckte. Kaycee war weiter. Ihre ehrliche Freude zu sehen, erfüllte mich mit mehr Stolz und Wärme, als in Anbetracht der Situation rational war. Aber es war schön zu sehen, mit wie viel Ehrgeiz und Leidenschaft sie ihre Träume verfolgte. Okay, ein kleiner, egoistischer Teil freute sich vielleicht auch meinetwegen, weil ich weiterhin die Chance hatte, sie zu sehen. Weil ich weiterhin in ihrer Nähe sein konnte. Dabei wusste ich doch, wie naiv dieser Gedanke war.

Wir können Freunde sein. Aber nichts anderes.

Kaycee hatte die Grenze gezogen, überdeutlich sogar, und ich würde sie respektieren. Was mein Kopf verstanden hatte, schien mein Herz jedoch noch nicht zu interessieren, denn dieses klopfte weiterhin viel zu schnell in meiner Brust.

»Das war wirklich großartig«, sagte Aliza mit einem Strahlen. »Ich bin gespannt, wie ihr euch morgen schlagt.«

Orlando legte sich den Zeigefinger an die Lippen und zwinkerte spielerisch, als laufe Aliza sonst Gefahr, etwas von der morgigen Challenge zu verraten. Neal moderierte die Show ab, die Kameras schwenkten noch einmal über Brian und Kaycee, die sich in den Armen lagen, Jessica und Francis im Gespräch und über Amanda, die alles andere als begeistert aussah. Ich musste gar nicht erst mit den Cuttern der Show reden, um zu wissen, dass sie nach ihrer Reaktion auf das Ausscheiden nicht gut wegkommen würde. Leider war ihr Kuchen schon in sich zusammengefallen, bevor die Jury ihn hatte testen können – und auch geschmacklich hatte er nicht mit denen der vorherigen Folgen mitgehalten.

»Das war ein großartiger Dreh!«, rief Jane begeistert, sobald die Aufnahme beendet war. Als der Applaus des Teams verschallt war, sprach sie weiter: »Im Hotel erwartet euch ein Menü, ihr könnt den Abend aber auch in der Stadt verbringen, wie ihr mögt. Wir treffen uns morgen um Punkt acht Uhr hier am Steg für die zweite Challenge. Seid bitte pünktlich. Gegen vier Uhr nachmittags fährt der Bus dann zurück nach London, und euch erwarten dank der Doppeleliminierung ein paar freie Tage! Und jetzt: Habt einen schönen Abend!«

Die Menschentraube löste sich auf, Amanda führte eine hitzige Diskussion mit Henry, das Kcamerateam baute das Equipment ab, und Brian hakte sich bei Kaycee unter. Die beiden würden mit Sicherheit irgendwo in der Stadt landen, anstatt direkt zurück ins Hotel zu gehen. Ganz automatisch glitten meine Gedanken zu dem Abend im Club und dem Anblick von Kaycee auf der Tanzfläche. Ich schluckte gegen die plötzliche Trockenheit in meiner Kehle an. *Freunde.* So dachten Freunde nicht aneinander.

»Hey, Aliza!«

Brians Ruf riss mich aus meinen Gedanken. Er kam winkend näher auf Aliza und mich zu, Kaycee nach wie vor am Arm. »Das Fangirl neben mir traut sich nicht zu fragen, aber magst du was mit uns essen gehen?«

Kaycee boxte ihn gegen den Arm. »Lügner. Ich hab nur nicht gefragt, weil ich dachte, dass du bestimmt mit einem Jetlag zu kämpfen hast. Vielleicht ist es ja auch gar nicht erlaubt, dass wir mit euch rumhängen.« Kurz huschte ihr Blick zu mir, bevor sie wieder Aliza ansah.

»Ich wüsste nicht, was dagegenspricht«, erwiderte Aliza lächelnd. »Ich komm gern mit. Ich war noch nie in Brighton, da wäre es schade, den Abend auf dem Hotelzimmer zu verbringen. Kommst du auch?« Aliza sah mich fragend an.

»Ich, ähm … Ich will mich nicht aufdrängen.«

»So ein Quatsch.« Brian winkte ab. »Du drängst dich doch nicht auf. Oder willst du lieber mit Claudette und Orlando im Hotel abhängen? Komm schon.«

Brian sah mich mit erhobenen Brauen an, doch mein Blick ruhte auf Kaycee. Störte es sie, wenn ich mich ihnen anschloss? Ihr Gesicht war unergründlich. Andererseits hatte sie mir ihre Freundschaft angeboten. Und Freunde konnten gemeinsam etwas essen gehen, da war nichts dabei. Dann, beinahe unmerklich, nickte sie. Mir fiel ein Stein, nein, ein ganzer Felsbrocken vom Herzen.

»Okay«, sagte ich. »Wisst ihr schon, wo ihr hinwollt?«

»Das *Food for Friends* sah ganz gut aus«, sagte Brian. »Und es hat Burger. Im Gegensatz zu euch, die sich die Bäuche mit Kuchen vollgestopft haben, ist mein letztes Essen nämlich eine ganze Weile her. Ich verhungere.«

»Na, dann sollten wir wohl besser los«, meinte Aliza mit einem Lachen. »Ich fand es übrigens klasse, wie du die Wasserrutschen dargestellt hast.« Die beiden schritten voran, und ich fand mich plötzlich neben Kaycee wieder.

»Glückwunsch zum Weiterkommen. Ein Schritt näher am Ziel.«

»Ja«, sagte Kaycee, und auf ihrem Gesicht erschien ein vorsichtiges Lächeln.

»Wie hat dir die erste Folge gefallen?«

Ich hasste den Small Talk, aber es war besser, als gar nicht mit ihr zu sprechen.

»Gut. Ich hab sie mit Ada und Fiona zusammen geschaut. Und dir?«

»Ja, auch.«

Ich meinte, Kaycees Mundwinkel zucken zu sehen. »Okay und jetzt noch mal in ehrlich?«

»Es hat mir wirklich gefallen«, gab ich lachend zurück, erleichtert, dass die angespannte Stimmung zwischen uns langsam nachließ. »Die Folge war super, und ich glaube, dass das neue Format wirklich gut funktioniert.«

»Okay, also hasst du es nicht mehr komplett, dabei zu sein.«

»Hey, ich hab es nie *gehasst*, dabei zu sein. Ich hab nur gesagt, dass es nicht ganz das ist, was ich mir erhofft habe.« Ich senkte die Stimme, wusste, dass ich die Worte zurückhalten sollte, und tat es dennoch nicht. »Außerdem hatte es ja auch seine Vorteile.«

Der Blick, den Kaycee mir zuwarf, zeigte, dass sie ganz genau wusste, was oder besser gesagt wen ich damit meinte. Leider hatten meine Worte nicht den erzielten Effekt, ganz im Gegenteil. Sie machte dicht und sah wieder geradeaus. »Wir sollten uns beeilen, sonst haben die anderen beiden uns gleich abgehängt.«

Ich nickte und folgte ihr schweigend, während ich mich in

Gedanken verfluchte. Ich wusste es besser. Doch anscheinend interessierte mein Herz das nicht.

Das Essen war großartig, auch wenn das, was ich zu Kaycee gesagt hatte, weiterhin einen fahlen Geschmack auf meiner Zunge hinterließ. Ich hätte das nicht sagen sollen. Ich hatte nicht einmal über meine Worte nachgedacht, sie hatten einfach so meinen Mund verlassen. Ohne Absicht, ohne flirten zu wollen, sondern weil sie der Wahrheit entsprachen: Kaycee war in den letzten Wochen stets ein Lichtblick gewesen. Sie hatte die graue Monotonie unterbrochen und meinem Alltag Farbe eingehaucht. Doch diese Gedanken musste ich ad acta legen. Kaycee hatte alles Recht, genervt zu sein. Sie hatte mir deutlich gemacht, dass zwischen uns nichts passieren konnte. *Konnte.* Sie hatte nie gesagt, dass sie es nicht *wollte*, was bedeutete, dass ich mit meinem Verhalten nicht nur mir das Leben schwerer machte, sondern womöglich auch ihr. Und das war das Letzte, was ich wollte.

»Ich kann nicht mehr.« Brian legte sich mit einem Stöhnen die Hände auf den Bauch. »Ich bin pappsatt.«

»Hast du nicht eben noch was von Nachtisch erzählt?«, neckte Kaycee ihn. »Also ich würde noch einen nehmen.«

»Dein Ernst? Du schaffst noch was?«

»Na ja, okay, ein halbes Dessert vielleicht eher.«

»Wenn du magst, können wir uns was teilen«, bot Aliza an.

»Gern, auf was hast du Lust?«

»Ich weiß, ich hatte heute mehr als genug Kuchen, aber ich würde wirklich gern die vegane Birnen-Tarte-Tatin probieren.«

»Ihr seid beide völlig hinüber«, meinte Brian bestimmt.

»Lass Aliza in Ruhe, man kann nie genug Kuchen essen.«

Ich folgte dem Schlagabtausch der anderen mit einem Lächeln auf dem Gesicht, das mich zum ersten Mal seit Langem dankbar sein ließ, dass ich ein guter Schauspieler war.

»Du bist aber auf meiner Seite, oder?«, fragte Brian, der mir gegenübersaß.

»An sich ja ... aber das Eis klingt wirklich gut.«

»Ha!«, rief Aliza lachend.

»Okay, okay, ihr habt mich überredet. Gib mal das Menü her.«

Brian schnappte Kaycee die Karte aus der Hand und durchstöberte die Dessert-Auswahl. Kurz trafen sich Kaycees und mein Blick. Hitze schoss von meinem Bauch ausgehend durch meinen Körper, und ich griff schnell nach meinem Glas Wasser, als könnte ich die Empfindungen aus meinem System schwemmen. Auch Kaycee sah zu Boden, holte dann ihr Handy aus der Jackentasche und begann zu tippen.

Was, wenn Freundschaft nicht möglich war? Nicht weil ich nicht an Freundschaften zwischen Frauen und Männern glaubte, die gab es definitiv, schließlich war ich auch mit Amy eng befreundet. Aber was, wenn wir von der ersten Begegnung an eine unsichtbare Grenze überschritten hatten, die es uns nicht erlaubte, dieses freundschaftliche Gebiet zu betreten?

»Okay, überredet. Ich nehm die Mousse. Aber beschwert euch nicht, wenn ich den gesamten Rückweg Klagelaute ausstoße. Ich hab euch gewarnt.«

»Dann lassen wir dich einfach zurück«, murmelte Kaycee. »Sorry«, sagte sie dann lauter und legte das Handy beiseite. »Meine Schwester. Sie wollte nur wissen, ob ich weiter bin. Was ich ihr natürlich nicht verraten habe!«, fügte sie eilig mit Blick auf Aliza und mich hinzu.

Ich lachte. »Natürlich nicht.«

»Okay, vielleicht hab ich es gepetzt. Aber sie hält dicht, versprochen.«

»Ich würde vor meinem kleinen Bruder auch rein gar nichts geheimhalten.«

»Ich wusste gar nicht, dass du einen Bruder hast.«

»Doch, Ed. Fünfzig Prozent nervtötend, fünfzig Prozent süß.«

»Ja, das ist die übliche Mischung für kleine Geschwister«, erwiderte Kaycee mit einem Grinsen. »Ich hab eine kleine Schwester, Clara. Fluch und Segen zugleich, aber eigentlich kommen wir gut aus.«

»Ed und ich auch. Er ist echt super und hat ’ne Menge für mich getan. Meine ganze Familie eigentlich.«

»Wie meinst du das?«

»Sie sind für mich hergezogen. Meine Mum hat ihren Job aufgegeben und Ed seine Freunde. Nicht direkt, er kam etwas später nach … aber es war sicher nicht leicht für ihn.«

»Ich wusste gar nicht, dass du nicht aus London bist. Klingst komplett so.«

»Hartes Training«, erwiderte ich lachend. »Aber ne, meine Mum und ich sind umgezogen, als ich fünfzehn war. Der Plan war, dass wir beziehungsweise ich mir in den drei Jahren, bis ich achtzehn bin, was aufbaue, dann hätte meine Mum zurückgekonnt, und ich wäre in London geblieben.«

»Klingt nach einem Aber?«

Ich nickte. »Ja. Ich hatte zwar kleinere Rollen, sogar eine Nebenrolle in einer BBC-Serie, aber nichts, was mir die Miete in London finanziert hätte. Anstatt also zurück nach Liverpool zu gehen, hat meine Mum meinen Dad und Ed überredet, nach London zu kommen. Ed hat sich eigentlich total auf die weiterführende Schule gefreut, wäre sogar mit seinem besten Freund in dieselbe Klasse gekommen …« Ich hob die Schultern. »Daraus wurde dann meinetwegen nichts.«

»Hm. Klingt, als fühlst du dich immer noch schuldig dafür.«

»Schon irgendwie«, gab ich zu.

»Hat er denn neue Freunde gefunden?«

»Klar. Er ist mittlerweile fünfzehn, spielt hier Fußball und hat seine Leute.«

»Hast du das denn auch?« Kaycee sah mich mit schiefgelegtem Kopf an. »Also neue Leute gefunden. Der Wechsel kann für dich ja auch nicht leicht gewesen sein, oder? Gerade mit all den Castings. Wenn ich mir vorstelle, wie lang die Drehtage teilweise gehen, ist es bestimmt nicht leicht, Freundschaften zu schließen.«

Es waren die ersten normalen Sätze, die wir hier am Tisch miteinander gewechselt hatten. Und wie immer, wenn ich mit Kaycee sprach, reichten wenige Worte, um direkt bis zu meinem Kern vorzudringen.

»Es geht«, antwortete ich ehrlicherweise. »Mit den Leuten aus der Heimat bin ich nicht mehr so richtig befreundet. Wir schicken uns ab und an mal Status-Updates, folgen einander auf Instagram.« Ich hob die Schultern. »Aber viel mehr auch nicht. Und neue Freunde zu finden ist nicht ganz einfach.« Ich zögerte. Stimmte das? Oder gab ich mir nur nicht genug Mühe? Ich dachte an den Abend mit Matthew, Yong-Jae und Sam. Daran, wie gut es getan hatte, etwas mit ihnen zu unternehmen – mit Menschen, die nichts mit meiner Berufswelt zu tun hatten. Ich hatte mich seit dem Abend nicht mehr bei Matt gemeldet, seine letzte Nachricht meines Wissens nicht einmal beantwortet, und die war auch schon einige Tage her. Vielleicht war das Ganze gar nicht so schwer, wie ich glaubte. Vielleicht musste ich mir nur ein bisschen mehr Mühe geben. Ich machte mir eine mentale Notiz, Matthew nachher zu schreiben.

»Klingt nicht gerade einfach. Was machst du denn, um abzuschalten?«

»An Hobbys meinst du?«

Kaycee nickte. »Ja, diese Dinge, die normale Menschen in ihrer Freizeit tun, wenn sie Spaß haben wollen. So was wie das Backen bei mir, weißt du?«

»Aktuell ist es mehr dein Job als dein Hobby, oder?«

»Hm. Stimmt. Verrückt, oder?« Während sie das sagte, strahlte sie die Leidenschaft aus, die ich bei mir so vermisste. Dann jedoch trat ein ernsterer Ausdruck auf ihr Gesicht. »Aber du meintest ja, bei dir ist es nicht ganz das, was du dir erhofft hast. Was tust du, um abzuschalten?«

»Ich …« Ja, was? »Ich war diese Woche mit meiner Mum und Ed im Improvisationstheater. Das war cool.«

»Zum Zusehen oder Mitmachen?«

»Zusehen, aber ich wurde mehr oder weniger freiwillig auch Teil des Programms.«

»Hey, wäre das nicht was? Wieder beim Theater mitmachen?«

Und schon wieder traf sie. Ich schüttelte den Kopf. »Nein.«

»Wieso?«

Ich sah zu Brian und Aliza, die jedoch weiter in ein Gespräch vertieft waren.

»Weil ich Angst habe.«

Da. Ich hatte es ausgesprochen. Nach dem Besuch im Theater hatte ich den Gedanken zum ersten Mal zugelassen, jetzt die Worte ausgesprochen. Kaycee schwieg, zwischen ihren Brauen hatte sich eine Furche gebildet.

»Davor, dass es dich mehr erfüllt als der Job jetzt?«

Ich nickte bloß. Es war albern. So albern wie meine Unzufriedenheit. Andere hatten Angst vor Dunkelheit, vor großen Menschenmengen, engen Räumen oder Spinnen. Meine Angst war so wenig greifbar, so unlogisch.

»Verstehe«, sagte Kaycee dennoch leise. »Und wenn es dir zu viel Spaß macht, kannst du den Jetzt-Zustand noch weniger genießen und hast noch mehr Angst, dass deine Familie merkt, dass sie all die Opfer umsonst gebracht hat.«

Überrascht sah ich sie an. Ich hatte so lange gebraucht, um diese Gedanken zuzulassen und für mich zu sortieren, und Kaycee hatte es innerhalb von zwei Gesprächen auf den Punkt gebracht. Ich räusperte mich und nickte.

»Ja, aber ist echt nicht so eine große Sache.«

Etwas traf mich am Fuß. »Klappe«, sagte Kaycee mit schiefem Lächeln. »Du musst aufhören, dich und deine Gefühle ständig so kleinzureden. Du bist wie meine beste Freundin.«

»Fiona?«

Kaycee nickte. »Jap, aber sie hat es auch irgendwann gelernt, also besteht bei dir noch Hoffnung.«

»Na, danke.«

»Gern geschehen«, erwiderte Kaycee mit einem Grinsen und zuckte zusammen, als zwischen uns plötzlich ein weißer Teller mit einem himmlisch duftenden Stück Tarte auftauchte.

»Oh, danke«, sagte Kaycee und schob den Teller zwischen sich und Aliza, während ich das Eis entgegennahm. Ich war so vertieft in das Gespräch gewesen, dass ich gar nicht mitbekommen hatte, dass die anderen bestellt hatten.

»Ich hab für euch mitbestellt, ihr beiden Turteltauben hattet ja nur Augen füreinander«, sagte Brian, und trotz des neckenden Tonfalls rückte ich ein Stück von Kaycee weg in Richtung der Rückenlehne meiner Sitzbank. Irrte ich mich, oder wurde Kaycee rot? Ich wollte ihr keine Probleme machen, kein falsches Bild bei Brian hinterlassen. Doch ich hatte das Gefühl, bei Kaycee gab es nur ganz oder gar nicht – immerhin hatten wir es mit Small Talk über unsere Geschwister versucht und waren nur wenige Minuten später beim absoluten Deep Talk gelandet. Und das Schlimmste: Ich wollte es nicht anders.

Ganz im Gegenteil. Ich wollte mehr. Wollte mehr aus ihrem Leben erfahren, ihr zuhören und im Gegenzug mehr von mir erzählen. Ich wollte wissen, was sie zum Lachen brachte, was sie berührte, was es mit den Horrorfilmen auf ihren Shirts auf sich hatte. Ich wollte wissen, wie es Ada ging. Verdammt, es interessierte mich sogar, was sie in der Konditorei anbieten würde, von der sie so sehr träumte. Ich interessierte mich für alles, was sie anbelangte. Und das machte es so verdammt schwer, mich auf Oberflächlichkeiten zu beschränken.

Eine Stunde später spazierten wir mit viel zu vollen Mägen in der Abenddämmerung zurück in Richtung Hotel. Die Sonne war gerade im Begriff unterzugehen und färbte die vereinzelten Wolken am Himmel in ein warmes Rotorange. Zwar konnte man das Meer in der nun belebten Straße nicht hören, allerdings schaffte es die salzige Luft bis hierher. Ich atmete tief ein und wieder aus. Ich hätte nicht sagen können, wann ich zuletzt so entspannt gewesen war. Doch die Lichter der kleinen Stadt, das Gelächter, das aus den einzelnen Läden und Restaurants drang, und Kaycee wirkten wahre Wunder.

»Ich hätte die Mousse wirklich nicht noch essen sollen«, meinte Brian mit einem Stöhnen.

»Es hat dich keiner gezwungen«, erwiderte Kaycee.

»Doch. Gruppenzwang ist auch ein Zwang. Trägst du mich?«

»Träum weiter. Nachher brech ich mir was und kann den Teig morgen nicht kneten.«

»Spielverderberin.«

»Jaja«, sagte Kaycee lachend, dann hielt sie plötzlich inne. Ich drehte mich um, während Brian und Aliza noch einige Schritte weiterliefen, bevor sie ebenfalls zum Stehen kamen. »Oh shit.«

Kaycee tastete ihre Jacken- und Jeanstaschen ab, dann öffnete sie die kleine schwarze Handtasche, die über ihrer Schulter hing, nur um die Hände wieder in ihre Jackentaschen gleiten zu lassen.

»Alles okay?«

»Ich glaub, ich hab mein Handy vergessen. Ich geh noch mal zurück.«

»Ich komm mit.«

»Brauchst du nicht extra.«

»Kaycee, es ist gleich dunkel. Mal ganz davon abgesehen, dass du so nicht allein laufen musst. Natürlich komm ich mit.«

»Alles in Ordnung?« Brian und Aliza hatten zu uns aufgeschlossen.

»Ich hab mein Handy liegen lassen, wir würden noch mal zurückgehen«, sagte Kaycee.

»Ich bin mir sicher, die Bedienung hat es zur Seite gelegt, und du hast es sofort wieder«, meinte Aliza beruhigend. »Sollen wir mitkommen?«

Brian blickte von mir zu Kaycee und gähnte dann herzhaft. »Ich bin echt müde. Baiser, bist du mir böse, wenn ich mir Aliza schnappe und wir schon mal ins Hotel gehen? Ich muss mich echt aufs Ohr hauen, und Aliza hat während des Essens bereits gegähnt. Jetlag.« Er warf Aliza einen so eindringlichen Blick zu, dass es selbst mir unangenehm war.

»Ähm«, machte Kaycee, doch Brian hatte sie längst an sich gedrückt.

»Schlaf gut, Liebes. Wir sehen uns morgen.«

Aliza musterte Brian mit erhobenen Augenbrauen und sah dann zu Kaycee, wie um sich erst ihr Okay zu holen. Kaycee nickte.

»Okay, dann bis morgen«, sagte Kaycee. »Ich hoffe, ich kann die Birnen-Tarte noch irgendwie schlagen.«

Aliza lachte. »So gut sie auch war: Da mache ich mir keine Sorgen. Ich hoffe, ihr findet das Handy schnell. Bis morgen!«

Brian und Aliza winkten noch einmal und bogen dann in die Seitenstraße zum Hotel, während ich mit Kaycee in die entgegengesetzte Richtung lief.

»Zum Glück ist es dir so schnell aufgefallen.«

»Ja«, sagte Kaycee gedehnt. »Ada bringt mich um, wenn ich ihr nicht alle paar Stunden ein Status-Update gebe. Ich hab das Gefühl, sie fiebert mehr mit als ich.«

»Ich hoffe wirklich, dass du gewinnst.«

Kaycee hob eine Braue. »Aha? Darfst du das denn sagen? Ich dachte, ihr sollt nicht parteiisch sein als Juroren.«

»Es ist nach meiner Arbeitszeit, ich denke, das geht schon klar.«

Kaycee schmunzelte, und wir verbrachten den restlichen Rückweg zu *Food for Friends* schweigend. Im Gegensatz zu vorhin war es jedoch nicht unangenehm.

»Ich geh schnell rein, fragen«, sagte Kaycee, als wir das Restaurant erreicht hatten, und verschwand im nächsten Moment bereits hinter der Tür. Ich sah ihr nach und versuchte, das heftige Pochen meines Herzens unter Kontrolle zu kriegen. Ich konnte mir wirklich keinen Reim darauf machen. Wir liefen nur nebeneinander her, berührten uns nicht mal. *Durften* uns nicht einmal berühren. Und doch hatte diese Frau eine stärkere Wirkung auf mich als alle anderen zuvor. Ihre Nähe löste mehr in mir aus als jeder Kuss, jede Berührung es je vermocht hatte.

28. KAPITEL

Kaycee

»Siehst du, hat doch sein Gutes, dass du das Handy vergessen hast«, sagte Leo auf dem Rückweg zum Hotel. Aliza hatte recht behalten, und eine Mitarbeiterin des Lokals hatte mein Smartphone sicher verwahrt, sodass ich nach knapp zwei Minuten wieder aus dem Restaurant getreten war. Zu Leo. Mit dem ich nun über den Strand zurück zur Unterkunft schlenderte.

»Was meinst du?« Ich sah ihn fragend an, und versuchte, sein Profil nicht zu genau zu betrachten. Leo nickte, die Hände in den Jackentaschen, in Richtung des Himmels. Die Sonne war beinahe vollständig untergegangen und stand nun so tief, dass es aussah, als wolle sie im Meer versinken. Der Himmel leuchtete in einer Farbpalette, die von einem satten Orange über Pink bis hin zu einem hellen Violett reichte. Die Szenerie sah aus wie gemalt.

Ohne dass ich meinen Füßen einen bewussten Befehl gab, kam ich zum Stehen und sog das Naturschauspiel in mich auf. Auch Leo hatte angehalten. Ich blickte zu ihm auf.

»Sag bloß, du glaubst immer noch an Schicksal.«

»Spar dir deinen neckenden Unterton.« Er sah zurück aufs Meer, dessen Wellen leise plätschernd vor uns auf dem Sand aufschlugen. »Dann nenn es meinetwegen eine seltsame Aneinanderreihung von Zufällen, dass wir beide hier sind.«

»Hier am Strand? Das nenn ich Vergesslichkeit, immerhin haben wir das meinem Handy zu verdanken. Oder meinst du hier auf der Erde, an diesem Ort, in genau diesem Moment? Was?«, schickte ich hinterher, als er seine Mundwinkel zu einem schiefen Lächeln hob. »Wieso grinst du so?«

»Du bist echt unromantisch.«

»Pf, gar nicht wahr!«, protestierte ich. »Im Gegensatz zu dir feier ich sogar die kitschigen Texte, die du zu Amys Charakter sagen musst.«

»Das ist kein Qualitätsmerkmal.«

»Heul nicht rum, wär es dir lieber, wenn ich dich deshalb auslache?«, fragte ich und musste nun ebenfalls grinsen.

»Nein. Ich krieg bei dir auch so mein Fett weg. Eben hältst du mir noch einen Vortrag, wieso ich meine Ängste und Sorgen nicht kleinreden soll, und jetzt ...« Er stieß ein übertriebenes Seufzen aus. »Aber was wundere ich mich überhaupt. Es ging ja schon bei unserem ersten Aufeinandertreffen los.«

»Das war verdient! Also bitte, du bist verkatert dort aufgetaucht. Warum eigentlich?«

»Weil ich überhaupt keine Lust auf die Show hatte.«

»Oh.« Obwohl es mir egal sein sollte, sank mein Herz bei diesen Worten in meine Hose. »Ich wusste nicht, dass die Abneigung so groß ist.«

»War.«

»Hm?«

»Sie war so groß. In der Zwischenzeit hat sich ein bisschen was geändert.«

Ich wusste, dass es mir egal sein sollte. Wusste, dass ich Leo nicht so ansehen sollte, während neben uns die Sonne traumhaft schön am Horizont versank, als stammte die Szene aus irgendeinem kitschigen Hollywood-Streifen. Doch er nahm die Worte nicht zurück, und ich wandte den Blick nicht ab. Hielt ihn auf seine dunkelbraunen Augen gerichtet, während der Nachhall seiner Worte meinen Körper von innen heraus wärmte.

»Ich bin auf jeden Fall froh, dass du geblieben bist«, sagte ich leise. Weil es stimmte. Ich konnte mir einreden, was ich wollte, aber in Wahrheit war ich froh, dass Leo hier war. Die Gespräche mit ihm waren einfach. Zeit mit ihm zu verbringen fühlte sich richtig an. Und der Blick aus seinen dunkelbraunen Augen war besser als die letzten warmen Sonnenstrahlen auf meinem Gesicht. Es fühlte sich an, als ob er mich *sah*. Mich wirklich sah. *Mich*. Mit all den Fehlern und Problemen, den Unzulänglichkeiten und Momenten, in denen ich mir klein vorkam. Er sah mich, und er akzeptierte mich trotzdem.

»Ich will dich wirklich gern küssen.« Leos Stimme war rau.

Meine war ein Hauch, so sanft wie das Rauschen der Wellen im Hintergrund. »Dann tu es.«

Kaum dass die Worte über meine Lippen geglitten waren, hämmerte mein Herz rasend schnell in meiner Brust. Leos Augen waren geweitet, beinahe so, als glaubte er, sich verhört zu haben. Doch der perplexe Ausdruck auf seinem Gesicht hielt nicht lange an, denn im nächsten Moment lagen seine Lippen auf meinen, und er küsste mich. Nicht sanft und tastend wie in der Bäckerei, sondern mit einem solchen Verlangen, dass mir die Knie weich wurden. Er zog mich enger an sich, bis meine Brust an seiner lag, umschloss meinen Kopf mit seinen Händen und vertiefte den Kuss. Jede seiner Berührungen sandte wohlige Schauer durch meinen gesamten Körper, und als ich die Lippen teilte und meine Zunge sanft über seine gleiten ließ, hätte ich beinahe aufgestöhnt. Ich stellte mich auf die Zehenspitzen, schob mich Leo weiter entgegen, wollte mehr von ihm, so viel, wie er zu geben bereit war. Und in diesem Moment waren da keine Gedanken an die Show, keine Sorgen in meinem Kopf. Da war nur er. Er, er, immer wieder er.

Ich krallte meine Finger in den Stoff seiner Jacke und versuchte, ihn noch näher an mich heranzuziehen, was ihm ein Lächeln entlockte, das ich an meinen Lippen spürte. Doch er unterbrach den Kuss nicht, sondern gab mir, worum ich ihn stumm bat. Unser Kuss wurde leidenschaftlicher, so sehr, dass ich alles um mich herum vergaß. Die im Meer versinkende Sonne malte sanfte rote Muster an meinen geschlossenen Lidern und wärmte mich von außen, während Leo mich von innen heraus erwärmte. Als wäre es nicht genug, dass seine Zunge, seine Lippen und die Finger in meinen Haaren meine gesamten Gedanken einnahmen, brachte sein Duft mich beinahe um den Verstand. Ich hätte ihn nicht beschreiben können, aber er roch nach Sicherheit. Nach Wärme. Und so unverwechselbar nach Leo. Keine Ahnung, wie lange wir eng umschlungen dort standen, doch irgendwann löste ich mich nach Luft schnappend von ihm, nahm wahr, wo wir uns befanden, dass wir immer noch hier waren, mit den letzten Resten der Sonne, an dem beinahe menschenleeren Strand.

»Wow«, sagte ich das Erste, was mir in den Sinn kam.

»Ja, das war ziemlich wow«, erwiderte Leo leise. Einige Augenblicke standen wir uns lächelnd gegenüber, unsere Finger miteinander verschränkt, und sahen uns einfach an. Leos Augen nahmen einen ernsteren Ausdruck an, und er räusperte sich. »Tut mir leid, wenn ich dich überfallen habe.«

Ich schüttelte den Kopf. »Hat es auf dich gewirkt, als ob ich es nicht gewollt habe? Auch vorher … es lag nie daran, Leo.«

»Ich weiß.« Langsam löste er seine Finger aus meinen, und sofort vermisste ich die Wärme und den sanften Druck seiner Hände. »Aber trotzdem sollten wir vermutlich aufpassen, oder?«

»Ja …« So sehr ich es auch hasste, so sehr ich ihn wieder küssen, ihn an mich ziehen wollte: Ja. Wir sollten aufpassen. Denn händchenhaltend ins Hotel zurückzulaufen hätte nicht nur Fragen aufgeworfen, es hätte den Machern der Show auch ganz sicher nicht gefallen – oder zu gut und sie hätten eine ganze Story um uns herum inszeniert. So oder so war es kein Szenario, das ich provozieren wollte.

»Also …«, begann Leo, »halten wir uns jetzt wieder voneinander fern?«

»Ich …« Ich biss mir auf die Lippe und sah zum Meer, das die Sonne nun beinahe vollständig verschluckt hatte. Die Möwen am Himmel waren nunmehr als dunkle Schatten zu erkennen, und der Pier leuchtete in der Ferne wie ein Wegweiser. Ich hob die Schultern und ließ sie wieder fallen. »Ich weiß es nicht.« Mit gerunzelter Stirn blickte ich zurück zu Leo, sah in die dunkelbraunen Augen, die in dem Licht beinahe schwarz wirkten, so wie zuletzt im Club. »Ich will mir diese Chance nicht kaputtmachen.«

Er nickte, und in seinem Blick lag so viel Verständnis, dass ich ihn am liebsten schon wieder geküsst hätte – das genaue Gegenteil von dem, was wir gerade besprachen.

Leo trat neben mich und ging langsam weiter in Richtung des Hotels. »Na dann. Worauf wartest du? Wenn du dir die Chance nicht sabotieren willst, solltest du auf keinen Fall zu spät ins Bett.«

Ich wandte mich ebenfalls zum Gehen und schloss zu ihm auf. Also war es das schon gewesen? Ein Kuss, ein Vorgeschmack auf das, was wir haben könnten, stünde uns die Show nicht im Weg? Ich wollte es auf keinen Fall ungeschehen machen, doch stellte mich das Ganze jetzt vor ein großes Problem: Ich wollte mehr. Es war unvernünftig, gefährlich und das genaue Gegenteil von dem, was ich tun sollte, aber ich wollte Leo.

29. KAPITEL

Leo

Ich hatte die Nacht über kaum ein Auge zugetan und war dennoch seltsam erholt, als ich am nächsten Morgen am Pier eintraf. Die Sonne wärmte mein Haar trotz des salzigen Windes, und auf dem Steg und den Fahrgeschäften herrschte schon reger Betrieb.

»Morgen, Leo!«, rief Aliza mir zu, die gerade mit Jessica am Kaffeestand in ein Gespräch verwickelt war. Ich winkte zurück und versuchte, mir meine Nervosität nicht anmerken zu lassen, als ich Kaycee und Brian auf den Klappstühlen in der Maske erspähte. Kaycees Blick wanderte zu mir, und sie hob unauffällig einige Finger zum Gruß. Ich nickte ihr zu und biss mir auf die Innenseiten der Wangen, damit mein Lächeln als höflich durchging – und nicht als das, was es eigentlich war: ziemlich verknallt. Denn ein Blick auf Kaycee genügte, um mir die Erinnerungen an unseren Kuss ins Gedächtnis zu rufen. Okay, wenn ich ehrlich war, brauchte es diese Erinnerungen nicht, immerhin war der Gedanke an Kaycees Lippen auf meinen das gewesen, was mich die Nacht über wachgehalten hatte. Zu gern wäre ich ein Stockwerk tiefer zu ihrem Zimmer geschlichen, doch die Angst, entdeckt zu werden, hatte die Vernunft siegen lassen.

Ich gesellte mich zu Orlando, Claudette und Jane, die am Geländer des Piers lehnten.

»Guten Morgen! Habt ihr gestern gut überstanden?«

»Na, da hat aber einer gute Laune«, meinte Claudette.

»Kein Wunder, das Wetter ist toll, und schaut euch dieses Meer an«, meinte Jane mit einem Seufzen. »Ich sollte beim Sender durchsetzen, dass wir häufiger auswärts drehen.«

»Ja, bitte«, stimmte Orlando ihr zu.

Ich nickte ebenfalls, auch wenn meine Laune nicht vom Wetter herrührte.

»Hast du dich mittlerweile gut eingelebt?«, fragte Claudette und lehnte sich weiter über das Geländer, um mich sehen zu können.

»Ja, total. Ich hoffe, ich stelle mich nicht ganz doof an.«

»Überhaupt nicht«, beteuerte Claudette. »Trau dich ruhig mehr. Die meisten Leute, die die Show sehen, sind auch keine Meisterkonditoren und wahrscheinlich froh über eine ehrliche Meinung von außen. Aber mal Hand aufs Herz: Wie sehr musste Channel Y dich überreden, hier mitzumachen?«

»Gar nicht.«

Orlando hob die Augenbrauen.

»Meine Agentin hat mich überredet.«

Das brachte Orlando, Claudette und sogar Jane zum Lachen.

»Ich bin aber froh, dass ich zugesagt habe. Wirklich.«

»Das ist schön. Du scheinst auch mit jedem Mal mehr aufzutauen«, sagte Jane, und ich betete, dass man mir meine Verlegenheit nicht ansah, denn mir war mehr als klar, weswegen ich mit jedem Mal vorfreudiger ans Set kam.

Glücklicherweise musste ich mich nicht länger um eine neutrale Miene bemühen, da im nächsten Augenblick mein Handy klingelte. Ich entschuldigte mich bei den anderen dreien und nahm den Anruf entgegen.

»Hey, Amy. Alles gut bei dir?«

»Nein«, sagte Amy ohne große Begrüßung. »Hast du Charlies Mail gesehen? Er meinte, er schickt dir das Skript diesmal so.«

»Nein, noch nicht.« Das hatte ich gestern vollkommen verschwitzt. »Ich bin gerade in Brighton am Set.«

»Ach Mist, stimmt ja. Entschuldige, das hab ich vollkommen vergessen, dabei haben sie dafür extra den Dreh verschoben. Na ja, auf jeden Fall solltest du es dir ansehen. Wenn dich die Szene letztens aufgeregt hast, freu ich mich auf dein Gesicht bei dieser. Film es mir am besten mit.«

»Wieso? Was haben sie diesmal geschrieben?« Mir schwante Übles.

»Wir haben eine wirklich schlimme Streitszene. Also, so richtig schlimm. Die Art Streit, bei der ich jeder Zuschauerin raten würde, den Typen links liegen zu lassen.«

»Und das macht Rose nicht, lass mich raten.«

»Oh, doch«, erwiderte Amy mit einem Lachen. »Natürlich trennen wir uns erst wieder. Aber dann hab ich abends eine Szene auf der Toilette.«

»Was? Wieso das?«

»Wir werden Filmeltern, herzlichen Glückwunsch.«

»Nicht dein Ernst?«

»Doch, klar. Oh Gott, das heißt, ich werde mir die ganze Zeit einen Fake-Bauch unters Shirt schnallen müssen, und für die nächste Staffel drehen wir mit Baby.« Amys Stöhnen drang mir ans Ohr. »Ich kann nicht mit Kindern.«

»Tut mir leid.«

»Mir auch. Ich will keine Mutter spielen. Rose hatte Träume. Aber das war natürlich nicht alles. Charlie hat zwar nach deinem Protest beim letzten Mal von der Gewaltszene abgelassen, aber dreimal darfst du raten …«

»Nein.«

»Doch. Natürlich alles unabsichtlich, aber Jordan schubst Rose und …«

Ich stöhnte und rieb mir über die Stirn. »Sie verliert das Kind?«

»Nein, das nicht. Aber es soll genau mit dieser Frage und diesem Cliffhanger enden.«

Ich wägte meine Optionen ab.

»Meinst du …« Sie zögerte. »Meinst du, wir können mal gemeinsam mit Charlie reden?«

»Du willst mit Charlie reden? Darf ich dich an letztes Mal erinnern?«

»Ja, aber er kann uns ja nicht permanent vom Set werfen. Außerdem hast du ihn letztes Mal vor allen anderen auf das Skript angesprochen. Wir könnten einen Termin mit ihm ausmachen.«

Meine Gedanken wanderten zu dem Gespräch mit George. *Alles war so lange großartig, bis ich Charlie verärgert habe.*

»Ich weiß nicht, ob das so eine gute Idee ist«, warf ich vorsichtig ein und sah mich sicherheitshalber um, dass nach wie vor niemand der Sendung in Hörweite war. »Woher kommt das denn auf einmal? Du warst doch diejenige, die mich letztes Mal beruhigt hat.«

»Wenn sie nach der Szene wieder zusammenkommen, ich noch dazu bei meiner ersten großen Rolle eine Mum spiele – und all die Facetten über den Haufen werfe, die diese Rolle eigentlich hatte –, dann ruiniert das meine Chancen auf gute Jobs nicht weniger als Stress mit Charlie. Tut mir leid, dass ich da letztens nicht bei dir war und so wütend reagiert habe.«

»Muss es nicht. Und du weißt nicht sicher, ob es deine Chancen ruiniert.«

Ihr Schnauben war Antwort genug. Ja, das Risiko, in eine

Schublade gesteckt zu werden, bestand. Doch noch größer war das Risiko, dass sie ihre Karriere riskierte.

Charlie hält irgendwie die Fäden zusammen und manipuliert im Hintergrund.

So absurd sich die Worte im ersten Moment angehört hatten, sie wirkten nach. Erst wollte ich sichergehen, dass George mit seinem Verdacht falschlag. Ich hatte ihm versprochen, niemandem von unserem Treffen zu erzählen, damit er nicht noch größeren Ärger bekam. Aber wenn nur die geringste Chance bestand, dass seine Vermutungen der Wahrheit entsprachen, dann wollte ich Amy zumindest davor bewahren.

»Lass uns mal den Drehtag abwarten, ja? Ich glaube nicht, dass Charlie gut auf vorschnelle Kritik reagiert. Außerdem bist du eine großartige Schauspielerin und hast den besten Co-Darsteller, den du dir wünschen kannst. Wir kriegen das schon so gedreht, dass es nicht so schlimm wirkt, wie es sich im Skript liest.«

»Ich hoffe es«, erwiderte Amy mit einem Seufzen. »Aber wahrscheinlich hast du recht. Die Stimmung am Set ist endlich wieder gut, da sollten wir es wohl nicht drauf anlegen.«

»Ich schau mir den Text nachher mal an«, versprach ich. »Vielleicht fallen uns ja kleine Änderungen ein oder wir bringen den Streit etwas deeskalierender rüber als beabsichtigt.«

»Rebellion im Kleinen quasi?«

»Hey, es ist deine erste Rebellion am Set überhaupt. Irgendwo musst du ja anfangen.«

Amy lachte leise, und mir fiel ein Stein vom Herzen, dass sich die Situation fürs Erste geklärt zu haben schien.

»Na gut, dann lern ich wohl mal brav meinen Text. Wie ist es denn bei dir? Läuft die Show? Ich hab die Premierenfolge geguckt, war echt gut.«

»Ja, macht mehr Spaß als erwartet«, erwiderte ich und konnte nicht verhindern, dass mein Blick bei den Worten automatisch zu dem Grund glitt, der die Show so viel besser machte. Kaycee stand mit den restlichen Teilnehmenden in einem Kreis. Gerade wurden sie verkabelt, was bedeutete, dass es gleich losging.

»Das freut mich. Du kannst am Montag am Set ja mal berichten. Nach der Rebellion im Kleinen.«

»Mach ich«, erwiderte ich schmunzelnd. »Bis dann.«

»Bye-bye.«

Ich steckte mein Handy weg und nutzte das geschäftige Treiben auf dem Pier, um Kaycee noch einen Moment lang zu beobachten. Heute trug sie ein Kleid, das ihre Taille betonte, und das warme Licht der morgendlichen Sonne brachte ihre Haare zum Glänzen. Am liebsten wäre ich zu ihr hinübergegangen und hätte sie vor allen anderen noch einmal geküsst. Doch dann, das war mir klar, würde ich nicht nur am Set von *The London League* ein Problem haben, sondern auch an diesem. Also blieb ich an Ort und Stelle stehen und fing ihren Blick aus der Ferne auf. Das kleine Lächeln, das ihren Mund umspielte, als sie zu mir sah, hob meine Laune und vertrieb sogar die Gedanken an das von Amy erwähnte Skript.

30. KAPITEL

Kaycee

»Ich bin so stolz auf uns, Baiser!«

Brian lehnte den Kopf an meine Schulter und stellte die Musik seines Handys lauter, dessen Kopfhörer wir uns teilten. Ich nickte und sah mit herzhaftem Gähnen der vorbeiziehenden Landschaft zu.

»Ich auch. Stolz und müde. Vor allem müde.«

Der heutige Tag hatte es in sich gehabt. Zum einen hatte ich gestern Nacht noch viel zu lange wach gelegen und den Kuss in meinem Kopf hundertmal Revue passieren lassen. Zum anderen waren wir vor eine ganz besondere Challenge gestellt worden: Die am Pier Anwesenden hatten uns ihre Lieblingskuchen und -torten verraten, die wir hatten backen müssen. Im Vergleich zur Herausforderung des Vortags immerhin keine architektonische Meisterleistung, jedoch hatten wir nicht googeln dürfen, und die Person, deren Rezept uns zugeteilt wurde, hatte uns nur einmal helfen dürfen – als Joker sozusagen. Gott sei Dank hatte ich früher mit meiner Mum schon häufig intuitiv gebacken, sodass ich einigermaßen zuversichtlich gewesen war und letzten Endes auch gut abgeschnitten hatte.

Wir hatten uns von Laurine verabschieden müssen, da ihr New York Cheese Cake wohl zu feucht gewesen war und seine Konsistenz dadurch nicht überzeugt hatte. Sie saß vorn im Bus und wirkte wesentlich weniger geknickt, als ich erwartet hätte, denn sie vloggte schon wieder und erzählte ihren Fans von dem Tag.

So oder so: Ich war weiter. Und somit in den Top fünf, was bedeutete, dass ich nur noch zwei Shows bis zum großen Finale überstehen musste.

»Hey, Kaycee?«, riss Brian mich aus meinen Gedanken.

»Oh, mein echter Name. Hab ich was ausgefressen?«

»Darüber wollte ich mit dir tatsächlich reden.« Er stieß mir in die Seite und hob dann den Kopf, um mich mit wackelnden Augenbrauen anzusehen. »Hast du?«

»Was meinst du?«

»Komm schon«, sprach er leise weiter. »Mit Leo, meine ich. Erzähl mir nicht, dass ich mir das zwischen euch eingebildet hab. Ich hab es mir vorher schon gedacht, aber gestern war die Chemie zwischen euch nicht zu übersehen. Die Funken haben Leos Eis ja beinahe zum Schmelzen gebracht.«

»Haha«, sagte ich ausweichend und blickte mit einem Kopfschütteln aus dem Fenster, in der Hoffnung, dass Brian das Thema fallen ließ. Leider wurde diese Hoffnung enttäuscht, denn er zog mir den Kopfhörer aus dem Ohr und beugte sich wieder zu mir.

»Komm schon, raus damit. Du stehst auf ihn, oder? Ich meine, wundern würd es mich nicht, ich wette, insgeheim steht selbst Claudette auf ihn, schau dir den Kerl an. Er sieht aus wie ein junger Orlando Bloom.«

»Halb Großbritannien steht auf ihn.«

»Ja, sag ich ja. Aber er wirft nicht halb Großbritannien beim Essen leidenschaftliche Blicke zu. Also?«

»Da läuft nichts zwischen uns«, erwiderte ich mit fester Stimme und ignorierte das Flattern in meinem Magen, als mein Gehirn freundlicherweise die Bilder des gestrigen Abends vor meinem inneren Auge abspielte. Sein Gesicht so nah an meinem, sein Blick, der voller Verlangen war … Ich verscheuchte die Gedanken eilig, bevor meine Wangen meiner Haarfarbe Konkurrenz machen konnten.

»Hm«, brummte Brian und musterte mich abschätzend. Als ich nichts weiter sagte, hob er die Schultern und reichte mir den Ohrstöpsel wieder. »Schade. Ich finde, ihr wärt ein süßes Paar. Du sahst glücklich aus im Restaurant gestern.«

»War ja auch extrem gutes Essen.«

Brian lachte. »Klar, darauf hab ich angespielt. Okay, okay, ich bin schon still. Ich dachte nur, da Liebe ja bekanntlich durch den Magen geht, hast du ihn mit deinen Backkünsten vielleicht komplett von dir überzeugt.«

»Träum weiter«, murmelte ich. In meinem Bauch, in dem es eben noch gekribbelt hatte, machte sich ein schlechtes Gewissen breit. Ich wollte Brian nicht anlügen. Gut, in der Theorie hatte ich nicht gelogen, denn zwischen Leo und mir lief wirklich nichts. Es war ein einmaliger Moment – ein wunderschöner zwar, ja, aber eben auch einer, der sich nicht wiederholen durfte. Trotzdem fühlte es sich falsch an, so zu tun, als hätte er sich die Blicke zwischen mir und Leo eingebildet. Ich musste vorsichtiger sein.

»Ich finde, jetzt darf ich mal Musik auswählen«, sagte ich, um das Thema zu wechseln, und griff nach Brians Handy.

»Oh je, ich ahne Schlimmes.«

»Was soll das denn heißen?«

»Ich hab deine Musik auf dem Hinweg durch deine Kopfhörer gehört, und es klang mehr nach Lärm als nach Musik.«

»Nur weil ich nicht nur Mainstream-Pop aus irgendwelchen TikTok-Videos höre, ist es kein Lärm!«

»Ich liebe es, wie schnell man dich wütend machen kann«, gab Brian mit einem Lachen zurück.

»Ja, beleidige meinen Musikgeschmack oder mein liebstes Essen.«

»Oder deine Familie?«

»Ja, gleich nach Musikgeschmack und Essen.« Mit einem Grinsen schaltete ich einen Song von Led Zeppelin an, der zumindest dafür sorgte, dass ich wieder wacher wurde. Brian machte es sich dennoch an meiner Schulter gemütlich, und auch ich lehnte mich zurück und blickte hinaus in das mittlerweile wieder typisch trübe Wetter, das meine Stimmung jedoch nicht zu drücken vermochte. Dazu war die Erinnerung an Leos Lippen auf meinen noch zu frisch und das Wissen, unter den letzten fünf Teilnehmenden zu sein, noch zu surreal.

»Und du hast mich nicht sofort angerufen?« Fiona schlug mir das Sofakissen mitten ins Gesicht. »Ich fass es nicht. Das hätte ich mir mal erlauben sollen.«

»Ich wollte erst mal meine Gedanken sortieren.«

»Und? Hast du?«

»Nein.«

Fiona stieß ein Lachen aus. »Wie macht ihr jetzt weiter? Trefft ihr euch heimlich?«

»Was? Nein, natürlich nicht.«

»Wieso nicht?«

»Wann, in der Geschichte der heimlichen Liebschaften, ging das jemals gut?«

»Na ja, vermutlich ziemlich häufig, und wir wissen nichts davon? Ist immerhin Sinn und Zweck einer heimlichen Liebschaft, oder etwa nicht?«

»Ich hasse es, dass du so klug bist.«

Fiona grinste breit. »Und ich liebe es, dass du gerade so verlegen bist.«

»Bin ich überhaupt nicht.«

»Oh doch. Du bist normalerweise nur gut darin, es zu verstecken, hinter deiner ›I don't give a fuck‹-Fassade.«

Nun musste ich auch lachen. »Was soll das denn heißen?«

Fiona schob sich ein Stück des Karottenkuchens, den ich bei der heutigen Challenge gebacken hatte, in den Mund. Ich hatte Sorge gehabt, dass das Rezept, das mir eine Besucherin des Piers zugerufen hatte, zu einfach gewesen war, und es deshalb in Form eines Hasenbaus inklusive Hasen gebacken – doch anscheinend schien es so oder so zu schmecken, denn Fiona sah mehr als zufrieden aus. Sie hob die Schultern und sprach dann kauend weiter. »Na ja, für gewöhnlich versteckst du alles an Emotionen. Die letzten Wochen war das komplett anders. Das ist gut.«

Ich schnaubte. »Als ob ich sonst so gefühlskalt wäre.«

»Das hab ich nicht gesagt. Ich meinte nur, dass du sehr darauf achtest, wem du was von dir preisgibst. Ich find's schön, dass die Show und Leo dich da öffnen.«

Ich rollte mit den Augen und klaute mir eine der kleinen Deko-Rüben von Fionas Kuchen. Leider hatte sie recht. Ich kannte mich selbst nicht so. So emotional, so weich, so … verliebt. Denn leider war ich das. Und leider fühlte es sich gar nicht schlecht an, trotz der Sehnsucht, die ich zwangsläufig hatte.

»Du hast übrigens noch nicht geantwortet«, sagte Fiona.

»Worauf?«

»Wie macht ihr weiter? Trefft ihr euch?«

»Wir machen gar nicht weiter. Zumindest nicht gemeinsam. Ich will gewinnen. Ich glaub, ich hab wirklich gute Chancen aufs Finale.« Dass ich dort mit hoher Wahrscheinlichkeit gegen Brian oder Francis würde antreten müssen, verdrängte ich weiterhin.

»Hm«, machte Fiona nur, sah jedoch nicht überzeugt aus.

»Du glaubst mir nicht.«

»Doch. Halte es nur nicht für die beste Idee.«

»Ich hab es dir und Ada doch schon erklärt, ich …«

»Du willst deine Chancen in der Show nicht gefährden. Versteh ich ja. Aber Leo ist Schauspieler, und du hast deine Hormone vor der Kamera im Griff. Spricht doch nichts dagegen, wenn ihr euch trefft. Entweder läuft es eh nicht, und dann habt ihr es wenigstens probiert, oder aber, und das halte ich für wahrscheinlicher, es läuft richtig gut.«

»Ja und dann haben wir ein Problem.«

»Wieso? Dann wartet ihr halt das Ende der Show ab. Denkst du, das juckt Wochen nach deinem Sieg noch jemanden?«

»Und wenn doch?«

»Lachst du in deiner Konditorei mit der begeisterten Kundschaft darüber.« Fiona zuckte die Schultern und schob sich die letzten Krümel auf die Gabel. »Glaub mir, wenn ich eines in diesem Jahr gelernt habe, dann, dass die Zeit alles regelt. Alles«, wiederholte sie mit Nachdruck. »Einige aus der Bubble fanden das mit mir und Demian am Anfang ja auch nicht gerade toll. Mittlerweile interessiert sich niemand mehr dafür.«

»Ich weiß nicht, ob …« Ich hielt inne, als mein Handy eine neue Benachrichtigung anzeigte. Instagram. Mein Herz setzte einen Schlag aus, als ich den Namen las. »Oh«, machte ich leise und entsperrte mein Handy.

Seit dem Serienauftakt war die Anzahl an Followern enorm gewachsen. Da die einzelnen Folgen in so knappem Zeitraum veröffentlicht wurden und uns die Fans der Show in Brighton ohnehin hatten besuchen können, hatten wir Storys posten dürfen – seitdem explodierte mein Postfach förmlich. Allerdings hatte ich Fionas Ratschlag, meine Benachrichtigungen stumm zu schalten, noch nicht in die Tat umgesetzt. Zum Glück, wie sich herausstellte, denn die Nachricht war von Leo.

»Alles okay?«, fragte Fiona und beugte sich zu mir, um erkennen zu können, was genau auf dem Display meine Aufmerksamkeit in Anspruch genommen hatten. »Oh. Mein. Gott.«

Jap, *oh mein Gott* beschrieb die Situation ganz gut.

»Was will er?«

»Er hat gefragt, ob wir uns treffen wollen«, murmelte ich und las die Worte ein zweites Mal.

@leocampbellofficial, 7.32 pm:
Hey, Kaycee. Ich hoffe, es ist okay, dass ich dir hier schreibe. Hast du Lust, was zu machen? Ich hab morgen frei, und da ich im Horrorbereich noch krasse Wissenslücken habe, wie du ja weißt, dachte ich, wir können sie schließen?

Ich zuckte zusammen, als das Handy in meiner Hand noch mal vibrierte.

@leocampbellofficial, 7.33 pm:
Vielleicht hast du aber schon was mit Fiona geplant. Das wäre voll okay.

@leocampbellofficial, 7.33 pm:
Wir können natürlich auch was zu dritt machen!

»Da ist aber jemand nervös«, kommentierte Fiona.

»Quatsch.«

»Aber süßer Einstieg. Find ich gut. Zeigt, dass er sich für deine Interessen begeistert und dich besser kennenlernen will. Dass er weiß, dass du auch viel zu tun hast, und dass er sogar bereit ist, deine beste Freundin kennenzulernen, gibt noch einen extra Pluspunkt.«

»Das klingt gerade, als würdest du ihn auf Google bewerten.«

»Na ja, mit den Nachrichten ist's grad eine 10 von 10«, sagte Fiona zufrieden. »Aber schreib ihm direkt, dass ich offensichtlich nicht mitkomme.«

»Was? Nein!«

»Doch. Wir wollten morgen zu Demians Schwester. Du hast also auch die Wohnung für dich, falls du lieber hier sein magst.« Sie wackelte mit den Augenbrauen.

»Nein, ich meinte Nein im Sinne von: Wir treffen uns natürlich nicht.«

»Wieso nicht?«

»Weil zwischen uns nichts laufen kann. Deine Argumentation hin oder her.«

»Du hast mir letztens lang und breit erklärt, wieso ihr nur Freunde sein könnt. Dann schaut eben Filme als Freunde. In deinen Horrorstreifen gibt es doch eh nie Love Storys, bei denen man sich wirklich näherkommen könnte.«

Ich las Leos Nachrichten ein weiteres Mal. Betrachtete das kleine Profilbild neben seinem Usernamen. Nervös kaute ich auf einem dunkel lackierten Fingernagel herum. Konnte ich das guten Gewissens tun?

»Als Freunde«, sagte ich.

»Klar«, erwiderte Fiona mit einem Schmunzeln und wandte den Kopf wieder zum Fernseher, auf dem irgendeine Realityshow im Hintergrund lief, in der Paare sich verloben sollten, ohne den jeweils anderen zuvor gesehen zu haben. Wenn so etwas möglich war, war das Treffen mit Leo vielleicht gar nicht so verrückt, wie ich dachte.

@cakes.by.kaycee, 7.36 pm:
Wir können gern was unternehmen. Wenn du Lust auf

*Horror hast: Wie stehst du zu Gruseltouren? Ich wollte schon
ewig eine hier in London machen.*

»Was? Ich dachte, ihr guckt einen Film?«

»Ich dachte, du guckst deine komische Sendung.«

»Die ist gar nicht komisch.«

»Fiona, der Typ hat ihr gerade durch eine Wand einen Hei-
ratsantrag gemacht. Ohne die Frau je gesehen zu haben.«

»Liebe hat halt nichts mit Äußerlichkeiten zu tun, sondern
mit gemeinsamen Interessen und Charakter.«

»Die kennen sich seit wie vielen Tagen? Drei?«

Fiona winkte ab. »Whatever, jetzt lenk nicht vom Thema
ab.«

»Er hat nie was von Film gesagt. Er sagte Wissenslücken.
Bei so einer Gruseltour lernt er definitiv was, wir laufen nicht
Gefahr, uns noch mal zu küssen, weil wir von Menschen um-
geben sind … Klingt perfekt.«

Fiona sah alles andere als begeistert aus. »Also deine
Google-Bewertung ist aktuell eine 3 von 10. Begründung: Ist
etwas auf den Kopf gefallen und versteht die einfachsten Hinweise nicht.«

@leocampbellofficial, 7.38 pm:
*Hab grad mal geguckt. Jack the Ripper? Oder die Geister-
und Vampirtour?*

@cakes.by.kaycee, 7.38 pm:
*Jack the Ripper klingt toll! Die wollte ich schon ewig
machen!*

@leocampbellofficial, 7.38 pm:
Perfekt. It's a date!

Ich buch die Tickets und schick dir gleich den Ort.
Sieben Uhr abends geht's los.

Fionas Quietschen war so laut, dass mir vor Schreck beinahe das Handy aus der Hand fiel.

»Da!«, rief sie und deutete überflüssigerweise auf das Display. »Er hat Date gesagt.«

»Das ist einfach nur ein Sprichwort«, sagte ich, wobei ich nicht leugnen konnte, dass sich beim erneuten Lesen seiner Worte eine hoffnungsvolle Anspannung in mir breitmachte.

Reiß dich zusammen, Kaycee Williams!

»Ja klar, wer's glaubt.« Fiona nahm die Fernbedienung vom Couchtisch und wechselte den Sender. »Dann schaue ich mir doch gleich mal selbst an, wie die Funken bei euch fliegen. Heute kommt die Folge in der Kunstgalerie, oder? Bei der du so sauer auf den Kameramann warst?«

»Ja. Und das sind auch die einzigen Funken, die in der Folge fliegen, hör auf, dir Hoffnungen zu machen. Wir treffen uns einfach nur als Freunde und unternehmen was zusammen. Nicht mehr und nicht weniger.«

Und wenn ich mir das noch ein paarmal sagte, dann würde ich es ganz sicher auch selbst glauben.

31. KAPITEL

Leo

Es wurde bereits dunkel, als ich die Aldgate East Tube Station verließ. Passanten drängten an mir vorbei, und ein Bus hupte, als ein Radfahrer ohne Signal vom Fahrradweg auf die Straße fuhr. Obwohl ich schon so lang hier lebte, war ich noch nie bewusst in Whitechapel gewesen. Mein Herz schlug schneller, als ich mich nach rechts wandte und eine kleine Gruppe dort stehen sah – unter ihnen Kaycee, dabei war ich einige Minuten zu früh.

»Hey, Leo!«, begrüßte sie mich, und auf ihrem Gesicht erschien ein breites Lächeln, das trotz der kühlen herbstlichen Temperaturen Wärme durch meinen gesamten Körper sandte.

»Hi«, erwiderte ich. »Passend gekleidet, wie ich sehe.«

Unter ihrer geöffneten Lederjacke trug Kaycee ein schwarzes Jack-the-Ripper-Shirt, das in einer zerrissenen Jeans der gleichen Farbe steckte.

»Ja, ich freu mich echt hierauf. Ich hab vor Ewigkeiten mal eine Liste an Dingen angelegt, die ich unbedingt in London machen wollte. Das hier stand mit drauf. Aber Fiona hasst alles, was mit Horror zu tun hat, deshalb haben wir erst die weniger gruseligen Dinge wie Musicals, Comedy Pubs oder das Sherlock-Holmes-Museum abgeklappert.«

»Dann freu ich mich, dass du mit mir ein neues Opfer gefunden hast.«

»Stehst du überhaupt auf Horror?«

»Auf die Gefahr hin, Minuspunkte zu sammeln: nicht so wirklich. Ich konnte Horrorfilmen zumindest noch nie was abgewinnen, aber so was wie heute hier ist cool. Das ist ja eher realer Horror.«

»Du hast die falschen Horrorfilme gesehen«, sagte Kaycee bestimmt.

»Ich hab echt einige gesehen, und schauspielerisch waren sie eher so …« Ich stoppte, als ich sah, wie Kaycees Augenbrauen immer höher wanderten.

»Schau dir *Hereditary* an. Oder noch besser: Ich stell dir eine Liste zusammen. Nur weil alle immer über diese Jumpscare-Filme oder Ekel-Horror reden, hat das Genre einen miesen Ruf. Es gibt so gute Filme!«

»Wir können sie auch gemeinsam gucken.«

»Als Freunde«, fügte Kaycee hinzu, und ich nickte.

»Natürlich. Als Freunde.«

Der Blick, den sie mir zuwarf, rüttelte jedoch Gedanken und Wünsche in mir wach, die man Freunden gegenüber unter Garantie nicht haben sollte. Denn ein Blick in ihre hellbraunen Augen genügte, damit ich mich wieder an den Strand in Brighton zurückversetzt fühlte und ihre Lippen beinahe auf meinen spüren konnte. Ich fuhr mir mit der Zunge darüber, als könnte ich die Erinnerung so loswerden, doch es brachte natürlich rein gar nichts.

»Hallo und herzlich willkommen!«, rief der Guide einige Augenblicke später. »Ich bin Mark und freue mich sehr, die nächsten Stunden mit euch verbringen zu dürfen, während wir das viktorianische East End bereisen – angefangen hier in Whitechapel. Weiß jemand von euch vielleicht, wieso wir unsere Reise hier starten?«

Sein Blick blieb etwas zu lang an mir haften, und ich hatte schon Sorge, dass er mich erkannte. Dann jedoch schoss Kaycees Hand in die Höhe, als handelte es sich bei dem Guide um einen Lehrer, und sie zog seine Aufmerksamkeit auf sich.

»Ja«, sagte Mark mit einem Schmunzeln und nickte Kaycee zu.

»Wegen der Whitechapel-Morde. Hier begann alles.«

»Richtig, wir starten sozusagen im Herzen des Geschehens und wandeln auf einer chronologischen Route, entlang der tatsächlichen Tatorte. Wenn jetzt noch jemand weiß, wann …«

Mark hob die Augenbrauen, als Kaycee die Hand schon wieder in die Höhe streckte. »Ja?«

»1888!«

Er lachte. »Da hat jemand seine Hausaufgaben gemacht. Ich konnte meinen Satz ja nicht einmal beenden. Aber ja. Wir befinden uns gerade im Herbst 1888, vermutlich war das Wetter ähnlich wie heute, ein nasskalter Abend. Whitechapel war damals von Armut und Kriminalität geprägt, kein Ort, an dem man sich abends allein aufhalten wollte. Wir starten gleich hier an der Whitechapel High Street. Wann immer ihr Fragen habt, stellt sie mir. Oder unserer eifrigen Besucherin hier.« Der Guide zwinkerte Kaycee zu. »Wenn ihr etwas zu sagen habt, sagt es. Seht den heutigen Abend weniger als Führung, sondern vielmehr als geführte Diskussion. Wer sich beteiligt und mir ein paar Fragen beantwortet, hat außerdem die Chance, etwas zu gewinnen.« Er klopfte auf den Jutebeutel an seiner Seite. »Aufmerksames Zuhören lohnt sich also.«

»Das Ding gehört so gut wie mir«, flüsterte Kaycee mir zu. Ihr Grinsen war ansteckend und tat Dinge mit meinem Bauch, von denen ich wusste, dass sie nicht gut waren. Doch so glücklich, wie sie gerade aussah, hätte ich sie am liebsten wieder an mich gezogen und geküsst. Stattdessen tat ich das Gegenteil.

Ich machte einen kleinen Schritt zur Seite, um auf Abstand zu gehen, und hörte Mark weiter zu.

Wir waren Freunde. Freunde, Freunde, Freunde. Wie ein Mantra wiederholte ich das Wort in Gedanken. Doch als Kaycee den Kopf hob und ihr Blick meinen traf, sahen wir uns länger und intensiver an, als Freunde es tun sollten.

»Und damit beenden wir unseren Ausflug ins viktorianische London. Es war mir eine Ehre, euer Guide zu sein.« Mark sagte ein paar abschließende Worte und kam dann zu dem Punkt, auf den Kaycee mit Sicherheit schon gewartet hatte. »Wie anfangs versprochen, gibt es natürlich auch einen Gewinn …« Mark ließ den Jutebeutel von seiner Schulter gleiten, und ich sah mit zuckenden Mundwinkeln zu Kaycee. Diese Frau war, was Crime und Horror anging, allem Anschein nach ein wandelndes Wikipedia, denn sie hatte beinahe alles beantworten können, sodass ich zwischenzeitlich schon Sorge gehabt hatte, die Tour würde sie langweilen. Das Funkeln in ihren Augen zeugte jedoch vom Gegenteil. Obwohl für mich alles neu gewesen war und ich einiges gelernt hatte, war es schwer gewesen, meine Aufmerksamkeit von Kaycee auf die Tour zu lenken. Ich hatte gedacht, dass sich die Leidenschaft, um die ich sie so beneidete, auf das Backen konzentrierte. Doch sie hier zu sehen hatte mich eines Besseren belehrt, denn anscheinend war es einfach Kaycees Art, Dinge mit Hingabe zu tun.

»Normalerweise schaue ich jetzt rätselnd in die Gruppe, zähle an den Fingern ab, wer wie viele Fragen beantwortet hat, verteile Punkte für besonders interessante Gegenfragen, aber ich glaube, heute kann ich mir das sparen.«

»Jetzt gib sie ihr schon«, rief ein Mann lachend, und Kaycee hielt sich beschämt die Hand vors Gesicht, bevor sie ebenfalls lachte.

»Das war wohl der beste Beweis dafür, dass ich mir das Ganze wirklich sparen kann. Kaycee, du hast dir den Gewinn redlich verdient.« Kaycee ging nach vorn, während die anderen aus der Gruppe klatschten und der Mann von eben sogar einen Pfiff ausstieß. Kaycee machte einen kleinen Knicks und nahm den Beutel von Mark entgegen.

»Danke«, sagte sie. »Es hat so viel Spaß gemacht.«

»Solltest du jemals einen Job suchen, bewirb dich gern bei uns. Viel Einarbeitungszeit scheinst du ja nicht zu brauchen«, erwiderte Mark mit tiefem Lachen, und Kaycee trat wieder neben mich, während sich alle verabschiedeten und die Gruppe sich langsam auflöste.

»Hattest du Spaß?«, wollte ich wissen, obwohl ich mir die Frage hätte sparen können, wenn ich mir Kaycees Gesicht so ansah.

»Und wie! Ich fand es toll, dass sie es so auf die Opfer fokussiert haben. In einem Podcast, den ich gehört hab, kam das ziemlich kurz.«

»Konntest du noch was lernen?«, fragte ich und unterdrückte ein Schmunzeln.

»Absolut.«

»Cool. Ich bin mir sicher, Mark auch.«

»Haha«, machte Kaycee und stieß mir in die Seite. »Aber hey, wenn ich die Show nicht gewinne, hab ich jetzt immerhin ein alternatives Jobangebot, um in London bleiben zu können.«

»Du wirst gewinnen.«

»Du sagst das, als stünde es bereits fest. Oder ist da echt was dran, dass sie das bei Shows schon von Anfang an beschließen?«

Ich hob die Schultern. »In einigen bestimmt. Wenn sie es bei *Bake That Cake!* gemacht haben, hab ich zumindest nichts davon mitbekommen. Ich bin mir einfach sicher, dass du gewinnst. Du hast es verdient.«

»Wenn es nur so einfach wäre, dass alle Menschen das bekommen, was ihnen zusteht. Leider funktioniert die Welt so nicht. Manchmal müht man sich ab, versucht Tag für Tag das Richtige zu tun, opfert sich für andere – und bekommt trotzdem nur mehr von dem gleichen Nichts.«

Kaycees Lächeln wurde ein wenig traurig, und ich hätte zu gern nachgefragt – mehr zu Ada, ihrer kleinen Schwester und ihrem Dad erfahren, mehr zu den Opfern, die sie bringen musste, und dazu, ob es auch Momente gab, in denen andere diese Opfer für sie brachten. Doch zum einen wusste ich nicht, ob mir diese Neugier zustand, zum anderen klingelte unpassenderweise genau in dem Moment mein Handy. Ich wollte den Anruf gerade wegdrücken, als ich Polyas Namen auf dem Display sah.

»Geh ruhig ran«, sagte Kaycee. Ich musterte sie, wollte das Gespräch ungern unterbrechen, doch sie nickte auffordernd. »Ich schau in der Zeit, was ich überhaupt gewonnen habe.«

»Okay. Dauert auch nicht lang«, erwiderte ich und nahm den Anruf entgegen. »Hey, was gibt's?«

»Gute Neuigkeiten, das gibt's! Sitzt du?«

»Nein, ich bin grad unterwegs mit Kay… mit einer Freundin.« Kaycee sah mich mit erhobenen Brauen an, ich konnte ihren Blick jedoch nicht deuten. Entweder war sie stolz, dass ich sie als eine Freundin bezeichnet hatte, oder aber verwirrt, dass ich mich zurückgehalten hatte, ihren Namen zu nennen. Aber Polya musste nicht unbedingt wissen, dass ich mich außerhalb der Drehtage mit einer der Teilnehmerinnen der Show traf.

»Okay, dann eben so«, fuhr Polya fort. »Du hast ein neues Angebot.«

»Hab ich?« Nun war es an mir, die Brauen vor Überraschung zu heben, denn ich hatte kein Casting besucht und keinerlei Ahnung, wer mich anfragen sollte.

»Nicolas Darrell möchte mit dir zusammenarbeiten.«

Ich blieb mitten auf der Straße stehen. Kaycee zog mich am Ärmel meiner Jacke zur Seite, und im nächsten Moment stapfte eine Frau kopfschüttelnd an mir vorbei. Doch das war mir egal. Sie hätte mich auch umlaufen können, und es hätte mich weniger getroffen, als diesen Namen aus Polyas Mund zu hören – in Bezug auf mich.

»*Der* Nicolas Darrell?«, fragte ich, als ob daran ein Zweifel bestünde. Es gab nur ihn, den einen. Der Regisseur, mit dem aktuell alle zusammenarbeiten wollten. Sicherlich hatte ich mich verhört. Kaycee musterte mich eine Weile, dann holte sie ihr Handy raus und tippte darauf herum. Hoffentlich langweilte sie sich nicht, aber das hier war enorm, und ich wollte mehr Infos.

»Jap«, sagte Polya, und ihre Stimme war eine Oktave höher als sonst. »Weißt du, wie schwer es war, bei seinem Assistenten einen coolen Ton zu bewahren?«

»Aber wie …«

»Seine Frau ist ein großer Fan der Show.«

»Von *Bake That Cake!*, wirklich?«

»Ja! Und ich tu's wirklich ungern, aber …« Polya machte eine Kunstpause. »Ich hab's dir ja gesagt. Ich hab dir gesagt, die Show bringt dich voran!«

»Okay, aber was will er denn machen? Und geht das überhaupt mit dem Vertrag?«

»Er plant einen Action-Thriller im Serienformat. Die Serie soll aus sechs Folgen bestehen und auf Netflix erscheinen. Und er will dich für die Hauptrolle.«

»Für Netflix?« Mein Mund wurde trocken, während meine Hände beschlossen, das genaue Gegenteil zu tun, und plötzlich zu schwitzen begannen. Kaycee sah mich mit großen Augen an und legte ihre Hand auf meinen Arm.

»Ja. Und wegen deines Vertrags: Ich hab die letzten zwei Tage mit etlichen Leuten telefoniert und diese nervigen Videocalls gehabt. Channel Y besteht natürlich auf den Vertrag ...«

Mein Herz, das eben noch stolpernde, hoffnungsvolle Sprünge gemacht hatte, rutschte in die Hose.

»... aber ich wäre nicht deine wundervolle Agentin, wenn ich das nicht geregelt hätte.«

»Hast du?«

»Hab ich. Darrell hat zugesagt, die Serie nach Ausstrahlung als Spielfilm exklusiv bei Channel Y auszustrahlen. Sie wird also direkt so konzipiert, dass sie in beiden Formaten funktioniert.«

»Das ...« Ich schüttelte den Kopf und machte zwei Schritte zurück, bis mein Rücken an die Scheibe des Gebäudes stieß, vor dem wir standen. »Ich weiß nicht, was ich sagen soll.«

»Na ja, in erster Linie Ja oder Nein.«

»Ja!«, rief ich so schnell, dass Polya laut auflachte.

»Dachte ich mir. Dann musst du erst mal nichts weiter sagen. Lass uns die Tage quatschen. Wann ist die nächste Runde von *Bake That Cake!*?«

»Erst am Donnerstag. Wir haben diese Woche nur einmal Dreh, wegen der doppelten Runde in Brighton.«

»Okay, Montag ist die Aufnahme für *London League* ... Wie wäre Mittwoch für ein Vorsprechen? Es wird kein Casting, Nicolas Darrell will dich einfach mal kennenlernen.«

»Er will mich sehen? Ich werd ihn treffen?«

»Ja, wirst du.«

»Oh mein Gott.« Ich konnte es kaum erwarten, meinen Eltern davon zu erzählen. Ich konnte es kaum erwarten, Kaycee davon zu erzählen. Als ich, das Handy noch immer in der Hand, zu ihr sah, blickte sie mir mit großen Augen entgegen und kaute auf ihrer Unterlippe.

»Danke, Polya. Sag ihm für Mittwoch zu.«

»Mach ich! Ah, ich bin so aufgeregt, das wird großartig. Ich klär mit seinem Assistenten, ob du irgendwas vorbereiten sollst, und schick dir alles bis Montagmorgen zu, ja?«

»Alles klar. Du, ich muss auflegen.«

»Kein Ding. Feier dich ein bisschen! Ich bin stolz auf dich.«

»Danke«, sagte ich mit einem Lächeln.

Polya verabschiedete sich und hatte im nächsten Moment aufgelegt. Kopfschüttelnd und immer noch fassungslos drehte ich mich zu Kaycee um.

»Oh mein Gott«, quietschte sie und fiel mir um den Hals, was mich mindestens genauso sehr überraschte wie Polyas Anruf. »Herzlichen Glückwunsch!«

Lachend erwiderte ich die Umarmung. Das Adrenalin, das meinen Körper durchflutete, rührte jetzt definitiv nicht nur von dem Angebot her. »Du weißt doch noch gar nicht, was passiert ist.«

»Aber ich hab grad gegoogelt! Nicolas Darrell hat etliche Filme gemacht, die ich kenne!«

»Ja, er ist aktuell echt einer der Größten in Großbritannien.«

»Das müssen wir feiern!«, sagte Kaycee begeistert.

»Ich hab morgen Dreh, ich glaub, ich bin bei allem Alkoholischen raus. Wir könnten einen deiner Gruselfilme gucken, du wolltest mich doch unbedingt überzeugen, und es passt zum heutigen Thema des Tages.«

»Klingt perfekt.« Sie zögerte. »Ich könnte Fionas Fernseher anbieten ...«

»Wir können auch zu mir ... also, wenn du magst.« Gott, wieso war ich bei dieser Frau nur immer so nervös? Vielleicht war unerfahren auch das bessere Wort. Denn entgegen meiner Serienrolle Jordan, dessen ganzes Leben sich um diese eine Frau zu drehen schien, war mein letztes Date Ewigkeiten her. *Date …* Es war kein Date. Das durfte ich nicht vergessen. Ich räusperte mich. »Wenn nicht, finden wir sicher auch ein kleineres Kino, das Horror anbietet.«

Zu meiner Erleichterung schüttelte Kaycee den Kopf. »Nein, wenn das keine Umstände macht, dann sehr gern bei dir. Wo wohnst du überhaupt?«

»Bermondsey.«

»Süden …«

Ihr beinahe angewidertes Gesicht brachte mich zum Lachen. »Ich dachte, du bist erst hergezogen? Dafür hast du diesen Konkurrenzkampf aber schon ziemlich gut drauf.«

»Ja, hat mir Fiona schnell beigebracht«, erwiderte Kaycee grinsend.

»Na, dann lass uns mal herausfinden, ob du mir heute noch beibringst, Horrorfilme zu lieben.«

»Daran hab ich keinerlei Zweifel«, sagte Kaycee und ging selbstsicheren Schrittes voraus in Richtung Tube. Kurz vor den Stufen drehte sie sich zu mir um. »Und wenn nicht, muss ich noch einmal überdenken, ob ich mit dir befreundet sein kann.«

Ich folgte Kaycee die Treppe nach unten. Während mir die Luft des Londoner Untergrunds um die Nase wehte, zogen ihre letzten Worte Kreise in meinem Kopf.

Befreundet, befreundet, befreundet.

Ich stieß die Tür zu meinem Apartment auf, knipste das Licht im Flur an und atmete einmal tief durch, bevor ich mich zu Kaycee umdrehte. »Da sind wir.«

Bei meinem Vorschlag, dass wir zu mir gehen konnten, hatte ich eines nicht bedacht: Ich hatte ewig niemanden mit hergenommen. Selbst Ed und meine Eltern waren nur selten hier. *Ich* war selten hier. Es war ein ungewohntes Gefühl, Kaycee nun in meinem spartanisch eingerichteten Flur zu sehen. Ich hängte meine Jacke an die Garderobe und öffnete die Tür zum Wohnzimmer, in deren Rahmen ich stehenblieb. Machte ich eine Room Tour? Oder wäre das seltsam, weil sie zwangsläufig mein Schlafzimmer sehen würde? Als Kind hatte ich mich in Situationen, die mich verunsicherten, immer in eine Rolle eingedacht, eine andere Persona angenommen und die Herausforderungen dann so bewältigt. Doch das würde mir hier kaum weiterhelfen – außerdem hatte ich bei Kaycee bislang nie den Wunsch verspürt, anders zu sein als genau so, wie ich war.

»Magst du was trinken?«

»Hast du Tee?«

»Ja, klar. Ich setz Wasser auf.«

Kaycee hängte ihre Lederjacke und den Schal ebenfalls auf und folgte mir dann in die Küche. Ausnahmsweise war ich froh, fast nur auswärts zu essen, denn so war sie immerhin aufgeräumt.

»Ist das dein Bruder?«

Ich schaltete den Wasserkocher ein und betrachtete nickend das Foto, auf das Kaycee deutete. Es war an meinem letzten Geburtstag entstanden. Ed und ich hatten eine Arcade-Game-Halle besucht und uns in allem von *Space Invaders* bis hin zu *Mario Kart* duelliert. Ich hatte die meisten Spiele verloren, was Eds breites Lächeln erklärte.

»Ihr seht euch echt ähnlich.«

»Ja, wir kommen beide total nach meinem Dad.«

»Ich auch«, sagte Kaycee mit einem Seufzen.

»Ist das schlecht?«

Kopfschüttelnd drehte sie sich um. »Nein, natürlich nicht.

Ich wünschte nur manchmal, ich hätte mehr von meiner Mum. Clara, meine kleine Schwester, sieht ihr total ähnlich.«

»Du hast ihre Leidenschaft zum Backen.«

»Stimmt«, erwiderte Kaycee über das Brodeln des kochenden Wassers hinweg, das kurz darauf fertig war. Ich goss uns Tee auf und balancierte die Tassen dann ins Wohnzimmer zu der großen, hellen Couch. Ich hatte die Wohnung möbliert übernommen, sodass sich die meisten Dinge noch unpersönlich und nicht recht nach mir anfühlten. Fotos, wie das in der Küche, waren die Ausnahme. Dass ich mir bislang keine Mühe gemacht hatte, Erinnerungen in dem Apartment zu schaffen, half auch nicht gerade.

»Also«, sagte Kaycee und ließ sich neben mir auf der Couch nieder. »Ich hab beschlossen, dass wir mit *The Wailing* starten. Der ist viel weniger bekannt, als er verdient hat. Wenn du den siehst und mir nicht zustimmen kannst, dass es Kunst ist, dann ist dir einfach nicht mehr zu helfen.«

Sie sah mich so ernst an, dass ich lachen musste. Ich nahm die Fernbedienung, klickte mich durch die Apps, bis ich den Film zum Ausleihen fand. Kaycee zog die Beine auf die Couch und lehnte sich zurück, die Hände um die dampfende Tasse gelegt.

Seltsam, dass es nur einen einzigen Menschen brauchte, um diese sonst recht triste Wohnung zu einem Wohlfühlort zu machen. Ich drückte auf Start und versuchte nicht zu viele Gedanken darauf zu verwenden, dass ich bloß die Hand ein wenig nach rechts ausstrecken müsste, um Kaycee zu berühren. Es war genauso verlockend wie verboten.

32. KAPITEL

Kaycee

Selbst eine Stunde später war es noch schwer, mich auf den Film zu konzentrieren, dabei handelte es sich um einen meiner liebsten. Ich zog die Decke, die Leo mir gebracht hatte, enger um meinen Körper und hielt plötzlich inne, als ich dabei Leos Knie berührte. Wärme schoss von der Stelle aus durch meinen ganzen Körper, dabei war der Stoff der schwarzen Decke zwischen uns. Aus der Wärme wurde eine sengende Hitze, als ich den Kopf nach links drehte und seinen Blick auf mir ruhend fand. Wie schon zuvor bei Dämmerung wirkten seine braunen Augen fast schwarz. Seine Pupillen waren geweitet, und ich ahnte, dass ich ihn mit dem gleichen Verlangen ansah, mit dem er mich gerade betrachtete.

Wir waren allein. Wir waren allein, und wir brauchten uns nicht länger vormachen, dass wir nur Freunde waren, denn ganz offensichtlich war da etwas zwischen uns, das nichts mit Freundschaft zu tun hatte. Vielleicht hätten wir diesen Deal ausmachen müssen, bevor wir uns in der Pâtisserie geküsst hatten, vielleicht wäre es aber auch dann längst zu spät gewesen.

Fest stand, dass man mit Freunden nicht tat, was ich im nächsten Moment mit Leo machte. Denn ich beugte mich zu ihm hinüber, hielt seinen Kopf fest und küsste ihn. Ich küsste ihn, als hätte es all die Absprachen zwischen uns nie gegeben.

Als wäre das hier einfach ein Treffen und nichts stünde auf dem Spiel. Einen Augenblick wirkte Leo verwirrt, dann drehte er sich auf der Couch zu mir um und erwiderte den Kuss. Eine Hand fuhr über mein Haar, mit der anderen musste er den Fernseher ausgeschaltet haben, denn der Ton des Films stoppte und Stille umhüllte uns. Stille, die nur vom Klang der Autos unterbrochen wurde, der durch die geschlossenen Fenster drang – und von unserem schneller werdenden Atem.

Ich wollte mehr. Meine Hände wollten mehr. Wie von selbst wanderten sie unter Leos Shirt, fühlten die Muskeln an seinem Bauch, die warme Haut. Als hätte die Berührung meiner Finger einen Knoten platzen lassen, schob Leo sich mir entgegen, bis er beinahe auf mir lag. Das Gewicht seines Körpers auf meinem zu spüren nahm mir die Hemmungen, die ich noch gehabt hatte. Ich biss ihn sanft in die Unterlippe und zog daran, bis er seinen Mund öffnete und ich mit meiner Zunge über seine streichen konnte. Mit den Händen fuhr ich über seinen Rücken, zog ihn noch näher an mich. Ich wollte jeden Zentimeter von ihm erkunden.

Leo löste den Kuss, nur um seine Lippen im nächsten Moment auf meinen Hals zu pressen und von diesem zu meinen Schlüsselbeinen zu wandern. Ein Schauer durchrieselte meinen Körper, und ich musste mich zusammenreißen, um nicht laut aufzustöhnen. Nun ließ auch er seine Finger von meinem Gesicht immer tiefer gleiten, bis sie den Saum meines Jack-the-Ripper-Shirts erreicht hatten.

Jack the Ripper, die Tour – das Treffen, das wir freundschaftlich vereinbart hatten. Ich öffnete die Augen und sah Leos Wohnzimmer schemenhaft, da es nur schwach vom hereinfallenden Licht der Straßenbeleuchtung erhellt wurde.

Als Leo merkte, wie sich mein Körper anspannte, löste er sofort den Mund von mir und sah mich fragend an.

»Das ist gerade nicht sehr freundschaftlich von uns«, sagte ich und schluckte gegen die Trockenheit an, die plötzlich von meiner Kehle Besitz ergriffen hatte.

»Nein, wirklich nicht.« Leos Stimme klang genauso rau wie meine. Ich biss mir auf die Lippe. Ich wollte ihn. Ich wollte ihn so sehr. Spielte es ab diesem Punkt überhaupt noch eine Rolle, ob wir aufhörten?

Ich atmete tief durch, was jedoch nur dazu führte, dass ich seinen schon vertrauten, warmen Duft inhalierte. *Fuck.* Ich hatte absolut keine Ahnung, was ich tun sollte.

»Alles okay?« Leos Stimme wurde sanft, und in seinen Augen stand Sorge. Er wich einige Zentimeter zurück, als ob er Angst hätte, zu weit gegangen zu sein. Dabei war es das genaue Gegenteil. Das Problem lag vielmehr darin, dass er mir nicht weit genug gegangen war. Ich wollte mehr. So viel mehr.

Ich nickte mit immer noch trockenem Hals. »Ja«, raunte ich. »Mehr als das.«

Denn was wir taten, fühlte sich nicht bloß okay an, sondern atemberaubend. Doch genau darin lag auch das Problem. Langsam stand ich auf. »Ich geh mir was zu trinken holen, bin gleich zurück.«

Mit hochrotem Kopf ging ich nach nebenan in die Küche und ließ mir ein Wasser ein. Mehr, um mir Zeit zu verschaffen, als um meine trockene Kehle zu befeuchten. Doch Zeit wofür? Ich musste eine Entscheidung treffen. Ein für alle Mal. Dieses Hin und Her machte mich mehr fertig als alles andere. Ich wusste zwei Dinge mit absoluter Sicherheit: Ich wollte Leo. Und ich wollte das Preisgeld der Show gewinnen und die Konditorei eröffnen.

Die einzige Möglichkeit, die ich hatte, beides zu erhalten, war die von Fiona vorgeschlagene: Heimlichkeit. Aber wollte ich dieses Versteckspiel wirklich mitmachen?

Ich hörte leise Schritte hinter mir, drehte mich um – und hatte meine Antwort. Leo stand mit zerzausten Haaren und so verführerisch wie nie zuvor im Türrahmen. Er musterte mich mit einer Mischung aus Sorge, dem noch nicht abgeklungenen Verlangen – und Zuneigung. Auch die sah ich ganz eindeutig in seinen Augen, und der Anblick sorgte für ein wohliges Flattern in meinem Magen. Langsam kam er auf mich zu.

»Ist wirklich alles okay? Tut mir leid, falls ich zu stürmisch war. Wenn du das hier nicht möchtest, hören wir auf und vergessen das Ganze. Ich will nicht lügen, es wäre nicht leicht, auf Freundschaft umzuschalten, aber ich bin mir sicher, dass wir auch das hinkriegen. Ich mag dich, Kaycee. Ich finde dich unfassbar attraktiv, aber ich mag dich auch darüber hinaus. Wir würden das schaffen.« Er lächelte schief. »Kannst du bitte was sagen?«

Erst durch seine Worte realisierte ich, dass ich nach wie vor reglos dastand, meinen Blick auf ihn gerichtet, das Wasserglas in der erhobenen Hand. Langsam stellte ich das Glas auf der Küchentheke ab. Ich hatte meine Antwort. Eigentlich hatte ich sie schon am ersten Tag beim Casting gehabt, als wir uns gegenübergestanden hatten.

»Du warst nicht zu stürmisch«, sagte ich und musste bei den Worten beinahe lachen. »Immerhin war ich diejenige, die *dich* geküsst hat.« Ich machte einen Schritt auf ihn zu. »Und ich hab nicht vor, aufzuhören. Ich mag dich auch.«

Er hob in sichtlicher Überraschung die Augenbrauen. »Und die Show?«

»Mag ich auch, aber ich bin mir sicher, wir finden eine Lösung.«

»Es muss keiner wissen«, sagte er, und ich nickte.

»Genau.«

»Stell ich mir auf jeden Fall leichter vor, als das hier nicht zu tun«, murmelte er an meinem Ohr und begann, meinen Hals wieder mit Küssen zu bedecken. Ich legte den Kopf in den Nacken, um ihm besseren Zugang zu gewähren, und krallte die Finger in sein Shirt. Er ließ die Hände quälend langsam über meine Wirbelsäule wandern und legte sie dann auf meinen Po. Wie von selbst drückte ich den Rücken durch, um mehr von ihm zu spüren, um ihn mich spüren zu lassen. Mit fahrigen Fingern zog ich sein Shirt in die Höhe, bis ich die glatte Haut seines Rückens spüren konnte. Er ließ von meinem Hals ab, damit ich es ihm über den Kopf ziehen konnte. Ich warf es achtlos hinter mich und küsste mir nun meinerseits einen Weg von seinem Hals bis zu seiner Brust.

Er roch so verdammt gut. Er roch nach Wärme, Vertrautheit und den Erinnerungen, die wir bereits gemeinsam gesammelt hatten und die nun vor meinem inneren Auge vorbeizogen. Unser Kuss am Meer, in der Bäckerei, die Berührung seiner Hand an meiner Wange beim Testbacken. Ich wollte mehr davon. Und so drängte ich mich fester an ihn, bis seine Finger meine Taille umschlossen und er mich nach hinten schob.

Mein Po traf auf den Rand der Küchentheke, und ich stöhnte auf – nicht vor Schmerz, sondern vor Lust, da Leos Unterkörper im nächsten Moment wieder fest an meinem war. Seine Finger ertasteten sich den Weg unter mein Shirt, und als er mit ihnen über meine Seiten nach oben bis zum Bund meines BHs strich, erschauerte ich. Ich hob die Arme, und mein Shirt landete neben Leos auf dem Boden. Ich erwartete seine Hände an meinem Rücken, wartete mit kribbelndem Körper darauf, dass er den BH-Verschluss öffnete, spürte stattdessen jedoch eine sanfte Berührung an der Innenseite meines Arms.

»Das hab ich noch nie gesehen.« Sein Atem traf auf meinen Nacken und sorgte für eine leichte Gänsehaut an meinem ganzen Körper. Ich blinzelte und beobachtete Leo dabei, wie er behutsam über die tätowierten Worte auf meinem linken Oberarm fuhr.

»Das ist die Handschrift meiner Mum. Sie hat mir kurz vor ihrem Tod einen Brief geschrieben, und das war der Schlusssatz.« Ich hob die Schultern, eine viel zu gleichgültige Bewegung in Anbetracht der Tatsache, dass diese Worte mir die Welt bedeuteten. »Der Satz erinnert mich an alles, was in dem Brief stand, alles, was sie mir beigebracht hat. Vor allem aber ans Weitermachen.«

»Es ist wunderschön«, flüsterte Leo und versah nun auch das Tattoo mit vorsichtigen Küssen.

»Danke«, murmelte ich und vergrub meine Finger in Leos weichem Haar. Ich ließ den Blick nach links zum Küchenfenster wandern, um zu sehen, ob wir den Nachbarn nicht gerade eine unfreiwillige Show lieferten. Doch selbst wenn dem so gewesen wäre, hätte ich den Gedanken wenige Sekunden später beiseitegeschoben, denn Leo legte seine Finger an mein Kinn und drehte meinen Kopf zu sich herum. Dann küsste er mich mit solcher Leidenschaft, dass mir die Luft wegblieb. Ich drückte den Rücken durch und stöhnte auf, als ich seine Härte an meinem Schritt spüren konnte. Kurz wirkte es, als ob Leo zurückweichen und mir Raum geben wollte, doch ich ließ ihn nicht. Ich verschränkte die Beine hinter ihm und zog ihn so noch näher an mich heran. Abstand zwischen uns zu bringen, war gerade das Letzte, was ich wollte. Mit beiden Händen strich ich über seinen Rücken und hakte die Daumen in den Bund seiner Jeans. Langsam fuhr ich mit ihnen bis zur Vorderseite und machte mich an dem Gürtel zu schaffen. Als ich die Schnalle öffnete, war es Leo, der stöhnte.

»Die stört«, murmelte ich an seinem Mund und ließ die Hose nach unten gleiten.

»Der auch.« Jetzt fanden Leos Finger doch den Verschluss

339

meines BHs, und auch dieser glitt auf die dunklen Fliesen. Nach Leos geflüstertem »Wow«, nahm ich alles wie im Rausch wahr. Seine Finger auf meinen Brüsten, meine Jeans, die ich mir beinahe strampelnd von den Beinen streifte. Der Stoff seiner Boxershorts, durch den ich ihn streichelte, bevor ich ihn auch von dieser befreite. Mein Atem kam stoßweise, und mein Körper schien unter Leos Berührungen zu glühen.

Leos Finger umschlossen meinen Po, und im nächsten Moment saß ich auf der Anrichte vor ihm, sodass ich nun auf ihn hinabschauen konnte. Mit der Zunge umkreiste er meine Brustwarzen, die sich unter der Berührung aufrichteten. Ich legte den Kopf nach hinten und stieß an den Wandschrank, doch es war mir egal. Meine Hand, mit der ich mich an der Theke abstützte, traf gegen mein Wasserglas, doch auch das war mir egal, da Leos Finger meine Schenkel entlang nach oben strichen. Ich hob mein Becken, damit er mir den Slip ausziehen konnte, doch er drückte mich mit der flachen Hand nach unten, schob den dünnen Stoff zur Seite und glitt mit einem Finger in mich, ohne sich an dem Slip zu stören. Ich stöhnte laut auf, als ich ihn so in mir spürte, und fühlte Leos Lächeln an meiner Brust. Er hob den Kopf, und als ich ihn ansah, ließ das Verlangen in seinem Blick eine mir unbekannte Hitze in mir aufsteigen. Es war nicht so, dass ich nicht schon vorher Lust empfunden hatte. Ich mochte Sex. Aber das hier war so viel intensiver, so viel ... dringender.

Leo ließ seinen Finger tiefer in mich gleiten und bewegte ihn vor und zurück, während sein Daumen meine Klitoris massierte. Ich wollte den Kopf wieder nach hinten lehnen, doch Leo hielt ihn mit der freien Hand fest, sodass mein Blick weiter auf ihn gerichtet war. Meine Lust in seinen Augen gespiegelt zu finden, zu sehen, wie sehr er mich begehrte, machte mich mehr an als all die Berührungen zusammen. Ich wollte ihn. Jetzt.

Ich schob seinen Arm zur Seite und ließ mich von der Anrichte gleiten, um ihn endlich berühren zu können. Meine Hand fuhr seinen Bauch hinab direkt zu seinem Penis. Als ich ihn umschloss und die Hand langsam auf und ab bewegte, sog Leo zischend die Luft ein. Mein Herz hämmerte mittlerweile in meiner Brust, und dass ich an meinen Fingern spüren konnte, wie Leo noch härter wurde, half nicht gerade, es zu beruhigen.

»Ich will dich«, flüsterte ich so leise, dass ich mir nicht sicher war, ob Leo es gehört hatte. Doch auf seinem Gesicht bildete sich ein feines Lächeln, und er hob die Brauen.

»Hier?«

Schmunzelnd sah ich mich in der Küche um. »Nun, nicht ganz unpassend für uns, meinst du nicht?«

Ich hatte die Worte kaum ausgesprochen, als Leos Mund auch schon auf meinem landete und er mich in einen tiefen Kuss zog.

»Ich bin gleich zurück.« Er rannte so schnell aus der Küche, dass ich lachen musste, und kehrte nur wenige Sekunden später mit einer Kondompackung zurück, die er aufriss. Er schob das Kondom über seine Erektion und zog mir noch im selben Moment den Slip von den Beinen. Ungeduldig kickte ich ihn zur Seite. Unsere Bewegungen wurden fahriger, unsere Berührungen drängender.

Seine Hand strich über meine Klitoris, und ich stöhnte an seinem Mund auf. Ich stellte mich auf die Zehenspitzen, schob mich ihm entgegen, den Rücken nach wie vor an die Theke gelehnt, meine Hände an seiner Hüfte, um ihn näher zu ziehen, immer noch näher. Und dann, so langsam, dass es mir beinahe ein Wimmern entlockte, glitt Leo in mich. Eine Hand auf die Küchentheke gepresst, schob ich mich ihm entgegen, und wir fanden erstaunlich schnell unseren Rhythmus. Leos Finger langten um meine Taille, gaben mir Halt, bis er schließlich eine Hand von mir löste und mit ihr langsam zwischen uns, an meinem Bauch hinab strich. Während Leo weiter in mich stieß, massierte er mit zwei Fingern meine empfindlichste Stelle. Ich schloss die Augen, gab mich vollends den Empfindungen hin, die er in mir auslöste. Mein Verstand trat in den Hintergrund und ließ meinen Körper übernehmen. Mit jeder Bewegung wurde die angenehme Spannung, die sich in mir aufbaute, größer. Ich stöhnte in Leos Ohr, vergrub mein Gesicht in seinem Nacken, und er erhöhte den Druck seiner Finger, während ich mich ihm entgegenschob. Ich wollte nicht, dass das hier jemals endete. Es war so intensiv, so … echt. Mit jedem weiteren Stoß, jeder kreisenden Berührung an meiner Klitoris baute sich das Gefühl in mir weiter auf – es war, als spannte man ein Gummiband immer weiter und weiter. Bis Leo schließlich genau die richtige Stelle traf. Mein Körper bäumte sich auf, ich krallte meine Fingernägel in Leos Rücken, spannte Beine, Arme, jegliche Muskeln an, nur um kurz darauf die Erlösung zu finden, nach der mein Körper sich gesehnt hatte. Ich kam mit einem erstickten Stöhnen. Meine Fingerspitzen prickelten, als der Orgasmus in sanften Wellen von meinem Körper Besitz ergriff. Wie im Rausch spürte ich, wie Leo weiter in mich stieß, schneller nun, und schließlich ebenfalls stöhnend zum Höhepunkt kam.

Erschöpft und heftig atmend standen wir uns aneinandergelehnt gegenüber. Er wischte mir eine Haarsträhne zur Seite, die sich in meinen Wimpern verhakt hatte. Die Geste erinnerte mich so sehr an damals, dass ich lächeln musste. Wer hätte vor drei Wochen gedacht, dass wir einmal hier landen würden?

»Damals beim Casting …«, begann ich und musste pausieren, um Luft zu holen, da meine Brust sich immer noch zu schnell hob und senkte.

»Hm?« Leo rückte ein Stück von mir ab, um mir ins Gesicht sehen zu können.

»Du meintest, du bist 'ne Niete in der Küche. Kann ich so jetzt nicht bestätigen.«

Leos Lachen war ansteckend, erfüllte mich mit Wärme und vertrieb vor allem die letzten Zweifel daran, dass das, was wir taten, das Richtige war. Leo sah glücklich aus. Und ich war es definitiv.

33. KAPITEL

Leo

Ich musste lächeln, noch bevor ich die Augen öffnete. Als ich es tat, verstärkte sich mein Lächeln nur, denn Kaycees pinkes Haar lag zwischen uns auf dem Kissen und kitzelte mich an der Nase. Meinen Arm hatte ich in der Nacht um ihren Oberkörper geschlungen, und unsere Beine lagen ineinander verknotet unter der Decke. Nackt. Denn nach unserem Ausflug in die Küche hatten wir einen weiteren Versuch gewagt, den Film zu schauen. Dieser Versuch war letzten Endes hier geendet – nicht dass ich mich beschwerte, ganz im Gegenteil.

Ich presste Kaycee einen Kuss auf die Schläfe, was sie mit einem Seufzen quittierte. Kurz darauf streckte sie sich mit einem herzhaften Gähnen.

»Guten Morgen«, nuschelte sie in die Decke, bevor sie sich zu mir umdrehte. »Wie spät ist es?«

Ich drehte den Kopf und schielte auf die digitale Anzeige meines Weckers, den ich immer noch hatte, aus Angst, vom Handyklingeln allein nicht rechtzeitig zu Drehstarts wach zu werden.

»Sieben Uhr«, erwiderte ich. Aufgewacht war ich bereits gegen fünf, da meine Gedanken immer wieder zu dem Vorsprechen drifteten. Die bloße Vorstellung, vor Nicolas Darrell zu stehen, ließ Adrenalin durch meinen Körper fluten, aber es war eine durchweg positive Aufregung, die ich empfand. Kaycee schien einen ähnlichen Gedankengang gehabt zu haben, denn sie zog die Decke von ihrem Gesicht weg und sah mich mit großen Augen an.

»Wann geht es bei dir heute los? Bist du aufgeregt vor dem Vorsprechen am Mittwoch? Kann ich dir beim Üben helfen oder so?«

Leise lachend schüttelte ich den Kopf. »Ich hab kein Skript. Polya meinte, sie wollen mich erst mal kennenlernen. Sie hat mir vorhin schon eine Mail geschickt, anscheinend krieg ich dort ein paar Infos zur Rolle und darf dann improvisieren.«

»Klingt kompliziert.«

»Eigentlich gar nicht, ich liebe so was. Aber wenn du magst, können wir uns morgen sehen und du kannst mich ablenken, sollte ich doch nervös werden.«

»Mach ich«, erwiderte Kaycee. »Ich freu mich wirklich für dich. Und du wirkst jetzt schon glücklicher als die Male davor, wenn du von *London League* gesprochen hast.«

Ich nickte, wobei die Bartstoppeln der letzten zwei Tage am Kissen kratzten. Vor dem heutigen Dreh musste ich mich dringend rasieren.

»Ich hab auch echt Lust drauf. Selbst wenn es nicht klappen sollte … Offensichtlich ist da doch noch mehr. Ich hatte echt Angst, in dieser einen Rolle gefangen zu sein. So wie Schauspieler, die es danach nicht mehr schaffen, aus der Rolle auszubrechen, mit der sie berühmt wurden, weißt du?«

Kaycee nickte, und ich beobachtete lächelnd, wie sich ihre Haare dadurch noch chaotischer um ihren Kopf verteilten. Sie war wunderschön.

»Und um deine andere Frage zu beantworten: Ich muss um neun am Set sein, also haben wir noch etwa eine Stunde, bis ich los muss. Was hältst du davon, wenn ich aufstehe und uns Frühstück mache?«, fragte ich und strich ihr sanft über die Wange.

»Sehr viel! Ich hab echt Hunger.«

»Dann beeile ich mich wohl besser«, meinte ich mit einem Schmunzeln und küsste sie auf die Stirn. Sie roch so gut und – was mich beinahe erschreckte – schon so vertraut. Ich stieg aus dem Bett, ging zum Kleiderschrank und suchte mir Boxershorts, eine locker sitzende Hose und ein weißes Longsleeve heraus. Bevor ich ins Bad ging, sah ich noch einmal zu Kaycee. Sie beobachtete mich und wackelte mit den Augenbrauen, während sie ihren Blick einmal an mir entlangwandern ließ.

»Ich dachte eigentlich, mit Hunger meinst du etwas anderes«, gab ich trocken zurück.

»Haha«, machte Kaycee und warf lachend mit einem Kissen nach mir, das jedoch den Türrahmen traf. Ich streckte ihr die Zunge raus und verließ dann das Zimmer. Daran könnte ich mich gewöhnen.

»Und ich dachte schon, ich kann meiner Nase nicht trauen.« Kaycee kam in die Küche und ging vor dem Ofen in die Hocke. »Du hast gebacken?«

»Ja, nachdem wir gestern festgestellt haben, dass ich doch keine Null in der Küche bin, dachte ich, ich wage einen Versuch. Es ist allerdings nur Bananenbrot. Ich hatte kaum Zutaten da.«

»Was heißt hier nur? Bananenbrot ist super.«

Sie trug ihre schwarzen Jeans von gestern und ein dunkelgrünes Shirt von mir, das sie am Bauch geknotet hatte, damit es ihr nicht zu weit war. Darüber das schwarz-weiß karierte Baumwollhemd, das ich ihr gegeben hatte und das ihr weitaus besser stand als mir. Auch daran könnte ich mich gewöhnen.

»Kann ich dir was helfen?«

Ich schloss die Spülmaschine, die ich gerade eingeräumt

hatte. »Nicht wirklich. Du kannst mir sagen, wie du deinen Kaffee magst, falls du welchen trinkst.«

»Ich trinke mehr Milch mit Kaffee als andersrum.«

»Lässt sich einrichten. Ich hab allerdings nur Hafermilch, ist das okay?«

»Ja, klar. Du lebst aber nicht vegan, oder? Darauf hab ich bei meinen Kuchen so gar nicht geachtet.«

»Ne, ich verzichte nur größtenteils auf Milchprodukte. Ist besser für die Stimme, grad an Drehtagen wie heute.«

»Bist du vor normalen Drehs noch nervös?«

Ich nahm einen kleinen Topf aus dem Schrank, gab Hafermilch hinein und stellte ihn dann auf die Herdplatte. »Nein … Das Einzige, was mich gerade nervös macht, ist, dich da zu sehen.« Ich schaltete den Herd ein und nickte dann in Richtung Küchentheke, an die Kaycee sich gelehnt hatte.

»Oh«, machte sie, als sie meinem Blick folgte. Sie überbrückte die Distanz zwischen uns, stellte sich auf die Zehenspitzen und legte ihre Lippen sanft auf meine. Der Kuss war vorsichtig, beinahe unschuldig, und das komplette Gegenteil von gestern. Obwohl ich heute in Hinblick auf den Text, den ich Jordan gleich sprechen lassen musste, mit Sicherheit genervt sein sollte, war schlechte Laune in Kaycees Gegenwart schlicht unmöglich. Ihre Berührungen reichten, um mich zu entspannen.

»Das wird eine Herausforderung bei der nächsten Aufnahme«, murmelte Kaycee.

»Vielleicht, wenn keiner guckt«, entgegnete ich und musste lachen, als ich Kaycees mahnenden Blick sah. »War nur ein Scherz, ich bin nicht lebensmüde.«

»Meinst du, sie tun was, wenn sie das herausfinden?«

»Nein, ich meinte eher, dass ich es mir mit dir nicht verscherzen will.«

»Mach dich nur lustig«, sagte Kaycee mit einem Augenrollen. »Bei dir steht ja auch nichts auf dem Spiel.«

»Na ja, dank des Angebots von Nicolas Darrell schon. Das ist definitiv ein Grund mehr, es mir nicht mit Channel Y zu verscherzen. Jetzt haben sie ein Druckmittel«, meinte ich mit einem Zwinkern. Trotz meines lockeren Tons formte sich jedoch ein Knoten in meinem Bauch, da meine Worte nicht aus der Luft gegriffen waren. Ich würde mich beim Dreh nachher auf jeden Fall mehr zusammenreißen müssen als bei dem Streit vor ein paar Wochen.

»Keine Sorge, das kriegen wir hin. Aber es ist vielleicht echt besser, wenn wir am Set ein bisschen auf Abstand gehen. Brian fand uns beim Essengehen in Brighton schon auffällig.«

»Also weiß er Bescheid?«

Kaycee schüttelte den Kopf. »Ne, bin nicht drauf eingegangen. Ich werd mit Ada und Fiona reden, aber die beiden sind Familie und würden niemals etwas nach außen tragen.«

»Voll okay, solange du ihnen nur Gutes erzählst.«

»Wird schwer, was anderes zu berichten«, meinte Kaycee mit einem Lächeln, das ihre hellbraunen Augen zum Funkeln brachte. Kurz darauf lag sie wieder in meinen Armen und küsste mich so intensiv, dass ich erst in die Realität zurückgeholt wurde, als uns ein lautes Zischen signalisierte, dass wir die Milch dringend vom Herd nehmen sollten.

Ich betrat den Konferenzraum des Hotels, das uns heute als Set diente. Das geräumige Zimmer war zu einem Ankleideraum umfunktioniert worden.

»Guten Morgen«, rief ich.

»Morgen!« Pádraig saß, die Füße auf einem der Tische, da und aß einen Apfel.

Amy winkte vom anderen Ende des Raums lächelnd zu mir herüber, sprang dann, als Yennifer von ihr abließ, auf mich zu und umarmte mich. »Morgen, Leo!«

»Gut siehst du aus!«

Amy drehte sich einmal um die eigene Achse und machte einen kleinen Knicks. »Danke«, erwiderte sie lachend. »Auch wenn solche Tage immer superunfair sind, weil alle Frauen drei Stunden früher in die Maske müssen als ihr.«

»Komm schon, du genießt es doch.«

»Ein bisschen«, gab sie grinsend zurück und strich mit beiden Händen über das silberne Paillettenkleid. Ihre Haare fielen ihr in sanften Wellen über die Schulter. Heute stand eine Gala-Szene auf dem Programm, weshalb wir das Hotel für den Dreh gebucht hatten. »Was ich weniger genieße, ist das, was heute noch auf dem Plan steht. Ich hab nach wie vor keine große Lust, die Szene zu spielen – die Schwangerschaft meinetwegen, damit hab ich mich abgefunden. Aber den Streit und all das … Können wir darüber kurz in Ruhe reden?« Amy sah sich um, vermutlich, um sich zu vergewissern, dass niemand in Hörweite war. »Ich hab mir überlegt, was wir anpassen können, damit es nicht ganz so schlimm und toxisch wirkt. Ich hab auch Vorschläge für den Text und …«

»Ich glaube nicht, dass wir Charlie darauf ansprechen sollten.«

»Nicht vor allen, ja, das meintest du. Aber wir könnten ihn ja mal nach einem Termin fragen und …«

»Nein, ich meinte gar nicht.«

Irritiert sah Amy mich an. Kein Wunder. Immerhin wäre ich vor wenigen Tagen noch Feuer und Flamme gewesen, das Gespräch zu suchen. Doch das war vor Nicolas Darrell. Vor der Angst, dass George recht hatte und ich Gefahr laufen würde, das Casting zu verlieren.

»Wo kommt das denn auf einmal her?«, wisperte Amy. »Ich dachte, ich renne da bei dir offene Türen ein.«

Zu gern hätte ich ihr von George erzählt. Doch ich hatte es ihm versprochen, und auch wenn ich Amy traute: Sie war ein Karrieremensch, und ich konnte mir gut vorstellen, dass sie das Ganze mit ihrem Agenten besprechen würde.

»Ein Kind zu nutzen, um die beiden jetzt doch wieder zusammenzubringen, Jordans Reaktion darauf – das find ich problematischer als das Skript, das du letztens kritisiert hast.«

»Absolut«, stimmte ich zu. »Aber hast du gesehen, wie gut die Folgen der zweiten Staffel ankommen?«

Amy nickte. »Ja … hätte nicht gedacht, dass das Staffel eins noch toppt.«

»Lass uns erst mal abwarten, wie der Drehtag läuft, ja?« Noch während ich die Worte äußerte, fühlte ich mich schlecht. Immerhin war ich es, der sonst als Erstes gegen Charlies Texte rebellierte. »Ich hab einfach Sorge, dass es uns schadet, weißt du. In letzter Zeit hab ich wieder häufiger an George gedacht …«

So viel zumindest konnte ich ihr sagen, ohne mein Versprechen an George zu brechen. Anscheinend reichte es auch, denn Amy taxierte mich einen Moment und schien zu verstehen, worauf ich anspielte. Sie nickte langsam. »Groß ändern können wir den Text für heute wohl sowieso nicht mehr«, sagte sie mit einem Seufzen. »Bei Staffel zwei hatte Charlie ja allem Anschein nach auch den richtigen Riecher. Und der Sender bei dir genauso – der zusätzliche Aufwind durch *Bake That Cake!* ist ja der Hammer bei dir. Deine Kanäle explodieren.«

Ich nickte, nach wie vor ein wenig beschämt. Meinem Online-Auftritt hatte die Show auf jeden Fall nicht geschadet.

Amys Gesicht wurde wieder zuversichtlicher. Wenn das

Casting gelaufen war, würde sie mit Sicherheit verstehen, wieso ich so zögerlich reagiert hatte. Ich hielt mich nicht zurück, weil ich bezweifelte, dass Amy sich für mich freuen würde – das würde sie –, sondern weil ich nichts sagen wollte, bis es in trockenen Tüchern war. Selbst meinen Eltern hatte ich noch nicht von Polyas Anruf berichtet. Ich konnte mir schon gut vorstellen, wie sehr meine Mum aus dem Häuschen wäre. Das hob ich mir lieber für den Moment auf, in dem ich, hoffentlich, die Zusage erhielt.

»Na dann, Baby Daddy, wirf dich in Schale, ich würd den Text gern noch mal mit dir überfliegen.«

»Nur wenn du versprichst, mich nie wieder so zu nennen.«

Amy stieß ein helles Lachen aus und knuffte mir in den Oberarm. Es tat gut, dass wir wieder auf derselben Seite standen. Generell war der gesamte Set-Tag von der Maske über die Probe bis hin zum Dreh ein voller Erfolg und ich trotz des fragwürdigen Inhalts der Folge endlich wieder mit voller Begeisterung dabei. Ich hätte nicht sagen können, ob es an Kaycee und der letzten Nacht lag oder doch daran, dass es sich endlich anfühlte, als ob mich all das hier weiterbrachte. Auf jeden Fall klatschte Charlie knapp sieben Stunden später begeistert in die Hände.

»It's a wrap – zumindest für euch beide. Das war großartig. Amy, ich hab dir heute wirklich jede einzelne Emotion abgekauft, ganz großes Kino. Und Leo, ich bin mir sicher, dich erwartet bald Großes.« Der Blick, den er mir dabei zuwarf, zeugte davon, dass er bereits Bescheid wusste. Vermutlich ein Vorteil, denn wenn er von dem Vorsprechen wusste, würde die Rolle meinem Drehplan für *London League* wohl nicht in die Quere kommen.

Amy gab mir ein High Five, bevor sie zurück in die Garderobe ging, und Charlie nahm mich zur Seite. »Glückwunsch zum Casting morgen«, sagte er mit vertraulich flüsternder Stimme. »Ich wusste, du warst ein Glücksgriff.«

»Danke.«

»Ich hab dir damals doch schon gesagt, mit der Rolle hier stehen dir später alle Türen offen.«

Hatte er tatsächlich. Generell hatte der Sender mir alle möglichen Versprechungen gemacht. Die vom Erfolg hatten sich bewahrheitet, die von künstlerischer Entfaltung ... nun ja.

»Ich hoffe, du hast dadurch ein bisschen mehr Vertrauen in uns. Deine Leistung heute ist genau das, was wir uns wünschen. Mach weiter so. Ich treffe Nicolas heute Abend zum Essen und werde auf jeden Fall schon einmal ein gutes Wort für dich einlegen.«

»Oh, danke. Ich wusste gar nicht, dass ihr euch kennt.«

»Durch einen gemeinsamen Freund, Jahre her! Aber die Filmbranche ist kleiner, als man meint. Jeder kennt jeden oder weiß zumindest von jedem. Und gerade in der Produktion und Regie tauscht man sich natürlich über seine Künstler und Künstlerinnen aus. Verscherzt du es dir bei einem, verscherzt du es dir bei allen. Und andersrum ...« Er klopfte mir auf die Schulter. »Deshalb bin ich bei dir guter Dinge.«

Ich nickte, merkte jedoch, wie mir das Lächeln auf dem Gesicht gefror. Vermutlich meinte Charlie die Worte nett, meine Gedanken jedoch wanderten sofort zu George. Hatte er doch recht gehabt? Denn genauso gut konnte man aus Charlies Aussage eine unterschwellige Drohung heraushören. Hätte ich heute wieder den Text kritisiert, hätte er Nicolas Darrell dann davon berichtet, ihm vielleicht sogar abgeraten, mich für den Action-Thriller zu casten? War es das, was George passiert war? Hatte er es sich mit Charlie verscherzt und fand deshalb keine neuen Rollen?

Egal, was es war, ich würde aufpassen müssen. Denn der Film war meine Chance hier raus. Meine Chance, mir meinen Traum, von dem ich geglaubt hatte, ihn verloren zu haben, doch zu erfüllen.

LEOS BANANENBROT

100 g geriebener Apfel (oder zuckerfreies Apfelmus)
3 Bananen
2 Eier
100 g Vollkornmehl
1 Pck. Backpulver
1 Teelöffel Zimt
50 g Walnüsse (oder Mandeln, Haselnüsse o. Ä.)

- Apfel schälen, entkernen und fein reiben (oder alternativ Apfelmus verwenden).
- Bananen zerdrücken und mit den zwei Eiern und den Apfelstücken schaumig schlagen.
- Mehl, Backpulver und Zimt mischen und mit dem Bananenbrei verrühren.
- Gehackte Nüsse unterheben und alles in eine Kastenform füllen.
- Bei 180 °C etwa 45 Minuten backen und vor dem Anschneiden auskühlen lassen.

34. KAPITEL

Leo

Nicolas Darrell. Er war tatsächlich hier. Saß mir gegenüber. Hätte man mir vor ein, zwei Jahren gesagt, dass ich mich einmal mit diesem Mann in ein und demselben Raum befinden würde, ich hätte dieser Person den Vogel gezeigt.

»Leonard, wie schön, dass du es hergeschafft hast«, begrüßte Nicolas mich, als ob ich heute etwas Besseres zu tun haben könnte. Er stand auf und reichte mir die Hand, bevor er auf das samtige dunkelblaue Sofa deutete, von dem er sich gerade erhoben hatte.

»Ich danke für die Einladung, Mr Darrell«, sagte ich und setzte mich neben ihn. Auf dem kleinen Beistelltisch stand ein Teeservice, und Nicolas deutete fragend auf die Kanne. Ich nickte, mehr, damit ich mich an die Teetasse klammern konnte, als dass ich wirklich Durst hatte.

»Sag bitte Nicolas.« Er schenkte mir von dem schwarzen Tee ein, und ich nahm dankend die Tasse entgegen.

»Nicht gerade das Umfeld, das ich von Castings gewöhnt bin«, sagte ich mit Blick auf den gemütlich eingerichteten Raum.

Nicolas lachte. »Nein, ganz und gar nicht. Aber unter uns: Ich hasse diese Casting-Räume. Das Licht ist grell, die Wände sind klinisch weiß, und dann sollen die Leute in der Atmosphäre kreativ werden. Mit nichts als Luft und strengen Blicken im Raum. Fürchterlich.« Er fuhr sich durch das glatt nach hinten gekämmte gräuliche Haar. »Ich hab so noch nie gern gearbeitet, deshalb wollte ich für diesen Film etwas anderes probieren. Es wird keine offenen Castings geben, ich habe seit Wochen Portfolios angeschaut, mit befreundeten Regisseuren und Showrunnern gesprochen und mir meine Wunschbesetzung zusammengesucht. Auf dich kam ich dank meiner Frau. Sie mag deine bodenständige Art und meint, du bringst etwas frischen Wind in diese Backsendung, bei der du mitmachst.«

Ich nickte. Polya hatte also tatsächlich recht gehabt.

»Ich hab mir daraufhin ein paar Folgen *London League* angesehen, und Charlie war so freundlich, mir die Aufnahme deines Castings zuzuschicken. Kaum zu glauben, dass das deine erste große Rolle war.«

Charlie hatte also schon vorab ein gutes Wort für mich eingelegt. Vielleicht war ich wirklich ungerecht zu ihm gewesen, denn all das hätte er nicht für mich tun müssen.

»Ich weiß nicht, wie viel deine Agentin dir schon über das Projekt erzählt hat, aber wenn es dir nichts ausmacht, würde ich dir ein bisschen was zur Handlung und deinem Charakter sagen und dann …« Er schmunzelte vielsagend. »Darfst du dich ein wenig austoben. Ich hab eine Szene vorbereitet, werde dir aber nur das Setting und ein paar Stichworte geben. Charlie meinte gestern, du hast früher Improvisationstheater gemacht, ich bin gespannt, ob du zu deinen Wurzeln zurückfindest.«

Ein aufgeregtes Kribbeln schoss durch meinen Körper, und plötzlich wich die anfängliche Befangenheit dem Gefühl von Vorfreude. Dieses verstärkte sich nur weiter, als Nicolas mir von der Rolle erzählte, die ich womöglich bald verkörpern konnte – etwas, worüber Kaycee und ich die Tage mehr als einmal gerätselt hatten. Mason, meine Figur, sollte ebenfalls Anfang zwanzig und nach London zugezogen sein – insofern ähnelte er mir. Und der Rolle, die ich bei *London League* bereits innehatte. Der Unterschied: In dem Film wäre ich kein Koch oder dergleichen, sondern ein Mörder, der selbst nicht wusste, dass er einer war – und vom Täter zum Gejagten wurde.

»Er wacht ohne Erinnerungen an die letzten vierundzwanzig Stunden in fremder Kleidung in einem Parkhaus auf. In seiner Jackentasche ein Portemonnaie mit einem Ausweis, auf dem zwar sein Foto, nicht jedoch sein Name und seine korrekte Anschrift sind. Und ein Smartphone, auf dem keinerlei Hinweise zu finden sind – nur eine einzige Nachricht ...« Völlig gebannt lauschte ich Nicolas' Erzählungen und war so in die Story und die Geschichte meines Charakters vertieft, dass ich gar nicht mitbekam, wie er nach einem Handy auf dem Tisch griff und mir dieses reichte. Erst als er auffordernd damit winkte, realisierte ich, was er von mir wollte, stellte die Teetasse ab, aus der ich völlig zu trinken vergessen hatte, und nahm das Gerät entgegen.

»Du bist Mason und rufst die Nummer an, die dir die Nachricht geschrieben hat.«

»Wer ist am anderen Ende?« Denn das hatte er mir in seiner Zusammenfassung nicht offenbart. Wie es aussah mit Absicht, denn auf seinem Gesicht bildete sich ein breites Grinsen.

»Such es dir aus. Viel Spaß.«

»Okay«, sagte ich mit aufgeregt klopfendem Herzen und stand auf, sah mich nach einer Kamera um, doch da war keine. Als ich mich wieder zu Nicolas wandte, schüttelte er den Kopf und machte eine wegwerfende Handbewegung.

»Wir brauchen keine Aufnahme davon. Du musst nur mich überzeugen, und ich sitze ja schon hier. Nimm dir ruhig ein paar Minuten.«

»Nicht nötig«, erwiderte ich. Und das war es auch nicht. Denn das hier war das, was ich liebte. Was ich mit Leidenschaft tat und was mir mehr Selbstvertrauen gab als alles andere. Also hielt ich das Smartphone an mein Ohr und legte, mit all den Informationen, die ich über Mason hatte, einfach los.

Wenige Minuten später, die mir wie Sekunden vorkamen, ließ ich das Handy sinken und ging zurück zur Couch. Während der Szene, die ich mir ausgemalt hatte, war ich anscheinend durch den gesamten Raum getigert. Ich war wie im Rausch gewesen, hatte Nicolas nach einer Weile sogar vergessen und war einfach nur in der Rolle aufgegangen, so wie ich es von früher aus dem Theater kannte. Ich liebte dieses Gefühl, nein, lebte es sogar. Und ich wollte mehr davon. Es war das, was mir bei unserem Besuch im Improv-Theater Angst gemacht hatte: wieder so zu fühlen, Blut zu lecken und dann mehr zu wollen. Doch vielleicht hatte ich nun die Chance, genau das zu tun.

Nicolas zumindest sah begeistert aus. Er klatschte in die Hände und nickte mehrmals hintereinander. »Das war ganz ausgezeichnet, Leo. Wirklich.« Aus seinem Nicken wurde ein Kopfschütteln. »Was für eine Wandlung. Zwischenzeitlich hast du mir echt Angst eingejagt.«

»Danke?«, sagte ich mit einem Lachen.

»Diese Wandlungsfähigkeit ist genau das, was ich suche. Mason hat einige Grenzerfahrungen im Laufe der Serie. Ich wusste, dass du gut bist, sonst hätte ich dich gar nicht erst eingeladen, aber dass du dich in so kurzer Zeit in so eine komplexe Rolle einfühlen kannst ... Bravo, wirklich.«

»Danke, das freut mich«, erwiderte ich, beinahe ein wenig perplex. Ich hatte so viele Castings hinter mir, und natürlich waren einige davon erfolgreich gewesen, doch normalerweise hielten sich die Produzenten mit Lob sehr bedeckt, erst recht, bevor eine Entscheidung gefallen war. Hoffentlich überzeugte ihn keiner der anderen mehr als ich. Denn wenn mir die Endorphine in meinem Körper eines mitteilten, dann, dass ich diese Rolle wirklich wollte.

»Darf ich … Wie viele sprechen denn noch für Mason vor?«

Nicolas lachte tief. »Niemand außer dir.«

»Oh.« Das … war noch ungewöhnlicher als das Lob.

»Ich hab dir doch gesagt, ich hab viel Zeit in Recherche gesteckt. Sollte jemand, den ich mir ausgesucht habe, gar nicht passen, dann gibt es natürlich ein zweites Casting. Aber bisher hatte ich den richtigen Riecher. Bei dir anscheinend auch. Es wird natürlich noch Screen Testings zwischen den einzelnen Figuren geben, aber ich glaube nicht, dass daran noch etwas scheitern wird.«

Mein Körper war bis zum Zerbersten angespannt. Bedeutete das …

»Ich schicke deinem Management ein Angebot, das du in Ruhe durchgehen kannst. Zögere nicht, dich bei Fragen zu melden. Mit Channel Y war ja alles bereits geklärt. Charlie, dieser Fuchs …« Nicolas schüttelte den Kopf. »Hat es natürlich wieder so gedreht, dass er und seine Vorgesetzten auch davon profitieren, sie mit ihren Knebelverträgen.« Er blickte auf. »Das Wort hast du nie aus meinem Mund gehört.«

»Ja, natürlich nicht«, sagte ich und sah Nicolas fassungslos an. »Also … hab ich die Rolle?«

»Wenn du sie möchtest und von eurer Seite aus alles in Ordnung ist, dann hast du die Rolle, ja.«

»Das … danke. Es ist so eine Ehre, mit Ihnen arbeiten zu dürfen, Mr Darrell.«

»Eine Anforderung hab ich aber.«

»Ja?«

»Du musst wirklich aufhören, mich Mr Darrell zu nennen.«

Immer noch völlig fassungslos nickte ich und ließ mich von der Filmikone, die ich nun beim Vornamen nennen durfte, nach draußen geleiten. Der Blick auf meine Armbanduhr offenbarte, dass ich gerade einmal dreißig Minuten in dem Raum gewesen war. Eine halbe Stunde, die meine gesamte Zukunft ändern könnte.

»Vielen Dank, Nicolas«, sagte ich und schüttelte ihm zum Abschied die Hand.

»Du lernst schnell, wie schön«, erwiderte er mit einem inbrünstigen Lachen. »Ich sage meiner Assistentin, dass sie heute noch alles Vertragliche anstößt. Solltest du irgendwelche Fragen haben, setz dich einfach mit ihr in Verbindung.«

»Das mach ich!«

Er winkte mir noch einmal zu und verschwand dann wieder in seinem Raum, während ich wie benebelt in Richtung des Foyers ging. Auf Autopilot zog ich das Handy aus meiner Hosentasche. Ich musste unbedingt Kaycee von all dem berichten. Als ich den Flugmodus, den ich zur Sicherheit eingeschaltet hatte, deaktivierte, traf sofort eine Nachricht von ihr ein.

Kaycee, 10.05 am:
Und???

Kaycee, 10.07 am:
Ich weiß natürlich, dass du grad erst angefangen hast,
aber wehe, du meldest dich nicht sofort danach!

Ihre Begeisterung zauberte mir ein Grinsen aufs Gesicht, und ich öffnete unseren Nachrichtenverlauf, um ihr zu antworten. Witzigerweise hatte mich das Vorsprechen an die Herausforderungen erinnert, die Kaycee bei *Bake That Cake!* zu meistern hatte: in kürzester Zeit und mit Hindernissen etwas Kreatives schaffen. Es war verrückt, wie gut es gerade lief. Und noch verrückter, dass wir beide nun doch die Chance hatten, unsere Träume zu leben – vielleicht sogar miteinander.

Leo, 10.34 am:
Nicolas Darrell ist der Hammer!

Kaycee, 10.34 am:
Okay, cool, aber darauf wollte ich nicht hinaus.
WIE WAR ES?

Leo, 10.35 am:
Ach so, ja. Ich hab den Job.

Kaycee, 10.35 am:
WHAT?! 😍
Herzlichen Glückwunsch! Omg, das ist großartig!
Du wirst Filmstar, Leo! Wie feierst du das?

Leo, 10.35 am:
Am liebsten mit dir.

Kaycee, 10.35 am:
Schleimer.

Leo, 10.35 am:
Hab ich gar nicht nötig, war mein voller Ernst. Lass uns heute was machen. Magst du zu mir kommen? Du kannst hier übernachten, dann mach ich uns morgen Brunch vor der Show? Und nach der Show können wir dann dein Weiterkommen feiern.

Kaycee, 10.35 am:
Ich weiß nicht, was optimistischer ist: dass ich so viele Dates auf einmal mit dir haben mag oder dass du von meinem Weiterkommen ausgehst … 😄

Ich wollte gerade meine Antwort an Kaycee tippen, als mich ein »Leo!« aufblicken ließ.

»Mum? Was machst du denn hier?«

Meine Mutter saß auf einem der Sessel gegenüber der Aufzüge, die mit Sicherheit für andere Vorsprechende reserviert waren – von denen heute keine zu sehen waren. Das hätte mir schon vor dem Termin mit Nicolas auffallen müssen, aber anscheinend war ich zu nervös gewesen. Mit Lachfältchen um die Augen stand sie auf und hielt eine Tüte in die Höhe. Als ich mich ihr näherte, erkannte ich die lilafarbene Verpackung der Cadbury Giant Buttons.

Lachend umarmte ich sie. »Hi.«

»Auf die alten Zeiten.«

Die Schokostücke waren stets unsere Snacks für Castings gewesen – auch wenn ich eigentlich keine Schokolade essen sollte, wegen der Stimme. Als ich sie wieder losließ, schlug sie mir mit der Packung auf den Oberarm.

»Eigentlich sollte ich ja böse sein, dass du mir nichts hiervon erzählt hast. Polya musste es petzen.«

»Ich wollte nichts sagen, falls es nicht klappt«, gab ich zu.

»Aber vermutlich hätte mir klar sein müssen, dass Polya dir ein Update gibt.« Meine Mum war früher stets bei den Castings dabei gewesen, sodass auch die beiden sich über die Jahre angefreundet hatten.

»Und wenn schon, das haben wir bereits etliche Male durchgestanden. Deshalb hab ich doch die Nervennahrung dabei.«

»Die ist vielleicht gar nicht nötig.«

Meine Mum legte den Kopf schief. »Was meinst du?«

Mein Herz schlug einige Takte schneller, so als würde es nach dem Schock erst jetzt realisieren, dass meine nächsten Worte wirklich der Wahrheit entsprachen.

»Wie es aussieht … hab ich den Job.«

»Was?« Meine Mum riss die Augen auf, dann packte sie mich an den Händen und sprang auf und ab, so wie ich es eher von Ed erwartet hätte. »Herzlichen Glückwunsch.«

»Danke«, sagte ich lachend und merkte, wie ich mich entspannte und Glücksgefühle meinen Körper fluteten. Ich hatte die Rolle. Ich würde mit Nicolas Darrell arbeiten. Ich wäre der Hauptdarsteller in einer neuen, aufwendig produzierten Serie, ein Genre fernab meines bisherigen, und das Ganze würde am Ende sogar als Spielfilm zur Prime Time zu sehen sein.

»Ich glaub, ich brauch noch ein paar Tage, um das zu realisieren.«

»Mein Sohn arbeitet mit Nicolas Darrell«, sagte meine Mum verträumt und griff sich an die Brust, als könnte auch sie es nicht recht glauben. »Hast du schon gefrühstückt, oder warst du zu nervös? Wir könnten was brunchen gehen.«

»Klingt super. Lass uns gern mal schauen, was es hier in der Nähe gibt.«

Sie hakte sich bei mir unter und zog mich in Richtung der Aufzüge. »Ich bin so stolz auf dich. Weißt du noch, was du beim Essen mit Ed gefragt hast? Nach dem Theater?« Sie sah zu mir auf. »Da hast du deine Antwort. Es war all das wert. Du lebst deinen Traum, das ist alles wert.«

Zum ersten Mal seit Langem fühlte ich mich bei den Worten nicht schwer, eingeengt oder dergleichen. Stattdessen breitete sich eine Wärme in meiner Brust aus, eine Mischung aus Stolz, Glück und dem Gefühl, endlich das erreicht zu haben, was ich mir all die Jahre vorgenommen hatte.

»Und Polya meinte, das ist erst der Anfang. Nicolas Darrell ...« Sie drückte auf den Knopf neben dem Aufzug und schüttelte ungläubig den Kopf.

»Ich weiß«, erwiderte ich grinsend. Im selben Moment, in dem sich die Türen des Fahrstuhls mit einem Pling öffneten, gab auch mein Handy einen Ton von sich.

Kaycee, 10.38 am:
Sehr gern. Ich freu mich. Für dich und auf dich. 🖤

Die Wärme in meiner Brust verstärkte sich nur noch, als ich Kaycees Worte las.

»Du siehst glücklich aus«, meinte meine Mum und drückte meine Schulter.

»Keine Überraschung, oder?«

»Nein, aber ich meinte deshalb.« Sie nickte zu meinem Handy, das ich bereits wieder gesperrt hatte. »Ich nehme an, das war nicht Mr Darrell, der dir da gerade geschrieben hat ...«

Ich rollte die Augen, und meine Mum lachte leise.

»Ich bin dir wieder zu neugierig, richtig?«

»Richtig. Aber wenn du es wissen willst ...« Ich schluckte, und mein Herz trommelte so heftig gegen meinen Brustkorb, dass ich es in meinem Inneren spüren konnte. »Ich hab jemanden kennengelernt.«

Ich hatte es kaum für möglich gehalten, aber die Augen meiner Mum wurden noch weiter als eben, als ich ihr von der Rolle berichtet hatte. Im nächsten Moment versuchte sie ganz offensichtlich, ihre Mimik unter Kontrolle zu kriegen und möglichst neutral zu schauen, was ihr jedoch mehr als misslang.

»Das freut mich«, sagte sie, während der Aufzug uns nach unten beförderte. Noch bevor wir im Erdgeschoss angekommen waren, warf sie mir einen vorsichtigen Blick von der Seite zu. »Erzählst du mir davon auch ein bisschen was? Also … nur wenn du magst natürlich, es geht mich ja eigentlich nichts an und …«

»Ja, kann ich machen, Mum«, erwiderte ich mit zuckenden Mundwinkeln. Sie würde ohnehin keine Ruhe mehr geben, und im Gegensatz zum Sender würde meine Mum kein Problem darin sehen, dass ich Gefühle für Kaycee entwickelt hatte – ganz egal, ob wir zusammenarbeiteten oder nicht.

Die Türen glitten auf, und sie drückte meinen Unterarm noch einmal, bevor sie losließ, um mich aussteigen zu lassen. »Das macht mich alles sehr glücklich.«

Und mich erst. Denn gerade lief alles zu gut, um wahr zu sein.

35. KAPITEL

Kaycee

Dass in Brighton gleich zwei Teilnehmerinnen hatten gehen müssen, stellte sich als Segen heraus, da Leo und ich ohne anstehenden Dreh jede freie Minute miteinander verbracht hatten. Ich hatte ihn gezwungen, einen weiteren Horrorfilm mit mir zu gucken, und Demian hatte für Fiona, Leo und mich gekocht – dass Fiona und Leo sich so gut verstanden, erleichterte mich unheimlich. Ich konnte es kaum erwarten, ihn meiner Schwester vorzustellen. Zwar war es schade, dass wir London nicht gemeinsam erkunden konnten, aus Angst, entdeckt zu werden, aber die Zeit daheim war dennoch wie ein Traum gewesen. Ebenso der Brunch heute Morgen, bei dem das Frühstücken inmitten all der Küsse leider etwas kurz gekommen war …

Wie es aussah, ging es heute, beim Dreh der sechsten Runde, genauso gut weiter. Denn ich war in meinem Element. So richtig. Unser heutiger Drehort, das Bruce Castle Museum in Tottenham, stand – genau wie die Tour, die ich mit Leo gemacht hatte – schon lange auf meiner Liste.

»Ich weiß, es ist ein schönes Haus, aber wie viele Fotos willst du noch machen? Hast du nicht gemeint, du wohnst in Paddington? Da kann doch jedes zweite Gebäude mithalten. Überleg lieber, warum wir hier sind und was die Challenge sein könnte.«

»Vielleicht etwas Royales?«, mutmaßte Francis, woraufhin ich den Kopf schüttelte.

»Ich glaube, heute wird's gruslig.«

Brian und Francis sahen mich ähnlich verwirrt an. »Warum das?«, fragte Brian schließlich, als ich ein weiteres Foto schoss.

»Weil das hier nicht einfach irgendein Haus ist. Es ist das Bruce Castle.«

»Ja, das hab ich mir auch schon ergoogelt, und weiter?«

»Angeblich ist es verflucht.«

Brian lachte und sah bedeutungsschwanger auf mein Shirt, das heute Freddy Krueger zierte. »Okay, dann kein Wunder, dass du es kennst.«

»Ich hab mal eine Liste mit Haunted Houses in London erstellt, und das war dabei. Es wurde nach einer schottischen Königsfamilie benannt, und im 19. Jahrhundert gab es erste Berichte über den Geist, der hier gesichtet wurde.«

»Bitte sag mir, dass es nicht der Geist eines Kindes war. Kinder sind immer das Grusligste in Horrorfilmen.«

»Ne, von einer Frau«, erwiderte ich lachend. »Ich glaub, ich muss dich meiner besten Freundin vorstellen, das sagt sie auch immer.«

»Fiona Harris? Baiser, count me in. Es wäre mir eine Ehre. Aber bist du endlich fertig? Es ist echt kalt.«

»Ja, ich würde auch lieber reingehen.«

»Ja, ja«, sagte ich mit einem Grinsen und lief voraus. Meine viel zu gute Laune war Brian auch nicht entgangen, und ich würde mich heute zusammenreißen müssen, wenn ich keine Aufmerksamkeit erregen wollte.

Ich hielt die rote Tür zum Hauptgebäude für Brian und Francis auf und ging dann voraus in Richtung der Stimmen, die ins Foyer drangen. Das Schloss war mittlerweile zu einem Museum umfunktioniert worden.

»Sonderlich gruslig sieht es ja nicht aus«, meinte Brian mit Blick durch den Raum.

»Vielleicht hat es ja auch gar nichts damit zu tun, sonst hätten sie vielleicht was im Tower of London gemacht.«

»Channel Y hat Geld, aber so viel, dass sie die Geschäfte da einen Tag lahmlegen?« Ich schüttelte den Kopf. »Ich würd mich jedenfalls echt freuen, wenn es was damit zu tun hat.«

»Abwarten«, sagte Francis und betrat den Raum, in dem Henry und Jessica bereits warteten. Sie und die Juroren. Mein Blick flog automatisch zu Leo, und ein Lächeln breitete sich auf meinem Gesicht aus. Am liebsten wäre ich ihm sofort um den Hals gefallen, dabei hatten wir uns heute Morgen erst gesehen, bevor wir – der Sicherheit halber getrennt voneinander – aufgebrochen waren. Doch ich riss mich zusammen, biss mir auf die Lippe, um mein Strahlen zu verbergen, und blieb an Ort und Stelle neben Brian stehen. Leo schien es ähnlich zu gehen, denn auch seine Mundwinkel hoben sich – allerdings hatte er sich schneller wieder im Griff als ich.

»Alle, die noch nicht geschminkt sind, einmal in die Maske bitte!«, rief Jane, woraufhin Francis ihr nach nebenan folgte. Ich hatte mich von Fiona schminken lassen und würde nur noch abgepudert werden müssen. Also beobachtete ich die Assistenten dabei, wie sie den finalen Schliff am Set vornahmen. Es gab nur noch fünf Theken, fünf Teilnehmende. Ich hatte es wirklich so weit geschafft.

»Ich bin echt gespannt, wer heute fliegt«, meinte Brian und blickte ebenfalls auf die Tische.

»Gute Frage. So sehr ich es mir wünschen würde, glaube ich nicht, dass es Henry ist.«

»Ne, der ist zu gut. Und hat sich in der zweiten Runde in der Galerie so unbeliebt beim Publikum gemacht, dass sie ihn sicher bis zum Finale behalten, allein schon, damit man sich über ihn aufregen kann.«

»Was machen wir, wenn einer von uns fliegt?«

»Passiert nicht, Baiser. Wir kommen ins Finale.«

Ich hob die Brauen. »Und bekriegen uns dann?«

»Quatsch, wir bekriegen uns doch nicht. Es war doch von Anfang an klar, dass wir nicht beide gewinnen können. Wenn du gewinnst, stellst du mich einfach bei dir ein, dann kann ich Uber und die finanziellen Probleme auch hinter mir lassen.«

»Und wenn du gewinnst?«

»Kriegst du 'nen Trostkuchen«, gab Brian mit einem Grinsen zurück. »Nein, was glaubst du denn? Wir bleiben doch hoffentlich in Kontakt!«

»Unbedingt«, sagte ich und legte meinen Kopf auf Brians Schulter, was im Stehen nicht ganz einfach war, da er mich überragte.

»Ich geh mich auch mal abpudern lassen, kommst du mit?«

»Ich seh mich noch ein bisschen um«, erwiderte ich, wobei ich mit Umsehen meinte, dass ich Leo weiter anstarren würde. Es sollte verboten sein, in schlichten Sachen dermaßen gut auszusehen. Sein hellgrauer Pulli war enganliegend, seine schwarzen Jeans ebenfalls. Es war die reinste Folter, ihm so nah zu sein und dennoch vorgeben zu müssen, dass er mir nicht mehr bedeutete als die anderen im Raum.

Das Vibrieren meines Handys in der Tasche des locker sitzenden dunklen Blazers riss mich aus meinen Gedanken.

Leo, 8.21 am:
Guck nicht so frustriert. Du bist total auffällig.

Kaycee, 8.21 am:
Aber ich bin *frustriert.*

Leo, 8.22 am:
Ja ... ich auch. Vorschlag: Ich muss auf Toilette. Aufgrund meiner Star-Allüren kann ich natürlich nicht hier gehen und würde die am Museumseingang verwenden ... das Museum ist heute geschlossen.

Kaycee, 8.22 am:
Ich nehme an, ich muss in 2–3 Minuten dann auch auf Toilette?

Leo, 8.22 am:
Schön und *klug. Ich hab echt den Jackpot erwischt.*

Kurz darauf ging Leo an mir vorbei aus dem Raum, ohne mir einen Blick zuzuwerfen oder sich sonst etwas von unserem Gespräch anmerken zu lassen. In meinem Bauch flatterte es aufgeregt, weil sich das Ganze so verboten anfühlte. Ich wartete eine Weile, betrieb Small Talk mit einer der Kamerafrauen und ging dann ebenfalls nach draußen zurück in den langen Flur des Gebäudes. Der Teppich dämpfte meine Schritte, die wie von selbst immer schneller wurden, als könnte mein Körper es kaum erwarten, Leo wieder zu spüren.

Es gab zum Glück bloß eine Unisex-Toilette, sodass ich nicht suchen musste. Ganz im Gegenteil, kaum dass die Tür hinter mir ins Schloss fiel, war Leo bei mir, seine Brust an meiner, und er presste seine Lippen auf meinen Mund, als ob sein Überleben davon abhängen würde. Ich seufzte auf, als ich den Kuss erwiderte. Unser letzter war gerade einmal zwei Stunden her, doch es fühlte sich an, als wären Wochen vergangen. Als Leo von mir abließ, lag ein warmes Lächeln auf seinem Gesicht.

»Das wollte ich schon machen, als du eben reingekommen bist.«

»Hätte für Aufsehen gesorgt.«

»Hm«, machte Leo und drückte mir einen weiteren Kuss auf die Stirn. Ich schloss die Augen, sog seinen Duft ein und merkte, wie ich zur Ruhe kam – dabei war mir vorher gar nicht bewusst gewesen, wie angespannt ich war. Genau wie schon zuvor wurde mir erst durch die Ruhe, die er mir gab, klar, wie sehr ich diese brauchte.

Mit dem Finger fuhr ich die Linien seines Munds nach, doch als er mich wieder küssen wollte, hielt ich ihn mit der freien Hand an der Brust zurück.

»Ich bin immer noch so stolz auf dich«, sagte ich lächelnd. »Nicolas Darrell …«

»Das hast du heute schon dreimal gesagt.« Lachend schüttelte er den Kopf. Mein Herz quoll beinahe über vor Freude. Ein Gefühl, das ich sonst nur meiner Familie oder Fiona gegenüber kannte. »Immer noch schwer zu glauben, oder?«

»Find ich gar nicht«, gab ich zurück.«

»Ich schon, ich …« Er hielt inne und schien nach den richtigen Worten zu suchen. »Ich hab in letzter Zeit immer häufiger das Gefühl gehabt, als ob ich jemand bin, der ich nie werden wollte – obwohl ich mache, was ich immer machen wollte.«

»Und das ist jetzt besser?«

»Auf dem Weg dorthin, glaube ich. Vielleicht ist das einfach eine Phase, durch die ich durchmusste und muss, und dahinter liegt, wo ich eigentlich immer hinwollte. Ich hab keine Ahnung, ob irgendetwas von dem, was ich sage, gerade Sinn ergibt«, meinte er lachend.

»Doch, ich glaube schon. Ich freu mich für dich.« Und wie ich das tat. Leos Strahlen war ansteckend. »Wann beginnen die Dreharbeiten eigentlich?«

Leo winkte ab. »Erst nächstes Jahr. So was dauert immer

ewig. Aber das ist okay, solange es nicht dafür sorgt, dass mein Vertrag bei Channel Y verlängert werden muss, ist es mir egal.«

»Und danach kommen sicher weitere Angebote.«

»Ich hoffe«, sagte Leo, und sein Lächeln wurde noch breiter. Mit den Fingern strich er sanft durch mein Haar, dann berührten seine Lippen mit derselben Zärtlichkeit meine. »Hast du Lust, heute Abend was zu machen? Diesmal könnte ich kochen – oder es zumindest versuchen, es wird definitiv nicht so gut wie bei Demian. Oh, bring ihn und Fiona gern mit.«

»Wirklich?«

»Ja, wenn du magst?«

Ob ich mochte, dass dieser Mann Teil meiner Freundesgruppe wurde? Was für eine Frage.

»Total gern. Aber mach dich darauf gefasst, dass Fiona dir weitere unangenehme Fragen stellt.«

»So schlimm war sie nun auch nicht. Und schlimmer als Hank kann sie nicht werden.«

Grinsend schüttelte ich den Kopf. »Nein, das definitiv nicht. Aber hey, in Brighton hat er mich in Ruhe gelassen, ich glaube, das Thema ist durch.«

»Und ich glaube leider, wir müssen zurück, bevor auffällt, dass wir gleichzeitig weg sind.«

Seufzend ließ ich meinen Kopf gegen Leos Brust sinken. »Okay.«

Leo küsste mich ein letztes Mal und verließ dann den Raum. Während ich wartete, schaute ich in den breiten, mit Gold umrahmten Spiegel und konnte gar nicht anders, als zu lächeln. Ich sah glücklich aus. Ein meilenweiter Unterschied zu dem Mädchen, das mir vor zwei Monaten verweint aus dem Spiegel in Croydon entgegengesehen hatte. Ich war angekommen.

Hatte ich zuvor schon geglaubt, in meinem Element zu sein, war das hier vor mir ... nun ja, ich als Torte vermutlich. Denn ich hatte mit meiner Theorie goldrichtig gelegen. Wir sollten eine Grusel-Torte kreieren. Etwas, das mich zur Höchstform auflaufen ließ. Das Dekor wurde in dieser Folge von *Hoxton Street Monster Supplies* zur Verfügung gestellt, einem Laden, den ich vor einiger Zeit bei einem Besuch bei Fiona entdeckt hatte und abgöttisch liebte. Ich musste also nicht lange darüber nachdenken, was ich backen wollte, da ich die zur Verfügung gestellten Zutaten bereits kannte. Die Schwierigkeit bestand vielmehr darin, mich zu entscheiden, auf welche Horrorelemente ich mich konzentrieren sollte, denn die Möglichkeiten waren zahlreich. Entschieden hatte ich mich letzten Endes für einen Klassiker. Und so verzierte ich gerade die letzten Steine des Brunnens aus *The Ring*. Die Milchschokolade, die nach Organen aussah, und das Dekor in Form von Ungeziefer schmückten die schaurige Szenerie. Aus Lakritze hatte ich blätterlose Bäume geschnitzt, die auf moosbewachsener Erde in Form von Schokostreuseln standen. Kurzum: Es sah absolut ungenießbar aus.

Als die Uhr das Ende unserer Zeit ankündigte, rückte ich gerade noch ein letztes Mal die Figur des Mädchens aus *The Ring* zurecht, das gebückt aus dem Brunnen kletterte. Selbst ich ekelte mich vor diesem Kuchen, und ich wusste, dass er schmeckte. Eine ähnliche Reaktion erhielt ich auch von Claudette, als sie vor meinem Werk stand. Sie schlug sich die Hand vor den Mund.

»Da hast du dich wieder einmal selbst übertroffen, aber ich muss ehrlich sein ...« Sie beugte sich näher zu meinem Kuchen. »Ich hätte Angst, das unbeobachtet auf meinem Esszimmertisch stehen zu lassen.«

»Wollen wir mal sehen, ob er so gut schmeckt, dass das ohnehin kein Problem darstellen würde, weil er sofort verputzt wäre.« Orlando schnitt den Kuchen am Rand an und verteilte einzelne Stücke an die anderen drei.

»Hm«, seufzte Kyle Balaune, Talkshow-Host und Gast der heutigen Folge. »Das Zusammenspiel von Lakritze, Schokolade und der Marmelade ist himmlisch.«

»Orlando hat recht. Da wäre wirklich nicht lange etwas übrig.«

»Ich glaube, das ist mein liebster Kuchen von dir, Kaycee. Bisher. Er sieht unheimlicher aus als jede Szene in *The Wailing*.« Das Funkeln in Leos Augen bei der Anspielung an unseren DVD-Abend trieb mir die Röte ins Gesicht. Zum Glück richtete sich die Kamera im nächsten Moment jedoch auf Claudette, die Leo spielerisch gegen die Schulter stieß.

»Das ›Bisher‹ klingt ja, als ob du schon eine Entscheidung gefällt hättest. Lass uns erst einmal Francis' Kuchen ansehen.«

Die vier fachsimpelten noch ein wenig über die Zutaten und Konsistenz meines Gebackenen und gingen dann an den nächsten Tisch zu meiner Mitstreiterin. Ich sah zu Brian, der mir ein Daumen hoch gab, und erwiderte sein Grinsen. So sehr, wie wir die Jury begeistert hatten, mussten wir einfach weiterkommen. Als sie ihren Rundgang beendet hatten und sich berieten, kam Brian zu mir herübergesprungen.

»Da hattest du aber echt einen guten Riecher. Danke!« Er senkte die Stimme. »Ich hab vorhin in der Maske ein bisschen nach bekannten Horrorfilmen gegoogelt. Sonst wäre ich jetzt sicher aufgeschmissen gewesen. Du hast was bei mir gut.«

»Ach was«, sagte ich und winkte ab. »Dann hättest du einfach irgendwas eklig Aussehendes gebacken.«

»Schon, aber das hat definitiv mehr überzeugt«, erwiderte er und deutete auf das Gesicht der Puppe aus *Saw*, das er nachgebacken hatte.

Ich sah kurz zu Francis, die jedoch mit zusammengezogenen Brauen auf ihr Handy starrte. Hoffentlich war alles in Ordnung. Für gewöhnlich kam sie in den kurzen Drehpausen stets zu uns. Als sie aufblickte, war ihr Blick düster, und auf mein Lächeln hin verfinsterte sich ihre Miene nur noch weiter.

»Sie sieht aber gar nicht glücklich aus«, kommentierte Brian.

»Ja, ich geh mal nach ihr schauen.« Doch bevor ich meine Worte in die Tat umsetzen konnte, klatschte Jane in die Hände.

»Alle bereit machen«, rief die Regieassistentin, und die Visagistin lief noch einmal mit Pinsel und Puder durch die Runde, bevor wir alle an unsere Plätze gescheucht wurden.

Mein Blick wanderte erneut zu Francis, die jedoch nicht wirklich fröhlicher wirkte als zuvor. Als sie bemerkte, dass ich sie ansah, schaute sie schnell nach vorn. Seltsam. Allerdings hatte ich keine Zeit, mir groß darüber Gedanken zu machen, da einen Augenblick später ein lautes »Action« von Seiten der Regie erklang und das Jurorenteam wieder seinen Platz einnahm.

»Ihr seid unter die besten fünf gekommen. Nicht nur von den zehn Teilnehmenden, mit denen wir gestartet sind, sondern von den Hunderten Einsendungen, die uns erreichten. Je weiter die Show voranschreitet, desto schwerer fällt es auch immer, einen von euch nach Hause zu schicken. Ihr alle seid unfassbar talentiert, sonst wärt ihr gar nicht erst hier.« Leo lächelte warm in die Runde, und bei seinen Worten machte sich diesmal kein Kribbeln, sondern eine gewisse Wehmut in mir breit. Ich mochte Henry nicht besonders gut leiden, und mit Jessica hatte ich nur ab und an mal ein paar Worte gewechselt, aber dennoch: Wir hatten es alle so weit geschafft. Die Entscheidungen würden wirklich nicht leichter werden.

»Kaycee.« Ich horchte auf, als Kyle meinen Namen erwähnte. »Deine Torte hat uns alle begeistert, wie du mit Sicherheit mitbekommen hast. So sehr, dass es wohl kein großes Geheimnis ist, dass wir uns von dir auch in der nächsten Runde wieder bezaubern lassen wollen.« Mir fiel ein Stein vom Herzen, und ich hatte Mühe, mein Lächeln im Zaum zu halten – ganz genauso wie Leo, der mir entgegengrinste. Brian lief kurz zu mir, um mich zu umarmen, ein Moment, der natürlich direkt von der Kamera eingefangen wurde. Doch das war okay, so konzentrierte diese sich immerhin nicht auf Leos Gesicht. Ich wiederholte das Ganze, als auch Brian weiter war. Als Nächstes kam Jessica eine Runde weiter. Und dann fiel mein Blick auf Henry und Francis.

»Shit«, murmelte Brian.

»Vielleicht schafft Francis es ja.«

»Baiser, schau dir sein Meisterwerk dahinten an.« Ich folgte Brians Blick zu dem mehrstöckigen Monstrum des London Dungeon, das Henry gebacken hatte. Und sah dann zu Francis' weniger beeindruckendem Totenkopfkuchen.

»Okay, shit.«

»Sag ich ja.«

»Francis, Henry«, begann Leo, und ich flehte ihn mit Blicken an, nicht Francis rauszukicken. Dabei wusste ich, wie albern das war. Immerhin war es nicht allein seine Entscheidung. Ganz davon abgesehen, musste es früher oder später dazu kommen. Womöglich war es sogar besser, wenn ich später mit Henry im direkten Wettkampf stand als mit Francis. Ich hoffte wirklich, dass wir über die Show hinaus Kontakt halten konnten.

»Ihr habt beide Folge für Folge großartige Leistungen abgeliefert und seid an euch und an den Herausforderungen, die wir euch gestellt haben, gewachsen. Henry, du bringst selbst uns jedes Mal noch etwas bei und bist in deiner Arbeit und deinem Auftreten hochprofessionell. Francis, du versüßt nicht nur mit deinem Gebäck jedes Mal die Sendung, sondern auch mit deiner warmen, liebevollen Art.«

Davon war gerade wenig zu sehen, denn Francis blickte, wie auch schon zuvor, alles andere als glücklich drein. Angesichts der Situation war das kein Wunder, was mich jedoch verwunderte, war, dass sie nicht besorgt oder traurig aussah, sondern vielmehr wütend. Aber auf wen? Den Sender? Hatte sie vorhin, als sie aufs Handy geschaut hatte, eine aufwühlende Nachricht erhalten? Streit mit ihrem Mann?

»Es war ein knappes Rennen«, fuhr Leo fort. »Doch letzten Endes war einer von euch schneller auf der Zielgeraden. Und das war Henry.«

Nein.

»Francis, es tut uns wahnsinnig leid, aber wir müssen uns heute leider von dir verabschieden.«

Nein. Nein, nein, nein.

Als könnte ich Leos Worte so ungeschehen machen, schüttelte ich den Kopf. Francis hielt die Arme um ihren Oberkörper geschlungen, wie um sich vor dem Rauswurf zu schützen. Ihr Blick jedoch war auf mich gerichtet, und ihre Augen waren kalt. Dabei war Francis sonst die Wärme in Person, genau wie Leo es gerade beschrieben hatte.

Was zur Hölle war los? Ich sah zu Brian, der das Ganze auch mitbekommen zu haben schien, denn er warf mir einen verwirrten Blick zu. Immerhin war ich nicht die Einzige, der Francis' Verhalten suspekt war.

Während die Jury Francis mit lobenden und tröstenden Worten überschüttete und Neal die Folge abmoderierte, war ihr Blick starr geradeaus gerichtet. Als die Regie das Ende des Drehtags verkündete und Licht und Kameras nach und nach ausgeschaltet wurden, wandte sie sich jedoch kommentarlos um und packte ihre Sachen zusammen.

»Hey«, sagte ich sanft und streckte die Hände nach ihr aus, um sie zu umarmen, doch sie stieß sie weg, in ihren Augen standen Tränen.

»Das hätte ich echt nicht von dir gedacht!«

Irritiert sah ich sie an. Nicht nur ich. Denn sie war so laut geworden, dass selbst Henry keinen Hehl aus seiner Neugier machte und uns interessiert musterte.

»Was genau?«

Francis stieß ein schnaubendes Lachen aus. »Ich dachte, wir wären so was wie Freundinnen oder zumindest Kolleginnen. Aber Brian hatte wohl von Anfang an recht: alles für die Show, was?«

»Francis, beruhige dich. Kaycee kann doch nichts dafür, dass du nicht weiter bist«, sagte Brian leise, sichtlich darum bemüht, dass nicht jeder von dem Drama erfuhr. »Wir hätten uns beide gewünscht, dass du auch in der nächsten Runde dabei bist.«

»Ach ja?« Ungläubig sah sie mich an, dann stapfte sie zu ihrer Handtasche, holte ihr Handy hervor und hielt es mir unter die Nase. »Hättest du das, Kaycee?«

Mir wurde heiß und kalt zugleich. Irgendwas lief hier gewaltig schief.

»Es war also kein Zufall, dass du wusstest, was das heutige Thema ist. Hat Leo dir davon erzählt? Ach was, wahrscheinlich warst du sogar Anlass für die heutige Challenge. Hast du Leo die Idee mitgegeben? Damit du einen Vorteil hast?«

Meine Kehle wurde eng, und mein Herz schlug ungesund schnell.

Auf dem Foto, das Francis mir entgegenhielt, waren Leo und ich. Am Strand. Küssend. Aber wieso? Und wieso erst jetzt? Das war Tage her.

»Oh fuck«, fluchte Brian neben mir. Das konnte er laut sagen. »Lass uns das gleich in Ruhe klären, ja?« Seine Stimme war beschwichtigend, doch Francis schien das wenig zu interessieren.

»Ich denke ja gar nicht dran. Davon kann ruhig jeder am Set wissen.«

»Nein«, flüsterte ich. Niemand sollte es wissen. Sonst wäre Francis mit Sicherheit nicht die Einzige, die heute rausfliegen würde. »Bitte nicht.«

»Ach, ist es dir jetzt unangenehm, dass du dich hier hochgeschlafen hast?«

Ich zuckte zusammen. Nicht weil mich die Worte an sich so sehr schockierten, sondern vielmehr, weil ich sie von Francis nicht erwartet hatte. Ich hatte sie in den letzten Wochen nicht ein einziges Mal fluchen hören – und wenn, dann maximal über das Wetter. Nicht über andere. Nicht über mich.

»Mit dem Juror rummachen, das ist wie aus einem billigen Klatschmagazin. Ich hab von dir wirklich mehr erwartet. Und wie durch Zufall bist du heute als Erstes weitergekommen.« Francis lachte auf, und es klang gehässig, doch ich sah auch nach wie vor die Feuchtigkeit in ihren Augen. Sie war gemein, ja, aber sie war auch verletzt.

»Es tut mir leid«, sagte ich, ohne wirklich zu wissen, wofür ich mich entschuldigte. Denn dass Leo und ich uns geküsst hatten, dass wir miteinander geschlafen hatten, war schließlich nicht der Grund für meinen Erfolg in der Show. Oder etwa doch?

Ich schluckte. Was, wenn es keine Rolle spielte? Das Foto, das mir nach wie vor von Francis' Display entgegenleuchtete, war Teil eines Artikels im *OK!*-Magazin. Zumindest prangte dessen Logo am oberen Rand. Und das bedeutete, dass spätestens morgen jeder davon ausgehen würde, dass mir die Beziehung zu Leo einen Bonus verschaffte.

Fuck.

Übelkeit breitete sich in meinem Magen aus, und ich ballte die Finger zu Fäusten, als ich merkte, dass meine Hände zu zittern begannen. Das durfte nicht wahr sein. Wir hatten doch aufgepasst.

Hatten wir?

Okay, allem Anschein nach nicht. Wir waren bei einer öffentlichen Tour durch Whitechapel gewesen. Hatten ohne Bedenken am Brighton Beach rumgeknutscht.

Fuck, fuck, fuck.

Ich war selbst schuld. Ich hatte es besser gewusst. Hatte Leo auf Abstand gehalten – bis ich es eben nicht mehr getan hatte. Und nun musste ich mit den Konsequenzen leben.

Mein Atem ging viel zu schnell, als sich ebendiese Konsequenzen in meinem völlig überladenen Kopf abspielten. Mein Rauswurf. Mein Rückzug in mein Kinderzimmer in Croydon. Adas Enttäuschung. Dads wissender Blick, weil er von Anfang an gesagt hatte, dass ich mir einen richtigen Job suchen sollte. Ich hatte nicht nur meine eigenen Träume in den Sand gesetzt, ich hatte sie alle hängenlassen. Nur weil ich meine Gefühle nicht im Griff gehabt hatte.

»Weißt du«, sagte Francis. »Ich bin vielleicht rausgeflogen, aber immerhin weiß ich, was ich geleistet habe. Immerhin kann ich behaupten, dass mein Können mich so weit gebracht hat, nicht mein Körper.«

»Das reicht.«

Plötzlich stand Leo neben mir, seine Hand sanft in meinem Rücken. »Das zwischen Kaycee und mir hat nichts mit der Show zu tun, jeden einzelnen Sieg hat sie ihrer Leistung zu verdanken und …«

»Leo!« Das Geräusch schneller Schritte erklang, und wenige Sekunden später hatte sich Jane zwischen Francis und uns geschoben. Allerdings sah sie nicht mich an, es war auch keine

Sorge in ihrem Blick, stattdessen fixierte sie Leo. »Kann ich dich bitte kurz sprechen?«

Ihre sonst so freundliche Miene wirkte bierernst.

»Gleich, das hier …«

»Jetzt«, sagte sie, und bei der Strenge in ihrem Ton wäre ich mit Sicherheit zusammengefahren, wäre nicht alles in mir bereits taub. Ihre Hand legte sie bestimmt um Leos Oberarm, und sie zog ihn an den Rand des Raums, wo ich die beiden im allgemeinen Getuschel nicht hören konnte – jedoch gestikulierte Leo ebenso wild wie Jane, und angenehm schien das Gespräch nicht zu sein.

Francis wandte sich ohne weitere Worte von mir ab und begann stoisch, ihre Sachen zusammenzusuchen.

»Francis …«

»Komm, Baiser. Wir bringen dich hier raus.« Brian legte eine warme Hand auf meine Schulter, während um uns herum immer weitere geflüsterte Gespräche begannen. Mein Blick schoss noch einmal zu Jane. Würde sie mich später anrufen und mir sagen, dass ich nicht länger zu kommen brauchte? Allem Anschein nach hatte sich der Streit mit Leo gelegt. Er stand wie versteinert am Rand, Jane neben ihm. Seine Miene wirkte gequält, jedoch machte er keine Anstalten, wieder zu mir zu kommen. Ich spürte die Blicke der anderen – manche sahen mich direkt an, andere schauten auf ihr Handy und warfen mir, wenn sie glaubten, dass ich es nicht bemerkte, verstohlene Blicke zu.

Henry lachte. Jessica betrachtete mich ähnlich pikiert wie Francis zuvor. Und Hank filmte mich. Kopfschüttelnd sah ich direkt in die Kamera. War das sein Ernst? Meine Situation für die Sendung zu nutzen? Tränen der Wut und der Scham brannten hinter meinen Augen, doch ich würde ihnen nicht den Gefallen tun und Schwäche zeigen. Wieso sahen alle zu mir und keiner zu Leo? Wieso stand er bloß da, während alle Aufmerksamkeit auf mir lag?

Hank trat näher an mich heran und räusperte sich. »Seid Leo und du euch am Set nähergekommen? Wann genau hat es zwischen euch gefunkt? Warum hast du Leo in Brighton geküsst?«

»Ist das dein fucking Ernst, Hank? Wer sagt überhaupt, dass der Kuss von mir ausging?«

»Ein paar Infos sind doch das Mindeste, wenn du dir hier schon Bonuspunkte erschläfst«, meinte Henry und strich zu allem Überfluss mit dem Finger über den Guss meiner Torte, bevor er ihn genüsslich abschleckte.

»Wenn selbst du deine Griffel nicht von ihrem Kuchen lassen kannst, hat sie es wohl kaum nötig, sich Bonuspunkte zu erschlafen«, meinte Brian mit giftigem Tonfall.

»Wenigstens ein kurzes Statement? Die Katze ist doch jetzt ohnehin aus dem Sack, vielleicht hilft es dir sogar, wenn du …«

»Hank«, rief Jane und pfiff ihn zurück. Dankbar sah ich zu ihr, doch sie erwiderte den Blick nicht, sondern war im nächsten Moment in ein Gespräch mit Xavier, dem Regisseur, vertieft – offensichtlich über mich, denn er sah in regelmäßigen Abständen zu mir und nickte Jane dann zu. Was besprachen die beiden? Und wieso durfte ich nicht mitreden, wenn es so offensichtlich um mich ging? Planten sie gerade, wie sie mich am besten aus der Show schmissen?

»Ich muss raus«, krächzte ich gegen die Trockenheit in meinem Hals an. Ich brauchte Luft. Dringend. Denn hier drin war sie plötzlich zu eng.

»Natürlich«, sagte Brian und schob mich, eine Hand an meinem Rücken, in Richtung Ausgang. An der Türschwelle warf ich einen letzten Blick über meine Schulter zu Leo. Unsere Blicke trafen sich. Er war endlich aus seiner Starre erwacht, machte einen Schritt nach vorn, blieb dann unsicher stehen und sah zu Jane. Dieser eine Moment des Zögerns war der Tropfen, der das Fass für mich zum Überlaufen brachte. Zwar setzte er sich einen Augenblick später in Bewegung und eilte mir nach, zu spät jedoch, denn im nächsten Moment fiel die Tür hinter Brian und mir ins Schloss.

Das Blut rauschte in meinen Ohren, während ungeweinte Tränen hinter meinen Augen brannten.

»Kaycee, warte!«

Leo. Alles in mir spannte sich an.

»Bitte warte!«

»Soll ich ihn wegschicken, Baiser?«

Ich blieb stehen und schüttelte den Kopf. »Nein, danke. Ich schaff das.«

Ich löste meine Probleme allein. Schon immer. Ich war stark, das bewies ich Tag für Tag, und damit würde ich auch jetzt nicht aufhören. Also hielt ich die Tränen zurück und wandte mich zu Leo um. Dabei entging mir nicht, dass hinter ihm auch zwei Männer des Kamerateams Aufstellung genommen hatten.

»Es tut mir leid. Ich hätte mehr dagegen sprechen müssen, aber ...«

»Hättest du, denn wenn ich mich richtig erinnere, war das zwischen uns einvernehmlich. Genau das hier wollte ich von Anfang an vermeiden.«

»Ich konnte nicht. Jane hat gerade mehr als deutlich gemacht, was passiert, wenn ich mich weiter einmische.«

Ich stieß ein trauriges Lachen aus, auch wenn der verletzte Ausdruck in seinen Augen mir einen Stich in der Brust versetzte. Denn was für eine Zukunft hatten wir schon?

Hank und sein Kollege hatten zu uns aufgeschlossen. Eine Kamera befand sich neben Leos Kopf und war auf mein Gesicht gerichtet, die andere schräg hinter mir. Am Rande nahm ich wahr, dass Brian protestierte, doch natürlich interessierte das den Sender nicht. Immerhin war das hier die Art von Show, die für Klicks sorgte.

»Leo, Kaycee – stimmt es? Hat es zwischen euch beiden in Brighton gefunkt? Geht Liebe tatsächlich durch den Magen?«

»Habt ihr wirklich gar kein Schamgefühl?«, fuhr Leo die beiden Männer mit knurrendem Tonfall an. Doch mehr sagte er nicht. Sagte nicht, dass das erste Date seine Idee gewesen war. Stellte nicht klar, dass er mir keinerlei Tipps gegeben und somit Vorteile verschafft hatte. Tat nichts, was mich in den Augen des Publikums besser dastehen ließ – sie alle würden mich als die Opportunistin sehen, als die Francis und Henry mich eben dargestellt hatten.

Ich biss die Zähne so fest aufeinander, dass es wehtat, und blickte Leo starr in die Augen. Er sagte nichts mehr – und ich würde es garantiert auch nicht tun. Denn hiermit hatte ich alles versaut: meinen Platz in der Show, meine Chancen, jemals als Konditorin ernstgenommen zu werden, meinen Traum.

In Gedanken zählte ich bis drei, und als er nach wie vor stumm blieb, drehte ich mich um und ließ mich von Brian nach draußen in den Hof führen. Ich hatte recht gehabt. Das Schloss war verflucht.

36. KAPITEL

Leo

Shit. Shit. Shit. Shit.

Die schwere Tür fiel hinter Kaycee ins Schloss, und das Geräusch hallte in meinen Ohren wider.

Shit.

Shit.

Shit.

Mit jedem zu schnellen Herzschlag beförderte dieses nicht nur Blut und Adrenalin, sondern auch all die üblen Gedanken in meinen Kreislauf. Kaycees Blick hatte sich in meine Netzhaut eingebrannt. Ich hätte nicht einfach dastehen dürfen. Ich hätte nicht nur vor Francis, sondern auch vor der Kamera für sie Partei ergreifen sollen. Aber … hätten meine Worte etwas gebracht oder die Situation nur verschlimmert? Außerdem war ich mir Janes Worte nur zu bewusst gewesen. Sie arbeitete bei Channel Y, betreute neben *Bake That Cake!* noch andere Sendungen – und hatte mich wissen lassen, dass ihre Stimme genug Gewicht hatte, um nicht nur meiner Karriere bei Channel Y zu schaden, sondern auch Kaycees, wenn ich mich nicht zusammenriss. Laut Jane brauchte es nur wenige Worte, gezielt gesetzte Schnitte, um Kaycee in schlechtem Licht dastehen zu lassen. Ganz davon abgesehen, dass Charlie bestimmt ebenfalls alles andere als begeistert war und ich es mir nicht weiter verscherzen sollte. Denn auch Charlie würde das Foto mit Sicherheit sehen – nicht dass er sich dafür interessierte, wen ich küsste, aber ich grätschte ihm damit in die Story, die er und das Team um mich und Amy gesponnen hatten. Die Fans liebten uns. Es gab ganze Accounts zu der Beziehung, die wir gar nicht führten. Dieses Scheinbild hatte ich ihnen damit wohl redlich zerstört. Und wenn er nicht zufrieden war … Meine Gedanken rasten wieder zu George, zu Charlies Worten am letzten Drehtag.

Die Filmbranche ist kleiner, als man meint. Verscherzt du es dir bei einem, verscherzt du es dir bei allen.

Und zumindest mit den Kontakten, die Charlie hatte, stimmte das wohl. Ich konnte meine Filmrolle nicht gefährden. Ich betete, dass Kaycee das verstand, wir alles in einer ruhigen Minute klären konnten. Immerhin war sie in einer ähnlichen Situation, stand vor einer ähnlich großen Chance.

Die dein Verhalten ihr gerade vermasselt hat …

Das schlechte Gewissen legte sich bleischwer auf meinen Magen, während ich im Flur stand, den Blick weiter auf die dunkelbraune Tür gerichtet, die Kameras in meinem Rücken. Ebenso wie die kleinen Gruppen, die sich nicht einmal die Mühe machten, ihre neugierigen Gespräche geflüstert zu führen. Ich hörte sie bis hierher reden. Über uns. Über sie.

Ich erwachte erst aus meiner Schockstarre, als Jane zu mir trat.

»Leo.« Ihr Ton war ernst, ihr Blick ebenso.

»Ja?« Ich räusperte mich, als ich merkte, wie dünn meine Stimme klang. Sie nickte in Richtung des Raums, und ich folgte ihr.

»Wir waren noch nicht fertig mit Reden. Ich nehme an, das Foto ist nicht bearbeitet, sondern echt.«

Es war keine Frage, eher eine Feststellung, dennoch nickte ich.

Es tut mir leid. Die Worte lagen mir auf der Zunge, doch ich sprach sie nicht aus. Weil es eine Lüge gewesen wäre. Es tat mir nicht leid, Kaycee geküsst zu haben. Dabei erwischt worden zu sein? Ja, das schon. Aber der Kuss, die Nacht mit ihr – das bereute ich keine Sekunde lang. Vielleicht lag genau darin der Fehler. Sollte ich es nicht bereuen? Immerhin hatten wir beide aufgrund von Gefühlen und Hormonen so viel aufs Spiel gesetzt.

»Wird sie Probleme kriegen?«

Jane hob die Brauen. »Kaycee? Das ist gerade meine kleinste Sorge, darum kümmern sich die Showrunner. Sie spinnen mit Sicherheit eine Story, wahrscheinlich briefen sie ihre Cutter schon, wie sie die nächsten Folgen zu schneiden haben, damit alles die größtmögliche Wirkung entfaltet. Claudette und Orlando hingegen ...« Sie warf einen bedeutungsschwangeren Blick hinter sich, und erst jetzt fielen mir die ernsten Mienen der beiden Juroren auf.

»Dir ist klar, dass du dadurch nicht nur ein bestimmtes Licht auf dich wirfst, sondern auch auf die anderen und die Show im Allgemeinen?«

Ich war so auf Kaycees und meine Sorgen konzentriert gewesen, dass ich daran tatsächlich keinen Gedanken verschwendet hatte. Naiv, wie sich jetzt herausstellte.

»Hättest du denn nicht wenigstens warten können, bis alles abgedreht ist?« Jane griff sich an die Stirn und seufzte. »Ich weiß, dass dir von Anfang an nicht so viel hieran gelegen hat, glaub nicht, dass ich deinen Kater am ersten Tag nicht mitbekommen habe. Aber du bist beim Sender unter Vertrag, das ist dir hoffentlich klar. Zumindest deine Rolle in *The London League* müsste dir mehr wert sein als ein Flirt ...« Sie schüttelte den Kopf. »Und dann auch noch beim Drama am Set einsteigen – willst du alles noch schlimmer machen? Egal, ich sollte das nicht mit dir klären, sondern mit deinem Management.«

Polya. Auf das Gespräch mit ihr war ich auch nicht gerade scharf.

»Wird Kaycee rausfliegen?«, stellte ich dennoch die eine Frage, die mir auf der Seele brannte.

»Das ist nicht meine Entscheidung. Die Folge heute ist abgedreht. Wenn, dann sicher beim nächsten Mal. Sie können die Brighton-Folgen ja schlecht so editieren, dass sie nicht mehr auftaucht, auf eurem Foto sieht man den Brighton Pier im Hintergrund.« Ihren Mund verzog sie vor Unmut zu einer dünnen Linie. »Aber zu dem weiteren Verfahren meldet Polya sich sicherlich bei dir. Du hast heute Abend noch Dreh, richtig? Vielleicht solltest du dann besser los.«

Ich nickte und fühlte mich bei Janes Ton nicht wie die dreiundzwanzig, die ich war, sondern vielmehr wie ein Kind, das man gerügt hatte. Jane trat zu Claudette und Orlando, die in ein gezischtes Gespräch vertieft waren. Am Set hatte ich es mir also schon einmal verscherzt und all die Vorurteile und Klischees über uns »Influencer« bestätigt. Großartig.

Unter den Blicken von Orlando, Claudette, Henry, Francis und vermutlich jedem anderen Anwesenden suchte ich meine Sachen zusammen. Ich wollte nur noch eines: heim und mich mit meinem Handy auf die Couch zurückziehen, um den Schaden einzuschätzen. Doch der Blick auf die Uhr offenbarte, dass ich das in der Tube würde tun müssen, denn in knapp fünfzig Minuten musste ich schon am Set sein. Als ich die Toilette passierte, auf der ich mich vor einigen Stunden noch heimlich mit Kaycee getroffen hatte, zog es schmerzhaft in meiner Brust.

Ich holte mein Handy hervor und wählte Kaycees Nummer. Das Freizeichen ertönte, doch als ich beinahe das Tor erreicht und das Gelände verlassen hatte, sprang bloß die Mailbox an. Ich öffnete unseren Chat und tippte eine Nachricht.

Leo, 3.09 pm:
Es tut mir leid. Ich wusste nicht, ob ich etwas sagen soll oder nicht. Ich wollte es nicht noch schlimmer machen …

Kurz nachdem ich die Nachricht abgeschickt hatte, schüttelte ich den Kopf und klickte noch einmal aufs Textfeld.

Leo, 3.10 pm:
Das war keine Entschuldigung, sondern eine Rechtfertigung, sorry. Ich hätte die Sache erklären sollen. Das tut mir leid.

Im Gehen starrte ich auf mein Display, doch die Nachrichten blieben ungelesen. Kleine Tropfen landeten auf meinem Handy, als es zu nieseln begann. Das Wetter passte definitiv zu meiner Stimmung.

Der kurze Spaziergang durch Islington zu dem kleinen Restaurant, in dem wir heute wieder drehten, war diesmal alles andere als gemütlich. Ich hatte die Kapuze meines Hoodies tief ins Gesicht gezogen, versteckte meinen dröhnenden Kopf darunter. Immerhin hielten die meisten Londoner den Blick wegen des Regens ebenfalls zu Boden gerichtet, sodass ich bislang nicht erkannt worden war. Auf das Foto angesprochen zu werden hätte mir gerade noch gefehlt. Kaycee hatte meine Entschuldigung nach wie vor nicht gelesen – kein Wunder, ich an ihrer Stelle wäre auch sauer. Dafür hatte Polya mir eine knappe Nachricht geschrieben, dass sie zum Set kommen würde, also würde mich gleich in der Maske wohl die nächste Standpauke erwarten.

Ich bog in die Straße des Restaurants ab und zuckte beinahe zusammen, als ich den Pulk an Menschen vor dem Eingang sah. Leider hatten sie mich entdeckt, bevor ich den Blick abwenden konnte.

»Leo!«

»Da ist er.«

Fuck my life.

Das hatte mir gerade noch gefehlt. Das Restaurant hatte keinen Hintereingang, nur eine Tür, die zu einem kleinen Hof führte, die ich von hier aus jedoch nicht erreichte.

»Mr Campbell«, sagte ein Mann und hielt mir eine Kamera ins Gesicht, die nach Fernsehen aussah. Auch das noch. »Sind Sie nicht länger mit Amy zusammen?«

Ich hielt den Blick stur geradeaus gerichtet und ging an dem Typen vorbei. Am besten, ich antwortete niemandem. Denn egal, was ich sagte, sie würden es sowieso so zurechtdrehen, dass es ihnen bei ihrer Story nützte.

»Leo!«, rief ein junges Mädchen, als ich mich dem Restaurant näherte. »Ist Kaycee deine Freundin? Habt ihr euch am Set kennengelernt?«

»Ich dachte, das mit Amy und dir ist echt!«

»Bist du Amy fremdgegangen?«

»Mr Campbell, kannten Sie Ms Williams schon vor dem Drehstart von *Bake That Cake!*, oder haben Sie sich am Set kennengelernt?«

»Ein Statement bitte!«

»Leo, schau mal her.«

Erleichtert atmete ich auf, als sich in der Menschentraube eine Schneise bildete. Immerhin ließen sie mich durch und versperrten mir den Eingang nicht.

»Leo, krieg ich ein Foto?«

»Hat Kaycee Williams sich einen Vorteil erschafft durch die Affäre mit dir?«

Es ist keine Affäre!, hätte ich am liebsten gebrüllt. Zusammen mit »Nein, ihr kriegt keine beschissenen Fotos« und »Nein, ich bin Amy nicht fremdgegangen, weil wir nie zusammen waren und das alles eure eigenen Hirngespinste sind!« Doch ich tat es nicht. Kämpfte mich nur schweigend durch die Menge, hoffte, dass mein Handy endlich vibrierte und eine Nachricht von Kaycee anzeigte, und war unendlich erleichtert, als die Tür zum Restaurant vor mir aufglitt und ich ins Innere gezogen wurde.

»Alles okay?« Es war Amy, die die Tür hinter mir schloss und mich besorgt musterte. Im Raum war es dunkel, die Lichter für den Dreh waren noch nicht eingeschaltet, und vermutlich wollten die anderen verhindern, dass etwas durch die beinahe durchsichtigen Vorhänge des Restaurants nach außen drang.

Ich nickte. Dann schüttelte ich den Kopf. »Nein, nicht wirklich. Aber ja, falls du wegen der Meute da draußen fragst. Haben sie dich auch erwischt?«

»Ja, aber da war noch nicht so viel los. Ich hatte vorhin meine Szenen mit Pádraig und bin schon ein paar Stunden hier.« Kopfschüttelnd betrachtete sie mich, während ich mir die durchnässte Kapuze vom Kopf zog. »Was hast du dir nur dabei gedacht?«

»Ich hab mir nichts dabei gedacht, ich …«

»Ja, offensichtlich.« Sie rieb sich die Schläfen, wobei ein wenig ihres braunen Lidschattens verschmierte. »Charlie ist nicht begeistert.«

»Dachte ich mir. Sorry, ich wollte dich da nicht mit reinziehen. Nicht schon wieder«, sagte ich seufzend. Immerhin hatte ich sie letztens erst eine Szene gekostet.

»Ist okay. Es war nur wirklich, wirklich dumm. Wir hatten so gute Presse nach dem roten Teppich letztens, das macht uns alles kaputt. Hättest du sie nicht hinter geschlossenen Vorhängen abschleppen können? Und dir außerdem jemanden suchen können, mit dem du nicht zusammenarbeitest? Unsere Fans mal außen vor: Was denkst du, was das für ein Licht auf dich wirft?«

Ich ließ meinen Blick an ihr vorbeigleiten. Das Set war bereits aufgebaut, aber ziemlich leer. Kein Wunder, wir hatten eine Szene zu zweit, also waren unsere Co-Darsteller vermutlich bereits zu Hause.

»Sie ist nicht einfach irgendjemand. Ich mag Kaycee.«

Zu meiner Überraschung wurde ihr Blick sofort weicher. »Oh.«

»Ja, oh.«

Sie kaute auf ihrer Unterlippe und dachte offensichtlich nach. »Okay, damit ist Charlies Plan wohl hinfällig.«

»Was war sein Plan? Und was hat er da überhaupt mitzureden, er sitzt doch nicht in der PR?«

»Du kennst doch Charlie. Wenn er nicht die Zügel in der Hand hält …«

»Okay, und was war sein Plan?«

»Egal, ist jetzt eh hinfällig. Und hätte dich so oder so aufgeregt, erst recht, wenn dir sogar noch was an dieser Frau liegt.« Amy seufzte. »Geh besser mal in die Maske, Yenn ist bereit. Oh, und Polya ist auch hinten. Sie kam kurz vor dir, und Charlie hat sie sich direkt geschnappt.«

Natürlich. Ich nickte und ging an Amy vorbei, als sie mich noch einmal kurz an der Schulter berührte. »Hey. Tut mir leid. Also das ganze Chaos.« Sie lächelte leicht. »Aber wir schaffen das schon, ja? Du musst dich der Presse nicht allein stellen. Lass uns mal abwarten, was Charlie und Channel Y vorschlagen, vielleicht haben sie ja eine Idee. Wenn du mit dieser Frau zusammen sein willst, bin ich die Letzte, die dem im Weg steht. Wir können gemeinsam ein Statement herausgeben, dass wir gute Freunde sind – und nur das, ja?«

Ich drückte Amy fest an mich. »Danke«, nuschelte ich in ihr

blondes Haar. Dann straffte ich die Schultern und begab mich in die Höhle des Löwen.

Dort angekommen wäre ich am liebsten wieder umgekehrt, denn kaum dass ich den Raum betreten hatte, lagen Charlies und Polyas Blicke auf mir. Beide sahen alles andere als glücklich aus, aber ich hatte das Gefühl, dass Polyas Wut sich weniger gegen mich und vielmehr gegen Charlie richtete.

»Gut, dass du da bist«, sagte sie und deutete auf den freien Stuhl neben ihr. Ich leistete der stummen Aufforderung Folge und sah mich im Raum um. Make-up-Utensilien lagen wie gewöhnlich auf den Tischen verteilt. Von Yennifer war jedoch weit und breit nichts zu sehen.

»Hab Yenn und das Team zu Costa auf einen Kaffee geschickt. Ich dachte, wir klären das erst«, sagte Charlie, als er meinen suchenden Blick bemerkte.

»Haben wir Probleme durch das Foto?«

»Kommt ganz darauf an, wie sehr du kooperierst«, sagte er, und mir entging nicht, wie Polya die Hand unter dem Tisch zur Faust ballte. Anscheinend hatten die beiden das Thema schon diskutiert.

»Soll heißen?«, fragte ich also.

»Soll heißen, wir haben mehrere Optionen, die ich jedoch nicht ohne die Showrunner von *Bake That Cake!* beschließen kann. Wir werden das morgen alles noch mal im Sender besprechen, weshalb es gut wäre, wenn du da bist.«

Wie konnte es sein, dass ein einfacher Kuss für so ein Chaos sorgte? Es war ein Kuss, verdammt. Ich hatte nicht aus Versehen die Nuklearcodes der Vereinigten Staaten veröffentlicht oder einen Corgi des Königshauses überfahren, ich hatte einfach nur das Mädchen geküsst, in das ich verliebt war.

»Option eins«, fuhr Charlie ungerührt fort, »wir inszenieren eine kleine Krise bei dir und Amy, nach der ihr euch wieder vertragt, all deine Fans sind happy, es passt storytechnisch sogar ziemlich gut zu Jordan und Rose, und mit etwas Glück gibt uns das Ganze gute PR.«

»Option zwei?«, fragte ich, denn bei der bloßen Vorstellung an diese falsche Show wurde mir ganz anders.

»Option zwei«, wiederholte Charlie, »ist folgende: Wir machen klar, dass Kaycee dich geküsst hat, nicht andersherum. Amy und du geht irgendwo romantisch essen, wir streuen ein paar Infos, wo genau, ihr werdet fotografiert, alles ist im Lot. Vorteil: Mitleidsbonus, ich glaube nicht, dass dir da jemand böse ist.«

»Ist das dein Ernst?«

Charlie hob eine Augenbraue. »Ob es mein Ernst ist, dass ich dir helfe? Ja. Denn ich bin zufällig daran interessiert, dass meine Schauspieler nicht durch negative Presse auffallen und meine Show gefährden.«

»Es war doch nur ein Kuss.« Bei den Worten durchzuckte mich das schlechte Gewissen – nicht Charlie, sondern Kaycee gegenüber.

»Mit einer Teilnehmerin der Show, die du objektiv bewerten sollst.«

»Und Kaycee? Trägt dann die ganze Schuld?«

»Was für dich nur von Vorteil ist.«

Ich lachte auf.

»Leo, sie wird in der Show nicht weiterkommen. Spätestens nächste Runde fliegt sie raus. Es ist ohnehin schon ein Ärgernis, dass sie so lange damit warten müssen, immerhin werden alle die nächsten Folgen jetzt aus ganz anderem Blickwinkel betrachten. Aber gut, dafür ist es nun zu spät.«

Das ungute Gefühl in meinem Magen verstärkte sich. Ich dachte an Kaycees Blick im *Maison Bertaux*, als sie sich mir anvertraut hatte. An das Funkeln, aber auch die Traurigkeit in ihren Augen, als sie mir im Finsbury Circus Garden von ihrer Mum erzählt hatte und wie sehr sie das Backen an sie erinnerte. Das sollte ich ihr nehmen?

Ich schüttelte den Kopf. »Kommt nicht infrage. Der Kuss war einvernehmlich.«

Polya nickte. »Ich denke auch nicht, dass das ein besseres Licht auf Leo wirft, als sich der Sache einfach zu stellen.«

Mir fiel ein Stein vom Herzen, dass wenigstens Polya auf meiner Seite war. Am liebsten hätte ich sie umarmt.

Charlie hingegen lachte nur. »Junge, werd erwachsen. Dieses Mädchen fliegt sowieso, sie kannst du nicht mehr retten. Klar, die Presse wird sich ein wenig auf sie stürzen, aber ganz im Ernst? Die stürzt sich ein paar Tage später doch schon auf jemand anderen. Sie wird danach nie wieder im Medienrummel stehen. Wenn sie schlau ist, macht sie sich den sogar zu eigen. Du hingegen? Dieser Rummel ist deine Zukunft, deine gesamte Karriere. Das willst du doch nicht allen Ernstes sabotieren.«

Er lehnte sich in seinem Stuhl zurück und legte die Hände ineinander gefaltet auf den Tisch zwischen uns. Es ärgerte mich mehr, als mir lieb war, dass er diese gönnerhafte Haltung annahm. Mit mir sprach, als ob er die Weisheit mit Löffeln gefressen hatte. Am allermeisten ärgerte mich jedoch, dass er tatsächlich am längeren Hebel saß.

»Nicolas hat mir erzählt, wie begeistert er von dir war. Dir ist klar, dass deine Rolle in seiner Serie mit uns steht und fällt?«

Ich biss die Zähne zusammen. Natürlich war auch ihm mehr als bewusst, dass er die Oberhand hatte.

»Wir sollten an einem Strang ziehen, Leo. Wir spielen für dasselbe Team.«

Beinahe hätte ich geschnaubt. »Wenn das eure Methoden sind, bin ich mir nicht sicher, ob ich für euer Team spielen will.«

Charlies Augenbrauen schossen in die Höhe.

»Leo …«, sagte Polya, doch Charlie kam ihr zuvor.

»So? Dir ist klar, dass du einen Vertrag hast, der noch über diese und die nächste Staffel läuft?«

»Ich bin mir sicher, der lässt sich im Zweifel außerordentlich kündigen.«

»Och, sicher. Alle Verträge lassen sich auflösen. Aber dann ist es nicht nur die Hauptrolle in dem Action-Thriller, die dir flöten geht, sondern deine Karriere, lass dir das gesagt sein.«

»Ich bin mir sicher, wir finden eine Lösung, die für uns alle zufriedenstellend ist«, sagte Polya mit professionellem Lächeln, obwohl ich die verkrampften Hände unter dem Tisch nach wie vor sehen konnte.

»Das will ich hoffen«, sagte Charlie. »Es wäre doch schade, wenn du dich von uns abwenden und die Karriereleiter hinunterklettern musst, so wie dein alter Kollege George.«

Charlies grimmiger Ausdruck verriet, dass er jedes Wort genauso meinte, wie es bei mir ankam: als Drohung.

37. KAPITEL

Kaycee

»Magst du lieber *Saw* gucken oder so?« Fiona strich mir über das Haar. Ich hatte die Augen geschlossen und lag auf ihrem Schoß, wie seit ungefähr einer halben Stunde. Ich hatte keine Lust mehr, mich zu bewegen, war völlig fertig, müde, und in mir tobten Wut und Traurigkeit zugleich. Doch vor allem war da Angst. Angst, dass ich meinen Traum zerstört hatte, obwohl er endlich zum Greifen nah war.

»Ich mag *Saw* nicht einmal«, murmelte ich.

»Sorry. Ist der einzige Horrorfilm, der mir auf Anhieb eingefallen ist.« Fionas Stimme war sanft, beruhigend. »Ich mein ja nur, wir müssen uns die Show heute nicht angucken.«

»Doch.« Es würde wehtun, aber ich wollte *Bake That Cake!* nicht verpassen. Dabei hatte ich in Folge drei nicht einmal gut abgeschnitten. Ich wollte sie dennoch ansehen. Wenn ich meinen Traum schon nicht leben konnte, so wollte ich alles, was mich ihn beinahe hätte leben lassen, wenigstens voll auskosten.

»Ich hätte die Finger von ihm lassen sollen«, sagte ich und presste die Augen noch fester zusammen. Ich wollte nicht weinen. Sie würden mich nicht brechen, nicht einmal an meiner Mauer kratzen. Weder Leo, der sich nur halbherzig bemüht hatte, mir zu helfen, noch die Showrunner, deren Anruf mit meinem Rauswurf ich jederzeit erwartete, und schon gar nicht die etlichen Kommentare, die mir vorwarfen, Amy und Leo auseinandergebracht zu haben. Ich war stärker als sie alle zusammen. Das Leben hatte mir bereits meine Mutter, meinen Traum und meine Hoffnung auf Besserung genommen, und ich hatte überlebt. Ich würde es wieder schaffen.

»Nichts davon ist deine Schuld, Kaycee.«

»Doch. Ich wusste es besser und hab mich trotzdem auf ihn eingelassen.«

»Weil du Gefühle für ihn hast.«

»Hattest.«

Ich musste die Augen nicht öffnen, um zu wissen, dass Fiona mit ihren rollte. »So tough du auch bist, niemand kann seine Gefühle per Knopfdruck deaktivieren. Glaub mir. Ich hab's versucht, falls du dich erinnerst.«

»Ja, aber falls *du* dich erinnerst: Demian hat alles darangesetzt, dir zu helfen. Leo hingegen …« Ich schlug die Augen auf und setzte mich nun doch aufrecht hin. »Du hättest ihn sehen sollen. Er stand einfach nur da.«

»Ja, aber er will mit dir reden.«

»Pf«, schnaubte ich. »Klar will er das jetzt. Jetzt ist der Schaden ja auch angerichtet. Und weißt du, wer ihn ausbaden darf? Ich.«

Ich griff nach meinem Handy, das auf dem Wohnzimmertisch lag, und öffnete Instagram. Ich brauchte nur auf die Explore-Seite klicken, und schon strahlte mir unser Bild entgegen. Es war nicht einmal sonderlich scharf gestochen, aber dank meiner Haare war das da unverkennbar ich. Und …

»Nicht im Ernst.«

»Was? Wieder ein doofer Kommentar?«

Ich schüttelte den Kopf und klickte auf das Foto, das eine Reihe unter dem anderen angezeigt wurde, dann hielt ich Fiona mein Display entgegen.

Sie verzog den Mund. »Okay, aber da ist ja nichts passiert.«

»Ich glaube, das ist den Leuten egal.«

Allem Anschein nach hatte man uns auch bei der Jack-the-Ripper-Tour fotografiert. Wir liefen nur nebeneinander her, nicht einmal besonders nah beieinander, doch die Kommentare explodierten dennoch. Immerhin war die Tour offensichtlich kein Teil der Realityshow, sondern ein handfester Beweis dafür, dass das mit Leo und mir kein Ausrutscher war.

»Ich hoffe, sie fliegt aus der Show. Ich kann nicht glauben, dass es immer noch Frauen gibt, die sich an vergebene Männer ranschmeißen.« Kopfschüttelnd überflog ich die Kommentare. Hatten die Leute alle nichts Besseres zu tun?

»So ein Scheiß«, fluchte Fiona. »Nur weil er bei diesem albernen Schauspiel mit Amy mitmacht.«

»Wenn es nur das wäre.« Ich scrollte weiter nach unten und las weiter. »Wahrscheinlich war die Torte im Park schon Mist, und sie schläft sich hoch. Ob sie kurz vorm Finale dann mit Orlando rummachen muss?«

»Gib das her«, sagte Fiona und griff nach meinem Handy, doch ich zog es rechtzeitig weg. Bevor ich jedoch weitere Kommentare lesen konnte, klingelte es. Brians Bild erschien auf meinem Display. Er hatte sich alle paar Minuten erkundigt, wie es mir ging. Ihn trotz allem und trotz der Tatsache, dass er als mein Konkurrent sich sogar freuen könnte, dass ich quasi raus war, auf meiner Seite zu wissen, gab mir ein warmes Gefühl.

»Hey«, sprach ich ins Handy.

»Hi, Baiser. Wie geht es dir?«

»Immer noch genauso wie vor fünfzehn Minuten, als du gefragt hast.« Ich schmunzelte müde.

»Hast du Lust, die Folge heute zusammen zu gucken? Ich dachte, das ist vielleicht ein bisschen schöner für dich. Und für mich sowieso, meine Partner sind heute nämlich beide ausgeflogen, und ich müsste allein schauen.«

Ich wollte gerade die Hand über den Hörer halten und Fiona fragen, als diese bereits nickte. Offensichtlich hatte sie mitgehört.

»Dann hättest du jetzt doch die Gelegenheit, Fiona kennenzulernen. Magst du vorbeikommen? Du kannst bei Paddington oder Lancaster Gate raus, ist etwa gleich weit von da. Ich schick dir die Adresse.«

»Mach mich auf den Weg. Ich brauch aber 'ne Weile, unsere Wohnung liegt etwas außerhalb.«

Brian verabschiedete sich und legte auf. Ich ließ meinen Kopf wieder auf Fionas Schoß sinken und reichte ihr nun doch das Handy. »Nimm's mir weg, hab ich bei dir damals ja auch gemacht.«

Das ließ sie sich nicht zweimal sagen, schnappte sich mein Smartphone und vergrub es irgendwo in dem Kissenberg in ihrem Rücken. »Braves Mädchen«, sagte sie und tätschelte mir beinahe mütterlich den Kopf.

»Weiterkraulen«, nuschelte ich und schloss die Augen.

Fiona lachte leise, strich mir jedoch kurz darauf wieder durchs Haar. »Manchmal weiß ich bei dir nicht, ob ich es mit einem Menschen oder einer Katze zu tun hab.«

Ich zog mir die Decke bis zur Nase und war einfach nur dankbar, Freundschaften wie diese und die neugewonnene zu Brian zu haben. Menschen, die mir beistanden, komme, was wolle.

Brian traf mit zwei vollbepackten Beuteln voller Snacks bei uns ein und eroberte damit auch Fionas Herz im Sturm.

»Walkers, Smarties, Cadbury … wow. Magst du einziehen? Ich bin mir sicher, wir kriegen dich hier noch unter.«

Brian lachte. »Ich glaube, da krieg ich ein wenig Stress mit meinen Partnern.«

»Du hast das schon häufiger erwähnt«, warf ich ein. »Meintest du mit Partnern eigentlich …«

»Ja?« Er sah mich herausfordernd an, lachte dann aber. »Ich bin polyamorös.«

»Oh. Wusste ich gar nicht.«

»Wir haben uns ja auch noch nie außerhalb des Sets getroffen.«

»Was wir alle ändern sollten«, warf Fiona ein, während sie weitere Snacks in Schüsseln auf dem Tisch verteilte.

Ich lehnte den Kopf an die Rückseite der Couch und seufzte. »Wie schaffst du dieses Drama mit zwei oder sogar mehreren Menschen? Mich macht das mit Leo schon total fertig.«

Brian hob die Schultern. »Wir hatten nicht ein einziges Mal Drama, Baiser. Man steckt die Regeln fest, und fertig. Kommunikation ist alles.«

»Ich hatte eine Regel: nichts mit Leo anfangen, und ich hab sie gebrochen.«

Fiona hob die Augenbrauen. »Die war von Anfang an zum Scheitern verurteilt.«

»Ja, und gut ausformuliert ist sie wirklich nicht. Ich meinte Regeln im Sinne von: Wie gehen wir damit um, wenn es rauskommt? Wie bewegen wir uns in öffentlichen Räumen? Ihr habt euch blind reingestürzt, was im Normalfall gar kein Problem darstellt. Aber das, was ihr habt, ist nicht der Normalfall.«

Ich gab einen grummelnden Laut von mir. Jetzt war es ohnehin zu spät.

»Hat Leo sich denn bei dir gemeldet?«

»Ja, hat ein paarmal geschrieben, aber ich hab nicht geantwortet.«

»Noch nicht, meinst du hoffentlich?«

Ich sah ihn perplex an. »Brian, du warst da. Ich bin stinkwütend.«

»Ja, zu Recht. Aber wir hatten es gerade davon, wie wichtig Kommunikation ist. Nicht dass das eine Entschuldigung ist, aber vielleicht war er im ersten Moment überrumpelt. Gib ihm wenigstens die Chance, sich zu erklären.«

»Oh, how the tables have turned«, sagte Fiona mehr zu sich selbst als zu mir. Die Ironie der Szene brachte mich trotz allem zum Schmunzeln, denn noch vor wenigen Monaten hatte ich ein ähnliches Gespräch mit Fiona geführt. Nur war ich da diejenige gewesen, die sie überredet hatte, ihrem Freund Demian noch einmal Gehör zu schenken.

»Vielleicht nach der Folge«, sagte ich mit einem Seufzen, schnappte mir die Fernbedienung und schaltete den Fernseher ein. »Gleich geht's los. Seid ihr bereit?«

Fiona ließ sich, eine Schüssel mit Walkers in den Händen, neben mich fallen und nickte. Brian setzte sich ebenfalls aufrecht hin. »Ich bin so nervös, total bescheuert. Ich weiß ja, was passiert.«

»Ich auch …«, murmelte ich. Dabei lag es bei mir mehr an Leo. Ich wollte ihn nicht sehen. Wollte nicht an meine eigene Dummheit erinnert werden, die mich jetzt vielleicht die einzige Chance kostete, die ich in den letzten Jahren gehabt hatte. Dann klickte ich mich zu Channel Y durch, gerade rechtzeitig, um das Ende der Werbung und somit den Anfang der Show zu erwischen.

»What the …« Brian rutschte auf der Couch nach vorn. »Das fällt nicht nur mir auf, oder?«

Nein. Nein, tat es nicht. Wir hatten kaum zwanzig Minuten der ersten Brighton-Folge gesehen, doch es war bereits klar, dass sie sie nach dem Vorfall heute bearbeitet haben mussten. Denn das hier …

»Wie schnell haben sie das bitte neu zusammengeschnitten?«, fragte Brian und schüttelte ungläubig den Kopf. »Es wirkt ja so, als hättet ihr nur Augen füreinander gehabt.«

»Komm, wir machen aus«, sagte Fiona, doch ich nahm die Fernbedienung an mich, bevor sie das Gerät abschalten konnte.

Ich spürte Brians und Fionas Blicke auf mir, hielt den Kopf jedoch geradeaus auf den Bildschirm gerichtet, auf dem eine neue Szene zu sehen war, in der es durch die Schnitte so aussah, als ob Leo und ich uns Blicke zuwarfen. Wäre ich nicht selbst dabei gewesen, ich hätte es ihnen abgekauft.

»So war das nicht«, sagte ich fassungslos. »Ich war an dem Tag voll gestresst, weil ich eines der Fahrgeschäfte nachbacken musste – ich war kurz vorm Verzweifeln, weil es so schwer war, das Ding zu stabilisieren. Ich hätte nicht einmal Zeit gehabt, Leo anzuschmachten.«

Ich wurde lauter und war gerade dabei, mich in Rage zu reden, als das Bild auf der Leinwand sich änderte und ich scharf die Luft einsog.

»Nein«, sagte ich beinahe tonlos. Denn nun war nicht mehr der Pier zu sehen – sondern eine Szene eines anderen Tages. Des ersten. Die Szene vom Testbacken, bei dem Leo mir – so wie es hier wirkte – zärtlich die Haarsträhne aus dem Gesicht strich. Dann änderte sich das Bild und …

Mir wurde kalt. Eiskalt. Die Kälte begann in meinem Bauch und zog sich von dort aus durch meinen ganzen Körper. Denn was nun zu sehen war, hätte eigentlich nicht sein dürfen.

»Wann war das denn?«, fragte Brian irritiert.

»Nach der Folge davor. In der Pâtisserie.« Meine Stimme war dünn. So dünn wie das Eis in meinem Körper, das zu zerbrechen drohte, mitsamt mir und meinem Traum. »Ich dachte, wir wären allein … Oh Gott, wir haben uns da zum ersten Mal geküsst.«

»Ich fasse es nicht. Das ist doch niemals legal!« Fiona saß nun ebenfalls an der Kante der Couch, ihre Hand auf meinem Bein, doch ich fühlte die unterstützende Berührung kaum. In mir drin war alles taub. Nur die Kälte, die spürte ich nach wie vor.

Fassungslos sah ich dabei zu, wie Leo und ich nach Drehschluss in der Küche des *Maison Bertaux* standen. Redeten. Gemeinsam backten. Mit der unterlegten Musik wirkte es nicht wie eine Rückblende, sondern wie eine Szene aus einem Liebesfilm. Neals Worte, die davon sprachen, dass Gebäck nicht das einzige Süße war, das es in der Show zu bewundern gab, inszenierten das Ganze zusätzlich. Wie erstarrt wartete ich darauf, dass das verwackelt aufgenommene Video unseren Kuss zeigte. Doch stattdessen änderte sich die Szene, schwenkte zurück zur eigentlichen Show in Brighton, bevor es so weit kam. Erleichtert atmete ich aus, nur um im nächsten Moment über mich selbst den Kopf zu schütteln. Als ob das, was ich da gerade gesehen hatte, nicht schlimm genug war. Ich wollte nicht wissen, was bei den Fans der Sendung gerade abging – oder bei denen von *The London League*.

»Wenn sie das gefilmt haben …«, begann ich. »Ich muss zu Ada. Mit ihr reden. Ich hab Leo an dem Tag von ihr und der Krankheit erzählt. Wer weiß, was sie noch alles nutzen, um die Story auszuschlachten. Ich wollte sie da nicht mit reinziehen.«

»Hast du nicht, nichts davon ist deine Schuld!«, sagte Fiona mit Nachdruck.

»Und sie haben es nicht genutzt«, fügte Brian beruhigend hinzu.

»Ich will nicht zurück.« Meine Stimme war leise, schwach. So wie ich mich gerade fühlte.

»Was meinst du? Zurück zur Show?« Brian drehte sich zu mir um, nahm meine Hände in seine. »Nichts da! Du bist bei der nächsten Runde dabei, schon allein weil ich dich dort brauche.«

»Tust du nicht«, sagte ich. »Und ich will nicht dort ankommen, mich der Illusion hingeben, dass ich eine Chance habe, nur um dann ohnehin rauszufliegen.« Ich zog meine Hand aus Brians und wedelte mit ihr in Richtung des Fernsehers, auf dem die Folge nach wie vor lief. »Und dann nutzen sie, was auch immer ich mache, um so etwas daraus zusammenzuschneiden. Den Gefallen tu ich ihnen nicht.«

»Aber was, wenn sie dich nicht rausschmeißen? Schau mal, sie inszenieren und befeuern das Ganze gerade sogar. Wenn ich eines über die Presse weiß, dann, dass sie nichts mehr lieben als eine Show.«

Brian nickte.

»Ich will ihnen aber keine Show geben.« Das hatte ich schon bei meiner Mum nicht gewollt.

»Versteh ich. Aber willst du wirklich aufgeben? Einfach so? Kampflos?«

Du trägst alles, was du brauchst, um diese Welt zu meistern, bereits in dir.

Wie so oft tauchte der Satz meiner Mum in meinem Gedächtnis auf. Obwohl ich einen Pulli trug und das Tattoo auf meiner Haut nicht wirklich fühlen konnte, ließ ich die Finger meiner rechten Hand zu meinem linken Oberarm wandern und umschloss ihn, als könnte meine Mum mir so Kraft spenden.

»Du hast recht«, sagte ich leise. Ich war stärker. Ich war niemand, der sich kleinkriegen ließ, genau wie meine Mum es in dem Brief geschrieben hatte. Ich war die Person, die den Widrigkeiten trotzte, sich ihnen entgegenstellte – oder zumindest wollte ich diese Person sein.

»Gibst du mir mein Handy?«, fragte ich an Fiona gerichtet.

Sie wandte sich um und fischte es aus dem Stapel Kissen hervor. »Was hast du vor?«

»Ich schreibe Leo, dass wir uns treffen.« Mein Blick wanderte von ihr zu Brian. »Dann mache ich einen Schlachtplan und gehe zum Dreh nächste Woche.«

38. KAPITEL

Leo

Ich hatte nicht viel Zeit. Den Morgen über hatten wir Szenen einer neuen Folge von *The London League* gedreht, und meine Laune wäre auch ohne das Getuschel im Keller gewesen. Teils wurde ich für meine Dummheit belächelt, mich mit einer Teilnehmerin eingelassen zu haben, teils erhielt ich Mitleid dafür, dass ich mich angeblich von Kaycee hatte ausnutzen lassen – ich wusste nicht, was schlimmer war. Amy hatte dem Ganzen Einhalt geboten, als ich keine Nerven mehr hatte, aber es nagte dennoch an mir. Ebenso wie mein jetzt bevorstehender Termin mit Polya, Charlie und dem PR-Team von Channel Y. Auch Amy und ihr Manager würden anwesend sein, da sie mindestens genauso viele Nachrichten erhielt wie ich – wenn nicht sogar mehr. Im Gegensatz zu sonst hatte ich mir ein Taxi zum Sender genommen, da die Belagerung durch Fans und Reporter eher schlimmer statt besser geworden war. Kein Wunder. Die völlig übertrieben zusammengeschnittenen Szenen zwischen Kaycee und mir in der letzten Folge hatten weiteres Öl ins Feuer gegossen.

Ich sah auf die Uhr. In weniger als drei Stunden würde ich Kaycee sprechen können. Beim bloßen Gedanken beschleunigte sich mein Herzschlag bereits. Sie hatte mir geschrieben, ob wir uns heute sehen konnten. Am liebsten wäre ich direkt zu ihr gefahren, denn ich wollte nichts dringender, als zu hören, dass es ihr gut ging. Dass sie durchhielt. Ich hoffte, ihr nach dem Gespräch mit den anderen mehr sagen zu können, ihr helfen oder gar eine Alternative bieten zu können. Denn fest stand: So wie gerade konnte es nicht weitergehen.

Ich hatte die Kommentare unter ihren Fotos und denen der Show gelesen. Alle. Mittlerweile gab es zwei Teams: in dem einen befanden sich in erster Linie *London-League*-Fans, die wollten, dass ich mit Amy zusammen war, aber auch einige Fans der Backshow, die eine ungerechte Bevorzugung Kaycees vermuteten, ganz so, wie es bei Francis der Fall gewesen war. Das andere Team, das leider wesentlich kleiner war, unterstützte die »junge Liebe«, wie sie es nannten. Mir waren beide Teams zuwider. Okay, ehrlich gesagt war mir jeder zuwider, der so viel Zeit in das Privatleben anderer Menschen steckte.

Ich bog um eine weitere Ecke und wäre beinahe in Polyas Rücken gelaufen. Im letzten Moment bremste ich ab, das Quietschen meiner Schuhe auf dem Boden ließ sie jedoch zusammenzucken.

»Autsch, shit!«, fluchte sie. Erst als ich neben ihr zum Stehen kam, sah ich, dass sie eine volle Kaffeetasse balancierte. Einige Tropfen der braunen Flüssigkeit waren auf ihrer hellrosa Bluse gelandet.

»Sorry!«, sagte ich schnell.

»Oh, du bist's.« Sie pustete sich eine kurze, weißblonde Strähne aus dem Gesicht. »Ach, kein Ding. Passt zum heutigen Tag, wenn ich ehrlich bin.«

Ich zog eine Grimasse. »Lass mich raten: Der miese Tag hängt irgendwie mit mir zusammen.«

»Ja, aber dir mach ich deshalb keinen Vorwurf.«

Überrascht sah ich sie an.

»Was? Hast du gedacht, ich find gut, was Charlie im Meeting vorgeschlagen hat?«

»Na ja, *gut* vielleicht nicht, aber …«

»Leo, ich vertrete dich. Ich handle immer in deinem Interesse, sonst wäre ich eine miese Agentin. Doch das bedeutet auch, dass ich einen kühlen Kopf bewahren und Optionen abwägen muss, selbst wenn ich eigentlich eine feste Meinung zu dem Thema hab.« Sie tupfte mit dem Handrücken auf den Flecken auf ihrer Bluse herum, was die Flüssigkeit jedoch nur noch weiter verteilte.

»Ach, Mann. Ich geh mal ins Bad. Tust du mir einen Gefallen und bringst die Tasse schon mal in den Konferenzraum? Wir sind in der vierhundertachtzehn.«

»Klar«, sagte ich und nahm ihr das Getränk ab. Ich hatte gerade den Raum erreicht und wollte die Tür, die bereits einen Spalt offenstand, mit dem Fuß aufschieben, als ich mir der Stimmen darin bewusst wurde.

»… Kaycee.«

Eilig ging ich einen Schritt beiseite und hoffte, dass man mich durch die Glastür noch nicht gesehen hatte. Beinahe verschüttete ich dabei einen weiteren Schluck des heißen Getränks. Ich blieb an der Wand neben der Tür stehen und lauschte.

»Fest steht auf jeden Fall, dass wir sie nicht gewinnen lassen können.« Jane. Allein ihre Stimme zu hören beförderte meinen Puls in die Höhe, so wütend machte sie mich. Sie musste Kaycee und mich im *Maison Bertaux* gefilmt haben. Immerhin war sie an dem Tag noch in dem Büro über der Pâtisserie gewesen. Das hatte ich Polya auch bereits gesagt, doch sie mahnte mich, Geduld zu haben.

»Nein, natürlich nicht.« Eine Männerstimme, die ich nicht zuordnen konnte. »Das haben wir im Team direkt beschlossen, und auch Xavier hat dem sofort zugestimmt. Wir würden unser Gesicht verlieren. Am sinnvollsten ist es, sie direkt in der nächsten Runde rauszuwerfen. Wir hatten auch kurz diskutiert, ob wir sie mit ins Finale einziehen lassen …«

»Aber?«

»Na ja«, sagte der Mann. »Drei Folgen sind ausgestrahlt. Wenn wir sie jetzt in der sechsten Runde ausscheiden lassen, können wir die nächsten drei Folgen nutzen, das Ganze gut zu inszenieren und Reichweite zu generieren – das war letzten Endes ja unser Ziel, als wir die Jury und das Format erneuert haben. Gut«, fuhr er lachend fort. »So hatten wir das nicht im Sinn, aber das Ergebnis ist dasselbe.«

»Und was wäre, wenn sie doch ins Finale käme?« Das war Xavier.

»Du willst sie doch nicht gewinnen lassen?«, fragte Jane mit hörbarer Skepsis.

»Nein, nein, natürlich nicht. Dann würde Charlie mir auch aufs Dach steigen, er will die Fans von *The London League* nicht weiter verärgern, obwohl ich ganz ehrlich glaube, dass er von dem Drama profitiert. Aber was, wenn wir sie weiterkommen lassen und dann etwas inszenieren?«

»Was meinst du?«, fragte wieder die unbekannte Stimme, die vermutlich zu jemandem aus dem PR-Team des Senders gehörte.

»Ich war positiv überrascht, was die Cutter gestern in so kurzer Zeit noch auf die Beine gestellt haben. Vielleicht können wir die zwei Lager, die gerade entstehen, für uns nutzen. Klar, wir müssen unsere Integrität wahren, aber selbst du, Jane, musst zugeben, dass es der Sendung Aufschwung verschafft hat. Charlie hat schon ein paar Ideen präsentiert. Meine Idee wäre, Amy an Bord zu holen.«

»Okay«, meinte Jane gedehnt. »Wie genau kann ich mir das vorstellen?«

»Nun ja, die Fans von *London League* vermuten nun eine

Krise bei Amy und Leo. Wir könnten das Ganze befeuern, ein klassisches Love Triangle aufbauen, an dessen Ende Kaycee die Sendung natürlich nicht gewinnt und Leo und Amy die Krise überwunden haben.«

»Gar keine schlechte Idee«, meinte der PR-Mensch. »Wir müssten der Presse nur ein paar Hinweise auf angeblich private Treffen geben.«

»Viel Spaß dabei, Leo dazu zu überreden«, sagte Jane mit einem lauten Lachen.

»Ich bin mir nicht sicher, ob wir Leo überreden müssen.«

»Dann scheinst du ihn nicht so gut zu kennen wie ich. Er wird dieses Theater hassen.«

»Ja, aber das meinte ich nicht. Charlie und Nicolas Darrell kennen sich seit Ewigkeiten. Wenn er nicht mitmacht, ist er seine Filmrolle definitiv los.«

Mein Herz klopfte mittlerweile nicht nur in meiner Brust, sondern vibrierte in meinem gesamten Körper. Ich konnte es viel zu schnell pochen spüren, während es Unmengen an Adrenalin durch meine Blutbahn schwemmte.

»Und wir wissen, dass Charlie ernst macht. Seit George sich aus seinem Vertrag gekämpft hat, hat er keine einzige anständige Rolle mehr bekommen. Wie auch immer er das als Autor überhaupt schafft.«

Bei Xaviers sachlichem, trockenem Tonfall wurde mir schlecht. Ich hatte geahnt, dass Charlie hinter der Sache mit George steckte. Jetzt nebenbei zu erfahren, dass ich mit meinem Verdacht richtig gelegen hatte, dass mich eventuell sogar das gleiche Schicksal ereilen konnte, drehte mir den Magen um. Mir war klar, dass die Filmbranche abgebrüht war, dass wir letzten Endes selbst nur Statisten in ihrem Spiel waren, aber das hier …

»Alles okay?«

Ich zuckte zusammen, so sehr, dass ich nun doch den Kaffee verschüttete, den ich immer noch in der Hand hielt. Ich verkniff mir einen Fluch, da ich die Gruppe im Raum nicht auf mich aufmerksam machen wollte.

»Warum gehst du denn nicht rein? Ich hab das mit der Bluse aufgegeben, muss ich mich nachher halt noch mal umziehen gehen.« Polya seufzte, und ich drehte mich zu ihr um und presste mir einen Finger auf die Lippen.

Verwirrt zog sie die Brauen zusammen, war jedoch still. Ich nickte in Richtung der Ecke mit den Getränkeautomaten am Ende des Flurs. Sie öffnete kurz den Mund, als wollte sie etwas sagen, folgte mir dann aber stumm. Im Raum schien niemand etwas mitbekommen zu haben, denn hinter der Tür regte sich nichts.

»Was ist los?«

»Ich hab grad was mitgehört«, begann ich im Flüsterton und fasste dann alles für Polya zusammen, deren Miene mit jedem Wort düsterer wurde. »Ich will aus diesem Vertrag raus«, beendete ich meine Erzählung.

Polya nahm einen tiefen, geräuschvollen Atemzug und schüttelte schließlich den Kopf. »Du hast mir gerade erzählt, dass genau das der Grund für Georges Situation ist. Willst du wirklich in seine Fußstapfen treten?«

»Nein, aber …«

»Die aktuelle Staffel ist fast abgedreht, *Bake That Cake!* ist auch so gut wie durch. Leo, du hast es bald geschafft. Nächstes Jahr noch eine weitere Staffel, und während dieser beginnen bereits die Dreharbeiten für die Actionserie. Willst du dir das wirklich verbauen? Es wäre dein Sprungbrett zum Film.«

Ich schluckte. Natürlich wollte ich das nicht. Ich dachte an das Gespräch mit Nicolas Darrell zurück. An das Glücksgefühl, als ich endlich wieder richtig hatte schauspielern können.

»Aber der Zweck rechtfertigt nicht immer die Mittel.«

Polya lächelte, und es wirkte beinahe traurig. »Was glaubst du, wie es den großen Schauspielern, Models und Sängern ging? Meinst du, die mussten nie zurückstecken?«

»Doch, natürlich. Aber es geht dabei ja nicht nur um mich.«

»Kaycee.« Es war eine Feststellung, keine Frage.

»Wenn ich wirklich mitspiele, leidet sie darunter.« Ich schüttelte den Kopf. »Das könnte ich mir nie verzeihen.«

»Du hast mir gerade erzählt, dass sie sie rausschmeißen. So oder so. Egal, was du tust. Leo, du kannst das nicht fixen. Das Einzige, was du gerade entscheiden kannst, ist, ob du deine Karriere mit in die Tonne trittst oder ob du die Zähne zusammenbeißt, bis der Vertrag endet, und dann endlich da ankommst, wo du all die Jahre hinwolltest.« Polya sah mich ernst an, das Mitleid war aus ihrem Blick verschwunden. »Es ist deine Entscheidung. Aber bitte triff diese nicht leichtfertig. Denk daran, wie hart du gearbeitet hast, was deine Familie aufgegeben hat. Ich sage das nicht, um dich emotional unter Druck zu setzen. Ich stehe hinter dir. Wenn du den Vertrag vor Ablauf der Frist auflösen möchtest, finden wir einen Weg da raus. Aber ich kann dir versichern, dass das, was danach folgt, nicht schön wird …«

Meine Kehle war eng und kratzig, und ich schluckte gegen den Kloß darin an. Wollte ich all die Opfer meiner Familie wirklich zunichtemachen? Ich rieb mir über die Stirn, hinter der sich leichte Kopfschmerzen bemerkbar machten.

»Lass uns erst einmal reingehen, uns alles anhören.«

Ich nickte. Was blieb mir auch anderes übrig?

Zwei Stunden später war ich auf dem Weg zu dem kleinen Café, das Kaycee vorgeschlagen hatte. Laut ihrer besten Freundin war es meist leer und die Sitzplätze abgeschirmt genug, dass wir in Ruhe reden konnten. Regen traf auf meine Haare, meine Haut, durchnässte meine Jeans, doch ich war dankbar dafür, denn er war angenehm erfrischend, und das Geräusch beruhigte mich. Es erinnerte mich an DVD-Abende im Herbst, den prasselnden Regen auf dem Dachfenster unserer alten Wohnung in Liverpool. Was hätte ich gerade dafür gegeben, in diese Zeit zurückzukönnen. Wenigstens für einen Tag. Als das Schauspielern hier noch ein weit entfernter Traum gewesen war. Das war die Sache mit Träumen: Solange man sie nicht lebte, waren sie wunderschön. Doch sobald man sie erreichte, stellte man fest, dass selbst Träume der unschönen Realität Platz machen mussten.

Viel Neues war in dem Gespräch mit Channel Y nicht besprochen worden, zumindest nichts, was ich nicht schon vorab mitgehört hatte. Mit dem Unterschied, dass sie es Amy und mir natürlich besser verkauften – und den Teil ausließen, wie sie meine Karriere beenden würden, sollte ich nicht kooperieren.

Die Gedanken waren in dem Moment vergessen, in dem ich das kleine Café betrat und Kaycee in der hinteren Ecke erblickte. Wehmut erfüllte meine Brust. Wehmut und all die Gefühle, die sie von Anfang an in mir hervorgerufen hatte. Das Gefühl, verstanden zu werden. Die Wärme, die sie in mir auslöste. Die Energie, die sie mir gab. Der Wunsch, für das, was ich liebte, zu kämpfen.

»Hey, wie geht's?«, begrüßte mich der Barista. »Kann ich dir schon was machen, oder magst du dich erst setzen?«

»Ein Kaffee mit Hafermilch wäre klasse«, sagte ich, bevor ich den Blick wieder auf Kaycee richtete.

»Kommt sofort.«

Ich nickte abwesend, während mein Körper wie automatisch auf Kaycee zusteuerte. Sie zog mich beinahe magnetisch an, so wie es von Beginn an der Fall gewesen war. Sie hielt eine Tasse mit Kaffee in der Hand, und ihr Blick war nachdenklich auf die Pflanzen und Gemälde an der Wand gerichtet. Erst als ich sie fast erreicht hatte, schien sie mich wahrzunehmen. Sie hob den Kopf, und ich blieb unsicher vor ihr stehen. Zu gern hätte ich sie in meine Arme gezogen, ihren Duft inhaliert, ihr gesagt, dass wir alles hinkriegen würden. Doch der Ausdruck in ihren Augen hielt mich davon ab, also ließ ich mich mit einem Räuspern ihr gegenüber nieder.

»Hey.« Meine Stimme war leiser als gewohnt und spiegelte meine Unsicherheit wider. Kaycees war das genaue Gegenteil. Das »Hi«, mit dem sie mich bedachte, war kräftig und zeigte, dass sie nicht für Small Talk hier war. Auf ihrem Gesicht lag ein entschlossener Ausdruck. Es war der Kampfgeist, den ich von Anfang an an ihr lieben gelernt hatte. Ich hoffte inständig, dass ich ihr diesen nicht nehmen würde mit dem, was ich zu sagen hatte. Ich hatte Polya nichts davon erzählt, aber ich musste Kaycee warnen. Ihr berichten, was ich heute erfahren hatte, denn das war das Mindeste, was ich tun konnte.

»Es tut mir so leid. Es tut mir leid, dass ich nichts gesagt habe. Ich hatte gerade das Vorsprechen hinter mir und Angst, es für mich und für dich schlimmer zu machen. Danke, dass du dir die Zeit genommen hast, mich zu treffen. Du bist vermutlich stinksauer.«

Sie wiegte den Kopf hin und her. »Ich würde lügen, wenn ich dir jetzt widersprechen würde.«

»Ich hätte direkt dazwischengehen sollen, ich weiß. Und es tut mir auch leid, dass wir erwischt wurden. Aber es tut mir nicht leid, dass wir uns geküsst haben, Kaycee.«

»Dass wir erwischt wurden, ist nicht deine Schuld. Und für den Rest bräuchtest du dich sowieso nicht entschuldigen, ich wollte das nicht weniger als du.«

Ich griff nach ihren Händen, mit denen sie weiterhin die Tasse umklammert hielt, und legte meine darüber. In dem Moment war mir egal, ob man uns möglicherweise sah. Kaycee blickte kurz zu unseren Fingern hinab.

»Ich bereue nichts davon, Kaycee. Ich würde es nur bereuen, wenn wir jetzt wegen dieser Widrigkeiten nachgeben.«

Für einen Augenblick meinte ich, Schmerz über ihre Züge huschen zu sehen.

Bitte sag es. Sag, dass du es auch nicht bereust.

Doch wenn sie es dachte, so sprach sie es zumindest nicht aus.

»Wie machen wir jetzt weiter?«, fragte sie stattdessen.

»Gibt es denn noch ein Wir?« Ich konnte nichts gegen die Hoffnung tun, die bei ihren Worten von mir Besitz ergriff.

Kaycee hob leicht die Schultern. Bevor sie antworten konnte, kam der Barista an unseren Tisch und stellte die Tasse vor mir ab. Kaycee legte die Hände in den Schoß, und sofort vermisste ich das Gefühl ihrer warmen, weichen Haut an meiner.

»Ich glaube nicht, dass wir einfach so weitermachen können«, sagte sie plötzlich. Es waren nur wenige Sekunden gewesen, die der Barista gebraucht hatte, um das Getränk zu bringen, doch sie hatten gereicht, um die Stimmung am Tisch umschwingen zu lassen. »Du hast zugelassen, dass ich in der Show dastehe, als hätte ich mir einen Vorteil verschafft. Als hättest du mir das Thema vorab verraten. Zumindest dagegen hättest du doch etwas sagen können. Es ist nett, dass du bei Francis eingesprungen bist, aber wieso standest du danach einfach nur da? Du hast mich vollkommen auflaufen lassen.«

»Ich weiß.«

»Wenn ich jetzt gewinne, wirkt es, als wäre das alles dir zu verdanken. Wie soll ich den Leuten denn glaubhaft versichern, dass ich genau dieselben Chancen hatte wie alle anderen auch? Vermutlich ist es dafür eh schon zu spät. Aber wir müssen es irgendwie hinkriegen. Wenn ich so gewinne, dann ...«

»Du wirst die Show nicht gewinnen.« Ich schluckte. Es war raus. Ich hatte die Worte schonender aussprechen wollen, doch vielleicht war das gar nicht von Relevanz, denn ihre Bedeutung blieb dieselbe. Sie blieb genauso schmerzhaft. Manche Dinge waren zu wahr, um schön zu sein – die Tatsache, dass Kaycee ausscheiden würde, gehörte dazu, ich konnte den Worten ihre Kraft nicht nehmen, ganz egal, wie vorsichtig ich sie formulierte.

»Was?« Jetzt hatte sie ihre Miene nicht mehr unter Kontrolle. Die Entschlossenheit war daraus gewichen. Ihre Augen waren geweitet, und ich wünschte, ich könnte es irgendwie leichter machen. Ihr eine Lösung präsentieren, anstatt der nackten Wahrheit.

»Es tut mir so wahnsinnig leid, Kaycee. Du wirst *Bake That Cake!* nicht gewinnen. Sie diskutieren gerade noch, ob sie dich eine Runde weiterkommen lassen und im Finale rauswerfen oder direkt in der nächsten Folge.«

Kaycee sagte nichts. Sie saß mir stumm gegenüber. Unbewegt, bis auf die Tatsache, dass ihre Schultern immer weiter nach unten zu sacken schienen.

»Ich hab heute ein Meeting mit dem Sender gehabt, und sie haben …«

»Warum bin ich diejenige, die gehen muss? Wieso gehst du nicht?«

»Ich kann nicht aussteigen.«

»Wieso nicht? Dir war die Show doch von Anfang an sowieso nichts wert.«

»Ja, aber darum geht es längst nicht mehr. Ganz davon abgesehen, dass ich vertraglich gebunden bin.«

»Sicher, dass das der Grund ist? Nicht, dass du Angst hast, deine neue Rolle zu riskieren?« Eine feine Röte hatte ihr Gesicht überzogen, und ihre Augen funkelten.

Ich sagte nichts. Weil ein Teil von mir wusste, dass sie recht hatte.

»Leo, das ist mein Lebenstraum«, sagte sie mit Nachdruck und sah mich eindringlich an.

»Selbst wenn ich gehen würde, würde das nichts an der Tatsache ändern, dass sie dich aus der Sendung werfen. Sie werden ihren Ruf nicht für eine Teilnehmerin riskieren. Ich wollte dir Bescheid sagen, damit du vorbereitet bist.«

»Vorbereitet auf meinen Rauswurf?«

»Wäre es dir lieber gewesen, ich hätte nichts gesagt? Ich verstehe, dass du wütend bist, das bin ich auch. Aber dann sei wütend auf sie. Ich dachte, so hast du die Chance, dir zu überlegen, wie du die Sache möglichst gut über die Bühne bringst.«

»Ich bin keine Schauspielerin, Leo. Ich werde mich nicht vor die Kamera stellen und den Leuten etwas darbieten, gute Miene zum bösen Spiel machen.« Sie schüttelte den Kopf. »Vergiss es. Das bin nicht ich. Ich bin auch nicht wütend auf sie, sondern auf mich. Denn ich hab es besser gewusst und hab mich trotzdem auf dich eingelassen. Ich hab ewig lang rumgeheult, dass ich keine Chancen hätte, mir meine Träume zu erfüllen. Jetzt hab ich diese Chance bekommen und sie mir selbst wieder genommen.«

»Du kannst die Konditorei trotzdem eröffnen.«

Polya hatte recht, ich konnte meinen Vertrag nicht auflösen und mir all die Chancen verbauen, auf die ich jahrelang hingearbeitet hatte, für die meine Familie so sehr zurückgesteckt hatte. Denn sonst träfen Kaycees letzte Worte auch auf mich zu. Aber ich konnte nicht zulassen, dass ich Kaycees Traum im Weg stand, um meinen zu erreichen.

Sie lachte auf. »Ach ja? Und wie? Bei Sainsbury's arbeiten und fünfzig Jahre lang Geld zur Seite legen, bis ich einen Kredit bei einer Bank bekomme?«

»Ich kann dir das Geld geben.«

Stille legte sich über unseren Tisch wie eine dicke Nebelschicht, dämpfte alle Geräusche, bis ich nur noch meinen angespannten Atem hören konnte. Kaycees Blick ruhte unbewegt auf mir, dann verengte sie die Augen zu Schlitzen.

»Ist das dein fucking Ernst? Du willst dich freikaufen? Funktioniert das so in deiner Welt?«

»In meiner Welt? Was soll das denn heißen?«

»Glaubst du allen Ernstes, ich lass mich aus der Show schmeißen, weil wir etwas miteinander hatten, und nehme dann noch dein Geld, um meinen Traum zu erfüllen?«

»Du kannst es ja nach und nach zurückzahlen. Du bist großartig, der Laden kann ohnehin nur ein Erfolg werden und ...«

»Ich will dein Geld nicht. Nicht geschenkt und nicht geliehen.« Sie stand auf. »Ich soll mich also aus der Show rauswerfen lassen, die es mir ermöglichen würde, mir meinen Traum zu erfüllen, mich all dem Hass aussetzen, weil ich eine Beziehung zwischen dir und Amy zerstört habe, die nie real war, und dann deine Almosen nehmen, um ein Café zu eröffnen, dessen Scheiben deine Fans mit Sicherheit mit irgendwelchen Sprüchen besprühen würden? Hörst du dir selbst überhaupt zu? Ist das allen Ernstes deine Alternative dazu, dass ich das Preisgeld ehrlich gewinne und meine Träume angehe?«

»Aber so hättest du wenigstens die Chance, deinen Traum zu erfüllen. Und mir macht es wirklich nichts aus.«

Kaycee lachte fassungslos auf.

»Du bist so ein Arsch.«

»Aber ...«

Sie schüttelte den Kopf und stoppte mich somit in meinen Worten und hielt mich davon ab, das Ganze noch weiter in den Sand zu setzen. Dann nahm sie ihre Tasche vom Boden, warf mir noch einen letzten Blick zu und stürmte aus dem Café. Ich sah ihr nach, bis sie längst nicht mehr durch die mit Pflanzen zugewucherten Fenster zu sehen war. Mit einem gemurmelten Fluch legte ich den Kopf in den Nacken und schloss die Augen.

Wie hatte in so kurzer Zeit nur so viel schiefgehen können?

39. KAPITEL

Kaycee

Ich schlug die Tür so laut ins Schloss, dass es selbst mir in den Ohren wehtat. Dabei war ich immer noch wie in Watte gepackt und hatte die komplette Fahrt zurück nach Paddington gar nichts mehr wahrgenommen. Wie auf Autopilot war ich aus dem Café bis zur Tube gelaufen und schließlich hierhergefahren. In meinem Kopf zahlreiche Gedanken und doch eine alles umfassende Leere.

Sofort streckte Fiona ihren Kopf in den Flur. »Hey. Ich trau mich kaum zu fragen, aber es klingt so, als lief das Gespräch ...«

»Beschissen«, sagte ich und kickte meine Schuhe in die Ecke. »Er ist ein arroganter, aufgeblasener ...«

»Magst du ins Wohnzimmer kommen und erzählen? Ich hab schon Tee aufgesetzt.«

Ich glaubte nicht, dass Tee meine Situation irgendwie leichter machte, nickte aber.

»Ich fass es einfach nicht«, zischte ich. Fiona hielt mir die Tür auf, und kaum dass ich das Zimmer betreten hatte, warf jemand zwei Arme um meinen Hals. Braunes Haar kitzelte mich im Gesicht.

»Ada«, murmelte ich, erwiderte die Umarmung meiner großen Schwester und ließ mich einige Sekunden einfach nur halten. Nahm die Stärke, die sie mir gab und die ich selbst nicht mehr zu haben glaubte. »Was machst du denn hier?«

»Dich besuchen«, sagte sie und löste sich aus der Umarmung, um mir ins Gesicht zu sehen. »Und mit Fiona, dir und Demian über diesen Leo Campbell lästern.«

Ich sah an Adas Schulter vorbei. »Oh, hi, Demian.«

»Hey«, sagte Fionas Freund mit einem Schmunzeln und winkte.

»Ich nehme an, du hast das Bild gesehen.«

Sie nickte. »Ja. Ich hätte mich auch direkt gemeldet, hab aber erst mal Fiona geschrieben, um die Lage zu checken. Und na ja ... Wie ist die Lage?«

»Für den Arsch«, sagte ich und ließ mich neben Demian auf die Couch fallen. »Kurzfassung: Channel Y will mich aus der Show schmeißen, weil sie natürlich nicht riskieren können, meinetwegen ihren Ruf zu verlieren.«

»Fuck«, stieß Fiona aus.

»Ja, und der arme Leo kann natürlich nichts machen, weil er vertraglich gebunden ist und ich ja sowieso fliege. Scheiß auf Loyalität oder Moral oder ...« Ich gestikulierte in der Luft herum. »Auf alles eben. Oh, und das Beste?« Ich machte eine Kunstpause und sah abwechselnd zwischen den dreien hin und her. »Er hatte allen Ernstes die Nerven, mir Geld für eine Konditorei anzubieten. Als ob Geld auf magische Weise alle Probleme löst. Aber wahrscheinlich ist das bei diesen Schauspielern so. Ehrlich ...« Ich schüttelte den Kopf. »Ich hab keine Ahnung, wie ich dermaßen verblendet sein konnte.«

Fiona legte den Arm um meine Schulter, doch das half nicht, meine Nerven zu beruhigen. Ich wollte keinen Trost, ich wollte etwas brennen sehen.

»Das entschuldigt null, was er getan hat«, begann Demian, »aber ich kenn es, wenn man in Situationen feststeckt, in die man sich im Laufe der Jahre reinmanövriert hat.«

Ich schüttelte den Kopf. »Bei dir war das was anderes. Du hattest eine Vorstellung von Moral. Hast Fiona trotzdem unterstützt, Leo hingegen …« Ich schnaubte. »Ich fasse es einfach nicht, dass ich so dumm war und mich auf ihn eingelassen habe. Gefühle für ihn habe. Ich hätte all das vermeiden können, hätte ich ihn ignoriert.«

»Du warst nicht dumm«, widersprach Ada. Sie setzte sich auf den Teppich vor mich, den Rücken an den Couchtisch gelehnt. »Du hast dich verliebt. So was passiert.«

»Ja, und dabei unseren Traum ruiniert.« Ich lehnte mich nach vorn und legte meine Hände auf ihre. »Es tut mir so leid. Du musst wahnsinnig enttäuscht sein.«

»So ein Quatsch. Ich könnte niemals enttäuscht von dir sein, Kaycee. Selbst wenn du in der ersten Runde rausgeflogen wärst, wäre ich es nicht.«

»Ja, aber dann wäre ich rausgeflogen, weil mein Können nicht gereicht hätte. So bin ich rausgeflogen, weil ich mit meinen Hormonen gedacht hab. Nimm es mir nicht übel, aber ich kann nicht zurück nach Croydon, zurück in den alten Job, die Aussichtslosigkeit …«

»Wenn du das tätest, wäre ich vielleicht doch enttäuscht«, erwiderte Ada mit einem leichten Lächeln.

»Du weißt, dass du so lange hierbleiben kannst, wie du willst«, warf Fiona ein. »Und dass sie dich rausschmeißen, bedeutet nicht, dass du deinen Traum nicht leben kannst.«

»Du klingst wie Leo. Ich nehm sein Geld nicht.«

»Nein, natürlich nicht. Mal ganz davon abgesehen, dass du dir dann hoffentlich zuerst bei mir etwas leihen würdest. Aber *Bake That Cake!* ist doch nicht die einzige Chance, die du hast.«

»Eben«, stimmte Ada meiner besten Freundin zu. »Du kannst dir hier etwas suchen, in einer Konditorei anfangen.«

»Die alle das Mädchen in mir sehen, das es mit dem Juror von Großbritanniens beliebtester Backshow getrieben hat. Das wird sicher entspannt.« Ich lachte zynisch.

»Das wird nicht ewig anhalten«, sagte Demian sanft. »Die Medien stürzen sich auf alle Skandale, die sie finden können. Spätestens wenn in der nächsten Staffel etwas passiert, hat das jeder vergessen.«

Das mochte sein, aber so lange wollte und konnte ich nicht warten. Außerdem wollte ich nicht nur nicht nach Croydon zurück, ich wollte auch nicht zu der Version meiner selbst zurück, die ich dort gewesen war. Passiv, klein, angepasst, traurig. Das war ich nicht länger.

»Ich lasse mich nicht rausschmeißen«, sagte ich schließlich.

»Kaycee, ich glaube nicht, dass du da noch großes Mitspracherecht hast. Sie werden dich nicht weiterkommen lassen.« Ada legte ihre Hand auf meinen Oberschenkel und strich beruhigend darüber.

»Ich weiß. Ich werde nicht gewinnen können. Der Traum vom Preisgeld und der eigenen Konditorei ist vorbei.« Ich sah zu meiner Schwester. »Aber ich werde mich trotzdem nicht rausschmeißen lassen. Ich werde vorher selbst aussteigen. Und wenn sie eine Show wollen, dann können sie eine Show haben.«

40. KAPITEL

Leo

Ich hatte Kopfschmerzen, Gewissensbisse, miese Laune und einen knurrenden Magen, jedoch keinerlei Motivation, mich in die Küche zu bewegen, um zumindest daran etwas zu ändern. Meine Laune war ein Grund dafür, ein weiterer jedoch, dass die Küche Erinnerungen in mir weckte, die mein schlechtes Gewissen noch befeuerten. Erinnerungen an Kaycee, an ihre Berührungen, ihren Mund auf meinem, ihre Haut an meiner Haut ... Ich hatte es verkackt. So richtig.

Nachdem Kaycee das Café verlassen hatte, war ich nach Hause gegangen, und seitdem lag ich hier auf dem Bett. Selbst meine Schuhe hatte ich nicht ausgezogen, aber ein schmutziger Bettbezug war gerade mein geringstes Problem. Ich hatte keine Ahnung, was ich tun sollte. Nicht jetzt in diesem Moment, sondern ganz allgemein. Kaycee war raus, daran konnte ich nichts ändern. Wenn ich der Show der Fairness halber ebenfalls den Rücken kehrte, verscherzte ich es mir nicht nur mit Jane, sondern auch mit Charlie, Amy, all meinen Kollegen und Kolleginnen, den Fans von *London League* und mit Nicolas Darrell. Und damit letztes Endes auch mit mir selbst. Aber Kaycee zu enttäuschen, nur um meine eigene Haut zu retten, hinterließ in mir kein besseres Gefühl, ganz im Gegenteil.

Ich drehte mich zur Seite und tastete mit der Hand nach meinem Smartphone auf dem Beistelltisch neben meinem

Bett. Keine Ahnung, ob mir das weiterhalf, aber im schlimmsten Fall verschaffte es mir zumindest Ablenkung. Ich öffnete den Chat mit Matthew und tippte eine Nachricht an ihn.

Leo, 5.20 pm:
Hey. Ich weiß, ich bin ein Arsch und der schlechtestmögliche neue Freund, den du dir wünschen könntest. Aber hast du Zeit? Könnte grad echt jemanden zum Reden gebrauchen.

Matt, 5.20 pm:
So gut, wie du dich gerade verkaufst? Klar.
Wollte grad das Büro verlassen. Lust auf Rooftop? Oder lieber was Ebenerdiges, wenn es dir nicht so gut geht?

Leo, 5.21 pm:
Das ist selbst für britischen Humor sehr schwarz. Schreib mir einfach wo, Drinks gehen auf mich.

Matt, 5.21 pm:
Musik in meinen Ohren. Kennst du das 12th Knot? Lass uns dahin, ich reservier was auf Walsh, solltest du früher da sein.

Leo, 5.21 pm:
Danke, Mann.

Matt, 5.25 pm:
Kein Ding, bis gleich!

Der Anblick der glitzernden Stadt unter uns hätte mich den Tag beinahe vergessen lassen. London funkelte uns in einem Kaleidoskop roter, weißer und gelber Lichter entgegen. Die Bar, die Matthew ausgesucht hatte, lag direkt an der Blackfriars Bridge und bot einen atemberaubenden Blick auf die Stadt. Vereinzelt blinkten die Lichter vorbeifahrender Schiffe inmitten der Themse auf, und weiter hinten erspähte ich St. Paul's Cathedral.

»Nicht schlecht«, sagte ich.

»Ganz anders als deine Laune also.« Matt trank grinsend einen Schluck seines Whiskey Sour. Allem Anschein nach sein Signature Drink. Nicht dass ich ihn besonders gut kannte, aber bislang hatte er bei jedem unserer Treffen einen getrunken.

»So offensichtlich?«

»Na ja, du meintest, dass du jemanden zum Reden brauchst. Leider sagt man das nicht wirklich, wenn man gute Neuigkeiten hat, oder?« Er drehte sein Glas hin und her, sodass der Eiswürfel darin klirrende Geräusche verursachte. »Schade eigentlich, wenn ich so drüber nachdenke.«

»Es tut mir echt leid, dass ich mich so lang nicht gemeldet hab.« Entschuldigungen schienen bei mir heute an der Tagesordnung zu stehen. Immerhin lief diese besser als meine letzte, denn Matt winkte ab.

»Muss es nicht. Ich bin froh, wenn ich außer arbeiten, essen und schlafen überhaupt noch etwas hinbekomme. Ich hab mir gestern selbst ein High Five gegeben, weil ich es geschafft hab, mein Bett neu zu beziehen.«

»So viel Stress seit der Beförderung?«

»Frag nicht. Man sollte meinen, der Umstand, dass ich vom Gründer der Firma zum neuen Chef ernannt wurde, reicht, um sich den Posten verdient zu haben. Aber nein, gerade muss ich mich jeden Tag bei jedem Einzelnen aufs Neue beweisen.« Seine Mundwinkel verzogen sich kurz nach unten. »Aber egal, darum geht's jetzt nicht. Was hat dir den Tag so versaut?«

»Wenn es nur der Tag wäre …« Ich gab Matthew eine Zusammenfassung der letzten Wochen und ließ nichts aus. Weder meine Gefühle für Kaycee noch das Gespräch, das ich beim Sender mitgehört hatte, auch wenn ich damit mit Sicherheit gegen irgendwelche Verschwiegenheitsklauseln verstieß.

»Danke«, sagte er.

»Wofür?«

»Na ja, jetzt fühl ich mich definitiv besser. Ich würd nicht mit dir tauschen wollen.«

»Gern geschehen, schätze ich?«

»Okay. Du sagst, es tut dir leid, aber wieso hast du nichts unternommen, um das Ganze klarzustellen? Weder vor Ort noch jetzt im Nachhinein.«

»Weil ich Angst hatte und habe, es für sie zu verschlimmern.« Ich hielt inne. »Und für mich, wenn ich ehrlich bin. Ich will diese Rolle nicht verlieren. Ich hatte zum ersten Mal seit Jahren wieder richtig Spaß an dem, was ich tue.«

»Tja, dann hast du deine Lösung doch.«

Irritiert sah ich ihn an. »Was meinst du?«

»Du willst die Rolle. Aktuell hast du sie. Wo ist das Problem?« Matt lehnte sich in seinem Stuhl zurück. Sein Gesicht wurde von dem Heizstrahler neben uns erhellt und wirkte, wenn ich mich nicht täuschte, amüsiert.

»Das Problem ist, dass ich Kaycee auch will.«

»Ja, aber sie ist ziemlich angepisst. Und nimm es mir nicht übel, ich an ihrer Stelle wäre es auch. Selbst dieser Brian stand ihr bei, und der ist sogar ihr Konkurrent. Nicht der Typ, den sie datet.«

»Aber was soll ich denn tun? Ich hab sogar angeboten, ihr Geld für eine Konditorei zu geben.«

Die Miene, die mir jetzt im schummrigen Licht entgegenblickte, sah definitiv nicht mehr amüsiert aus, so viel stand fest. »Ja, das … Nette Intention, aber hättest du es an ihrer Stelle angenommen? Nachdem sie so hart dafür gekämpft hat und sich jetzt anhören darf, ihren Erfolg hätte sie nur dir zu verdanken? Was denkst du, wie sähe es aus, wenn sie mit dem Geld von Juror Leo Campbell eine Konditorei eröffnet?« Er hob die Augenbrauen und sah mich abwartend an, doch jetzt, da er die Frage formulierte, lag die Antwort so auf der Hand, dass ich sie nicht mehr aussprechen brauchte.

»Okay, war eine dumme Idee.«

Ich stützte die Ellbogen auf dem Holztisch ab und massierte mir die Schläfen. »Also hab ich entweder die Chance, die Filmrolle und den internationalen Durchbruch zu bekommen, oder mich mit Kaycee zu versöhnen, indem ich all das ablehne und Channel Y verärgere?«

»Denkst du denn wirklich, dass es so drastisch ist?«

»Ich hab dir von George im Dinokostüm erzählt, falls du dich erinnerst?«

»Du kannst die Lage besser beurteilen als ich«, gab Matt zurück. »Aber Fakt ist, dass du eine Entscheidung treffen musst. Und hinter dieser Entscheidung musst du stehen.«

»Was, wenn beide Entscheidungen absoluter Mist sind?«

»C'est la fucking vie, so leid es mir tut. Solche Entscheidungen sind nie einfach. Spiel beide Szenarien durch, und frag dich, mit welchem du besser leben kannst. Mit welcher Entscheidung kannst du dir morgens im Spiegel eher entgegenblicken? Und wenn wirklich beide Optionen gleich großer Mist sind, hilft es trotzdem, sich für einen der Misthaufen zu entscheiden. Dann ist das Resultat vielleicht immer noch beschissen, aber zumindest hast du einen der Haufen hinter dir gelassen.«

Ich ließ mir Matthews Worte durch den Kopf gehen und richtete meinen Blick wieder auf die Stadt unter uns. So viele Menschen. So viele Leben. Wie viele von ihnen wären durch falsche Entscheidungen vielleicht gar nicht erst hier? Wie viele waren es gerade aufgrund dieser Entscheidungen? Würde ich überhaupt bleiben können, wenn ich mich gegen den Job entschied? Oder wieder unbezahlt im Theater landen und bei meinen Eltern einziehen müssen? Das Pochen in meinem Kopf war mittlerweile zu ausgewachsenen Schmerzen mutiert.

»Ich hol mir noch einen Drink. Du auch?«

»Das ist zumindest eine Entscheidung, die ich unterstütze«, meinte Matthew und stand mit mir auf.

Der Alkohol würde mir zwar nicht helfen, klarer zu denken, aber vielleicht würde er den Schmerz betäuben. Nicht den Kopfschmerz, sondern den in meiner Brust, den der Gedanke an Kaycee verursachte.

41. KAPITEL

Kaycee

»Du schaffst das.« Fiona drückte meine linke Hand. Meine rechte hielt Ada. Die Menschenmassen am Leicester Square strömten an uns vorbei, doch Fiona und Ada standen unbewegt vor dem großen Gebäude, wie der Fels in der Brandung, der sie für mich in diesem Moment waren.

»Four floors of fun«, las ich den Spruch an den Fenstern über meinem Kopf leise vor. »Ich bin mir nicht so sicher, ob das heute zutrifft.«

Der Dreh fand in der *M&M's World* statt, vermutlich war der Schokoladenhersteller Sponsor der Folge, und die Rezepte würden ihre Produkte beinhalten müssen. Doch das konnte mir egal sein.

»Wir sind direkt um die Ecke und warten auf dich«, sagte Ada und nahm mich in die Arme.

»Mach sie fertig!«, rief Fiona und riss eine Hand in die Luft, als wäre sie bei einem Rugby-Match. Ich nickte und ging in Richtung des Ladens, der bereits für Besucher abgesperrt war. Die Security winkte mich durch. Vorteil der pinken Haare und der Tatsache, dass jeder nun mein Gesicht kannte? Ich musste meine ID nicht mehr zeigen.

»Kaycee!« Wenn Jane überrascht war, dass ich ganz normal hier auftauchte, als wäre nichts geschehen, dann ließ sie es sich nicht anmerken. Vermutlich war sie es aber gar nicht. Wieso auch? Immerhin wusste sie nicht, dass Leo mir alles gesagt hatte.

Leo.

Ohne dass ich es wollte, schoss mein Blick nach links und rechts, doch ich konnte ihn nirgends entdecken.

»Schön, dass du da bist.« Jane lächelte ihr übliches, perfektes Lächeln und legte mir eine Hand auf die Schulter, die ich am liebsten abgeschüttelt hätte. Stattdessen zwang ich auch meine Mundwinkel nach oben. Es war wichtig, dass ich mir noch nichts anmerken ließ. »Vier Etagen, vier Teilnehmende – wir dachten, wir lassen euch heute nicht nur kreativen Freiraum. Du darfst einmal ganz nach oben, wie der aufstrebende Star, der du bist.« Jane lachte über ihren eigenen Witz, und ich hätte sie in diesem Moment am liebsten gegen eine der menschengroßen M&M-Statuen geschubst, die uns umgaben. Stattdessen zwang ich mich, ruhig zu atmen, und nickte nur.

Es war alles nur gespielt, nur inszeniert. Wie hatte ich all die Jahre bei diesen Shows mitfiebern und glauben können, dass es wirklich um Talent und das Erfüllen von Träumen ging? Andererseits ... wären Leo und ich nicht erwischt worden, hätte ich mich dieser Illusion wohl weiter hingeben können.

»Sehr schön«, sagte Jane. »Nimm dir ruhig ein paar Snacks, gerade ist der Sound noch dabei, Jessica zu verkabeln.«

Jane wandte sich ab, um nach unten zu gehen, und ich ließ einen Schwall angehaltene Luft entweichen. Innerlich kochte ich. Offensichtlich war ich weitaus schlechter im Schauspielern als Leo und Jane, denn es bereitete mir fast schon körperliche Schmerzen, gute Miene zu bösem Spiel zu machen.

»Dass du dich noch hertraust.« Henry kam neben mir zum Stehen und verschränkte die Arme vor der Brust. »Wenn es nicht so überaus dumm wäre, würde ich dich ja für deinen Mut bewundern.«

»Weißt du, Henry. Wenn ich es nicht besser wüsste, würde ich denken, du hast Angst.«

Henrys überhebliche Miene geriet ins Wanken, was mir ein seltsames Triumphgefühl gab. Vielleicht war es gar nicht so schlecht, mit dieser Zero-Fucks-Given-Einstellung hier aufzukreuzen. Ich würde alles tun und sagen können, was ich wollte, es spielte ja ohnehin keine Rolle mehr. Also setzte ich ein zuckersüßes Lächeln auf und klopfte ihm im Vorbeigehen auf die Schulter.

»Aber mach dir keine Sorgen. Ganz egal, wie das heute für dich ausgeht, du kannst stolz sein, es so weit geschafft zu haben.«

Ich drehte mich nicht um, um zu schauen, ob er die Worte wiedererkannte, die er damals in der zweiten Runde an mich gerichtet hatte. Aber es spielte auch keine Rolle. Ich würde Henry nach dem heutigen Tag ohnehin nie wiedersehen.

Ich nahm die Stufen nach oben, stoppte jedoch ein Stockwerk zu früh, als ich Brian sah.

»Kaycee!« Strahlend lief er auf mich zu und umarmte mich so stürmisch, dass ich einen Schritt nach hinten taumelte. »Ich war mir nicht sicher, ob du auftauchst.«

»Ich weiß doch, wie aufgeschmissen du ohne mich bist.«

Er lachte an meinem Ohr und trat einen Schritt zurück. Seine Zähne hoben sich von der braunen Haut ab, so breit war sein Grinsen, und der Anblick ließ Wehmut in mir aufsteigen. Ich hatte Brian nichts von dem erzählt, was Leo mir gesagt hatte. Ich wollte nicht, dass er der Sendung gegenüber ähnlichen Frust empfand wie ich. Ich wollte, dass er gewann.

»Ich hab dich nie gefragt, aber was willst du eigentlich mit dem Preisgeld machen, wenn du siegst? Würdest du auch einen Laden eröffnen?«

Brian schüttelte den Kopf. »Ne, ich glaube, Selbstständigkeit wäre nichts für mich. Ich würde auf eine Baker School gehen, eine Ausbildung machen und mir dann eine Anstellung suchen.«

»Brauchst du den Abschluss dafür denn?« Ich war schon dankbar gewesen, als ich bei meiner Recherche herausgefunden hatte, dass ich ihn für die Eröffnung eines Ladens nicht benötigte, denn das hätte die Erfüllung meines Traums in noch weitere Ferne gerückt – nicht dass das nun noch eine große Rolle spielte.

Brian schüttelte den Kopf. »Ne, aber ich hab aktuell so gar nichts vorzuweisen, nicht mal einen guten Schulabschluss. Ich glaube, das würde schon helfen. Außerdem lern ich gern. Wer weiß, vielleicht kann ich dann mal jemanden ausbilden, das wäre cool. Oder aber du stellst mich ein, wenn du gewinnst!« Mit einem Zwinkern stieß er mit dem Ellbogen gegen meinen Oberarm.

Ich lächelte verkrampft, während sich ein unangenehmes Gefühl in meinem Bauch ausbreitete.

»Ja, vielleicht«, sagte ich ausweichend, doch selbst das fühlte sich an wie eine Lüge. »Ich geh schon mal hoch.« Mit dem Zeigefinger deutete ich auf die Treppe, umgeben von bunten Schokolinsen, die so viel fröhlicher aussahen als für den heutigen Tag angemessen.

»Ist alles okay?« Brians Worte sorgten dafür, dass ich mich doch noch einmal umdrehte. »Du wirkst angespannt. Ist es wegen der ganzen Kommentare?«

Ich nickte, dankbar für die Ausrede, die Brian mir lieferte.

»Mach dir keinen Kopf, Kaycee. Du bist großartig, und du hast Talent. Das kann dir niemand absprechen, und sobald sich der Trubel legt, werden das auch wieder alle sehen!«

»Danke«, sagte ich und war überrascht, Tränen hinter meinen Augen brennen zu spüren. Auch Brian war das nicht entgangen. Er trat zu mir und nahm mich noch einmal in die Arme.

»Oh Gott, lass mich los, sonst heul ich gleich wirklich.«

»Dann gehst du eben ausnahmsweise mal in die Maske«, sagte Brian, gehorchte aber trotzdem. »Wart ab, in ein paar Stunden verkünden sie, dass du eine der drei im Finale bist, und dann sieht die Welt schon wieder ganz anders aus.«

Das ungute Gefühl wuchs zu einer aufgeregten Übelkeit heran. Die Welt würde für mich ganz anders aussehen, ja, aber nicht aus dem Grund, den er vermutete …

Als ich die fertige Torte betrachtete, musste ich trotz allem lächeln. Sie war großartig geworden. Es war die erste vierstöckige Torte, die ich jemals gebacken hatte. Sie stellte *The Gherkin* dar, den Wolkenkratzer, der seinen Spitznamen »Gewürzgurke« seiner sonderbaren Form zu verdanken hatte. Die Glasfassade hatte ich mit kleinen M&Ms nachgebaut, die es in diesem Laden in allen möglichen Farben gab. Ich hob die Platte mit der Torte behutsam an und trug sie nach unten. Mein Herz schlug mit jedem Schritt, den ich auf der Treppe nahm, heftiger. Ich war nervös, dabei wusste ich, dass ich das Richtige tat.

»Oh«, machte Claudette entzückt, als ich mit meiner Kreation im Erdgeschoss ankam, während Hank filmte, wie ich die Torte auf dem langen Tisch abstellte, auf dem auch die anderen bereits standen. Wir hatten berühmte Wahrzeichen Londons backen sollen, und Brian hatte sich offensichtlich von dem Shop inspirieren lassen und die vier Schokolinsen-Figuren nachgebaut, die im Erdgeschoss platziert waren und in Hommage an die Beatles einen Zebrastreifen überquerten.

Als ich wieder aufblickte, sah ich geradewegs in Leos Gesicht. Es war das erste Mal, dass ich ihm heute begegnete. Zwar

war er während unserer Backzeit mit den anderen Juroren nach oben gekommen, jedoch hatte ich den Blick bewusst nach unten gerichtet, so getan, als ob ich in völliger Konzentration arbeitete und ihn gar nicht bemerkte. Doch natürlich hatte ich das. Und es hatte mich alles an Selbstbeherrschung gekostet, ihm nicht in die Augen zu blicken. Jetzt hingegen tat ich es.

Er wirkte müde, als hätte er sich die gesamte letzte Nacht um die Ohren geschlagen. Unter seinen Augen lagen Schatten, und ihnen fehlte der Glanz. Dafür glaubte ich, so etwas wie Schuldgefühle darin zu erkennen, aber vielleicht sah ich auch nur, was ich mir wünschte. Ich hielt seinen Blick nur eine Sekunde gefangen, dann wandte ich den Kopf ab. Zu bewusst war ich mir der Kamera, die Hank nach wie vor auf mich gerichtet hatte. Ich wollte ihnen kein zusätzliches Material liefern.

»Guck«, wisperte Brian mir zu, als ich mich in die Reihe zu den übrigen drei stellte. »Bei so einem Ergebnis kann dir doch niemand vorwerfen, nur über Kontakte weiterzukommen. Das ist der Hammer!«

»Deines aber auch«, flüsterte ich zurück. So aufgeregt ich auch war, legte sich doch ein gewisser Frieden über mich. Ich hatte diese Torte nicht für die Show gebacken. Denn aus dieser würde ich ohnehin fliegen. Ich hatte sie für mich gebacken. Für London. Sie erinnerte mich an die schönen Momente in dieser Stadt, wie Fionas Spendengala diesen Sommer. Ich hatte auf dem Balkon des Sky Garden gestanden und auf die zahlreichen Lichter geblickt. Mir gewünscht, hier leben zu können, Teil dieser magischen Metropole zu werden. Es erschien mir wie ein weit entfernter Traum, doch ich hatte ihn mir erfüllt. Und vielleicht hatten Fiona und Ada recht und ich würde ihn weiterleben können. Vielleicht war es okay, mir nicht den einen großen Lebenstraum zu erfüllen, wenn es etliche kleine Dinge gab, die ich in Angriff nehmen konnte und die mich glücklich machten. Vielleicht redete ich mir aber auch nur meine Niederlage schön.

»Die letzte Show vor dem großen Finale«, begann Neal mit gewöhnlich eindrucksvoller Stimme. »Bevor wir die schwere Entscheidung treffen, wer uns nicht bis dorthin begleiten darf, bitte ich nun die Jury zum Kosten nach vorn.« Claudette, Orlando und Patricia, die heutige Influencerin, die für Rezepte mit regionalen und saisonalen Produkten bekannt war, ließen sich das nicht zweimal sagen, während Leo eher halbherzig hinterhertrottete. Gestern noch hatte ich erwartet, es würde mir Genugtuung verschaffen, dass ich entgegen seinem Ratschlag da war. Jetzt jedoch merkte ich, dass dem nicht so war. Im Gegenteil. Dass wir unseren Blicken auswichen, kein Wort miteinander redeten, schmerzte mich mehr, als ich mir eingestehen wollte. Dabei wollte ich so viel lieber Wut empfinden. Auf ihn, auf mich und vor allem auf die Gefühle, die da zwischen uns entstanden waren und die mir so viel verbaut hatten. Und die sich vor allem nicht einmal gelohnt hatten.

Nachdem die anderen Henry – wie immer – in den höchsten Tönen gelobt hatten, traten sie zu Brians Torte, danach war ich dran. Mein Herzschlag beschleunigte sich, und die Muskeln in meinem Körper verkrampften sich.

»Brian, als großer Beatles-Fan bist du heute definitiv mein Sieger des Herzens.« Orlando lachte, und Brian stieg mit ein. Die Minuten, in denen sie seinen Kuchen kosteten und über Zutaten, Konsistenz und Gesamtkomposition sprachen, fühlten sich wie Stunden an, bevor sie endlich vor mich traten.

»Kaycee.«

Wussten sie bereits, dass sie mich rauswerfen mussten? Hatte Jane ihnen all das schon mitgeteilt, oder würden alle außer Leo es erst gleich in der Besprechung erfahren? Eigentlich war es auch egal.

»Unser Wunderkind.« Claudette lächelte mir zu, und ich hätte ihre Worte zu gern geglaubt. Doch was hieran war schon echt? Es war genauso falsch wie die Kopie des Wolkenkratzers zwischen uns. Ich bekam die Worte über die Gestaltung meines Gebackenen nur am Rande mit, wartete darauf, dass die Kameras von der Jury wieder zu mir schwenkten. Das geschah in dem Moment, in dem Claudette nach dem Tortenmesser griff. Noch bevor sie es an der M&M-Schicht ansetzen konnte, räusperte ich mich.

»Dürfte ich kurz etwas sagen?«

Claudette sah mich überrascht an, hielt aber in der Bewegung inne.

»Ja, natürlich, Liebes.«

Meine Handflächen waren schwitzig, als ich mich mit ihnen an der Tischplatte vor mir festhielt, als würde das irgendwas von dem, was ich jetzt tat, leichter machen.

»Ich wollte mich bedanken«, sagte ich und war froh, dass meine Stimme trotz der Angst, die durch meinen Körper schoss, fest war. Hoffentlich wirkte ich so selbstbewusst, wie ich klang. »Für die Chance. Die Freundschaften, die am Set entstanden sind.« Ich sah zu Brian, der mit dem Mund ein stummes *Was tust du da?* formte. »Für all das, was ich von euch lernen konnte. Für die Herausforderungen, die mir geholfen haben, über mich selbst hinauszuwachsen. Für die Chance, nach London zu ziehen und mir damit einen Traum zu ermöglichen.« Ich deutete auf die Abbildung des *Gherkin* vor mir. »Den, in der schönsten Stadt der Welt zu leben, inmitten all dieser vielfältigen, kreativen Menschen.«

»Aber gern doch«, sagte Claudette und lachte. »Es ist uns eine Freude, dass du dabei bist.«

»War. Dass ich dabei war.«

Verdutzt sah sie mich an. Mir fiel ein Stein vom Herzen,

weil ich nicht glaubte, dass die Verwirrung in ihrem Blick gespielt war. Ich sah zu Orlando. Auch er wirkte aufrichtig irritiert. Obwohl meine Brust sich schmerzhaft zusammenzog bei
dem, was ich nun tun musste, legte sich ein Lächeln auf meine
Lippen. Immerhin waren meine Heldenfiguren, die ich Staffel
für Staffel bewundert hatte, nicht falsch, immerhin hatte ich
mich in ihnen nicht getäuscht.

»Was meinst du damit?«

Ich sah an ihnen vorbei geradewegs in Hanks Kamera. »Ich
habe die Medien nach allem, was vorgefallen ist, natürlich verfolgt. Habe die Kommentare unter dem Foto von Leo und
mir gelesen.« Ich zwang mich, meinen Blick geradeaus zu halten. Nicht zu Leo zu schauen. Dem Schmerz in meiner Brust
nicht nachzugeben. »Und wer letzte Folge dabei war, wird auch
Francis' Bedenken mitbekommen haben, ihren Vorwurf, dass
ich einen unfairen Vorteil durch meine …« Ich stutzte. Beinahe hätte ich Beziehung gesagt. Doch was war das zwischen
uns wirklich gewesen? »… dass Leo mich aufgrund dessen, was
zwischen uns vorgefallen ist, bevorzugt, er mir Insider-Tipps
gegeben oder gar dafür gesorgt hat, dass ich weiterkomme. Ich
kann nur versichern, dass dem nicht so war. Alles, was ich bis
hierhin erreicht habe, habe ich mir und meiner harten Arbeit
zu verdanken. Und meiner Schwester Ada, die mich überhaupt
erst hier angemeldet hat. Ich weiß nicht, wieso alle immer so
willens sind, den Erfolg einer Frau auf die Männer in ihrem
Umfeld abzuwälzen, aber damit genau das nicht geschieht …«
Ich trat einen Schritt von dem Tisch weg nach hinten, schluckte und fühlte dabei mein heftig pochendes Herz bis in meinen
Hals. »… möchte ich heute freiwillig *Bake That Cake!* verlassen.
Ich bin ein jahrelanger Fan der Show, so wie sicherlich zahlreiche Zuschauende heute. Ich möchte dem Ruf der Sendung,
die ich seit meiner Jugend liebe, nicht schaden. Genauso wenig

wie ich meinem Ruf schaden will. Ich weiß, was ich kann. Und ich werde mein Können beweisen und mir meinen Traum erfüllen. Wenn nicht hier, dann mit etwas Zeit woanders.«

Claudette hielt sich die Hand an die Brust und tat dann etwas, womit ich gar nicht gerechnet hatte. Sie trat um den Tisch herum und legte ihre Arme um mich. »Ich wünsche dir alles Gute, Kaycee«, sagte sie so leise, dass nur ich es hören konnte. »Du bist ein großartiges Mädchen, und ich bin mir sicher, wir werden noch viel von dir hören.«

Dann löste sie sich von mir und trat zurück zum Rest der Jury, als wäre nichts geschehen. Brian sah mich mit offenem Mund an, dann umarmte auch er mich.

»Wehe, du gewinnst das Ding nicht. Mach Henry fertig«, flüsterte ich ihm zu und spürte seinen bebenden Körper, als er leise lachte.

»Werd ich, Baiser. Ich bin stolz auf dich.«

Er ließ mich los, und ich blickte ein letztes Mal in die Kamera, die Hank weiterhin auf mich gerichtet hielt. Jetzt hatte er seine Show. Ich hoffte inständig, er verwendete sie.

Ich hätte direkt zu Beginn gehen können, anstatt mit meiner Rede bis zum Ende zu warten. Doch dann hätten mich die Cutter mit Sicherheit einfach rausgeschnitten. Es problemlos so darstellen können, als ob ich gar nicht anwesend gewesen wäre. Ihre eigene Story spinnen können. Die Chance wollte ich ihnen nicht geben. Ich wollte ein Statement setzen. Wenn ich Glück hatte, würden sie dieses genauso übernehmen. Wenn ich Glück hatte, würden sie dadurch auch den Streit mit Francis einbringen, den ich erwähnt hatte, und die Story so spinnen, wie ich es gerade vorgegeben hatte, anstatt die Show weiter gegen mich zu inszenieren. Ich hoffte es. So wütend ich auf den Sender war, ich hoffte, dass sie meine Version der Geschichte übernahmen: das Mädchen, das von klein auf Fan der Backshow gewesen war und diese nun erhobenen Hauptes verließ, um den Ruf derselben zu wahren. Ich würde in den nächsten Wochen sehen, für welche Geschichte sie sich entschieden. Mein Job war erledigt, ich hatte alles, was in meinen Händen lag, getan.

Ich nickte den anderen noch einmal zu, wobei mein Blick Leos streifte. Ich hätte nicht sagen können, was in ihm vorging. Sein Blick ruhte dunkel und unergründlich auf mir, und so sehr ich mich dafür verabscheute, reichte dieser Blick, damit sich mein Herz vor Sehnsucht zusammenzog. Als könnte er meinen Schmerz spüren, legte er die Stirn in Falten. Zu gern hätte ich die Finger nach ihm ausgestreckt, eine Brücke über der Schlucht geschaffen, die wir gegraben hatten. Doch wir hatten nichts, was diese Brücke zusammenhalten würde. Unsere Geschichte war bereits geschrieben und abgeschlossen.

Und so verließ ich, ohne mich noch einmal umzudrehen, den Laden und trat in die kalte Londoner Abendluft. Es war bereits dunkel geworden, und der Leicester Square erstrahlte in den verschiedensten Farben. Seltsam befreit überquerte ich ihn und machte mich auf den Weg zu dem Café, in dem Ada und Fiona auf mich warteten. Ich mochte meinen Traum sabotiert haben, mochte zu schwach gewesen sein, um meinen Gefühlen für Leo standzuhalten, aber eines hatte ich doch geschafft: Ich hatte den Worten im Brief meiner Mum Folge geleistet.

Lass nicht zu, dass irgendjemand dich kleinhält.

Das hatte ich nicht. Und das würde ich auch nie wieder.

42. KAPITEL

Kaycee

Zucker, Butter, Mehl ... Ich rührte die Zutaten zu einem Teig zusammen und genoss das angenehm angestrengte Gefühl in meinem Oberarm. Seit meinem Ausstieg aus der Show vor zwei Wochen hatte ich jeden einzelnen Tag gebacken. Die meiste Zeit war Fionas Küche das reinste Chaos – nicht dass sie sich beschwerte, sie war mein Versuchskaninchen bei jedem einzelnen Kuchen.

Das Backen beruhigte mich, wirkte beinahe therapeutisch. Auch wenn ich mir ehrlicherweise eingestehen musste, dass ich es auch nutzte, um das Geschehene zu verdrängen. Denn es verging nach wie vor kein Tag, an dem ich nicht an Leo dachte. Zwar boykottierten meine Familie, Fiona und ich *The London League* mittlerweile, aber ein Ausflug zur Tesco-Kasse reichte bereits, um Leos Gesicht auf dem Cover irgendeines Magazins zu sehen. Immerhin hatten die negativen Kommentare aufgehört. Der Sender war tatsächlich mit meiner Version der Geschichte gefahren. Keine Ahnung, wem ich das zu verdanken hatte, aber die Fans von *Bake That Cake!* waren nun weder dem Sender noch mir böse. Ab und an fand ich mein Gesicht noch auf den Beitragsbildern irgendwelcher Online-Artikel, doch da ich trotz Fionas Flehen kaum das Haus verließ und mich in der Küche vergrub, ließ auch das allmählich nach, da ich ihnen kein neues Futter lieferte. Heute Abend würde das

Finale ausgestrahlt werden, und damit würde sich das Thema, so hoffte ich zumindest, langsam legen. Bei dem Gedanken ans Finale stahl sich ein Lächeln auf mein Gesicht. Dieses hatte nämlich, sehr zu seinem Unglauben, nicht Henry gewonnen. Auch nicht Jessica. Brian war als der glorreiche Sieger hervorgegangen, und ich konnte es kaum erwarten, die letzte Folge zu sehen – wenn auch nicht heute Abend, denn da hatte ich bereits andere Pläne.

Ich griff nach der Hafermilch und gab sie dem Teig hinzu und hätte das Klingeln meines Handys mit Sicherheit überhört, hätte die Musik, die lautstark aus den Boxen schallte, nicht gerade gewechselt. Mit dem Knöchel meines Zeigefingers nahm ich den Anruf an und schaltete auf Lautsprecher, da meine Hände voller Teigspritzer waren.

»Hey, Süße!«

»Kaycee, SOS! Ich hab dir schon geschrieben.«

»Sorry, hab ich nicht gesehen, bin am Backen. Hast du was für den Launch vergessen?«

Fionas zweite Make-up-Kollektion würde heute feierlich bei Boots in den Verkauf gehen, und Fiona war die gesamte Woche das reinste Nervenbündel gewesen. Ich warf einen Blick auf die Zeitanzeige auf meinem Handy. Es war gerade einmal zehn Uhr, der Launch begann erst in sechs Stunden, mir blieb also noch mehr als genug Zeit, mich anzuziehen und zu Boots zu fahren.

»Ich nicht, nein. Aber der Caterer, den Boots engagiert hat, hat allen Ernstes den Termin vergessen.«

»Oh shit.«

»Ich brauch dich.«

»Jetzt? Soll ich versuchen, jemand anderen zu erreichen?«

»Was? Nein! Ich meinte, ich brauch dich als Ersatz.«

»Für das Essen?«

»Och, ne, ich fänd es großartig, wenn du eine private Tanz-einlage einlegst, um von den fehlenden Cupcakes abzulenken. Natürlich fürs Essen!« Ihre Stimme war immer schriller ge-worden, und ich verkniff mir ein Lachen, das mir im nächsten Moment aber ohnehin im Hals stecken geblieben wäre, da die Bedeutung ihrer Worte langsam bei mir einsickerte.

»Warte, du willst, dass ich dein Event beliefere?«

»Ja! Das wollte ich doch sowieso von Anfang an, aber du hattest ja keine Lust.«

»Weil das eine riesige Verantwortung ist und ich mir Schö-neres vorstellen kann, als dass sich die Presse auf mich stürzt und von deinem großen Tag ablenkt.«

»Ach, papperlapapp. Erstens kannst du das, du hast daheim schon Hochzeitstorten gebacken, das ist ja wohl eine größere Verantwortung. Zweitens wird die Presse dich in Ruhe lassen. Notfalls fang ich auf der Bühne einen Streit mit Demian an, dann haben sie so oder so genug Futter. Drittens kannst du, so verzweifelt wie Boots gerade ist, so ziemlich jeden Preis ver-langen, den du möchtest. Also?«

»Ähm …«

»Bitte«, flehte Fiona gedehnt. »Bitte, bitte, bitte. Ich hab dir damals meine glitzernden Pokémonkarten überlassen! Dir die Haare bei deinem ersten Absturz aus dem Gesicht gehalten und …«

»Okay, okay«, unterbrach ich sie und besah mir den Teig vor meiner Nase. »Ich mache sowieso gerade Cupcakes. Ich nehm an, die Filiale ist wieder farblich passend zur Kollektion deko-riert?«

»Jap, alles rosa diesmal. Passend zu deiner Haarfarbe. Heißt das, du machst es?«

»Ja, als ob ich dich jemals hängen lassen könnte.«

»Danke, Kaycee, du bist die Beste!«

Danke, Kaycee.

Ausnahmsweise erfüllte mich dieser Satz mit einem warmen Kribbeln. Noch vor wenigen Wochen waren die Worte Gift für meine Ohren gewesen, weil sie letztendlich immer dazu führten, dass ich Nein zu mir selbst sagte oder zurücksteckte. Ich mochte die Show nicht gewonnen haben, aber die Zeit dort oder besser gesagt hier in London hatte doch mehr verändert, als ich erwartet hätte.

»Meinst du, du schaffst es bis drei Uhr?«

»Ja«, sagte ich zuversichtlicher, als ich mich gerade fühlte. Aber Fiona war gestresst genug, dazu wollte ich nicht noch weiter beitragen.

»Du bist die Beste. Ich liebe dich!«

»Ich dich auch, bis später.«

Kaum dass Fiona aufgelegt hatte, scrollte ich in meiner Anruferliste nach unten. Denn wenn ich mein Wort halten wollte, brauchte ich Unterstützung.

»Brian!«, rief ich, sobald er abgenommen hatte.

»Kaycee!«, imitierte er meine Stimme lachend. »Was gibt's?«

»Ich brauch deine Hilfe. Es sei denn, du bist nach deinem Sieg bei der Show so abgehoben, dass du dich nicht mehr mit dem Pöbel abgibst.«

»Pah, einmal Pöbel, immer Pöbel. Wobei brauchst du mich denn?«

»Kannst du in einen dieser schrecklich bunten Süßigkeitenläden gehen und mir alles an schokoladehaltigem Make-up kaufen, was du findest?«

»Okay«, sagte er gedehnt. »Meinst du diese Schoko-Lippenstifte und den ganzen Kram?«

»Genau die! Und kannst du außerdem Himbeeren mitbringen? Ruhig so zehn Kilo.«

»Will ich nachfragen?«

Wenn er meinen Instagram-Account verfolgte, dann wusste er von meinem aktuellen Backwahn, und ich konnte ihm den skeptischen Tonfall nicht einmal verübeln.

»Erklär ich dir, wenn du hier bist. Du bist ein Schatz!«

Ich legte auf und betrachtete die Teigschüssel vor mir, deren Inhalt ich nun mindestens verzehnfachen musste. Obwohl ich Stress empfinden sollte, legte sich bei der Aussicht bloß ein Lächeln auf meine Lippen.

»Hey, Baiser! Sorry, ich hab extra das Auto genommen, aber der Verkehr war die Hölle und …« Als er die Küche betrat, hielt er inne. »Wo wir schon bei Hölle sind: Was wird das, wenn es fertig ist?«

»Hast du alles bekommen?«, fragte ich, ohne auf ihn einzugehen. Die Küche glich einem Schlachtfeld. Muffinförmchen stapelten sich auf den freien Flächen, und auf dem Boden lagen Einkaufstüten verteilt, da ich Zutaten hatte liefern lassen.

»Ja«, antwortete Brian mit hörbarem Zögern in der Stimme und hob die beiden Tüten in seinen Händen.

»Du rettest mich! Und du hast was gut bei mir!«

»Cool, aber darf ich fragen, wofür? Schmeißt du eine Party, von der ich nichts weiß?«

»Nein, aber Fiona, und ihr ist der Caterer abgesprungen, der für Kuchen und Cupcakes verantwortlich gewesen wäre.«

»Heute ist ihr Launch, richtig? Hab ich auf Instagram gesehen.«

Ich nickte.

»Brauchst du Hilfe?«

»Du hast schon genug geholfen! Außerdem läuft heute Abend das Finale, und ich bin sicher, du und deine beiden Lieben wollen dich gewinnen sehen.«

»Schon, aber das hier … Also nimm es mir nicht übel, aber wann musst du fertig sein?«

»In vier Stunden.«

»Okay. Dir ist klar, dass das rein rechnerisch schwierig wird mit nur einem Backofen.«

Ich biss mir auf die Lippe und folgte seinem Blick. Daran hatte ich bislang tatsächlich keinen Gedanken verschwendet.

»Shit.«

»Ja«, sagte Brian, und ich sah seine Mundwinkel zucken. »Okay, kein Thema.« Er zog seine Jacke aus und legte sie über die Lehne des Küchenstuhls. »Ich geh gleich bei den Nachbarn klingeln. Ich wette, wenn wir ihnen ein paar Cupcakes versprechen, dürfen wir ihre Öfen benutzen. Du machst Himbeercupcakes?«

»Jein, die Himbeeren sind für das Topping. Die Verpackungen von Fionas neuer Kollektion sind komplett in Rosa gehalten, also wollte ich rosafarbene Cupcakes machen und dachte, mit den Himbeeren kann ich auf die Lebensmittelfarbe verzichten.«

»Smart«, kommentierte Brian. »Okay, Arbeitsteilung: Du machst den Teig, ich das Topping.«

»Du bist ein Engel, weißt du das? Erst schmeißt du Henry aus der Show, jetzt das.«

Brian stieß ein herzhaftes Lachen aus. »Ich glaube eher, er hat sich selbst rausgeschmissen. Konnte ja keiner ahnen, dass der Sender sich wieder so auf deine Seite stellt und Hank seine Beleidigungen gegen dich gefilmt hat.«

Ich lachte, wohl wissend, dass Brian auch anders gewonnen hätte. In der letzten Runde mussten sie für einen Kindergeburtstag backen – und zwar nach Wünschen der Kinder. Brian hatte nicht nur eine fünfstöckige Torte backen müssen, das Geburtstagskind hatte sich außerdem gewünscht, dass diese flog und im Dunkeln leuchtete. Ich wusste noch nicht, wie er das bewerkstelligt hatte, konnte aber kaum erwarten, es zu sehen.

»Na ja, so creepy wie Hank war, und so sehr er auf eine Story aus war, hätten wir es schon ahnen können.«

»Mag sein. Aber genug des Geplänkels.« Brian klatschte in die Hände. »Bereit? Bake That …«

»Vergiss es!«, rief ich und schnappte mir kopfschüttelnd die Küchenwaage und eine Packung Mehl. Denn auch wenn Brian es lustig gemeint hatte, durchfuhr mich eine Sehnsucht. Nicht nach der Show selbst, nicht einmal nach Leo – auch wenn diese stets präsent war –, sondern nach dem einen großen Traum, der zum Greifen nah gewesen war.

Als wir die Boots-Filiale am Piccadilly Circus um kurz nach drei Uhr erreichten, war die Schlange bereits unübersichtlich lang.

»Okay, würde sagen, du schaust, wie wir durchkommen, ich bewache das Auto, bevor wir abgeschleppt werden.« Wir hatten hinter Boots direkt auf dem Bürgersteig geparkt – nicht ganz legal, aber in Anbetracht der Unmengen an Cupcakes und Kuchen notwendig. Eine Platte Cupcakes mit rosafarbenem Frosting und kleinen Schokoladen-Lidschatten hielt ich bereits in den Händen. Ich nickte Brian zu und versuchte mich dann möglichst unauffällig an der langen Schlange vorn in Richtung Eingang zu schieben.

»Oh, da ist Kaycee!«

Okay, offensichtlich nicht unauffällig genug.

»Sag Fiona, dass wir sie lieben!«

»Bist du wirklich mit Leo Campbell zusammen?«

Als einige der Mädchen ihre Smartphones zückten, hätte ich mir am liebsten die Hände vors Gesicht gehalten, allerdings hielt ich mit diesen die Platte fest umklammert. Ein Gutes hatte der plötzliche Aufruhr jedoch: Die Security vor der breiten Glastür wurde auf mich aufmerksam, und kurz darauf trat Fionas Agentin Anita nach draußen und winkte mich zu sich.

»Kaycee! Unsere Rettung! Komm rein.« Sie beäugte die Backwaren. »Ich will nicht undankbar klingen, aber das ist nicht alles, oder?«

»Nein, wir haben in der Denman Street geparkt. Ein Freund bewacht gerade Auto und Cupcakes.«

»Ach, super. Ich schick ein paar Leute hin, dann ist das schnell erledigt.«

Anita hielt mir die Tür auf, und bei der plötzlichen Wärme begannen meine Finger und Wangen zu kribbeln.

»Kaycee!« Fiona hüpfte mir mit breitem Lächeln entgegen. Sie trug ein weißes langärmliges Kleid mit braunem Ledergürtel.

»Du siehst wahnsinnig schön aus!«, sagte ich mit Blick auf ihr Make-up.

»Danke, ich bin so glücklich mit den Produkten. Ich hoffe, alle anderen auch. Und ich hoffe, das ausgefallene Catering war die einzige Katastrophe für heute.«

»Ich werd Demian im Auge behalten.«

»Oh, haha«, sagte Fiona ironisch. Ihr Freund hatte ihr den Launch ihrer ersten Produktlinie damals ziemlich versaut, doch die beiden hatten sich trotz zahlreicher Auseinandersetzungen und Widrigkeiten gefunden. Ohne es zu wollen, flogen meine Gedanken zu Leo.

Gib's auf, Kaycee. Bei euch sind das keine Missverständnisse, ihr lebt in völlig verschiedenen Welten, die einfach nicht zusammenpassen.

Zumindest nicht ohne Drama von Fans oder mir anhören

zu müssen, dass mein Erfolg auf seinem fußte. Und beides war mir zuwider. Ich schüttelte den Kopf, wie um die Gedanken zu vertreiben.

»Komm, wir bringen die schon mal nach hinten«, sagte Fiona, und ich folgte ihr zu den mit Pfingstrosen dekorierten Buffettischen.

»Sie passen so gut zu der Deko«, sagte Fiona begeistert, als ich die Platte abstellte.

»Dann warte erst mal den Rest ab.« Denn Brian und ich hatten uns vor allem bei der Torte dekorativ verausgabt. »Bist du nervös?«, fragte ich Fiona, die, nicht zum ersten Mal, ihr Gewicht von einem Bein aufs andere verlagerte.

»Ja … nicht mal wegen der Fans draußen. Das wird super. Vielmehr wegen der Investoren und Partner.«

»Aber wieso? Die sind alle freiwillig hier und froh, zu helfen.«

Nach der mehr als erfolgreichen Spendengala diesen Sommer hatte Fiona beschlossen, auch den Launch an ein Spendenevent zu knüpfen. Für die geladenen Firmen eine super Möglichkeit, ihr Image zu polieren, und für Fiona, *Hungry Eyes*, eine Hilfsorganisation gegen Kinderarmut, zu unterstützen.

»Ja … ich hoffe mal das Beste.«

Die nächsten Minuten vergingen wie im Flug. Brian, das Boots-Team und ich drapierten die ganzen Backwaren auf den Tischen, Fiona und Anita führten Technik- und Sicherheitschecks durch, und die Fans draußen wurden immer zahlreicher, während die ersten Partner und VIPs eintrafen.

Kurz vor der Eröffnung hatten wir tatsächlich alles geschafft, und ich verschwand zwischen den Regalen mit Lidschatten, Lippenstiften und Nagellacken, um an den kleinen Kosmetikspiegeln meine Haare zu richten, die ein einziges Chaos waren. Der Anblick im Spiegel überraschte mich –

nicht wegen der zerstörten Frisur, sondern weil ich glücklich aussah. Meine Wangen hatten einen gesunden rosafarbenen Ton angenommen, der nicht vom Rouge herrührte, und meine Augen funkelten. Ich hatte Spaß gehabt heute. Stress auch, ja, aber es war die Art von positivem Stress, die mich in einen Tunnel katapultiert hatte, sodass ich rechts und links von mir nichts mehr wahrgenommen hatte. Ich hatte einfach gebacken, gebacken, gebacken und an nichts anderes mehr denken können.

Was, wenn das hier wirklich meine Bestimmung war? Das Backen.

»Alles okay?« Brian tauchte neben mir auf. »Sie öffnen gleich den Laden.«

»Ja, alles gut.« Ich drehte mich zu ihm um. »Brian, ich will backen.«

»Ähm, noch mehr? Wir haben grade eine riesige Torte, drei Kuchen und Dutzende Cupcakes gemacht. Meinst du nicht, es reicht langsam?«

»Das meine ich nicht«, erwiderte ich lachend. »Ich meine dauerhaft. Ich hab mich so auf die Konditorei versteift, aber vielleicht ...« Ich hob die Schultern. »Keine Ahnung. Eine Ausbildung so wie du kann ich mir nicht leisten, aber vielleicht finde ich ja eine Anstellung? Und vielleicht kann ich mir meinen Traum dann immer noch erfüllen.«

Brian lächelte so breit, dass sich kleine Fältchen um seine Augen bildeten, und zog mich in die Arme. »Auf jeden Fall, Baiser. Musst du auch, immerhin hast du quasi schon versprochen, mich einzustellen.«

»Hab ich nie, du hast dich selbst eingestellt.«

»Potayto, Potahto«, sagte Brian und machte eine wegwerfende Handbewegung. »Nein, aber mal in vollem Ernst: Du wirst deinen Weg gehen, da habe ich gar keine Zweifel dran.«

Und wer weiß: Vielleicht geschieht das Ganze ja schon viel früher, als du denkst. Unverhofft kommt oft.«

Eine Stunde später war die Feier in vollem Gange. Brian war in der Zwischenzeit gefahren, um noch rechtzeitig zum Finale zurück zu Hause zu sein. Einige Fans ließen sich von den Boots-Visagistinnen mit Fionas neuen Produkten schminken. Fiona selbst machte Foto für Foto in der dafür vorgesehenen Ecke, hatte eine Rede gehalten, die nicht nur mir Tränen in die Augen getrieben hatte, und wenn mich nicht alles täuschte, waren die Gäste bereits fleißig am Spenden.

»Ich bin so stolz.«

Anita, die gemeinsam mit mir am Buffet stand und alles aus sicherem Abstand beobachtete, griff sich an die Brust.

»So emotional hab ich dich ja selten erlebt«, meinte ich mit einem Grinsen.

»Jaja. Aber ist doch wahr, sieh sie dir an. Ich hab das Gefühl, sie hat endlich so richtig raus, wer sie sein und was sie anderen mitgeben will.«

»Ja.« Lächelnd sah ich Fiona dabei zu, wie sie eine Grimasse für ein weiteres Foto schnitt.

»Du hast dich wirklich selbst übertroffen«, nuschelte Demian und trat zwischen uns. In der Hand hielt er einen halb aufgegessenen Cupcake. Anita musterte ihn kopfschüttelnd, aber mit amüsiertem Gesichtsausdruck.

»Danke.«

»Dem kann ich nur zustimmen.« Eine rothaarige Frau, die ich noch nie zuvor gesehen hatte, trat zu uns. »Ich nehme an, die sind von Ihnen, Ms Williams?«

Perplex sah ich sie an. Kannte ich sie doch? Gehörte sie womöglich zu Fionas Team? »Ja, sind sie«, erwiderte ich, während ich mir weiter den Kopf zermarterte, woher wir uns kennen könnten. Mein grübelnder Gesichtsausdruck musste ihr aufgefallen sein, denn sie lachte leise.

»Entschuldigen Sie. Mein Name ist Veronica, ich bin die Gründerin von Solid Purple.«

»Oh, die Sportmarke, oder? Ich glaube, Fiona trägt Ihre Produkte immer zum Yoga.«

»Ja, genau. Wir hatten ein paar Kooperationen mit ihr.«

»Ich bin Kaycee«, meinte ich und schüttelte ihre ausgestreckte Rechte. »Freut mich.«

»Ich weiß. Ich bin ein riesiger Fan von *Bake That Cake!*, ich fürchte, deshalb muss ich heute leider auch etwas früher gehen. Ich will auf keinen Fall das Finale verpassen.«

Mein Lächeln verrutschte, und ich wartete zwangsläufig auf eine Frage zu Leo, einen bissigen Kommentar zu meinem Abgang oder etwas Derartiges, doch nichts davon folgte.

»Ich fand es sehr mutig, was Sie getan haben.«

»Mutig?« Ich hatte einige Worte in Bezug auf meine Person gehört, mutig war bislang jedoch nicht darunter gewesen.

»Ja. Dass Sie für Ihre Werte eingestanden sind. Ich hab die ganze Presse davor natürlich mitbekommen, und es ist so, wie Sie gesagt haben: Wenn man als Frau Erfolg hat, wird dieser zu schnell auf das männliche Umfeld abgewälzt. Schauen Sie sich beispielsweise Amal Alamuddin an. Hat Rechtswissenschaften in Oxford studiert und wurde vom britischen Außenministerium zur Sonderbotschafterin für Pressefreiheit ernannt. Wie wird sie auf dem roten Teppich vorgestellt? Richtig, als George Clooneys Frau.« Sie schüttelte den Kopf und schnalzte mit der Zunge. »Ich finde, Sie haben goldrichtig gehandelt. Bauen Sie lieber etwas fernab irgendwelcher Männer auf.«

Ich verkniff mir die Bemerkung, dass Amal und George ja offensichtlich trotzdem glücklich waren, und nickte stattdessen. »Danke.«

»Und es ist sonnenklar, dass Sie großes Talent haben!«, meinte Veronica und deutete hinter uns auf die Auswahl an Gebackenem, die langsam, aber sicher schwand. »Wie sehen Ihre nächsten Pläne aus?«

Zaghaft hob ich die Schultern. »Noch gibt es da keine.«

Zwischen Veronicas Brauen bildete sich eine Falte. »Aber was ist mit der Konditorei, von der Sie in der Show berichtet haben? Die, die Sie mit Ihrer Schwester eröffnen wollten.«

»Ja, vielleicht irgendwann mal. Ich glaube, ich konzentriere mich jetzt erst einmal darauf, dass ich in London bleiben kann.«

Ihr kritischer Blick verstärkte sich noch, ganz so, als wäre sie mit meiner Antwort unzufrieden.

»Ich hab einfach ein bisschen zu groß geträumt«, sagte ich. Keine Ahnung, woher auf einmal das Gefühl kam, mich rechtfertigen zu müssen. Die Frau war immerhin eine Fremde. »Ich werd in Zukunft erst einmal die kleinen, schaffbaren Dinge angehen. Nichts, worauf ich nicht direkt Einfluss nehmen kann. Es war ja sowieso etwas naiv, davon auszugehen, die Show gewinnen zu können.«

Jetzt schüttelte Veronica den Kopf. »Es ist doch nicht naiv, Träume zu haben. Träume sind der Treibstoff, der uns am Laufen hält. Und die besten sind die großen, die gewagten, die unerreichbar wirken.«

»Na ja, aber manchmal sind sie dann auch unerreichbar.«

Schweigend musterte sie mich. Demian und Anita plauderten neben uns fröhlich weiter, während ich mich unter Veronicas Blick langsam unsicher fühlte.

»Wenn das Café Ihr Traum war, haben Sie einen Businessplan?«

Ich nickte. »Ja.« Den hatten Ada und ich bereits vor Jahren begonnen, und ich hatte ihn immer weiter ausgearbeitet.

Gründungs- und Investitionskosten, Marketingideen – ich hatte alles gesammelt. Mein Pinterest-Board mit Deko-Ideen könnte mittlerweile sicher ganze Bücher füllen.

»Eine Cafégründung ist teuer, das ist nicht mit 20 000 Pfund getan.«

Worauf wollte diese Frau hinaus? Während sie mir am Anfang noch sympathisch gewesen war, fühlte ich mich nun wie in einem Kreuzverhör.

»Das weiß ich«, sagte ich und versuchte, sachlich zu bleiben. »Sonst wäre ich wohl längst zur Bank gegangen. Es sind horrende Summen. Aber es gibt oft genug bestehende Cafés zur Übernahme. Außerdem gibt es immer mal wieder Inserate, bei denen die Pacht ganz in Ordnung ist.«

Während ich weitersprach, öffnete Veronica ihre Handtasche und streckte mir kurz darauf eine kleine Karte entgegen.

»Schicken Sie mir den Businessplan mal zu.«

Verdutzt nahm ich die Karte. *Veronica Fallon, CEO und Gründerin von Solid Purple.*

»Wenn mich das Konzept überzeugt ...« Sie schmunzelte. »Ich wollte mich ohnehin mehr mit Investitionen beschäftigen. Was die Rendite angeht, würden wir uns sicher einig werden.«

»Ich ... Danke.«

Mit einem Zwinkern drehte Veronica sich um und nahm sich einen der rosafarbenen Cupcakes vom Buffet. »Wäre doch eine Schande, wenn London hierauf verzichten muss, oder?«

Immer noch völlig überrumpelt sah ich Veronica nach. Dieser Frau, die mich gar nicht kannte und trotzdem beschlossen hatte, mir eine Chance zu geben. Vielleicht hatte Brian recht, und ich konnte mir meinen Traum doch früher erfüllen als erwartet.

KAYCEES BEAUTY-CUPCAKES

Zutaten
(für 12 Cupcakes)

Für den Teig:
125 g Butter
100 g Zucker
1 Pck. Vanillezucker
2 Eier (Gr. M)
200 g Mehl (Type 405)
2 Teelöffel Backpulver
1 Prise Salz
75 ml Milch
100 g weiße Schokostreusel
250 g Himbeeren

Für das Frosting:
200 g Frischkäse
125 g weiche Butter
70 g Puderzucker
2 Esslöffel Himbeermarmelade

- Ofen auf 180 °C Ober-/Unterhitze (Umluft: 160 °C) vorheizen. Muffinblech mit Papierförmchen auslegen.
- Für den Teig Butter, Zucker und Vanillezucker miteinander verrühren. Eier nach und nach unterrühren. Mehl, Backpulver und eine Prise Salz miteinander vermischen und zur Butter-Zucker-Masse hinzugeben.
- Milch sorgfältig unterrühren. Weiße Schokostreusel unter den Teig heben.
- Teig auf die Muffinförmchen verteilen.
- Himbeeren in den Teig drücken, 12 Stück für die Deko beiseitelegen.
- Muffins im vorgeheizten Ofen ca. 20–25 Minuten backen, wenige Minuten im Blech lassen, dann auf einem Kuchengitter vollständig auskühlen lassen.
- Für das Frosting Frischkäse gut abtropfen lassen. Weiche Butter mit Puderzucker mehrere Minuten auf höchster Stufe aufschlagen.
- Frischkäse und die Himbeermarmelade kurz unterrühren.
- Frosting in Spritzbeutel mit Sterntülle füllen, kleine Häubchen auf die Muffins spritzen und mit je einer Himbeere dekorieren.

43. KAPITEL

Leo

»It's a wrap!«

Kaum dass die Worte erklangen, brandeten Jubel und Applaus auf, Amy fiel mir um den Hals, und ich sah aus dem Augenwinkel, wie Charlie und Isabella einander ein High Five gaben. Wenn ich in die Gesichter der Crew blickte, entdeckte ich Freude, Ausgelassenheit und Stolz. Und ich … ich fühlte nichts. Meine Co-Darsteller und -Darstellerinnen, das Regie- und das Kamerateam, die gesamte Besatzung gratulierten mir, klopften mir auf die Schulter … und ich fühlte rein gar nichts. Da war keine Erleichterung in mir, keine Zufriedenheit, wie ich sie früher gekannt hatte. Ich war leer.

»Ich fass es nicht, schon wieder eine Staffel abgedreht!« Amy strahlte über das ganze Gesicht, und ich versuchte, ihren Enthusiasmus zu kopieren, doch nun, da die Kameras nicht länger auf mich gerichtet waren, fiel es mir schwer, weiter zu schauspielern. »Das Essen haben wir uns so was von verdient. Und ich freu mich, deine Eltern mal wiederzusehen. Ich wette, deine Mum ist total aus dem Häuschen, wenn wir ihr vom Finale erzählen. Oh Mann. Dann hat sie bald immerhin einen Set-Enkel.«

»Ja, das wird gut«, erwiderte ich, und mein Lachen hörte sich selbst in meinen Ohren falsch an.

Sie stieß mir in die Seite. »Im November gehen dann deine

Dreharbeiten los, und im März startet Staffel vier. Ich würde sagen, es läuft. Überleg doch mal ... beim Casting für *London League* damals hätten wir uns das doch niemals träumen lassen.«

Ich nickte und flehte meine Mundwinkel an, sich doch wenigstens ein bisschen zu heben. Als ich merkte, wie Amys Lächeln ins Wanken geriet, griff ich mir mit einem Räuspern an den Hals und lockerte die Krawatte, die ich für die letzte Szene hatte tragen müssen.

»Ist alles okay?«

»Ja klar«, sagte ich eine Spur zu schnell. Sie kannte mich mittlerweile gut genug, um mir die Floskel nicht abzukaufen.

»Ist es wegen Kaycee?«

Ich schüttelte den Kopf. Es war nicht einmal komplett gelogen. Es war nicht wegen Kaycee. Na ja, nicht nur wenigstens. Es verging weiterhin kein Tag, an dem ich nicht an sie dachte, ihr nicht schreiben wollte, nicht auf Instagram checkte, was sie gerade trieb – überdurchschnittlich viel backen, wie es aussah. Im Sommer hatte ich es noch als lächerlich abgetan, dass Jordan und Rose trotz all der Widrigkeiten zusammen sein wollten. Gut, ihre Beziehung war sicher kein Paradebeispiel, aber mittlerweile verstand ich, warum es sich manchmal lohnte zu kämpfen. Warum es manchmal eben nicht so einfach war, Vernunft über Gefühle zu stellen.

Dennoch: Die Unzufriedenheit in mir rührte von etwas Tieferem her. Nachdem Kaycee *Bake That Cake!* verlassen hatte, nein, eigentlich schon in dem Moment, in dem sie die Ansage in die Kamera machte und den M&M-Store verließ, hatte mich die Erkenntnis mit Wucht getroffen: Ich lebte meinen Traum nicht. Ich tat so, simulierte, glücklich zu sein, wenn ich es eigentlich nicht war, doch ich hatte mein Leben in fremde Hände gegeben, hatte mir diktieren lassen, was ich zu tun hatte. Ich hatte keine richtigen Freunde und die meiste Zeit nicht einmal Spaß in meinem Job. Ich steckte in Verträgen fest, die ich nicht wollte, und ließ mich herumkommandieren, damit ich bald in neuen Verträgen steckte, von denen ich glaubte, sie zu wollen – aber wer sagte, dass das Gras auf der anderen Seite wirklich grüner war?

»Leo?«

»Hm?«, fragte ich und realisierte erst jetzt, dass Amy noch etwas gesagt haben musste.

Sie zwirbelte eine hellblonde Strähne um ihren Finger. »Ich wollte wissen, ob du reden magst …«

»Ne, ne. Alles gut.«

»Das sagst du seit Tagen, aber …«

»Ja, weil es stimmt. Es ist alles gut. Ich geh mal in die Garderobe, das Zeug zurückbringen, und zieh mich um. Treffen wir uns draußen? Lass dir ruhig Zeit.«

Ich wandte mich zum Gehen, doch Amy folgte mir.

»Du kannst mir doch nicht ernsthaft erzählen, dass das alles spurlos an dir vorbeigegangen ist. Willst du sie nicht wenigstens mal anrufen, oder …«

»Nein.«

Sie überholte mich und versperrte mir den Weg. »Also willst du weiterhin mit einer Miene wie sieben Tage Regenwetter herumlaufen?«

»Was interessiert es dich denn?«

»Es interessiert mich, weil wir Freunde sind und es absoluter Mist ist, dich so leiden zu sehen.«

»Jetzt tu nicht so, du bist doch sicher erleichtert, dass Kaycee von der Bildfläche verschwunden ist und wieder alle denken, dass wir zusammen sind.«

Ihr Mund klappte auf, und sie schüttelte fassungslos den Kopf. »Das denkst du von mir? Allen Ernstes?«

Vielleicht war es unfair, meinen Frust an ihr auszulassen, immerhin stammte die Idee vom PR-Team, aber ganz von der Hand zu weisen war es nicht.

»Denk nur mal an den Staffelauftakt zurück. All die Fragen auf dem roten Teppich, die wir umschifft haben. Wie wütend du warst, als uns die Szene gestrichen wurde, nur weil ich mich mal getraut habe, meine Meinung zu sagen.«

»Natürlich war ich wütend! Weil mir etwas an der Rolle liegt. Außerdem warst du es doch, der klein beigegeben hat, als ich mit Charlie reden wollte.«

Vereinzelte Köpfe drehten sich zu uns herum, und ich fuhr meine Lautstärke herunter, als ich weitersprach.

»Lass uns später reden. Ist jetzt weder der richtige Ort noch der richtige Zeitpunkt.«

»Ja klar, später«, erwiderte Amy sarkastisch. »Was bei dir so viel heißt wie gar nicht. Aber soll mir recht sein. Dann bleib halt unglücklich.«

Mit einem letzten grimmigen Blick in meine Richtung ging sie zurück zu den anderen, und ich trat durch die Tür nach draußen auf den Flur und folgte ihm in Richtung Maske und Garderobe.

Selbst der Streit mit Amy wühlte mich nicht mehr auf. Ich gab meine Kleidung zurück, ließ mir von Yennifer das Puder abwischen, das ich für die Folge getragen hatte, zog meine Jacke über und ging zurück in den Gang, wo ich auf Amy wartete.

Ich weiß, was ich kann. Und ich werde mein Können beweisen und meinen Traum erfüllen. Wenn nicht hier, dann mit etwas Zeit woanders.

Wie so oft in den letzten Wochen seit Kaycees Abschied aus der Show geisterten ihre Worte in meinem Kopf herum. Sie hatte so selbstsicher geklungen. So überzeugt und in sich ruhend, dabei war sie mit Sicherheit nervös gewesen. Doch diese Nervosität hatte den Worten nichts von ihrem Gewicht genommen. Konnte ich das auch von mir behaupten? Dass ich Können besaß, das ja. Aber bewies ich das auch? Und erfüllte ich mir gerade wirklich meinen Traum, oder war es einfach ein hübsch verpackter Albtraum?

Die Stimmung am Tisch in dem italienischen Restaurant, das meine Eltern gewählt hatten, war ähnlich ausgelassen wie die soeben am Set. Mein Dad war in ein angeregtes Gespräch mit Amy vertieft, die mich auf dem Weg hierher angeschwiegen hatte – nicht dass ich ihr das verübeln konnte –, und Ed erzählte mir und meiner Mum von einem neuen Computerspiel, das er gerade mit einem Freund zockte.

Meine Familie war beisammen und glücklich. Wir lebten in meiner Lieblingsstadt. Ich hatte gerade die dritte Staffel einer absoluten Hit-Sendung abgedreht. Letzte Woche war das Finale von *Bake That Cake!* ausgestrahlt worden, einer Show, die über mehrere Ecken dazu geführt hatte, dass ich meine erste Hauptrolle ergattert hatte.

Du lebst deinen Traum.

Doch vielleicht war das die Sache mit den Träumen … Sie waren flüchtig, entglitten einem. An manche erinnerte man sich nicht, und selbst bei denen, die einem im Gedächtnis blieben, kannte man nicht alle Details. Sie hinterließen mehr ein Gefühl, keine klaren Umrisse. Was, wenn ich mich von dem Gefühl wegbewegt hatte, mich zu sehr in Details verloren hatte? Inmitten all des Strebens nach mehr vergessen hatte, worum es mir eigentlich ging?

Gedankenverloren stocherte ich in meiner Lasagne herum.

»Schmeckt es dir nicht?«, fragte meine Mum in Eds Redeschwall hinein. Nicht zum ersten Mal musterte sie mich besorgt. Kein Wunder, bislang war ich all ihren Fragen zu dem Foto, das sie mittlerweile natürlich auch gesehen hatte, ausgewichen. Sie konnte sich sicherlich denken, dass es sich dabei um das Mädchen handelte, von dem ich ihr am Tag des Vorsprechens erzählt hatte.

»Doch, doch«, meinte ich, schnitt ein Stück aus der Lasagne heraus und schob es mir in den Mund.

Mit einem Lächeln griff meine Mum über den Tisch und drückte kurz meinen Unterarm.

»Ich freue mich so für dich. Was für ein erfolgreiches Jahr, und es geht noch besser weiter.«

Ich schluckte das Stück Lasagne herunter und konnte förmlich spüren, wie es meine Speiseröhre hinabwanderte. Wie konnte mein Körper so gut funktionieren, wenn ich es nicht mehr tat?

»Ja«, sagte ich lahm.

»Beim Theater haben wir noch darüber spekuliert, wann die erste Filmanfrage im Raum steht, und jetzt hast du sie.« Es klang, als wollte sie mich aufmuntern.

»Eigentlich ist es kein Film, Channel Y bringt es nur zusätzlich als Film raus.«

»Was es noch besser macht. Und stell dir mal vor: die Hauptrolle. Ich freu mich so für dich, dass du deinen Traum jetzt endlich leben kannst.«

Meinen Traum.

Ich realisierte erst, dass ich das Besteck hatte fallen lassen, als das Klirren an meine Ohren drang und mich alle am Tisch ansahen.

»Leo?«, fragte Dad besorgt. »Ist alles in Ordnung bei dir?«

Nein. Nichts war in Ordnung.

Ich fing Amys Blick auf, und trotz unserer Auseinandersetzung lag dort nichts außer aufrichtiger Sorge.

Ich schluckte.

»Ich kann das nicht«, sagte ich, so leise, dass ich mir nicht sicher war, ob man es über die Gespräche der Restaurantbesucher überhaupt wahrgenommen hatte. Doch allem Anschein nach hatte es zumindest Ed neben mir gehört.

»Hä, klar. Die hätten dich doch nicht gecastet, wenn du zu schlecht wärst.«

Dass er es nicht verstand, dass er es auf eine Art Lampenfieber vor meiner ersten Hauptrolle schob, machte es so viel schwerer. Zu gern hätte ich diese Ausrede aufgegriffen, alles abgewiegelt – aber das hatte ich viel zu lang getan.

»Nein«, sprach ich nun mit festerer Stimme weiter. »Ich meine, ich kann das alles nicht mehr.« Ich sah meine Mum an, die nun ähnlich besorgt dreinschaute wie Amy.

»Mum, es tut mir so leid. Ich weiß, was ihr alles aufgegeben habt, vor allem du. Aber …« Ich schluckte, als ich merkte, dass mein Kinn zitterte. Wenn ich die Worte jetzt aussprach, würden sie Realität werden. Dann wäre alles vorbei.

Sie sind doch längst Realität.

»Ich lebe meinen Traum nicht. Schon lange nicht mehr. Ich kann mich nicht mal mehr erinnern, wann ich das letzte Mal Leidenschaft fürs Schauspielern empfunden habe. Nein, das stimmt nicht ganz. Beim Casting von Nicolas Darrell, da war sie da. Und als wir im Theater waren.« Ich schüttelte den Kopf und sah auf den Tisch, wollte nicht in die enttäuschten Gesichter meiner Familie blicken. »Aber am Set, bei den Drehs, beim Üben, den Preisverleihungen …« Zitternd atmete ich ein. »Es tut mir unendlich leid, aber … das ist nicht mein Traum. Und ich glaube, wenn ich ganz ehrlich zu mir bin, dann war er es auch nie.«

Jetzt war es raus. Die Wahrheit, die ich so lange vor mir selbst geheimgehalten hatte. Die ich nie vor meinen Eltern hatte aussprechen wollen. Die Tatsache, dass meine Eltern und Ed alle Opfer umsonst gebracht hatten, dass ich Amy als Co-Darsteller nie gerecht geworden war, dass ich zwar das Schauspielern an sich, nicht jedoch das, was es mit sich brachte, liebte. Alles lag wahr und hässlich auf dem unpassend schön dekorierten Tisch.

Schweigen breitete sich aus wie zäher Kaugummi und verklebte meine Gedanken, die sich nun unentwegt um die Gefühle von Scham und Schuld drehten. Als ich aufsah, hatte meine Mum den Blick auf ihre Finger gesenkt. Die Einzige, die ihren Kopf nicht gesenkt hatte, war Amy. Sie schaute mich an, und in ihren Augen lag Stolz. Lächelnd nickte sie leicht, als wollte sie sagen »Gut gemacht«.

»Aber ...« Meine Mum hob ihren Kopf. »Ich verstehe nicht ... wieso hast du denn nie was gesagt? All die Castings damals ... Das hat dir keinen Spaß gemacht?«

»Doch, natürlich. Ich hab es geliebt, in die unterschiedlichen Rollen zu schlüpfen, mich immer wieder neu zu entdecken.«

»Aber wann hat sich das geändert?«

»Ich glaube, so richtig erst mit *The London League*.« Ich lächelte schief, weil mir die Ironie an der ganzen Sache bewusst wurde. In dem Moment, in dem sich mein Streben endlich ausgezahlt hatte, waren Spaß und Leidenschaft langsam verloren gegangen. »Und gesagt hab ich nichts, weil du zu diesem Zeitpunkt bereits alles aufgegeben hattest. Ed hat die Schule gewechselt, Dad sich einen neuen Job gesucht, und du hast deinen aufgegeben. Alles nur meinetwegen. Wegen eines Traums, der dann doch keiner war.«

Mum und Dad schauten mich an, und ich hätte in diesem Moment alles gegeben, ihre Gedanken lesen zu können. Nur Ed sah einigermaßen entspannt aus. Er hob die Schultern.

»Die neue Schule ist cool. Außerdem kann man in London viel mehr machen als in Liverpool.«

Er sagte das so selbstverständlich, dass ich ihn am liebsten umarmt hätte, dabei wusste ich, dass ihm das in seinem aktuellen Alter wohl eher peinlich wäre. Ich blickte von ihm zu meinen Eltern, doch die beiden schwiegen weiterhin. Ich wünschte, sie würden etwas sagen. Irgendetwas. Und wenn es Worte der Enttäuschung wären. Alles war besser als diese drückende Stille zwischen uns.

»Hasst ihr mich jetzt?« So erbärmlich die Frage auch klang, sie brannte mir auf der Seele, seit ich zum ersten Mal mit dem Gedanken gespielt hatte, meinen Eltern von allem zu erzählen.

Erneut legte meine Mum ihre Hand auf meinen Oberarm. Sie schüttelte den Kopf. »Leo …«

»Wir würden dich doch niemals hassen«, sagte mein Dad bestimmt. »So ein Quatsch.«

»Obwohl alles umsonst war?«

»War es das denn? Du meintest, das Vorsprechen bei Nicolas Darrell hat dir Spaß gemacht.«

»Ja, aber so einfach ist das nicht …« Ich sah zu Amy. Sie wusste nichts von dem Gespräch mit den Showrunnern, und ich wollte sie auch nicht mit hineinziehen. »Ich müsste mit Polya reden, was sich machen lässt.«

»Eine weitere Staffel wirst du ja ohnehin noch machen, oder? Immerhin hast du deinen Vertrag.« Mum sah mich abwartend an. Wenn ich mich nicht täuschte, sah ich da auch Hoffnung in ihrem Blick. Doch ich war bereits bis hierher gekommen. Ich würde den Rest auch noch schaffen.

Also schüttelte ich den Kopf. »Nein.« Ich sah zu Amy. »Es tut mir wahnsinnig leid, aber es wäre auch dir gegenüber nicht fair. Ich werde mit Polya reden und schauen, dass ich außerordentlich aus dem Vertrag rauskomme.«

»George …«

Die Gerüchte waren also auch an Amy nicht vorbeigegangen. »Ich weiß«, gab ich zurück. »Aber das wird die Zeit dann zeigen.«

Sie nickte, wenngleich sie traurig wirkte. Auch aus den Augen meiner Mum war die Fröhlichkeit von eben gewichen, obwohl ich bei ihr nun mehr Sorge als Traurigkeit vorfand.

»Wir stehen hinter dir, das weißt du. Sei dir bitte nur sicher, dass es die richtige Entscheidung ist. Nicht dass du einfach eine Pause brauchst, um kreative Energie zu tanken, und am Ende alles bereust.«

Ich nickte. »Ich bin mir sicher. Ich bereue vielmehr, dass ich allen so lang etwas vorgemacht hab.« Und es gab noch eine Sache, die ich bereute. Die ich gerade mehr bereute als alles andere. Obwohl das genauso wenig geplant war wie die Beichte gerade, stand ich auf und nahm mir Jacke und Handy.

»Ich muss los.«

»Was?«, fragte Amy.

»Schatz, wir sind nicht enttäuscht von dir. Entschuldige, falls ich gerade zu skeptisch reagiert habe, ich wollte nur …«

»Nein, keine Sorge«, sagte ich, von plötzlichem Eifer gepackt. »Das ist es nicht. Es gibt da nur etwas, das ich … Ich muss etwas geradebiegen.«

Auf Amys Gesicht zeichnete sich ein wissendes Lächeln ab.

»Keine Worte«, murmelte ich ihr zu, woraufhin sie leise lachte. Mit einem »Ich erkläre euch alles später« zog ich mir die Jacke über und lief hinaus in den Londoner Nachmittag. Es war kalt, aber immerhin noch einigermaßen hell – und zur Abwechslung trocken.

Ich zog mein Handy aus der Tasche und tippte eine Nachricht an Kaycee.

Leo, 5.21 pm:
Können wir reden?

Leo, 5.23 pm:
Wir müssen auch nicht reden, aber es wäre toll, wenn du zuhörst. Ich kann direkt danach auch wieder gehen.

Leo, 5.25 pm:
Bitte, Kaycee. Ich sehe, dass du meine Nachrichten liest. Fünf Minuten. Ich weiß, ich hab Mist gebaut.

Kaycee, 5.27 pm:
170 Parkgate Road, bin bis etwa zehn Uhr da.

Leo, 5.27 pm:
Bin unterwegs.

Bei ihrer Nachricht durchströmte mich das erste Glücksgefühl seit Wochen. Selbst wenn das Treffen zu nichts führte: Ich würde mich entschuldigen können. Und ich würde Kaycee sehen. Allein die Vorstellung, sie endlich wieder vor mir zu haben, sandte ein Kribbeln durch meinen Körper. Ich gab die Adresse bei Google Maps ein – eine Seitenstraße in Battersea – und steckte das Handy dann zurück in meine Jackentasche. Dabei streiften meine Finger etwas, was mir zuvor entgangen war. Ich nahm das Ticket aus dem Improvisationstheater heraus und betrachtete die Handynummer, die darauf geschrieben stand. Währen ich zur Tube lief, tippte ich die Nummer ins Handy. Nach nur zwei Freizeichen knackte es in der Leitung.

»Hallo?«

»Hey, Ringo, hier ist Leo. Keine Ahnung, ob du dich noch

an mich erinnerst, aber du hast mir deine Nummer gegeben, als ich vor vier, fünf Wochen bei euch im Theater war.«

»Klar erinnere ich mich! Krass, dass du anrufst! Was gibt's?

»Steht dein Angebot noch?«

»Mein Angebot?«

»Dass ich mal vorbeikommen und mitmachen kann?«

»Ja, natürlich! Es wäre uns eine Ehre. Die Woche ist keine Probe, aber ich kann dir gern den Plan für nächste schicken?«

Das Flattern in meinem Bauch verstärkte sich. Wer sagte, dass man sich keine neuen Träume suchen und das Ruder herumreißen konnte? Wer sagte, dass nur Geld und Ruhm Erfolg definierten? Denn gerade war ich mit dem, was auf mein altes Ich wie ein Schritt rückwärts gewirkt hätte, verdammt glücklich.

44. KAPITEL

Kaycee

»Kaycee?«

Adas Stimme schallte zu mir in die Küche.

»Ja?«, brüllte ich zurück.

»Gott, es ist wie früher zu Hause«, grummelte mein Dad, hatte jedoch ein Lächeln im Gesicht. Er kniete auf dem Boden und schloss gerade die Spülmaschine an. Die Küche sah bereits ziemlich gut aus, ich hatte die Theken und einige Gerätschaften wie die Kühlschränke komplett übernehmen können. Ich zwinkerte meinem Dad zu und ging nach vorn in den Raum, der, im Gegensatz zur beinahe fertigen Küche, das reinste Chaos war. Nicht dass das meine Helfer und Helferinnen entmutigte, Demian und Fiona legten gerade eine Tanzeinlage zu Måneskin hin, die Ada kopfschüttelnd betrachtete.

»Was gibt's?«

»Ich brauch kurz deine Hilfe bei der Tapete. Wenn ich mich auf die Leiter stelle, rastest du wieder aus.«

»Zu Recht. Stell dir vor, dir passiert was.«

»Kaycee, meine letzte schlimme Kataplexie ist Monate her.«

»Trotzdem«, murmelte ich, und Ada wuschelte mir durch die Haare.

»Ich pass schon auf. Aber hey, weißt du was?«

Ich erklomm die kleine Trittleiter und nahm das Endstück der Tapete, das Ada mir reichte. »Hm?«

»Ich bin beim Bewerbungstest für die Weiterbildung einge-schlafen.«

»Was?« Ich hielt in der Bewegung inne. »Shit, und jetzt? Ich dachte, du bist weiter. Gab's Ärger?«

Zu meiner Überraschung grinste Ada. »Nope. Die Dozie-renden, die das Ganze überwacht haben, waren informiert, und ich hab die Zeit am Ende einfach dazubekommen. Ist das nicht krass?«

»Ja. Kein Mr Brown mehr, der dich dafür aus der Klasse wirft.«

»Ja …«, erwiderte Ada gedehnt. »Nein, mal im vollen Ernst: Es wird der Wahnsinn, in einem Umfeld zu lernen, das einen nicht als faul und uninteressiert abstempelt.«

Leider war Ada das im Laufe der Zeit zu häufig passiert. Ein Buch lesen zu können gehörte der Vergangenheit an, und im Unterricht wach zu bleiben glich einer Tortur – das hatte insbesondere vor der Diagnose mehr als einmal zu Auseinan-dersetzungen geführt.

»Das glaub ich. Und wenn die Weiterbildung doch nichts für dich ist …« Ich ließ den Satz im Raum stehen.

»Fange ich hier an, wobei du eh vergessen kannst, dass du mich loswirst. Ich helf dir beim Backen, und dann setz ich mich in die gemütlichste Ecke und lerne, wie abgesprochen.«

»Noch gibt es gar keine gemütlichen Ecken«, sagte ich mit einem Seufzen, kletterte die Leiter hinab und schob sie ein Stück weiter, um den nächsten Streifen Tapete anzubringen. Für die linke Seitenwand, an der wir gerade hantierten, hatte ich mich für eine Tapete in dunklem Türkis entschieden, in der man bei genauerem Hinsehen die Umrisse von Blättern erkennen konnte. Farblich wollte ich das Ganze mit der Tischdeko und Bilderrahmen aufgreifen. An diese Wand sollten Spiegel an-gebracht werden, um den Raum größer wirken zu lassen. Nicht dass ich mich beschweren konnte, was die Größe anging – der Laden war perfekt. Zuvor hatte hier eine Eisdiele Platz gefunden, deren Stil ich jedoch nicht hatte übernehmen wollen.

»Gib dem Ganzen noch ein bisschen Zeit.«

Ich nickte, auch wenn ich gar nicht mehr allzu viel Zeit hatte. Im November wollten wir bereits eröffnen. Ein Schnellschuss. Nichts, was ich vor wenigen Monaten gewagt hätte. Doch mein Businessplan hatte Veronica überzeugt, und als ich das kleine Eiscafé in Battersea entdeckt hatte, nah am Park gelegen, hatte ich Nägel mit Köpfen machen wollen. Und dank Fiona, Demian und meiner Familie erschien mir das Ganze gar nicht mehr so unmöglich, denn sie hatten mich beinahe rund um die Uhr unterstützt. Mein Dad hatte sich sogar ein paar Tage Urlaub genommen, um hier helfen zu können, und den Elektriker, der die zusätzlichen Steckdosen installiert hatte, mit kritischem Auge beobachtet. Selbst Clara hatte immer wieder vorbeigeschaut, hier ihre Hausaufgaben erledigt und neunmalkluge Kommentare abgegeben. Es tat gut, meine Familie um mich zu wissen, sogar Zeit mit ihr verbringen zu können. Zeit, die uns enger zusammenschweißte, wie ich den Eindruck hatte.

»Wollt ihr beiden eigentlich auch noch mal Hand anlegen?«, rief Ada, als das Lied endete und Demian und Fiona ein lautes Lachen ausstießen. Die beiden kamen prustend zum Stehen.

»Also bitte, wir sind schon längst fertig.«

»Gespachtelt und grundiert«, bestätigte Demian. »Ich dachte eher, wir holen mal kulinarische Stärkung für uns alle.«

»Ja«, erwiderte Fiona. »Ada, du magst bestimmt mit? Und deinen Dad frag ich auch direkt.«

Ich drehte mich so schnell auf der Leiter um, dass sie ein protestierendes Knarzen von sich gab und Ada sicherheitshalber die Streben umklammerte.

»Wagt es ja nicht.« Mein Herz setzte einen Schlag aus, nur um dann viel zu schnell weiterzuschlagen. Ich hatte es gerade einmal geschafft, zehn Minuten nicht an ihn zu denken.

Bin unterwegs. Was bedeutete, dass ich ihn gleich wiedersehen würde. Nach all dem. Seit unserem Treffen im Café hatte ich mir immer und immer wieder eingeredet, dass ich Leo nicht vermisste. Dass es besser ohne ihn war. Dass ich das Gefühl seiner Lippen auf meinen und den Duft seiner Haut schon vergessen würde. Ebenso wie die Gespräche und Kabbeleien mit ihm. Doch dann waren heute seine Nachrichten eingetroffen. Er wollte reden. Und obwohl ich wusste, dass es nichts brachte, dass es uns nicht weiter bringen würde als das letzte Gespräch, hatte ich zugesagt.

»Ihr könnt mich nicht allein lassen«, sagte ich und sah Ada mit Nachdruck an, die sich jedoch auf die Unterlippe biss und langsam zwei Schritte zurück machte. Weg von mir und hin zu Demian und Fiona.

»Adaline!« Mein drohender Unterton schien seine Wirkung zu verfehlen.

»Dad«, rief sie gedehnt. »Kommst du mit Essen holen?«

Mein Dad erschien im noch völlig leeren Café und wischte sich die Finger an der alten Jeans ab, die bereits völlig staubig war. »Essen klingt nach einem Plan, ich könnte eine Pizza vertragen.«

»Perfekt«, stimmte Fiona zu und nahm ihre Jacke von dem Tapeziertisch in der Ecke. »Kaycee, Vier-Käse-Pizza, wie immer?«

»Kommst du nicht mit?«, fragte mein Dad. Im Gegensatz zu den anderen wusste er nichts von Leos Nachrichten. Was vermutlich besser war, denn das, was er aus den Zeitungen und den wortkargen Berichten von Ada und mir erfahren hatte, sorgte nicht gerade dafür, dass er gut auf ihn zu sprechen war.

»Doch, ich …«

»Nein, Kaycee braucht mal ein paar Minuten für sich«, unterbrach Ada mich. »Ist ja auch alles ziemlich aufregend, und sie war, seit wir hier angefangen haben, noch gar nicht allein im Laden.«

»Genau, wir bringen ihr was mit«, stieg Demian ein und grinste eine Spur zu vergnügt.

»Na gut«, sagte Dad. »Magst du noch was zu trinken? Cola?«

»Eine Cola wäre toll«, sagte ich resigniert. Es hatte ohnehin keinen Zweck, gegen die anderen anzureden.

»Ich dachte, ihr rettet mich, wenn was schiefgeht«, zischte ich Fiona ins Ohr, als sie mich zum Abschied umarmte.

»Du hattest es noch nie nötig, gerettet zu werden, also fang jetzt nicht damit an.« Sie musterte mich mit erhobenen Brauen, dann wich der Ausdruck einem breiten Grinsen. »Gut, bis später dann! Ich schätze, so 'ne Stunde Zeit können wir dir rausholen.«

»Ich brauch nur fünf Minuten.«

»Ja, klar. Ganz bestimmt.«

»Wer Freunde wie euch hat …«

»Wir haben dich auch lieb«, gab Ada zurück, wickelte sich ihren Schal um den Hals und hielt unserem Dad die Tür auf. Die vier winkten, und dann war ich zum ersten Mal völlig allein in dem Café. Meinem Café. Ungläubig schüttelte ich den Kopf. Und so langsam beschlich mich das Gefühl, dass, ganz egal wie das Gespräch mit Leo gleich lief, alles okay sein würde.

Das zaghafte Klopfen riss mich aus meiner Arbeit. Ich hatte gerade neue Griffe in der Küche befestigt, die Fiona mir vom Portobello Market mitgebracht hatte, und war über der monotonen Arbeit völlig in Gedanken versunken. Ich zuckte zusammen und fühlte mich plötzlich, als hätte ein Jumpscare in einem Horrorfilm mich aus dem Konzept gebracht. Mein Herz pochte heftig in meinem Brustkorb, und Hitze schoss mir in Hals und Gesicht. Ich warf einen Blick auf die Scheibe des brusthohen Backofens, strich meine Haare glatt und ging dann nach vorn. Als mein Blick auf Leo fiel, der die Hand über die Augen gelegt hatte und versuchte, einen Blick ins Innere zu erhaschen, gesellte sich zu dem Herzklopfen plötzlich ein Ziehen in der Brust. Nein, nicht in der Brust. Es zog in meinem ganzen Körper, so sehr spürte ich die Sehnsucht.

Ich schloss die Tür auf und trat dann zur Seite, um Leo reinzulassen.

»Hi«, sagte er, und die Unsicherheit, die im ersten Moment in seinem Gesicht lag, wich Erstaunen, als er sich umsah. »Ist das …« Er ließ den Blick wandern. »Kaycee, ist das deins?«

Trotz allem, was zwischen uns stand, musste ich bei der ehrlichen Begeisterung in seiner Stimme lachen. »Ja. Beziehungsweise wird es meins, noch ist einiges an Arbeit zu tun.«

»Das ist großartig, aber wie … Entschuldige, dafür bin ich ja eigentlich nicht hier.«

»Ich hab für Fionas Launch gebacken, und eine ihrer Sponsorinnen, die eigentlich dort spenden sollte, hat beschlossen, auch in mich zu investieren«, erklärte ich dennoch und lächelte schief. »Ich weiß, wie das klingt. Aber es ist irgendwie was anderes, als wenn ich dein Geld angenommen hätte, weil …

»… weil du es dir selbst erarbeitet hast.« Er nickte. »Ich verstehe das. Tu ich wirklich. Ich hab damals nicht nachgedacht, das tut mir leid. Ich wollte nur irgendwie helfen und hab damit alles schlimmer gemacht. Weil ich nicht verstanden hab, was ich eigentlich hätte tun müssen.«

Ich hob die Schultern. »Ich weiß nicht, ob irgendjemand von uns etwas hätte tun müssen. Manchmal soll es einfach nicht sein.«

Ich brachte diese Worte mit einem Lächeln hervor, obwohl sich meine Brust schmerzhaft zusammenzog und sich dieser Satz wie eine Lüge anfühlte. Wenn es nicht sein sollte, wieso dachte ich dann ständig an ihn? Wieso sehnte ich mich nach ihm? Wieso wollte jede Faser meines Körpers, dass ich die Distanz zwischen uns überbrückte? Stattdessen wich ich einen Schritt zurück, wie um meinem Körper diese verräterischen Gefühle zu verbieten, und deutete in den Raum. »Ich würde dir einen Platz anbieten, aber ich hab noch keine Stühle.«

»Aber einen gemütlichen Boden. Falls du noch ein paar Minuten hast?«

»Klar. Ähm, am besten hier an der Heizung, da drüben haben wir die Tapete eben erst angebracht.«

Wir ließen uns gegen die Heizung sinken, sodass wir Blick auf die Baustelle hatten, die mein Café werden sollte. Ich sollte es durch die Show gewohnt sein, Abstand zu Leo zu halten, dennoch fühlte es sich gerade fremd an. Falsch.

»Es tut mir leid, Kaycee«, sagte Leo, während er einen Tapetenrest zwischen den Fingern zwirbelte, den der Handfeger nicht erwischt hatte. »Dass ich mich nicht für dich eingesetzt habe, aber vor allem das Hin und Her. Ich weiß, wie schwer ich es dir damit gemacht habe.«

Ich zog die Knie an meinen Körper. »Es war doof, aber nicht nur deine Schuld. Es war eher der Sache selbst geschuldet, oder nicht? Ich wusste ja von Anfang an, wie es rüberkommen würde, und habe mich trotzdem auf dich eingelassen.«

»Bereust du es?«

Unsere Blicke trafen sich, und plötzlich sah Leo so verletzlich aus, wie ich ihn noch nie gesehen hatte. Weder ihn noch ihn in seiner Rolle als Jordan. Es war ein neuer, ungewohnter Ausdruck.

»Nein«, sagte ich leise. »Nicht nur, weil sich jetzt alles zum

Guten gewendet hat und ich das Café eröffnen kann. Ich hab es auch vorher nicht bereut. Das Einzige, was ich bereue, sind die Umstände, die uns dazu zwingen, uns voneinander fernzuhalten.«

»Was, wenn ich dir sage, dass es die nicht mehr gibt?«

Perplex sah ich ihn an. Was meinte er? Er hatte doch nicht …?

»Bitte sag mir, dass du nicht meinetwegen die Show verlässt?« Der Knoten in meiner Brust wurde enger, fester. Denn das könnte ich mir nie verzeihen. Es war eine romantische Geste, wie Jordan es für Rose in der Serie gemacht hätte. Nichts, was im echten Leben erstrebenswert war.

Er schüttelte leicht den Kopf. »Nein. Ich verlasse die Show, ja. Zumindest, wenn Polya mich aus dem Vertrag kriegt, noch weiß sie nichts davon. Auch wenn sie es sich mit Sicherheit denken kann. Aber nicht deinetwegen, sondern meinetwegen.«

»Aber … Was ist mit dem Film? Mit Nicolas Darrell?«

»Schätze, das wird nichts, und ich hab bald erstaunlich viel Freizeit. Ich bin leider eine Niete im Kellnern, sonst würde ich mich anbieten. Wobei mein Bananenbrot ganz passabel ist, wie ich mir habe sagen lassen.«

»Du machst Scherze.«

»Was das Bananenbrot angeht, ja. Der Rest …« Er schüttelte den Kopf.

»Aber ich dachte, das wäre dein Traum.«

»Ich auch. Aber dann hab ich mich erinnert. An die letzten Monate. An die Momente, in denen ich wirklich glücklich und ich selbst war.« Er drehte sich zu mir, bis er mit den Beinen meine Fußspitzen berührte. »Beim Vorsprechen war ich es, weil ich das Gefühl hatte, dass man meine Arbeit verstanden und wertgeschätzt hat. Als wir das Theater besucht haben. Und mit dir. Und wenn ich diesen Weg, auf dem ich gerade bin, weitergehe, dann habe ich nichts davon.«

»Du hättest die Rolle in Nicolas' Serie.«

»Ja, mit etwas Glück wäre sie genauso toll wie das Casting bei ihm. Sehr viel wahrscheinlicher ist jedoch, dass die Realität auch hier die Vorstellung einholt. Oder dass ich vielleicht ein paar Monate glücklich bin und sich in der nächsten Rolle wieder derselbe Frust einstellt.«

»Das weißt du nicht sicher.«

»Stimmt, weiß ich nicht. Aber ich weiß, was mich glücklich macht und was nicht. Es ist nicht, wie ich immer dachte, der Erfolg mit meiner Schauspielerei. Es ist die Schauspielerei selbst. Und der werde ich gerade nicht gerecht. Wenn ich aus dem Vertrag aussteige, opfere ich vielleicht meine Rolle in der Action-Serie, aber ich gewinne so viel mehr.«

Leos Augen begannen zu strahlen, wie ich es noch nicht erlebt hatte, und seine Begeisterung war ansteckend. »Ich hab bei dem Improv-Theater angerufen, das ich mit Mum und Ed besucht habe. Ich könnte wohl mitmachen. Vielleicht kriege ich auch kleinere Schauspieljobs – wenn mein Ruf nicht komplett unter dem Ausstieg leidet. Aber auch das würde ich verkraften.«

»Deine Mum … Weiß sie davon schon?«

Leo nickte. »Amy auch. Polya sage ich es nachher. Ich wollte erst mit dir reden.«

Ich nickte. Schluckte. Versuchte zu verarbeiten, was das für uns bedeutete. *Ob* es etwas für uns bedeutete. Leos Gedanken schienen in eine ähnliche Richtung zu gehen, denn er fuhr sich durch die dunkelbraunen Haare und beugte sich weiter zu mir. »Ich weiß, dass du Bedenken unseretwegen hast. Dass du dieses Café eröffnen willst, ohne meinen Namen in irgendwelchen Instagram-Posts darüber zu lesen. Aber vielleicht …« Er sah sich im Raum um und zog dann die Schultern hoch, als wüsste er nicht, wie er den Satz beenden sollte. »Vielleicht gibst du uns ja noch eine Chance. Ich weiß, die Umstände, unter denen wir uns kennengelernt haben, waren nicht gerade ideal. Aber Kaycee, du wärst mir überall aufgefallen. Auch fernab irgendwelcher Drehs und Studios. In einem Café, dem Publikum eines Theaters oder einfach beim Tanzen im Club.«

Bei der Erinnerung an den Club, den wir besucht hatten, verstärkte sich die Sehnsucht noch weiter. Ich hatte mich ihm so verbunden gefühlt, dabei hatten uns mehrere Meter getrennt. Aus diesen Metern waren Welten geworden. Doch was, wenn wir uns noch eine Chance geben könnten?

»Ich hab mich selten auf Anhieb so wohl gefühlt bei einem Menschen. Und ich fände es unglaublich schade, wenn ich dich nicht besser kennenlernen darf.«

Seltsamerweise beruhigte sich mein Herzschlag nun. Weil es auf der Hand lag, weil es so offensichtlich war. Weil es nur eine Antwort gab.

»Also, ich kann hier die nächsten Wochen jede helfende Hand gebrauchen«, begann ich zögerlich. »Falls du im Aufbauen von Möbeln ähnlich gut bist wie im Bananenbrotbacken.«

»Besser«, sagte Leo sofort. »Viel besser. Theken, Tische, Stühle. Mein Schraubenzieher und ich sind bereit.«

»Aber ich bezahl dich nicht.«

Bei Leos Lachen wurde mir warm ums Herz. »Kein Ding, da kann ich mich dann schon mal dran gewöhnen. Einstimmung aufs Theater.«

»Wenn du dich sowieso an das Leben als armer Kleinkünstler gewöhnen willst ... Meine Schwester, Fiona und so sind gerade Pizza holen. Magst du auch was? Wenn du hilfst, die letzte Wand zu tapezieren, teil ich meine vielleicht mit dir.«

»Wie könnte ich da Nein sagen?«, fragte Leo schmunzelnd.

Wie konnte ich ihm gegenüber länger Nein sagen? Ich wollte nicht warten, bis er aus irgendwelchen Verträgen raus war. Vielleicht würde man mein Café mit ihm in Verbindung bringen. Vielleicht gäbe es einige Wochen lang negative Presse. Doch seit wann ließ ich mich von den Meinungen anderer einschränken? Ich wollte nicht Nein sagen. Ich wollte ihn.

Unser Kuss überbrückte nicht nur die räumliche Distanz zwischen uns, sondern auch die emotionale, die sich in den letzten Wochen ausgebreitet hatte. Er füllte die Leere des Cafés mit Wärme und ließ sogar mich ein klein wenig an Schicksal glauben – nicht dass ich das vor Leo jemals zugegeben hätte.

45. KAPITEL

Leo

Der Transporter piepste, als Matt den Rückwärtsgang einlegte.

»Ich hasse diese Dinger. Wenn ich gleich den Zaun vor Kay-cees Café mitnehme, sag ihr, dass es mir leidtut.«

»Soll ich vielleicht lieber aussteigen und schauen?«

Matt schüttelte den Kopf, murmelte etwas von Versicherung und drückte vorsichtig aufs Gas, während das Piepsen immer schneller wurde. Er warf einen Blick in den Rückspiegel und hob die Schultern. »Passt, besser wird's nicht mehr.«

Wir stiegen aus dem hohen Wagen, und Matt öffnete die Heckklappe, als Kaycee und Fiona aus dem Café traten.

»Hi! Du bist Matthew, richtig?«

»Yep. Und das hier«, sagte er und deutete ins Wageninnere, »ist deine neue Theke. Ich hab auch noch einen Schrank dabei, schau mal, ob er dir gefällt und zufällig passt. Sonst fahre ich den nachher weg.«

Kaycee winkte mir mit aufgeregtem Grinsen zu und lief dann zu Matt. »Oh, das ist perfekt. Ich hatte sowieso überlegt, einen Bücherschrank zu machen. Wenn er nicht zu breit ist, passt er in den Durchgang zur Küche.«

»Ausgemessen hab ich ihn nicht, aber wir können ja einfach mal schauen.«

»Danke, das ist super. Magst du einen Kaffee? Die Maschine ist schon angeschlossen.«

»Definitiv! Ich nehm einen Flat White?«

Kaycee nickte. »Kommt sofort. Wenn du mir fünf Sterne bei Google hinterlässt, kriegst du sogar 'nen Kuchen dazu.«

Lachend drehte sich Matt zu mir um. »Okay, ich weiß, warum du sie magst.« Er zog sich ein paar Handschuhe über und nickte mir dann zu. »Hilfst du tragen? In etwa zwei Stunden muss ich im Büro sein, wenn wir uns beeilen, kann ich noch ein bisschen aufbauen helfen.«

»Danke, Mann. Wirklich.« Ich hatte Matt von meinem Entschluss mit der Sendung erzählt. Bei der Gelegenheit hatte er es sich nicht nehmen lassen, nach Kaycee zu fragen. Er hatte sich nicht nur aufrichtig für mich gefreut, sondern auch direkt seine Hilfe angeboten, da er nun, nach Übernahme der Literaturagentur, nach und nach das Büro umgestaltete – was der Grund für die Möbel in dem Transporter war, denn diese hatte er Kaycee direkt überlassen.

Gemeinsam schafften wir die in Einzelteile zerlegte Theke in das Café, das mittlerweile schon richtig Form angenommen hatte. Die Wände waren fertig tapeziert, die Lampen und Bilder angebracht und erste Tische bereits aufgebaut.

Kaycee hatte sich entschlossen, die Tür zur Küche auszuheben, sodass die Gäste nun einen Blick auf das Geschehen erhaschen konnten. Die Theke sollte davor aufgebaut werden.

»Danke euch«, sagte Kaycee. »Mein Dad bringt nachher noch die Vitrinen für die Cupcakes mit, die kommen daneben. Oh, und schaut mal, was angekommen ist!«

Kaycee sprang förmlich nach hinten in die Küche und kam kurz darauf mit einem großen, flachen Pappkarton zurück. Behutsam holte sie etwas daraus hervor und hielt uns dann ein Schild entgegen. Es war rund und hatte eine Messingleiste, mit der man es an der Außenwand befestigen konnte. Auf der linken Seite befand sich ein minimalistisch gezeichneter Cupcake, und der Schriftzug war mit türkisfarbenen Blättern verziert, die an die Innengestaltung des Cafés erinnerten.

»*Better Days*«, las ich. »Oh, nimmst du doch nicht *Cakes by Kaycee*?«

»Nein, ich wollte etwas ohne meinen Namen haben. Und das erinnert mich an meine Mum. Sie hat gesagt, ich soll dafür sorgen, dass die besseren Tage überwiegen.« Sie lächelte beinahe schüchtern. »Ich glaube, hiermit schaffe ich das. Und wer weiß, vielleicht kann ich ja auch jemandem über schlechte Tage hinweghelfen.«

Ich ging auf Kaycee zu und drückte ihr einen Kuss auf die Stirn. »Das wirst du, da bin ich mir ganz sicher.«

Sie legte die Arme um mich und seufzte. »Okay, genug Kitsch. Ich würde sagen, wir machen uns mal daran, die Möbel aufzubauen, sonst darf ich mir was anhören von meinem Dad. Ich hab das Gefühl, er geht hierin viel zu sehr auf.«

»Der Meinung bin ich allerdings auch, ihr Schnarchnasen«, meinte Matt, der seinen Werkzeugkoffer bereits inspizierte und den Akkuschrauber einmal durchdrehen ließ. »Wir sollten schnell fertig sein, den ganzen Kleinkram wie Schubladen haben wir ja nicht auseinandergenommen.«

»Na dann, worauf warten wir?« Kaycee klatschte in die Hände – genau in dem Moment, in dem mein Smartphone klingelte.

Ich warf einen Blick aufs Display. »Oh, da muss ich kurz ran. Ist meine Agentin.«

»Glauben wir ihm das, oder redet er sich nur raus?«, fragte Matthew an Kaycee gewandt.

»Wir glauben ihm. Schau dir seinen nervösen Gesichtsausdruck an.«

»Haha«, machte ich leise und ging nach draußen, um ungestört telefonieren zu können. Polya hatte gestern das Gespräch mit Channel Y gehabt und mir per E-Mail versprochen, mich gleich heute anzurufen. Allerdings hatte ich damit gerechnet, dass sie sich erst mittags meldete. Ein Anruf um acht Uhr morgens erschien mir selbst für eine Frühaufsteherin wie Polya ungewöhnlich.

»Hey, Polya. Wie sehr hassen mich alle?«

»Im Sender? Sehr. Dazu melde ich mich noch. Hat was von Rosenkrieg«, erwiderte sie lachend. »Dir auch einen guten Morgen. Ob du es glaubst oder nicht: Ich rufe tatsächlich mit guten Nachrichten an.«

»Oh, die gibt es?«

»Nicolas Darrell möchte weiter mit dir arbeiten. Du sollst nach wie vor Mason spielen.«

»Was?« Ich musste mich verhört haben.

»Ich sag doch, gute Neuigkeiten.«

»Obwohl Charlie mir die Pest an den Hals wünscht?«

»Nicht die Pest, vermutlich eher eine ordentliche Magen-Darm-Grippe oder so. Aber ja, will er. Der Film ist natürlich vom Tisch, aber das war für Darrell ja ohnehin nur ein Kompromiss.«

Ich ließ mich auf die Fensterbank vor dem Laden sinken und nahm nur am Rande wahr, wie kalt sie sich durch den Stoff meiner Jeans anfühlte.

»Leo?«

»Ja … ich überlege.«

»Was gibt's da zu überlegen? Das ist unglaublich.«

»Schon, aber … ich müsste jeden Mittwochabend und einige Wochenendabende frei haben.«

»Was?«

Vermutlich schloss sich Polya gleich bei den Krankheitswünschen gegen mich an, aber ich durfte meine neu gewonnenen Prinzipien nicht direkt über Bord werfen. »Ich fang wieder mit dem Theater an. Mittwochs ist Probe, und ab Januar bin ich am Wochenende immer mal bei Auftritten dabei.«

»Ich soll Nicolas Darells Assistentin anrufen und ihr erklären, dass er seinen Zeitplan auf deine Theaterprobe abstimmen soll?«

»Das wäre lieb, ja«, sagte ich und verkniff mir ein Lachen, weil ich selbst wusste, wie bescheuert es klang. »Verkauf es meinetwegen als Star-Allüren, aber es wäre mir wirklich wichtig. Ich glaube nicht, dass ich sonst langfristig glücklich in dieser Branche bin.«

Jetzt konnte ich doch nicht mehr an mich halten und prustete los. Zum einen, weil die Situation so bizarr war, zum anderen, weil ich mein Glück kaum fassen konnte.

»Leo, muss ich mir Sorgen machen?«

»Nein«, sagte ich und holte schnaufend Luft. »Ich weiß, wie absurd das klingt. Aber ich hab das Gefühl, ich weiß endlich, wohin ich will. Und ich will nicht schon wieder von diesem Weg abweichen.«

»Ich schwöre, du sorgst für meine ersten grauen Haare.«

»Fällt in dem Weißblond doch sowieso nicht auf.«

Polya grummelte etwas Unverständliches. »Also gut. Ich ruf bei Darrell an. Aber wenn er allen Ernstes zusagt, dann lädst du mich von der Gage zum Essen ein nach all dem Stress.«

Wenn nach dem Aufhebungsvertrag noch etwas übrig bleibt …

Denn dass Channel Y mich nicht kostenlos aus dem Vertrag lassen würde, war mir klar. Doch ich vertraute Polya. Und das Schlimmstmögliche – dass Charlie meinen Ruf überall ruinieren würde, so wie er es bei George getan hatte – würde mit der neuen Rolle wohl kaum eintreten. Alles andere würde ich schaffen.

Ich sah durch die Scheibe ins Innere des Cafés. Matthew und Kaycee waren offensichtlich in eine Diskussion darüber verwickelt, wie eine Holzplatte korrekt anzubringen war. Kaycees beharrlicher Ausdruck brachte mich zum Schmunzeln. Ich würde alles schaffen. Denn wenn sich eines in den letzten Monaten geändert hatte, dann das: Ich war nicht länger allein.

Epilog
Kaycee

»Ada, kannst du noch einmal schnell über die Tische wischen?«

»Nein«, rief sie, und ich kam zum Stehen.

»Was, wieso nicht?«

Leo stand neben ihr und versteckte sein Lachen hinter seiner Hand – zu spät allerdings, denn ich hatte es noch gesehen.

»Das hab ich bereits zweimal getan.«

»Oh.« Ich trat an die Theke und öffnete die Kasse. Ich hatte genug Wechselgeld. Wie auch schon vor zehn Minuten. Mein Blick wanderte zum Kartenlesegerät. Auch das war angeschlossen.

Auf den Tischen standen frische Blumen, die Wand zierten Lichterketten, und alles war blitzblank poliert. Ich hatte die Fensterbank in eine Sitzbank umgewandelt, die nun gemütliche Kissen zierten. An der Wand daneben stand das Regal, das Matthew gespendet hatte. Wir hatten es geschliffen und neu lackiert, sodass es besser zur Inneneinrichtung passte. Erste Bücher standen bereits darin, und ich hoffte, dass die Gäste den Schrank nach und nach füllen, sich aber auch Lesematerial daraus mitnehmen würden. Ada, die ihre Grafikweiterbildung mittlerweile begonnen hatte, hatte die Menükarten gestaltet, und Fiona sei Dank hatte ich nun auch eine funktionierende Website, über die Torten bestellt werden konnten. Wenn ich noch einmal jemanden sagen hörte, dass Bloggen keine Arbeit sei, würde ich die Person mit einem Kuchenschaber erschlagen. Denn ohne Fionas Know-how wäre ich bis heute an all den Funktionen der Seite verzweifelt.

»Wenn sie nicht gleich die Rollos hochfährt und den Laden öffnet, geh ich mir bei Starbucks einen Kuchen kaufen«, murmelte Ada gerade laut genug, dass ich es noch hörte.

»Das würdest du nicht wagen.«

»Try me«, sagte sie und verschränkte die Arme vor der Brust. Leo hatte den Anstand, sein Lachen als Husten zu tarnen.

»Echt mal, Kaycee. Du bist ein richtiger Schisser.« Clara, die neben Fiona und Brian direkt an der Tür stand, verschränkte ebenfalls die Arme. »Jetzt mach schon.«

»O-okay«, sagte ich und nickte. Doch ich bewegte mich nicht.

Was, wenn keiner kam? Die Angst war vermutlich irrational, da Fiona sich nicht davon hatte abbringen lassen, die Instagram-Seite von *Better Days* in ihrer Story zu teilen.

Aber was, wenn Leute kamen und sie es schlecht fanden? Den Kuchen, den Kaffee, die Einrichtung?

Mein Bauch kribbelte vor Aufregung, und ich war plötzlich froh, heute Morgen nichts zum Frühstück herunterbekommen zu haben. Mir war auch so schon übel genug.

Eine warme Hand wurde auf meine rechte Schulter gelegt, und ich zuckte zusammen. Dad.

»Du schaffst das«, sagte er. Es wirkte nicht, als sagte er es, um mich zu beruhigen, sondern vielmehr so, als spräche er eine unumstößliche Tatsache aus.

Du schaffst das. Der Himmel ist blau, die Sonne ist warm, du schaffst das.

Ich erwiderte seinen Blick, die Worte blieben mir jedoch im Hals stecken, denn da war so viel Stolz in seinen Augen, dass es Tränen in meine trieb.

»Deine Mum wäre so stolz auf dich. *Ich* bin so stolz auf dich. Auf all die Jahre, in denen du so viel gegeben hast, in denen du allen Widrigkeiten getrotzt hast. Die Welt hat dir Schmerz gegeben, und du hast Träume daraus gebaut.« Er zog mich in eine Umarmung, und ich vergrub meine Nase in seinem dunklen Pullover, atmete seinen vertrauten Duft ein, wie ich es früher oft getan hatte. »Und jetzt geh und mach aus deinem Traum Realität.«

Ich nickte und stieß zitternd einen Schwall Luft aus. »Okay. Okay, du hast recht.«

Endlich erreichte das Kommando meine Füße, und ich setzte mich in Bewegung. Im Vorbeigehen drückte ich Leos Hand, und die kurze, warme Berührung genügte, um mir die Sicherheit zu geben, die ich brauchte, um den Schalter für die Rollläden zu betätigen und den Schlüssel im Schloss zu drehen.

Es war getan. *Better Days*, mein Café, war eröffnet.

Hinter mir brachen die anderen in Jubel aus, und meine Augen weiteten sich, als ich die Menschentraube vor dem Café sah. Meine Sorge, dass niemand kommen würde, war also schon einmal unbegründet gewesen.

»Herzlich willkommen«, begrüßte ich die ersten Gäste. »Ich, ähm …«

»Du gehst dann mal hinter die Theke«, sagte Brian mit einem Lächeln. »Wir machen den Rest schon.«

Die nächsten Stunden vergingen in einem einzigen Wimpernschlag. Nachdem die ersten Minuten einer Signierstunde glichen, da Fiona und Leo natürlich erkannt wurden und selbst Brian und ich einige Notizbücher und Servietten unterschreiben durften, kehrte nun langsam Ruhe ein. Wobei Ruhe eigentlich das falsche Wort war, denn das Café war brechend voll. Leute kamen ins Gespräch, Kuchen und Cupcakes wurden gelobt, und Brian und Ada servierten einen Kaffee nach dem anderen.

Ich blickte auf, als ein Räuspern vor mir ertönte.

»Wollen Sie ... oh.« Ich hielt inne, als ich in Francis' Gesicht sah. »Hi.«

»Hey«, sagte Francis. Ihren Hals zeichneten rote Flecken. »Es ist wunderschön hier«, sagte sie mit einem zaghaften Lächeln.«

»Danke.«

»Ich bin gekommen, um mich zu entschuldigen. Also, natürlich kaufe ich auch etwas, die Cupcakes sehen wundervoll aus, aber in erster Linie wollte ich sagen, dass es mir leidtut. Was ich zu dir gesagt habe ...« Sie schüttelte den Kopf. »Es tut mir so leid, Kaycee. Das war ungerecht und verletzend. Vor allem war es nicht, was ich sein will. Als ich es im Fernsehen gesehen habe, habe ich mich selbst nicht wiedererkannt. Das ist nicht das Vorbild, das ich meinen Kindern vorleben will. Ich will, dass sie in dem Wissen aufwachsen, dass es besser ist, wenn Frauen sich unterstützen, anstatt einander niederzumachen. Es tut mir wirklich von Herzen leid.«

Ich tat das Einzige, was mir in dem Moment richtig erschien. Ich umrundete die Theke und zog Francis in meine Arme. »Danke«, sagte ich.

»Nicht dafür.«

»Dann such dir mal einen Cupcake aus. Oh, und Brian ist auch hier, er steckt gerade in der Küche und räumt den Geschirrspüler aus.« Ich deutete nach hinten. »Ich sag ihm, dass du da bist.«

»Das wäre wundervoll.«

Francis steuerte auf den letzten freien Stuhl zu und gab den Blick auf eine Frau mit kurzen braunen Haaren frei, die etwa in meinem Alter sein musste. In der Hand hielt sie einen rie-

sigen Koffer, auf ihrem Rücken befand sich ein Reiseruck-
sack.

»Hey, kann ich dir weiterhelfen?«, fragte ich, als sie sich unsicher umsah.

»Ich wollte eigentlich nur was trinken und einen Ort zum
Warten. Ich kann erst in zwei Stunden in meine neue Wohnung. Aber ich wusste nicht, dass hier heute eine Feier ist.«

Ich versuchte, ihren Akzent zuzuordnen, doch es gelang mir
nicht. »Gar kein Thema! Setz dich ruhig. Kann nur sein, dass
du keinen Tisch für dich allein hast und … na ja, Ruhe nach
deiner Reise wirst du hier heute wohl auch nicht finden, aber
solange dich das nicht stört.«

»Gar nicht!«, sagte sie sofort. »Ganz im Gegenteil.«

»Na dann, fühl dich wie zu Hause. Ich bin übrigens Kaycee.
Wenn du in der Nähe wohnst, komm ruhig jederzeit zum Entspannen oder Arbeiten her.«

»Danke!«, sagte die Frau lächelnd. »Ich bin Nele.«

»Was kann ich dir bringen?«

»Ein Kaffee wäre toll. Ich bin etwas müde.«

»Kein Wunder«, sagte ich mit Blick auf ihr Gepäck und sah
mich dann suchend im Raum um. Es war kein einziger Platz
mehr frei. »Wenn es dich nicht stört, setz dich mit auf die Bank
da hinten.« Ich deutete auf den freien Platz neben Matthew.
»Das sind Freunde von mir. Der wichtig aussehende Kerl im
Anzug ist Matt. Sag ihm, wenn er dir keinen Platz macht, muss
er heute Abend abwaschen.«

»Ähm, okay«, sagte Nele, sichtlich irritiert, bewegte sich aber
auf Matt und Leo zu, die gerade in ein Gespräch vertieft waren.

Noch bevor sie Matt ansprechen konnte, stand Leo auf und
steuerte auf mich zu. Wie immer, wenn ich ihn ansah, schlug
mein Herz einige Takte zu schnell.

»Ich bin ziemlich stolz auf dich«, sagte er, als er mich erreicht hatte.

»Ich tatsächlich auch«, sagte ich und sah ein weiteres Mal in den vollgepackten Raum. »Verrückt, oder?«

»Gar nicht so sehr. Mir war von Anfang an klar, dass das ein voller Erfolg wird.« Er lehnte sich über die Theke zu mir. »Ich würde dich gerade unglaublich gern küssen.«

»Dann tu's doch«, sagte ich mit einem Grinsen, weil seine Worte mich an unseren Kuss in Brighton erinnerten. Wer hätte gedacht, dass die Folgen dieses Kusses letzten Endes doch so positiv werden würden?

»Vor allen Leuten?« Leo hob die Brauen.

»Weißt du, ich hab mir vorgenommen, nicht mehr so viel darauf zu geben, was andere denken«, sagte ich, legte meine Hand an seinen Kopf und zog ihn zu mir. Als seine Lippen meine berührten, war ich mir plötzlich ziemlich sicher, dass ich das Motto des Cafés schon würde umsetzen können. Denn die guten Tage waren da. Und sie wurden immer besser.

Danksagung

Manchmal, wenn ich eigentlich schon schlafen sollte, gucke ich nachts Reden von Preisverleihungen – Oscars, Emmy, BAF-TA, alle möglichen Awards –, und mir schießen jedes Mal vor Rührung die Tränen in die Augen, weil sich die Gewinner:innen so freuen und weil so vielen Menschen hinter den Kulissen endlich Aufmerksamkeit zukommt. Ähnlich geht es mir mit dem Schreiben von Danksagungen, denn ein Buch ist immer Teamarbeit.

Der erste Dank gilt meinem besten Freund Chris, dem das Buch gewidmet ist. Danke, dass du dir damals die erste Idee angehört hast, danke, dass du immer für mich da bist und mich sogar erträgst, wenn ich selbst es mal nicht tue.

Danke auch an meine beste Freundin Maike für einfach alles: Burlesque-Abende, zu viel Wein, Skinny Jeans, Spaziergänge, dass du mich ans Wassertrinken erinnerst und für die seltsamen Workouts in den Berliner Parks damals.

Danke, wie immer, an die PJS, die den Schreiballtag so viel besser machen: Alex, Ava, Bianca, Jesus, Klaudia, Laura, Marie, Nicole, Nina, Tami. Ihr seid wundervoll, ich danke euch für euren Input, die tollen Events und verrückten Gespräche.

Danke an Babsi, Julian, Liza, Lucinda, Marieke, Mikkel, Raphael und Saskia. Danke für eure Freundschaft, dafür, dass ihr mich immer unterstützt, mir zuhört und ich euch so vertrauen kann.

Danke an meine Eltern. Ich hätte mir keine besseren wünschen können.

Danke an den LYX Verlag, allen voran an Alexandra, die nicht nur Logikfehler findet, sondern über alles noch eine Prise Romantik streut. Danke an meine Außenlektorin Klaudia für die erneut tolle Zusammenarbeit.

Danke an meine Testleserinnen Bella, Jule, Pauli und Marike für die Zeit und Hilfe.

Danke an alle Blogger:innen, Buchhändler:innen und Influencer:innen, die meine Bücher empfehlen und besprechen.

Danke an die weltbeste Discord- und Twitch-Community für die vielen Co-Workings, bei denen ihr mich angefeuert habt. Möge jeder Tag für euch smooth like butter werden!

Und zuletzt danke an dich, dass du dieses Buch gelesen und meiner Geschichte deine Zeit geschenkt hast. Ich hoffe, dir hat es gefallen und wir sehen uns im Finale der Reihe wieder. Schreib mir gern bei Instagram (@anabellestehl) oder Twitter (@stehlblueten). Ich freu mich, von dir zu hören!

Alles Liebe
Anabelle

Die Menschen, die wir am meisten lieben, haben auch die Macht, uns am schwersten zu verletzen

Anabelle Stehl
RUNAWAY

432 Seiten
ISBN 978-3-7363-1493-1

Von einem Tag auf den anderen ist in Miriams Leben nichts mehr, wie es war: Als ihre Familie von ihrem Schwangerschaftsabbruch vor einigen Jahren erfährt, wenden sich ihre Eltern und auch ihre Schwester von ihr ab. Miriam ist verletzt und weiß nicht, wie sie das wieder hinbiegen soll. Zum Glück erhält sie Unterstützung von ihren Freundinnen – und von Elias. Dem Mann, in den sie schon lange heimlich verliebt ist – der in ihr aber niemals mehr als die beste Freundin seiner kleinen Schwester sehen wird. Oder doch?

»Tiefe Gefühle, reale Schicksale und wichtige Messages – das alles habe ich an RUNAWAY geliebt.« ROXYSPODCAST

LYX